媒眼

江苏大学外宣报道选粹

高 鸣 主编

张明平 副主编

2001—2010

江苏大学出版社
JIANGSU UNIVERSITY PRESS

图书在版编目(CIP)数据

媒眼:江苏大学外宣报道选粹:2001~2010/高
鸣主编.—镇江:江苏大学出版社,2011.10
ISBN 978-7-81130-267-7

Ⅰ.① 媒… Ⅱ.① 高… Ⅲ.① 新闻报道-作品集-中
国-当代 Ⅳ.①I253.4

中国版本图书馆 CIP 数据核字(2011)第 197801 号

媒眼:江苏大学外宣报道选粹(2001~2010)

主　　编/高　鸣
责任编辑/米小鸽　顾海萍
出版发行/江苏大学出版社
地　　址/江苏省镇江市梦溪园巷 30 号(邮编：212003)
电　　话/0511-84440890
传　　真/0511-84446464
排　　版/镇江文苑制版印刷有限责任公司
印　　刷/丹阳市教育印刷厂
经　　销/江苏省新华书店
开　　本/787 mm×1 092 mm　1/16
印　　张/25.25
字　　数/563 千字
版　　次/2011 年 10 月第 1 版　2011 年 10 月第 1 次印刷
书　　号/ISBN 978-7-81130-267-7
定　　价/62.00 元

如有印装质量问题请与本社发行部联系(电话:0511-84440882)

江苏大学正式成立
《镇江日报》2001 年 10 月
27 日

《小城大爱》首映 《镇江日报》2009 年 4 月 19 日

江苏高校以科技优势践行科学发展观 《江苏教育报》2009 年 4 月 20 日

"江苏高校第一楼"——江苏大学二号教学楼启用 《镇江日报》2001 年 10 月 28 日

创业沙龙 《中国教育报》2002 年 4 月 14 日

学生志愿者在西部 《扬子晚报》2004 年 5 月 8 日

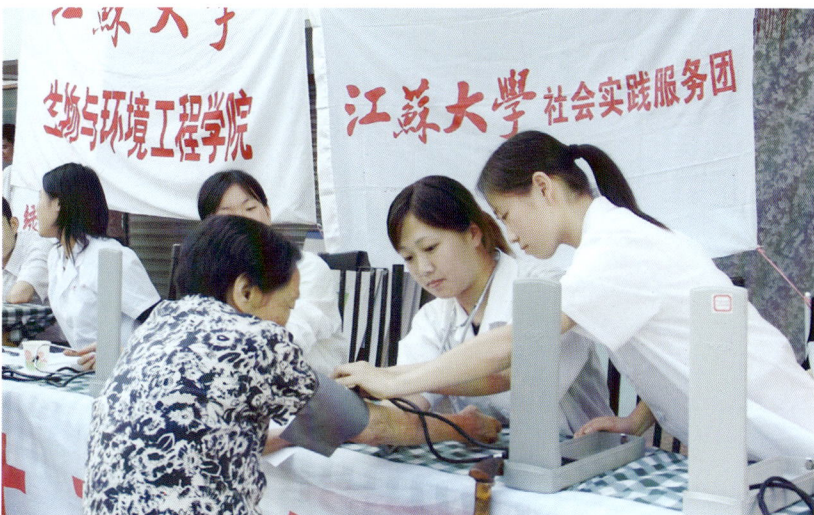

"毕业前让我再做一件事！" 《光明日报》2005 年 6 月 15 日

农民工子女乐在大学园 《人民日报》2006 年 7 月 11 日

江苏大学医学院留学生首次上显微观察实验课 《中国教育报》2006 年 11 月 11 日

"爱心女孩"陈静病房入党 《江苏工人报》2006 年 12 月 1 日

江苏大学启动"阳光体育"运动 《科学时报》2007 年 4 月 10 日

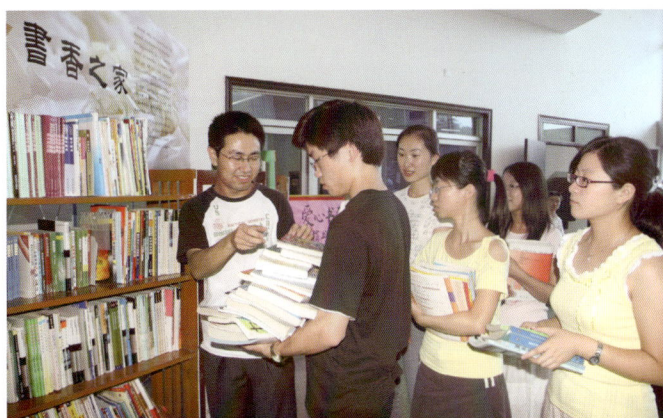

"爱心书架"悄现江苏大学图书馆 《新华日报》2007 年 6 月 21 日

江苏大学学生"携笔从戎" 《中国教育报》2007 年 12 月 14 日

中外师生纸鹤传情 《中国教育报》2008 年 5 月 21 日

学校是我温暖的家 《中国教育报》2008 年 7 月 16 日

一名女护士守护路边发病男子 《扬子晚报》2009年12月28日

红手印公仆心（江苏大学学生到小岗村进行社会实践） 《光明日报》2010年1月4日

江苏大学成立大学生创业联盟 中国新闻社 2010年3月7日

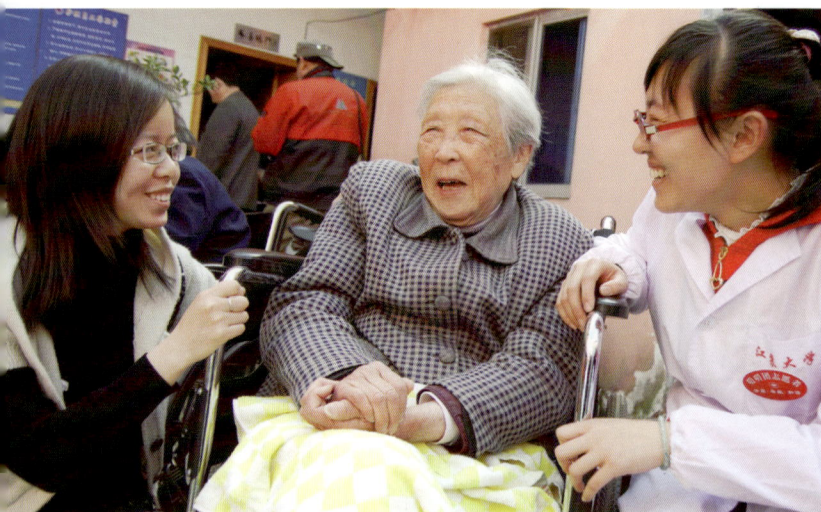

江苏大学"叨叨团"服务队 《人民日报》2010 年 4 月 30 日

江苏大学智造方程式赛车 新华网 2010 年 9 月 27 日

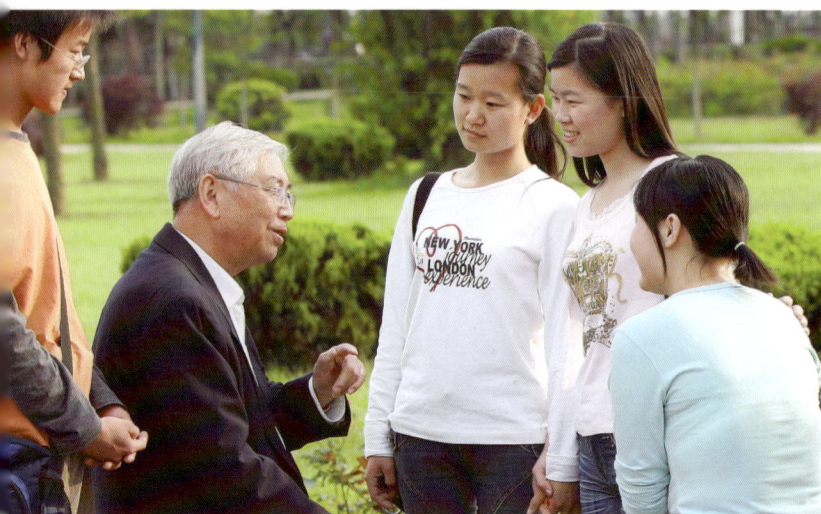

退休老教授与孤儿大学生谈心 《人民日报》2010 年 11 月 26 日

序

10 年,在历史的长河中不过是匆匆一瞬。然而,对于一所大学来说,却可以书写辉煌,创造奇迹。2001 年 8 月,在中国高等教育布局调整的大潮中,地处镇江同城的原江苏理工大学、镇江医学院、镇江师范专科学校三所高校携手,合并组建了江苏大学。10 年来,这所古老而年轻的大学,逐步褪去了当初的青涩、稚嫩,一路前行,步履铿锵,焕发出勃勃生机,事业发展蒸蒸日上,各条战线捷报频传:学校"国字头"品牌建设工程频结硕果,"四个优先"发展战略稳步推进,内涵和特色建设显著加强,校园面貌焕然一新,师生员工精神振奋……

今天的新闻就是明天的历史。回首 10 年,我们欣喜地看到,在江苏大学筚路蓝缕、披荆斩棘、跨越发展的历史进程中,我们的宣传工作者没有缺席。10 年来,学校宣传部门的同志和国家、省、市新闻媒体的记者朋友们,用敏锐的眼光关注江大前行的足迹,用细腻的情思感受江大跳动的脉搏,用华彩的笔触书写江大发展的辉煌。10 年来,学校对外宣传工作取得了显著成绩,《人民日报》、《光明日报》、《中国教育报》、《新华日报》、《扬子晚报》,以及新华网、中新网等新闻媒体报道学校的文章达到 3 000 多篇。也许,这些或长或短的文字,独立地来看,只能算是"小景观",然而这些数以千计的"小景观"累加和联缀起来,呈现在我们面前的却是一道"大风景"。放眼望去,在这道风景里,既有校园变化的点点滴滴,又有建设发展的业峻宏图,还有干事创业的沧桑风雨,以及未来发展的憧憬思考。可以说,这是 10 年来我们江大人聪明才智和辛勤汗水的宝贵结晶,其中的业绩值得称颂,其中的人物值得铭记,其中的精神值得弘扬。

在学校合并组建 10 周年之际,学校决定将 10 年来的媒体报道取其部分汇编成书,并将其作为一份特殊礼物,献给 10 岁生日的江大。我觉得,这是一件非常有意义的事情。因为,藉此,一方面,可以媒体眼光浓缩学校 10 年发展的历程;另一方面,也以新闻视角审视过去的印迹,筹谋未来发展的路径。

百年风雨,十载辉煌。10 年,是江苏大学发展历史上一个重要里程碑,也是学校谋划新发展、开创新未来的一个重要转折点。当前,我国的高等教育正步入以强化内涵和特色为主题的新一轮竞争之中。期待明天的江大人继续发扬勇于担当、奋发拼搏的精神,苦练内功,不断提升内涵、强化特色,在新的历史时期创造新的业绩、书写新的辉煌。希望我们的宣传工作者和新闻媒体,更多地关注江大、更深地聚焦江大、更好地宣传江大,立体地、全方位地向社会展示一个蓬勃向上的江大、一个奋发进取的江大、一个大有希望的江大。

作为江大的一分子,我坚信。

江苏大学党委书记

2011 年 9 月

目　录

深度聚焦

十年回眸

*2001*年

*2002*年

2006 年

2007年

2010年

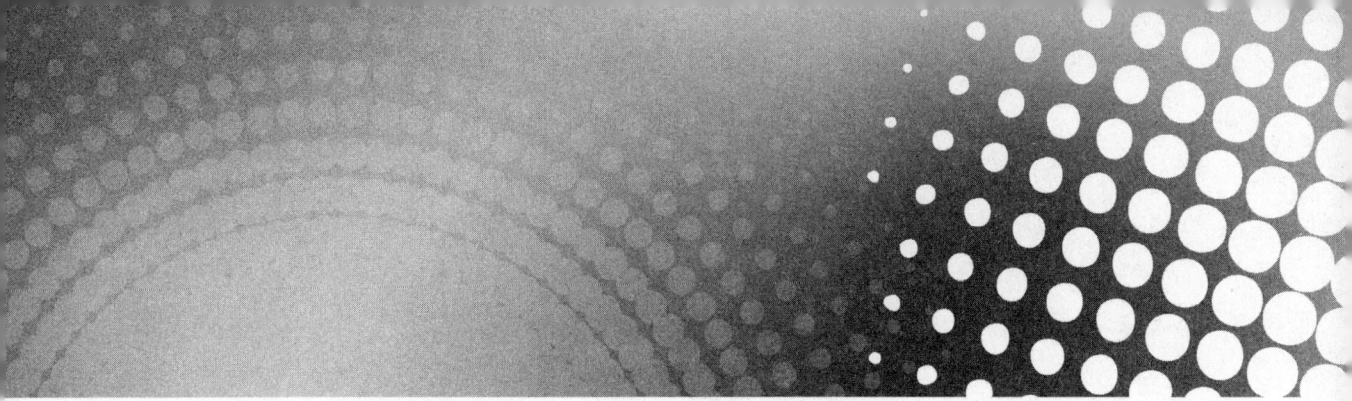

高端视点

抓住机遇，塑造形象

——访江苏大学党委书记朱正伦

朱正伦,1949 年 2 月生,1968 年参加工作,2001 年 8 月起担任江苏大学党委书记。曾经当过兵,做过地方党报的新闻记者。1973 年至 1989 年在省、市两级党委办公厅从事秘书工作,先后担任秘书、副处长、处长。1989 年始担任江苏省镇江市市委常委、宣传部长。1989 年至 2001 年期间有近百篇文章在省级以上刊物发表,出版专著《秘书工作基础》,主持编写的《世界科技史画库》荣获全国"五个一工程"奖。

8 月 28 日,经教育部批准,由江苏理工大学、镇江医学院、镇江师范专科学校合并组建的江苏大学宣告成立。这所以理工为特色的综合性大学的诞生,无疑将为江苏教育发展的华章添上浓墨重彩的一笔。

新组建的江苏大学将如何加快发展,成为高层次人才培养和工程技术研究的基地? 日前,记者访问了江苏大学首任党委书记朱正伦。

朱书记介绍,江苏大学是以理工为特色的教学研究型综合大学,是全国首批具有博士、硕士、工程硕士和学士学位授权点的高校之一,综合实力位居国内高校百强之列。学校现有 20 个学院、系、部,52 个本科专业,设有机械工程等 3 个博士后流动站、2 个一级学科博士学位授权点、10 个博士点、31 个硕士点、4 个工程硕士培养和学位授权领域、9 个省部级重点学科。全日制在校生数达 2.3 万余名。

朱书记告诉记者,新组建的江苏大学的学科建设将在原有基础上,拓展交叉学科和应用学科,重点建设一些新的"品牌"学科,如材料科学、生命科学、环境工程、生物医药工程等。他特别强调,高校要有长足的发展,必须具备一支实力雄厚的师资队伍。江苏大学现有教职工 3 300 余人,其中中国科学院院士 1 人、中国工程院院士 4 人、博士生导师近 50 人、教授及其他正高职称人员 150 余人,目前学校正在实施"百名博士"培养计划,并将加大高层次人才引进力度。

对于刚组建的大学,朱书记充满信心:"要抓住机遇,乘势而上,塑造江苏大学的'名牌'形象,把学校建设成在全国有较高知名度,以理工为特色,文、管、经、法、医相结合的综合性大学。"朱书记说,为实现这个目标,学校将内强素质,外塑形象,大力推行"2 + 3"工程。"2"是指学科建设和师资队伍建设,这是高校发展的内核和支柱,也是内强素质的两个重要方面;"3"是指外塑形象的三个方面,即校风建设、环境建设和校园文化建设。

朱书记十分重视营造一个良好的校园环境,它包括教学科研的软环境和利于生息居住的硬环境。他说,学校要靠蓬勃发展的事业留人,优厚的待遇留人,也要靠利于成才、利于科研、利于居住的"环境"留人。这个"环境"不仅是生活工作的环境,更是代表了学校整体形象、折射出学校风格面貌和文化内涵的大环境。

朱书记说,要建设一流的学科、师资和环境,就必须抓住机遇,深化改革。一是管理机制要创新,做到干部能上能下,考核与工作实绩挂钩,充分调动教职工的积极性;二是内部结构要调整,合理调整布局,优化资源配置,推进后勤服务社会化;三是教学改革要深入,着力提高学生的综合素质。

临别江苏大学,朱书记特别强调说,高校是精神文明建设的摇篮,不仅要传授知识,更要教育学生如何做人,要通过课堂阵地传输邓小平理论、"三个代表"重要思想,通过丰富多彩的活动来强化思想政治工作。

(朱 庆 朱 晏)

光明日报

2001 年 1 月 3 日

直挂云帆济沧海

——访江苏大学校长杨继昌教授

杨继昌,1946 年 1 月生,教授,博士生导师。1982 年获原江苏工学院机械制造专业硕士学位。历任原江苏理工大学研究生部副主任、主任、副校长。1991—1993 年在香港理工大学做访问学者。2001 年 8 月任江苏大学校长。

杨继昌教授长期从事激光表面加工处理技术和计算机辅助设计与制造方面的研究,他研创开发的汽油发动机汽缸盖计算机辅助测试/计算机辅助制造系统,集机械、液压、微电子技术于一体,成功应用于跃进汽车集团缸盖生产线,在国内汽车行业属首创。他主持的多项科研成果先后获得原机械工业部科技进步二等奖、江苏省教委科技进步一等奖等。

进入新世纪,由原江苏理工大学等三所高校合并组建的江苏大学已宣告成立,一所办学规模较大、学科门类较全、综合实力较强的地方性综合大学正式诞生。为此,记者日前走访了该校校长杨继昌教授。

杨校长认为,面对经济全球化进程加快、科技进步日新月异、知识经济初见端倪的新形势,高等学校存在一个新的角色定位和社会适应问题。从总体上看,教育的地位在提升、社会对教育的期望值在加大,这既给教育的快速发展带来了新机遇,同时也使我们面临前所未有的新压力。教育工作如何不辱使命,认真做好江泽民总书记提出的"主动适应"、"全面提高"两篇大文章,是值得我们深思的首要问题。

杨校长告诉记者,办学知名度与社会贡献度是紧密相关的,有贡献才会有地位、才会有发展。为此,江苏大学将坚持以发展为主题、以结构调整为主线、以深化改革为动力、以服务社会为目标,做到改革与发展并重、规模与质量并重、外延与内涵并重、特色与基础并重,加速学科整合,实现超常规发展,努力把学校建成"具有理工特色、高水平的教学研究型综合大学",使学校真正成为江苏高层次人才培养的主要基地和工程技术研究的主要阵地,成为经济建设、科技进步和社会发展的一支重要建设力量。由此,江苏大学"十五"期间的建设和发展将实现7个方面的突破:

办学规模有突破。进一步优化校内资源配置,扩大办学规模,在校生总规模初定为3万人,其中:本科生要适度发展,规模为25 000人;研究生要大力发展,规模为3 500人;远程教育、高职教育、继续教育要协调发展。

教学改革有突破。通过人才培养模式、教学内容和课程体系以及教学方法的改革、教育过程的整体优化,大力推进素质教育和创新教育;高度重视教学内容的知识重组、重视专业应用方向的多元化、重视课程内容的综合化、重视学生在教学过程中的参与度和发挥度,全面提高人才质量,争创全国教学工作优秀学校。

学科建设有突破。提高工、医,发展文、理,拓展交叉学科和应用学科,在材料科学、生命科学、环境工程、生物工程等方面形成新特色,力争使全校一级学科博士点达到10个左右、二级学科博士点达到20个左右、硕士点达到60个以上。

科技创新有突破。面向经济建设主战场,充分发挥学校人才、技术和信息的综合优势,重视基础研究、加强技术创新,发展高科技、实现产业化,实现科技工作数量和质量的双重突破。每年科技经费要达到亿元以上、科技论文1 500篇以上、授权专利50项以上,科技工作要力争进入全国高校50强。

师资建设有突破。强校必须有名师。建设一支富有理想和敬业精神强、具有良好师德和创新能力、专业素质高、结构合理、充满活力的教师队伍,是江苏大学当前的一项紧迫任务。我们将加大人才引进力度,全面落实师资培养计划,强化考核和聘任,营造良好的学习和工作环境,增强学校的凝聚力,全面提高师资队伍的整体水平。

实验室建设有突破。以实验室建设作为学校内涵发展的重要载体,每年用于实验室建设的投入不低于5 000万元,重点建设10个左右基础课程实验教学示范中心、2个公共服务体系(数字化文献信息系统、教育技术现代化工程)、10个左右重点实验室和工程中心。

基本建设有突破。全面实施校园建设计划,大力改善教学、科研条件和师生生活条件,完成综合教学楼、大学生活动中心等建筑面积40万平方米,建设生态校园。

长风破浪会有时,直挂云帆济沧海。最后,杨校长满怀信心地对记者表示,江苏大学的组建为学校提供了一个新的发展平台。全校师生将励精图治、再创伟业,实现学校建设和发展的新跨越,为科教兴国、为经济发展再作新贡献。

(林　英　沙志平)

功崇惟志　业广惟勤

——访江苏大学校长杨继昌教授

江苏大学坐落在充满神韵的历史文化名城——镇江,2001 年 8 月 28 日,经教育部和江苏省人民政府批准,由原江苏理工大学、镇江医学院和镇江师范专科学校三校合并成立,是一所以省名命名的全国重点大学。办学百年,浓缩了"博学、求是、明德"的优良校风;合并半年,学校已平稳、快速、顺利地实现了班子、机构、政策、财务、规划"五统一",并被江苏省列为"十五"重点建设高校。继往开来,再续新篇,用什么理念来审视学校的发展、目标和定位,以什么方略率领师生满怀信心地跨上"十五"发展的征程? 记者采访了江苏大学的首任校长、博士生导师杨继昌教授。

凝心聚力　创造特色——构建学校建设的崭新平台

教学、科研、学科建设是学校的三大重点,而学科水平决定了一所大学的综合水平。如何实现三校合并学科效益大于三? 杨继昌校长认为,学科布局的调整,必须坚持"四个有利于"——有利于学科的优势互补、有利于学校向综合化高水平方向发展、有利于教育资源的优化、有利于提高教育质量和办学效益,要牢固树立品牌意识,实施品牌、特色发展战略。学校查阅、分析了 40 多所国内综合性大学的相关资料,并广开言路、博采众长,形成了自己的学科建设思路,即:巩固发展优势学科、重点建设特色学科、大力扶持新兴学科、加强人文基础学科、拓展边缘交叉学科;生物工程、生命科学、材料科学、环境工程以及先进制造技术等学科领域已逐渐形成新的优势,一个以基础学科、主干学科、支撑学科、新兴交叉学科为主要内容的学科体系正在构成。学校还以学科重组优势为核心、以学科交叉优势为主线,优化专业结构,加强课程体系改革,拿出了自己的专业设置方案,组建了 20 个学院和部,工学类专业在全校比例为 42.3%(调整前为 65%),理学类专业为 12.7%(调整前为 6%),经济类、管理类专业为 20%,文学类、法学类专业为 15%(调整前为 9%),医学类专业为 10%,综合考虑文、理与师范的交叉,师范教育占 10%,一所充满生机和活力的综合性大学已现雏形。

学科建设是龙头,队伍建设是关键。因此,队伍建设当是江苏大学"十五"建设的重中之重。"'十五'期间,学校将'不惜重金、不遗余力'投入 1 个亿来实施'高层次人才引进工程'和'博士培养计划'",杨继昌校长如是说。学校将在已聘请 5 名院士的基础上,引进和培养 2 ~ 3 名院士、10 ~ 20 名能够带领本学科进入学科前沿的优秀学科带头人,100 名具有较强实力的中青年学术攻坚人才。

立足今年　把握根本——夯实跨越发展的坚实基础

江苏大学要实现超常规、跨越式的发展，2002年是组建后进入全面建设和发展的起始年、关键年。杨继昌校长说：要认真办好8件实事，打造一个崭新的江苏大学就从办好实事开始。首先是创建数字化校园，实现三校区之间的高速光纤主干网的联通，完成新建大楼联网工程、学生宿舍综合布线工程和网络升级改造工程等数字化基础设施建设。这些大事和实事让师生看到了希望。

杨校长说，教学质量是学校安身立命之本，教育改革要有利于创造性人才的培养，要适应国家创新体系的需要。江苏大学把今年确定为"教学质量年"。围绕质量这个中心，推出了一系列措施：设置由干部、教学检查员、学生评议、信息员、投诉"五位一体"的教学质量监控体系；建立院系教学质量评估体系，实行教学质量"一把手"负责制，实行教师职称评定教学考核"一票否决制"；聘请82名离退休老教师，担当教学质量检查员；实行岗位津贴与教学质量考核的成绩挂钩。今年学校开展了"百名教授上讲台"活动，并启动教学"名师工程"，600名教授、博士、硕士坚守在教学第一线，为本科生上课；深化改革，选择16门专业课程进行双语教学试点，推进教学手段现代化、信息化，工科类专业确保在今年全部脱离图板；抓好省级品牌专业和特色专业的优选和创建，推进完全学分制、主辅修制、重修制改革的进程；建立和巩固200个左右教学改革基地和一批附属医院。"十五"期间学校还计划投入2亿元，重点建成基础课程实验教学示范中心、公共服务体系、重点实验室几个亮点，今年实验室专项资金3 000万元。

瞄准一流　制定方略——绘制事业发展的宏伟蓝图

按照"立足江苏、服务全国、走向世界"，把学校建成名校、强校的发展思路，江苏大学在原三校"十五"规划的基础上，重新修订了《江苏大学2002—2005年事业发展规划》。谈到学校的发展目标，杨校长踌躇满志：顺利实现了"五个"统一，江苏大学正加快推进"四个融合"：学科融合、师资融合、资源融合、校园精神融合，脚踏实地地朝着"以工为主，理工医教结合，科技与人文交融，多学科协调发展，综合实力处于全国同类院校前列，并具有一定国际知名度的高水平、开放式的教学研究型综合性大学"努力。

科学研究和科技水平是高校办学水平和学术声誉的主要标志，也是学科建设的重要支撑和高新技术产业化的源泉。杨校长说，综合学科优势，促进交叉融合，形成自然科学和人文科学相得益彰、基础研究和应用研究互为支撑、传统特色和前沿领域共同发展的科技发展新格局。杨校长谈到，今年学校的科研将以创新精神为动力，以承接重大项目为切入点，以建设高水平基地为基础，以政策导向为杠杆，以培育优秀团体为目标，实现各项指标的新突破。

创新机制，激活潜能，跨越发展。江苏大学通过对原有三校科研机构的整合，发展了一批有实力、有特色、结构合理的科研院所，并着力培养科技之星，着手组建一支200人左右的专职科技队伍。在谋求科研事业大发展的关节点上，迈出了坚实的一步。杨校长说，"十五"期间各项科研指标将以每年15%的速度增长，2005年科研经费1亿~1.4亿元，在争取国家重大项目上有重大突破,获国家级科技进步奖 1~2 项,省部级成果奖 100 项以上,国际权威杂志和国内核心期刊发表学术论文 3 000 篇以上,专利申请和授权量都有大的增长。

采访结束时,杨校长告诉记者,到 2005 年,江苏大学全日制在校生将达到 32 000 人,其中研究生规模达到 3 500 人。届时,江苏大学将创建一级学科博士点 6~8 个,博士点 20 个以上,硕士点达 60 个以上;国家级重点学科 1~2 个,省级重点学科 10~15 个,博士后流动站 5~7 个;创建省级品牌专业点 10 个、省级特色专业 15 个,还要重点建设 8 个左右基础课程实验教学示范中心等等。从这一组组数字不难看出杨校长率领江苏大学师生全力打造一流大学的决心。

（高　鸣　张明平　李少东）

大公报

2002 年 4 月 18 日

高教改革应当强化"五种意识"

——访江苏大学党委书记朱正伦

连日的冬雨给江南名城镇江增添了更多的寒意,江苏大学党委书记朱正伦的办公室里却暖意融融,记者被他思考的高校办学"五种意识"所打动。

朱正伦关于教育改革和创新所应当坚持的"五种意识"之首是必须牢固确立"人本意识",即"以人为本、以学生为中心"。他说:"这是教育教学改革与创新必须解决的首要问题,也是教育教学改革和创新的本质所在。"他说:"学生是学校的生存之本。大学是因大学生而设立。没有大学生,大学就没有存在的价值。"朱正伦认为,促进学生的发展是学校发展之本。大学要发展,关键在于培养的学生是否有质量、有特色。学生的质量、特色,体现了学生的发展水平。学生的发展,既包括少数精英的成功,也包括全体学生的成才;既包括全面的发展,也包括个性的发展;既包括现实的发展,也包括未来的发展。学校不仅要教学生"学会",更要教学生"会学";不仅要教学生学会某些专业知识,更要让他们掌握终身学习的本领;不仅要教学生知识,更要教学生创新。校际竞争,归根到底是教育质量的竞争、学生发展水平的竞争。学生发展水平高,学校的竞争力就强,学校的发展环境也就好。因此,促进学生的发展,是学校发展的有力支撑。"一切为了学生,为了一切学生,为了学生的一切,是推动学校各项改革的动力之源。这既是学校改革的出发点,又是学校改革的落脚点。学校的各项工作应适应学生成长的客观规律,适应学生学习、生活的需求,更好地为学生成长、成才服务。"他强调,为适应新时期、新形势的客观要求,高校的改革与创新必须始终把人才的培养作为根本任务,既做好知识的传授,又注重学生能力的培养,既使学生掌握谋生和发展的手段,又教会他们如何做人。

"学校的改革和创新,必须遵循人才成长规律,适应高等教育由精英教育向大众教育的转变,确立与时俱进的思想观念,不断强化有效性意识。"朱正伦指出,增强教育有效性包括提高教育效率和提高教育质量。浪费时间是最大的浪费。在本科教育4年中,高质量地完成学生的培养计划,把学生培养成为合格的建设者和接班人,时间有限,十分紧张,要求我们惜时如金,用足用好学生在校期间的每一分钟,提高教育效率,在有限的时间里,向学生传授尽可能多的有用知识,使学生得到尽可能多的全面发展的锻炼。要提高课堂教育效率,腾出更多的时间,为学生提供一定的自由学习和发展的机会,也让我们的老师从过多的课堂教育中解放出来,从事科研、自我学习提高和加强同学生的沟通。要采取有效措施,努力提高教育质量。教育质量是复杂、综合性评价体系。教师的教与学生的学是分不开的。这既是一对矛盾,又是有机整体。评价教育质量,要看教师教得怎么样,包括传授知识的数量、传授知识的质量以及传授知识的技术和艺术。要坚持传授知识目的和效果的一致性。评价教育质量,还要看学生接受的程度,看学生内化的效果。总之,评价教育质量,要从教和学两个方面来衡量,传授的知识"多"、"新",学生接受和消化得好,教育质量就高。

"强化民主性意识,发扬教育民主,营造良好的民主环境是开发学生的智力必不可少的条件。"朱正伦认为,中国文化十分强调"师道尊严"。在这种思想影响下,往往采取的是一种单向灌输的教学方式,老师讲,学生听,教师授课,学生记笔记,导致学生疏于思考,被动接受教育,抑制了学生的主动性和积极性。现代教育注重调动学生的参与性、主动性和积极性,实现由单向灌输向双向互动转变,营造以学生为主体、师生平等的教学环境,鼓励学生思考问题、发表与教师不同的观点。要提倡教学相长,发扬教育民主。

"要强化尊重个性意识。"这位多年在宣传文化系统从事领导工作的大学党委书记十分重视人的个性在创新过程中的重要作用。"没有个性,就没有艺术。没有个性,就没有创新。珍惜个性、培养个性是教育创新的重要命题。每个学生进校接受教育,都会表现出个性,每个个性都有天赋的特征。我们要注意发现他们的个性,保护他们的个性,引导他们发挥好个性。我们要把学生的个性作为未来发挥智力和聪明才智的重要因素来对待!"

通过将大众化教育与精英教育相对比,朱正伦认为,其中最显著的特点,就是学生的知识基础和道德基础都有明显的差异性。加上大变革的社会环境影响,学生思想变化的跳跃性、显现性、多元性也表现得更为突出。面对这种情况,对所有学生用一个标准来衡量、一套方法来施教、一种模式来培养已很不适应实际情况。要让每个学生都能成才,必须采取分类指导,分层施教,从实际出发,对不同的学生采取不同的培养模式,必须要强化分类施教的意识。

（朱 庆 丁汉新）

坚持"四个优先" 提高高教质量

最近,胡锦涛总书记、温家宝总理多次从事关创新型国家建设和社会主义现代化建设事业全局的高度,强调高等教育要以提高质量为核心,加快教育教学改革,创新人才培养模式,优化人才培养结构,努力造就大批杰出人才。如何贯彻落实胡锦涛总书记、温家宝总理的重要指示精神,转移工作重心,实现学校又好又快的发展? 我们的思考是,按照"有所为、有所不为"的原则,坚持"四个优先",即在教学质量、拔尖人才、强势学科、自主创新 4 个方面优先发展、重点突破,提升内涵,强化特色,走提高质量发展之路。

第一,坚持教学质量优先。人才培养是高等学校的根本任务,提高教学质量是学校工作的永恒主题。2005 年,江苏大学被教育部评为"全国本科教学工作优秀学校",但面对建设创新型国家对高素质人才的需求,本科教学工作还有很多方面需要进一步完善,任重而道远。"十一五"期间,江苏大学将坚持把提高教学质量放在首位,创新人才培养模式,培育"国字头"品牌,着力构建确保本科教学质量不断提高的长效机制,努力形成富有特色的以培养拔尖创新人才为亮点、以培养高素质复合型人才为主体的人才培养体系。2007 年,学校将实施人才培养"三大计划":一是"优才优育计划"。按照"宽口径、厚基础"的要求,依托国家、省级重点学科和学校的强势学科,除继续办好机械动力和电子信息专业大类"培优班"外,实施提前选拔优秀本科生免试攻读硕士学位政策,加强"尖子"本科生培养工作。二是"复合型人才培养计划"。有计划地推行主辅修制,进一步完善本科人才培养方案,大幅增加学科前沿类、素质教育类新课程数量,指导学生跨专业选课,培养"一专多能"人才。三是"创新型人才培养计划"。把"研究型教育"引入本科教育,开设好综合性、设计性、创新性实验教学课程,加强实验、实习、调查、社会活动等实践性教学。目前,各类研究生人数已近6 000 人,作为一所教学研究型大学,在加快发展研究生规模的同时,我们将高度重视研究生培养质量,切实把创新意识、创新能力和科学精神的培养作为研究生教育改革的重点,采取有效措施,鼓励、引导广大研究生尽快进入学科研究主流,把握学术发展前沿,提高他们的创新能力,全面提升学校研究生教育水平。

第二,坚持拔尖人才优先。教师是大学的灵魂。当前制约学校事业发展的瓶颈,仍然是缺乏一批名师和拔尖人才。在现代科技日趋综合、新兴学科迅猛发展的形势下,没有人才便没有一切,没有一批名师和拔尖人才就不可能建成高水平的大学,只有建设好高层次人才队伍和以高层次人才领衔的创新团队,才能引领学科步入学术前沿,才能孕育重大理论和高新技术研究成果,才能培养出高质量的创新人才。2007 年,江苏大学将实施队伍建设"精英计划",采取超常规的政策与措施,倾注超常规的心血和热情,"移大树,育良才"。学校将精心构建"用好现有人才、引进急需人才、培养未来人才"的人才队伍建设体系,包括面向国际、国内公开招聘关键岗位的急需人才和高层次人才,到各地访名校、拜名师,着力培养一批具有创新能力和发展潜力的中青年学术带头人和学术骨干。同时,学校将加强人才工作环境建设,事业留人、机制留人、感情留人、正气留人,特别是对目前在国际国内已有一定影响的教师,学校要创造条件,重点扶持,为他们施展才华提供舞台,为他们提高在国内外学术界的知名度创造条件。

第三,坚持强势学科优先。学科和专业是大学组织的基本构成单元,学科建设是学校建设的龙头,特色学科是大学发展的制高点。世界一流大学大多以一流的特色学科闻名于世,没有高水平的学科就没有高水平的大学。江苏大学是全国首批具有博士学位授予权的高校,曾为我国培养了第一批农机学科硕士生和第一位农机博士;车辆工程学科是继清华大学、吉林大学、湖南大学之后的全国第四个博士点,流体机械及工程学科是我国唯一以水泵研究为特色的国家重点学科,农产品加工工程学科是国内第一个博士点。这充分表明,在长期的办学实践中,我们已逐步形成了鲜明的工科特色,已经有了我们的优势。除工学外,近几年学校在生命医药、理学、经管等学科领域也呈现出很好的发展势头。当前,我们工作的重点,就是对已形成特色和优势的学科,集中资源、重点投入、加快建设,力争经过若干年的建设和积累,建成 2 至 3 个"国内一流、江大特色"、具有一定国际影响的标志性学科,建成 10 个左右在国内具有明显特色和优势的学科。

第四,坚持自主创新优先。学校办学水平的提升,归根到底是科研水平的提升。科研水平的提升,不仅要看科研数量,更重要的是要看科研的质量。学校的科技工作既要关注"国计",又要关注"民生"。关注"国计",就是要瞄准和围绕国家科技重大需求,跨学科组建创新团队,构建科研平台,力争在承担国家重大科技项目、获得重大科技奖励、国家级基地平台和创新团队建设上取得突破性进展,显著提升学校的自主创新能力。关注"民生",就是将教师和广大科研人员的研究视野从国家延伸到地方和企业,想企业之所想,急社会经济发展之所需,拓展合作领域,创新合作方式,提高合作成效,主动融入创新体系,努力提高对经济社会发展的贡献度。

对于江苏大学而言,实行"四个优先"的办学方针,突破口就是要实施"国字头"品牌建设工程。近年来,我校先后获得国家级教学成果奖、国家级精品课程、"新世纪百千万工程"国家级人选、全国百篇优秀博士论文,学报自然科学版进入 EI 检索等,这都是江苏大学"提升内涵,强化特色"的成功实践。"十一五"期间,我们将在建成一批国家级重点学科和国家工程中心、国家精品课程和教材,获得一批国家级教学成果奖和国家科技进步奖,培养一批国家级教学名师、院士(候选人)、国家杰出青年基金获得者和优秀学科带头人等方面花心思、下苦功,真抓实干,全力谱写"提升内涵,强化特色"这篇大文章。

(袁寿其)

中国教育报

2007 年 8 月 31 日

媒眼
高端视点
011

江苏大学:内涵和特色引领事业发展

随着各高校"十一五"规划的陆续颁布,地处镇江的江苏大学也不甘落后。虽然不具备地域优势,江苏大学依然雄心满怀,据校长杨继昌介绍,到2010年,将把江苏大学建设成为以工科为特色、多学科协调发展、若干学科国内一流的高水平、开放式教学研究型综合性大学,建设成为高层次人才培养基地、科技创新基地、国际文化交流基地,为建设研究型综合性大学奠定坚实基础。

"内涵与特色共同构成了一所大学的灵魂和基石,决定着学校的办学品位、层次和成色,是学校的优势所在。"杨继昌认为,我国高等教育在经过"九五"以迅速扩大规模为主要特征的"大发展"、"十五"以建设新校区为主要特征的"大建设"之后,"十一五"已进入以提高教育质量和办学水平为主要特征的"大提高"阶段。

杨继昌告诉笔者,"十五"期间,江苏大学坚持了"规模发展与质量提高、外延扩张与内涵充实、布局调整与结构优化、基础加强与特色创建"四个结合的办学方针,学校实现了跨越发展。"但这个跨越还没有完成,形象地讲,我们只是迈出了左脚,右脚必须紧紧跟上才能站稳。右脚就是内涵和特色。我们必须实现工作重心的转移。"为此,"十一五"期间,江苏大学把"提升内涵、创建特色"确定为事业发展的主题,大力强化教学质量、拔尖人才、强势学科、自主创新"四个优先",积极构建教学、队伍、学科、科技"四位一体"的运行机制,浓墨重彩地书写"内涵特色"这篇大文章,全力在新一轮高教竞争中进档升位。

学科建设:全力打造强势特色学科

杨继昌坦言,目前江苏大学在加快由大校向强校转变的过程中,与先进的兄弟院校在学科特色和领军人物等方面存在一定差距,这成为制约这一转变进程的瓶颈。"要缩小和消除差距,走老路不行,简单模仿也不行,出路在于改革和创新。'十一五'期间我们要在国家、省、校三级重点学科建设体系的基础上,加强规划、加快建设、加大投入、做特做强,力争经过若干年的建设和积累,建成2~3个'国内一流、江大特色'、具有一定国际影响的标志性学科,建成10个左右在国内具有明显特色和优势的学科。"

"十一五"期间,江苏大学将全力打造两个特色学科群。一个是在国内有着较大影响、具有"工中有农、以工支农"鲜明办学特色的农业工程学科群。该学科群拥有1个国家级重点学科、1个国家级重点学科培育点、3个省级重点学科和2个省级工程中心。另一个是机械工程学科群。该学科群拥有2个国家级重点学科培育建设点、3个省级重点学科、3个省级重点实验室、2个省级工程中心。与此同时,作为一所综合性大学,江苏大学正积极探索理工背景下繁荣和发展人文社会科学的新路径。"十一五"期间学校每年设立200万元人文社会科学"种子基金",为人文社会科学研究和学科建设提供资金保障。

人才培养：进入全国高校先进行列

杨继昌说："'十一五'末，我校的人才培养质量要进入全国高校先进行列。"他透露，在全面总结教育教学改革经验的基础上，目前学校已制订了适应时代要求、具有江大特色的人才培养计划。其亮点就是探索多元化人才培养模式，推进"大类招生、大类培养"，相近专业构建专业群，原则上学生在一、二年级按专业大类组织教学，三年级及以后实施专业（方向）分流培养。

2005 年，江苏大学被教育部授予"本科教学工作优秀学校"。这是对江苏大学本科教学工作的充分肯定。杨继昌表示，"十一五"期间，学校将以建立学院教学质量评价体系，实施课程负责人制，大力推进脱稿授课、多媒体课件准入制、青年教师过教学和工程能力关为抓手，进一步丰富迎评内涵，努力形成确保教学质量不断提高的长效机制。

国家级品牌特色专业、精品课程、优秀教材、教学成果奖和实验教学示范中心是体现一个学校内涵和实力的重要标志。"'十一五'期间，学校将重点加强'国字头'项目的培育建设工作，科学规划，加大投入，加快建设。"杨继昌说，"十一五"末，江苏大学将努力建成国家级品牌特色专业 2~3 个、精品课程 2~3 门、优秀教材 3~5 部、实验教学示范中心 1~2 个、培养 1~2 名国家级教学名师，获国家级教学成果奖 2~3 项、全国百篇优秀博士论文 2 篇以上。

科技创新：构建团队提升能力

杨继昌介绍，"十一五"期间，江苏大学将坚持学科带头人和重大科研项目负责人制度，努力建成 1~2 个教育部科技创新团队和国家自然科学基金会科技创新群体、2~3 个江苏省优秀科技创新团队，同时还将设置 300 个科研编制，并大力推进创新研发、科技成果转化和公共服务"三大平台"建设。

"我们还要主动融入以企业为主体的国家创新体系建设。"杨继昌表示，学校要围绕江苏重点发展领域，瞄准"政府最关心、企业最迫切、百姓最需要"，建立重点产学研联合体 100 个左右，大力推进与重点行业和重点企业的产学研合作。他介绍，学校还将综合机械、车辆、材料学科优势，努力为江苏汽车工业的快速发展提供技术支撑；综合能源、动力、生物、化工学科优势，努力为江苏资源与环境的可持续发展作出贡献；综合流体机械、农业工程学科优势，努力为江苏的新农村建设服务。

队伍建设：拔尖人才和领军人物实现突破

高层次人才积聚的质与量，最终决定学校的发展与水平。杨继昌介绍，"十一五"期间，江苏大学将继续深化人事制度改革，实施人才强校工程，用好现有人才、培养关键人才、吸引拔尖人才、储备未来人才，着力打造一支结构优化、规模适当、素质精良、富有活力、勇于创新的高水平教师队伍、管理队伍和实验技术人员队伍。

"'十五'期间，我们实施了'不遗余力，不惜代价，不留遗憾'的'三不'方针，师资队伍建设取得显著成效。今后我们要进一步将开门引进作为人才策略的支撑点，将名校育才作为人才策略的着力点，将用养结合作为人才策略的关节点，重中之重是要千方百计地实现杰出、拔尖人才引进、培养上的突破。"杨继昌说，江苏大学地处镇江，引进杰出、拔尖人才不具备明显区域优势，在拔尖人才的引进培养上，我们更要有"踏破铁鞋"的决心、"三顾茅庐"的诚心和"为伊憔悴"的恒心，要有新的思路和招数。

杨继昌告诉记者，目前江苏大学正大力实施"5128"工程，造就5名左右在国内外有影响的知名学者、10名左右能够带领本学科进入前沿的优秀学科带头人、200名左右优秀学术骨干和优秀课程负责人、800名左右优秀教学骨干教师。"尤其是要采取超常规措施，切实改变我校无两院院士的局面。"到"十一五"末，江苏大学师资队伍建设的目标是：教师中具有海外留学经历的占20%以上，具有博士学位的占30%，具有硕士以上学位的占85%，专任教师中高级职称比例为50%以上，院士、国家级教学名师、百千万人才工程人选3～5人。

（高　鸣　尹志国　张明平）

科学时报

2007年12月23日

解难事　谋大事　办实事　促发展

作为一所地方综合性大学，江苏大学在学习实践科学发展观活动中，围绕"创新体制机制，推动科学发展，建设高水平教学研究型综合性大学"主题，强化实践特色，着力解难事、谋大事、办实事，努力实现党员干部受教育、科学发展上水平、师生员工得实惠、服务地方作贡献的目标要求。

"解难事"——着力解决影响和制约学校事业科学发展的难题。学校确立了"以人才培养为根本，紧扣'提升内涵，强化特色'发展主题，坚持教学质量、拔尖人才、强势学科、自主创新'四个优先'办学理念，大力推进'国字头'品牌建设工程、管理创新工程、和谐校园建设工程和党的建设工程，推动学校事业又好又快发展"的发展思路，立足当前，着眼长远，着力解决三个突出问题。

一是制度建设问题。把制度建设作为推进学校事业科学发展的根本性、全局性和基础性工作，按照"继承、完善、创新"的思路，全面梳理、完善各项规章制度，着力构建科学的决策机制、高效的压力传递和动力激发机制、系统的考核评价机制，努力形成决策科学、执行顺畅、监督有力的制度体系。

二是师资队伍问题。深入解放思想，大力推进"杰出人才工程"和"拔尖人才与科技创新团队培养工程"，尽快实现院士、"长江学者"、特聘教授等高端人才的突破。着力实施"百名骨干教师培养计划"和"百名博士引进计划"，努力建设一支适应高水平大学建设要求的师资队伍。

三是资源效益问题。牢固确立人力资源是第一资源的理念，科学调配和使用人力资源。确立经营学校理念，优化校区功能布局，推进土地置换工作，缓解学校建设发展中面临的财务压力。合理配置、科学管理房产、水电资源，提高使用效能和办学效益。加快建设校级公共服务平台，提高大型实验仪器设备开放与共享程度。

"谋大事"——着力谋划推动学校事业科学发展的几件大事。如，在分析"十一五"事业发展规划执行情况的基础上，全方位推进"国字头"品牌建设工程，全面提升核心竞争力和办学综合实力，加强宏观思考和战略研究，超前谋划学校"十二五"事业发展规划和中长期发展规划。深入推进"本科教学质量与教学改革工程"和"研究生教育创新工程"，努力打造"本科教学质量名校"，全面提升人才培养质量。狠抓科技创新团队建设，拓展国际科技合作和学术交流，推进哲学社会科学繁荣计划，大力增强科技创新能力。深入推进科技服务地方的"1863"计划，鼓励教师面向行业、走向企业，主动服务地方经济社会发展。

"办实事"——着力办好师生员工普遍期待、真正受惠的一些实事。如：积极应对，多策并举，促进毕业生充分就业；做好教代会提案办理工作，不断提高民主管理水平，努力改善教职工工作和生活条件；加强校园综合治理，创建平安和谐校园；加强校园文化建设，不断优化育人环境；完善帮困资助机制，为患重病师生排忧解难；等等。

（范　明）

中国教育报

2009 年 6 月 23 日

紧扣科学发展主题　着力破解三大难题

深入学习实践科学发展观活动开展以来，江苏大学党委紧紧围绕"党员干部受教育，科学发展上水平，师生员工得实惠，服务地方作贡献"的要求，通过广泛调研，集中师生智慧，认真梳理影响和制约学校发展的突出问题，从制度建设、队伍建设、服务社会等三方面入手，深入开展研讨，探究破解路径，在边学边改、边议边改、边整边改中，进一步理清发展思路，创新发展举措，不断加快向建设高水平大学目标迈进的步伐。

一、完善和优化并举,积极破解制度建设滞后于事业发展需要的问题

制度具有根本性、全局性、稳定性和长期性。通过学习实践活动我们深切感到,面对推动科学发展、建设高水平大学的要求,我们的一些思想观念、管理理念还存在不适应的地方,一些制度还需要进一步完善,一些关系还需要进一步理顺,一些政策欠科学、不配套的情况还需要进一步扭转。我们按照"继承、完善、创新"的思路和"先急后缓、先易后难、精干管用"的原则,围绕管理科学化和规范化目标,既扬弃优化又革故鼎新,通过宣传发动、调研梳理、重点建设、检查验收等4个阶段,扎实推进制度建设,着力完善架构合理、设计科学、执行有力的制度体系,充分发挥制度的导向、激励及约束功能,有效推动现代大学制度建设进程,努力为建设高水平大学创设优良的制度环境。

在学习实践活动中,我们通过问需于师生、问计于师生,汇集广大师生智慧,确立了制度建设工作的三大重点领域:(1) 着力完善人事分配制度。研究制定校内《岗位设置管理办法》,深化人事制度改革,建立"职务能上能下,人员能进能出,待遇能高能低"的新的用人机制,实现由身份管理向岗位管理转变;修订《高级专业技术职务评聘工作的实施意见》,完善职称评审办法,进一步提高评聘条件,充分发挥职称评审制度的杠杆导向作用,优化人才脱颖而出的竞争机制;借助岗位绩效工资改革契机,建立健全重实绩、重贡献,向优秀人才、关键岗位倾斜的激励机制;修订学校《科研业绩考核办法》,提高科研奖励的项目层次,实现由重立项向重成果、重数量向重质量的转变,完善科研工作管理机制,充分调动广大教师从事科研工作的积极性。(2) 着力完善干部工作制度。修订《处级领导干部选拔任用工作规定》等制度,坚持正确的用人导向,按照德才兼备、注重实绩、群众公认原则选拔任用干部,提高选人用人的公信度;制定实施《关于专职党政管理岗位非领导职务设置与管理的意见》,规范非领导职务干部的选拔、考核与管理;完善干部考核机制,在去年年底启用的新中层干部考核测评系统的基础上,进一步强化多层面评议和加权综合评定,公正考评干部,同时科学运用考核结果,解决干部"能上难下"的问题。(3) 着力完善资源配置、有偿使用和效益评估机制。按照"合理配置,定额管理,节余奖励,超额自付"的原则,制定实施《公用房管理暂行条例》及《实施细则》、《节水节电管理暂行办法》等制度,提高房产、水电资源使用效能;制定实施《大型设备开放运行管理办法》、《实验室管理绩效考核办法》等制度,加快校级公共服务平台建设,提高大型实验仪器设备开放与共享程度。

二、培养和引进并举,积极破解队伍建设滞后于内涵提升需要的问题

人才资源是推动高校科学发展的第一资源和决定因素,人才问题是关乎高水平大学建设的关键问题。通过学习实践活动我们深切感到,面对推动科学发展、建设高水平大学的要求,我们在领军人物与高层次优秀人才的培养和引进上还缺乏大视野;在具有国际、国内影响力的学术带头人的培养和高水平创新团队的培育上还缺乏大创新;在强化主讲教师队伍、中青年学术骨干队伍和拔尖教学团队的建设上还缺乏大手笔;在完善激励、促进和引导优秀人才脱颖而出的机制和手段上还缺乏大气度。我们以汇聚、尊重和提升人才为方向,

念好"远、优、实"三字经,积极为建设高水平大学提供有力的人才支撑。

汇聚人才的规划要"远"。立足学校实际,着眼长远发展,制订科学的人才队伍建设规划,并在跟踪与研究新的人才工作形势和要求的基础上,及时调整、充实和完善。在学习实践活动中,我们敏锐地意识到,2004年制订的《江苏大学2005—2020年中长期发展战略规划·师资队伍建设规划》中,一些任务目标已经超前完成,一些思想理念已经相对滞后。我们在开展前瞻思考的基础上,积极完善师资队伍建设规划:通过党代会,明确推进"人才强校"战略,引进与培养并重,为学校事业发展提供强有力的人才支撑;通过学习实践活动,开展深入分析检查,针对领军人物和高水平团队偏少这一制约学校发展的突出问题进行反思,进一步提出建设高水平师资队伍的有力举措,不断调整和完善现行师资队伍建设规划。学校还将在2010年初启动"十二五"事业发展规划与新的中长期发展规划调研和论证工作的同时,着手制订新一轮师资队伍建设规划。

尊重人才的环境要"优"。汇聚吸纳人才是队伍建设的基础,发挥人才作用是队伍建设的根本。对于优秀人才,只有事业上有平台、发展上有空间、待遇上有保障,才能真正达到感其心、留其人、激其行、用其才的目的。在学习实践活动中,我们认识到要尊重人才工作规律,积极为优秀人才提供良好发展环境。第一,构筑事业平台。依托各级重点学科、特色专业建设等平台,给优秀人才"压担子";依托各级重大科研基金项目或重大科技攻关课题,让优秀人才"挑担子";进一步加大重点实验室等平台建设和重点设备投入力度,为优秀人才开展工作提供优良条件。第二,拓展成长空间。科学调整教学科研评价和奖励等政策,有效发挥政策的导向作用,帮助优秀人才脱颖而出;以学科带头人为核心,强化团队的凝聚、引领、带动作用,探索实践"主讲教师+教学团队"的教学队伍建设模式,帮助优秀人才健康快速成长;借助各级学术组织和团体,帮助青年优秀人才与名师、大家建立学术联系,紧跟学术前沿,增强发展后劲。第三,保障人才待遇。积极配套优秀人才的各项优惠政策,完善收入分配制度,采取有效措施,确保优秀人才的工作岗位待遇、生活工资待遇、社会保障待遇"三个到位",切实解决优秀人才的后顾之忧。

提升人才的载体要"实"。有效的工作载体,直接影响着工作推进和深化的成效。为提升人才队伍整体水平,积极夯实工作载体,可以借力起跳,有效拓展发现和甄选人才的视野,加大吸纳和培养优秀人才的力度。在学习实践活动中,我们不断加大人才工作力度。一方面,积极推进"两大工程"。以"杰出人才工程"为载体,积极畅通高端人才培养和引进的绿色通道,努力在院士、"长江学者"特聘教授等高端人才培养和引进上有新作为;以"拔尖人才与科技创新团队培养工程"为载体,强化指导、监督、检查和考核,帮助杰出人才与团队早出成果、出大成果,发现和汇聚一批杰出的中青年学术科研骨干。另一方面,大力实施"双百计划"。以"百名博士引进计划"为载体,今后5年每年引进100名博士,积极汇聚一批一流学科带头人、极具潜力的学术带头人和海外优秀人才充实师资队伍;以"百名骨干教师培养计划"为载体,每年选派100名中青年骨干教师赴国内外"访名校、拜名师",其中50名赴国(境)外知名高校或研究机构攻读学位、进修深造、合作研究和访问交流。

三、传承和创新并举,积极破解服务水平滞后于社会发展需要的问题

依托学科和人才优势,积极参与行业与地方创新体系的构建,不断深化服务内涵,提升服务层次,有效增强服务地方经济社会发展能力,不仅是高校服务社会功能的重要体现,也是高水平大学自身发展的内在要求。通过学习实践活动我们深切感到,面对推动科学发展、建设高水平大学的要求,我们对接创新型国家建设的举措还偏少,服务社会的面还比较狭窄;承担重大科技项目的集成创新能力还偏低,科技创新潜能需要进一步释放;科技创新力量分散,科研成果转化的组织化程度有待提高。我们积极贯彻国家"自主创新、重点跨越、支撑发展、引领未来"的科技工作方针,努力在传承和创新中建立服务社会的长效机制,不断提升服务能力和水平,为建设高水平大学注入强劲的发展动力。

对接"三农"需求,以科技支农提升学科优势。江苏大学以农业机械起家,在长期办学过程中逐步形成了"工中有农,以工支农"的办学特色。在学习实践活动中,我们始终坚持把服务"三农"作为贯彻落实科学发展观的重要着力点,通过服务"三农",有效提升农机、排灌、农产品加工等传统涉农学科优势,促进相关学科和专业的调整与拓展。其一,以加强涉农技术研究"支农"。依托获得国家技术发明二等奖的"食品、农产品品质无损检测新技术和融合技术"项目,将计算机视觉、电子嗅觉和近红外光谱分析等多种检测信息融为一体,开辟了食品、农产品检测技术的新境界。其二,以有效提高农业生产效率"兴农"。利用承担开发的国家发改委高技术产业化示范工程项目"高压静电喷洒灭蝗车",投入新疆、青海等地使用,大大提高地面防治实效性;开发的"高性能稻麦联合收割机关键技术",形成自主知识产权,使国产稻麦联合收割机达到国际先进水平。其三,以促进农业增产增收"富农"。开发的"温室关键装备及有机基质的开发应用"研究成果,经在江苏、河南、山东等地推广应用,同原有设施农业生产方式相比增产30%左右,有效推动了传统农业的升级改造。

深化校地合作,以科技服务扩大社会影响。校地合作是高校服务地方经济社会发展的重要形式。在学习实践活动中,我们认识到只有紧密对接国家创新体系构建和区域经济社会发展重大需求,以社会为"训练场"和"裁判员",不断调整服务结构,提升服务水平,提高社会贡献度,才能获得社会的认可和支持。一是参与科技服务社会体系建设。与江苏、浙江、河南等省的50多个市县或科技主管部门签订了全面合作协议;与无锡、温州、镇江、常熟等地联手共建地方工程技术研究院或大学科技园,在服务地方中扩大学校社会影响。二是为政府提供决策咨询服务。主动研究经济社会发展重大问题,依托中小企业发展、知识产权保护等领域的科研成果,辅助地方政府和行业制订战略性发展规划,先后完成"江苏省资源战略研究及对策"等咨询类研究项目40余个。通过为政府重大决策提供有分析、有论证、有对策的建议,分担社会责任,树立良好形象。三是积极选派优秀干部到地方挂职。先后选派一些优秀干部以担任科技副县长或科技特派员、对口科技扶贫等形式,赴宁夏、扬州、句容、阜宁等省、市、县,深入经济发展主战场、改革攻坚最前沿,帮助解决实际问题,为地方经济社会发展作出了积极贡献。

融入创新主体,以科技攻关增强创新能力。加强产、学、研优势结合,大力推进自主创新,推动科技成果转化,是高校服务经济社会发展的必由之路。在学习实践活动中,我们认识到高校围绕行业企业自主创新能力和核心竞争力的提升开展科技攻关,有利于优势学科强势化、新兴学科集聚化,有利于增强学校科技创新能力。依托现代装备与先进制造、新能源与节能、汽车与轨道交通、新材料、生物技术与新医药、电子与信息技术等领域的优势,建立六大行业战略联盟,在服务行业中强化自主创新能力;依托现有省、市科研平台,以共建工程中心、博士工作站等形式,与行业骨干企业建立科技协作联合体,帮助行业企业解决实际问题,推动技术创新和升级;依托国家级重点学科、与行业企业开展联合科技攻关。获得国家科技进步二等奖的"潜水泵理论与关键技术研究及推广应用"项目,就是依托本校国家级重点学科"流体机械及工程"、与行业企业开展联合科技攻关取得的成果:研发的泵站模型在南水北调、三峡工程、引滦入津等大中型工程中得到广泛应用,一批新技术引领了行业发展,大大拓展了学校科技创新的辐射力。

(范 明)

中国高等教育
2009 年第 13、14 期

江苏大学校长袁寿其:
突出特色　坚持走高水平大学建设之路

袁寿其,江苏大学校长。国家杰出青年基金获得者、"新世纪百千万人才工程"国家级人选、江苏省"333 工程"中青年首席科学家,享受国务院特殊津贴。长期从事农业机械及节水农业装备的科研工作,承担的"潜水泵理论与关键技术研究及推广应用"获国家科技进步奖二等奖,主持完成的"以'4C 能力'为核心的流体机械创新人才培养体系的创建与实践"获国家级教学成果二等奖。

"春水碧于天,画船听雨眠。"在国家著名历史文化名城——江苏镇江这方温婉秀美、钟灵毓秀的土地上,坐落着一所具有百年办学历史的高等学府——江苏大学。

1958 年,党中央提出了以农业为基础、以工业为主导的发展国民经济总方针,毛泽东同志指出:"农业的根本出路在于机械化。"随后,中央政府计划建一所"万人大学",为实现农业机械化培养人才。1960 年,国务院以南京工学院的农业机械、汽车与拖拉机等专业的全部师资、设备为基础在南京筹建南京农业机械学院,1961 年改为镇江农业机械学院并迁址镇江。它就是江苏大学的前身。

早在1978年，镇江农业机械学院就被国务院确定为全国88所重点大学之一，1981年成为全国首批具有博士、硕士学位授予权的高校之一。1998年，在国家高等教育办学体制改革过程中，江苏大学成为全国首批实行"中央与地方共建，以地方管理为主"管理体制的高校。

"虽然管理体制和国家政策有了变化，学科专业也不断调整，学校的老师和领导却始终坚持自己的办学理念和办学特色——工中有农、以工支农，为国家培养人才，为行业服务，坚持走有自己特色的高水平大学建设之路。"江苏大学校长袁寿其说。

历史悠久　特色鲜明

《科学时报》：1980年，您进入镇江农业机械学院（江苏大学前身）水力机械专业学习，1995年获博士学位，又先后任江苏工学院排灌机械研究所副所长、江苏理工大学流体机械工程技术中心主任和研究生部主任、江苏大学副校长、校长，可谓是老江大人了。这29年来，您是否思考过这样的问题：江苏大学是一所什么样的大学？

袁寿其：这是我一直在思考的问题，答案也是不断完善的。1980年，我考入镇江农业机械学院（江苏大学前身）水力机械专业学习，随后完成了硕士、博士研究生的学习，可以说是"土生土长"。我由一名呼吸着泥土气息长大、来自农村的学生，成长为江苏大学的校长和"流体机械及工程"国家重点学科带头人，可以说"我深深地爱着她的过去和现在，更深深地爱着她的未来"。

在我的心目中，江苏大学是一所历史悠久、底蕴深厚、特色鲜明、人才辈出的优秀大学。

首先是历史悠久、底蕴深厚。1902年，晚清名臣张之洞等在南京创办了三江师范学堂，首开江苏近代高等教育之先河。尔后，迭经兴废，南京大学、南京工学院等校薪尽火传，承其学脉。1960年，国务院以南京工学院农业机械和汽车拖拉机两个专业的师资设备为基础筹建南京农业机械学院，翌年迁址镇江并定名为镇江农业机械学院。1963年、1970年，吉林工业大学排灌机械专业及研究室、南京农学院农机化分院先后并入。1978年，镇江农业机械学院被国务院确定为全国88所重点大学之一，1981年成为全国首批具有博士、硕士学位授予权的高校。2001年，同处镇江一市的江苏理工大学、镇江医学院、镇江师范专科学校合并组建江苏大学。

所以，从办学渊源上看，江苏大学与南京大学、东南大学等著名高校同宗同源，具有百年办学历史。早在20世纪80年代，学校就受联合国委托，为亚太地区培养了大批高级农机技术与管理专家。

其次是特色鲜明、人才辈出。学校的工科特色非常鲜明，其基础是原南京工学院、吉林工业大学、南京农学院三所老校的有关专业和师资，办学起点高。

学校的农业机械设计与制造学科培养了我国该学科领域第一批本科生、第一届硕士研究生和第一位农机博士。汽车与拖拉机专业创设于1958年，当时国内仅有清华大学、吉林工业大学和我校设有。流体机械及工程专业是20世纪60年代初为适应我国农业排灌事业发展创办的，是国内唯一以水泵研究为特色的国家级重点学科。农产品加工及贮藏工程学科是国内第一个博士学位授权点。农业电气化与自动化是全国该学科领域的第二个国家重点学科。管理科学与工程是江苏省属高校中最早的博士点。学校是全国最早举办临床检验诊断学专业的5所高校之一。

在长期的办学过程中，学校秉承优良办学传统，为社会培养输送了大批优秀人才，而在校学生的表现也非常突出，在第10届"挑战杯"全国大学生科技作品竞赛中，学校以全国第6名的成绩第二次喜捧"优胜杯"，并两度获得"中国青少年科技创新奖"。自2003年江苏省开展评选"十佳青年学生"以来，我校是江苏高校中唯一一所每届都有学生当选的学校。以我校学生、被誉为"爱心天使"陈静的真实故事改编拍摄的电影《小城大爱》在全国公映。

2006—2008年，"全国百篇优秀博士学位论文"我校连续三年榜上有名，三位获得者中的两位都是江苏大学"本土培养"的学士、硕士和博士，其中一位最近被获批为教育部"长江学者"特聘教授。

培养"又红又专"的人才

《科学时报》：有很多成绩可以说明江苏大学的人才培养质量是高的，那么，对于高素质创新人才的培养，江苏大学有什么秘诀？在您看来，评判一所大学的人才培养工作是否成功的标准是什么？

袁寿其：目前中国高等教育的总体规模已位居世界第一，步入了世界公认的大众化阶段。温家宝总理曾多次指出：基础教育面临如何普及的问题，职业教育、中等教育面临如何发展的问题，而高等教育面临的最大问题是如何提高质量。这为高等教育新一轮的发展指明了方向。

本科教学方面：江苏大学要建成高水平大学，首先应该成为本科教学质量高水平的大学。所以学校非常重视本科教学工作，确立了"人才培养是学校工作的根本任务、教学工作是学校工作的重中之重、教育质量是学校的核心竞争力、教学改革的基本出发点是以人为本"的办学理念。

在这一理念的指导下，学校始终坚持教学工作的中心地位，坚持教育以育人为本，以学生为主体，坚持办学以人才为本，以教师为主体，大力推进"本科教学质量与教学改革工程"，并启动了优秀教学成果、教学名师、精品课程、精品教材、品牌特色专业、教学团队、教育教学改革与研究以及"百项本科生创新计划"等建设项目。

同时，根据因材施教的原则，大力实施了人才培养"三大计划"："优才优育计划"、"复合型人才培养计划"、"创新型人才培养计划"。与此同时，学校建立了主干课程教师主讲制、教师脱稿授课制、多媒体课件准入制、学院教学质量检查评估制等等，这些措施的采取，有效保证了人才培养质量的不断提高。

研究生教育方面：针对传统的"理论课＋学位论文"培养模式的不足，我们确立了强化理论知识与工程实际紧密结合的高端人才培养模式，坚持将工程能力的培养贯穿研究生培养的全过程。

在培养方案中除优化课程结构外,进一步强化生产实践、科研立项以及结合工程背景进行论文选题等要素,鼓励研究生按照"自行设计、自由探索、自己动手、自主创新"的"四自"原则,结合导师的科研项目,大胆开展科研探索和理论及技术创新,通过独立思考、在参与科研项目中不断提高自己的工程综合和创新能力。

衡量人才培养工作是否成功的标准,我觉得应该是"成人"和"成才"的统一,也就是蒋南翔在清华所倡导的"又红又专"。"红"就是政治成熟,"专"就是业务熟练,这与胡锦涛总书记要求的社会主义事业"合格建设者"和"可靠接班人"是完全符合的。具体讲,就是以是否具备强烈的社会责任感、良好的综合素养、健全的身心素质、较强的自主发展能力以及今后的工作表现等来衡量。

重视学校内涵建设

《科学时报》:据了解,江苏大学特别强调"国字头"品牌建设,如国家精品课程、国家级教学成果的遴选、培育、组织申报等。学校大力推进"国字头"品牌建设工程是出于怎样的初衷?

袁寿其:"国字头"是我们对国家级的学科、项目、人才、成果以及各类学生竞赛等的总称,这些都是体现学校办学实力的关键指标。任何一所高水平大学,必定要拥有一定数量的"国字头"作为"镇校之宝",否则就缺乏"高水平"的实力和底气。

我们大力推进"国字头"品牌建设工程主要有两个方面的考虑:一是江苏大学作为具有百年办学底蕴、工科特色鲜明的全国重点大学,在长期的办学过程中积淀形成了一定的特色和优势,但这种特色和优势还不够"显山露水",必须要进一步凝练、整合和提升。二是我们把大力推进"国字头"品牌建设工程作为创建高水平大学的关键路径,作为转变发展方式、提升发展质量、实现科学发展的重要抓手和载体。

学校希望通过"国字头"项目的不断突破,带动全局工作的整体推进和综合实力的全面提升。近年来的实践表明,我们"国字头"品牌建设工程确实抓住了关键,找准了突破口,学校事业呈现出又好又快发展的生动局面,受到兄弟院校的广泛关注。

《科学时报》:目前,国家正在积极推进高等教育由外延扩张向内涵提升转型,您认为大学内涵建设主要体现在哪些方面?提升内涵的关键是什么?

袁寿其:中国的高等教育经过"九五"以扩大规模为主要特征的"大扩招"、"十五"以新校区建设为主要特征的"大建设",目前已进入以提高质量为主要特征的"大提升"阶段。当前高校之间的竞争主要体现在内涵实力的竞争。

在前两轮的竞争中,如果规模发展一时滞后,短期内通过加大投入等方式是可以实现赶超的,而在新一轮的竞争中,如稍慢半拍,逊人一筹,对学校未来发展的影响将是致命的。所以,我们十分重视内涵建设,鲜明地把"提升内涵,强化特色"确定为今后一段时期学校事业发展的主题。

高校的内涵建设主要体现在教学、科研、学科、队伍、文化以及管理创新等方面。所以在强化内涵建设中,我们重点突出了"四个优先"和"三个着力"。"四个优先"就是教学质量优先、拔尖人才优先、强势学科优先、自主创新优先。"三个着力"即:着力创新党的建设新的伟大工程,努力为建设高水平大学提供强有力的思想、政治和组织保证;着力加强以社会主义核心价值体系为引领的思想政治文化建设,努力建设和谐校园;着力推进制度创新,努力建设符合教育规律的现代大学制度。

提升内涵的关键,我认为在高水平的师资队伍,学校坚持把建设一支与高水平大学要求相适应的师资队伍作为内涵建设的重中之重,"不惜代价、不遗余力、不拘一格"。

《科学时报》:开展科学研究和社会服务是高校的重要职能。江苏大学以工科为特色,如何发挥特色专业的优势开展科学研究和社会服务?

袁寿其:一所大学有没有活力、有没有发展的潜力,很大程度上体现在它融入社会、服务社会、引领区域经济发展和科技进步的能力,体现在它对国家目标和地方经济发展所作的贡献。

为此,我们将学校的科技工作定位于"两个接轨":一是基础研究和高技术研究与国家战略需求相接轨;二是应用研究和开发研究与国家、区域经济建设需求相接轨。

基础研究和高技术研究方面,重点是紧紧围绕国家重大科技需求和区域主导产业发展,瞄准学科前沿,将承接"973"计划、"863"计划、国家自然科学基金重点项目、国家社会科学基金项目、杰出青年基金项目、国家技术支撑计划和重大科技专项以及国防军工、核工重大项目等作为主要着力点,力争培育"大成果",争作"大贡献"。

应用研究和开发研究方面,主要是瞄准经济建设主战场,融入以企业为主体的国家科技创新体系,面向行业、走进企业,大力开展横向科研合作,努力承担事关地方经济社会发展重大问题和行业、企业关键共性技术的大项目、大课题。

经过长期探索,目前学校的科技服务工作已形成了"创新研发—成果形成—技术转移—产业化"的良性循环机制。2005年以来,全校技术合同总额达4亿元,科技服务辐射全国24个省、直辖市。特别值得一提的是,学校科技工作对江苏地方经济贡献率的主要指标(科技项目及团队、科技经费、科技基地、四技经费、科技成果转化及科技项目鉴定、专利以及科技成果奖等)都居全省高校前列。

特色做事　本色为"官"

《科学时报》:您在江苏大学的29年中,可以说,无论是作为受教育者还是教育者以及管理者,您都取得了很大的成功,成功的背后是什么?

袁寿其:我的体会是12个字,即角色定位、特色做事、本色为"官";我的感想是8个字,即热爱、敬业、投入、创造。

作为学生,就是要充分利用学校优良的办学条件,努力使自己德智体美全面发展,这是一个学生的角色定位。

作为教师,就是要潜心钻研业务,努力使自己成为学术的领跑者,名师才能出高徒,创新型人才的涌现关键在教师,这是一个教育者的角色定位。

作为管理者,对学校的决策部署,就是要全身心地投入、创造性地落实,细节决定成败,这是一个管理者的角色定位。

作为学校的校长,就是一定要有自己的办学思想和理念,要着力提高战略谋划能力,确保学校事业在正确的航向上不断前行,这是一个大学校长的角色定位。作为一所大学的校长,在不断提高决策水平的基础上,特别要致力于营造有利于各类人才集聚的良好环境。

在工作过程中,我的感触很多,简单说来有三点"更重要"。

一是信心比黄金更重要。在事业发展上我一直认为潜力是无穷的,压力激发活力,一切全靠奋斗,你永远比你想象的更优秀。

二是知己比知彼更重要。《孙子·谋攻》中说"知己知彼,百战不殆"。但两者相比,知己比知彼更重要,就是说要在充分肯定成绩的基础上清醒地看到"尺有所短","知不足"才能"而后进",才能激发奋进的勇气和斗志。

三是实干比说教更重要。这就是古人所说的"动人以言者,其感不深;动人以行者,其应必速"。任何事情,倘若总是坐而论道、执行力差,或者思考研究的多、付诸实践的少,或者总是议而不决,那么一切都只能是纸上谈兵,贻误发展。心动的想法固然重要,但执行和行动更重要。

《科学时报》:大学是放飞理想的圣地,大学是追求梦想的殿堂。作为一位大学校长,您的理想或梦想是什么?

袁寿其:岁月流金,物华竞择;百年办学,风雨兼程。如今的江苏大学在跨越时空的航道上,又开始了新的航程。"居高声自远,非是藉秋风"。建设高水平大学,不是一句抽象的口号,而是生动具体的,是一组组看得到的数据和一件件实实在在的发展成就。

作为江苏大学的校长,我非常渴望看到:通过全校师生的齐心协力、共同努力,在高等教育改革发展的大潮中,每一个季节都是她的春天;在数以万计的建国之才中,每一株桃李都有她的绽放。

（袁建胜　崔雪芹　张明平）

科学时报
2009 年 10 月 27 日

把"国字头"品牌建设当作跨越发展的引擎

高等教育的发展实践表明,高等学校立足自身特色和优势,通过改革创新,是能够大大缩短特定发展阶段的时间和过程并实现跨越的。香港科技大学在短短 16 年就跨入世界 100 强大学,英国沃克大学在建校 30 年之际就跻身世界一流大学,这都是跨越发展、后发先至的生动先例。江苏大学于2001年8月由原江苏理工大学、镇江医学院和镇江师范专科学校合并组建，与首批合并高校相比，已然是高等教育体制改革的"末班车"。同时，学校也曾错失跻身"211工程"高校的历史机遇。但是我们认为，作为一所与南京大学同宗同源，具有百年办学底蕴，全国首批具有博士、硕士学位授予权的88所"老牌"重点大学之一的江苏大学，完全具有跨越发展、实现赶超的基础和条件，关键是要找准实现跨越的路径和突破口。在近10年的改革与发展中，我们逐步探索出了一条以"国字头"品牌建设工程为抓手，推动学校事业跨越发展的成功之路。

"国字头"是我们对国家级的学科、项目、人才、成果以及各类学生竞赛奖项的总称，这些都是体现学校办学实力与水平的关键指标。任何一所高水平大学，都必定要拥有一定数量的"国字头"作为"镇校之宝"，形成教学、科研、学科、队伍等方面的品牌特质，否则就会缺乏高水平的实力和底气。特别是作为一所地方高校，只有将其办学理念、办学模式、培养质量、学科建设、科学研究等置于国家级的平台上加以展现，其特色和水平才能得到社会的肯定及认可。为此，我们将实施"国字头"品牌建设工程作为加快推进高水平大学建设进程的战略引擎，以"国字头"项目的不断突破，造就、催生事业发展的内在动力。

把握中心点，努力形成教学品牌

2002年底，我们在快速推进三校教学工作实质性融合、调整专业结构、规范教学管理的基础上，及时把教学工作的重点聚焦到深化教学改革、提高教学质量上来。2007年，学校又实施了以五大子工程和20个具体建设项目为主要内容的"质量工程"，有力地推动了学校本科教学工作的历史性跨越，建设形成了一批以国家级教学成果奖、国家级特色专业、国家级实验教学示范中心、国家优秀教学团队、国家精品课程、国家人才培养模式创新区为代表的优质教学资源。最近，学校进一步提出了创建本科教学质量名校的目标，旨在通过本科教学"国字头"数量及覆盖面的进一步扩大，基本形成专业、课程、教师、基地、成果、文化等"六个品牌"，办学条件、人才培养质量"两个优良"以及学生、家长、用人单位和社会"四个满意"的本科教育新格局。

强化支撑点，努力形成科研品牌

高水平的科研是高水平学科的根本保证，是促进学科特色和优势形成以及新兴学科发展的重要途径。为此，我们重点在项目、成果、平台三个方面倾力打造"国字头"工程。一是瞄准学科前沿，围绕国家重大战略需求和重大自主创新项目，全力加强现有省、部级重点实验室、工程研究中心以及专职科研机构的内涵建设，加快提升原始创新和集成创新能力。二是紧紧围绕国家重大科技需求和区域主导产业发展，将承接"973计划"、"863计划"、国家自然科学基金重点项目、国家社会科学基金项目、国家技术支撑计划和重大科技专项等作为主要着力点，加快提升承接重大项目的能力。三是为目前承担的重大项目提供相应的环境和条件保障，确保取得标志性的重大成果。通过上述三项举措，学校连续三年问鼎国家级科技成果奖，连续两年获批国家杰出青年基金，教育部重点实验室、中澳国际科技合作平台实现突破。

突出关键点，努力形成学科品牌

要建设高水平大学，最为关键的就是要建设和打造一批具有"话语权"和"显示度"的高水平学科。三校合并以来，我们在致力于整合完善工学、医学、理学等五大学科板块的基础上，积极构建特色鲜明、交叉渗透、具有较强拓展力的学科体系，实施重点学科建设工程，重点打造了农业工程和机械工程两大学科群，学校学科特色得到进一步彰显，形成了 5 个博士学位授权一级学科、2 个国家重点学科、1 个国家重点（培育）学科等一批优势学科。

（袁寿其）

中国教育报

2010 年 7 月 19 日

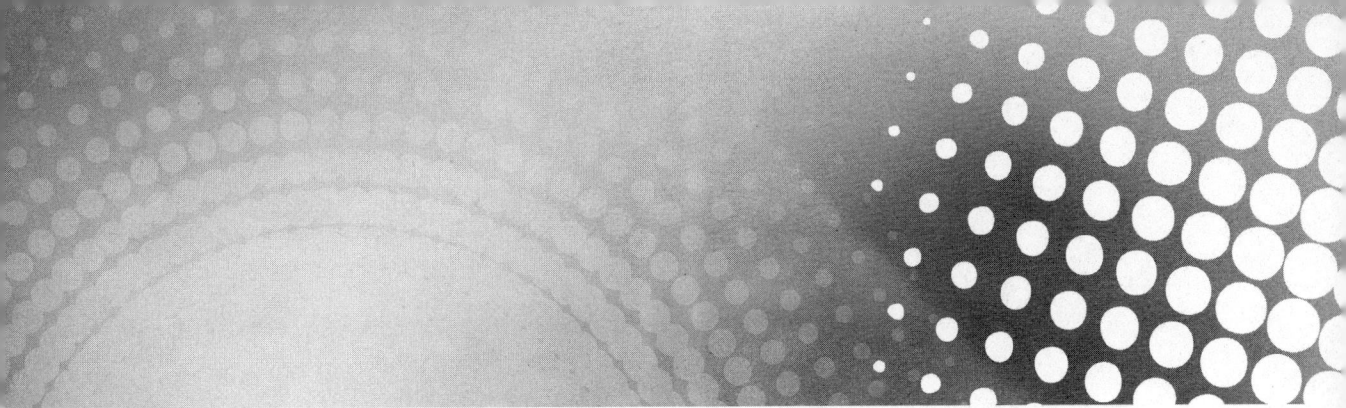

一版头条

高等学府又谱华章　科教兴市再增力量

江苏大学正式成立

本报讯　新世纪、新大学、新发展,我省高等教育事业又谱华章——由原江苏理工大学、镇江医学院、镇江师范专科学校合并组建的江苏大学昨天正式成立。

昨天,江苏大学一派喜气,师生员工共同迎来自己的盛大节日。新成立的江苏大学占地总面积 2 000 余亩,拥有 20 个学院、系、部,52 个本科专业,设有机械工程等 3 个博士后流动站、10 个博士点、33 个硕士点、6 个工程硕士培养和学位授权领域、9 个省部级重点学科,全日制在校生达 2.3 万余名。

江苏大学党委书记朱正伦主持了庆典仪式。江苏省副省长王珉、中国机械工业联合会常务副会长陆燕荪为江苏大学揭牌,江苏省教育厅厅长王炳泰、市委书记张卫国为江苏大学北固校区、梦溪校区、中山校区揭牌。省有关领导、近 20 位院士和知名专家及各界来宾和师生代表 1.2 万余人参加了成立大会。

镇江市委、市人大、市政府、市政协领导史和平、周大平、孙燕丽、许晓霞、邵振羽、江里程、解信鹏等出席庆典。

国家教育部,江苏省委、省政府及一批海内外院校和合作单位发来贺信、贺电。

王珉在庆典仪式上说,“十五”期间,江苏大学将成为我省重点建设的以理工为特色的综合性大学,省政府将全力支持学校,将江苏大学建成在国内同类院校中处于领先地位、在国际上有较高知名度的教学研究型综合性大学。

张卫国在致辞中说,江苏大学的成立是三校发展史上的盛事,是全省高教事业的喜事,是镇江的大事。江苏大学是我市实施“科教兴市”战略的重要力量,市委、市政府将把江苏大学当作镇江自己的学校,在各个方面为学校创造良好的办学环境,使江苏大学在镇江这块土地上越办越好,为古城增辉,为镇江地方经济发展作出新的更大的贡献。

江苏大学校长杨继昌,师生代表、全国人大代表姜哲,东南大学校长顾冠群院士,省教育厅厅长王炳泰等也先后致辞。

庆典仪式结束后,学校为新落成的“江苏高教第一楼”——2 号教学楼群举行了剪彩仪式。该楼总建筑面积约 4.3 万平方米,由教学楼、讲堂群及计算中心三部分组成,能同时容纳近 1.2 万人进行学习、研究。

为庆祝江苏大学正式成立,该校还组织了 20 余场高层次的院士学术报告和交流会。

（山　洪　智　国　朱　晏）

镇江日报
2001 年 10 月 27 日

媒眼

一版头条

029

江苏大学隆重庆祝办学百年

江泽民李岚清发来贺信

本报讯 昨天上午,江苏大学隆重举行办学百年庆典暨揭鼎仪式。这是继5月20日在南京举行9所高校百年联合庆典后,作为9校之一的江大举行的又一盛典。

省教工委副书记葛高林、市委书记张卫国、市长史和平,市及有关方面领导江里程、陈文湘、邵振羽、解信鹏、滕子明、卞大庆,老同志宋亚欣、中国科学院、中国工程院院士蔡睿贤、杨胜利、陈中伟、柳百成、卢耀如、李邦河、周君亮、陈新、邱蔚六等出席了庆典。

江苏大学党委书记朱正伦主持庆典仪式。大会工作人员宣读了中共中央总书记、国家主席、中央军委主席江泽民,中共中央政治局常委、国务院副总理李岚清的贺信。

江苏大学校长杨继昌在庆典仪式上讲话指出,站在新世纪的起点,全新的江苏大学要励精图治、自强不息,努力建成一所"以工为主,理工医教结合,科技与人文交融,多学科协调发展,综合实力处于全国同类院校前列,并具有一定国际知名度的高水平、开放式的教学研究型综合性大学"。

市委书记张卫国代表市委、市政府致辞。张卫国指出,江大已经为地方经济建设和社会发展作出了重要贡献,希望江大与我市共创一流业绩、共求跨越发展,依托高校科教人才优势,大力推进科教兴市战略,促进地方经济发展,为地方两个文明建设作出更大贡献。地方党委和政府将一如既往,大力支持江大发展,为江大建成一流大学创造良好环境和条件。

江大师生代表、全国政协委员吴守一教授,来宾代表、南钢集团总经理杨思明,省教工委副书记葛高林等分别致辞。

随后,葛高林、张卫国、史和平等共同为省政府赠送给江大的青铜世纪宝鼎揭鼎。

(祁山洪 季 翔)

镇江日报

2002 年 5 月 21 日

江苏大学曝光还贷不良者反响热烈——

"欠贷曝光"该不该？

10月18日A2版刊载的《对失信行为坚决说"不"》一文,报道了江苏大学采用网上曝光的方法敦促毕业生归还国家助学贷款,在校园内外激起了强烈反响。近一个月以来,20多家新闻媒体又先后对江苏大学这一做法进行了报道,引起社会各界对此事的空前关注,"曝光事件"至今余波未平。大学生欠贷不还,学校曝光到底该不该？

学生:这样做是应该的,就是感情上有点难接受

在日前江苏大学学生工作处组织的学生座谈会上,该校汽车学院一名姓刘的学生说:"学校这样做很有必要,作为一名贷款的学生,我支持这样的做法。"他认为,那些还贷不良的学生实际上是在破坏一种"循环",因为,只有前面的人还得好,银行才能给学校贷得多,才能有更多的"后人"受益。机械学院一名女生说,做人要有最起码的信用,不诚信当然要付出相应的代价。她还认为,光在学校"曝光"可能对其本人影响还不大,"因为认识他的没几个",还应加大力度。

学艺术设计专业的一名同学认为,被曝光是"咎由自取"。他说,即使你有很多理由还不出贷款,但主动跟银行和学校联系一下,打一声招呼,总是应该的吧。这几年先后贷款1.7万元的他表示,自己一定会在规定的期限内还清贷款,"即使有暂时困难,也会想办法解决"。

也有少数学生在认可学校这一做法的同时表示"情感上有点难以接受"。一名不愿透露姓名的学生说:"毕竟不还款的原因是多方面的,倘若因为这一次而对一个人的一生产生影响,那实在是可惜了。"他希望学校暂时还是不要再在高一级网站"曝光"为好。

记者在采访中还了解到,该校一名在校的学生因当初"过高地估计自己的还款能力",合同中的还款期限填写不当,"一不小心"被曝了光。"情有可原"的他原本可以暂不还款,但他还是设法分两次还清了3 200元的本息。对此,他说:"公示被人看见了总不好,钱还了,心里也舒坦了。"

银行:这是好事！我们对江大放贷很有信心

此次曝光,银行方面无疑是最大的受益者。贷款行镇江市工商银行中山支行的负责人在接受采访时连说:"这是好事！"他说,平心而论,江大这几年在对贷款学生的诚信教育和贷后管理方面确实花了不少心思,协助银行做了很多有益的工作。这次公示充分显示了江大协助我们银行催还贷款的真诚态度和坚定决心。作为银行本也希望事情能处理得"温和

一些",不希望走到这一步,但国家助学贷款作为国家贴息 50% 的商业贷款,本身就金额小、笔数多、手续繁、工作量大,不良贷款的存在将影响银行资金流动的效益,影响这一政策的推行。该行负责个人贷款催收工作的王女士告诉记者,银行和学校并非"不教而诛",对于贷款逾期的学生,银行方面曾先后给学生本人和他的家里发了催款通知,告知其所欠利息和本金,之后又曾多次电话联系催收。当问及曝光对银行与学校的合作有何影响时,中山支行信贷科苏科长说:"我们对江大放贷很有信心!"他真诚地希望,今后银行与学校能进一步合作,把好贷款关,把钱贷给那些家庭经济困难、品学兼优的大学生。

学校:为了绝大部分学生的利益,只能"得罪"一小部分人

江苏大学党委副书记陈国祥强调,与全校 3 145 名贷款的学生相比,曝光的 47 人是一个很小的数字。学校之所以这样做,一是"提示",提醒那些逾期的学生,该还银行的贷款了;二是"警示",告诫所有贷款的学生应该诚实贷款,按期还款。总之,要把国家助学贷款引入正轨,使学校贫困生资助渠道更加畅通。他还透露,学校正计划拨出专款,开展校内助学贷款,进一步完善奖、贷、助、补、免等多形式、多层次的贫困生资助工作体系。

针对"曝光会不会损伤校友的感情"的疑问,江苏大学学生工作处副处长苗芊萍说:"其实学校早就酝酿曝光这一做法,之所以到现在才付诸实施,就是基于这一点考虑。最终只是在学校校园网主页公示,实际上也是'有情操作'。"她坦言,曝光最终可能会多少对这部分毕业生的感情有所损伤,但如若不这么做,听凭事态发展下去,不仅学校的声誉受损,而且会直接影响学校和银行方面的合作,最终受损的将是那些需要贷款的在校贫困学生的利益。"为了绝大多数学生的利益,只能不得不'得罪'这些毕业生了。"她说。

据介绍,网上曝光之后,尤其是这一阶段各相关学院通力协作,加大了联系力度和催缴力度之后,拖欠贷款现象已明显改观,目前共有 28 人主动与银行和学校取得了联系或已还清逾期欠款。对于仍旧"无动于衷"的,近日学校将给其家庭所在地的乡(镇)政府、街道办以及村委会发一封信,恳请其协助学生家长催促其子女尽快还款。如若还不奏效,学校将协助银行在更高一级网站和媒体予以再次曝光。

学者:呼吁尽快建立社会信用机制

对于此次曝光事件,从事律师工作的胡良荣老师认为,既然国家助学贷款合同中有规定"对甲方蓄意逃废银行债务,不履行还款责任,致使贷款形成风险的,乙方有权定期在公开报刊及有关信息系统上以学校为单位公布甲方姓名、身份证号码、违约金额",那么根据《合同法》规定,曝光不仅合理,而且合法,无可厚非,况且只是在校园网上公开其姓名。江苏大学人文学院张炳生老师认为,学生违约欠款说到底是一个诚信的问题,而诚信体系的建立,一方面固然要靠教育、道德的教化作用来实现,另一方面也要发挥法制的作用,双管齐下。

采访中,不少学者认为,国家助学贷款还贷不良、大学生个人诚信度令人怀疑,这同当前整个社会信用环境不佳紧密相关,而造成这一局面的深层次原因又在于,我国目前还没

有建立个人信用系统,缺乏社会制约机制。由于缺乏相应的法规和准则,极易让"居心叵测"者钻空子,导致失信行为。国外有完善的个人信用记录,不管你走到哪里,你的不良行为、哪怕是一次乘公共汽车的逃票行为,都会成为你的不良记录,在你跟银行或其他社会单位发生关系时就会处处受制。如此一来,就很少会有人拿自己的信用作赌注了。

学者们认为,要真正解决还贷不良的问题,除加强诚信教育外,最重要的还是国家加快信用机制建设,从制度层面推进诚信建设。他们奉劝广大青年学生切不可因小失大,拿自己一生的信用作赌注。

(张明平 袁建阳)

扬子晚报

2003 年 11 月 20 日

三所不同的学校,在高校改革中走到了一起,仅仅两年时间,他们靠超常规的思维实现了真正意义上的融合——

大发展造就新大学

教育的大发展必将带来教育的大竞争。为了积极应对,高校合并成为一种趋势。在合并的大潮中,原江苏理工大学、镇江医学院、镇江师范专科学校凭借地缘和学科互补优势走到了一起,于 2001 年 8 月组建成立了江苏大学。两年过去了,江苏大学不遗余力谋发展,学科建设上台阶:新增博士后流动站 2 个、博士点 15 个、硕士点 27 个,流体机械及工程被评为全国重点学科,MBA 学位授予权也顺利通过。科研专利结硕果:主持国家"863"高技术项目 3 项、联合合作 8 项,获得国家自然科学基金 31 项,33 项成果获省部级科技进步奖,申报专利 80 项,跻身 2003 年中国科技事业单位自主知识产权竞争力百强。基本建设迈大步:学校新增校舍 18.6 万平方米,又新增土地 1 200 亩,全力打造一个园林式、生态型、数字化的崭新校园。对于合并才两年的江苏大学来说,取得的成绩是骄人的。记者在对江苏大学的采访中深切地感到,"发展"成为制胜之关键。

思路决定出路

高校合并是高等教育管理体制改革的重大举措,也是一项难度大、责任重、涉及面广的系统工程。三所办学层次和办学思路不同的高校要整合成一所综合性大学,机构如何设置? 人员如何安排? 校区如何建设? 发展如何定位? 一句话,要越过这一道道"坎","牛鼻子"在哪里？原动力在哪里？

江苏大学走的是"发展"这着棋。"以发展凝心聚力，以发展统领全局，以发展冰释矛盾。"新的领导班子明确了思路："发展是解决种种矛盾的关键。"经过广泛的调研考察、研讨论证，学校的定位"瓜熟蒂落"——"以工为主，理工医教结合，科技与人文交融，多学科协调发展，综合实力处于全国同类高校前列，并具有一定国际知名度的高水平、开放式的教学研究型综合性大学"。人心很快凝聚到了这面旗帜下。学校一鼓作气统一了全部机构，随后又全面推进了干部制度的改革，一下子赢得了人心，也吸引了一大批德才兼备的教师和原管理人员朝气蓬勃地走上领导岗位，人员安置的问题解决了。不到半年，机构、班子、政策、财务、规划实现了"五统一"，学科、师资、资源、校园文化实现了"四融合"，学校组建了23个学院，涵盖了9大学科门类，一所综合性大学的框架搭建完成。

重拳出击重点

靠什么赢得发展？靠什么实现跨越？江苏大学重拳出击关节点——全力打造一流队伍。在"人才是第一资源"的理念指导下，杨继昌校长提出了"不惜代价、不遗余力、不留遗憾"的"三不"构想。合并后学校召开的第一个工作会议就是师资工作会议，出台了《江苏大学"十五"师资建设规划》，随后又一一梳理了各学院制定的三到五年内每年人才培养和引进的目标，使这些目标都必须奋力一跳才能够达到。学校每年计划将150多名中青年骨干教师送出去"拜名师，访名校"，参加各种学习和进修。同时建立了人才引进与柔性引进、人才引进与智力引进相结合的机制，先后引进150多名高学历的有丰富教学经验和突出科研成果的优秀教师，作为新鲜血液输送到教学、科研第一线；特聘两院院士、著名专家学者作为兼职教授，来校讲学、指导研究生和学科建设，开展科学研究。目前，学校正在全力推进"5128"工程：引进和选拔5名左右的杰出人才，10名左右的优秀学科带头人，200名左右的中青年学术骨干和课程负责人，800名质量过硬、学术领先的教学主讲队伍。

真抓求得真绩

"错位发展，特色发展，内涵发展"，这是江苏大学党委书记朱正伦始终坚持的发展观。按照"优势学科做大做强，新兴学科形成亮点"的要求，江苏大学紧紧抓住三校合并的契机，优化专业设置，加速学科融合，着力构建了理工、医学、生物技术和生命科学、经管、人文五大学科板块，形成了理工结合、文理交叉、工医渗透、工管支撑、整体联动的学科建设新格局，大大促进了学科的跨越发展。江苏大学成立两年来，新增国家和省级重点学科6个，博士后流动站、博士点、硕士点增幅分别达到了67%、150%和82%，研究生招生数每年递增也保持在55%以上。

成功的学科整合又为教学和科研构筑了优良的发展平台。2002年学校的科研立项较之2001年增加75%，获政府部门资助经费比2001年增加230%，今年各项科研指标增长势头强劲。

2002年是江苏大学合并后的"起始年"，也是"教学质量年"。以本科教学工作水平评估为契机，江苏大学又推出了教学质量"一把手"负责制；继续开展"百名教授上讲台"活动；完善了"五位一体"教学质量监控体系，并聘请82名离退休资深老教师，担当教学质量检查员；实行教师职称评定教学考核"一票否决"；同时，还推出了青年教师过教学关，并连续多年开展青年教师讲课竞赛；在成功试点的基础上全面推进完全学分制。学校加大对教学的投入，近两年，先后投入教学科研经费总量达 1.1 亿元。

校长杨继昌教授告诉记者："江苏大学成立两年多来，可以说是两年迈了三大步，我们靠的就是求真务实谋发展，尽管要实现更深层次的融合和跨越发展任重道远，但我们矢志不移。"

（徐　可　郑晋鸣　高　鸣）

光明日报

2003 年 12 月 6 日

走科学发展之路　创特色提升实力

——江苏大学并校三年来的启示

由原江苏理工大学、镇江医学院、镇江师范专科学校合并组建的江苏大学，近三年来实现大建设、大提高、大发展——学科点成倍增长，并实现了全国重点学科，理学博士点、医学和人文硕士点零的突破；科研年年翻番，科研经费总量全国高校排名第 37 位，并跻身 2003年中国科技事业单位自主知识产权竞争力百强；办学规模不断扩大，在校本科生 28 000 余人，研究生 3 000 余人；学校还新增校舍 23 万平方米，新增土地 1 200 亩，全力打造一个园林式、生态型、数字化的崭新校园。

短短三年，江苏大学何以发展这么快？他们走的是一条"规模发展与质量提高结合，布局调整和结构优化结合，外延扩张与内涵提升结合，加强基础与创造特色结合"的"四结合"科学发展之路。

学科调整着眼大格局

立足全面、协调、长远发展，合并后的江苏大学首先进行发展战略的理性思考和科学定位。按照"四个有利于"——有利于学科的优势互补、有利于形成学校的办学特色、有利于提高学校教育质量和办学水平、有利于学校可持续发展的指导思想，学校组成专门班子，开展了全国范围的调研，涉足近 40 所高校；随后又召开了校内各层面的座谈会 10 多个，学校定位——"以工为主，理工医教结合，科技与人文交融，多学科协调发展，综合实力处于全国同类高校前列,并具有一定国际知名度的高水平、开放式的教学研究型综合性大学"便"瓜熟蒂落"。据此,学校全面修订了"十五"发展规划。

学科专业整合是合并高校实质融合的内在要求,也是产生合并效益的重中之重,成为实现可持续发展的根本。江苏大学瞄准国家优先发展领域和区域经济发展战略,按照"集成优势、彰显特色、打造亮点、立足跨越"的原则,以"有作为"凝练学科方向,以"有发展"汇聚学科队伍,以"有特色"构筑学科基地,大刀阔斧地进行了学科专业的整合,组建了理工、医学、生物技术和生命科学、经管、人文五大学科板块,形成了理工结合、文理交叉、工医渗透、工管支撑的学科建设的整体格局,理、工、医、教、经、管、文、法、史九大学科门类比例也更加合理,尤其是利用镇江唯一的三级甲等医院——江滨医院整体并入的契机,长远规划,将原镇江医学院全部搬至校本部,既腾出空间进行"专业建设特色化,诊疗技术数字化,医疗服务人性化,环境建设生态化"高起点附属医院的建设,也大大推进了几个校区的整合和学科的深度融合,赢得学科建设的跨越发展。

近两年,学校新增国家和省级重点学科6个,新增博士后流动站2个、博士点15个、硕士点27个,获得了MBA学位授予权,学科范围也从合并前的5大门类、19个一级学科发展到现在的6大门类、28个一级学科,一级学科博士点全国排名第48位,二级学科博士点全国排名第60位。

队伍建设立足大视野

靠什么实现跨越?靠什么赢得长远发展?——队伍是关键,人才是根本。江苏大学校长杨继昌提出了"不惜代价、不遗余力、不留遗憾"的人才培养和引进构想。

江苏大学合并后召开的第一个全校性会议就是师资工作会议,出台了《江苏大学"十五"师资建设规划》。"十五"期间,学校投入2亿元,积极推进"博士培养工程"、"名师建设工程"和"高层次人才引进工程",全面启动队伍建设的"5128"工程:引进和选拔5名左右的杰出人才,10名左右的优秀学科带头人,200名左右的中青年学术骨干和课程负责人,800名质量过硬、学术领先的教学主讲队伍。

目前,该校已先后引进174名高学历并有丰富教学经验和突出科研成果的优秀教师;近两年选派200多名中青年骨干教师拜名师、访名校、到国外,参加各种形式的学习和深造,近300名教师在读博士、硕士学位,20多名教师先后荣获教育部、江苏省学术骨干、优秀教师等称号。

江苏大学强化人本理念,出台了一系列政策,鼓励创新、鼓励冒尖,营造良好的工作环境、和谐融洽的人际环境和民主活泼的学术环境。近三年,学校破格提拔了一批教授、副教授;通过设立资格教授,鼓励年轻人脱颖而出;通过在全国范围内聘请已退休的名师参与部分教学工作,解决中青年教师学习和工作的突出矛盾。

江苏大学连续三年共投入1.2亿元,加大仪器、设备和中心实验室的建设,搭建成就事业的坚实平台。"十五"期间,学校共投入15亿元,完成园林式、生态型、数字化校园的建设和占地1 200亩的新校区建设,营造更舒适的学习生活环境。通过建设"创业有机会,干事有舞台,发展有空间"的良好环境,凝聚人心,激发热情,筑巢引凤,为学校可持续发展注入了不竭动力。

教学科研注重大提升

教学是立校之本,科研是强校之路。江苏大学以科学发展观为指导,按照"教学研究型大学"的定位,苦练内功,厚积薄发,实现教学科研的跨越提升,为科学发展强本固基。

质量是学校的"生命线"。2002 年是江苏大学合并后的"起始年",学校进一步确立了教学质量"一把手"负责制,推进"百名教授上本科讲台";2004 年已实现全部教授为本科生授课;实施青年教师过教学关,连续多年开展青年教师讲课竞赛,并实行教师职称评定教学考核"一票否决制"。学校还实施了完全学分制、专业主辅修制、同层分级教学制和"两证"+"三证"制,为培养知识复合、能力全面、素质综合的学生创造了条件。学校连续三年获全国大学生英语竞赛特等奖,2003 年获国际数学建模二等奖,2003 年江苏省先进制造技术实习两项一等奖。该校大学生就业率也连续多年保持在 95% 以上。

江苏大学抓住并校机遇,集成学科优势,促进交叉融合,拓展新兴领域,形成了自然科学与人文科学相得益彰、基础研究和应用研究相互支撑、传统特色和前沿领域共同发展的科研新格局,并在先进制造技术、基因工程、生物工程、纳米材料、人工心脏等高新技术领域形成了新的亮点和特色,科研成果年年攀升。学校有 300 余项成果获国家、部、省级科技进步奖,100 余项成果获国家专利,是"中国专利江苏十强院所",排名全国科技事业单位自主知识产权竞争力第 44 位;被国际"三大索引"收入的论文数位居全国高校百强之列,陈宜周教授连续多年居 SCI 收录论文个人排名全国前十名。

江苏大学还发挥工科强势,构建以带头学科、支撑学科和相关学科组团的"大工程"学科群,参与国家和区域经济的重大项目,在服务中提升大兵团作战能力和科研的核心竞争力。2003 年针对浙江省科技厅攻关项目——"汽车电磁制动器开发和关键技术研究",江苏大学组织 4 个学院相关学科联合申报,在激烈的竞争中一举中标,课题总经费 400 万元。

对于学校的未来发展,江苏大学校长杨继昌说:"学校的出路在发展,学校的希望也在发展。江苏大学将积聚势能,打造特色,通过在经济建设中发挥作用,在历练内涵中提升实力,促进学校全面、协调、可持续发展。"

(高 鸣 董德福)

中国教育报

2004 年 4 月 16 日

江苏大学 40 年倾情服务"三农"

江苏大学建校初名为镇江农业机械学院。40 多年来,专业越办越多,学科门类也越来越全,学校也由原来的单科性大学变成综合性大学。但不管怎么变,江苏大学倾力我国农业机械化的初衷没变;不管怎么改,江大人关注农业增产、农村增效、农民增收的"痴心"未改,并且不断集成学科优势,拓展研究领域。近 20 年学校先后完成数千项与"农"有关的课题,200 余项成果获国家和省部级科技进步奖;获国家发明专利 60 多项,转让科技成果 400余项,给农民带来了 40 多亿元的经济效益。

科技帮扶是关键

长期以来,江苏大学充分发挥工科优势,以工助农,积极开展科研活动,对我国的农业发展起着积极的作用。早在 20 世纪 60 年代,全国重点大学——镇江农机学院应运而生,成为全国最早设立农机专业的高校之一,1981 年即获首批博士学位授予权,并培养了中国第一届农机专业本科生、硕士生和第一位农机博士。江苏大学还是全国最早设立内燃机专业的学校,利用学科优势,会同企业联合攻关,设计出了改进型单缸 S195 柴油机,该类型柴油机 1967 年就在江苏、山东、浙江等省的一些工厂试制,并很快作为农用主要小型动力,为全国 100 多家企业生产,到 1991 年年产量已达 170 多万台,成为各种单缸机中产量最大、保有量最多的机型。随后,学校又开发了 S195、S110 系列产品,配套手扶拖拉机、小四轮拖拉机、中型拖拉机、农用排灌、农副业加工,内河船舶、发电、农用汽车等,目前,以 S195 为代表的农用单缸柴油机,已形成缸径 60～125 mm 的几十种产品,仅江苏柴油机企业年产单缸机就达600 万台以上,全国已达 1 000 万台以上,并大量出口东南亚及非洲和欧美地区。多年来,江苏大学在该领域先后获得国家、部、省级科技进步奖 30 余项。

农业生产劳动量中的 60% 以上与运输工作量有关。江苏大学是全国最早设立汽车与拖拉机专业的三所高校之一。长期以来,不仅为行业培养了大量的技术骨干,而且还直接为农用运输企业、行业管理提供了大量的技术支持,先后为江苏、安徽、山东、浙江和上海等省市的 30 多家企业,独立或共同开发新产品 80 余种,取得了巨大的经济效益。

农技推广是重点

江苏大学校长杨继昌教授对记者说,中国农村的现状启示我们,要农民掌握的技术必须浅显易懂,一说就明,拿来就用,而农民需要的机械必须经济实惠,操作方便,想用就买。学校还致力于农机技术的推广,并覆盖了农业生产的各个环节,比如如何灌溉,如何节水,如何栽培、种植、收割、施肥等等。

江苏大学流体机械及工程学科是全国唯一以研究水泵、排灌机械等为主的国家级重点学科,具有博士学位授予权。长期以来,致力于喷、排、灌和节水灌溉技术及装备的研究推广工作,许多成果处于国内领先和国际先进水平,并拥有多项自主知识产权。针对农村机泵不配套每年造成的排灌用电的巨大浪费,该学科历时17年,研究出净增效率15%的方案,并先后改进166个较大型泵站,该成果获国家科技进步二等奖。农村联产承包责任制推行后,广大农村和农民对小型泵的需求大大增加。江苏大学适时研制了WB型微型泵、自吸式微型泵、小型潜水泵等系列水泵数十个产品,深受农民欢迎,全国几十家企业也因此获得了巨大的经济效益。

随着农村联产承包责任制后农村对小型机械的渴求,江苏大学研制出了10多种中小底盘配套农具,具有耕耘、植保、脱粒、收割等多种功能。如研制的多功能驱动式组合农具,集旋耕、开沟、播种、盖籽、水田耙于一体,并直接与各种国产手扶拖拉机、四轮机配套,拆装方便,比单个配套农具节约材料、成本45%,6次在国内外展会上获奖。

重环保求长效

"在中国,农民的增收和致富必须要有一种长远的目光,增收不是建立在对土地的无限制使用上。相反,对土地的破坏还会影响农民的致富。因此,发展农业科学技术必须要有环保意识,要充分利用生物技术来带动农业的可持续发展。"江苏大学党委书记朱正伦介绍说。

针对农业生态环境的突出问题,江苏大学率先在全国范围内开展高效低污染施药技术及机具的研究工作,开发了相应的机具,5项研究成果获得部、省级科技进步奖,其中静电喷雾灭蝗技术,比常规喷药设备提高杀死率20%,节省用药1/3以上,引起国际同行专家的密切关注,研究成果达到国际先进水平。该机具已在新疆等蝗虫多发省区的灭蝗工作中发挥了重要作用。目前,该灭蝗车的开发已被国家发改委列为高技术产业化示范项目,总经费达到2 500万元。

江苏大学开展的农产品生物加工与转化技术,涉及食用菌、药用菌液体制种、动物疫苗、生物农药、肥料、饲料、酶制剂、有机酸、保健食品、饮料等农产品生物加工领域,目前已拥有1 600余家用户,产业化效果十分显著。将计算机图像处理技术引入农产品质量检测,创造性地通过计算机视觉、人工嗅觉、光谱技术等多种技术的结合,进行农产品质量的评判与检测,首开国内先河,具有国际先进水平,该成果在国家"863"计划第一批现代农业技术课题招标中一举中标,凸现了在国内高校和研究机构中的优势地位。

(汪大勇　郑晋鸣)

光明日报

2004年6月28日

并校重在练"内功"

——江苏大学提升本科教学水平纪略

2001 年 8 月,经教育部批准,由江苏理工大学、镇江医学院、镇江师范专科学校三所高校合并组建江苏大学。学校大了,学生多了,综合性大学的路应该怎么走? 江大人的答案是"学校以育人为本,育人以教学为先",全力提升本科教学水平。

建设优良师资队伍

2002 年 7 月,江苏大学合并组建后召开的第一个会议就是师资工作会议,江苏大学的人说"学校合并、建立综合性大学,最重要的是培养和引进一批合格的教师,一批高素质的人才"。优良的师资队伍是保证教学质量的先决条件,也是学校实现跨越式发展的关键所在。

"学校的牌子硬不硬,名声响不响,关键是看学校有没有一批过得硬的教师队伍。如果说'并校'是学校'做大'的保证,那么人才就是学校'做强'的关键。"江苏大学党委书记朱正伦清醒地认识到,综合性大学不能简单地一"并"了之,更重要的是苦练内功,提升内涵,提高人才培养质量。为了培养出一批合格的人才,他们开创了"院士高访"、"柔性引进"等模式,大力实施"高层次人才引进工程"、"博士、硕士培养工程"。三年来,江苏大学已投入 6 690.8 万元用于师资队伍建设,先后引进教师 425 人,其中教授 23 人、副教授 19 人,具有博士学位的 45 人,具有硕士学位的 160 人,教师中在读博士 309 人,在读硕士 256 人。

目前,该校专任教师的高级职称比例为 39.2%;平均年龄为 36 岁左右;51.8% 的教师具有研究生以上学历;外校毕业的教师比例达到了 69.4%。预计到 2007 年,专任教师总数将达到 1 900 余人,其中具有博士、硕士学位的人数将达到 82.9%。

创新管理模式

"合并"仅仅是增加了教学资源的总量,只有合理的配置这些教学资源,才能充分发挥并校后的优势,做到"优势互补","强强联合"。怎样整合大学合并后的教学资源? 这是摆在所有综合性大学面前的一道难题。江大人提出,创新管理模式为本科教学工作铺路搭桥。

2002 年,学校聘请了百名离退休老教师担任了教学检查员,深入到课堂,进行听课和指导;2003 年,江苏大学有三名教师在职务晋升中因为教学质量考核不合格而被"一票否决";与此同时,教务处创建"学习型处室",进一步提升教学管理水平。

如今,他们先后建立健全教学管理规章制度和质量标准百余项,涵盖教学建设、教学运行、教学质量、实践教学、学生管理等方方面面，真正做到管理有规定，控制有制度。尤其是在人才培养过程中，狠抓监控制度的落实，实行教学质量"一把手工程"，校党政一把手是学校教学质量的第一责任人，各学院党政一把手是本单位教学质量第一责任人。已逐步建立健全了学生评教制，干部同行评议制，教学检查员听课指导制，教学信息员信息反馈制，监督电话、信箱信息搜集制"五制并举"的完备的教学质量监控体系。

随着各项制度的不断创新和完善，江苏大学的教学工作、学科重组进程得以顺利进行。其中以博士点、硕士点为依托开设的新专业占了新增专业的 78%，其他新增专业均是江苏省乃至华东地区地方经济建设急需的人才专业。在全校的 68 个本科专业中，85% 以上的本科专业拥有博士点和硕士点。

合理配置教学资源

"一保教学、二保生活、三保建设，"江苏大学校长杨继昌告诉记者，"确保教学工作的中心地位，提高人才培养质量，必须合理配置教学资源。多年来，学校坚持以教学为核心，保证教学投入在学校的资金投向上处于优先地位。"

江苏大学成立以来，学校对图书馆的文献经费投入不断加大，每年购置图书量均超过 9 万册。目前，学校已拥有国内外大型全文数据库 33 种，各种二次文献数据库 114 个，馆藏文献总量折合 277 万册件。2001 年以来，学校投入数字图书馆建设经费 1 000 余万元，4 校区图书馆已通过千兆光纤联通，并实行通借通还。与此同时，学校累计投入资金 1 000 余万元建设校园网，至今已实现了千兆主干网覆盖全部校区，光纤宽带接入每栋教学、行政楼和宿舍、公寓楼。

三年来，江苏大学教学、科研设备的增加值超过了 1.68 亿元，较好地满足了本科教学的基本需要。新竣工的建筑达 434 000 平方米，其中对体育场馆的投入达到 1 亿余元，运动场馆总面积近 116 000 平方米。

（高 鸣 张明平）

光明日报
2004 年 11 月 7 日

博士生张兵情牵贫苦娃

3 月 3 日，当确定面临辍学的 4 名小学生终于有人资助了时，即将毕业的江苏大学流体中心博士生张兵不禁长长舒了一口气。虽然身处江南，他却牵挂着自己山西老家的贫苦娃。近几年来,正是由于他的牵线搭桥和江大流体中心老师们的爱心之举,35 名濒临失学的孩子得以继续他们的学业,如今有的孩子已考入大学。

小学老师的叹息令他难忘

张兵的老家在山西阳高县,他每次回家总抽空去看看自己的小学老师卫月林。一次,卫老师对他说,穷苦人家的孩子想读书不容易,不少孩子很懂事、学习很用功,可是由于家里穷,不得不失学在家。说到这儿,卫老师唏嘘不已。

2003 年暑假的一天,张兵无意中和流体中心的刘厚林老师说起了这事,没想到刘老师脱口而出:"那你帮我物色一个,我来资助。"张兵喜出望外,连忙打电话给卫月林老师。很快,卫老师给他寄来了第一个受助人的材料。开学时,张兵替刘老师将第一笔500 元助学款寄给了阳高县一中的高一学生贺小林。

一次偶然的交流,就为一个穷苦孩子赢得了一次继续学习的机会! 这给了张兵深深的启迪:能不能给更多的孩子创造这样的机会呢? 当他把这一想法告诉自己的导师———江大副校长袁寿其教授时,得到了导师的大力支持。在张兵后来提供的 5 个受助学生中,袁教授一下子资助了 3 个。后来,张兵又在流体中心一次支部会议上说起这件事,大家一致决定伸出援手来帮助这些贫苦娃。

为获得更翔实的资料,张兵专程回家乡进行调研,并在一周后的流体中心职工大会上作了专门汇报:人均年收入不足300 元,很多人家家徒四壁,包括全国中学生数学竞赛铜牌获得者在内的许多品学兼优的孩子都面临着失学……张兵的汇报触动了大家,而会后老师们的热情也感动了张兵———他此行带回来的十几个家庭困难的孩子名单不一会儿便被"一抢而空"。200 元、300 元、500 元……一笔笔捐款缓解了远在山西的孩子们的燃眉之急,也温暖着张兵的心。

由"助学红娘"到"助工义士"

在阳高县,找一份固定的工作、有一份稳定的收入是很多人的梦想,甚至谋一个采煤的差事都十分困难。读研期间,张兵一直在镇江冶金技工学校代课。那是一所以培养中高级技工为主的省级重点技校,毕业生一直供不应求。当他了解到近几年张家港的沙钢集团、常州中铁集团等每年都在该校委托培养120 名学生、毕业后包就业时,便想:能不能帮助家乡的那些初中毕业的孩子谋一份工作呢?

经过与冶金技校的领导磋商,该校决定每年从阳高县定向招收 30 名学生,由沙钢集团委托培养,毕业后直接到沙钢工作。2005 年 9 月,24 名阳高籍初中毕业生来到了镇江冶金技校学习。4 个月后,4 名高中毕业入学的学生按计划去沙钢集团实习,每个月还拿到了700 元的实习工资,这可比阳高县城正式工的工资还要高。年后,经张兵与学校协商,又有 6 名阳高籍学生坐进了镇江冶金技校的课堂。就在记者采访的前一天,张兵专门去了一趟沙钢,去看望在那里实习的 6 名阳高籍的学生,鼓励他们好好干,为家乡人争光。

要毕业了，但这项工作还要继续

同江大流体中心许多资助的老师一样，张兵说，这两年他们不时被受助的孩子和他们父母的真情与质朴感动着。孩子们经常给他们写信、逢年过节寄贺卡，有的家长甚至还寄来枣子、豆子等土特产。有一次，张兵收到了一大袋瓜子，每粒都约莫有一寸长，家人告诉他，那是专门一粒粒挑出来的。

当然，张兵收到最多的还是孩子们的来信。记者在翻阅这些信件时发现，受助的孩子都不约而同地称其为"张兵哥哥"。有空时，张兵也经常给他们回信，解答他们提出来的一些学习上的问题，鼓励他们发愤图强。

张兵告诉记者，这些受助的学生，几乎无一例外地都将江苏大学作为他们将来奋斗的目标。第一个受到资助的贺小林，去年高考时本一志愿填报了江大，后由于考分不够，被本二批次的内蒙古师范大学录取，难过了很长一段时间。

在张兵的电脑里，还有一张特别的表格，上面清楚地记着受助人、家庭住址、邮编、资助人、金额等详细内容。记者数了一下，目前一共有受助人 35 人，资助人 24 人。张兵介绍说，如今，资助人已超出了江大流体中心在职教师这一范围，一些在流体中心读研究生的外单位人士，一些离退休教师，甚至他们的子女也都加入了这一行列。

在江大读硕士、博士期间，张兵先后获得过江苏省"三好学生"、"校优秀毕业生"、"优秀共产党员"、"科技先进工作者"等荣誉称号，主持和参与了多项科研项目，发表和交流论文 10 余篇。目前，品学兼优的他已签约常州的一所高校，再过几个月就要走上工作岗位。

"现在把这些东西理一理，就是想找一个人交给他，让这项工作能够继续下去。"张兵认真地说。

（张明平　姜木金）

镇江日报

2006 年 3 月 5 日

一条艰辛执著的攀登之路

——江苏大学靠质量科技人才强校纪实

日前，在一年一度的国家精品课程评选中，全国 530 所高校的 1 146 门课程展开了激烈的角逐，最终有 360 门课程一路过关斩将，"笑到了最后"，江苏大学教授孙玉坤主讲的"电路"课程也从中脱颖而出。这是近年来江苏大学继首获国家级重点学科、国家级教学成果奖、全国百篇优秀博士论文之后,取得的又一个突破。

江苏大学校长杨继昌告诉记者,自2001年8月至今,学校内涵不断提升:国家、省级重点学科增加了460%,研究生增长了4倍,省级品牌特色专业也由零增长为18个,年纵向科研到账经费增加了430%。5年来,学校走过了一条艰辛执著的攀登之路。

质量立校提升教学工作水平

江苏大学始终视教学质量为"核心指标"。2002年,学校着手实施"课程建设162工程",构建了"五制并举"教学质量监控体系。2003年,该校启动"品牌特色专业建设工程",全面推进以"选专业、选教师、选进度"等为内容的完全学分制改革。2004年,以迎接教育部本科教学评估为契机,进一步推进"实验室中心化工程"。同时,坚持开展"百名教授上讲台"、青年教师"过教学关"、"脱稿授课"等活动,实施教师评聘职称教学质量"一票否决"等制度,强化人才培养的质量意识和工作力度。

据介绍,最近5年,省级精品课程由33门增加到52门,英语四级一次性通过率提高了近20个百分点,学生评教优良率达到了90%以上。2004年学校在教育部本科教学工作水平评估中荣获优秀称号。2005年"高等工程教育开放型工程训练体系的研究与实践"项目获得了国家级教学成果二等奖。2006年"电路"课程被评为国家精品课程,实现了学校在该奖项零的突破。今年上半年,英语专业以优异成绩通过教育部评估,并成为全国31所教改示范点项目学校之一。

科技强校激活创新服务能力

江苏大学始终坚持"基础研究与应用研究相结合、科学研究与成果推广相结合、高新技术开发与形成高新产业相结合、技术创新与机制创新相结合",在纵向科研突破、科技成果突出、创新活力增强、服务能力提升等方面取得了显著效果,科技工作在广度和深度上都"全面开花"。近年来,共有300余项成果获国家和部、省级科研成果奖,100余项成果获国家专利。年到账科技经费总额列全国高校前50位,专利申请、授权数列全国高校第36位。

最近5年,学校年承担的国家、省部级课题项目增加了210%;年科研到账经费增加了50%,其中纵向增加430%;年申请专利由20余件增加到100多件,其中发明专利增加了30倍;光子测试、仿生制造、生物医学应用领域与美国哈佛大学等开展了广泛的重大国际合作研究;研发的高压静电超低量喷洒治蝗车,在新疆、内蒙古等蝗区治蝗作业中发挥了重大作用,达到了国际先进水平,被国家发改委列入高新技术产业化示范工程项目,总投资达2 500万元。

江苏大学还主动融入以企业为主体的国家创新体系建设,以服务求支持,以贡献促发展。目前,科技服务已辐射到全国20多个省份,先后与50多个地方政府或科技主管部门签订了全面科技合作协议;与浙江金鹏化工等100余家行业龙头骨干企业建立了长期稳定的合作关系。全校有200余名科研人员担任了地方政府、行业、企业的咨询专家与顾问。

人才建校打造一流师资队伍

江苏大学始终坚持师资队伍的优先发展。2002年7月,学校就明确提出"不惜代价、不遗余力、不留遗憾"的人才工作方针,每年拨出2 000万元,专门用于人才的培养和引进,大力推进"教学名师建设工程"、"博士、硕士培养工程"、"高层次人才引进工程",推进以"引进和选拔5名左右的杰出人才,10名左右的优秀学科带头人,200名左右的中青年学术骨干和课程负责人,800名质量过硬、学术领先的教学主讲队伍"为主要目标的"5128工程",并设立"院士高访"、"特聘教授"、"讲座教授"、"柔性引进"等模式,培育精英,广揽贤才。最近5年,学校先后引进教师600余人,其中教授36人、副教授37人,具有博士学位的100余人、具有硕士学位的近300人;共选派700余名教师在职攻读研究生。教师中的研究生比例预计到2008年将达到83%。几年来,新增全国优秀教师、全国师德先进个人、教育部青年教师奖获得者、江苏省优秀教学名师等近20人,新增教育部优秀青年教师资助计划、江苏省"三三工程"、"青蓝工程"、"六大人才高峰"资助计划等高层次人选50多人。师资队伍在数量,思想素质和学术水平,学历、专业、年龄和学缘结构三个方面取得了"充实、提升、改善"的喜人成绩。

江苏大学党委书记朱正伦说,面对新的发展机遇,学校必须自加压力。未来5年,我们将坚持教学质量优先、拔尖人才优先、强势学科优先、自主创新优先,提升内涵、强化特色。到2010年,把学校建设成为以工科为特色、多学科协调发展、若干学科国内一流的高水平、开放式教学研究型综合性大学,成为高层次人才培养基地、科技创新基地、国际文化交流基地,为建设研究型综合性大学奠定坚实基础。

(高 鸣 张明平)

中国教育报

2006年10月27日

35个国家专利、400项课题全都姓"农",江苏大学——

把学问做在希望的田野上

一边是"黄土地",一边是"象牙塔",两者的交集能有多大?江苏大学仅用5年时间就交出一份答卷——2个国家重点学科、35个国家发明专利、400余项研究课题全部姓"农",给农民带来经济效益近百亿元。在这里,4万师生身体力行,把学问做在希望的田野上。

"三农",是不变的"坐标"

醋是镇江的金字招牌,老祖宗留下的手艺给这座城市每年带来20多亿元的财富。但鲜为人知的是,一吨醋,一吨渣,这里每生产一瓶醋就会留下一斤醋泥。此前,通常的做法是运到郊外深埋,既耗时耗力又污染环境。

在江苏大学农业工程研究院,由李萍萍教授领衔的攻关小组,受日本科学家将草炭研制成人工基质的启发,萌生了将醋泥醋糟加工成优质人工土壤的"创意"。历经上百次配方试验,一项"利用陈醋糟发酵工艺制人工基质"的科研成果,终于摆到了恒顺老总的办公桌上。该项研究将醋泥分解转化成水和50%的人工基质,不仅变废为宝,广泛应用于现代农业设施栽培,而且每吨售价达500多元。

在此基础上,课题组又开发出利用醋泥加工有机肥料、饲料的系列技术。在丹阳的一处有机稻米生产基地,"吃醋泥"的稻米每公斤产值增加4元,农民每亩收入净增2 000元。

在江苏大学,有着一大批像李萍萍教授这样身居书斋、心系黄土地的专家学者。食品与生物工程学院的董英教授,长期以来研究的对象都是苦瓜、紫心山芋、小麦胚芽这些"小玩意"。她说,这些研究很难拿到国家大奖,但找到一条产业化的道路,就能给农民带来真金白银。她与镇江绿健天然制品有限公司合作开发的苦瓜茶系列产品,现已风靡中国香港、菲律宾、日本等地,实现了"兴办一个产业,致富一方农民"。

"江苏大学前身是镇江农机学院,一个'农'字传承至今。"校长袁寿其介绍,目前,该校涉农的工程学科有10多个,其中国家重点学科2个、省级重点学科4个。

大地,是创新的源泉

在江苏大学校园里,流传着一段轶事——一位老教授,春节不在家看春晚,而是跑到安徽、山东的农村,在屠宰户家里看杀牛,并拍下上百张"牛的12~13截肋骨间断面肉纹"牛肉的照片。这一现代版"庖丁解牛"的主角,就是该校博士生导师赵杰文。

赵杰文教授告诉记者,这些照片正是检测牛肉品质的关键"特征值"。12月8日,赵杰文正式接到国家科学技术奖励工作办公室的通知,他研究的"农产品品质无损检测技术及应用"刚刚荣获国家技术发明二等奖。

20年来,赵杰文的团队只专注一件事——为农产品"无损检测"。"同样的红苹果,国产的每斤只卖到一块多,而国外按大小颜色分拣出来,就能卖上10倍价钱!"赵杰文介绍说,其关键就在于国外农产品通过"无损检测",基本不用挑选就可达到形状、颜色、口感几乎相同。而以前这类检测设备都是进口的,价格高、推广难。

赵杰文说,涉农的技术设备也一定要有自主知识产权。该项技术的高难度,就在于要用软件识别各种农产品的"特征值",譬如根据苹果的糖酸度和颜色确定其品质,根据鸡蛋的敲击声判断是否有裂缝等等,往往一个产品的检测需要找到数十个这样的"特征值",而这些第一手数据则有赖于大量的基础性搜集工作。正是凭着这股"韧劲",他们已经自主研发出醋胶囊以及苹果、脐橙、鸡蛋等数十种农产品检测设备。其中在江西农业大学农场应用的一条脐橙检测线,一秒钟能自动分拣出 5 个相同大小、形状、品质的脐橙,效率和精确度是人工的 20 倍。

赵杰文感慨地说,搞科研要耐得住寂寞。中国农民身上肯干、苦干、实干的精神,是科研人员最好的"导师";黄土地提出的种种问题,也给科研人员拓展了无限的研究方向。

学问,做在希望的田野上

"成功了! 成功了!"10 月 20 日,随着一辆大型半喂入联合收割机缓缓熄灭引擎,丹阳一处试验田边响起如雷般的掌声和欢呼声。"脱粒正常,全程未发生一次堵塞。"听到这一喜讯,农业工程研究院的李耀明教授嘴角挂起了笑容。

目前,全国水稻机收率仅为 34%,1.8 万台半喂入联合收割机中,90% 以上是日本久保田、韩国东洋等进口产品。而国产收割机最大的技术障碍就在于脱粒过程中,运行速度加快极易导致进料口堵塞,收割机随之"死机"。

经过 14 年潜心研究,李耀明教授终于突破国外专利壁垒,研发出一种自动控速系统,可根据收割频率自动调节收割机推进速度且不"死机"。目前,采用该技术的泰州现代锋陵农业装备有限公司,已建成一条年产 3 000 台半喂入联合收割机生产线,产品价格仅为同类进口机型的一半。

"在国家农机化研究院,七成以上的高工、副高工全都出自江苏大学。"该校党委副书记姚冠新教授自豪地介绍说,江苏大学正在成为国家农机人才的"黄埔军校",这话毫不夸张。而该校涉农学科毕业生,近年来一直是职场"抢手货","往往没等发毕业证,就被预定一空了"。

"离大地越近,看天空才会更远。"江苏大学党委书记范明的话意味深长。

(高　鸣　张明平　王世停　董超标　周小潭　庚　康)

新华日报

2008 年 12 月 21 日

苹果的气味"看"出来

江苏大学农产品无损检测项目获国家发明奖

通常只能靠鼻子闻出来的气味,竟然能够很直观而又精确地用眼睛"看"出来! 一套检测系统,能够得到水果的大小、颜色、形状、糖酸度等精确指标。近日,由江苏大学完成的这项名为"食品、农产品品质无损检测新技术和融合技术的开发"的项目喜获国家技术发明二等奖。

食品无损检测技术属现代食品检测技术、现代电子信息技术、人工智能与模式识别等技术交叉渗透的新领域,是我国着力发展的方向之一。所谓"无损检测",就是在不破坏被检测对象的情况下,应用一定的检测技术和分析方法对其内在品质和外在品质加以测定,并按一定的标准对其作出评价的过程。早在 20 世纪 80 年代,江苏大学的专家就开始了农产品无损检测的研究。经过 20 多年的努力,他们引入了信息科学领域中的高技术——融合技术,在单一检测技术的基础上将计算机视觉、电子嗅觉和近红外光谱分析等多种检测信息有机融合,取得了一系列创新成果。

此次开发的"农产品气味的图像化识别系统",能够将食品气味转化为图像进行识别,使"闻"气味变为"看"气味,发明了国内外首创的视觉信息全面获取的苹果在线检测装置,多种指标全面获取的牛胴体等级检测装置以及外观、糖酸度、气味三种信息全面获取的水果检测装置三台装置。在拓展应用对象方面,发明的计算机视觉软胶囊分选机、小型水果自动分选机,也均为国内外首创。

项目的成果直接促进了农产品产后处理水平的提高,为促进农民增收、发展现代农业、现代食品加工业作出了贡献,多项成果得到转化应用,据其中 7 家单位的数据显示,新增利润 1.5 亿多元。

(张明平 赵风华)

科技日报
2009 年 1 月 19 日

"1863"计划,为企业和地方经济"解围"

江大与丹阳产学研全面合作启动

百名专家进百企助推科技创新,校地合作求共赢践行科学发展。4 月 16 日上午,江苏大学与丹阳市政府正式签署产学研全面合作协议,并与丹阳 12 家新材料骨干企业携手建立"新材料产学研技术创新战略联盟",62 名教授也受聘担任丹阳市企业科技创新特聘专家。此举标志着该校以教授团队下企业、与地方建立产业技术创新战略联盟和产业技术创新公共服务平台为抓手的"科技人员服务企业'1863'计划"正式实施。

随着国际金融危机的不断蔓延,企业发展遇到很大困难和压力。据江苏大学党委书记范明介绍,此次该校依托强势特色学科和研究平台,结合地方支柱产业和新型产业,大力实施了为企业和地方经济"解困"的"1863"计划,其具体内容是:依托江苏大学工程硕士授权领域和 MBA 专业学位授予权,为企业培养 1 000 名技术创新所需的工程硕士;围绕国家十大产业调整振兴计划,根据江苏产业发展的优先领域和地方特色、新兴产业需求,组建80个教授专家团与行业骨干企业对接;建立现代装备与先进制造、新能源与节能、汽车与轨道交通、新材料制备与应用、生物技术和新医药、电子与信息技术6个产业技术创新战略联盟;在常州、苏州、镇江分别组建三个地区特色产业技术创新公共服务平台。

作为一所工科特色鲜明的高校,江苏大学在机械、汽车、动力、能源、材料等学科领域具有较强的学科优势和科技实力,为江苏尤其是地方经济发展作出了重要贡献。近三年的统计数据表明,在江苏全省高校科技服务地方工作中,江苏大学与地方科技合作的项目与经费、平台基地的合作共建、科技成果及其合作转化均排位前三,学校连续三次荣获科技部颁发的"金桥奖"。特别是在新材料、农业机械、汽车零部件、农产品加工等领域,江苏大学与丹阳企业具有良好的合作基础。

近几年,江苏大学承担了丹阳市企业委托项目以及联合承担国家、省、市科研项目60余项,合作涉及经费近亿元,合作共建工程技术中心、产学研基地等10多个。连续三年,大亚科技、江苏沃得、精密合金、正大油脂等丹阳企业与江苏大学开展了产学研合作。利用江苏大学的科研成果,这几家企业获得4项江苏省重大科技成果转化基金支持,金额达4 000万元。今年,江大又与丹阳市江苏超力、江南面粉、长丰材料科技联合申报了三个省重大成果转化项目。

在4月16日的签约仪式上,镇江市委常委、丹阳市委书记李茂川表示,江苏大学为丹阳市的产业升级转型,为丹阳市企业做大做强提供了坚强的科技支撑和智力支持。这次江大和丹阳市结成联盟,推进产学研全面合作,给丹阳的产业转型升级带来了绝好的机遇,给企业增强抗风险能力带来了极好的机遇。

江苏大学校长袁寿其表示,通过"1863"计划的实施,学校将不断探索高校科技、人才资源服务地方经济社会发展的有效途径,推动高校科技、人才、平台等各类创新要素向企业集聚,逐步建立产、学、研之间有效互动的长效机制。

省教育厅副厅长殷翔文、江苏大学党委书记范明、江苏大学教授专家团成员,丹阳市有关方面负责人、企业代表等出席了启动仪式。

(高 鸣 张明平 陈志奎)

镇江日报

2009年4月17日

江苏大学袁寿其获"何梁何利奖"

本报讯 6日,记者从江苏大学获悉,该校校长袁寿其研究员荣获"何梁何利基金科学与技术创新奖",江苏仅其一人获奖。此次何梁何利基金共评出科学与技术成就奖 1 名、科学与技术进步奖 33 名、科学与技术创新奖 17 名。袁寿其在排灌机械的基础理论与水力设计等方面取得了一系列创新性成果,获国家和省部级科技进步奖 13 项。

(张明平)

江苏教育报

2010 年 11 月 15 日

白蚁对木质纤维素具非凡转化利用能力,远超现有任何技术。江苏大学特聘教授孙建中提出——

向白蚁学习制造"生物反应器"

能源短缺和环境污染,是当前人类面临的重大挑战。生物质资源在解决这两个问题方面潜力巨大。然而,生物质的高效、经济转化问题"久攻不克",已成当前困扰国际科学界和产业界的公认难题。

江苏大学特聘教授孙建中认为,以白蚁为代表的肠道消化系统是世界上最小但又非常高效的"生物反应器",对木质纤维素具有超凡的转化利用能力,整合多学科力量研究和探索以白蚁为代表的自然界生物高效转化系统的仿生理论和技术途径,有可能帮助我们解决困扰多年的生物质高效转化中的相关基础理论和关键核心技术问题。

孙建中是美国路易斯安那州立大学博士,昆虫与生物质能源专家,是国际上将白蚁对木质纤维素的高效降解特性引入生物质能源研究领域的少数前沿科学家之一。

据孙建中介绍,木质纤维素是各种植物的主要组成部分,通俗地讲就是"骨架",主要由纤维素、半纤维素和木质素三部分组成,每年的产量可达 $2 \times 10^{12} \sim 5 \times 10^{12}$ 吨,是地球上最为丰富的可再生资源。然而,经过亿万年的进化,大自然将植物细胞壁做成了一个"耐压"和"防病"的几乎完美的结构,"木质纤维素中的多糖部分被木质素紧紧地包裹着,从而有效抵御外界生物、物理和化学的攻击,避免被迅速分解"。

目前,生物质转化利用有两个主要技术平台:热化学转化平台,生物转化平台。其中,热化学转化平台因其高能耗、工艺与技术不成熟,离经济性规模化利用仍有不小距离。生物转化平台的一个关键步骤,是利用纤维素酶将纤维素分解成可用来发酵的葡萄糖单糖,但目前国内外大多数的生物平台都没离开热化学的预处理过程,都要用酸、碱或高温高压等极端的物理化学方法,其结果不仅投入增加、设备要求高,对环境也有影响,其低转化效率和高成本的致命缺陷难以在短期内取得突破。"提高生物质的转化效率,降低整个工艺的生产成本,这是当前生物质产业化利用亟待解决的关键问题。"孙建中指出。

在地球上的各类生物系统中,尽管许多微生物(如细菌、真菌)可以对生物原料进行缓慢的生物降解和转化,但能高效转化和利用木质纤维素的自然生物系统却非常少见。

"白蚁经过2.5亿年的长期进化和演变,其独特的生物系统对木质纤维素具有超凡的高效转化能力。"孙建中说,"在常温常压下,白蚁能够在24小时内转化生物质中90%以上的纤维素、20%左右的木质素和大部分的半纤维素。这是目前任何技术都达不到的。"

据介绍,白蚁分布面积广(占陆地面积68%)、规模大(总重量是人类体重之和的10倍,达到12亿吨),每年转化约130亿吨以上的木质纤维素,占全球生物质年产量的10%~15%。

"白蚁对木质纤维素惊人的高效转化能力,在攻克生物质利用的关键技术和理论方面具有极大的科学借鉴价值。"据孙建中说,我国拥有非常丰富的白蚁生物资源,近500种不同的白蚁中很多是世界上独有、高效利用生物质的模式转化系统。

当前,研究和利用白蚁木质纤维素转化的高效生物系统已成为国际新的交叉科学前沿。目前,美国的国家能源部、华盛顿州立大学以及德国、日本的相关单位,我国的江苏大学、浙江大学、中科院上海生命科学研究院等都相继开展了一些探索性研究。江苏大学、中科院天津工业生物技术研究所与美国华盛顿州立大学进行了白蚁对木质纤维素"预处理机制"研究方面的合作。初步的研究结果证明,白蚁对生物质高效转化利用的"特异功能",在于其自身进化形成了一个对付植物细胞壁复杂结构的独特系统,其肠道及共生微生物所产生的各种木质纤维素酶,在生物质转化为糖类的过程中均分别扮演了重要角色,且彼此"协调作战",持续不断。

"我们必须完整、系统地认识这一生物转化的过程。"孙建中强调,"生物质的规模化开发利用,必须基于理论和方法在高效生物转化这一核心过程上实现重大突破。"

孙建中介绍,当前国内外的多数研究,不是基于系统仿生的原理,仅希望从某些消化木质纤维素的昆虫肠道中获得一些催化资源或一些微生物菌系,仅靠追逐单一酶或酶系的高活性或几个微生物的基因改造,很难实现以白蚁为代表的自然生物系统中的生物质的高效转化。"因为在很多情况下,自然生物转化系统的协调整合机制和特定的理化微环境往往起着重要的甚至决定性的影响。"因此,模拟自然生物系统实现生物质高效转化,需要从系统生物学的角度,全面研究与解析生物质的完整降解和转化机制及其相关的各项理化因素。

"这是一个以高端的顶层设计、多学科交叉为技术战略的新的学科前沿,旨在为解决生物质经济高效转化开辟一个全新路径。这是一个非常复杂的系统工程,需要不同学科的全面协作、相互交叉。"孙建中说。

白蚁独特的高效生物质转化能力及其背后的生物作用机制、理化作用原理及其物态演变的规律被揭开,人们就能够通过现代生物技术与工程技术相结合,对这一机制和过程进行模拟,构建一个仿生集成系统,实现生物质高效转化的过程化利用。孙建中表示,这对于降低我国对石油的高度依赖、保障我国能源安全、促进环境气候的改善、推动国家经济的可持续发展均具有重要的战略意义。

(张明平　霍建伟)

科学时报

2010 年 11 月 22 日

结合生产需要来选题　结合工程实际来研究

江苏大学研究生论文做在企业里

本报讯　10 月初,刚刚与江苏大学流体中心刘建瑞教授签订了"新型自吸离心泵系列产品开发"项目的江苏海潮科技股份公司,迎来一名新的"员工"——刘教授的研究生李昌。身为江苏大学流体机械专业二年级研究生的李昌将在这里"蹲点"半年,从事水泵工业设计、流场分析等工作,并结合项目同步着手毕业论文写作,公司董事长杨高怀亲自担任李昌的"企业导师"。

作为一所以工科为特色的综合性大学,近年来,江苏大学将整合学校资源与利用社会力量结合起来,将研究生培养与生产实践、社会需求紧密结合起来,引导学生到生产实践中去,在车间里找选题,在实践中"接地气",着力培养研究生的实践创新能力。据介绍,近三年,该校研究生论文选题结合国家工程需求和企业研发项目的达 2 000 余项,工学研究生学位论文 85% 均有实验支撑或与工程实践密切相关。

为了让学生有用武之地,江苏大学投资近 2 亿元在校内建立了现代基础工程训练基地、学科专业实验室,在校外建立一批产学研联合基地,这三大平台有机衔接,融为一体,组成研究生工程实践的"硬件系统"。同时,改革研究生教育制度,建立了连接各类平台的交融机制、强化导师责任的约束机制、鼓励工程实践的激励机制"三大机制",构建工程实践的"软件系统",全面激活实践环节。

作为一所具有深厚行业背景的高校,江苏大学一方面深化与原行业的合作,另一方面主动与地方、企业"联姻",以服务求支持,拓展全方位的合作,通过共建工程研究院、技术中心、高科技园区、博士后流动站等,建立了100多家产学研联合基地,为研究生开展实践创新活动提供了优质资源。

一汽无锡油泵油嘴研究所是国内唯一在发动机核心技术——共轨燃油喷射系统方面具有自主知识产权的单位,也是江苏大学产学研和研究生培养的"双料基地"。能源与动力工程学院副院长王谦教授清晰地记得,当年他在导师李德桃教授指导下,到这个研究所结合论文选题开展试验研究,一方面为企业开发了新品,另一方面与其他同学一起"孵化"出了4篇省优秀博士论文。他说:"结合企业需要来选题,结合工程实际来研究,既实在又实用。"

江苏利达不锈钢有限公司过去两种产品退火处理后易出现麻点,赵光伟等三名研究生发现,这是由火炉温度和时间不能有效控制造成的。为此,他们设计了一套对温度和时间进行控制的系统,增加了对钢有害的磷元素检测控制的措施。同时,采用廉价的锰代替昂贵的镍,使产品成本下降了20%,并为企业成功申请了两项发明专利,促进了企业产品由低级向高端转变,企业老总连声称赞:"研究生真管用!"

镇江正汉泵业有限公司是江苏大学王春林教授多年的合作伙伴。应企业需要,王春林选派三名研究生下到企业,先后开发出了"无阀立式自吸泵"、"旋流自吸泵"等新产品,为企业带来显著的效益。其中,刘红光同学据此而撰写的毕业论文名列同专业第一,刘红光也被常州的一家水轮机企业"相中"。

今年,在江苏省建立的126所企业研究生工作站中,江苏大学占22席,列全省高校之首。江苏大学研究生处处长施卫东介绍,工作站组织研究生团队进站,真刀真枪地开展科技研发创新,切实培养他们的创新能力。目前,学校已选派104名导师,组织26个研究生团队进驻工作站,已有61名博士、132名硕士研究生在站工作,未来两年还将有215名研究生进站。

走出课堂走出校门,深入企业深入一线,使得研究生的知识结构明显改善,学术视野明显拓宽,自主创新能力明显增强。近年来,江苏大学连续三届入选全国优秀博士论文,在全国"挑战杯"竞赛中,江苏大学研究生荣获两项特等奖、两项一等奖,学校三次捧得"优胜杯"。

(张明平 沈 晨)

中国教育报

2010 年 11 月 24 日

深度聚焦

用心打造一流高等学府

——江苏大学努力实现跨越式发展

2001年8月28日,江苏理工大学、镇江医学院、镇江师范专科学校三校合并,组建全新的江苏大学。仅仅半年时间,三校就基本上完成了从形式到实质的合并。带着饱满的激情,学校提出"十五"期间的发展目标:要把学校建成"以工为主,理工医教相结合,科技与人文交融,多学科协调发展,综合实力处于全国同类院校前列,并具有一定国际知名度的高水平、开放式的教学研究型综合性大学"。发展了半年多,江苏大学现在情况如何?带着这个疑问,记者走访了江苏大学。

优化学科设置——抓基础

合并前的三个高校性质差别很大,一个理工,一个医学,另一个是师范,合并后既然定位为以工为特色的综合性大学,如何才能实现学科优势互补,进一步优化学科的配置,是摆在校领导面前的一个棘手的问题。为此,学校成立了专门小组,他们分析了国内40多所综合性大学的资料,并联系自身实际,在集思广益的基础上逐步形成了江苏大学学科建设的新思路,即:巩固发展优势学科、重点建设特色学科、大力扶持新兴学科、加强人文基础学科、拓宽边缘交叉学科。具体来说就是:提高工医,加强文理,发展经、管、法、教。在保持传统特色的同时,努力在生物工程、生命科学、材料科学、纳米技术、检验医学、环境工程、先进制造技术等学科形成新的优势。学校还决定对国家级和省级重点学科在资金及人才引进等方面实行倾斜,以保证它们达到国内先进、省内领先的地位。现在,一个以基础学科、主干学科、支撑学科、新兴交叉学科为主要内容的学科体系正在形成。

经过整合后的江苏大学包含理、工、医、教、经、管、文、法八大学科门类,目前各学科所占比例为:工学类占42%,理学类12.7%,经管类20%,文法类15%,医学和师范类各10%,基本具备了综合性大学的雏形,为以后的发展打下了良好的基础。

强化教学科研——抓质量

近几年高校不断扩招,有的学校硬件和软件条件一时跟不上,使教学质量受到了一定影响,群众对此颇有微词。由于教学质量是学校安身立命之本,江苏大学合并后在教学上的第一个重大举措就是将2002年定为该校的教学质量年。

学校提出了一系列具体措施以确保教学质量的稳定提高:建立了院系两级教学质量评估体系,实行教学质量一把手负责制;建立教学质量监控体系;实行教师职称评定教学考核"一票否决制";实行岗位津贴与教学质量考核的成绩挂钩;聘请了82名离退休老教师担任教学质量检查员,监督本科教学。同时,学校开展了"百名教授上讲台"活动和"名师工程",鼓励博士生导师及知名教授为本科生上课和开设专题讲座,逐步形成以600名教授、副教授、博士为主体的教学主讲队伍。学校还鼓励有条件的专业采用国外原版教材,积极推行双语教学;组织力量编写一批精品教材;并通过与有关单位合建等方式建设一批多功能创新人才培养基地,如实习实验基地、素质教育基地、创新教育基地等。

记者在江苏大学曾和学生一道听了一堂大学二年级的基础课,讲课的教师是一位资深博导,他的生动有趣的授课使学生们如沐春风,记者也听得兴味盎然。同时记者还注意到有一位白发苍苍的长者也坐在教室里听课,他身上佩戴的胸章透露了他的身份,这就是学校聘请的"教学质量检查员",此时正在岗位上工作。

（高　鸣）

光明日报

2002 年 5 月 29 日

20 万元归还失主是投机?

江苏大学一学生拾金不昧反遭部分人误解

本报讯　连日来,在江苏大学,一个原本默默无闻的学生成了成千上万师生关注的焦点,他就是江苏大学汽车学院交通 012 班的娄军。他因为在 9 月 9 日那天捡到一只内有价值 20 万元钱物的手提包并归还了失主,而成为校园"名人"。

当日上午 10 时 40 分许,带孩子前来报到的天津新生家长何丽一行三人焦急地到江苏大学保卫处报警求助,称其携带的黑色手提包在学校丢失,内有 16.5 万元的高额存折、1 万余元现金、手机及身份证、通讯录等物,总价值将近 20 万元。接报后,江大保卫处迅速派人在校内进行查找并及时与镇江警方取得联系,正当"剑拔弩张"之际,一个电话打到失主处,所有的人都松了一口气。电话是娄军打来的,他说他捡到了失主的手提包,马上送到保卫处来。见到失而复得的钱物,失主何丽热泪盈眶,万分感激之余从手提包中拿出一沓钱要赠给娄军,被娄军婉言谢绝。

一个多月以来,娄军的行为在江苏大学校园里产生了强烈的反响,他拾金不昧的精神传遍了江大校园,受到了师生们的广泛好评。但记者也听到了一些不和谐的声音:"捡了 20万,还还给人家,大傻!""听说那个姓娄的来自农村,别说 20 万,哪怕就是 1 万元,也够他们家忙活一两年的了! 真是要面子不要票子,食古不化!""20 万不要也就算了,要了心里也'安生'不了,可那家长后来白给的干吗不要! 真傻!"说娄军是"大傻",他还可以一笑置之，但对下面的一些猜测和议论，娄军可就觉着"太受伤"了——"不是他想还，是他不敢不还。他敢拿吗？交了还可以减轻心理压力。要是我，我就敢拿，Who 怕 Who（谁怕谁）""无非是想给学院的印象好一点，将来也好弄个'党票'、'保研'什么的！""投机，十足的投机"……

娄军是那种典型的来自农村的大学生，朴素、腼腆、含蓄，但很有主见。他在接受记者采访时表达了自己的委屈："我来自宜兴市一个普通的小乡村，爸爸是一名外出打工的建筑工，靠出力流汗赚钱，妈妈在家务农，姐姐做裁缝，全家辛辛苦苦一年，也挣不了多少钱，为了我上学，家里早已是债台高筑。说句实在话，现在一家人最缺的就是钱。父母虽然文化水平不高，但对我的学习尤其是做人的要求却特别高。从小爸爸妈妈就教育我要'干自己的活，流自己的汗，吃自己的饭，自己的事情自己办'。进入大学后，学校开展的'大学生文明修身工程'，要求我们'明礼树新风，诚信做真人'，令我感触颇深。可以说，无论在家里，还是在学校里，我受到的教育都是很干净的，在这种环境下成长起来，我自认为我是一个'干净'的人。我追求自己的生活，追求自己心中的信仰，追求自己灵魂的纯洁，做事有自己的准则，这些就足够了。这事换了别人，我想绝大多数同学也会像我这样做的。一些人这样评价我，让我觉得很迷惑。"

江苏大学党委副书记陈国祥说，娄军同学归还 20 万元的手提包并谢绝家长馈赠，绝大多数同学对这一行为表示赞赏和敬佩，这是情理之中、令人欣慰的，也是江大深入持久地开展大学生"文明修身工程"的结果，学校将对娄军进行表彰，在校内倡导这种拾金不昧、诚实守信的良好风尚。同时，人是有层次之分的，少数大学生由于长期生活在独生子女家庭，以自我为中心，社会责任感不强，公民道德意识薄弱，遇事不能设身处地地为他人、为社会着想，导致在对娄军这件事的认识上有偏差。学校将以此为契机，针对一些同学的消极观念，在校园里开展大讨论，弘扬正气，树立新风。

（建阳 王健明平）

扬子晚报

2002 年 10 月 24 日

得人才者事业兴

——分解江苏大学人才"洼地现象"

成立仅一年的江苏大学,出现了令人瞩目的"洼地现象",一批批海内外学有专长者纷纷落户江苏大学。该校有什么高招牵动那么多人"投奔"呢?校长杨继昌说:"我们以师资队伍建设为核心,紧紧围绕吸引、培养、使用人才做足文章,敞开大门接纳各路贤才,让各类人才进得来、留得住、用得上。重视人才,我们尝到了甜头。"

借助优势腾飞

拥有 2.5 万学子的江苏大学,是江苏省"十五"建设全国重点大学。一年前,由原江苏理工大学、镇江医学院、镇江师范专科学校合并组建而成,时刻准备着借势腾飞,这个"势"就是人才。一是出高质量的人才,二是出高水平的成果。这两者都需要高水平的队伍支撑。建设一支高水平的学术带头人队伍,一支高素质的教学名师与主讲教师队伍,是学校发展的根本任务。

靠人才腾飞就得借助已有的优势。除了雄厚的学科基础外,该校还具备得天独厚的地缘优势。东南邻近上海,西北与南京接壤,沪宁两大都市是全国高校密集区,拥有丰富的人才资源,完全可以"拿来"为自己所用。

构筑人才工程

该校从成立时起,就推出了人才建设工程,主要抓了两项工作:一是在"十五"期间,引进教授、博士 200 人,副教授、硕士 300 人,培养博士 300 人、硕士 400 人;二是实施"高层次人才引进工程"、"博士硕士培养工程"和"教学名师培养工程"。

首先实施的是"高层次人才引进工程"。对于国家重点学科、省部级重点学科和学校重点发展的新型、边缘学科及应用学科,该校向国内外招聘"特聘教授"作为这些学科的方向带头人。目前已有一批从国内外汇聚而来的中青年专家被聘为"特聘教授"。本着"不求所属,但求所用"的原则,该校以"柔性引进"的方式,聘请两院院士、国内外知名学者前来,作为"讲座教授",指导研究生并开展科学研究。目前已聘请了 6 名院士作为该校的"随访院士",指导重点学科和新兴学科的建设。该校还加大力度从海内外引进博士、教授,为他们提供科研启动经费、安家费、较高的岗位津贴,创造较好的生活、工作条件。近一年来,已有20 多名从海内外引进的博士、教授来校工作。

其次是实施"博士硕士培养工程"。除了在校内培养一批博士外,学校重点采取"联合培养"、"访名校拜名师",将其送往国内外名牌大学攻读学位,或做访问学者,由此逐步消除

"近亲繁殖"，促进学科和队伍向更高层次发展。该校已先后与 7 所名牌大学签订了协议和意向，每年有计划地送出一批教师攻读博士学位。目前该校国内外在职攻读博士学位和博士后的教师已达 120 多人，攻读硕士的达到 200 人。"十五"期间，学校将采取上述方式再培养博士 200 名、硕士 300 人，基本实现博士、硕士比例达到 75％的目标。

加强组织保障

为了将"三大工程"抓实抓好，校长杨继昌提出，在投入上，要"不遗余力，不惜重金，不留遗憾"。"不遗余力"就是在师资队伍建设中，各级领导竭尽全力，推行一把手责任制和两级管理、目标管理为核心的管理制度改革。对在引进、培养人才，尤其是引进高层次人才方面成绩突出者给予奖励，对完不成目标者，做出处罚。"不惜重金"，就是在队伍建设中加大投入，为高层次人才创造更好的生活、工作环境。引入市场机制，对人才市场上紧缺学科的高层次人才，在待遇上相对高于周边地区相同的待遇。"不留遗憾"，即在思想上有超常规的办学理念和办学思维，在措施上有超常规对策。

为落实责任，该校加强了组织保障。学校成立了由校党政主要领导、主管人事的副校长和人事处、教务处、科技处、研究生部 4 个职能部门主要负责人组成的师资工作领导小组，对师资规划、引进人才计划、"特聘教授"、"校内资格教授"和"讲座教授"进行审议，对引进的高层次人才所需的科研启动费、配套设备费等进行把关。

千方百计引人才已作为一项制度坚持下去，此举引起了教育界关注。一位教育专家说："得人者昌，才为我用，江苏大学在短短一年内成为国内名校，综合实力迅速上升，这种靠人才促发展的做法，可谓抓住了根本。"

（郑晋鸣　朱　庆）

光明日报

2002 年 11 月 23 日

校领导当起就业"促销员"

——江苏大学精心打造毕业生就业"安居工程"

近日，9 个由校领导亲自带队的毕业生就业工作调研小组，陆续回到江苏大学。调研小组在为期半个多月的时间里，辗转 14 个省的 30 个城市、86 家单位。每到一处，他们都马不停蹄地走访毕业生就业主管部门，接触当地知名企业，展开"促销"大战。该校学生工作处处长郭礼华说，现在大学生就业市场化，学校领导亲自当起"促销员"是市场需要、形势所逼。

近年来,高校连年扩招,明年是扩招后的第一个毕业生就业高峰,毕业生增幅达历史之最。据郭礼华介绍,仅江苏大学明年毕业生就达 5 978 名,较今年增加了 33%。"学生能否就业,既关系到学校的可持续发展,更关系到每一个学生的切身利益。"江苏大学提出,"要像抓招生那样抓学生的就业",早出招、出奇招、出实招,打造毕业生就业的"安居工程"。

就业指导:为学生就业"把脉""导航"

本学期开学不久,由 10 余位专家精心组织的"就业形势分析与预测"、"择业的途径与技巧"等 4 个专题的系列就业指导报告,就陆续与江苏大学毕业班的学生们"亲密接触"。平时,学校、学院还组织企业老总们来校作大大小小的报告。通过这些活动,逐步降低学生过高的就业"期望值",明确"先就业,后择业,再创业"的就业理念。对于一些迟迟"嫁"不出去的学生,学校做到"找学生谈一次话,给家长写一封信"。值得一提的是,该校生物与环境工程学院组织的"模拟人才市场",按照人才市场招聘的一套"假戏真做",并聘请专业人士担任考官点评,着实让学生受用不小,就连二、三年级的学生也迫不及待地前来"热身"。

就业基地:开辟学生就业"绿色通道"

此次外出调研的重要任务之一,就是进一步"扩充军备",再建立一批就业基地。据了解,经过几年努力,目前江苏大学已拥有 800 余个大学生就业基地。每年都有四五十家基地单位前来专门"选秀",每年有数百名毕业生通过这一"绿色通道"走上就业岗位。

福建东南汽车集团近年来每年录用的江大毕业生都达二三十人,占每年招聘人员总数的 20%。此次前来招聘的东南集团人事部主管廖女士表示,今年在江大招聘不受指标限制,有多少人合适就要多少。除了东南汽车"开进"江苏大学外,近日,北汽福田、苏州仁宝电子等 10 余场专场招聘,也将纷纷"登陆"江苏大学。这对江苏大学 2003 届毕业生无疑是"利好"信息。

就业网站:架起学生就业"空中走廊"

点开"江苏大学大学生就业网",一条条信息瞬间显现在眼前。网站设有动态发布、招聘信息、求职信息、咨询等栏目。网站的建立为供需双方及时提供了宝贵的信息,成为学生求职的好帮手。该校以构筑立体化的就业网络为目标,明确提出要建好"五个库",即用人单位信息库、毕业生生源信息库、毕业生需求库、毕业生就业去向库、毕业生档案查询库。

目前,一个学校和学院领导高度重视、学生工作部门和其他部门紧密协作、干部教师全员参与的毕业生就业工作格局,在江苏大学已初步形成,连续多年,该校毕业生就业率都在 90% 以上。面对已经到来的就业"洪峰",江苏大学有关负责人说,学校有信心让明年毕业生"安全度汛"。

(张明平)

中国教育报
2002 年 12 月 8 日

放假了，他们为何不回家？

——聚焦高校寒假"留校族"

这几天，各高校的寒假陆续开始，辛苦了一年的学生们也纷纷背起行囊，踏上了归途，等着与家人"欢欢喜喜过大年"了。然而，不少高校并未"人去楼空"，校园里仍有一批"留校族"，他们一如既往地在校园里学习、生活。年关将近，团聚在即，他们为何不如我们想象的那样"归心似箭"，而有家不回呢？

将学习进行到底　有家不愿回

在大学毕业生面临就业新形势下，不少学生纷纷信奉"考为上策"，将"战略重点"放在考研上，以期为将来的就业增加几许砝码。虽然 2003 年的研究生入学考试刚刚结束，但毕业班学兄学姐们的长期辛勤备战，让学弟学妹们深深感受到：考研绝非一日之功，要有持久作战的准备。江苏大学一位正在读大三的王同学告诉笔者，他所学的专业不太好，将来就业前景可能不太乐观，所以横下一条心准备考研。"考研可是件大事，早下手为强！"他说，放假这么长时间，一回家心就散了，白白浪费掉太可惜。在学校能让自己一直保持着学习的状态，特别是放假期间图书馆定期开放，可以去借阅资料，感觉很方便。他笑称，"天将降大任于斯人也"，放弃与家人的团聚也值。像小王这样为增加考研"胜算"而不回家的，在"留校族"中占了不小的比例。

如果说，小王留校学习是一种积极选择的话，还有一种则有点"无奈"了。一位不愿透露姓名的大一同学说，刚上大学自己没能找准感觉，经常泡网吧玩游戏，期末考试时才感觉末日要来临了，眼看顺利过关无望，只好退而求其次，5 门功课申请了缓考。因为下学期开学不久就要考试，回家复习考试又很难安心，只好痛下决心，利用寒假时间来"挽回损失"了。

一心一意找工作　有家不敢回

寒假期间也是各用人单位招兵买马的大好机会，各地的人才市场也纷纷"出手"。正在读大四的小白告诉笔者，此前她联系了上海的几家用人单位，面试以后都还"有点意思"。所以，虽然放假了，可她还要在学校等着用人单位的消息。同样来自毕业班的小任同学说，他的家在贵州的一个边远地区，交通、通讯十分不便。对于正在找工作的他来说，待在学校里可以经常上网了解动态，同学间也可以传递信息，尽可能不"错失良机"。江苏大学理学院的小朱同学告诉笔者，春节前江阴、南通、泰州、太仓等地都要搞规模不小的"毕业生双选会"，春节后苏州、上海等地也有一些人才市场陆续开场。"在哪儿过年都一样，能不能找到好工作可不一样。"小朱说，目前对他来说，能否找到一个好工作是头等大事，而回家则可能会错过一些好机会。据笔者观察，"留校族"中的毕业班同学为"碰碰运气"求职，而放弃与家人团聚的占了绝大多数。

家贫路远花费大　有家不能回

江苏大学工商学院的小胡家里经济条件较差，他本人在学校机关某部门勤工助学已经一年多了，前两天在苏州打工的父母打电话来说，为节省一些开销春节就不回安徽老家了，因此对于小胡来说回去过年也没有什么实际的意义。他的同学、内蒙古的小周寒假也没有回家，问其原因，他算起了他的"小九九"：回去一趟光来回路费就要几百元，这对他不太富裕的家庭来说可是笔不小的负担；相反，不回家倒可在这儿找点事情做，还能搞点"创收"。已经到来的"春节经济"让学市场营销专业的小周有了用武之地，这几天他正忙着给市区的几家商场搞一些营销活动。"在实践中既能锻炼自己，又能增加收入，一举两得，何乐而不为？"小周如是说。

据江大学生工作处负责人介绍，对于"留校族"中的这部分同学，寒假里学校开放了校园值班、宿舍管理、卫生打扫等勤工助学岗位，每个岗位每天能有 15 元的收入，确保他们基本的生活保障。除此之外，不少学生还利用"富余"时间，自己找了家教、促销等工作，在"自给自足"的同时还有不少的"盈余"。

据了解，江苏大学每年都有数百名学生寒假逗留在学校。为确保他们的学习、生活无忧，学校的食堂、宿舍和图书馆假期正常向学生开放。同时，每年大年三十晚上，在万家团聚的时刻，江大的校领导们还同滞留在学校的大学生们共度除夕之夜，一起吃年夜饭、联欢，让这些由于各种原因不能回家的大学生也能享受到家庭的温暖。

（张明平）

中国教育报

2003 年 2 月 26 日

高校风采:一枝红杏出墙来

——记新组建的江苏大学一年来的科技发展

本报讯 春节前夕,江苏大学在新落成的科技馆里召开了全校科技工作总结表彰会,据校党委副书记唐永泽介绍,这次会议不仅仅是新年的第一个大会,也是江苏大学组建以来的第一次科技工作大会,全校师生员工都很重视。因为过去的一年,江苏大学的科技工作可圈可点的业绩真是太多了,如:获国家自然科学基金项目14项,在全省名列第四;主持的国家"863"项目达三项,实现了"零的突破";蔡兰教授主持的"复合材料界面结合强度的激光定量测试技术研究"被评为2002年国家自然科学基金十佳"进展与成果奖"之首;等等。

春华秋实来之不易。江苏大学是在2001年下半年由原江苏理工大学等三所高校合并组建的,原先的科研工作在高校系统并不突出。自组建成江苏大学以后,全校员工面对"江苏大学"这块校徽,顿感压力巨大。校党委领导班子认为,高校的科技工作是培养高素质人才和全面提高教学质量的重要手段,是高起点进入经济领域、服务于社会大众的重要途径。为此,该校调整加强了学校科技处,并指定了分管校领导。

班子换人思路变。在过去的一年里,该校的科技工作面貌焕然一新。一连串明显的变化呈现在全校教职员工面前:首先是该校的中青年教师正成为科研工作的主力军。该校75%以上的国家、省级科研项目是由45岁以下的中青年教师挑大梁的。年过半百、身穿大红衣领夹克衫的分管校长赵杰文提到这点时,非常高兴地对记者们说:"这是我感到最值得欣慰的,这标志着我们学校科技工作的明天,将会更加阳光明媚。"其次是奋力开拓科研项目的新渠道。该校科技处在去年共跑了50多次北京、60多次省城,向国家各科技部门和省级主管部门宣传、汇报该校的科研实力和发展方向。使得全年共组织申报各级纵向科研项目460项,新立项纵向科研项目180余项,同比增长75%。获政府部门资助的科研经费就增长了230%,其中国家级项目经费占了46%。

精心组织项目的申报是提升学校科研实力的重要手段。该校根据国家和省的申报指南,首次发布了学校基金的项目申报指南,并组织有关专家先对申报项目进行审理论证,把好申报关。据了解,该校在过去的一年中,项目申报的成功率在全省高校系统名列前茅,被科技管理部门誉为"一匹黑马"。

加强项目管理、制定在研项目过程管理的检查制度以及以质量为杠杆的奖惩措施,是增强学校科技实力的基础。该校出台了一系列相关政策,并建立了"青年基金"、"人才基金"、"人文社科基金"、"学校活动基金"、"专利基金"等等。这些不仅极大地调动了全校员工的积极性,还吸引若干"凤凰"落镇江。一对留美的夫妇举家迁入,与一位从德国归来的博士后齐心协力,创建了"生命科学"学科,并已经确立了三个研究方向,展开了工作;一位毕业于清华园的博士生,和从日本引进的一位专家共同研究纳米技术,又为该校开创了一个高起点的新学科。

据了解,目前学校的科研氛围空前浓郁。这是与聘请了20多位"两院"院士、130多位国内外知名专家来校举行学术讲座、报告会,组织学科、研讨会近30多场次,举办首届江苏大学青年科技论坛,成立江苏大学青年学术沙龙,组织"星光杯"大学生课外科技竞赛等活动分不开的。校长杨继昌在科技大会上表示,要在新的一年中,突出工作重点、打造科技优势,推进制度创新、激活运行机制,抓好队伍建设、培养科技尖兵,加大科技投入、加强基地建设,扶持软科学研究、壮大社科实力。

(王燕宁　张明平)

科技日报
2003 年 2 月 26 日

探访求职路上的高校贫困生

既身处扩招后的首个就业高峰,又遇上"非典"的影响,今年的大学毕业生真有点"生不逢时"。据了解,目前高校毕业生的就业率明显低于往年,不少学生仍在为工作而奔波。贫困生,作为大学校园中的弱势群体,由于经济基础薄弱,"家庭背景"缺乏,因而在求职路上经历着比别人更多的艰辛,承受着比别人更大的压力。即将毕业了,求职路上,他们走得还好吗?

"出手"早,"落脚"也早——贫困生求职更需"一杯羹"

对于绝大多数贫困生来说,大学几年不菲的学费早已让他们的家庭不堪重负,甚至债台高筑。因此,毕业了尽快找份工作,改善家里的经济状况,既合"情理"也是"形势所迫"。"4 年来学费贷款就一万多,还借了亲戚们好几千,这些都指望着我工作后还呢!"江苏大学京江学院的周同学说。也许正应了"穷人的孩子早当家"那句话,去年 11 月他就早早地"出手",当好多同学还未"进入状态"时,12 月份他就与江淮汽车集团签了约,月工资 1 000 元。"工资是不高,但总算落了脚。我可不敢拖,万一找不到那就问题大了!"采访中笔者发现,贫困生们"出手"多数比一般的同学要早,"落脚"也早得多。之所以如此,原因就在于面临严峻的就业形势,贫困生不求掘得"一桶金",只是比别人更渴望分得"一杯羹"。据了解,临近毕业,当不少学生还在为工作发愁时,贫困生们绝大多数已"名花有主"。

"华山一条道"——贫困生求职靠自己

同家境好的同学相比,贫困生们的求职途径似乎是"自古华山一条道"。他们没有过硬的背景、可靠的后台,更多的要靠自己。当有的同学不紧不慢地坐等家人为自己托关系、找门路的时候,贫困生们却忙活开了:准备自荐材料、留意职场信息、奔波于各人才市场……一切都是"亲力亲为"。"这没什么,本来就是自己的事情嘛!再说了家里人也操心不了。"江大工商学院的支同学坦然地说。他告诉笔者,好在学校和学院的老师对他们给予了特别的关心,给他们指点迷津,有的老师还通过同学、校友帮着推荐,让他们少走了不少弯路。

花费尽可能少——贫困生求职"俭约化"

制作复印自荐材料、往返于各人才市场、置办一两套像样的"行头",甚至再来一点形象设计,如此下来,一般毕业生的求职消费少则一两千,多则四五千。相比之下,贫困生们则尽可能"俭约","行头"、"形象"自然是免谈了,那些花费大、路途远的人才市场他们也尽量少跑甚至不跑,半数以上的人是在用人单位来校专场招聘时签的约。手机如今已是毕业生求职时预算外的必需品了,来自河北保定的周同学是全班唯一没有手机的,去年省里来学校"调干"时他首次未过,后来临时决定再给他一次机会通知他去笔试时,因他外出无法联系而错过了一次极好的机会。谈及此事,小周至今仍不无遗憾。

坚强的回应——贫困生当自强

前不久签约郑州宇通公司的小陈是名孤儿,亲属中接二连三的不幸让他经历了常人难以想象的痛楚。大学4年他不仅担任班长,多次获得校级和院级三好学生、优秀学生干部等荣誉,而且还用打工挣得的钱资助读初中的妹妹,孤苦伶仃的表妹今后也要靠他去抚养。"面对不幸,只有用坚强和自信去回应,才能走出自己的天地。"回首过去,小陈深有感触地说。采访中,笔者了解到,同小陈一样,不少贫困生人穷志坚,在校积极参加勤工助学和各种社会实践活动,从各方面锻炼和充实自己,因而显得更加成熟,在求职场上他们颇受用人单位的青睐。同时,也有为数不少的贫困生平时"自尊"有余,求职应聘与用人单位接触时显得自信不足,其"出路"自然不妙。"希望用人单位网开一面,给贫困生更多的机会是不现实的,毕竟就业不是扶贫。"江大学生工作处负责人认为,贫困同学只要走出心理阴影,化压力为动力,自尊、自强、自信,在就业市场就一定能赢得自己的位置。

(张明平)

京江晚报

2003 年 6 月 2 日

选择"西行" 丰富人生

——记我市几位志愿到西部工作的大学毕业生

上周，新华社一则消息《高校鼓励毕业生"西行"》（本刊上周日曾作报道）在全国各高校引起强烈反响，镇江高校的毕业生也迅速作出了积极回应，他们当中有江苏省委组织部的后备干部人选、江苏省公安厅的调干对象、留校保送研究生的、刚刚考上研究生的、签约大企业的……可以说，在今年的毕业生中，他们是一群令人艳羡的"幸运儿"。原本可以顺顺畅畅地继续他们圆满的人生轨迹，然而离校之前他们却选择了"自找苦吃"——

赶上这样的机会可不容易

初见沈洁，真的很难想象眼前这位容貌秀丽、衣着颇为"新潮"的盐城女孩会报名去条件艰苦的西部。这位曾先后获得校优秀团干、校三好学生、校三好标兵、三次一等奖学金的中共党员是江苏大学留校保送研究生，起初她对自己是否"够格"心里没底，后来学校的动员大会让她打定了主意。当晚，就打电话同父母商量，得到了他们的一口应允。

"我们的父辈们当年响应国家号召上山下乡，到祖国最需要的地方去，在磨难和考验中成熟起来。现在身处新世纪的我们，能够赶上这样的机会可不容易。我们没有理由放弃这个难得的人生机遇。"国际经济法专业的沈洁告诉记者，自己上大学是保送的，现在研究生又是保送，总感觉太顺了点，很想借此机会锻炼锻炼。考虑到去西部可能要从事教育或共青团工作，在镇政府工作的父亲已答应暑假里找"有关人士"给她"面授机宜"。"姑且算作是岗前培训吧！"她说。

可是，谈了三年多的男友可没父母那么爽快，男友马上要到上海一家公司工作，小伙子最大的担心就是两人将很难见面。不过伶牙俐齿的沈洁很快让男友相信"真正的感情是经得起考验的"。

穷孩子，更应为穷地方做点贡献

不久前，江苏大学工商管理专业的胡玉辉收到了硕士研究生的录取通知书，但得知到西部去的消息后，他义无反顾地报了名。

当记者问为什么放着好端端的学不上，却甘愿去受苦时，胡玉辉说："我的家乡江西永丰就很穷，家里的经济条件也很差，我比别人更清楚贫穷落后的地方人们生活的不易，而其根源就在于教育，最缺的就是人才。尽管我个人能力有限，但很想为改变西部的现状做一点事情。"胡玉辉最大的希望是能在西部做个中学教师，把自己的知识和观念传授给那里的年轻人。

据胡玉辉介绍，他们宿舍一共8人，这次有4人报了名，其状况和想法多数同他相似。他的同学陈大军，就打算回自己的家乡四川志愿服务。

这个时候，我应该站出来

提起李炳龙，可以说是江苏大学的"风云人物"了。汽车设计与制造专业毕业的他是江大的首任学生会主席，曾担任过省学联副主席，早在去年年底，他就被江苏省委组织部"相中"，作为后备干部人选。如果不是选择去西部，这两天他就要去省委组织部报到，然后赴连云港就职，开始他"为官之路"。

问起去西部的动因，这位来自山东青岛、颇有几分豪气的小伙子平静地说："同是伟大祖国的一部分，发展西部应是每个中国人的责任，作为一名党员，这个时候，我应该站出来。"小李家里四代同堂，他也算是大家族的"后起之秀"，前几天他打电话悄悄地向父亲说了此事，开明的父亲很是支持，年迈的爷爷也鼓励他去，只是没敢向太祖母说。"自古忠孝不能两全，放假后再跟她老人家慢慢说这个事吧！"懂事的小李对记者说。

去西部，比干任何工作都值

"放弃现有的工作并不可惜，去西部比干任何工作都值。"刚刚被评为优秀毕业生的吴彬对记者说。他是江大工商管理专业的学生，中共党员，校三好学生，专业成绩也不错，早在去年12月份他就与合肥的一家研究所签了约。

吴彬是安徽宿松人，家中还有一个弟弟、一个妹妹，经济条件一般，原本指望他工作后可改善家里经济状况，但稍作权衡后，他还是作出了去西部的决定。他在镇江工商局工作的舅舅极力鼓励他去西部，并打电话"坚定他家人的信心"。刚刚20岁的吴彬认为，有了去西部的这一段经历，相信今后从事任何工作自己都能经受得住考验。

对于已落实工作的志愿者，江苏大学将负责出面与单位协商保留其工作岗位至服务期满。"不管单位是否同意，我都要去！大不了回来后重找工作。"吴彬坚定地说。

同样是西部志愿者的张树磊，家里办了个不小的企业，经济条件自然不用说了，他本人也与上海的一家公司签了约，各方面待遇都还不错，他说，去西部是他"一直以来的想法"，重要的是可以磨炼一下自己，对将来的工作肯定有好处。

两年后回来孝顺妈妈

这个月刚刚转为正式党员的葛永平读的是市场营销专业，今年被江苏省公安厅确定为调干对象，当得知去西部服务的消息后，这位江大优秀毕业生早已平静的心弦立刻被拨动了。

"当时学院开会，院里书记说了一下，我听了以后就很激动，非常想去。这是为祖国做好事的机会，也是锻炼自己的机会，我知道西部很贫穷，条件很落后，但是祖国需要我们，我们就应该挺身而出。"不过当时葛永平也非常矛盾，公安厅的调干机会谁能不珍惜呢，可自己真的十分想去西部奉献一份力。正当小葛因为自己的想法而备受煎熬时，学校的承诺让他毫不犹豫地在报名表上写上了自己的名字，原来从西部回来后，小葛依然可去公安厅报到。

虽然报了名，但说服连云港老家的母亲对葛永平来说并非易事。小葛初三的时候，父亲就离开了人世，为了把他送进大学，母亲付出了比别人更多的心血，大学4年中他的学费一半来自母亲的辛苦劳动，一半来自贷款。知道儿子要去遥远的西部，母亲虽然心里不愿意，但最终还是含泪默许了儿子的选择。说到母亲，这位外表硬朗的小伙子竟然在记者面前抽泣起来，"没什么，就是太想妈妈了，两年后回来一定好好孝顺她……"

去西部，镇江儿女义不容辞

在江苏大学52名应征西部青年志愿者的同学里，有6名同学是镇江籍的，华东船院的志愿者中也有3名镇江籍同学。

金坛的李文是华东船院第一个报名去西部的。念电子信息工程专业的她报名并非一帆风顺，家里虽然有个13岁的弟弟，但对一直认为"手心手背都是肉"的妈妈来说，一个女孩子到生活艰苦的西部去，毕竟是舍不得的。听说她报名，几个要好的姐妹也苦苦相劝，甚至用"没水喝"吓唬她。不过在李文的游说下，她的行为最终得到了父母的支持和朋友的理解。

家住李家山新村的袁明辉是江苏大学冶金学院一名普通的大学生，当得知去西部服务的消息时，他并没有多作考虑，便递上了自己的报名表格。最让他感到欣喜的是，他的选择得到了父母的大力支持。袁明辉的父亲告诉记者："我们非常支持他，一个年轻人到西部去多做点贡献，这也是锻炼他的好机会。不过做父母的总归是有点舍不得的。"

据小袁的父亲透露，现在袁明辉正在做着一份临时工，只等通知一到，就马上动身去西部。

（张明平　朱银慧）

京江晚报
2003 年 6 月 4 日

这片希望的热土
——诠释江苏大学的跨越发展

2001年8月，原江苏理工大学、镇江医学院、镇江师范专科学校合并成立江苏大学，原来同处江苏镇江的"三兄弟"走到一起，变成了实实在在的"一家人"。时隔两年多，江苏大学正呈现出蓬勃生机。该校校长、博士生导师杨继昌教授告诉记者，合并以来，学校两年迈了三大步：快速、平稳、顺利地完成了实质性合并，奠定了良好的发展基础；适时、科学、前瞻地调整学科专业、优化资源配置、制定"十五"方略,扬起了疾行的风帆;执著、扎实、高效地完成着每一个既定的目标,实现了新的跨越发展。2003年,学校新增博士后流动站2个、一级学科博士点3个;拥有博士点15个、硕士点27个,并获得了MBA学位授予权;国家、省级重点学科实现了翻番,科研立项大幅度增加,科研经费递增了近300%。如今漫步校园,现代、艺术的新校门别具特色,校前区80亩开阔的园林景观令人赏心悦目,在建的21层4万平方米的教学楼日见日长,占地1 200亩的新校区已拉开大建设的帷幕……

什么成为江苏大学腾飞的翅膀?

真抓实干,全力打造内涵发展新优势

教学、科研、学科建设是高校发展的内涵所在,也是体现一所学校核心竞争力的关键要素。合并两年多来,江苏大学坚持把加快内涵发展、提升办学水平作为工作的重点,努力增强学校的核心竞争力,以此来推动学校各项事业的快速发展。

抓本科教学评估,不断提高人才培养质量。2002年是江苏大学合并后的开局之年,也是学校的"教学质量年"。学校以迎接本科教学水平评估工作为抓手,采取一系列的措施,强化教学管理,推进教学改革,提高本科教学质量。在教育环节上,构建了由干部、教学检查员、学生评议、信息员、投诉"五位一体"的教学质量监控体系,实行教师晋职教学质量考核"一票否决制"、教授本科教学"一票否决制",组织"青年教师过教学关",组织800多名教师参加讲课比赛。学校还花力气加强"窗口"课程建设,启动品牌特色专业建设,出版一批精品教材;在学习环节上,从2003级新生开始学校全面推行完全学分制;在教学投入上,近两年设备经费投放总量达1.1亿元。两年来,学校获江苏省高校一类优秀课程3门、二类优秀课程5门,优秀课程群1个;连续三年获全国大学生英语竞赛特等奖,在全国大学生机器人大奖赛中,成为江苏高校唯一进入全国高校16强的代表队。

抓科技创新能力,积极服务江苏区域经济。按照"基础研究与应用研究相结合、科学研究与成果推广相结合、高新技术开发与形成高新产业相结合、技术创新与机制创新相结合"的总体要求,江苏大学采取了5项改革措施,全面提升科技实力,强化科研工作的支撑作用:打造科技优势、突出服务重点;推进制度创新、激活运行机制;抓好队伍建设、培养领衔人才;加大科技投入、加强基地建设,扶持软科学研究、壮大社科实力。两年来,该校的科技工作在深度和广度上都取得了突破性进展。立项科技项目近400项,获政府部门资助经费3 500多万元,主持国家"863"高技术项目3项、联合和合作承担8项。获国家自然科学基金项目31项,33项成果获省部级科技进步奖。申报专利80项,跻身2003年中国科技事业单位自主知识产权竞争力"50强"。前不久"江苏大学车辆产品实验室"通过了中国实验室国家实验室认可,并获得较高的评价。

抓学科建设龙头,整体提升学校办学水平。学科作为高校履行教学、科研和社会服务三大职能的基本平台,在学校工作中发挥着"龙头"的作用。两年来,根据"优势学科做强做大、新兴学科形成亮点"的要求,江苏大学抓住三校合并的契机,充分利用资源优势加速学科整合,着力构建理工、医药、生物技术及生命科学、经管及人文五大学科板块,形成了"重

点突出、交叉渗透、板块联动、相互支撑"的学科建设新格局,学科建设取得了重大的突破性进展。学校流体机械及工程等7个学科被评为国家、省级重点学科,理科博士点、医学和人文硕士点均实现零突破,化学化工、医技、医学、药学、外语等学科也新开了点。MBA学位授予权也顺利获得通过。学科建设的快速发展带动了研究生教育的大发展。近两年,该校全日制研究生招生规模每年递增55%之多,在校研究生数已突破2 500人。

抓人才高地构建,不断增强事业发展后劲。队伍建设是学校改革和发展的根本大计。江苏大学坚持"人才是第一资源"的新理念,把吸引和培养优秀人才作为学校工作的战略重点,不惜代价、不遗余力、不留遗憾,全力打造一支高水平教师队伍和管理队伍,切实做到优惠政策吸引人才、加大力度培养人才、搞活机制激励人才、营造环境留住人才。学校出台了《江苏大学师资建设规划》,建立了人才引进与柔性引进、智力引进相结合的机制,积极推进队伍建设"三大工程"——"高层次人才引进工程"、"博士培养工程"和"教学名师建设工程",并把"三大工程"实施情况作为学院考核的刚性指标,取得了突破性进展。同时,高层次人才推荐遴选也再攀新高,一批中青年骨干教师进入了"国家百千万工程"、教育部青年骨干教师、江苏省有突出贡献中青年专家和江苏省"333人才工程"行列。

抓基础设施建设,提供跨越发展坚实保障。为拓展办学空间、创造整洁优美的育人环境,江苏大学切实加大基本建设力度,大力实施生态化校园建设工程。两年来共完成基本建设项目28个,新增校舍面积18.6万平方米,新增教职工住宅224套,学校的体育设施、全民健身活动场所建设取得了重大突破,目前在建项目达12万平方米。前不久,江苏大学又新征土地1 200亩,校园面积达到了3 045亩,新校区的基本建设已全面展开,力争用两年左右时间完成近30万平方米的建设任务。在校园建设的过程中,该校充分利用依山傍水的自然条件,高起点、生态化,大力实施校园绿化、美化工程。目前,玉带河整治、校前区改造、学生宿舍区山顶公园建设已经完成。今年3月,原镇江市江滨医院成建制并入成为该校的附属医院之后,学校适时调整校区功能,扩大附属医院建设用地,为建设一个特色化、人性化、生态化、数字化的基本现代化医院打下了基础。

凝心聚力,全线构筑跨越发展新保障

合并不单是"聚合",更应是"融合";不单是合资源,更需要合人心。江苏大学领导班子不仅致力于在最短的时间里实现"班子、机构、政策、财务、规划"的"五统一",而且不懈追求"学科、师资、资源、校园精神"的"四融合",注重内涵建设,为实施跨越发展战略提供了有力的保障。

革新用人机制,推进党的组织建设。合并之初,在中层干部的任用上,江苏大学大胆创新的做法实在可圈可点。200多名党政处级干部全部"卧倒",实行聘任上岗,其中机关实行竞聘制,学院实行选聘制,并聘请校外专家担任评委,把评委的评审结果作为干部任用的重要依据。这一做法,有效地维护了学校大局的稳定,极大地激发了广大干部的积极性,使得一大批德才兼备的干部走上了领导岗位。之后,在短时期内学校又出台了一系列关于干部选拔任用的规章制度,使干部管理工作逐步步入规范、科学、动态、有序的良性循环。合并后,学校及时重组了 26 个党总支、8 个直属党支部和 210 个基层党支部,并对基层党支部实行目标管理,规范学院党政领导体制。为了统一意志、提高基层党组织战斗力,党校先后举办了 7 期培训班。学校还十分重视在学生、青年教师和学科带头人中培养、发展新党员,两年来学校党校共举办了 34 期入党积极分子培训班,受训人员达 4 834 人次,发展党员 2 183 人。

加强作风建设,畅通民主政治渠道。江苏大学将 2002 年确定为"作风建设年",以作风塑造形象,以形象凝聚人心。新学期开始后,校领导们深入全校 23 个学院和有关部门,开展现场办公,在基层干部和教师中产生了良好的反响。学校全面推行校务公开制度,规定凡事关学校改革发展的重大决策,教职工、学生切身利益的重大事项及师生关注的热点、焦点问题,都要公开,如基建工程和重大修缮项目招投标情况,大宗物资采购,教职工住房和医保情况,学生评优和奖学金评定,干部聘任、职称评聘、教师评优等,提高透明度,让师生"看个清清楚楚,明明白白",激发了教职工爱校建校热情。校领导还实行了联系学院制度、接待日制度、重大事项决定前征询意见制度等等,使师生们参与学校事务的"门路"更宽了。今年,江苏大学又推出了机关作风建设"一把手负责制",实施公开承诺制、首问负责制、督查督办制、考勤考核制、检举举报制、定期评议制、效能监察制等"七项制度",打造机关新形象。

实施"师德建设工程",努力培育校园精神。如何塑造一种新的校园精神,对于一所新成立的大学来说显得尤为重要。为此,近两年来江苏大学着力在广大师生中开展了"凝聚力工程"和"向心工程"。2002 年初,经过全校师生讨论,学校制定了"博学、求是、明德"的江苏大学校训,以此为契机,通过组织演讲、征文、解读等活动,积极推动广大师生对新校训的理解和践行;学校还出台了《江苏大学加强和改进教职工思想政治工作的实施意见》,制定考核指标,开展了"基层文明单位创建活动";制定了《江苏大学教职工道德规范》,并组织实施了"师德建设工程",为事业的发展提供了重要的思想保证和精神动力。

立足长远,全面谋划事业发展新未来

江苏大学领导深刻地认识到,本世纪头 20 年,同样也是高等教育发展必须紧紧抓住并且可以大有作为的重要战略机遇期,尤其是作为江苏省"十五"重点建设的高校,学校理应为江苏"率先建成高水平小康社会、率先基本实现现代化"这一宏伟目标的实现提供强有力的人才和技术支撑。因此,刚刚结束的学校第一次党代会,始终高扬的是"发展"这一主旋律。会议依照"错位发展战略,特色发展战略,开放办学战略,内涵发展战略"发展思路,提出了江苏大学今后一段时期的奋斗目标和主要任务。

调整学科结构,增强办学实力。在保持并扩大工科优势的基础上,江苏大学将大力发展信息、生物、医药、能源等新兴学科,切实加强经、管、文、法等应用学科。以五大学科板块为基础,构建结构合理、各具特色、相互交融,具有较强生命力的学科群体,建成一批在全国具有明显特色和优势的学科、博士后流动站和博士点、硕士点,进一步拓宽工程硕士领域,努力办好 MBA,为成立江苏大学研究生院打下坚实的基础。到 2010 年前后,江苏大学的全日制在校生规模将达到 40 000 人左右,其中研究生为 8 000 ~ 10 000 人左右规模,本科生教育适度增长,本科专业结构进一步完善,专业数在 80 个左右。

推进素质教育,培养创新人才。人才培养质量是学校生存和发展的生命线。江苏大学将按照社会和经济发展对人才培养的新要求,进一步调整专业设置,完善培养计划,改革课程体系,创新教学方法。以本科教学评估和全面推进学分制为契机,健全与完善人才培养质量监督和保障体系;以提高学生就业能力、创业能力、创新能力为重点,深化教学改革,创新人才培养新模式;以"博学、求是、明德"为座右铭,加强校风建设和学生教育管理工作,提高学生的综合素质。同时,力争在国家级教改奖、国家级精品课程、国家级优秀教材等方面获得重大突破;积极创建省级品牌、特色专业和省级一类优秀课程、精品课程。毕业生就业率达到全省领先、全国重点大学先进水平。

加强科技创新,提升科技水平。江苏大学抓住经济、社会发展重要机遇期,发挥综合学科优势,形成合力,积极承接重大攻关项目,创造一批原创性、标志性科技成果,加快科技成果的转化,在西部开发、江苏沿江开发战略中建功立业。同时,要进一步完善校内科技政策,通过政策导向,激发创造活力,在进一步提高科研开发能力和水平的同时,保持科研总量快速增长。

加强师资建设,构筑人才高地。江苏大学始终把队伍建设放在十分突出的地位。坚持"引进和培养结合,选贤和任能结合",重点实施师资建设"5128 工程"。在院士引进或培养实现突破的基础上,引进和选拔 5 名左右学术大师,10 名左右能够带领本学科进入前沿的优秀学科带头人,200 名左右具有较强实力的中青年学术骨干和课程负责人,打造一支质量过硬、水平较高的 800 名教学主讲队伍。"十一五"期间,以学科梯队、学科带头人、学术骨干和课程负责人的选拔培养为重点,着力打造一支与学校事业发展相适应的研究生导师队伍和主讲教师队伍,使教师队伍的年龄结构、学历结构和知识结构得到显著改善,教师中具有硕士以上学位达到 85% 以上,具有博士学位的教师要达到 35% 以上。

推进管理创新,提高办学效率。江苏大学积极推进以提高管理水平、提高办事效率为目标的各项改革,全面实施校院两级管理,在学校宏观调控下,逐步形成学院自主理财、自主发展、自我约束的分级管理体制;继续深化以用人和分配机制为重点的运行机制的改革,实行新进人员考试制、劳动关系聘用制、人事关系代理制、创造条件实行职员制,逐步实现身份管理向岗位管理的转变;进一步完善招生和毕业生派遣制度,形成以修生为基础、以学业为保证、以就业为导向的学生教育培养体系,稳步提高就业率;积极推进以社会化为目标的后勤改革,构建科学、高效、规范、服务型的管理保障体系。

江苏大学党委书记朱正伦告诉记者,为确保发展目标的顺利实现,学校将积极构建开放式办学体系,快速推进管理创新工程,进一步加大基础建设力度,积极实施"富民强校"战略,切实增强学校核心竞争力,届时,一所崭新的江苏大学将屹立在世人的眼前。

(高 鸣 沙志平 张明平)

创业西部唱响青春之歌

——大学生"西部计划"江苏志愿者服务记

记者日前来到了陕西大地,寻访在这里服务的江苏 415 名大学生"西部计划"志愿者,目睹了江苏大学生志愿者们投身西部建设的风采。

我们就是一粒种,播撒在祖国的西部

李炳龙,这位来自山东青岛、身高 1 米 93 的小伙子,前不久入选"全国百名优秀青年志愿者",成为全国"西部计划"志愿者中获此殊荣的 4 人之一。去年毕业前小李义无反顾地推迟了江苏省委组织部的调干行程,选择了"到西部去"。"来西部,是我们的一种责任和使命!"初来时,小李担任铜川市耀州职业高中的物理老师,同时兼任耀州志愿者班的班长和临时党支部书记,他利用业余时间走遍了 90% 志愿者服务的单位,用微薄的生活补助为学生购买学习资料,并资助了一名贫困生。不久他因工作出色被调任陕西团省委宣传部部长助理,成了一名"为志愿者志愿服务的志愿者"。"有事找炳龙!"成了不少陕西志愿者口头传诵的话语。年前为了让每一个志愿者能按时返乡与家人团聚,小李连续三天冒着严寒,凌晨一点到售票点排队买票。前不久,省里组织机关干部清理因洪水淤积的泥沙,每人只需半天,而他一人却坚持在河道上干了整整三天,手上满是血泡。

好男儿志在四方,好女儿同样胸怀天下。在延安市黄龙县中学服务的王媛,是江苏大学去年"西部计划"中两位女生中的一位。本来毕业前,她已与家乡乌鲁木齐市招商银行签订了意向协议,但一听说"西部计划"招募志愿者,便不顾家人阻挠报了名。选择支援西部,她从来没有后悔过。

我们愿做一株苗,成长在西部的园地里

在泾阳县扫宋中学,记者看到因为校舍紧张,学校为志愿者张伟伟、梅盛准备的一间十一二平方米的小屋这间小屋既是办公室又是宿舍,床是一张床板搁在两张凳子上。

床头边摆放的课桌上堆满了作业本,是两人备课用的"办公桌"。刚来的时候,梅盛不习惯这里的气候和饮食,水土不服,身上长了很多"小红点",让他"坐卧不安"。晚上用热水烫几分钟,"小红点"才会休息一会儿,才可以安稳睡上一会儿,就这样如此反复,一夜不知要起多少次。直到现在,小红点还没有完全消退。

梅盛的同班同学、如今的同事张伟伟刚来时是一个体重 170 多斤、身体特棒的小伙子,如今却只有 140 斤。去年来后由于水土不服,他得了肾结石,病好后,张伟伟本可以光明正

大地"终止"计划，但是他最终选择了留下，他说，这里太需要老师了，他离不开这里的孩子……

在"药王"孙思邈的故乡铜川市孙塬镇，我们见到了这里唯一的一位全国"百县千乡宣传文化工程"志愿者，担任团镇委副书记、文化站站长的徐俊。徐俊曾经"包干"的行政村丁山村，坐落在大山深处的川塬上，平时他都是翻过十几道山梁，步行近三个小时才能从镇上到丁山。去年10月份，他在丁山村待了一个多月，与村民们同吃同住，挨家挨户了解农民生产生活情况，小徐"包村"期间帮乡亲们嫁接成活了一批银杏树，参与实施了"世行赠款养羊项目"，组织起农民自己的"经纪人协会"——花椒协会，这一批经济增长点的开发，丁山村人均收入年内有望翻番。临别前，徐俊向记者透露，他原定的服务期限是一年，现在他已决定再延期一年，因为他的心已交给了大山和山里的乡亲们。

我们愿是一棵树，装扮西部希望的田野

"这些志愿者来得真及时，我们真是太需要他们了！"一见到记者，泾阳团县委书记王东京就激动地说。据他介绍，整个泾阳县教师缺口1 000多人，已连续5年没有一个本科生加入，去年作为受援人数最多的县，一下子来了94名志愿者，其中江苏大学7人。"他们给我们带来了新的活力、新的理念、新的思想。"

英语教育专业毕业的李家涛本来已签约于苏南一家学校，来到宝鸡市陈仓区西城高中后，针对学生英语普遍较差，尤其是"开口难"的实际，在全校独立开设了专门的英语口语课，并成立了学生英语协会，每周开展三次活动，掀起了"英语学习的革命"。

耀光区小丘镇坳底中学，离城里远，交通不便，也没有电视，没有网络，全校订阅的三四份报纸几乎成了"周报"，信息十分闭塞。江苏大学的顾雷同其他几个志愿者专程去了一趟西安，用半年多省吃俭用积攒下来的3 800元钱给孩子们买了一台电脑。在泾阳县职业高中任教的志愿者刘永波毕业于江苏大学，他发现不少学生职高毕业后都出去打工，但由于缺乏法律知识，签订了许多"冤枉"合同，蒙受了无端损失。结合自身所学，他在学校成立了"法律学校"，每周开展一次第二课堂活动。在石柱中学任教的苏州大学志愿者姚天鹏多次走村串户，鼓励农民们开拓市场。他还与同来的苏州科技大学志愿者许振楠在当地收购苹果，春节前后发送了两批共24吨苹果到江苏销售，让果农们尝到了"走出去"的甜头。

由志愿者们促成的东西部"联姻"还有很多。现为西安市户县开放开发办公室主任助理的庄严毕业于南京财经大学，他的家乡睢宁县是远近闻名的"儿童画之乡"，户县的农民画同样蜚声海内外。在小庄的"撮合"下，去年11月，两地文化交流活动成功举办，引起了不小的轰动。他还积极参与户县招商引资，为户县引进了1 000万元的合同外资，被户县人传为"奇迹"。

（张明平　王　健）

新华日报

2004年10月12日

一位贫困女孩自强自立读大学的感人故事

　　4年前,王亚丽独自一人从内蒙古的一个小山村走出,来到了江南古城,在与命运的抗争中,开始了她的大学生涯。4年里,父母给她的钱不到9 000元,而她在大学期间的各种开销总共近4万元。4年后,她还完了银行的所有贷款,以全班英语八级最高分获得者、江苏大学优秀毕业生的身份,成了上海杰事杰新材料有限公司国际业务部的销售助理。让我们一起来听听她的讲述:

　　我的家乡坐落在内蒙古赤峰市一个偏僻的小山村,父母是地地道道的农民。我是村里第一个考上大学的孩子。然而,这张大学录取通知书却没有带给我多少欣喜。通知书上天文数字般的学费让全家人一筹莫展。我清楚地记得母亲笑容下的眼泪! 那种无奈让我永生难忘。

　　不知道从哪里来的勇气,我一遍遍告诉自己,不要放弃。于是,我开始为学费而奔波,从亲戚到朋友,从老师到同学,开学一周前,我竟然如愿以偿地凑足了学费。

　　拎着一个手提包——全部的家当,我独自踏上了南下的列车。跨进大学校门的那一刻,我下定决心,要靠自己读完大学,绝不再向父母要一分钱!

　　然而,身上的钱交了学费就没有生活费,留下生活费就凑不够学费。踌躇再三,我决定先把学费交了再说,我不想因为学费交不齐而影响了学习。生活总是会有办法解决的吧!

　　之后,我毅然来到工商银行特困生贷款咨询处申请助学贷款。

　　坐在教室里开始上课的时候,我才意识到自己有多差。我的入学成绩排在班级的后5名之内,听着同学们纯正的发音,看着他们对每个话题侃侃而谈,我真的开始自卑了。然而,我没有气馁。

　　大一结束,我的综合成绩排到了班级前十名。暑假,尽管很想家,但我不能回去,因为我要用这一个月的时间做家教赚够下个学期的生活费。镇江的夏天是炎热的,我搭公交,从城南到城北,从城北到城南,每天两个来回。开学前一个星期,我拿到了第一份工资,1 600元人民币,那是我第一次拿到这么多属于自己的钱。

　　大二一年,我尝试调整学习方法。期末考试结束,班长打电话给我,"你考了我们班上第一名!"我简直不敢相信自己的耳朵,我居然考了英语002班的第一名。

　　毕业典礼上,当校领导把毕业证、学位证和江苏大学优秀毕业生证书发到我手上的时候,站在领奖台上,我感慨万千。我竟然真的和所有人一起到了终点! 我是大学生记者团的活跃分子,是每年度的优秀学生记者;是外国语学院的通讯部部长,负责院内新闻的采访和发布;是班级的团支部书记,组织大家去爬山、去郊游。

　　4年的大学生活,改变了我的性格,也许会改变我的一生。在这里,我学会了独立,学会了吃苦,学会了坚强,学会了宽容。更重要的是,在江苏大学,我结识了很多真诚的朋友:领导、老师,工商银行的爱伟姐姐,班内班外的同学、校友,家教带过的学生和他们的家长。那份真诚,那份关切,那份信任,给人一种沉甸甸的温暖。

(张明平　宋金萍)

新华日报

2004 年 10 月 12 日

至 爱 无 痕

——记"全国师德先进个人"江苏大学陈钧教授

"我真的很惭愧!因为我只是做了点我应该做的事,而且做得还不好⋯⋯"面对领导和同事们的祝贺,刚刚获得"全国师德标兵"称号的陈钧教授真诚地说。曾先后荣膺"全国先进工作者"、"江苏省优秀共产党员"等称号的陈钧教授,面对荣誉,每每都是这么"忐忑不安"。

20 多年了,这个信条一直占据着陈钧的心灵,无论他身处异国他乡,还是学成归来。其实,在他心里久久占据和升腾的,是那份对科学、对祖国、对人民无比执著和赤诚的爱⋯⋯

前后三次赴日本留学、访问 8 年,一次次地谢绝日本友人的竭力挽留,如期而归。他说:"留在日本,待遇虽好,却不过是高级打工仔而已。"

1998 年,陈钧再次应邀到日本东北大学工学部化工系新井研究室开展合作研究,专攻银杏叶有效成分的分离提取技术及分析技术。置身于这样一个国际先进水平的化学工程研究室之中,对于不是学化学化工科班出身的陈钧来说,压力可想而知。他面临着从大学本科的化学基础知识开始,到近代试验手段、仪器分析手段的再学习,面临着知识结构、专业研究方法上的脱胎换骨。一年以后,陈钧刻苦认真的工作精神,以及所取得的一些中间研究成果,同样给日本教授、同事们留下了极好的印象。为了改善他回国后的工作条件,新井教授安排赠送了他一台高效液相色谱仪,价值几十万元人民币。

回国后第二天,陈钧就一头扎进了实验室。平时也几乎没有休息日。学生们说:"陈老师的根在实验室,那里是他生命的源泉。"

1996 年,回国后的陈钧被任命为学校研究生部主任,而他坚决要回实验室。因为,他的心里有一个明确的目标:继续开展超临界研究,使我国在不久的将来真正跻身于领先行列。

他要将在日本取得的最新研究成果尽快应用于工业化生产,造福于祖国和人民。

采访中,江大生环学院党总支书记董英教授告诉记者,陈钧有一个习惯,就是快节奏,每次出差日程都安排得满满的,而且一个地方接一个地方地跑。由于积劳成疾,加之长期营养不良,有一年陈钧患上了甲肝。住院期间,他仍然牵挂着他主持的课题,并不顾医生劝阻将书本悄悄带进病房。

陈钧教授对科学执著追求的精神和严谨的治学作风,深深地感染着他的同事和学生。他的课题组学术气氛非常浓厚,成员们个个劲头十足。每两周,课题组就要开展一次学术活动,无论是导师还是学生,都要亲自上台汇报自己的研究进展情况,交流国内外最新研究动态和自己的体会。对于学生们来说,同导师一样,双休日、寒暑假在实验室里做实验、看书学习已是家常便饭,有时甚至"青出于蓝而胜于蓝",非得陈老师赶他们回去才肯休手。

采访中,笔者一直困惑:陈钧原本是学农业机械的,主持的"节能型旋耕刀片研究"等课题1994年获得国家专利并投入批量生产,后来转攻农产品加工,主持完成了"超临界二氧化碳萃取农产品有效成分的研究"等课题,现又成为江苏大学生药学学科带头人、制药工程专业带头人,真正是干一行、悟一行、钻一行。一个人何以能实现如此大的学科跨越? 也许,这一切只能从陈钧身上那股洞察学科前沿、勇攀科学高峰、敬业执著的精神中找到注解。

出差总拣最便宜的旅馆,有时甚至住防空洞,却为希望小学一下捐两万元,每年数万元的科研奖励都不拿回家……同事们说:他既"小气"又"大方"。

研究初期,由于经费紧张,购置一套进口设备需要数十万美元,陈钧便和他的同事们南下北上进行调研,自行设计和研制了一套完全国产化的超临界二氧化碳萃取实验装置,为学校节省了大批资金。这套装置是当时国内高校中自行设计开发得最完整、真正能顺利运行的第一套超临界二氧化碳萃取实验装置。

把公家的钱当命的陈钧,有时花钱又出奇地"大方"。他对贫困地区的希望小学舍得一下子捐款两万元。2001年他荣获"江苏省优秀共产党员"称号,省里发给他2 000元奖金,他又毫不犹豫地作为党费交了上去。为了让研究生们安心学习和研究,他从课题费中拿出一部分作为他们的生活费和助理科研费,还主动帮助年轻教师解决工作和生活中的实际困难。每年学校发给他的数万元科研奖励,他都留在学院用于学科建设。前不久,他又将"江苏省优秀博士生导师"的3 000元奖金拿出来,为研究生们在学习室里装了台空调,配了个打印机硒鼓……

"同耕药园,普济沧桑。"每届学生毕业,陈钧总是在他们的纪念册上写下这样的话。这8个字,饱含的不仅仅是他对生药学专业学生们的一片希望,还有他自己对科学研究的不懈追求……

(张明平)

"大工程教育"理念下的育人新模式

——记江苏大学建开放型工程训练体系的实践

面临新世纪的挑战,我国迫切需要大批应用型、复合型、创新型的高级工程人才。知识积累是创新的前提,工程实践是创新的基础,因此,怎样在加强基础、拓宽学生知识面的同时,加强工程实践与训练,是每一所承担高等工程教育任务的高校在着力思考和解决的问题。

针对当代工程问题的日益综合化和复杂化,多年来,江苏大学依据国际高等工程教育的发展趋势,以高等工程教育改革为主线,树立"大工程教育"理念,在构建科学合理的开放型工程训练体系方面进行了积极的探索,通过系统、集成的工程训练,培养学生多学科知识综合集成的认知和解决问题的能力。将规定训练项目与课外训练项目相结合,倡导学生跨年级、跨专业、跨时空自由组合、自主开发、自主创新,为学生提供更多的独立思考和个性发展的空间,让其亲身体验创新过程,激发创新热情,树立创新意识;变离散的认识性实习与相互独立的实践环节为融知识、能力和工程素质于一体的综合训练;变过去单纯的技术训练为集现代管理、人文素质和先进技术于一体的系统训练,创建了强化工程意识、工程能力和创新思维的人才培养新模式。

构建开放型工程训练体系

江苏大学工业中心主任许友谊研究员认为,现在社会上的企业对工科学生的实践能力、科技开发与新技术应用能力要求很高,而我们的高等工程教育中还存在实践环节系统性不强、缺乏大工程背景支撑的弱点,因此,找准工科学生的实习环节,加强工程教育的理论和实践操作结合,就成为提高工科学生就业竞争力的主要突破口。

工程训练是培养学生工程意识、启迪创新思维、分析并解决工程问题、提高综合素质和创新能力的重要环节,是高等工程教育教学过程的重要组成部分。江苏大学运用人才培养的新模式,构建以学生为主体的多层次(本科、硕士、博士)、全方位(市场、环境、系统、管理、质量、效益)、综合式(设计、制造、控制、管理)、开放型(面向全社会,面向学生培养全过程、全天候,并为教学、科研、成果孵化、人才培训、终身教育提供服务)的工程训练体系。

江苏大学校长杨继昌教授告诉记者,学校以大工程为背景,以提高学生工程实践能力和综合工程素质为主线,按照由浅入深、由低到高的认知规律,构建了"四大平台",即工业系统认知平台、基础工程训练平台、现代工程系统训练平台以及综合与创新训练平台,并将创新训练贯穿整个工程训练的始终,形成了"纵向及顶"、"横向达边"的工程训练新体系。所谓纵向及顶,即从专业技能培养方面逐步进入该领域学术前沿;所谓横向达边,即体现人才培养中,各科知识的融合与贯通,以及学科专业的交叉和渗透,使被培养者成为复合型、创新创业型人才。

以工业系统认知平台为例,通过宽广的工业系统学习,主动应对入校新生在学习方向上的"迷茫"期,感受现代工程的熏陶,开拓学习视野,激发学习热情,增强学习自觉性。

现代工程系统训练平台则以大工程、广义制造为背景,在虚拟生产环境中,通过整合原有实验,开设新型综合性实验,使学生掌握较为扎实的单元技术;通过不同单元的柔性组合,满足学生个性化学习的需要,培养学生系统、集成、科学地应用现代工程知识的能力和再创造能力。

综合与创新训练平台是工程训练的最高阶段。倡导学生自由组合,包括跨专业、跨年级组合,鼓励课内外跨时空自主开发与自主创新、科技立项,大学生在国家和省级参赛项目等方面,都取得了丰硕的成果。

此外,江苏大学还根据体系设计,集成单元技术,重点建设了数控技术训练、CAD/CAM软件训练与培训、逆向工程实验及训练基地等 11 个示范性教学窗口。

为培养创新型、创业型人才提供强有力的支撑

江苏大学在财政部中央与地方共建高校专项资金 1 200 万元基础上,配套资金 6 300 万元,建成了建筑面积 29 000 平方米的工业中心,包括机械、电子、控制、检测、环境、信息、管理等内涵,涵盖了现代制造业的基本要素,设备仪器配置合理,基础工程训练设备面广量大,现代工程系统训练中的设备仪器档次较高,这些为新时期创新、创业型人才培养提供了强有力的支撑。中心实行全方位开放的运行模式,并成功运用 ISO9001 质量管理体系,监控工程训练教学全过程。这一方面为培养创新型、创业型人才提供了强有力的支撑,另一方面又促进了学校的课程建设、学科专业建设、实验室建设和社会服务的协调发展。目前,江苏大学工业中心已成为华东地区一流的工程训练基地,在国内具有一定的影响,并和国内外知名企业共建了 13 个实验室和培训中心。

高分子专业 0401 班的李慧民刚刚参加了在工业中心开展的"工业系统认知实习"。他说:"本次实习体会最深的就是,工业发展之快,现代工业技术之发达。无论是新材料、新技术、新工艺,还是新设备,都让我们眼前一亮。尽管很多东西我们现在还不懂,但我们相信,今后我们也会成为这些新仪器、新技术的创造者和开发者。"

几年来,江苏大学提前并圆满完成了全国高等教育科学"十五"规划重点研究课题——"高等工程教育工程训练体系与运行模式的研究与实践",以及江苏省新世纪高等教育教学改革工程重中之重项目——"构建高等工程教育开放型工程训练平台的研究与实践"。去年,该成果获得了江苏省优秀教学成果特等奖。学校工业中心开出了与 57 门课程相关的 210 个综合性、设计性实验,认知实习 18 000 人时。通过在工业中心的训练,近年来该校学生在全国和省级大赛中累计获奖 125 项,发表科研论文 80 余篇,4 项科研成果获国家专利。去年毕业的测控专业的徐琳,两年前曾凭借《胎儿生理信息的测定与处理的研究》一文,参加了学校首届星光杯科技作品竞赛,获得了一等奖。他深有感触地说:"在课堂上,我们掌

握了基础知识和基本理论,在这里有了老师们的悉心指导,我们对书本知识有了更深刻的理解,实践能力和科研水平都得到了提高。"

（高　鸣　张明平）

残障研究生求职　终有春暖花开时

多次被评为校三好学生,曾获江苏大学校级科技大赛特等奖,握有会计师、程序员、计算机三级等专业资格证书,曾被表彰为 2004 年度"江苏省十佳青年学生"……

这就是江苏大学会计学专业的研究生——黄大春,一位拥有众多"硬件"且非常优秀的学生。然而,由于幼年时发生的一场意外,大春多年来只能依靠一副双拐走过艰难的求学之路。即将毕业了,黄大春又用双拐走上了他不同寻常的求职之路。

大春真正找工作是从 2005 年 11 月中旬开始的。他和同学从镇江赶到南京参加江苏省中高级人才招聘会。在南通一家公司的摊位前,他递上了自己的简历。这家企业并没有招财会专业毕业生的计划,但翻着黄大春的简历,该公司的王总经理却对他产生了兴趣。"你熟悉 ERP 财务系统?"问了几个问题之后,王总便叫人搬了张凳子给他坐下。从财务系统到企业管理,黄大春同这位复旦大学 MBA 毕业的王总聊得颇为投机,聊了将近半个小时。回来后的第三天,他竟意外地接到了该公司的电话,邀请他周末到公司去"考察"。

求职以来,不少单位都对黄大春表示了较高的关注和赞赏,但还是有两次遭遇让他感到有点"郁闷"。

第一次是在学校举办的毕业生供需洽谈会上,镇江一家银行招聘财会人员,黄大春拿出简历递上去,可一名 20 多岁的女招聘人员却指着贴在墙上的"招聘须知"对他说:"不好意思,我们有身体健康的要求。"

"最让人郁闷"的是第二次,参加南京的江苏省研究生专场招聘会。同样是在一家银行的摊位前,当大春双手捧着简历请对方看看时,没想到一位女招聘人员冷冰冰地对他说:"你这样的人我们不要,我不用看!"黄大春说:"不要没关系,能不能先看看材料再说呢?"可对方还是不屑一顾地对他直摆手。

"其实想想也没什么可郁闷的,社会就是这样,有人会重视你,也可能有人对你不屑一顾,以一颗平常心对待就好了。"黄大春说,"对我的肯定会使我更加自信,而对我的不屑也会使我加倍努力。"

就在学校的那次招聘会上,黄大春给地处泰州的某特种钢厂投去了一份简历。没几天,厂里来电话,请他去厂里实地看看。那天,厂长亲自接待了他,同他聊了很久,并对他说:"残疾又怎么啦?只要给他们一定的空间,他们会做得比平常人更好!"就是这句话感动了黄大春。尽管这家民营企业开出的月薪比大城市的研究生待遇低了一些,但他还是动心了,不仅是因为这里免费提供食宿,也不仅是因为这里离家近,更主要的是其间发生的三件小事让他感动。

一是几次接触当中,厂长屡次关切地向他说起希望他找个女朋友带过来,厂里负责安排工作等,这样有个人照顾就好多了。二是黄大春再次到厂里去办手续,管人事的负责人告诉他,考虑到他行动不便,厂长已嘱咐,待他正式上班后,给他买辆电瓶车。三是他们看到黄大春的一只拐杖有些松动,立刻把他带到车间里,请工人师傅焊了一下,还特地找来钢板加固在上面。

"真是太幸运了!"黄大春很兴奋。"我是我们班最早签约的,跑了几次就把工作搞定了!"他说,"工作定下来,我的心也就定了!这份工作,待遇不一定是最好的,但我相信是最适合我的。"

(张明平)

科学时报

2006 年 2 月 14 日

江苏大学 4 个学院、64 名分属 4 个学科领域的师生组成科研团队,在竞争激烈的跨省竞标中一举中标。又历经两年努力,该项重大科技攻关项目终告攻克。请看江苏大学如何谱写创新团队合作攻关的乐章——

多学科团队奏响"创新协奏曲"

联手签下跨省"大单"

2003 年 7 月,浙江省公布了一项跨省科技招标启事。招标的课题是:"汽车电磁制动器开发及关键技术的研究"。电磁制动器是一种新型拖车制动器,这项技术当时在国内几乎还是空白,更没有自主知识产权的产品。对于这么一项研究空间大、应用前景广、经济效益可观的科研项目,包括浙江本土在内的几所国内一流高校都志在必得。

"我们去竞标的时候，既没有'天时'，又没有'地利'，有的只是'人和'。"回想当初参加招标时的情景，后来担任总项目负责人的汽车学院李仲兴老师至今感慨万千。

但是，大家并不是没有"底气"。因为，这是一个横跨车辆工程、材料科学与工程、电气工程与自动化、现代集成制造技术和信息化等多学科领域的集成项目，需要联合攻关——江苏大学在这方面确有"人和"优势！

很快，材料学院、汽车学院、电气学院、机械学院 4 个学院，孙玉坤、程晓农、周孔亢、陈龙、顾寄南等相关学科的负责人走到了一起。经过热烈讨论，大家达成共识：积极应战，全力竞标！

为迅速掌握电磁制动器研究应用的动态和现状，大家做的第一件事就是查阅大量资料。单是电磁制动器产品专利，就把国外从 1941 年到 2003 年的 100 多个产品的资料查了个遍，并托人从国外买来样品，进行更直观的研究。随着了解的增多，大家的思路日渐明晰，信心也在不断增强：大家发现，国外的研究并不完善，产品存在缺陷。因此，这个项目我们不仅能做，而且大有搞头！孙玉坤教授在一次研讨会上果断提出：我们能够开发出具有自主知识产权的电磁制动器！

标书文本起草，改了一遍又一遍；模拟答辩，组织了近 20 次。2003 年 10 月 17 日是正式开标答辩的日子。临行前的一次模拟答辩会上，江浩斌老师提出，标书中提到的"开发具有自主知识产权的非对称结构电磁体"，如果能有科技查询报告证实，答辩时就更具说服力。听罢此言，薛念文老师和一名研究生立即赶往南京检索查询。当二人怀揣着南京科技情报所出具的查询报告连夜赶回时，大家禁不住一阵欢呼。

答辩时，江苏大学最后一个出场，但答辩的时间却超过了前面几所学校答辩时间的总和。用评委们自己的话讲，他们把前面没能问明白或者回答不够满意的问题，全向江苏大学提出来了。

结果，江苏大学以超出第二名 16 分、超出第三名 25 分的明显优势胜出。而取得这一跨省竞标胜绩的，正是由江苏大学 4 个学院、64 名分属 4 个学科领域的师生组成的一支多学科创新团队。

让年轻人出演主角

说起这一科技攻关项目的中标和突破，不能不特别提及项目执行专家，被大家称为团队"灵魂人物"的周孔亢教授。

就在那次答辩会结束时，一位评委半是惊讶半是赞叹地问："周教授，你怎能组织这么大的一支团队？"

其实，作为一位具有 40 多年车辆工程产品开发与研究经验的科研工作者，周孔亢参与和组织科研团队进行科技攻关已不是第一次了。早在 20 世纪 80 年代，周孔亢所在的车辆工程学科就承担了国家"七五"规划重点科技攻关项目子项目的研究，并获得机械部科技进步一等奖。从那时起，他就真正感到"团队的力量是巨大的"。后来，他又先后组织了四五十人的科研团队，主持承担了江苏省重点产学研项目"微型厢式农用运输车动态性能研究与产品开发"

以及总投资1亿元的"常柴30工程",其"系列农用运输车车辆产品研制及产业化"项目获得了机械工业科技进步一等奖,创造了江苏大学"大兵团联合作战"的良好业绩。

参加竞标时,课题组分成电气、材料、计算机、试验及产业化几个子项,分头查找资料,开展准备工作。项目研究正式开始后,实行"技术委员会领导下的项目负责人制度",7名博士生导师组成专家技术委员会,负责技术咨询和研究决策,周孔亢教授任执行专家。在总项之下设立了5个子项,分解研究任务,齐头并进。

特别值得一提的是,从总项负责人李仲兴,到5个子项的负责人,几乎都由40岁不到的副教授担任,其中"新型电磁体磨阻填充材料的研究"分项的负责人袁新华,时年仅28岁。

"这样做,就是给年轻人多压担子,多一点机会。"周孔亢解释说。

为了让参与研究的年轻人多一点"实惠",在签订项目合同书时,课题组特别向对方提出,项目"分子项实施、鉴定,最后总鉴定"。难能可贵的是,最后的成果鉴定证书上,专家委员会的所有成员,除了个别直接参与子项研究的人员外,名字都不出现。

周孔亢教授对王选院士的一段话颇有同感,意思是说,作为科研团队的带头人,要想团队稳定,得到的就要比别人少,付出的还要比别人多。他说,现在有些团队的问题都出在带头人身上。带头人想要第一位的名、要第一位的利,内部没有民主,年轻人没有机会,这样的团队怎能搞得好?

动听的旋律源于每个音符的跳动

一个分属不同学科领域的科研团队,真正运作好并不是件容易的事。全体成员的积极性如何调动?各个子项间的研究进度如何统一?研究工作如何既分工又不割裂?周孔亢教授说,解决这些问题,关键是平等、互补、沟通,让每个"音符"都跳动起来,营造一体感、归宿感,让每个人在完成共同目标的过程中实现自我价值。

汪建敏老师负责的"电磁制动器电磁体制造工艺的研究",被专家鉴定为"按照该工艺生产的产品达到国外同类产品先进水平"。回忆起当时的情景,他说一个实验经常要做5个小时,特别是2005年7月以后,几乎每天都是夜里两点以后才能睡觉,有时甚至通宵做实验。尽管非常苦,但人非常愉快,"因为是为自己做事情,是主动的,不是被动的",特别是团队内部的氛围非常好,大家相互协作,只要别人需要,数据都及时提供。

"最初拿到标书时,可以说是一窍不通。"电磁制动器电磁体研究子项目组负责人全力老师直言不讳地告诉笔者。但大家不退缩,从最简单的原理入手。他清楚地记得,采用三维电磁场设计方法设计电磁体,仅计算一遍就需要三四个小时,前后设计了几百个方案。最后创造性地设计了长轴非对称结构电磁体,其姿态稳定性与磨损均匀性达到国际领先水平,并且还授权、受理了两项国家专利。

车辆工程专业的研究生高艳玲,两年来经历了项目研究从开始到最后鉴定的整个过程。她说"非常怀念大家在一起共事的日子",给她印象最深的就是大家经常在一起开会,有时是子项目负责人开会,有时是整个课题组开会,少则五六人,多则四五十人,一个暑假大大小小的阶段小结、讨论会开了不下二三十次。周孔亢老师经常对他们说:"年轻人最幸福的，就是可以犯错误。"在会上，他更是鼓励大家大胆地讲，有时还让他们给大家讲课。即将毕业的研究生郭鹏飞自言两年来参与课题研究，"拓宽了视野，培养了能力"。正是凭着这一参与重大科技攻关项目研究的经历，在前不久去上海泛亚汽车技术集团应聘时，对方对他"另眼相看"，破天荒地一天内对他进行了三轮逐渐升级的面试。

历经两年磨砺，这个科研团队终于开发出了具有自主知识产权的电磁制动器。研制的长轴非对称结构电磁体，提高了电磁体的磨损均匀性和姿态稳定性；自主开发的磨阻材料，其耐磨性优于国外同类产品填充材料；提出了汽车电磁体制动器设计理论和设计方法，制定了汽车电磁体设计规范、评价体系、试验规范和产品标准，填补了国内空白；以 UG 软件为基础，开发了汽车电磁制动器系列化、参数化的计算机辅助设计平台，填补了国内外空白……"创造了浙江省科技攻关项目的成功典范"。

2005 年 12 月 25 日，浙江省科技厅组织的科技鉴定给予该项目高度评价：项目的研制和实施总体水平处于国际先进，其中电磁体的姿态稳定性与磨损均匀性指标达到国际领先水平，新型电磁体磨阻填充材料、汽车电磁制动器计算机辅助设计平台达到国际先进水平，按电磁体工艺生产的产品达到国外同类产品先进水平。

采访中，李仲兴老师深有感触地说，这个项目从最初竞标拿下，到后来的顺利开展、最终成功突破，得益于有一个知识结构合理、性格互补的科研团队，得益于组织协调水平高、奉献精神强的领头人物，得益于全体成员相互间的尊重、沟通和协作……

这，也许正是这首"创新协奏曲"之所以雄浑动听的最好诠释。

新闻背景：

江苏大学发挥工科强势，构建以带头学科、支撑学科和相关学科组团的"大工程"学科群，参与国家和区域经济的重大项目，在服务中提升大兵团作战能力和科研的核心竞争力。2003 年针对浙江省科技厅攻关项目——"汽车电磁制动器开发和关键技术研究"，江苏大学组织 4 个学院相关学科联合申报，在激烈的竞争中一举中标，课题总经费 400 万元。

（高　鸣　张明平）

科技日报

2006 年 4 月 25 日

江苏大学以专利带动自主创新

年增幅度均超50% 发明专利已超80%

磁力往复泵的设计、天麻组织的培养方法、基于电子视觉和嗅觉融合技术的农产品无损检测方法及其装置……在江苏大学科技处，工作人员最近收到了类似这样的一大叠专利申请书、专利授权通知书和专利证书。据该校科技处副处长余江南介绍，近两年学校专利申请总量连续位居江苏省100多所高校的前列，列省属高校之首，2004年申请79项，2005年申请122项，增幅分别达75%和54%，其中发明专利分别占58%和81%。今年开学以来又呈现出良好的势头，已申请专利56件，其中发明专利49件。

近年来，江苏大学高度重视以自主知识产权为核心的自主创新能力建设，以专利工作引领科技创新，采取了政策激励、具体指导、强制推动等一系列措施，取得显著成效，"专利热"现象风起云涌。2003年，学校跻身中国科技事业单位专利竞争力百强，列第87位；近两年专利申请与授权量连续位居全国高校前50位。

政策激发创新

针对专利申请、授权、许可转让等，江苏大学出台了一系列的激励政策。学校设立了专门的专利基金，承担师生专利申请全部费用的80%，基金数额从最初的5万元增加到10万元、20万元，今年又增加到30万元。近4年来已累计资助专利申请与授权达300多项。

与实用新型专利、外观设计专利相比，发明专利含金量高，同时周期长、风险大。为了鼓励申请发明专利，2004年初，该校规定，给予发明专利申请每件1 000元的科研业绩津贴奖励，收到了立竿见影的效果，当年发明专利申请量达46件，增长了150%，2005年又增长115.2%，达99件，占学校所在地镇江市发明专利申请总量的80%。

同样，对于授权的专利，规定在职称评审、科研业绩津贴认定中，发明专利视同省部级科技进步三等奖，每件最高获8 000元的科研业绩津贴奖励。在促进专利技术的实施转化方面，若以江苏大学职务发明的专利技术作价入股，与外界成立股份制企业，学校给予发明人一定比例的股权。

具体指导服务到位

有了创新的激情，对于申请专利，想做但不会做怎么办？

江苏大学注重强化师生专利申请的意识和能力，开展具体指导工作，全力做好服务工作。2004年，江大成立了江苏高校唯一一家知识产权研究所。近年来陆续邀请了省内外一些资深专利代理人，就电子、计算机、化学医药等领域开设专利申请讲座，让师生们受益颇多。

该校一名叫刘春生的学生,在相关老师的指导下,从最初的"专利盲"到被师生称为"专利大户",在短短三年时间里,申请了16项专利,涉及机械、流体、电子等不同领域,其中已获授权专利5项。

同时,挖掘专利申请源头,有关人员深入到重点课题组具体服务和指导,编织重点项目的"专利申请网",保护学校的知识产权。如该校的激光冲击成形技术,先后获得国家自然科学基金、国家"863"高技术研究计划资助,已申请专利14件,获得发明专利6件,实用新型专利4件;光子制造科学与技术基地已申请发明专利37件,充分展示了科研基地的创新能力。

强制推动整体提升

江苏大学将专利申请量作为对学院科研考核的重要指标,实施强制推动。2004年,学校在各省级重点学科、工程中心、重点实验室的自评中加入专利指标。2005年,又推出了"消除专利空白学院"的措施,对所有理工科学院制定专利申请目标。在校外课题申报、校内课题立项时强调必须明确专利申请目标,对于可形成专利的优先资助、重点推荐。对项目验收,实行专利申请目标的不完成"一票否决制"。近年来,学校纵向科研项目验收时,所有专利申请指标全部按期完成。

(张明平)

走近"大学生发明大王"
——记"江苏省十佳青年学生"刘春生

这几天,江苏大学能源与动力工程学院工程热物理专业硕士一年级学生刘春生特别忙碌。刚刚结束的江苏省"挑战杯"创业计划大赛第一阶段比赛中,他的"康维"微动力便携式电源获得了银奖,6月2日将赴徐州角逐第二阶段的金奖。

刘春生来自徐州铜山一个贫困的农村家庭,但这位农民的儿子,凭着勤奋、刻苦、谦虚、好学以及独立思考和钻研的韧劲,在短短4年时间里研制出了16项专利(3项为发明专利),其中12项与他所学的本专业有关。目前5项专利被正式授权,11项已被受理,正在待批之中,获批专利有的还在国内外获得一系列大奖。刘春生成了享誉全校乃至全国的"学生发明大王"、"学生专利大王",也因此成为2005年度"江苏省十佳青年学生"。

初试牛刀，首个发明就获大奖

2002年，当时刚进入江苏大学能动学院流体机械与动力工程本科专业就读才半年的刘春生，打算参加学校组织的"星光杯"课外科技作品竞赛，但拿什么去参赛他心里没谱。忽然有一天他脑子里闪现一个念头：如果有一种钱包既能放钱，还能识别假币，那该多好啊！于是，他就将这"一闪念"写成了一个创作方案参加了比赛。校科协的一位指导老师找到了他，对他说：创意不错，为什么不去申请个专利呢？在这位老师的指导下，刘春生对原来的设计方案加以修改完善后进行了申请。可是一项专利的申请费用大概要在千元左右，这对于每月生活费仅有200元的刘春生来说，无疑是个负担。学院得知这一情况后，以困难补助、特殊团费等形式从本就不太宽裕的院学生工作经费中提取了1 000元，为他提供了经费支持。这以后，刘春生所申请的16项专利都没有花他一分钱，全由学院或学校设立的专门的专利基金帮助解决。10个月后，刘春生顺利拿到第一个专利——"能识别假币的钱夹"。2003年，这项专利被评为"中国最具有市场前景的200项专利"之一，并先后获得"伯尔尼国际专利技术成果博览会金奖"和"2003香港国际专利技术博览会金奖"。

有些想法很小，但做了可能会影响很大

"有些想法虽然很小，但做了以后可能会对你的影响很大。"这是江苏大学能动学院办公室主任单春贤老师的"名言"。刘春生说，单老师的这句话对他启发很大，他就是一个善于在生活中"捕捉小想法"并且努力去"实践小想法"的人。

刘春生自言，有了第一次的成功经历后，他申请专利的热情不断高涨，时刻留意身边的事物，想着还能再申请什么专利。他的第三个专利"室内自动调温的热水器"，就是得益于专业课老师在讲授某个装置时的启发。当时他就想如果把这一装置改造后用于热水器，不就可以自如而精确地调节水温了吗？课后，他与老师展开了讨论，前后三次修改了设计方案，并提交了专利申请，最后又如愿以偿。

刘春生的科研创新热情不断受到激发，他所感兴趣的研究领域也不断拓展，在研究生学习期间的不到半年时间里，就申报了三项国家发明专利和两项实用新型专利，而且发明物的"专业性能"、"科技含量"也越来越高。去年10月申请的用来测量流体速度的"带套管的速度探针"，给常用的探针穿上特制的"衣服"后，可使测量的成本从2 000元下降到200元，时间从两小时缩短为几分钟，而且对操作人员的要求大大降低。一个暑假，晚上回宿舍的路上，看着路灯下的蒙蒙细雨，刘春生又有了"小想法"。开学后，一种可在夜晚或烟雾环境下提高灭火效率的消防用"灯光水枪"，又在他的手中诞生了。

刘春生汲取知识的认真程度和刻苦精神在研究生中也是出了名的。在申报一项微燃烧方面的发明专利时，为了把握国内外在这方面的研究动态，他查阅了大量的专利文献资料，甚至通宵不眠，一夜间阅读了20多篇中英文专利文献。就这样，不到5天时间，他就把申报发明专利的材料完成了。

刘春生不仅勤于思考，更勇于将创新成果付诸实践，用他的话说就是不能将专利放在

那里睡觉。他前后联系了多家企业，目前带识别假币功能的钱夹已经生产，燃料再生转化装置已经尝试使用。他还多次将新发明用于大学生全国创业计划大赛，并多次获奖。

（陈晓春）

新华日报

2006 年 6 月 3 日

郭啸栋：贫穷不坠青云志

　　家徒四壁的"准孤儿"，4 年大学几乎没在食堂买过一次菜、没睡过一次午觉、没回家过过一次春节，靠勤工助学和捡拾垃圾出色地完成了学业，并以专业第一的优异成绩考取了江苏大学研究生。本月初，他又毅然捐款 300 元给像他一样需要帮助的人——

　　1985 年 8 月出生的郭啸栋，山东菏泽曹县青岗集乡张大王庙村人。父亲身患重症长期不愈，生活不能自理，一岁时母亲离家出走，郭啸栋从小由爷爷奶奶抚养，爷爷奶奶相继过世后，就靠单身的大伯接济。然而，贫穷不坠青云志。在依靠勤工助学和捡拾垃圾读完大学后，郭啸栋又以 373 分、本专业第一名的优异成绩考取了江苏大学机械制造及自动化专业研究生，被誉为"我们身边的洪战辉"。

四年没回家过春节，捡垃圾、做卫生维持生计

　　2002 年 9 月，郭啸栋以 588 分、全班第一名的成绩被山东轻工业学院机械设计制造及自动化专业录取。报到时，变卖口粮、贷款等东拼西凑来的 4 800 元倾囊而出，还是不够。"我当时想，只要能有馒头吃，我就一定要把 4 年大学撑下来！"郭啸栋说。然而，开学没几日，馒头也变得遥不可及——他身无分文了。机械工程学院的一位领导知情后，掏出 100 元给他吃饭。"但这总不是长久之计。"郭啸栋开始思考自救。在班主任王玲的帮助下，郭啸栋获得了一份勤工助学的工作——打扫教室卫生。其后三年，学校免除了他的学费，这份工作便成了他大学 4 年的生活支撑。为了干好这份工作，郭啸栋每天早上 6 点前就得起床，早上和中午各打扫一次教室，一年四季从不懈怠。"我不想成为学校的负担，付出劳动得到报酬，感觉要踏实些。"虽然每个月只有 90 元，但这 90 元使他看到了希望。

　　90 元毕竟有限。后来，他利用"工作之便"，把废旧报纸、饮料瓶收集起来，不定期地卖掉，这样每月能多二三十元的收入。这意味着可以多吃 100 个馒头！为了避人耳目，他尽量在中午和晚上同学们都回去休息时去收集废品，然后偷偷去卖，但不久还是有同学发现了他的秘密。"一开始，很多人不理解，我心里压力很大。"后来知道情况的同学和老师，都设法来帮助他。怕做得太明显伤他的自尊，大家便把废旧报纸和饮料瓶收集起来，悄悄放到

了教室。"时间久了,我心里也就很坦然了。"郭啸栋说,后来同学们外出时喝的饮料瓶也都带回来给他,学校老师办公室的废旧报纸等积攒一段时间,也经常叫他去拿。

对待自己,郭啸栋是"怎么省,就怎么来"。在大学里他一日三餐不到3元钱:早上稀饭油条8毛钱,中午两块油饼1元钱,晚上稀饭馒头8毛钱。4年中,小郭几乎没有在食堂打一份菜吃过。

郭啸栋自言"是吃百家饭长大的"。从初中到大学,他的衣物都是别人捐献的,仅在高二时买过一条17元的裤子,直到现在还在穿。上大学后,学校免去了他的学费,但勤工俭学和卖废品也只能填饱肚子,800元的住宿费和500元的书本费还要设法解决。为了能多挣点钱,郭啸栋寒暑假留在公寓值班,这样一个假期能挣到几百元。为此,连续4个春节,他没回去过一次。每当听到鞭炮声声,看到人们满脸喜气新衣新裳,他心里也落寞万分。

春节也有开心事,就是学校聚餐,说到这里,郭啸栋深思半晌:"肘子、大鱼大肉、烧鸡全有了,非常感激学校。但每每此时我就更想父亲和大伯,他们在吃什么呢?"大伯也几次托人捎口信让他回家,但是留在学校,"我至少不用吃家里的"。

四年没睡过午觉,专业第一考取江大研究生

"像我这样什么都没得靠,只能靠学习好一点,去争取一些机会。"郭啸栋知道,自己"除了学习什么都没有"。早上6点不到离开宿舍,晚上10点以后宿舍快熄灯了才回去,4年当中他没睡过一次午觉。大学4年他成绩一直居于班上前5名,高等数学等考试常常得满分,先后拿了8次奖学金:5次二等奖,3次三等奖。

作为一名特殊家庭成长起来的孩子,郭啸栋取得这样的成绩远比一般人要艰难得多。他坦言,自己有时心理不稳定,波动比较大,某种程度上也影响了学习。一想起父亲和黑黑瘦瘦、已经60岁的大伯,他就禁不住要落泪。大二那年夏天,山东全省普降暴雨,他连考试都不安心,就怕暴雨把家中的土坯草房冲塌了!

采访中,郭啸栋不止一次地提起他的班主任王玲。从刚进校时帮他解决勤工助学问题那一刻起,"她像我的母亲一样……",大学4年,王玲一直像照顾自己孩子一样关照郭啸栋。牛肉干、苹果、饭菜……家中只要能带的,她总会给小郭带点过来,"她最担心我营养不良!"尤其值得一提的是,刚入学时,郭啸栋也同别的贫困生一样:内向,自卑,不与人交流。王玲发现情况后,同郭啸栋约定:"每周找我来谈一次,心理有什么不痛快的尽可能跟我说!"后来,郭啸栋每每心情郁闷,总是随时找王玲倾诉。王玲还同他宿舍的同学谈心,让他们接纳他、关心他。郭啸栋成绩好,同学们经常向他请教。由此,他也变得自信、乐观和开朗了。

郭啸栋说,他本打算毕业后就去工作,是王老师鼓励他考研究生,没想到竟然考了江苏大学机械设计及其自动化专业第一名。王玲认为,郭啸栋性格沉稳,是一块研究学问的料。她还鼓励郭啸栋,今后有机会可以继续读博。

来镇江两个多月,只去过一次市区

当得知自己以专业第一名的成绩被江苏大学录取时,郭啸栋心里并没有想象中的那样欣喜若狂,却是异乎寻常地平静。临来江大报到的前一天中午,他坐了5个小时的火车,然

后又像往常一样为了省下 3 块钱的车费,步行 18 里路程,回了那个院墙已经倒掉、只剩下两间土坯房的老家,看了看父亲和伯父,又马不停蹄赶回了济南。当晚他去向老师们一一道别。听说他还没吃晚饭,曾多次帮助过他的李老师便匆匆给他下了碗面条。

经过 11 个小时火车的颠簸,郭啸栋终于抵达了镇江。报到、收拾宿舍……一切安排妥当后,时隔 20 个小时,他终于在食堂美美地吃了一顿:一份米饭,一块素鸡,一碟豆芽。相比于以前一天三四元的伙食,小郭说这一顿算是"奢侈"了,总共花了一块七毛钱。

采访时,小郭身上穿了一件蓝色运动服——山东轻工业学院一位退休的老教授送的,脚上穿了双皮鞋,这是他平生穿的第一双皮鞋,是今年 5 月来江大面试时为了穿得"体面"点,临时"武装"的。"当时还把我脚上磨了个大水泡。"小郭笑着说。尽管从江大到市中心乘车也就 20 分钟,但来镇江两个多月了,迄今他只是在国庆长假期间与两个同学去过一次市区,花了 30 元买的一双促销皮鞋,还没舍得穿。江大后门口大大小小的饭店、商店、网吧,他也从未光顾过。"上网一个小时要两块钱,够吃一顿饭了。舍不得!"

毅然捐资 300 元,要回报帮助自己的人

暑假里,留在山东轻工业学院的郭啸栋,依靠在学校里的公寓、教室值班和做家教,积攒了七八百块钱。尽管有了这笔"巨款",但节俭惯了的郭啸栋一分钱都不敢乱花,一日三餐加起来不超过 6 元,让很多人都不可思议。然而更不可思议的是,12 月初的一天,郭啸栋一个电话打给他的大学班主任王玲,说想给王玲自己设立的"王玲特困生救助基金"捐 500 块钱。闻听此言,王玲坚决不肯,说:"你现在才读研还要用钱,以后再说吧!"最后经过"讨价还价",王玲只好答应他捐了 300 元。当记者问自己也不宽裕,为何执意要捐款时,"这理所当然。"郭啸栋真诚地说,"我曾经得到过那么多人那么多的帮助。我现在虽不宽裕,但我可以挤一挤,去帮助那些像我一样的人渡过难关。"

采访中,记者电话联系上了王玲。说起郭啸栋,这位年逾半百、有着 30 多年教龄的山东省优秀共产党员十分动情。"他是我 16 年班主任工作经历中见到的最困难但也是最争气的孩子!"王玲说,"这孩子有爱心,懂得回报!"他的成绩特别出色,经常给同学讲解题目。毕业前,已被发展入党的他还捐款 100 元,在母校种了纪念树。

刚刚读研究生的小郭,现在一个月有 240 元的生活补助。"我已很满足了,毕竟不像以前那样为一天三顿饭发愁了。"然而,镇江消费水平高,240 元吃饭都很勉强,而且研究生毕竟不同于本科,此外开展研究、做课题,不可避免地需要买大量的书籍和资料,这对郭啸栋来说不能不说是一个新的问题。研究生的"必需品"——电脑,对他而言更是可望而不可即。"我现在最想有一个勤工助学的岗位。"郭啸栋说,"我要通过自己的努力来改变自己,将来工作了我要去回报所有帮助过我的人。"

(张明平)

江苏大学一年签上亿元科技合同

校领导出马当"科技媒婆" 构建科技协作"四大平台"

本报讯 日前,由江苏大学校领导率队,学校科技产业和相关学科专业有关人员、各学院负责人、专家学者等组成的"科技寻亲团",陆续回到了学校。一年来,该校 12 位领导亲自当"科技媒婆",无一例外地分头带队"走出去",分赴省内 13 个地市以及河南、宁夏、浙江、上海等省市,深入洛阳一拖、中国铝业、浙江利欧等企业。学校的科技协作强劲上升,一年来共签订科技合同 500 余份,合同经费总额近亿元,技术性交易额 8 000 多万元,其中近八成合同为一线教学科研人员签订,合同额超过一半。

作为一所以工科为特色的高校,江苏大学坚持"以服务求支持,以贡献促发展"的科技工作方针,主动融入以企业为主体的国家创新体系建设,放低姿态,弓下身子,尤为重视科技协作项目的发展,推进与行业、企业的产学研合作,为地方经济和社会发展积极作为。

"事业的发展离不开行业的支撑,行业始终是我们事业发展和大有作为的广阔舞台!"江苏大学党委书记朱正伦说。学校明确要求,所有工科背景的学院、科研机构都要在密切与行业、政府主管部门以及各类协会的联系上下工夫,在为行业服务中求发展。

江苏大学流体机械及工程学科是全国唯一以水泵、排灌机械等研究为主的国家级重点学科。多年来,围绕国家重点推广的节水灌溉技术,学校主持了摇臂式喷头系列、喷灌泵系列等多项喷灌机具国家标准和行业标准的制定,研究开发和研制的泵站模型在南水北调、三峡工程、引滦入津、太湖流域综合治理等国内外大中型工程上得到广泛应用。目前,全国约 80% 的喷灌机、70% 的无堵塞泵、60% 的小型潜水电泵、50% 的轴流泵水力模型、40% 的低速比及无过载泵、30% 的水泵试验台均为江苏大学研究开发。

为做好科技协作工作,按照一手抓"顶天"、一手抓"立地"的原则,江苏大学着力搭建科技服务的"四大平台"。

一是校地平台。通过与地方科技局、发改委等政府部门的密切联系,及时了解地方经济产业的发展特色,构建学校与各级政府、行业主管部门之间紧密型联系的合作平台。仅去年一年,由该校领导牵头,先后与江苏常州、泰州、徐州,浙江温岭,河南洛阳等地方政府或科技局签订教育科技合作协议 120 份。目前,该校的科技协作服务已经辐射到全国 20 个省、直辖市。

二是技术平台。发挥特色学科和专业优势,加强与大中型企业的联合,通过与企业联合组建工程技术研究中心、研发中心、技术创新中心、博士后流动站、工程硕士培训基地,向企业派驻专家等形式,及时解决企业在生产中的技术难题,为企业的发展提供技术服务。同时,充分利用学校的综合实力和行业影响,组织跨学科团队,积极参与国家和地方重大工程项目的投标。两年前,江苏大学汽车、材料、电气、机械等 4 个学院 40 多名科研技术人员通力协作,跨省承接了浙江省"十五"科技攻关项目——"汽车电磁制动器开发和关键技术研究",并获得成功。去年12月,他们再次联手,一举拿下了浙江省重大科技攻关重点项目——"电子控制悬架系统的开发应用",获得300万元资助。

三是信息平台。针对产学研之间"卖的找不到买的,买的找不到卖的"这一现状,江苏大学建立了专门的"科技协作网",设置了成果推广、企业需求、在研动态、科研基地、科技服务等模块,及时发布学校的科研方向、科研成果、科研设备和地方需求的信息,同时建立科技人才库、编印科技服务指南,为专家与企业家的有效对接提供了更为方便的平台。

四是仪器设备的资源共享平台。学校的重大仪器设备,不仅为校内科研创新团队、科研人员提供服务,同时在网上发布,面向企业和地方对外开放,发挥其为教学、科研和地方经济建设服务的功能。

"大学如果不积极融入国家创新体系和区域创新实践,就可能有被边缘化的危险。"刚刚就任江苏大学校长的袁寿其深有感触地说。

（高　鸣　张明平）

中国教育报

2007 年 2 月 1 日

黄丝带,爱心接力见真情

年末岁初,在江苏镇江,3 000 多辆出租车和私家车的后视镜上系着的黄丝带随风飘舞;在街头和公园的树梢上,也飘舞着一条条黄丝带……这一切,似乎都在讲述着发生在这个城市里的一连串爱心接力的故事。

为救同学竭尽全力　"爱心天使"身染沉疴

2005 年 3 月,地处镇江的江苏大学计算机系大三学生丁玉兰被确诊为急性粒细胞性白血病,丁玉兰的家在南通,全家人只靠父亲一个人打工维持生活。作为同班同学,陈静不仅带头捐助丁玉兰,还联络了班里的几位同学,利用休息日抱着募捐箱,在镇江闹市区、火车站为丁玉兰募捐。陈静还在镇江的几家保险公司来回奔波,为丁玉兰取得了 10 万元保险赔偿款。

陈静和江苏大学师生们前前后后为丁玉兰筹集了 20 多万元医疗费。陈静一直和在家中治病的丁玉兰保持联系,她对丁玉兰说:"如果生命只剩下最后一格电力,我愿意做你的充电器。"陈静的事迹得到了校方的充分肯定,并授予她"爱心天使"的称号。

但谁也没想到的是,2006 年 3 月,陈静也被诊断患了白血病。陈静的家在盐城,父母都是农民,陈静没把自己也得病的消息告诉丁玉兰。暑假到了,丁玉兰不见陈静来看自己,一问同学才知道陈静也得了与自己同样的病。丁玉兰流泪了,她在日记里这样写道:"真正的朋友,不一定在你笑时要陪你笑,但一定会在你遇到困难时,给予你最大的安慰,陈静便是如此。"

两人热情地互相勉励,与病魔坚持抗争着。她们的遭遇引起了南通、盐城、镇江三地媒体和市民的极大关注。南通热线论坛的网友们发起了为两位白血病女孩募捐的活动,他们与南通电视台联系,筹办义演晚会。然而,未等晚会进行,丁玉兰便于2006年10月28日离开了人世。网友们决定:义演如期举行,11月11日的义演共募得捐款3万多元。

虽然丁玉兰的父母还欠着10多万元外债,但他们决定将未用完的10多万元社会各界的捐款,全部转捐给病中的陈静。丁玉兰的父亲来到盐城看望陈静,患难中,陈静成了两家共同的女儿。

8家网站发起组织　全体市民爱心接力

"陈静曾经用行动写下爱的真谛,今天我们要用黄丝带告诉她:真爱无价!"获悉倾心救助同学的陈静也患了白血病,镇江8家网站发起了"满城尽飘黄丝带"活动:出租车司机捐出一次起步价款7元钱,私家车主捐出5至10元,志愿者还在车子后视镜系上一条象征爱心的黄丝带。

2007年元旦,50多位佩戴胸牌的青年志愿者分别在镇江商业城和大润发超市门口设立了捐款箱,当天就收到捐款1.08万元,共发给市民爱心捐款标志1700多枚。

1月14日,志愿者组织了一场徒步募捐活动。从市区主干道步行前往江苏大学4个校区,途中市民放进捐款箱的现金达15 885元。不少市民从广播中听到消息,特意从家里出来追赶队伍,献上自己的一份心意。

1月21日,在商业城入口处,戚熙娟、葛永德、熊毅雯等12位曾为白血病患者成功捐献造血干细胞的志愿者现身说法。不少社会团体也加入到爱心队伍中,有的号召员工捐款,有的举行义卖活动。市委书记、市长也悄悄捐了款。

1月28日下午,市民自发组织的募捐义演在城市广场举行,数十棵大大小小的树木全被志愿者系上了黄丝带。一个月时间,镇江各界捐款达60多万元。

1月31日下午,陈静飞往北京,前往解放军第三〇七医院接受骨髓移植手术。

"陈静给了我们一份感动,我们要给陈静一个支点。"在南京禄口机场候机大厅,师生代表和志愿者们与飞往北京的陈静相约:"陈静,我们等着你!"

经过多次化疗后,陈静的病情目前已得到控制。不久前,盐城市第一人民医院已经找到了和陈静相匹配的骨髓。2月10日,陈静将与骨髓捐献志愿者配型,准备在合适的时机进行骨髓移植手术。

（龚永泉）

打造跨越式发展的"引擎"

——江苏大学师资队伍建设"三招"记

近来江苏大学师资队伍建设方面接二连三的成绩让人眼前一亮：1人入选"新世纪百千万人才工程"国家级人选，实现了在此领域高层次人才零的突破；在江苏省高校"青蓝工程"培养人选遴选中大获丰收，1个团队入选科技创新团队、6人入选省中青年学术带头人；学校获得首批"江苏省师资队伍建设先进高校"称号……新就任的江苏大学校长袁寿其教授告诉笔者，学校坚持以人为本的办学理念，把师资队伍建设作为学校工作的重中之重，通过狠抓引进、培养、使用三个环节，造就了一支数量充足、素质精良、结构合理的师资队伍，成为学校事业跨越发展的"引擎"。

不拘一格，多渠道引进

江苏大学成立后，学校牢固确立了"不惜代价、不遗余力、不留遗憾"的师资队伍建设方针，每年设立2 000万元用于人才的引进和培养。结合教学、科研、学科建设的需要，引入市场机制；打破传统思维，在人才引进的模式上"不拘一格"，坚持"一般引进"同"重点引进"相结合，"单一引进"同"成组引进"相补充。近5年来，该校先后从国内外的一些名校和科研院所引进专任教师400多人，其中具有高级职称的100多人，博士200多人，从美国、英国等"海归"的近20人。尤其是设立了特聘教授岗位，目前已从海内外招聘三名学者担任特聘教授，有效提升了学校在国内外的学术地位和竞争实力。江大第一位特聘教授、材料学院的沈湘黔由衷地感叹："特聘教授这个平台很好，为我们开展工作提供了很多便利。"也正因为如此，使得"深感压力很大"的他，4年来在科研和实验室建设、学科及梯队建设等方面取得了突出的成绩。

立足长远，多途径培养

近年来，江苏大学大力实施了"博士硕士培养工程"和"教学名师工程"，鼓励教师"访名校、拜名师"，着力改善教师的学历、学缘结构。同时，积极选派教师参加国内外访问及合作研究，拓宽学术视野，改善知识结构，提高科研水平。2002年以来该校已有100余人取得博士学位，有200余人获得硕士学位，在读博士300余人。近20人先后成为全国优秀教师、全国师德先进个人、教育部青年教师奖获得者、教育部高校优秀骨干教师、江苏省教学名师等。

值得称道的是，多途径的培养措施，丰富了广大中青年教师的学识，增强了他们的"底气",使得他们在各自的岗位上发挥着更显著的作用。医学技术学院院长许文荣,2004年从南京师范大学细胞生物学专业博士毕业后,当年就晋升为教授,近年来在医学检验领域取得了不俗的成绩,今年初在江苏省"医学领军人才"遴选中,他成为脱颖而出的30名佼佼者之一,获得了200万元的培养资助。

打破传统,多方位激励

　　江苏大学积极推进专业技术职务评聘制度和校内分配制度改革,打破论资排辈、求全责备的传统观念,坚持"用当其时、用当其位、用当其长、用当其愿"的原则,不论资历看水平、不论年龄看潜力,对德才兼备的年轻人才大胆使用。尤其是创造性地推行了"校内资格教授"制度,资历浅、年纪轻、能力强的青年教师同样也能"出人头地",此举有效激发了广大教师的进取热情。"全国百篇优秀博士论文"获得者、如今已是博士生导师的周明教授,4年前还是一名讲师,时年30岁的他因为科研业绩卓著而被聘为"资格教授",享受着教授待遇,之后评上副教授仅两年的他又被聘为博士生导师。几年来,他在超短超强激光领域的科研业绩引起了国内同行的高度关注。2005年起,他又同美国哈佛大学就"飞秒激光在光电子和生命科学中的应用研究"开展持续5年的重大国际合作。回首往事,他深有感触地说:"如果没有学校给我们年轻人创设这么好的硬件条件和宽松的氛围,我是根本不可能取得今天这样的成绩的。"

　　近年来,江苏大学师资队伍的整体结构明显改善,整体素质明显提高,逐步形成了一支与学校定位和发展目标相适应、结构合理、发展趋势良好的教师队伍。

（高　鸣　张明平　张成华）

中国教育报
2007年3月7日

李岚清寄语江大学子——

"把祖国的传统文化发扬光大"

　　本报讯　"你了不起!回去后跟其他同学讲,继续钻研篆刻艺术,并以此为基础,把祖国的传统文化发扬光大!"10月31日上午,在江苏大学"李岚清篆刻艺术展"的展厅内,李岚清同志握住江苏大学梦溪印社学员张超同学的手,赞许中饱含着希望。张超同学激动地点头应允。

　　"真是太幸运了!"张超说。身为江苏大学外国语学院2005级师范英语专业学生的她,同时也是成立于1991年的全国高校首家印社——江苏大学梦溪印社的学员。在前不久,当得知李岚清同志将第五次莅临江苏大学,参加"李岚清篆刻艺术展"开展仪式时,她和同学们非常高兴。令她兴奋的是,此次她和同印社的其他9名同学总共101幅篆刻作品,非常幸运地与李岚清的作品"同台表演"。

更为幸运的是,她还代表江大3.5万名学生在开展仪式上作了发言。她说,进校后她就曾听说,作为镇江人的李岚清同志曾于2005年4月30日在学校作了"音乐·艺术·人生"的精彩讲座,他所说的"音乐的魅力在于它能使生活更有情趣、思维更有创意、工作更有效率、领导更有艺术、人生更加丰厚"在同学们中间产生了极大影响,很多同学因此对西方久盛不衰的古典音乐产生了浓厚的兴趣。前不久,她有幸认真拜读了《原来篆刻这么有趣》一书,感到书中每一方印即是一种志趣和理念、一首诗、一篇散文、一幅画、一首歌、一段故事,甚至一个笑话。作者将自己对篆刻艺术的独到理解和追求,将自己的情感、思考和理念融入笔法、刀法和章法之中,刻出了一件件不囿于古、不媚于俗的精美作品。深为这些灵动的石头所吸引,她临摹了其中的七方作品,不仅更深地体会到了篆刻艺术的独特魅力,还真切体味到了老一辈领导人对年青一代的良苦用心和殷切希望。

据梦溪印社的指导老师唐戈介绍,其实张超真正接触篆刻的时间还不到半年,但由于有一定的书法基础,所以她"很有悟性,上手很快"。一个多星期前,她偶然看到了李岚清同志的篆刻作品,一下子就爱不释手,便请老师挑了一些出来临摹。当晚,她便写好了印稿,紧接着她又花了一天半的时间,陆续刻好了7枚印章。前天,当陪同参观展览的江苏大学党委书记朱正伦、校长袁寿其指着4个条幅上的印章告诉李岚清同志,这上面全是本校学生的作品时,李岚清驻足良久,不断地点头赞许。当看到张超同学所临摹的"祖国万岁"、"人民万岁"、"中华印趣"、"石翁"等7幅作品时,李岚清会心地露出了笑容。

李岚清同志还深情地一一列举了早年就读的学校的名字。他告诉大家,他自幼爱好中国传统文化。上初中时有劳作课,除完成老师规定的作业外,还要有自选作业。那时家门口附近有一家刻字社,每天从那经过觉得很好玩,便买了把修脚刀和两方印石,自己捣鼓,权当作业。此后,从升入高中到退休的50多年间,他再也没刻过印。71岁时,他重拾旧趣,开始学习篆刻,4年来,不知不觉刻了300多方印。

李岚清同志对江大的学生们说,后来之所以答应有关方面将作品编辑成书《原来篆刻这么有趣》出版,并且举办"李岚清篆刻艺术展",其目的就是想让年轻人"不要害怕"这门艺术,能了解篆刻、欣赏篆刻、喜欢篆刻,进而达到普及中国传统文化的目的。他语重心长地说,现在计算机日益普及,很多人敲键盘替代了写字,"年青一代千万不要把古老传统的书法艺术给忘了!"

(张明平　崔宁华)

做好服务社会这篇大文章

——江苏大学科技助推地方经济发展纪实

山东济宁、浙江湖州……进入金秋以来,江苏大学科技与产业处的教师和学校的专家教授们格外忙碌。他们分路出击,马不停蹄地奔赴各地,洽谈项目,签署协议,每到一处都成了地方和企业老总竞相追逐的"明星"。江苏大学党委书记朱正伦感叹道:"主动融入创新主体,主动服务地方经济发展,让我们高校焕发了无限生机!"

这只是江苏大学与地方"联姻",助推地方经济发展的一个缩影。多年来,江苏大学充分利用学科优势互补的有利条件,紧紧围绕国家和江苏社会经济发展的科技需求,不断提升学校科技的核心竞争力和贡献度,花大力气书写社会服务这篇大文章。

结合学科特色,突出服务重点

作为以"农机学院"起家的综合性大学,多年来,江苏大学充分发挥学科和专业优势,组织有关力量开展特色研究。进行重点服务,尤其是结合社会主义新农村建设的新要求,围绕现代农业装备与技术、农产品精深加工、生物质能源等,开展研究与开发应用工作。近年来,学校开发的50多种农业装备产品,已被国内厂家转让采用的达40家以上,直接经济效益达5亿多元。

镇江香醋美名远播,但制醋业大量排放的醋糟以及醋泥等有机废弃物成为困扰企业发展的一大难题。江苏大学农产品加工工程学科的专家们,经过潜心研究,开发出了利用醋精生产基质、肥料和饲料的系列技术,不仅解决了醋糟等产生的环境污染问题,也实现了废弃物资源化的目标。

江苏大学的流体机械及工程学科是全国唯一以水泵、排灌机械等研究为主的国家级重点学科,围绕国家重点推广的节水灌溉技术,流体机械工程与技术中心研制研发的泵站模型在南水北调、三峡工程、引滦入津等国内外大中型工程上广泛应用。刚刚获得江苏省专利金奖的专利——"一种低比转数离心泵叶轮设计方法",先后转让给南京蓝深制泵集团股份有限公司等32家企业,年产量达1 000余万台,在农业、水利、环保、市政等行业广泛应用。

强化自主创新,提升服务内涵

几年前,江苏大学与南汽集团携手,开展了"先进成型技术在复杂车身覆盖件制造中的应用研究",如今这一研究已开花结果,南汽集团麾下多款车型的车身制造中已经普遍采用这项技术。南汽科技管理平台主任孙飞表示,这一具有自主知识产权的国产化车身,"为南汽保持在国内汽车行业车身覆盖件制造中的领先地位,加强自主开发能力和国际竞争力发挥了重要作用"。

"这仅仅是我们强化自主创新,加快科技成果转化,提升服务企业和地方水平的一个方面。"江苏大学科技与产业处处长陈龙介绍,近年来,江苏大学尤为注重"应用性"研究项目,逐步建立了从纵向科研向横向科研拓展,从基础研究到应用研究、再到开发研究递进的科学合理的纵向配置,构建了"创新研发—成果形成—技术转移—产业化"的良性循环机制。地处江苏镇江,如今已是国家520家重点企业之一的大亚科技集团有限公司,在企业组建初期,江苏大学就组织专家"全程参与",从帮助企业制定发展战略规划,到提供技术支撑、提高企业产品技术含量,再到共建研究生培养基地、工程技术中心,双方合作之路越走越宽,企业创新活力也越来越强。

程晓农教授领衔的"金属基复合材料课题组"长期研究的核心技术——颗粒增强铝基原位复合材料,已成功应用于大亚集团的汽车轮毂,自投入批量生产以来,已生产产品350多万件,累计创利税超8 250万元,取得了显著的经济效益。

发挥自身优势,拓宽服务领域

"一个建议推动一个产业"的故事在江苏教育界广为流传。那是去年5月,在南京参加江苏省首届青年科学家年会的江苏大学副校长袁银南教授上书江苏省委,提出利用江苏优越的自然条件,大力发展生物柴油产业,缓解江苏日益严峻的能源矛盾,引起了江苏省委的高度重视,省委书记批示,要求相关部门组织力量做好生物柴油的研究工作。学校还组织专家开展"江苏生物质能源开发利用前景及示范方案设计"。如今,包括生物柴油产业在内的生物质能源的研究和开发在江苏风生水起,江苏省生物柴油动力机械应用工程中心、江苏省动力机械洁净能源重点实验室也挂靠江苏大学进行建设。

像这样的事例有很多。多年来,江苏大学充分发挥自身的人才和技术优势,不断拓宽服务领域,组织力量进行调研、分析,积极主动地为地方经济和行业发展"瞻前顾后"、"把脉开方"。

此外,江苏大学的知识产权研究工作也久负盛名,成为为地方经济发展服务的一个亮点。2004年,江大成立了江苏高校第一家知识产权研究所,近年来,研究所先后承担了"江苏省'十一五'知识产权战略纲要研究"等10余项软科学研究,为有关方面提供咨询意见。同时,研究所积极为企业提供知识产权服务,指导企业实施知识产权战略,提供从战略制定到实际运用各阶段的全程策划服务,有效提升了企业的技术创新能力。

据介绍,在去年同地方和企业共签订技术开发、转让、咨询、服务"四技"合同500余份、合同经费总额近亿元的基础上,今年上半年,该校的科技协作服务工作继续呈现出了蓬勃发展的势头,签订的技术合同和合同金额比去年同期增长58%和21%。

(高　鸣　张明平)

中国教育报

2007年11月16日

永远的黄丝带

初冬的早晨。北京丰台区解放军307医院对面的一间民房里，一位20多岁的姑娘飞针走线，正在专注地绣着一幅一尺见方的十字绣。如果不是戴着个大口罩，真的很难看出眼前这个神采飞扬、活泼俏皮的女孩，是做完骨髓移植还不到半年的白血病患者。

陈静，这位来自江苏大学、被人们称为"爱心天使"的女大学生，至今仍牵动着江大师生以及无数好心人的心。去年冬天，为了拯救在生死边缘徘徊的她，在她所就读的江苏大学，在江苏，乃至在北京，一场由网络世界到现实世界的爱心救助活动在短短一个月时间募捐达70万元！

寒来暑往，雨打风吹。曾经在江苏大学所在地古城镇江的大街小巷飘舞着的黄丝带，如今已难觅踪影，但人们心头的黄丝带却一直在飘舞，那个"爱心接力"的美丽故事仍在传诵。

救同窗，她也患了白血病
"如果生命只剩下最后一格电力，我愿意做你的充电器。"

2003年9月，家境贫寒的陈静几经周折，终于迈入了江苏大学的校门，成了该校应用科学技术学院（现京江学院）计算机专业的一名学生。入学不久，她就与来自南通的同班同学、上下铺的舍友丁玉兰成了好姐妹，两个美丽俊俏、乐观开朗的姑娘几乎形影不离。

陈静是班上的学习委员，学习十分用功，经常看书到深夜，为了不影响大家休息，常常在熄灯后到卫生间去看书。这位来自盐埠大地、革命老区的姑娘性情开朗，富有爱心，是同学们公认的"开心果"。

2005年3月，不幸降临到了她的好友身上——丁玉兰患了急性粒细胞性白血病。听说此事后，陈静哭了，泪水流了三节课。她决心帮好友渡过难关。其后的一个多月里，每逢休息日和课余时间，她便和其他同学一起，奔走在江苏大学的4个校区，穿梭于镇江的大街小巷，抱着捐款箱为丁玉兰募捐。后来，丁玉兰回南通老家治疗，陈静又义不容辞地在镇江几家保险公司之间奔波，帮着办理繁杂的医药费报销手续。她的善良和真诚感动了保险公司的工作人员，平安保险镇江分公司为丁玉兰捐款10万元。经过努力，陈静和江苏大学师生共为丁玉兰筹集了20多万元医疗费，暂时缓解了丁家的经济压力。

陈静一直和在家中养病的丁玉兰保持着联系，努力安慰病中的好友。她告诉丁玉兰："如果生命只剩下最后一格电力，我愿意做你的充电器。"一度，丁玉兰的病情大为好转，陈静兴奋不已。为了感谢社会上的好心人和全校师生对丁玉兰的关爱，陈静和她的伙伴们组织了一个以"爱的力量"为主题的班会，展示用DV记录下的有关丁玉兰生活和当时募捐的画面。擅长舞蹈的陈静还专门创作编排了节目,庆祝丁玉兰的康复。

然而,命运似乎就是要作弄这对好朋友。谁也不会想到,正当陈静满心欢喜地期待丁玉兰返回学校时,病魔已经悄悄向她袭来。2006年3月底,陈静和同学一起玩耍,无意中发现腿部有红斑。起初,她以为是皮肤过敏,后在同学的敦促下到医院进行检查,结果大家都惊呆了:她也患了白血病!

病榻上,爱心天使本色不改
"真正的朋友,一定会在你遇到困难时,给予你最大的安慰。"

陈静的家在江苏省盐城市农村,父母亲都是老实巴交的农民,姐姐已经出嫁。家里仅靠父亲陈跃亮在工地上打零工挣钱维持生计,而两年前父亲因肿瘤手术欠下的一笔债务至今仍未还清。曾目睹好友不幸的陈静知道,得了这样的病对家里来说不啻是灭顶之灾。善良的陈静起初并没有把这个不幸的消息告诉家人,甚至没有像当初听到好友患病时那样心痛。她首先想到的是父母:"我并没有为自己难过,只是为父母伤心,因为他们的女儿需要巨额的医疗费,而且只有60%的生存希望。"为了不拖累家人,她甚至想过放弃生命。

陈静的病情一传开,江苏大学的师生立即行动起来,大家表示:要像陈静当年救助丁玉兰一样去救助陈静!学院领导在陈静入院后的第一天就去探望,并带去了慰问金;全院105名教师、8个专业的同学也纷纷捐款,短短三天时间捐款近万元;26名同班同学深入到其他校区、走上街头募捐,策划了"让'爱心天使'留在身边"的义捐义演活动……

令人感动的是,病魔丝毫没有销蚀陈静的"爱心天使"本色。她在盐城第一人民医院住院期间,得知另一位大学生遭遇了同样的不幸,躺在病榻上的她作出了一个决定:从社会各界给她的捐款中拿出5 000元给那位素不相识的年轻人。

由于担心影响丁玉兰的情绪,陈静并未把自己患病的事告诉她,而是一如既往地安慰和鼓励她。一天夜里,丁玉兰病痛难忍,央求陈静发两则好玩的短信过来,陈静强打精神满足了她的要求。暑假到了,丁玉兰不见陈静来看自己,才知道陈静得了和自己同样的病。丁玉兰流泪了,她在日记里这样写道:"真正的朋友,不一定在你笑时陪你笑,但一定会在你遇到困难时,给予你最大的安慰,陈静便是如此。"

率性的陈静曾经向人坦露,她大学期间有三大目标:加入党组织;英语过六级、考上研究生;谈一个男朋友。患病后,陈静一边治疗,一边学习,经常向党组织汇报思想。为了圆陈静长期以来的"入党梦",去年11月,江苏大学应用科学技术学院党委和她所在的学生支部,专程到盐城市第一人民医院,在病床前为她举行了一个特殊的入党仪式。

黄丝带,见证满城之爱
"她曾经帮助别人,我们该为她传递这份爱心。"

当时,经过化疗的丁玉兰病情已有所缓解,处于稳定期,她把自己吃的药给陈静邮寄过来,同时开始设法为陈静筹集医药费。曾经情如姐妹的好友,如今同病相怜,共同与病魔顽强抗争着。她们的遭遇引起了南通、盐城、镇江三地媒体和市民的极大关注。南通热线论坛的网友们发起了为两位白血病女孩募捐的活动,他们与南通电视台联系,筹办义演晚会。然而,未等晚会举行,2006年10月28日丁玉兰却带着众多好心人的祝福离开了人世。为了告慰已逝的丁玉兰,为了与病魔顽强抗争的陈静,义演如期举行,共募得善款3万多元。

患难中,陈静成了丁、陈两家共同的女儿。虽然丁玉兰的父母还欠着10多万元外债,但他们决定将未用完的8万元捐款,大部分转捐给陈静。然而,这与至少60万元的骨髓移植费用仍然相差甚远!

2006年12月19日、20日,中央电视台《共同关注》栏目"美丽人生"节目播出了陈静和丁玉兰两位白血病女孩的不幸遭遇。当年倾心救助同学、如今也身染重疾的陈静牵动了无数善良人的心。12月23日,网名为"晨阳斜影"的江苏大学理学院学生朱小东,将第一个"救助陈静"的帖子发到了"镇江网友之家"的网站上。三天之后,这则消息同时被置于"名城镇江"、"山水句容"等镇江八大网站的顶端,引起了数万名网友的关注。"她曾经帮助别人,我们该为她传递这份爱心。""让我们为拯救生命行动起来!"悄然间,一场"爱心风暴"在网络这一虚拟空间风起云涌。

为了组织好募捐活动,网友"远方的梦想"、"阿呸"以及江大学生朱小东、程建平、孔娇妮等网民组建了"爱在镇江组委会"。网上招募的包括江大学生在内的1 200多名志愿者,组成20多个募捐分队,在镇江市区各街巷广场、企事业单位和辖市(区),先后组织了60多场献爱心募捐活动,众多市民和企事业单位纷纷慷慨解囊。5 000、1万、2万、5万、10万、20万……爱心款以出人意料的速度增长着。出租车司机捐献7元起步价,公交车和社会车辆捐款5~10元,就可系上象征爱心和希望的黄丝带。一时间,黄丝带成了古城镇江一道独特的风景……

采访中,笔者听到了许许多多感人的故事:

有个出租车司机将行人撞倒,没想到行人爬起来后,没有和这个司机理论什么,而是让司机赶紧走。司机提出要带他到医院看病,行人说不必了,"我看见你车上飘扬的黄丝带,就知道你是一个有爱心的人"。

一名残疾人手摇轮椅用了两个小时赶到江苏大学门口的捐赠点,献上了自己的一份心意。

一个乞丐走到志愿者面前,用他习惯乞讨的手向捐款箱内放进了碗中仅有的5元纸币。

一位白发苍苍的老奶奶,掏出了一沓皱巴巴的零钱,不住地说着:"多好的姑娘,老天啊,把她留住吧! 多好的姑娘啊,好人该有好报啊!"

1月28日,筹备已久的"飘舞的黄丝带——情系陈静,爱在镇江"大型义演在镇江市中心广场举行。这一天,古城镇江成了黄丝带的海洋:出租车、公交车、三轮车、自行车、轮椅、树木,以及数不清的人的臂膀上都系着黄丝带! 义演过程中,市民不断向捐款箱中投入现金,有的企业还送来了支票,一股股爱的暖流在古城镇江流淌。从盐城赶来的陈静父亲陈跃亮热泪盈眶:"万万没想到镇江市民这么厚爱陈静,镇江人给了她活下去的希望,我代表全家感谢你们!"

起波澜,骨髓移植终获成功
"爱心天使"终于迎来了生的希望

经热心的北京网友联系,陈静决定去北京治疗。春节前,江苏大学有关部门、陈静所在学院领导和老师以及热心网友 20 多人,前往南京机场为陈静送行。"早日康复"、"爱心永驻"、"陈静,我们为你加油!"……在一张张长条形贺卡上,前来送行的人纷纷为陈静送上了心底的祝福。大家约定:"陈静,我们在镇江等着你!"

腊月的北京分外寒冷,可来自江南的陈静却在这里被浓浓的爱温暖着。当日下午 6 点钟到达北京后,10 多位北京网友早已守候在那里,并安排车辆将他们送到住处。随后两天,网友们帮陈静代办了住院手续、公交一卡通、手机号,并物色了住处。为了消除陈静的寂寞,鼓励她战胜病魔,京城网友们还为陈静开通了无线上网功能。北京各大高校的近万名学生为陈静举行募捐活动,搜狐社区北京站的网友们牵头号召全国网友献爱心,一些在北京工作的江大校友也纷纷前来探视。笔者一次致电远在北京的陈静时,恰巧一个名叫陈玮的江大校友来看望陈静。陈玮告诉笔者,她早就通过媒体了解了陈静的事迹,深为学妹的精神感动,听说陈静来北京治疗后,就迫不及待地前来看她,现在休息日或者下班后就来陪她聊天。

赴京前,陈静已通过中华骨髓库找到了合适的配型。住进解放军 307 医院不久,陈静的血样就送往北京市中心血站,开展移植前的高分辨配型检测。本以为很快就能移植,没承想骨髓库那边却迟迟没有消息。要知道,一般的白血病病人在化疗三四次后就应该移植,最迟不能晚于 10 次化疗,而陈静此时已接受了 9 次化疗。时间一天天流逝,大家的心也一天天地揪紧了!在"镇江网友之家"开设的"关爱陈静"论坛上,网友和江大的师生们每天都在交流着陈静的病情,急切地打听陈静的最新消息。春节后的一天,中华骨髓库传来信息:供体因怀孕而无法捐献!听到这个消息,镇江网站上"泪如雨下"。很多人发帖表示:我们一起去捐髓,为陈静再献一份爱心!

带着江大师生和众多网友的重托,朱小东再次来到北京,奔走于医院和中华骨髓库之间,紧急申请配型。第二天,中华骨髓库传来消息:在台湾和大陆地区分别找到一例合适的配型!由大悲转为大喜,镇江网友们禁不住欢呼雀跃。

高分辨检测的结果更是出人意料,一般来说,HLA 等位基因 10 项指标有 6 项一致就可以移植,8 项一致就相当不错了,而供体和陈静的 10 项指标竟然完全一致。"我们家陈静有救了!"拿到报告单,父亲陈跃亮禁不住喜极而泣。

6 月初,陈静即将进行骨髓移植的消息传到了她的母校,江大校园里一片欢腾。师生们踊跃献血,争相以这种特殊的方式祝福陈静,传递爱心。

6 月底,一场不大不小的雨给干燥多日的北京平添了几分清新。6 月 29 日和 30 日,来自上海的 100 毫升干细胞分两次植入了陈静的体内。

忘不了,寒夜里温暖的心灯
"那么多人在关心着我,我怎么能够放弃生命?"

"没有大家的关爱,我是不可能走到今天的。"采访中,陈静一再这样表示。她毫不讳言自己曾经想过"放弃"。从最初的担心连累家人,到后来面临巨额医疗费的压力,再到后来寻找供体的波折,还有一次次化疗放疗的痛苦,真是"生不如死"。"但是,一想到老师、同学、网友、社会上的好心人,那么多人在关心着我,我又怎么能够放弃呢?"陈静说,正是无数的关爱温暖着她,给了她战胜病魔的勇气和力量。

如今已经毕业成为一名自由职业者的朱小东,在去年陈静患病之初就一直关注着陈静,不仅在校园里组织给陈静募捐,暑假里还到盐城的医院前去探望。在网上发帖倡议"拯救江苏大学爱心天使"之后的一个多月里,他会同10多名网友,投入全部精力,在古城镇江掀起了声势浩大的"满城尽飘黄丝带"活动,一下子为陈静募集了70万元的医疗费。后来他又多次去北京,物色医院,奔走于中华骨髓库、北京市中心血站等地,不辞辛苦地处理陈静在京治疗的繁杂事务,给困境中的陈静及其家人莫大的安慰,他几乎成了陈家"半个主心骨"。当笔者问小东为什么这样做时,一向行事低调的小伙子淡淡地说:"陈静以前不遗余力地帮助别人,我们现在当然要帮助她了。"

侯解放,这位与共和国同龄的北京老知青,经历坎坷,至今仍没有固定的工作,可这丝毫挡不住她救助陈静的一腔热情。她在同陈静的班主任、网友潘朝根老师聊天时,听说了"爱心天使"的不幸遭遇,深为感动,当即在搜狐网站的"无限论股"论坛上发起了募捐活动,前后募集7万多元。陈静来京后,她在照顾年近九旬、卧病在床的老母亲的同时,经常骑自行车来看望陈静,并热情地帮着解决一些生活上的困难。笔者在北京采访时,有幸见到了这位热心的老人,一见面,她就将一个红纸包硬塞给了陈静的父亲,里面是她在某网站任版主的两个月工资和近期一个网友的捐款,总共600元。自称是"热心公民"的她快人快语:"陈静太好了,是我们学习的榜样。我不懂什么大道理,就认一个理:好人应该有好报! 陈静这么好的姑娘,我们怎么能不帮她?"

青年农民余智祥,去年6月听说"爱心天使"的事迹后,就踏上了为陈静募捐的道路。一年多来,他骑着自行车,足迹遍及江西、广东、福建、浙江、湖北、海南、北京等十几个省市,行程2万多公里,先后为陈静募集了3万多元。陈静至今记得,余智祥第一次骑自行车到盐城市第一人民医院的病房去看望她,送给她800多元捐款,沉甸甸的一方便袋。就在前不久,这位热心的江西小伙子还来北京探望了陈静。

还有远在上海的捐髓者。在6月造血干细胞送达的时候,一份写在心形卡片上的祝福也不期而至。"亲爱的陈静妹妹,生命真的好奇怪,以后我们就是一个人了……姐姐希望你能快点好起来,幸福地生活下去……"这些滚烫的字句带给陈静无以名状的温暖。还有学校的领导、老师、同学们,家乡盐城第一人民医院、北京解放军307医院的医生、护士……

回忆起患病这一年多来的点点滴滴,陈静心存感激。"你们的关心和帮助给了我第二次生命! 我永远不会忘记!"陈静动情地说。

期待着,重返校园继续学业
"活在当下,真心过好每一天!"

在北京采访时,再次见到的陈静,着实有点出乎笔者的意料。她因化疗而稀疏的头发已变得乌黑浓密,就连眉毛也是浓浓的;大口罩后面两只大眼睛,那么灵动传神。

骨髓移植成功且病情稳定之后,为了方便抗排异治疗,同时防止交叉感染,今年8月下旬开始,陈静便同家人临时租住在医院附近的民房中。目前,陈静已经成功闯过了肠道和皮肤两大排异期,病情稳定,每周由父亲陪着到医院做两三次血常规检查。

在陈静父母房间的床头柜上,笔者发现了一张大纸折成的小册子,上面详细记载了从6月19日陈静进入无菌舱到现在,总共45次血常规检查各项指标的数值,父亲陈跃亮用红色的箭头对数值的升降做了标注。"数字虽然简单,但每一个数字背后都有一段故事。"陈跃亮说。

"与陈静同时进入无菌舱进行骨髓移植的十几个人,现在一半以上都已离世,留下来的也有人至今还躺在无菌舱里,医生们都夸陈静是他们当中恢复得最好的一个。"陈爸爸说,陈静之所以如此幸运,主要有两方面的原因。一是陈静的捐髓者是她的"幸运大使",不仅年轻、体质好、造血干细胞浓度高,而且其HLA等位基因10项指标与陈静完全一致,这样的高分辨率结果即使在配型成功者之中的概率也只有五万分之一。二是得益于陈静乐观豁达的心态。在307医院里,开朗活泼的陈静"本性难改"。无论哪个病房,只要陈静去了,总是一扫沉闷之气,说笑话,讲故事,甚至打扑克,要不了多久就"乐翻了天"。曾经有一个北京的老太太不肯打针吃药,医生劝骂医生,护士劝骂护士,后来陈静的一番"甜言蜜语"让她喜笑颜开,乖乖地就范。就连在"牢笼一般"的无菌舱里,陈静也自得其乐,发明了"陈氏健身法",每天提着两只装满水的水瓶溜达,以防肌肉萎缩。难怪出舱时别人坐着轮椅被推出来,她是走出来的。"一般白血病患者最多只能接受不超过5次的放、化疗,可她接受的放、化疗次数达14次之多。"陈爸爸自豪地说,"换了别人,可能早就垮了。"

从医院回来后,陈静闲暇时间自学十字绣,几个月来已经完成了两幅作品。在她收拾得十分整洁的小屋里,她向笔者展示了一幅已经完成了一半的作品,五颜六色的线,细细密密。"做十字绣很费工夫,一幅作品短则十天半个月,长则一两个月、甚至数年才能完成。一定要坚持,千万不能放弃,否则就会半途而废。"陈静说,"这很像我现在的状况,活在当下,真心过好每一天!"她表示将把凝结着心血的十字绣作品送给那些给她关爱的人。而她最大的愿望,就是度过排异反应的危险期,争取明年下半年能重回校园继续学业。

"万事万物都是有其自身规律的,死并不可怕。遇到病痛的时候,一定要镇定,想办法对付它,千万不要被吓死。"尽管身边的病友一个个离去了,但是陈静一直坚定地与死神抗争,并对生命有了更深刻的感悟。

"给每一条河每一座山起一个名字/陌生人,我也为你祝福/愿你有一个灿烂的前程/愿有情人终成眷属/愿你在尘世获得幸福/我也愿面朝大海,春暖花开"。这是陈静在送给母校的纪念册上,录下的海子的一首诗。这是一个对生命有着真切体验的女孩子对生命的深情礼赞。

【声音】

本来,陈静与普通的莘莘学子一样拥有着无忧无虑的青春,但生活的磨难让我们认识了陈静不平凡的一面:真诚善良、富有爱心、乐观镇定。优秀女生的不幸命运演绎了动人的故事。陈静展现出来的精神与情操,使我们震撼。这样的磨难,让一个学生成长为一个特殊的老师,她给了我无限的感动和启示。

——王玉辉(江苏大学京江学院教师)

陈静的故事从网上开始,在现实生活中延续,可以说是无数的网友给了陈静第二次生命!飘扬在古城镇江的黄丝带见证了人性的善良、爱心的可贵,也见证了网络的力量。网络的虚拟性过滤了现实的种种利害算计,释放与升华了人性中的善意,虚拟世界的人文关注最终转化成为现实世界的爱心行动。

——吴先琳(网友)

作为陈静的同龄人,关注、关心陈静,不仅是因为她身患白血病,并同病魔乐观顽强地做着斗争,更是因为她那颗天使般的爱心。最令人敬佩的是,她能够把这种爱变成太阳,让每一个内心有阳光的人都能贡献出自己的光和热。她是我们大学生的骄傲。

——杜珠珠　周琳(江苏大学学生)

【作者手记】

生生不息

"爱心天使"陈静终于迎来新的生命曙光!

同许多人一样,一年多来我一直关注着陈静的状况,心情也不由得随之起伏跌宕。我一直在想:是什么力量让"柳暗"之后是"花明",创造了这一"美丽的神话"呢?

无疑,这是爱的力量!

爱是一种情感,她是人类最圣洁、最美好的情愫,是我们心底最柔软的部分。爱更是一种力量,她如水似波,却又汹涌澎湃,势不可当。她深藏于我们的内心,而又见之于我们的行动。

因为爱,陈静不计得失,倾力帮助同窗好友,被人们誉为"爱心天使";因为爱,无数人伸出援手,慷慨解囊,誓将"爱心天使"留在身边;也是因为爱,让曾经想到过"放弃"的"爱心天使"不断地同病魔抗争。

这是一场爱心的接力。

无论是已经毕业的、仍在为陈静多方奔走的江大理学院朱小东,还是远在北京、"就认一个理"的老知青侯解放,抑或是"千里走单骑"为陈静募捐的佘智祥,以及许许多多相识、不相识的人,他们感动于陈静的爱心,他们的爱心和义举又何曾不在感动着我们、孕育着新的力量?

同样,这份爱也让"爱心天使"陈静感动着。"康复以后,要像所有关心、帮助过自己的人一样,把中华民族助人为乐的优良传统一代一代地传下去。"与其说这是她的生活准则,不如说是新生后爱的宣言。

爱是无形的,却充满力量。她教我们懂得同情,学会珍惜;她使我们的生活充满阳光,生命富有色彩;她也让我们的家庭变得温馨,社会变得和谐。

真诚地企盼,爱的暖流生生不息。

(张明平)

20 年来,三代科研人员团结合作,引领了全国潜水泵行业从 20 世纪 80 年代中期的 10 余家企业、年产不足 10 万台,发展到目前近 1 000家生产企业、年产 1 000 余万台,开创了一个持续高速增长的产业——

江苏大学:团队合作绽放创新之花

　　临近岁末,喜讯传到江苏大学,由该校袁寿其、施卫东、关醒凡等完成的"潜水泵理论关键技术研究及推广应用"项目获得了国家科技进步奖二等奖。这是江苏大学成立 6 年来获得的首个国家科技进步奖,也是该校流体机械工程技术研究中心(以下简称"流体中心")三代人 20 多年孜孜以求、开拓创新的结果。

　　作为一个专职科研机构,多年来江苏大学流体中心依托国内唯一以研究水泵为主的流体机械及工程国家重点学科,紧紧抓住国家经济、产业、产品结构调整的历史机遇,围绕产业振兴、国家重点工程建设的迫切需求,发扬团队合作精神,在科学研究、人才培养、技术开发等方面取得了卓越的成绩。

瞄准国家需求进行联合攻关

　　"发扬团队精神,进军科技工作主战场,是我们几代人坚守的传统,也是我们长期以来在科学研究的道路上克敌制胜的法宝。"江苏大学流体中心主任施卫东教授介绍说。早在20 世纪 60 年代,由著名流体机械专家戴桂蕊领衔,主持开发了用燃煤气化来代替油电动力的煤气内燃水泵,获得了全国科学大会奖。20 世纪 70 年代,为解决农业节水增产问题,主持研究了八部委立项的重大项目喷灌机械。20 世纪 80 年代,研究开发了节能换代产品小型潜水泵、微型泵等 5 个系列近百个新品种。20 世纪 90 年代,为适应环境保护的需要,研究的污水污物潜水电泵被国家科委列为国家级新产品。新世纪以来,又积极开展南水北调大型水利工程用泵水力模型、节水节能环保型流体机械、海水淡化用泵、核电用泵等的研究……

　　"我们的科研始终契合国家经济建设的迫切需求,贴近生产,贴近老百姓实际需要。"回顾几十年来的历程,流体中心老领导金树德教授一语破的。他还讲述了一个"一则新闻催生一个产品"的故事。20 世纪 80 年代初的一天,央视《新闻联播》播放了一则消息,报道了农村分田到户后,农户急需小型轻便的水泵,河北一农妇跑遍沈阳城而未能如愿。随即,流体中心便组织人马加班加点,很快开发出了适宜家用的、可以载在自行车上的小型水泵,深受农户欢迎。

　　"学科建设是科研团队成长的平台,而国家级重大科研项目则是锻炼团队、检验团队、孕育团队精神的最好舞台和载体。"曾任流体中心主任,如今已是流体机械及工程国家重点学科带头人、"新世纪百千万工程"国家级人选、江苏省"333 工程"首席科学家、江苏大学校长的袁寿其教授说:"流体中心本身就是一个大团队,遇有重大项目大家总是联合攻关、分工协作。"著名水泵专家关醒凡教授牵头的"南水北调轴流泵水力模型研究"课题组由8人组成,水力设计、模具制造、试验研究,各司其职。经过两年多的协同作战,课题组成功开发了12个不同比转速的轴流泵模型;被认为"综合技术指标达到了国际同类模型的领先水平",在同台测试中性能指标均名列前茅。目前,三个模型已分别应用于南水北调东线一期工程中的万年闸泵站、刘山泵站和台儿庄泵站。

"大兵团作战"锻造优秀人才

"我们流体中心既是科研成果开发的平台,又是年轻人经受锻炼、优秀人才施展才华脱颖而出的舞台。"施卫东平静的口吻中透露出自豪:"团队合作,不仅有利于攻克重大科技难题,而且有利于人才成长,有利于实现科研工作、团队建设的良性循环。"其实,施卫东本人就是这样一个尝到"甜头"的人。1984年从原江苏工学院水力机械专业毕业,1993年调至流体中心工作后,他在金树德、关醒凡等老一辈的扶持下,已成长为流体机械及工程国家重点学科方向带头人,先后被评为江苏省有突出贡献的中青年专家、省"333工程"科技领军人才、省"青蓝工程"新世纪学术带头人等,逐步成长为团队核心人物之一。采访中,施卫东向记者列举了一系列从"兵团作战"中受益的情况:1人被列为"新世纪百千万工程"国家级人选;2人被评为省有突出贡献的中青年专家;4人被列为省"333工程"培养对象;中心"泵的理论及关键技术研究"科研团队被评为省"青蓝工程"优秀科技创新团队。

为了便于研究开发工作的顺利开展,根据不同的研究方向,流体中心组织了相对独立的4个团队、中心领导或学科带头人兼任团队负责人,科研人员按专长分配到相应团队。

值得一提的是,在这样的体制下,"每个年轻人都有人带,每个成员都有课题做"。立项时尽可能让更多年轻人参加,鉴定、报奖时按照年轻人的学术贡献排名。这样的"压担子"和"倾斜"使得一批年轻人茁壮成长。如今正在德国亚琛工业大学做访问学者的刘厚林就是一例。从读研究生起,他就陆续参加了流体中心多个课题的研究工作,从起初的"配角",到逐步独当一面独立主持,一次次的"兵团作战"使他"越战越勇"。至今,他负责或参加的国家自然科学基金项目、国家"十五"重大科技专项等省部级以上课题达20余项。负责开发的泵水力设计软件PCAD2000及其升级版已经被国内外约200家泵研究单位及生产厂家采用,在功能齐全性、应用的广泛性、设计水力模型的数量和质量等方面居国内同类软件之首。继4年前破格晋升为副研究员后,今年他又破格晋升为研究员。

历年来,流体中心已有160余项科研成果通过了省部级以上鉴定,其中有4项成果获国家科技进步奖,70余项成果获省部级科技进步奖,获国家专利50余项。80%以上的科研成果已成功转化为生产力,开发新产品200余种,为我国流体机械行业技术进步和经济发展作出了积极贡献。

（张明平）

教育的误区是"挖掘式智力开发"

教育部"长江学者"特聘教授、国家杰出青年基金获得者、博士生导师、浙江大学工科教授郑强,因经常炮轰现行教育制度而得到网友的热烈追捧,被称为"最牛愤青教授"。日前,郑强在江苏大学进行了一场名为"当代大学生的成才之道与历史责任"的演讲,以其独特的方式、诙谐的语言、深刻的见解给在座的莘莘学子留下深刻印象。

"教育是一把'双刃剑'!"

演讲中,个性张扬的郑强敢怒敢言,锋芒直指我国现行的教育体制和教育制度。"中国为什么出不了诺贝尔奖? 是我们的教学条件差吗? 是我们的研究条件落后吗?"不知不觉中,郑强的话锋崭露,开始向"教育"发难。他通过列举幼儿园"讲坐姿立规矩"、少年宫"车水马龙"、中小学生的所谓"成熟、懂事"等一系列的现象,一针见血地指出,我国的教育误区是"挖掘式的智力开发","挖煤炭挖到黄土了还在挖"!

结合自己的高分子专业,他打起比方:教育就像做一个陶器,幼儿园阶段给沙子浇浇水,小学阶段捏一捏,初中造造型,高中上釉,大学焙烧。"可现在的幼儿园、小学、中学太能干了!"他说,"超量灌输知识,极大地挫伤了孩子们的求知欲望,摧残了孩子到大学后的发展潜力。"中国的孩子,小时候不得玩、不能玩、被别人玩,上大学后"没人管难受",开始大玩特玩,以致沉溺网络,盲目恋爱。

"教育是一把'双刃剑'!"他说,"好的教育让人走向善良;反之使人愚昧,而且愚昧得不可教谕。"

教育的目的是提高,而不是惩罚

对于自己在 6 年内连续三届高票当选"浙江大学学生心目中最喜爱的老师",郑强解释说,一名老师要想被学生喜欢,必须具备三方面的条件:要有真才实学,要有爱学生之心,要能与学生沟通。他自称,在浙江大学,他是"专门拯救那些被处分的学生的"。

对于大学校园中的作弊现象,郑强的观点令人闻之一震:"作弊是逼良为娼!"他指出,"评奖是现在大学生作弊的驱动力"。他发现,很多作弊的都不是成绩不好的同学,很多成绩好的同学为了获得各种高额的奖学金而去铤而走险。

郑强明确表示,反对考试时监考老师用怀疑的眼光"雄赳赳、气昂昂"地盯着学生,因为,"教育的目的是提高,而不是惩罚"。他笑言,自己监考的考场上之所以没有作弊的,秘诀就是"精神控制法"——相信学生都是优秀的。

"豪华校园对学生是双重毒害"

对于高校大搞新校区建设,郑强毫不客气地指出:"现代豪华的校园是对学生的双重毒害!"为什么? 郑强直言:因为"很多边远地区的孩子进了这样的校园,恨不得把身上简朴的衣服扔了"。在这样的校园里,学生只有穿名牌、骑名车才匹配。

他以质疑的口吻向在座的大学生们发问:"在这样鸟语花香的校园里幸福地生活4年,老百姓们还能指望你们到艰苦的地方去吗? 你们内心还愿意到艰苦的地方去吗?"对比古今中外的大学,一番议论之后,他说:"真正一流的大学,不在于是否拥有豪华一流的校园;最重要的,是对历史文化的传承和延续,在于大学精神的树立。"

对于大学生们抱怨的"找工作难",郑强也没留情面:"你们现在没有资格向社会索取!你们没有给这个社会做过任何贡献。""不是找不到工作,而是很多同学不愿找艰苦的工作。享受的工作,找不到!"

"付出才懂得爱,有爱才会自信"

三个小时的激情演讲,郑强教授在用他独到深刻的见解润物无声地弘扬"主旋律",对学生进行着"爱"的教育。他用大量生动的事例,启发大学生们要"爱祖国"、"爱家乡"。

"当代大学生,要担负起建设创新型国家的历史重任。"郑强向青年学生谆谆而言自己的希望与要求,要求同学们最重要的一点,就是要有专业的本领——有了专业本领就会有自信。对专业的热爱不是天生的,而是"付出了以后才会爱"。"科学是有国界的——科学家永远有他的祖国!"

(张明平　万凌云　陈晓春)

新华日报

2008 年 4 月 6 日

学校是我温暖的家

——江苏大学开展结对帮扶孤儿活动纪实

快要毕业了,江苏大学工商管理学院工商 0401 班的马孝顺心里充满了依恋。言传身教的老师,朝夕相处的同学,校园里的一草一木……最让他眷恋和割舍不下的是三年来给予了他亲情和关爱的"家"里的爷爷、奶奶。

马孝顺来自湘西农村,年幼时父亲去世,母亲改嫁,早记不清家是啥滋味儿的小马形同孤儿。然而,来到江苏大学后,久违了的家庭温暖不期而至。2005 年 11 月,江苏大学在全国高校创造性地开展了"给我一个家"结对帮扶孤儿活动，由学校学工处和关心下一代工作委员会牵头，选择校内的离退休老教师家庭同在校的孤儿大学生结成对子，不仅每个月给他们200元的生活费，还从心理、学业等方面进行全方位的帮扶。据统计，近三年来，江苏大学共有15名大学生陆续参加了这一活动，沐浴在学校和老同志们浓浓的关爱之中。

来自吉林长春的孤女李雪梅，早年父母相继去世，多年来在孤儿院、孤儿学校度日。去年9月，当她愁容满面地只身前来报到时，在新生接待现场就受到了学校有关方面的关注，不仅免去了她5 800元的学费、住宿费，而且第二天就给她物色了一个"家"。结对资助她的杜玉清奶奶风趣地告诉记者，雪梅来了后，他们家就成了个多民族的大家庭：老伴是满族，雪梅是朝鲜族，她和儿媳妇、女婿是汉族，一家三个民族15口人。她一再嘱咐雪梅，要常回家看看，"生活的事跟奶奶说说，学习的事跟爷爷谈谈！"

曾经在三尺讲台上挥洒自如的老教授们，用火热的心温暖着一个个曾经受伤的心灵，点燃那些曾在风雨中摇曳的希望之光。来自山东聊城的雷玉滨父母双亡，兄妹三人相依为命。他的"奶奶"彭玉莺教授至今还记得，小雷第一次来她家时神情黯淡，沉默寡言，"几乎没办法交流"，为了能够了解他的情况，彭老师只得将想要询问的话题列在一张纸上，让他挨个回答。几年来，学计算机通讯专业的小雷学习成绩突飞猛进，以高分考取了全班第一个网络工程师，而且性格也变得开朗了，"简直像变了一个人一样"。化学教育专业的赵赛雷大一时有6门课程不及格，一度有过退学的念头。"家"里的爷爷孙正和对症下药，想方设法慢慢把他拉了回来。"这几年路走得越来越顺。"小赵说，最好的证明就是自己原来面黄肌瘦只有40公斤，现在增加到65公斤了！同样，李国文老师至今还记得刚认识京江学院的刘燕时的情景：成绩差，三门挂课，精神状态也不好。刘燕自己也说，当时接到学院的通知参加这项活动，满以为就是来走过场的，而且特意迟到了。然而，爷爷奶奶们都耐心地鼓励她"不着急，慢慢来"，从而逐步打消了她的顾虑。"他们都不放弃我，我有什么理由放弃呢？"刘燕说，此后她每次上课都坐第一排，逼迫自己认真听讲，学习成绩进步很快，获得了学院颁发的学习进步奖。马家骥老师一家资助的材料学院冶金0501班的刘春涛开朗随和，落落大方。几年来，这位来自四川隆江的女孩渐入佳境，先后获得两次校级奖学金，一次国家奖学金，通过了计算机国家三级考试，担任了班级学习委员、院科协副主席。

看到孩子们变化了、进步了，老人们心里有说不出的喜悦。的确，老教师在无私地付出的同时，也收获着一份份温暖、一份份欢欣。他们的子女多数不在身边，每次"孙子"、"孙女"们回家是他们最开心的日子，就像过年一样。李国文、陈嘉真夫妇因为去外地而一度将资助的刘燕托管给张银秀、洪求贤老夫妇，没想到回来后张老师一家说什么也不肯"归还"，最后商定两家共同享有对刘燕的"所有权"。因此，刘燕自豪地称自己是最幸福的一个。

"这些孩子可懂事了！"学校原党委书记、关工委主任金树德教授言语中饱含赞叹。孩子们每次一到家总抢着刷锅、洗碗、做家务，过年、过节总不忘打个电话、发个短信，老人们头疼脑热了他们也不忘问候。提起帮扶的孤儿学生，老人们总是亲切地直呼其名，而且前面还加上定语——"我们家"，一切是那么的自然。

"能够到江苏大学来读书是一种幸运，能够结识这些爷爷奶奶更是一种幸运！"回首几年来的光阴,即将赴江苏镇江一家企业工作的马孝顺非常动情。他表示,工作单位离学校不远,今后他一定会经常回"家"看看,看看爷爷奶奶,看看母校的领导和老师。"学校、社会各界给我们的爱我们不仅要铭记在心,更要落实在具体行动之中。"孤儿学生们表示,将把这个爱的接力棒传递下去,在平时的工作、学习和生活中关爱、帮助他人,回馈社会。

(张明平　张学军)

中国教育报

2008 年 7 月 16 日

在"以工支农"的道路上阔步向前
——江苏大学服务新农村建设纪实

这一阵子,江苏大学食品与生物工程学院院长马海乐教授格外忙碌。他的"油脂饼粕功能多肽制备关键技术"项目获得了江苏省重大科技成果转化基金的资助,接下来他要会同以生产菜子油、豆油为主业的丹阳正大油脂有限公司,致力于用其"下脚料"生产降压药物,推动公司向高科技企业"转身"。

在江苏大学,像马教授一样奔波于学校和乡镇、农村之间的老师很多。作为一所以农机起家、以工科见长的综合性大学,江苏大学在长期的办学过程中形成了"工中有农,以工支农,工农结合"的办学特色,为我国的"三农"事业作出了贡献。

科技创新瞄准"三农"

2007 年,由科技部牵头的国家技术创新战略联盟试点工作全面启动,作为全国 4 所高校发起单位之一,江苏大学成为四大联盟之一的"农业装备产业技术创新战略联盟"成员单位,近年来,瞄准农业科技前沿,积极开展相关研究,取得了一系列创新性的成果。

江苏大学的老师说:"以前我们靠鼻子闻气味,现在还能用眼睛直观、精确地'看'出气味来!"原来,由该校赵杰文教授领衔开发、刚刚通过 2008 年国家技术发明奖终审的"食品、农产品品质无损检测新技术和融合技术"项目,将计算机视觉、电子嗅觉和近红外光谱分析等多种检测信息有机融合,取得了一系列的创新成果。该项目引领了传统装备的升级换代,一套检测系统能够得到产品大小、颜色、形状、糖酸度等的精确指标。

江苏大学集聚了生物工程、热能、动力机械等学科,在生物质能源研究方面具有独特的学科群体优势。2006 年 5 月,袁银南教授上书江苏省委,提出利用江苏优越的农业资源和自然条件,大力发展生物柴油产业,缓解江苏日益严峻的能源矛盾。

人才培养效力"三农"

今年 7 月,在位于苏北革命老区的不锈钢名镇江苏东台市溱东镇,被聘为镇长"科技助理"的江苏大学21名研究生分赴7家企业挂职,给企业"把脉"、"开方",前后一个月时间为企业解决了各类技术难题100多个,并成功地申请发明专利两项。

江苏大学发扬为农服务的优良传统,支持学生到乡镇工业、民营企业就业,增强他们为农服务意识,鼓励有志青年到农村这片广阔天地建功立业。近5年来,学校共有115名学生志愿参加"西部计划"、"苏北计划",为西部开发和苏北地区的发展贡献青春。近两年,江苏大学先后有96名毕业生参加了江苏省"村官计划"。学校的"大学生暑期三下乡"社会实践活动成绩喜人,学校也因此连续14次被授予全国大学生社会实践先进单位称号。

刚刚研究生毕业的江大"发明大王"刘春生,在校期间创办了镇江海特新能源科技有限公司,依托其发明的"家用生物质气化技术"项目,通过其设计独特的小型家用生物质气化装置,以广大农村普遍存在的稻草、秸秆、稻壳等废弃的天然生物质资源与煤混合作为原料,进行高温气化,将生物能转化为可燃的混合气能源,实现了农村废弃物的综合利用和家用清洁能源的持续供给。目前,该项目已成功推广到江苏常州、扬州等地,掀起了农村"厨房革命",深受广大农户的欢迎。

成果推广造福"三农"

"高校的农业科技成果不能养在深闺,而应真正服务农业,走向农村,造福农民。"江苏大学党委书记范明告诉记者。

江苏大学李萍萍教授等研制成功的温室环境控制系统以及温室三阶段无土栽培新技术,与相同结构和功能的进口温室相比能节约成本30%～40%,创造了国内温室周年蔬菜生产力达到每平方米43.7公斤的高水平。针对镇江特色工业——制醋业的醋糟污染问题,他们立足本地,成功开展了"利用醋糟开发植物无土栽培基质的研究"、"设施农业中新型基质肥料的研制",以此为基础形成10多种有机生态型基质和肥料系列产品。其中有机肥料应用到有机稻米的生产上,使每公斤稻米的产值比常规稻米增加了4元以上,农民每亩净增收入2 000元。

由李耀明教授等开发的高性能稻麦联合收割机关键技术,从根本上摆脱了长期依靠经验设计或低水平模仿的模式,形成自主知识产权,使国产稻麦联合收割机达到国际先进水平。高性能全喂入联合收割机(带 HST)细分市场占有率为40%,已出口到马来西亚、越南、泰国和缅甸等东南亚国家,并建成了一条年产2 000台高性能全喂入联合收割机生产线。

江苏大学校长袁寿其说,近几年来该校"初衷不改",围绕"三农"开展学科建设、科学研究、人才培养和社会服务,进一步彰显办学优势,积极投身新农村建设,为农服务之路越走越宽。

(郑晋鸣　李晓轶)

江苏大学多举措打造创新型人才

"尖子生"领跑　研究性教育　名师"面对面"

本报讯　日前,江苏大学高分子材料0502班的杨华静正式获得了本校保送研究生的资格。其实,早在去年刚上大三时,她就和40名同学一起成为学校首批研究生"预备生"。近年来,江苏大学实施了"提前选拔免试攻读硕士学位预备生"计划,从大三学生中遴选优秀本科生,为他们配备导师,提高他们的创新能力和科研能力,发挥他们对全体学生的"领跑"作用。

加强尖子本科生的培养,让他们"领跑",这是江苏大学打造创新型人才的一个举措。据了解,入选"预备生"的学生,从大三开始就进入导师的课题组,参与课题研究,并可以提前选修部分硕士研究生课程,经培养考核,毕业后直接免试攻读硕士学位。

江苏大学还在每届新生中选拔部分"尖子生",组织机械和电子信息两大类"培优班",一、二年级时实施专门的培养计划,单独组织教学,配备导师,用特殊政策让"尖子生"的创造潜能得以发展。据统计,目前,"培优班"两届112名毕业生中,50%以上本科毕业后都考取了硕士研究生,有效发挥了对全校学生的"领跑"作用。

实施研究性教育,把学生及早带进科学研究的前沿领域,对学生进行科研"启蒙",是江苏大学创新人才培养的第二个举措。刚刚从江苏大学研究生毕业、人称"发明大王"的刘春生,在大二到研究生毕业前后五六年时间内先后申请了42项专利,已授权的25项,并获2006年"中国青少年科技创新奖"。他自言"处女作"——能识别假币的钱包的研制,就是在学校的"大学生科研立项"基金的资助下得以完成的。

同时,江苏大学还成立了"大学生科研导师团",对学生进行全方位的指导。有关负责人告诉记者,这几年,江苏大学学生搞科研的热情日益高涨,每年立项的项目由2002年的90项发展到现在的近500项。去年,江苏大学又进一步推出了"本科生创新计划",引导和激励本科生自主提出项目方案、自主联系指导教师,开展研究工作,学校给予每项2 000元至3 000元的资助。

推动教授上讲台,让学生与名师"面对面",是江苏大学创新人才培养的第三个举措。2002年学校开始推行"百名教授上讲台"计划,目前,学校的311名教授、533名副教授均坚持为本科生上课。今年以来,江苏大学又实施了"核心课程教授主讲制度",学校的16门校级核心课程由教授挂牌授课,每个专业两门核心课程由教授主讲。"这当中有国家教学成果奖获得者,有国家精品课程主持人,有省级教学名师。"江苏大学校长袁寿其介绍说,"优秀教授对学生的影响不仅体现在学科专业的指导上,更在于他们给学生带来的追求科学、严谨治学的精神和研究问题的方法。"

值得一提的是,从今年上半年开始,江苏大学在全校 23 个学院分别设立了"大学生学习中心",其目的在于打造教授与学生交流的平台、专业与学科融合的纽带、成人与成才培养的桥梁、导学与自学结合的媒介。在"大学生学习中心"里,不同专业的知名教授,每天下午轮流值班,对学生进行个人研究引航、个人生涯设计、个人困难解惑。"教授们不仅走上了讲台,还走到了我们身边!"2006 级机械专业的顾同学开心地说。"通过全方位的接触,学生可以直接感受教授名师们的学术思想、学术精神,激发学生的创新意识和创新能力。"江苏大学路正南教授表示。

这些人才培养的新模式取得实效,在历届"挑战杯"全国大学生课外学术科技作品竞赛中,江苏大学共有 40 多件作品获奖。近 5 年来,在国际和全国大学生数学建模大赛中,江苏大学学生先后获一等奖 9 项、二等奖 18 项。学生发表的论文达 500 多篇,申请的专利近百项。毕业生就业率连续保持在 96% 以上。

(高 鸣 张明平)

中国教育报

2008 年 11 月 13 日

培养创新型人才　提升核心竞争力

——江苏大学靠"国字头"品牌加强内涵建设纪实

连续三年获全国百篇优秀博士论文;连续两年分别获得国家科技进步二等奖和国家科技发明二等奖;一个专业获批国家特色专业建设点;一门课程入选国家精品课程⋯⋯江苏大学接二连三取得的"国字头"高端成绩令人兴奋。

是什么使这所既非国家"985 工程",也非"211 工程"的百年老校具备了如此强大的竞争力? 江苏大学党委书记范明教授告诉记者,这都是学校平时注重内涵特色建设的结果。

人才培养:创新精神育芳菲

最近,江苏大学高分子材料专业的杨华静正式获得了本校保送研究生的资格。但小杨却告诉记者,她从去年刚上大三时就已经是研究生"预备生"了,原来这是该校实施"提前选拔免试攻读硕士学位预备生"计划的缘故。

江苏大学副校长田立新解释说,所谓"提前选拔免试攻读硕士学位预备生"计划,就是每年选拔 40 名优秀本科生,遴选优秀博导作为他们的导师,从大三开始就把他们带入科技前沿,发挥其对学生的"领跑"作用。"这些学生就读的都是具有博士学位授予权的学科专业,给他们选配的导师也都是优秀博导。计划的实施使得他们在本科阶段就可以感受科研氛围、接受创新训练。"

除了让尖子生领跑外,江苏大学还是全国高校在本科生中率先推行"研究性计划"的高校。从 2002 年开始,该校就开展了本科生科研立项工作,又成立了"大学生科研导师团",聘请了百名离退休老教授、老专家,从选题立项、过程研究等方面,对学生进行全方位的指导。有关负责人告诉记者,这几年,江苏大学学生搞科研的热情日益高涨,每年立项的项目由最初的 90 项发展到现在的近 400 项,学校配备的资助经费也从 5 万元"上涨"到现在的 30 万元。去年江苏大学又进一步推出了"本科生创新计划",引导和激励本科生自主提出项目方案、自主联系指导教师,开展研究工作,学校给予每项两三千元的资助。

"实施研究性教育,把学生及早带进科学研究的前沿领域,让他们参与实践,有利于创新型人才的成长。"江苏大学教务处处长王贵成教授说。

学科建设:实践出真知

"学科建设是学校建设的龙头,特色学科是大学发展的制高点,而学科建设要与实践紧密相关。"江苏大学校长袁寿其认为。

近年来,江苏大学以特色引领全局,倾力打造机械动力工程、农业工程两大学科群。该校教授们下乡为农村科技人员和农民们开设农业专题讲座、开展农业技术咨询、手把手进行现场示范指导,或者深入到乡镇企业,为企业排忧解难、指点迷津。

以学科建设为依托,江苏大学着力加强科技创新能力建设,构建科技创新服务体系,鼓励做"大科技",培育重大项目、重大成果。"我们学校调整了对科研工作的政策导向,向高层次科研项目和高水平科研成果方面倾斜,以科研业绩贡献激励机制激发广大教师与科技人员从事科学研究与科技创新的主动性、积极性。"江苏大学副校长程晓农介绍说。

4 年来,该校通过设立各类科研基金、人才基金、科研项目配套基金和奖励政策的实施,使科技创新活力得到了明显增强。2005 年,该校以"十百千"工程为载体,开展"以服务求支持,以贡献求发展"的主题实践活动,与镇江市 10 家行业骨干企业共建了紧密型重点产学研基地,与百家企业共建了科技协作联合体,对千名企业工程技术管理一线人员进行多层次的科技培训,形成了"科研项目—形成成果(专利申请)—成果转化—产业化"的良性循环,逐步构建了该校科技服务社会的网络体系,取得了明显的经济、社会效益。

名师工程:"造血"与"输血"并举

"大学的核心竞争力在很大程度上取决于教师的核心竞争力。谁拥有一流的师资,谁就拥有了竞争制胜的法宝!"江苏大学校长袁寿其表示,该校实施人才强校战略,每年设立2 000 万元,打造该校事业跨越发展的"引擎"。

近年来,江苏大学实施了"博士硕士培养工程"、"教学名师工程"等工程,着力改善教师的学历、学缘结构,5 年来共引进教授、博士等 354 人,选送 216 人在职攻读博士学位。尤为值得一提的是,江苏大学不断完善中青年拔尖人才的选拔培养机制,今年上半年启动了"拔尖人才和科技创新团队培养工程"，遴选了9名中青年拔尖人才、18名优秀青年学术骨干，以及11个校级科技创新团队、5个校级科技创新培育团队和18个院级科技创新团队，"量身定制"个性化的培养计划，总投入近3000万元进行重点培养。同时，该校坚持"造血"与"输血"并举，设置15个"特聘教授"岗位，在海内外公开选聘杰出人才，目前已选聘"特聘教授"4人。

　　"不论资历看水平，不论年龄看潜力。"在江苏大学，一批具有创新能力和发展潜力的中青年"精英"脱颖而出，成为该校事业发展的中坚力量。"全国百篇优秀博士论文"获得者、博士生导师周明教授，6年前还是一名讲师，后来他因为科研业绩卓著而被聘为"资格教授"，之后评上副教授仅两年的他又被聘为博士生导师。几年来，他在超短超强激光领域方面的科研业绩引起了国内同行的高度关注。他深有感触地说："学校创设的好的硬件条件和宽松的氛围，是我们年轻人成才的基础。"

　　"我们是3000亩新老校区自成一体，3万名本、研学子同处一地，九大学科共融一园。"江苏大学党委书记范明强调，"这是我们与众多合并高校的'比较优势'，也是我们提升核心竞争力、加快事业发展的基石。"

（郑晋鸣　高　鸣）

光明日报

2008年11月27日

江苏大学缘何三年连获全国"优博"

　　日前，2008年全国百篇优秀博士论文评选结果正式揭晓，江苏大学博士邹小波的论文《计算机视觉、电子鼻、近红外光谱三技术融合的苹果品质检测研究》榜上有名。这也是江苏大学连续第三年摘得这一殊荣。

　　同2006年获全国"优博"的周明博士一样，邹小波本科、硕士、博士都就读于江苏大学，是典型的江苏大学"自造"的全国"优博"获得者。

　　"建设创新型国家，离不开创新性人才。而培养创新性人才，对高校来说更是首当其冲的责任。"江苏大学校长袁寿其如是说。

让尖子生领跑

　　去年，为进一步加强本科生尖子的培养工作，江苏大学开全国高校之先河，实施了提前选拔免试攻读硕士学位预备生计划，遴选一些自学能力强、专业素质好、创新潜力大的本科生,为其配备"博导级"的导师,从大三开始就进入导师的课题组,并允许他们提前选修部分硕士研究生课程,着力提高其工程能力、创新能力和科研能力。

"这些学生就读的都是具有博士学位授予权的学科专业,给他们选配的导师也都是优秀博导。"江苏大学副校长田立新介绍说,"这些优秀学生在本科阶段就可以感受科研氛围、接受创新训练,经培养、考核,毕业后直接免试攻读硕士学位或硕博连读。"

为使优秀学生的创造潜能得以发展,江苏大学还在每届新生中选拔部分高分考生,对他们实行"特区政策",一、二年级时实施专门的培养计划,单独组织教学、配备导师。据了解,目前,享受"特区政策"的两届毕业生中,50% 以上毕业后都考取了硕士研究生,有效发挥了对全校学生的领跑作用。同时,江苏大学打破学生专业选择"一选定终生"的格局,赋予优秀学生三次重选专业的机会,充分调动学生学习的潜能。

2003 年,江苏大学在实行了 10 年的学年学分制、三年完全学分制试点的基础上,全面推行完全学分制改革,学生可以自主选教师、选专业、选进度,实行弹性学制,可 3~8 年毕业,让学生的个性得到彰显和发展。2007 年,江苏大学对人才培养方案进行了修订,制订了适应时代要求、具有江大特色的人才培养计划。其亮点就是进一步探索多元化人才培养模式,按照宽口径、厚基础的要求,推进大类招生、大类培养,相近专业构建专业群,原则上学生在一、二年级按专业大类组织教学,三年级及以后实施专业(方向)分流培养。

把学生及早带进"前沿"

刘春生,这位刚刚从江苏大学研究生毕业、人称"发明大王"的小伙子可是位令人刮目相看的"名人"。在大二到研究生毕业前后五六年时间内,他先后申请了 42 项专利,已授权的 25 项,并获 2007 年中国青少年科技创新奖。"我的成功得益于学校的研究性教育。"他说,当初自己的"处女作"——能识别假币的钱包的研制,就是在学校的大学生科研立项基金的资助下才得以实现的。之后,他的创新热情和创造能力一发不可收拾。

据江苏大学教务处处长王贵成教授介绍,江苏大学是全国高校在本科生中率先推行研究性计划的高校之一,从 2002 年开始就开展了本科生科研立项工作。

同时,学校又成立大学生科研导师团,聘请了百名离退休老教授、老专家,从选题立项、过程研究等方面,对学生进行全方位的指导。据介绍,这几年,江大学生搞科研的热情日益高涨,每年立项的项目由最初的 90 项发展到现在的近 400 项,学校配备的资助经费也从 5 万元"上涨"到现在的 30 万元。近三年来,学生发表的论文达 300 多篇,申请的专利近百项。

保持这一"传统项目"的同时,去年江苏大学又进一步推出了本科生创新计划,引导和激励本科生自主提出项目方案、自主联系指导教师,开展研究工作,学校给以每项两三千元的资助。

此外,江苏大学极为重视学生参加数学建模、"挑战杯"等各级各类竞赛,把参加竞赛实践作为培养学生的创新意识、创新精神和创新能力的有力抓手。对在"挑战杯"科技作品竞赛等比赛中获奖的学生给以 2~4 个"创新学分"的奖励,直至免试推荐硕士研究生和博士研究生。

为把研究性教育落到实处，江苏大学十分注重综合性、设计性、创新性实验教学课程的开设，加强实验、实习、调查、社会活动等实践性教学。目前已形成覆盖机械、电子、控制、检测、环境、信息、医学、管理等有机结合的实验教学体系，成为学生工程实践能力提高和创新、创业素质培养的优良平台。

成长成才"静悄悄"

高素质的师资队伍是大学核心竞争力的主要指征，也是培养创新性人才的关键。"优秀教授对学生的影响不仅体现在学科专业的指导，更在于他们给学生带来的追求科学、严谨治学的精神和研究问题的方法。"江苏大学党委书记范明介绍说。2002年学校开始推行百名教授上讲台计划，规定所有教授、副教授必须给本科生上课，并且在职称评聘中实行"一票否决"。今年以来，江苏大学又实施了核心课程教授主讲制度，学校的16门校级核心课程由教授挂牌授课，每个专业两门核心课程由教授主讲。这当中有国家教学成果奖获得者，有国家精品课程主持人，有国家特色专业负责人，有省级教学名师。

值得一提的是，今年上半年开始，江苏大学在全校23个学院分别设立大学生学习中心，让教授深入到本科生中间，强化其对学生成长、成才全方位的指导作用。学习中心既不同于课堂教学，又有别于课外活动，其作用就是"教授与学生交流的平台，专业与学科融合的纽带，成人与成才培养的桥梁，导学与自学结合的媒介"，承担着对学生进行"思想引导、专业辅导、生活指导、心理疏导"的任务。

"教授们不仅走上了讲台，还走到了我们身边！"2006级机械专业的顾同学开心地说。

（高 鸣 张明平）

科学时报
2008年11月27日

江苏大学："爱心校园"这样炼成

从一名贫困生拾到20万元巨款归还失主，到一群学生用收集饮料瓶变卖所得资助周围的贫困同学，再到2007年中国教育年度人物前20人的"爱心天使"陈静……近年来，一连串的"爱心事件"、"爱心人物"在江苏大学校园里陆续上演。

"办好一所大学，不仅要有大楼、大师，还要有大爱。"江苏大学校长袁寿其如是说。江苏大学着力营造宽松宽容宽厚、富有爱心与责任的育人环境，大力培养学生爱的情怀、爱的品格、爱的气质，铸炼形成了以大爱精神为核心的校园风尚和价值理念。

实施关爱行动，培育校园爱的氛围

近年来江苏大学积极实施"关爱行动"，重视学生的合理诉求，解决学生的实际问题。从 2005 年开始，江苏大学创造性地开展"沟通"活动，学校和相关部门领导与学生开展对话、交流，解答学生关心的国家、社会、学校、人生等问题，把对学生的关心和爱护落到了实处。

同时，学校大力实施"温暖工程"，尤其注重关爱弱势群体。根据学生家庭经济贫困、学习困难、心理困惑不同类型，先后为近万名学生建立了绿色、黄色、粉红色"三色档案"，制定专门的帮扶措施。学校每年助困经费达到 2 000 万元。针对学生患大病无力支付治疗费的现实，2005 年，江苏大学在全国高校首创设立"关爱生命"慈善基金，干部教师先后捐款 20 多万元，让 6 名重病学生得到了及时救治。

值得一提的是，学校离退休老同志以"夕阳"呵护"朝霞"。去年 9 月，清贫的单身老教工邵仲义毅然将一笔 50 万元的"报恩款"捐给学校设立"爱生奖学金"，在江大校内外传为佳话。

开展主题教育，锻造学生爱的品质

"校园的大爱氛围不是天生而来的，学生的爱心品格也不可能自然生成，要靠有意识的培育和引导。"江苏大学分管学生工作的党委副书记、副校长姚冠新说。近年来，该校组织开展了"感恩、责任、奉献"、"知荣辱、强素质、促和谐"等一系列主题教育活动，让学生感悟爱的真谛，明确自身的职责和使命。2007 年，江苏大学开全国高校之先河，出台了《受助大学生义务工作管理办法》，规定所有受资助的在校大学生依据资助金额不同，必须参加 20 至 60 个小时不等的义务工作。

工商学院大二女生李雪梅是一名来自吉林的孤儿，自小在福利院长大。去年，她只身一人来学校报到，在报到现场就得到了特别的关爱，学校为她免除学费，并安排了勤工助学岗位，她还得到了众多的社会资助。一年来，她经常去学校的有关部门做义工。"我最需要关爱的时候别人给了我关爱，我要尽我的所能去帮助需要帮助的人。"她说。

学校还注重挖掘师生中的典型，弘扬正气，以身边人教育身边人。2007 年度中国教育年度新闻人物前 20 人之一、曾被媒体和社会各界广为关注的"爱心天使"陈静，当年义无反顾地救助患白血病的同窗好友，一年后自己也身患白血病，病榻上她仍情系病友。她的事迹在校园内外引起了强烈反响。为了救助她，从江苏大学到全国，掀起了一场声势浩大的救助活动，上演了一个"爱心接力"神话。

弘扬大爱精神，催生校园爱潮汹涌

近年来，一连串的"爱心事件"、"爱心人物"在江苏大学校园里陆续涌现，学校也被外界誉为"爱心校园"：

看到周围的贫困同学以馒头、方便面度日，一日三餐不到三元钱，19 个富有爱心的学生组成了"爱心联盟"，通过回收饮料瓶和变卖废纸所得来资助他们。几年来，他们的事业"越做越大",在校内外引起强烈的反响。

"镇江张海迪"骆焱与命运抗争、自强不息的精神感染了无数市民。同样,一群富有爱心的江大青年 14 年来陪同骆焱一路风雨兼程的事迹也感动了江大人。14 年来,参与志愿者服务小分队的同学逾千人。

近 5 年来,江苏大学先后有 115 名学生参加西部计划、苏北计划,为西部大开发和苏北经济发展贡献青春,涌现出了一批典型人物。毕业时放弃了东部地区优越的工作和生活条件,去西部参加了两年义务支教服务的朱国锋,去年回校读研后仍情系西部,为资助西部孩子负债近万元。今年 6 月,他以自己的名字设立了西部助学金,并在学校倡议设立了"爱心助学驿站"。

江苏大学党委书记范明认为,践行大爱精神,构建爱心校园,其根本目的是把大学生培养成内心和谐、明辨荣辱、敢于担当、勇于奉献的社会主义事业合格建设者和可靠接班人。

(高 鸣 张明平)

中国教育报
2008 年 12 月 15 日

"人生在勤,贵在坚持"

杨叔子同江苏大学学子共享成才"真经"

"人生在勤,贵在坚持;敢于开拓,善于总结;尊重别人,依靠集体;理想崇高,自强不息。"近日,著名科学家、教育家、中国科学院院士、华中科技大学(原华中理工大学)校长杨叔子在江苏大学大礼堂同近 2 000 名青年学生共话成长成才,将他的 4 句 32 字成才"真经"与大家共享。

饮水必须思源 数典不能忘祖

杨叔子院士一生在机械工程领域贡献卓著,在担任华中科技大学校长时,却是个"有诗酬岁月,无梦到功名"的人。时至今日,学生评价他,不仅仅是一个科学家,更是一个"有深厚人文精神的教育家"。

"今天,我作的不是什么学术报告,而是人生汇报。"报告一开头,杨院士就开宗明义。他说,曾有人问他,对哪个地方印象最深。他回答说,至少对三个地方印象深刻:一个是江西的湖口县,是生他养他的故乡;一个是江西的南昌,是他人生发生重大转折的地方;还有一个是武汉,从 1952 年考入武汉大学机械系学习,到后来留校工作,到 1978 年破格提拔为副教授、1980 年提拔为教授,再到 1991 年当选院士、1992 年就任原华中理工大学校长,这是他"成长成熟"的地方。

1981 年，杨叔子作为当时最年轻的教授留学海外。当时有很大一部分留学生宁愿留在美国当二等公民，也不愿意回国，国外有几家高校愿意留他。对此，杨叔子感慨道：在我们这辈人心中，出国就是为了回国。"西方有位哲学家认为，世界是'傻瓜'建成的，不是'聪明人'建成的。"他说，自己能够成长为院士，离不开国家、集体和周围的很多人。"饮水必须思源，数典不能忘祖！"杨叔子说。

争分夺秒 坚持 30 年吃食堂

"人生在勤，贵在坚持。"杨叔子说，这是他成才成功的首要秘诀，具体地讲，就是要"勤学、深思、笃行、专心、有恒"。1938 年抗日战争爆发，还不到 5 岁的杨叔子跟随父亲四处逃难。一路上，父亲就教他和哥哥读古诗文，从《唐诗三百首》、《诗经》，到《书经》、《古文观止》等传统经典，只到 9 岁时才上小学。国文还行，数学"一窍不通"，但他坚持勤学苦练，"人一能之，我百之；人十能之，我千之"。后来他只念了一年小学便升入了初中，初二时便能解答高二的数学题，这令老师和家人倍感吃惊。

回望自己的人生之路，杨叔子最欣慰的是，他一生都在争分夺秒地学习着。留校任教后，学校把他送到哈尔滨工业大学进修，他用三个月的时间学会了俄语，不仅能听懂俄罗斯专家的讲课，而且字典里没有的俄语单词他都掌握得十分扎实。这其中的诀窍就是勤奋、专心。那段时间，他吃饭、走路都在记单词。回到学校后，为了节约时间学习与工作，他和老伴坚持吃食堂 30 年，直到女儿结婚后，他们才开始在家做饭。如今，杨叔子仍勤奋地学习着，这次来江苏，从武汉到南京乘飞机，在机上 50 分钟的时间也不放过。随身携带的行李箱里，1/4 为各种研究资料。

今天多一些麻烦 明天多一些从容

杨叔子特别喜欢看电视连续剧，但苦于没有时间。自参加工作以来，他只是在退休后为了陪孙女才从头到尾、一集不落看完了《西游记》。对其主题歌尤为喜爱，尤其对其中的"踏平坎坷成大道"感同身受。他表示，犹如唐僧师徒西天取经一样，每个人在成长中都会遇到"坎坷"、"苦难"。对于天才，这是一笔财富；对于能干者，这是一块垫脚石；对于胆小鬼、懒惰者，这无疑是万丈深渊。他指出："今天多一分潇洒、一分自由，就意味着明天多一分被动！"他希望青年学生，今天给自己多制造一些"麻烦"，明天就会多一些从容、多一些主动。

在回答一名学生"现在的年轻人心浮气躁，跳槽频繁，您有何建议？"的提问时，杨叔子坦言，现在"情况复杂，诱惑很多"，对于年轻人来说关键是目光要长远、理想要崇高，要敢于坚持，不为一时一事所惑、所动。

（张明平）

三名江苏大学的毕业生，出于不同的原因走上了创业之路，他们的经历或许能给当下处于就业"寒流"中的大学生些许启示——

只要想做，机会永远是有的

胡明富：不安分的实在人

"很好的卖家，服务很到位！""掌柜的是个实在人，买东西其实就是找对人！"……在淘宝网的一家名为"大胡子科技"的店铺里，不少网友都写下了这样的留言。的确，店如其人。店主，胡明富，一个来自皖西的小伙子，生活中就是这么一个实在人。

憨厚朴实的小胡特别能吃苦。大学暑假，家境贫苦的他都留在学校勤工助学，为了能挣到15元的工资，每天顶着烈日、冒着高温在室外锄几个小时草。

2005年从江苏大学毕业后，他先在南京的一家公司上班，后来被外派到湖南耒阳的分公司搞销售。可是，骨子里不安分的小胡一年后却辞掉了工作，回到了母校。学市场营销专业出身的他深知，容纳了近4万名师生的这方土地上蕴含了无限的商机。

回来后，他先在朋友的店里做帮手，后又去了扬中、芜湖等地，一直都在跟数码产品打交道。慢慢地小胡萌生了自己做的念头。2007年3月，小胡同另外一个朋友花了15 000元接手了江苏大学后门口的一个数码店。

在经营数码店的同时，小胡发现学校邮件量特别大，而且网购在校园里渐渐流行，校园的快递业务有不小的市场，而且大有前景。于是，2007年夏天，经过一番努力，小胡以每月700元的费用承包了圆通公司所有在江大的快递业务。一年中，他亲手送出的快递至少两万件。

当小胡被问及做快递的感觉时，他说："真的很累！"的确，每天都得收货、送货，赶时间，还不能出错。"当然也有开心事。"他说，"有时，顾客的一个笑脸、一句温暖的话语，都能让自己回味很久。当然，最开心的肯定是争取到更多的业务了！"去年毕业生离校前一个星期的时间内，他一下子做了两万多元的业务。

颇有生意头脑的小胡，在做快递业务的同时，还开了两家网店，专门做大学生的生意，一个经营数码产品、手机配件等生活科技类用品，一个卖考研、考公务员等考试考证类书籍。"这同我的快递相得益彰。"小胡不无得意地说，"每天网上基本能卖二三十件，从我自己的快递发，每件邮费8元！"

去年9月，小胡又转做了天天快递业务，今年初又涉足中通公司……不安分的小胡业务越做越广，生意越来越红火，他的工作用车也从最初的电动车，变为后来的摩托车，今年又买了辆面包车。"很多事情没做的时候担心害怕，做了也就那么回事。"回首这几年走过的路，小胡说，"其实，只要想做、愿做，机会永远是有的。"

刘春生：由创新明星到创业新秀

一年前还是江苏大学的研究生，如今已是昊源生物质开发有限公司董事长。刘春生，一个由"小想法"成就了"大作为"的青年人，在江苏大学读本科和研究生期间，先后申请了40多项专利，现已授权20多项，曾先后获首届"中国青少年科技创新奖"、江苏省"十佳青年学生"、江苏省"青春风云创业人物"等荣誉，人称"发明大王"。

"创业是我一直以来的梦！"刘春生说。这几年他一直矢志不渝走在创业的道路上。读书期间，富有远见的他，将目光锁定在利用农村的秸秆生物质能、研制生物质汽化炉这一目标上，并利用自己的发明专利，创建了镇江海特新能源科技有限公司，开始了创业之旅。

尽管浙江的一个民营企业老板许以高薪、车子、房子聘请他去研究所，甚至在毕业典礼那一天，爱才的江大袁寿其校长也专门找到他，让他留校继续读博搞研究，但"一意孤行"的刘春生坚持要自己先干干再说。"一方面是这个项目自己搞了几年了，想真正能推广利用；另一方面，确实也是想改善家里的经济状况。"刘春生毫不讳言自己创业的动机。

去年8月，他先回家乡创办了徐州昊源生物质开发有限公司，之后又在扬州成立公司。为了筹集资金他把家里的房子都卖了，会同几个合伙的朋友凑了30多万元。"现在我可是背水一战，没有退路了！"刘春生说，"人也许只有万不得已了，才会迸发出更大的潜能。"

不过，刘春生心里还有点底。他的这个项目将使农村秸秆材料利用又迈入新阶段，在麦收季节因燃秸秆而导致的数十天严重环境污染问题将得到彻底解决。

他欣喜地介绍说，公司的主打产品"高效节能新型秸秆汽化炉"去年获得了第六届国际发明展览会铜奖，在江苏省第十届农业合作洽谈会上备受领导和专家的关注。今年该产品被纳入江苏省支持推广的农业机械产品目录和中央、省级财政计划补贴项目，昊源公司同盐城的另一家公司作为中标单位，获得了5 000台的生产指标，每台将获得400元的政府补贴。

如今，刘春生的公司集聚了8名与他"志同道合"的大学生创业者。最近，他计划回母校招聘几名毕业生。尽管现在要操心的事情很多，也很累，但刘春生感觉很充实。"干自己想干的事情，干自己能干的事情，就是快乐的。"他说，"一步到位的工作是没有的，因为进入社会后要学的东西太多了。"

许磊：带领村民干，干给村民看

许磊，现任沭阳县青伊湖镇马场村村委会副主任。2007年7月，从江苏大学热能与动力专业毕业后，作为江苏省首批1 011名大学生村官之一，许磊来到了苏北这片广袤的土地上。他深知，要想成为一名优秀的村官，为当地新农村建设作出贡献，必须身体力行带头创业，做给村民看，带着村民干，帮着村民富。在不到两年的时间里，刚来时曾感到很茫然的许磊，已经经历了"二次创业"的历程。

去年6月，本着给村民"当示范，做试验"的想法，他前后投入了8万多元，租了40亩地，搞起了杭白菊花卉种植。买苗，施药，养护……起初一窍不通的许磊克服了无数的困难,最终迎来了花卉的丰收,然而受金融危机的影响,收获的杭白菊少人问津,价格只有往年的一半,最后亏了 1 万多元。

初试身手就遭遇不顺的许磊并未气馁。经过认真分析,在有关部门的帮助下,去年 11 月,他把目光锁定在了蛋鸡养殖上。他先是苦口婆心地说服了村里两位原来有过蛋鸡养殖经验的农户,然后又向家里"求援"筹集了 10 万元,三人联手出资 40 多万元成立了齐峰养鸡合作社。

目前,养鸡场占地 30 亩,鸡舍 12 个,共饲养了蛋鸡 3 万只、草鸡 1 万只。"现在每天产普通蛋 3 500 多斤,草鸡蛋 800 多斤呢!"许磊开心地说,"刨去饲料、人员工资等,每天有近万元的进账。"现在养鸡场已经基本迈上正轨,他主要负责技术和市场方面的事情,一周去场里看上一两次,每月请扬州大学的畜牧专家来做一两次指导。

当了"鸡倌"的许磊没忘记自己是一名村官。现在养鸡场雇用了 15 个农民,每个每月工资 1 300 元,他们都是马场村的贫困户。许磊说,接下来,他一方面打算利用宿迁市的好政策,进一步扩大养鸡场的规模,准备投入 100 万元,增加绿皮蛋鸡等新品种;另一方面就是想怎样让更多的农民参与进来,考虑是否可实行"合作社 + 农户"的模式,让更多的农民得到实惠。

(张明平)

中国教育报

2009 年 3 月 18 日

牢牢抓住质量这条生命线

——江苏大学京江学院打造教学"质保工程"

魏晓浩,现为香港大学机械工程系硕士二年级学生。可能很少会有人想到,这名世界一流名校的研究生,本科毕业于一所独立学院——江苏大学京江学院。当年他以高分考取了世界闻名的香港大学,获得了 45 万元全额奖学金资助,创造了江大乃至江苏省独立学院的"奇迹"。

其实,像魏晓浩这样的"牛"学生仅仅是江大京江学院人才培养质量的一个缩影。该院视"质量"为学院安身立命之本,大力实施教学"质保工程",通过加强组织系统建设、确立质量标准、健全质量监控体系,构建了由目标、组织、监控、方法、评价、反馈等 6 个子系统组成的教学质量保证体系,积极探索,努力实践,取得了显著成效,确保了人才培养的质量。

一部教学质量的"标准纲要"

作为高等教育改革催生物的独立学院,既不同于中等职业教育和高等职业教育,又有别于普通高等教育,培养定位和培养质量对其来说更具有独特的意义。经过企业老总、科研院所专家、兄弟学校同行、校内专家领导反复研讨,京江学院对培养目标进行了准确合理的定位,即培养生产一线急需的实用型、适用型技术人才,或称为培养"现场工程师"。在培养模式上,构建了融传授知识、培养能力与提高素质于一体的模式,突出学生动手能力和解决实际问题能力的培养,培养学生的创新能力、行为能力、生存发展能力、适应能力,注重学生的个性发展,提高学生的整体素质。

为规范办学行为,确立教学工作的中心地位,经过长期调研分析和深入研究,2007 年 6 月,江苏大学京江学院出台了《本科教学质量标准纲要》,开创了独立学院的先河。《纲要》分 4 个一级项目、17 个二级项目,明确了教学质量目标和管理职责、教学资源管理、教学过程管理、教学质量监控分析和改进的目标任务。与此相配套,又出台了《本科教学质量保证实施条例》,共 86 条,对《纲要》中的每个项目的实施给出了具体的规定。

"'纲举'才能'目张','事半'反而'功倍'。"江大京江学院院长路正南教授介绍说,《纲要》的运行,使学院的各项工作都围着教学"转",形成了领导重视、全员参与、全程监控、全面管理的良好局面,营造了举全院之力保障教学、提升教学质量浓厚氛围,提高了教学管理工作整体水平、整体质量和综合效益。主要体现在 6 个方面:完善了院、系两级教学管理体系,二者分工清楚,责任明确;健全了有关教学管理制度,使各项工作有章可循;加强了日常教学常规检查力度,对教学主要环节实行全过程监控;强化了对教学运行过程的管理,使整个教学运行过程一直处于良好态势;改善了教学管理手段,基本实现了数字化办公管理;在省内独立学院中首批实行学分制收费,实行选课制、弹性学制,实现教学管理的现代化。

一套实践创新的培养措施

这几天,江大自动化专业的李金伴教授忙得不亦乐乎。京江学院自动化专业 0601 班的董道领打算申报学校的大学生科研立项,作为他的导师,李教授帮他查找资料,分析课题研究现状,指导撰写申报书。经过指点,小董最终锁定了"通过网络对家用三表自动抄表系统的研究"这一课题。"我在京江学院已经当了 5 年本科生导师了。"李教授自豪地说,5 年来,他先后结对带了 30 名学生,这些孩子上进、刻苦,有钻劲和悟性,"今年的 6 个学生有 3 个准备考研,1 个打算出国,另 2 个准备就业。"

"导师制是我们因材施教、着力培养学生实践创新能力的重要抓手。"京江学院副院长赵跃生告诉记者,学院的导师制始于 2001 年,20% 左右的优秀学生受益。去年为配合完全学分制的实施,学院对导师制进行了改进和完善,扩大了导师队伍,把导师分为德育导师、成长导师、学业指导导师、科研导师,按学生特点进行配备。新的导师制实施以来,取得了较为明显的成效,学生申请了 5 项专利,发表科技论文 30 余篇。

为了让更多的学生能够与教授"面对面",2008 年 4 月京江学院又成立了"大学生学习中心"。每天下午,20位不同专业的知名教授轮流到这里值班,对学生进行个人研究引航、个人生涯设计、个人困难解惑。"通过全方位的接触,学生不仅可以直接感受教授名师们的学术思想、学术精神,而且这种宽松的学术氛围和人文气息,对学生创新意识的激发、创新能力的培养大有益处。"院长路正南教授表示。

为了培养学生的岗位适应能力和立足社会的竞争能力,京江学院还与江大机电总厂、校工业中心开展了"3.5+0.5"产学研联合培养模式。经过三年半基础理论课程和专业课程的学习,最后半年全部进入工厂,接受教师和工程师的"双师"指导,进行包括毕业设计在内的工程实践能力的综合训练,并在各种岗位上进行轮训,全面接受企业的文化熏陶。在双方自愿的基础上,留厂或被推荐到协作单位工作,实现在校学习与预就业的有效衔接。

此外,京江学院在大学英语、高等数学等课程教学中,将学生分为加强层、基础层和提高层三个层次,实施分层次教学,让全体学生都能找到"学习的感觉"。去年,在2008级新生中遴选了120名优秀学生组建培优班,实行优生优培,在为优生成长成才开辟了"快车道"的同时,在全体学生中也起到了"领跑"作用。

<h2 style="text-align:center">一种行之有效的德育模式</h2>

同窗好友罹患白血病时倾力救助,本人遭遇同样的不幸时引来爱如潮涌。为了挽救她,古城镇江"满城尽飘黄丝带",江大师生和百万镇江人掀起了一场声势浩大的爱心接力活动。这一阵子,根据这一故事改编的电影《小城大爱》正式公映,人们再次沉浸于深深的感动之中。这名曾入选中国教育年度人物前20人、被誉为"爱心天使"、让无数人感动和追忆的女大学生,就是京江学院2003级计算机专业的陈静。

"陈静是江苏大学京江学院人才培养的杰出典范,也是该院德育工作实效的有力印证。"京江学院分管学生工作的赵梅庆告诉记者。长期以来,围绕提高教学质量这个中心,京江学院加强德育领域的改革与探索,探索与实践了适合独立学院特点的德育工作新模式。

一是"3361"德育模式。即积极推进"新三进"(进公寓、进网络、进班级和社团),注重"三结合"(与解决实际问题相结合、与安全稳定工作相结合、与学风建设和素质教育相结合);狠抓"三大建设"(学生党建、队伍建设、阵地建设),形成了"学院管理、栋幢基础、班级主体"的新模式,开创了"安全稳定、学风优良、生动活泼、积极向上"的学生工作新局面。完善、落实学生入党时间申报制和党员"六个一工程"(学好一个专业、帮助一名同学、负责一个寝室、带动一个班级、影响一个系科、辐射一个社区),强化了学生党支部的战斗堡垒作用和先锋模范作用。

二是"4326"学风建设活动。即以抓"三率"(迟到率、缺课率、晚自习率)为切入点,以抓"三重点"(重点人、重点班级、重点宿舍)为突破口,以"三个阵地"(课堂、宿舍、社团)为学生工作的主战场,以"三个考核"(辅导员个人考核办法、班级考核办法、学生骨干考核办法)为学生工作成效的评价体系。对"六类学生"(学习消极学生、学习困难学生、家庭经济困难学生、心理亚健康学生、网瘾学生、住宿校外学生)进行分类教育和管理。努力实现"六个目标"（英语四六级通过率高、考研录取率高、毕业率高、就业率高、获奖率高、违纪留级退学率低）。

一个严密有序的监控、评价、反馈系统

在京江学院采访，记者碰到精神矍铄的彭玉英教授刚刚听完课走出教室。现年 73 岁的她已连续 5 年受聘担任京江学院教学督导，同其他 10 多名学术造诣深、教学经验丰富的老教授一起组成教学指导委员会。其职责之一，就是深入课堂听课，对教学进行全过程优化控制。据介绍，为确保教学质量稳步提高，京江学院健全了内、外部质量监控网络和质量预警机制，全面实施"教监委"监督制、教管学联动制、学生联络员制、院领导定期巡视制、辅导员随堂听课制、学生评教制、教学日志周报制，形成了教学质量信息采集、处理与反馈的"七制并举"监控机制。

同时，京江学院创新评价机制，构建了以评教、评学、评管为核心的教学质量评价与监测系统，建立了"常规评价＋绩效评价＋水平评价"的评价机制。在评教上，实现了评价主体（教师本人、同行、学生、专家等）多元化，将教学质量分与教学业绩分挂钩，促使教学工作的改进，最大限度地调动教师教学的积极性。在评学上，通过任课教师、教学督导、学生座谈会、学工例会等，定期分析学生的学习情况，不断推进学风建设。在评管上，通过专项检查和教学评估，促进教学规范化管理，强化领导、教师、行政管理人员的质量意识。

此外，京江学院还建立教学质量信息反馈改进系统。实行教学质量预警制，教师的教学质量以口头或书面、个别交换、教学日志周报、教学例会等形式，反馈到质量责任人，促使其改进和提高。学生的学习质量采用黄、红两级预警机制，并以书面形式通报学生本人及其家长。"各种信息及时反馈到教务、学工，以进行宏观控制与调整，进而形成了评价—反馈—改进—提高—再评价的良性循环。"赵跃生强调。

继 2004 年"京江学院新的人才培养模式的构建与实践"获得了江苏省教学成果一等奖之后，今年该院"独立学院质量保证体系的构建与实践"获江苏大学教学成果特等奖。尤其值得一提的是，京江学院质量保证体系的不断完善与稳步实施，推动了教学质量的有效提升，反映教学质量的主要指标处于同类学院领先地位。今年毕业生英语四级通过率、学位授予率达 81.59%，处于同类学院领先水平。学生先后在大学生数学建模大赛、英语竞赛等各类赛事中获全国奖 11 项，省级奖 23 项。学生公开发表论文 60 余篇，申报新型实用专利 10 项，获省本科优秀毕业论文 1 项。学生的就业率连续保持在 90% 以上。

（张明平）

中国教育报

2009 年 5 月 4 日

媒眼

深度聚焦

129

当前,大学生村官选拔工作已进入面试程序,小岗村"当家人"沈浩在江苏大学给"准村官"们"支招"——

要当农民,更要能跳出"农民"

"选好第一件事,干成第一件事,在村民中树立威信"、"要当农民,但更要能跳出'农民'!"5月13日下午,"全国十大名村"当家人、2008年获得"农村基层干部十大新闻人物"特别奖的安徽凤阳县小岗村党委书记沈浩,走进江苏大学,结合自己的村官经历现身说法,给江大已通过笔试的近300名大学生"准村官",就如何当好村官"支招"。

1978年,小岗村18位村民在土地承包书上摁下手印,开创了中国农村改革的历史;2007年,小岗村村民第二次摁下手印,留下了2004年2月由安徽省财政厅选派进入小岗村任书记的沈浩。报告会现场,当江大宣传部部长高鸣透露这一"秘密"后,马上就引来大学生村官们的一片如潮的掌声。2008年9月30日,胡锦涛总书记亲临小岗村,更是让小岗村蜚声海内外。沈浩首先介绍了小岗村,然后以自己在小岗村的工作经历,讲述了自己的村官感受。一个小时的报告,数次赢得热烈掌声。随后,6名"准大学生村官"获得向心中偶像提问的宝贵机会。

选好第一件事　干成第一件事

"村官怎么样才能让老百姓接受你?"人文学院的张崇文开门见山。结合自己的实际经历,沈浩明确答复:选好第一件事,干成第一件事,在村民中树立起威信。但这件事必须是老百姓自己的事、老百姓想干的事。

沈浩刚到小岗村时,小岗村的沥青路大概只有一公里,其他都是土路,很破旧。经过充分调研,他决定就从"路"上下手,修出一条像模像样的村道。他从上面争取到了50万元的资金,并按照规定进行工程招标,但招标后却发现,完工最少的要60多万元,最多的则要80多万元,50万元根本不够!如何做到铺成路还不超标?经过再三测算,如果原材料自购,设备和技术人员在外租用,仅需23万元就可建成村道,这样村中账上还有可观的盈余!于是,沈浩和村干部带头,租用村民劳力,开始造路。开工后的第三天晚上,收工后还有一车搅拌好的混凝土,如果不用完第二天就要报废。沈浩当即走上前,用双手将混凝土捧到路面上摊铺,让他想不到的是,村民见状后纷纷加入,众人合力将一车混凝土捧到了路面上。困扰村民几十年的"行路难"的问题这么快就解决了,老百姓们从心底里佩服并接受沈浩。而沈浩在小岗村村民中的威信,也就从此有了根基。

真心对待农民　他们就会接纳你

提问中最有意思的当属电气学院的张舒,此次村官考试她是镇江第一名,考了69.9分。

张舒认为老百姓比较难管,法制观念淡薄,有时还有"暴力"行为,怎么样才能让村民"听话"?

沈浩说,老百姓比较难管,很多问题出在村一级干部身上,是因为村干部自身素质不过硬。这不仅导致村民经济发展不起来,老百姓富不起来,同时还容易激化矛盾导致村民难管。对此,大学生村官一定要保持头脑清醒。在农村很多事情是合情不合法,不到万不得已,不要对村民动用法律,但利害关系一定要跟他们说清楚。比如,小岗村有一些村民因麻雀吃种植的水果,他们就自制猎枪来打麻雀,村委会得知后,立即动员他们将猎枪交给公安部门,同时告知他们私自持枪属于违法,而且要受到法律制裁。最后村民心甘情愿地将猎枪交出。村官处事要多用感情,老百姓是最有人情味的。

他真切地告诉同学们说:"只要你用积极的态度、满腔的热情融入到老百姓中去,和他们交朋友,用真心去对待农民,为农民办事,他们就一定能接纳你。"

要当村官 首先要有责任感

"当一名村官,最需要有什么能力?"江大财经学院的顾飞问。沈浩说,当村官首先要有责任感,态度要积极,不要受到一点挫折就逃避。其次,要融入百姓,不要看不起老百姓,要和老百姓交朋友,在现有条件基础上要全力引导村民致富。一句话,就是成为一名农民,但又必须从"农民"中跳出来。农民比较自由、不肯受约束,还小富即安,甚至不富也安,如果不跳出来,就没有办法领导、引导他们去改变现状去致富,建设新农村也就成为空话。

他说,2004年2月他到小岗村之前,尽管小岗村名气很大,但实际上小岗村很穷,他到了小岗村,前三个月调研,老百姓根本就不理他,认为他又是来"镀金"的。但经过走村串户和村民打成一片,结合小岗村自然状况和理性思考,他带领群众创办大学生就业基地、打造葡萄示范园以及建"大包干纪念馆"、开发红色旅游等等实事,将小岗村的人均年收入从2004年的2 300元提升到现在的6 000元。这样就站稳了脚跟,而单纯做农民是做不到这一点的。

"毛主席说,农村是个广阔天地,在那里可以大有作为。"沈浩说,的确,农村太渴望人才,太需要大学生了,扎根农村定会大有作为,"真心地希望大家为我们的'三农'作出更多、更大、更好的贡献,为我们的新农村建设添砖加瓦"。

(张明平 李红艳)

科学时报
2009 年 5 月 26 日

做江苏全面小康的"助推器"

——江苏大学科技服务我省经济社会发展纪实

2009年9月15日,应江苏大学邀请,常熟市副市长李世收率领该市科技局和部分企业家来到江苏大学,商讨共建先进制造与装备产学研基地事宜。作为去年江苏省首批派赴苏州的15名科技特派员工作队队长,李世收在一年不到的时间里已是第三次受邀来江苏大学。"江苏大学与地方合作的热情,为地方服务的真情着实令我们感动。"

"只有主动服务地方经济社会发展,才能发挥学校特色,提升办学水平,拓展办学空间,为学校发展注入新的活力。"江苏大学校长袁寿其说。在"全省高校科技工作为江苏服务的情况"排行榜中,江苏大学在科技成果、承接项目、"四技"经费、科技基地建设以及专利等方面连年均居全省本科院校前列。

打"江大牌",突出服务重点

作为一所以农机起家的综合性大学,江苏大学形成了"工中有农,以工支农"的办学特色,尤其是在农机、排灌、动力、内燃机、农产品加工等方面具有较强的学科优势和科技实力。

江苏大学的流体机械及工程学科是全国唯一以水泵、排灌机械等研究为主的国家级重点学科。依托该学科而获得2007年国家科技进步二等奖的"潜水泵理论与关键技术研究及推广应用"项目,开发的四大类400余种规格的潜水泵系列产品已在全行业推广应用。产量约占全国潜水泵总产量的60%以上,年产量达1 000万台,大量替代进口,并出口创汇,加速了我国泵行业技术的发展和进步,促进了产业结构的调整、优化、升级和产品的更新换代。

大马力轮式拖拉机是农业装备技术密集型产品,是评价一个国家农业装备技术水平的重要标志。江苏大学高翔教授领衔的课题组与江苏悦达盐城拖拉机制造有限公司联合实施的项目"100/125马力以上轮式拖拉机研发与产业化",刚刚获得2009年中国技术市场"金桥奖",该项目2007年得到江苏省科技成果转化专项资金总额1 300万的资助,并获得2007年重点国家级火炬计划产业化项目支持。其研制的"黄海金马1254型"拖拉机产品结构已达到国际先进水平,产品性能结构达到国内领先水平,将有助于改变目前125马力以上的拖拉机等新型农业装备主要依赖进口的状况。

做"创新源",完善服务功能

作为我国率先建立农产品加工工程学科、第一个获得农产品加工及贮藏工程学科博士学位授予权的高校,早在20世纪80年代,江苏大学就开始了农产品无损检测的研究。由赵杰文教授领衔开发、获得 2008 年国家技术发明奖的"食品、农产品品质无损检测新技术和融合技术"项目,将计算机视觉、电子嗅觉和近红外光谱分析等多种检测信息有机融合,取得了一系列的创新成果。该项目引领了传统装备的升级换代,一套检测系统能够得到产品大小、颜色、形状、糖酸度等的精确指标,直接促进了农产品产后处理水平的提高。采用该技术,发明了国内外第一台智能化软胶囊分选机,使软胶囊的分拣告别"人工时代",精度和速度大大提高。

近年来,江苏大学尤为注重科技攻关、高技术研究、科技成果推广、产业化示范工程、产学研结合等"应用性"研究项目,逐步建立了从纵向科研向横向科研拓展,从基础研究到应用研究、再到开发研究递进的科学合理的纵向配置,构建了"创新研发→成果形成→技术转移→产业化"的良性循环机制。近三年来,江苏大学与企业共同承担国家、省市科技项目 255 余项,其中联合重点行业企业获批江苏省重大科技成果转化项目 12 项,500 余项科技成果和技术转化应用于企业,为企业发展提供有力技术支撑。

谋"江苏事",拓宽服务领域

近年来,江苏大学以"政府最关心,企业最迫切,百姓最需要"为产学研合作的"准星",围绕江苏重点发展领域的技术需求,集成优势力量,拓宽服务领域。

太湖"蓝藻事件"爆发后,太湖流域及湖体水质的恶化得到了全社会的空前关注。江苏大学李萍萍教授领衔的课题组首次对太湖流域农业面源污染的负荷、来源与分布情况进行了全面详细的测算分析,提出了在加快提高农业规模化经营水平的基础上,以农业清洁生产和农业结构优化为主要手段的源头治理思路,并完成了太湖流域农业清洁生产模式和农业结构的优化设计,提出了农业面源污染源头治理的促进机制与政策措施。

面临国际金融危机给企业发展带来的困难,今年上半年,江苏大学依托强势特色学科和研究平台,结合地方支柱产业和新兴产业,以学习实践科学发展观活动为契机,开始大力实施为企业和地方经济"解困"的"1863 计划",组织和引导广大科技人员到企业去、到车间去、到生产一线去。其具体做法:为企业培养 1 000 名技术创新所需的工程硕士,组建 80 个教授专家团与行业骨干企业对接,建立 6 个产业技术创新战略联盟,组建 3 个地区特色产业技术创新公共服务平台。据了解,目前,江苏大学"1863 计划"取得了阶段性成果,与常州、丹阳、东海、常熟等市(县)人民政府签署了全面合作协议,为淮阴、南通、武进等地培养工程硕士生 500 余人,与镇江市 15 家企业签订了技术合作协议。

"高校只有牢固树立立足地方、依靠地方、服务地方的意识,把自身的科技创新优势、人才资源优势等切实转化为现实的社会财富和人民实惠,才能为自己的生存和发展打下更加坚实的根基。"江苏大学党委书记范明说。

(高　鸣　张明平)

适应亚热带的节能温室及环境调控技术效益显著

适合我国气候条件,近三年增税节支 17.32 亿元

成本比国外同类产品低 30% ~40%,运行能耗低 33% ~50%,蔬菜基质栽培周年生产力比同类温室提高 20% ~50%……江苏大学教授毛罕平、李萍萍等人经过 14 年的不懈努力,综合运用多种手段,研究开发了适应我国亚热带季风型气候条件、制造成本低、运行能耗低的现代化温室及配套应用技术,提升了我国温室装备和环境控制技术的水平,改变了环境控制基本沿用国外技术、高档温室和高档有机基质大量进口的局面,为促进农业结构调整、农民增收提供了有效途径。

目前,我国的设施园艺栽培面积已突破 330 万公顷,居世界第一位。"国产温室设施简陋、环境调控水平低,无法实现高产高效;国外温室难以适应我国亚热带气候条件,且成本高、能耗大。"国务院学科评议组成员、江苏大学农业工程研究院院长毛罕平说。自 1995 年以来,毛罕平、李萍萍等人在国内率先进行了智能化温室成套装备的研究,从与温室高产高效密切相关的"温室装备—环境控制—作物生长"三方面入手,以节能、节本、环保为核心,对关键装备及技术进行攻关及技术组装与集成,研究开发具有区域特色的温室装备及配套栽培技术。

在荷兰等国,温室环境控制是根据作物最适温度、湿度设定的,国内照搬此法调控却存在投入能耗过大、人不敷出的问题。因此,国内温室环境大多采用设定上下限值的方法来控制,尽管能耗降低却达不到高效的目的。江苏大学课题组开创性地构建了适合环境实时优化控制的作物—环境基础模型库,自主开发了低成本温室环境智能控制器和集散控制系统,并开发了基于模型的温室环境最优控制技术,解决了节能与高效难以统一的问题。如,经过 4 年的试验研究得到的生菜生长动态模型,不仅预测的抽薹期与实际的误差仅在 ±2 天之内,还能根据模型进行环境的实时优化控制。他们还解决了凭经验灌溉的问题,开发了营养液精确灌溉控制技术,研制出作物缺素的计算机视觉识别诊断系统,对番茄和黄瓜缺氮、缺钾、缺镁等的识别准确率大于 82%,而且对缺氮、缺钾初期的识别比专家肉眼识别分别提前 6 天、10 天,大幅度降低生产损失。

据了解,上述技术的综合应用,大大提高了温室的生产力水平,结合三阶段无土栽培技术,生菜周年生产力最高达到 43.7 kg/m²,与一般塑料温室生产相比产量提高 1 倍以上,与国外水平相当;与常规的设定值控制相比,运行成本降低 20%。

华东、华南亚热带地区夏季辐射强、温度高、温室热蓄积严重,梅雨季节湿度大,冬季气温低、时有较强降雪,而引进温室结构夏季降温效果差,运行成本高,并难以抗暴雪(被压塌)、暴雨(排水能力不足)。针对这一情况,江苏大学课题组在消化吸收的基础上,开发出

适合亚热带地区气候特点、高效节能型系列连栋温室,具有高通风性、高保温性和抗风雪灾能力强的特点,包括塑料温室、PC 板温室、种苗生产温室等 13 个类型。该系列温室采用新型顶部开窗结构、新型密封结构、新型高效覆盖材料等技术,在原节能型温室的基础上再节能 12% 以上;研制出模糊控制器进行燃油加热炉的控制,节省能耗 11.5% ~ 30% 。

泥炭是国内外普遍采用的有机基质栽培材料,不仅价格高,且泥炭的开发还伴随着森林植被等的生态破坏。李萍萍等却独辟蹊径,研究开发了环保型有机基质的配套栽培技术。

江苏大学所在的镇江市,造纸和制醋是其两大支柱性产业,然而芦苇造纸浆产生的"下脚料"芦苇末和制醋过程中排放的大量有机物醋糟,由于数量大、腐烂慢,一直是企业的治污难题。

江苏大学科研人员就地取材,利用生物工程技术和物理方法,攻克了苇末、醋糟、秸秆等不易发酵的难题,开发了环保型芦苇末和醋糟有机基质,比常规的泥炭基质降低成本50% 以上;成功研制合成高档成型基质,填补了我国无成型基质的空白。所形成的有机基质栽培技术,已在周边 11 个省市广泛推广,在项目组指导下进行蔬菜花卉园艺作物的育苗和栽培,已累计育苗 95.7 亿株,有机基质栽培面积达 447.25 万亩。该技术为设施园艺连作障碍的解决、绿色食品的生产和设施园艺的可持续发展提供了有效的新途径。

据了解,江苏大学的节能系列温室及环境调控技术成果已被 5 家温室企业应用。利用废弃苇末和醋糟开发有机基质技术已在中国制醋业中最大且唯一上市的企业江苏恒顺集团有限公司中应用。产品不仅在国内广泛应用,还出口国外,自 2006 年以来累计新增利税和节支总额 17.32 亿元。

(张明平)

科学时报
2010 年 1 月 5 日

在服务地方经济中找准科研突破口

——江苏大学坚持走内涵特色发展之路

入围教育部长江学者特聘教授,又获一项国家"杰出青年基金",再获三项国家科技奖……2009 年,对江苏大学来说,是一个丰收年。一所省属高校何以获得如此众多"国"字头成果?

"近几年来,我们坚持走内涵和特色发展之路,以提升内涵找准立足点,以强化特色抢占制高点。"江苏大学党委书记范明说。

集中发力，打造优势学科

作为一所以农业机械起家的省属高校，江苏大学曾先后培养出我国第一批农机本科生、硕士生和第一位农机博士，积淀了"工中有农、以工支农"的办学特色。"一所高水平大学，很难在所有学科领域都独占鳌头，重要的是如何走出一条人无我有、人有我特的发展之路。"该校校长袁寿其说。近年来，江苏大学坚持以特色引领全局，以"长项"带动"断腿"，倾力打造机械动力工程、农业工程两大学科群，建立和培育了包括两个国家重点学科在内的10多个涉农工程学科。据统计，近5年来，学校开展的涉农课题研究达400余项，35项成果获国家和省部级科技进步奖，获国家发明专利38项，给农民带来的经济效益达近百亿元。

醋糟、秸秆、动物粪便……这些寻常人眼里的垃圾，江苏大学食品学院马海乐教授却通过厌氧发酵制备技术"变废为宝"，把它们转变成了生物柴油和燃料酒精。近年来，江苏大学瞄准国家能源发展战略，发挥学校生物工程、热能、动力机械等学科群体优势，把眼光瞄向生物质能源的研究，先后获批成立了江苏省生物柴油动力机械应用工程中心、江苏省动力机械洁净能源重点实验室、中美生物质能源联合研究中心。2009年下半年，国际上为数不多的从事白蚁生物质能源利用研究的学者之一孙建中博士，从美国回国受聘江苏大学"特聘教授"，着手筹建生物质能源研究所，把该校生物质能源的研究推向了国际前沿。

人才强校，锻造精兵强将

全国优秀博士论文获得者、年轻的周明教授在国内率先开展了"飞秒激光纳米局域增强光子制造"的研究，取得了与国际同步领先的成果，个人继入选新世纪"百千万人才工程"国家级人选之后，2009年又入选为教育部长江学者特聘教授。"是学校创设很好的硬件条件和宽松的氛围，造就了我的今天。"周明回顾自己的成长经历，深有感触地说。

2008年年初，江苏大学出资近3000万元，启动了为期5年的"拔尖人才和创新团队"培养工程。近两年，其中的个人和科技团队，获省部级以上科研项目、国家和省部级科技奖项分别占全校获奖的80%和70%。"学校事业的蓬勃发展给优秀人才提供了成长平台，一大批优秀人才又支撑着学校事业的发展，二者相得益彰。"江苏大学人事处处长韩广才说。

高水平的师资队伍是一所大学的核心和灵魂。江苏大学全面实施"人才强校"发展战略，确立"拔尖人才优先"的办学理念，坚持"不惜代价、不遗余力、不拘一格"的工作方针，近年来，每年投入3000万元用于人才的引进和培养，构建了"领军人才＋创新团队＋学科平台"的队伍建设模式，大力实施"拔尖人才培养工程"、"杰出人才集聚工程"、"百名博士引进计划"以及"百名骨干教师培养计划"等队伍建设工程，打造人才队伍。近几年已选派了400多名教师出国（境）学习、交流，有383人获得博士学位，专任教师中研究生学位比例已达到73.8%。

躬下身子，服务地方发展

根据自身学科和科研优势，积极为当地经济社会发展服务，是江苏大学一大特色。

由江苏大学与江苏宏大特种钢机械厂合作完成的产学研成果——"节能环保型球团链箅机关键制造技术及应用",2009 年获得了国家科技进步二等奖。如今已是国内行业领军企业、年产值超过 8 亿元的江苏宏大特种钢机械厂,原本是一个产值不足千万元的小厂,后经与江苏大学产学研"联姻",研制出了新型耐磨耐热钢产品及成套装备。近三年来,企业新增销售 14.4 亿元、利税 3.3 亿元。该节能环保型产品已被武钢、首钢、沙钢等全国 30 多家大中型钢厂和球团生产企业采用,并打开印度、沙特、泰国、土耳其等国际市场。

"一所大学的活力,很大程度体现在它融入社会、服务社会、引领区域经济发展和科技进步的能力。"江苏大学副校长程晓农如是说。学校坚持"顶天"、"立地"的科技工作思路,基础研究与应用研究并重,科学研究与技术推广并举,科技创新与机制创新并进,以服务求支持,以贡献促发展。近三年来,学校一方面连续有 6 项成果问鼎国家科技奖;另一方面,承接企业委托横向项目近 2 000 项,横向科研经费达到近 5 亿元。尤其是在国际金融危机大背景下,学校主动为企业和地方发展"解困",组织参加了 10 多个国家、省市级行业技术联盟,与 170 余家企业建立了产学研战略联盟,80 余个教授服务团和企业对接,在常州、无锡、镇江、东海等地建立了地方研究院,200 余名科研人员担任了地方政府、行业、企业的咨询专家与顾问,与地方企业联合申报国家级项目 20 余项,联合申报省市级项目 150 余项,接受企业委托科研项目 400 余项。

(高 鸣 张明平)

中国教育报

2010 年 4 月 10 日

戴立玲:教学艺术的攀岩者

"戴老师,您从点、线、面开始,教我们学会了如何设计和描绘一个空间物体,您更使我们懂得了应该如何去描绘将来的人生,所以,私底下我们送您'教学艺术家'称号,不知您喜欢吗?"这是江苏大学机械学院戴立玲教授在逢年过节时收到学生发给她众多短信中的一条。对于这个称号,戴立玲坦言她很喜欢,但不同意接受。她恳切地说:"自从我踏上讲台那一刻起,'教学艺术家'就成为我一生追求的目标,它使我终生不敢松懈。至今我离这个目标还是太远了,这辈子只能做一个永不停歇的攀岩者。"这是刚刚当选我校首届"教学名师"之一的戴立玲老师的自谦之辞。从教 27 年来,戴立玲先后承担过机械原理、机械设计、工程图学及其系列课程的教学工作。在江苏大学,提到她的教学艺术,有口皆碑。戴立玲的教学艺术首先体现在她的课堂智慧上。她坚持做好做足课堂前的每一项功课,通过每一次认真的备课,把教研教改的新成果、新理念、新知识、新技术融进教学内容,而且每次课都提前20分钟到教室,同学生沟通"预热"。她还创设了新型的、集多媒体课件、CAD 软件、黑板、模型、展示台、大屏幕及双语教学于一体的现代化课堂教学模式,课堂上手绘板图与电子课件交替出现,讲解与提问交替出现,中英文两种形式交替出现,课堂气氛生动活泼,不断唤起学生的注意力,使学生学习情绪高涨,以此形成了自己独特的教学风格,赢得了历届学生的爱戴。工商学院大四学生邵雷花说:"在课堂上,戴老师是严谨的,但她并不严厉。她一直面带微笑授课,能把乐观心态和快乐情绪带到课堂上,使我们在活泼轻松的氛围中把我们文科学生感到枯燥难懂的"图学基础"课程快乐地接受。所以,在我们所学的课程中,戴老师的课是到课率最高的,她也因极具亲和力,成为学生们谈论最多、最喜欢的老师之一。"戴立玲的教学艺术还体现在她利用批改每一份作业的机会,结合课堂观察来迂回做学生的思想工作,以促进教学效果。按学校规定,教师批改作业量达到三分之一或一半即可,可戴立玲坚持面向全体,结合课堂观察,在授课的过程中,时时刻刻在用心观察每一位学生的神情状态,自信的、自卑的、无所谓的、茫然的、厌倦的等等,都尽收她的眼底。一旦捕捉到那些有可能学习困难的、信心不足的,或者是厌学的学生,她都会利用作业评讲、课余时间、上机辅导等时间进行有针对性的引导。戴立玲认为,批改作业,是老师和学生最好的沟通,不仅能使老师随时掌握学生的"消化"程度,而且可使每一个学生都感受到老师的关注。其实,戴立玲主讲的课大都是量大面广的技术基础课,每学年要承担 10~12 个班次、2~3 类专业的授课任务,仅制图习题作业,每年批改工作量就达 300~360 本,也就是30 000~36 000 页。对此,她乐此不疲,无怨无悔。

现在是机械学院大二学生的刘梦可,在大一学习工程图学期间,一度出现学习松懈的迹象,做作业不认真。戴立玲在把作业中的错误之处改正后,给小刘的作业上批注了这样几个字,"你怎么变'笨'了",看看没反映,第二次又留言"下课后过来找我"。看到留言,小刘意识到,老师肯定是为了不伤自己的自尊心,才特意给笨字上加上了引号。与戴老师交流后,得知戴老师不仅注意到他做作业不认真,还观察到他上课已从第一排转移到最后一排。小刘说:"正是戴老师及时周到的提醒,才使我的学业没走下坡路。如今,我已成为学生干部,这一切,应该感谢戴老师不留痕迹的批评教育法。""侧面教学"也是戴立玲常用的教学艺术手段之一,即在非课堂时间对学生进行的教育,如在走廊上、课后以及和学生单独碰面时的言传身教。她认为,这种看似随意的教学方式,其实并非随意而为,而要对每一个学生的特点进行认真观察,因材施教,只有这样才能取得最佳的教育效果,教师的教育智慧也蕴藏在这个探索过程中。机械学院大二的石贵峰同学正是这种教育方法的受益者。2009 年 1 月 3 日,距小石期末考试还有一天时间,可他突然发现还有一个知识点没搞懂,晚上 8 点,他试着给戴老师发了短信,表达了想让老师补课的愿望,这么晚了又刮着寒风,老师会来吗,正在小石疑惑间,"好的,就在今晚9:30吧",戴老师来了短信。一直到晚上 10:30,随着教室管理员一声"戴老师又来给学生补课了",他们才不得不离开教室。看着身边慈祥随和的戴老师,小石舍不得离开,站在校园的寒风中,他又把大学学习和大学规划的想法一股脑倒给戴老师听,当然,他也得到了戴老师对这些计划、想法实施的谆谆指导。"身边有像妈妈一样的戴老师关爱激励着自己,我的学习更有动力了。"时间已过去快一年,每每提起此事,小石仍感动不已。他把这件事记在了手机的记事本上,时常翻出来看看,从中汲取进步的力量。戴立玲教过车辆专业的一个学生,是当年高考严重失手的考生,他喜欢数学,可是父母偏要他选车辆专业,他说他看到那些图就头痛,更不喜欢电脑。戴立玲没有搬出说教的一套,而是利用辅导答疑的机会,结合他的爱好与他谈了几次心,并在上机时结合他的爱好,给他布置了一些与数学解析有关的练习,然后再逐渐引入工程图学的范畴,使他走出了高考的阴影,开始对"工程图学"课程发生了兴趣。他说他所爱好的数学和戴老师教给他的工程图学,对他的帮助很大,他从内心感谢戴老师使他找到了自己的目标。

有人说,一个教师,如果能让学生"亲其师,信其道",那么,他(她)身上必然处处绽放着自己特有的人格魅力。戴立玲正是凭借着她渗透着爱心与智慧的教育细节和独特的教学艺术做到了这一点。也正因此,在2004年教学评估活动中,她先后接受省、部级评估组的同行专家听课检查,获得了"优秀"的评价;她还多次获得优秀教学质量一等奖,荣获江苏大学优秀教师、教学名师和师德标兵等光荣称号。

(薛 萍)

江苏大学:将创业教育进行到底

"我们是等待伯乐的良驹",这是江苏大学学生递交给学校的一份校内报刊亭投标书上的话。在江苏大学团委副书记陈文娟的办公桌上,摞着厚厚一沓创业示范基地项目入驻申请表和校内报刊亭等设施的投标书。该校开设的大学生创业示范基地,从成立之初就成了学生们心驰神往的地方。

"大学生的创业教育,应该在学生心中埋下一颗创业的种子,通过机制先行、教育主导、基地支撑全面提高学生的创业能力,这样一旦时机成熟,学生便能将专业知识和创业技能融合在一起,进行层次较高的创业活动。"江苏大学党委书记范明如是阐述该校的创业教育。

机制先行——营造创业氛围

"创业教育一直是我们学校党政工作的要点。"江苏大学党委宣传部部长高鸣告诉记者,在江苏大学,每一个行政部门都有对应的开展创业教育的任务,创业教育既是该校全年十大实事的重点,又是各个学院的年度重点工作。在高部长打开的一个电脑文件里,记者看到了各个职能部门分工的明细:学工处、团委积极营造创业教育氛围,教务处改革创业课程教学及培养方案,团委等着手准备大学生科研立项以及创业实训。

据介绍,早在2007年,江苏大学就制订了《江苏大学大学生创业教育工作方案》,从组织领导、师资建设、理论研究、课堂教育、团队孵化等方面推进创业教育示范校建设。江苏大学还为创新创业学校配备了专用教室,并给予了专项经费支持。在学生宿舍区、原大学生活动中心开辟有统一挂牌的创业办公场所作为优秀团队创业实践的专用场地。此外该校还提供给创业团队电脑、电话以及创业启动资金等多方支持,并通过校内"星光杯"课外科技作品竞赛和创业计划竞赛等活动,为全国"挑战杯"创业计划竞赛选拔种子选手。

制度化营造了校园的创新创业氛围。该校工程热物理专业的研究生刘春生在"星光杯"比赛中脱颖而出并获得了"发明大王"的称号,从此,他的发明便"一发不可收拾"。在大学期间,刘春生共研发了16项专利,涉及机械、流体、电子等不同领域,如今很多专利都已经应用到他的创业项目中。"促使我一直钻研发明、立志创业的原动力是母校江苏大学,没有学校就没有今天的我。"

教育主导——借力创新创业学校

"我校的创业教育的实施,主要借力于创新创业学校。"江苏大学团委副书记陈文娟介绍说,创新创业学校一方面加强创业教育课程建设,面向校内外招聘具有经营管理知识的教师、企业成功人士,对学生进行培训,另一方面通过树立勇于创业的学生典型,开展创业计划竞赛等活动,激发学生的创业兴趣。此外,还加强咨询和培训,邀请校内外专家教授、社会成功创业人士组成创业指导专家服务团,为有意创业的学生进行分类指导,出计献策,提高学生的创业能力。

3月7日下午,在今年的"创新创业学校"开班仪式上,江苏大学"大学生创业联盟"正式宣告成立,有志于创业的江大学子将有机会从这里免费获取创业技能教育培训、创业项目咨询指导以及创业实训场地和经费等支持。在江苏大学,很少有人不知道创新创业学校,这所学校被学生们称为"创业者的摇篮"。"现在江大很多在外创业的人,基本上都是从创新创业学校走出来的。"如今已身兼数个公司经理和董事的周尚飞带着几分自豪地说。在江苏大学,他是校科协的第一届主席,也是创新创业学校的学员。如今,他创办的江苏名通公司已经成为"团中央青年就业创业见习基地"和"江苏大学大学生就业基地",成立不到一年已吸纳了近100名母校学生就业或见习。

基地支撑——开展创业实践

"纸上得来终觉浅,绝知此事要躬行。再好的创业教育,没有创业实践平台作支撑,都只能是空中楼阁。"江苏大学党委副书记、副校长姚冠新深知创业实践的重要性。

8个校级实验中心,9个院级中心实验室,国内一流的"工业中心","星光杯"课外科技作品竞赛、创业计划竞赛、科技创新论坛,这些都是江苏大学为学生搭建的创业和创新实践的平台。

江苏大学不仅为学生创设各种创业和创新的实践基地，还从学校的日常运营中寻找创业教育的实践平台。校园里的牛奶征订业务、报刊亭经营等都交给了学生，从做投标书开始，对于运营的市场、经营策略、人员安排及制度管理都作了详细的分析，具体的操作更是让学生亲力亲为，体验创业的全部过程。

学校为学生埋下的创业种子，结出了累累硕果：荣获"第五届中国青少年科技创新奖"的张翼；目前已申请 29 项专利，其中 10 项获批的吴多辉；构建区域互联网商务社区的夏得峰；实现校园整合营销与社交性网站的全面配合的路大卫。一个个从江苏大学走出的精英稳稳当当地走在了创业路上。"是母校让我想到了创业，也是母校让我学会了创业。"江苏大学原牛奶部部长高殿景，如今已在上海开办了一家房产销售公司，谈到母校的创业教育，满是感激之情。

（郑晋明）

光明日报

2010 年 5 月 13 日

一份出色的"成绩单"

——江苏大学服务行业和地方发展纪实

5 月 19 日，镇江市"百名教授进百企　百家企业进校园"活动在江苏大学开幕，江大与镇江市 5 家企业签订了项目合作协议，63 名专家受聘担任企业"科技特派员"。此前一天，该校参加常州先进制造技术成果展示项目洽谈会，展出推介学校 200 多项科技成果，并与常州东风农机集团有限公司等签署了 7 份合作协议。

江苏大学多年来致力于服务行业和地方发展，交出了一份出色的"成绩单"。

坚持特色发展

"保持特色是行业特色高校的生存之本，"江苏大学党委书记范明说，"因为我们的根在行业，社会影响、用武之地也主要在行业。"江苏大学坚持走特色化发展道路，大力实施了包括"强势学科优先"在内的"四个优先"的发展战略，通过打造与行业关联度紧密的优势特色学科，以特色引领全局，以"长项"带动"短腿"。特别是倾力打造机械动力工程、农业工程两大学科群，建立和培育了包括 2 个国家重点学科在内的 10 多个涉农工程学科。该校的流体机械及工程学科是全国唯一以研究水泵为特色的国家重点学科，作为全国喷灌机械、小型潜水电泵等的行业归口单位,学校一直坚持当好行业"领头羊"。主持修订与制定的国家和行业标准占全国泵类产品标准总数的 50% 以上,合作企业达 1 000 多家,全国约 80% 的喷灌机和水泵 CAD 软件、70% 的无堵塞泵、60% 的小型潜水电泵、50% 的轴流泵水力模型、40% 的无过载泵和水泵试验台为江大设计和开发,并在三峡工程、太湖流域综合治理等国内外重大工程上广泛应用。

"特色不是一劳永逸的,也不是一成不变的。"范明认为,"拓宽和转型是行业特色高校强校之路。"多年来,江苏大学坚持"滚动式拓宽"的发展思路,一方面发挥优势学科的集成和集聚效应,形成行业发展的新合力。如:集成农业装备、农业排灌、农用动力、农产品加工等学科优势,为社会主义新农村服务;集成机械、车辆、材料等学科优势,为我国汽车工业的快速发展提供技术支撑等。另一方面,积极探索与特色学科形成互补和支撑的新兴学科,引领行业发展。如,发挥其他高校少有的生物工程、热能、动力机械等学科群体优势,先后成立了江苏省生物柴油动力机械应用工程中心、江苏省动力机械洁净能源重点实验室、中美生物质能源联合研究中心。

融入区域创新

"地方发展是高校发展的前提和基础,高校为地方发展服务义不容辞!"江苏大学校长袁寿其说。多年来,江苏大学瞄准经济建设主战场,融入以企业为主体的国家科技创新体系,牢固确立为地方服务的思想,努力推进基础研究和高技术研究与国家战略需求相接轨、应用研究和开发研究与国家、区域经济建设需求相接轨"两个接轨",面向行业、走进企业,大力开展横向科研合作,承担事关地方经济社会发展重大问题和行业、企业关键共性技术的大项目、大课题。毛罕平教授等研究开发的、获得 2009 年国家科技进步奖的智能温室,能根据种植目标、生长状况和外界环境的不同,温室里的温、光、水、气、肥等能够自动调整,及时给作物"缺什么补什么";种植的生菜什么时候抽薹,预测的误差不超过两天。这种温室成本比国外同类产品低 30% ~40%,运行能耗低 33% ~50%,收益却高出几倍,被 5 家温室企业应用,近三年累计新增利税和节支总额 17.32 亿元。

近三年来,学校同江苏沃德、常柴股份等企业携手,获批了 13 项江苏省重大科技成果转化项目,总资助经费达 1.3 亿多元。结合江苏新能源、新材料产业发展的战略需求,赵玉涛教授等开展了"新型颗粒增强铝基复合材料"的研究,成果应用于高档汽车用高性能轮毂,开创了轻合金车轮行业应用复合材料的先例,打破了该领域一直被美国、英国等国专利技术垄断的局面,研究成果在江苏大亚沃得轻合金有限公司、江苏凯特汽车部件有限公司、江苏金象减速机有限公司等 16 家企业推广应用,其中 5 家企业已经形成了规模经济效益,累计新增销售 15 亿元以上,创利税超过 1.9 亿元。

搭建服务平台

江苏大学着力构建立体社会服务网络体系,搭建校地、技术、仪器设备共享、信息"四大平台",为行业和地方服务。去年上半年,针对金融危机背景的影响,学校推出了科技服务

"1863"计划,积极为企业和地方发展解困,为企业技术创新培养 1 000 名工程硕士,组建 80 个教授专家团与江苏产业或行业龙头和骨干企业对接,集成优势资源和行业、企业结成六大产业战略联盟,组建三个以上地区特色产业技术创新公共服务平台。目前该校已与 50 多个地方政府或科技主管部门签订了全面科技合作协议,科技服务已辐射到全国 20 个省、直辖市,以共建研究院、工程中心、技术中心、博士工作站等形式,与 160 余家行业龙头骨干企业共建科技协作联合体,200 余名科研人员担任了地方政府、行业、企业的咨询专家与顾问,更高层次的产学研战略联盟让学校与地方经济实现了多赢发展。

江苏大学还充分利用学科和人才优势,通过选派科技特派员、在地方建立研究院等,延伸服务平台,将为地方和企业的服务"端口"前移。此外,结合地方产业特色,在镇江、常州、无锡、东海等地建立了地方工程研究院,选派教授专家常驻地方,开展"定点"服务。与镇江市共建国家大学科技园,目前有 10 余家企业在园区孵化。

锻造一流队伍

江苏大学坚持"不惜代价、不遗余力、不拘一格"队伍建设的理念,每年投入 3 000 万元进行高水平人才的引进和培养。尤其是为期 5 年、总投入达 3 000 万元的"拔尖人才和创新团队培养工程",实施两年多来取得了显著的成果,遴选出进行培养的 9 名拔尖人才、18 名中青年学术骨干,这两年囊括了学校 80% 省部级以上科研项目和科技奖项,被人们称为"九大勇士,十八好汉"。特聘教授张弛教授受聘两年来取得了丰硕的成绩,领衔申请的中澳国际合作重点项目及"中澳先进功能分子材料国际联合研究中心"国际合作平台项目,获得中国和澳大利亚联合批准,成为 75 个申请项目中最终获批的 8 个之一。去年下半年,他又获得了国家杰出青年基金的资助。就在前不久,他的又一篇高水平论文发表在国际最著名的化学权威学术期刊《德国应用化学》上。

据了解,近几年来,学校通过实施"拔尖人才"培养工程、杰出人才积聚工程和"双百"计划,打造了一支整体实力雄厚、发展后劲强的高素质科技队伍,为学校的发展奠定了坚实的人才基础。新增省级科技创新团队三个,新增教育部长江学者特聘教授、国务院学科评议组成员、国家杰出青年基金获得者、"新世纪百千万人才工程"国家级人选、江苏省"333 工程"中青年首席科学家等高层次人才 50 多人……强化行业特色,面向地方发展,江苏大学以扎实的服务为学校的发展赢得了广阔的空间。

(郑晋明 张明平)

光明日报
2010 年 5 月 28 日

"一本四全"，为学生的心灵导航

——探究江苏大学心理健康教育模式

这一阵子，各高校的新生入学教育正在如火如荼地展开。在江苏大学，24个学院的新生入学教育中心理健康讲座成了"规定动作"，各学院都不约而同地将心理健康教育作为大学新生"第一课"。江苏大学经过多年的实践，已成功探索出一套以"一本四全"理念为核心富有特色的高校心理健康教育模式，以此为大学生的健康成长导航。

"'一本四全'，就是指一切以学生为本，关注全人的身心健康发展，实施全程的心理健康教育，强化全员的心理保健意识，努力营造全校的心理教育氛围，为大学生的成长成才提供服务，积极培养自我成长型的高素质人才。"江大心理健康教育中心主任谢钢教授解释道，"这是我们对大学心理健康教育工作的感悟，也是我校坚持实践的科学化教育理念。"

开展咨询与服务，关注学生全人身心健康发展

心理咨询注重大学生的内在需要和提高大学生的内在素质，是强化学校教育功能的有效途径。目前，江苏大学设立了校区心理咨询与治疗室、心理访谈室和关工委的"关爱谈心屋"，同时在6个学生社区和相关学院均设立了心理访谈室，形成了三级学生心理保健网络。在江苏大学4个校区的12个心理访谈室，每周都有不少于9个学时的固定咨询时间，平均每年接待个案咨询来访者近2 000人次，多次成功地帮助前来咨询的学生排除了忧愁，化解了烦恼，有效地防止了一些因心理问题诱发的意外事件的发生。

在每年新生进校后的入学教育中，江苏大学都把心理健康教育作为新生"第一课"，让大学生的生活从"心"开始。同时，对他们进行心理测试，建立心理健康档案，并将测查结果反馈给各相关学院。"这样既为学生干部的选拔提供依据，也找出心理健康工作的重点，便于学校进行主动干预与跟踪研究，改变被动接待的情况。"谢钢介绍。临近毕业走向人才市场之际，不少学生存在较高的期望值，同时又缺乏阅历、心理承受能力低，往往产生焦虑情绪。对此，学校在加强就业心理与择业技巧指导的同时，还通过模拟人才市场的演练，为毕业生成功迈向社会奠定坚实的心理基础。

网络心理健康教育作为个案咨询的一个有效补充形式，已成为部分学生相互交流、分享情感和调整心态的重要场所。为使网上咨询具有更高的接受度，江苏大学在校园网上开办了"心灵驿站"专题，设立"情感世界"、"我要咨询"等栏目，学生间、师生间频繁互动，深受学生的喜爱。同时，该校大学生心理学会开设了"心灵之旅"信箱，与广大学生分享成长经历、共同面对困惑，给予学生心理支持与援助，还定期为学生开通心理热线，进行电话心理咨询。

做好辅导与训练，强化全校师生心理保健意识

　　江苏大学已构建了一支素质较高、专兼结合、专业互补、相对稳定的专业专家化"心育"队伍，形成了以专职人员、心理辅导员和学生心理骨干为一体的三级心理健康教育网络体系。学校在各学院都配备有专门的心理辅导员，并出资对辅导员进行国家心理咨询师培训，目前有 60 名辅导员取得了国家心理咨询师资格证书。同时，先后选派心理辅导员参加了省教育厅举办的心理健康教育培训班、中德完形治疗培训班、"NLP 疗法"、叙事心理治疗、团体辅导技巧、结构式家庭治疗、催眠疗法等相关培训，以提高专业人员的自身素质、辅导能力和工作水平。学校每学期举办一期心理辅导培训班，对心理访谈员与咨询员进行系统、全面的心理咨询和健康教育的辅导与技能训练。每两周一次的全校心理辅导员例会，交流各学院大学生的心理健康状况，对特殊个案进行"会诊"与咨询演练，实现着"助人自助"的真谛。

　　心理健康教育是"全员性"的系统工程。江苏大学注重在教师中普及心理学知识，提高广大教师的"心育"能力。聘请了专家学者为教师开设讲座培训，并通过党校和团校、支部书记培训班、教书育人工作坊多种形式进行渗透教育。另外，还组织心理健康教育教师集体备课，以及相互观摩教学，交流经验，分享体验，调动其主观能动性，更好地实施心理健康教育工作。

　　同伴教育在心理健康教育中具有不可或缺的作用。目前，江苏大学建立了校级大学生心理学会，各学院都成立了心理学分会，拥有数百名学生会员。同时，学校对班级心理委员、研究生心理与职业发展委员等学生心理骨干进行专题培训，通过探索"我的人性观"、"信任之旅——盲人行"、"我的自我观"及同感共情训练，优化其心理素质。每年新生入学后，他们都会以一人联系两个新生宿舍成员的方式，深入他们中间进行朋辈辅导，为他们解难释惑，调适心理，帮他们尽快地适应大学生活。

加强宣传与普及，营造全校的"心育"氛围

　　良好的氛围是心理健康教育顺利实施的重要保证。多年来，"心灵讲坛"已经成为江大师生必不可少的心灵"大餐"，几乎每月一次，迄今已请了来自清华大学、南京大学、香港城市大学等的多名心理学专家学者前来"掌勺"。同时，学校还充分整合现有资源，组织了校内心理健康教育讲师团，并开出"讲座菜单"，印发在中心的宣传小册子上，供各学院和班级选择。结合大学生心理发展的实际和现实需求，开设了心理发展热门话题、大学生活导航、学习心理调适、青春期心理保健、女性心理健康、交往心理与技巧、大学生恋爱心理、情绪管理以及成功训练等多场讲座，深受学生喜爱。

　　每年的"世界心理卫生日"、"5·25"大学生心理健康日，是开展心理健康宣传教育的良好契机。近年来，江苏大学开展了以"我爱我——给心灵一片晴朗的天空"、"关注心灵，关爱他人，构建和谐校园"等为主题的系列活动，通过举行大型现场心理咨询与心理测量、经典心理影片展播、大型心理游戏广场、心理健康教育园地、心理沙龙、语言与音乐诱导培训，

组织贫困生开展"大学生自强之旅"、成功素质拓展训练等,让学生在亲身经历与体验中,调整好心态,激发成功欲望,进行生涯设计,追求卓越人生。这些大学生喜闻乐见的心理辅导活动,已逐渐成为江苏大学心理健康教育活动的特色之一。

实施教学与研究,深化全程性心理健康教育

学校通过一系列的课程教学与辅导活动,为大学生提供良好的认知模式及应对策略,以提高大学生的心理健康水平。同时在德育教学中运用心理训练方法,在思想政治教育与心理学之间寻找跨学科结合点,理论联系实际,紧扣学生内在需要,激活学生思维,为思想政治教育注入新的活力;将心理健康教育渗透到学科教学、学生日常教育与管理之中,在解决学生认知结构的基础上,树立正确的思想观念,培养学生良好的情感,开发学生的心理潜能。

学校不断完善心理健康教育课程体系,发挥其在实践中的指导作用。学校先后开设了"大学生心理卫生学"、"大学生心理健康教育"、"大学生爱情与性健康"、"大学生心理咨询与方法"、"大学生职业生涯规划"等心理健康教育系列选修课程。教学的形式上采取多样化原则,运用心灵陈述、启发讨论、情景互动、行为训练、模拟指导等方式进行教学。这些课程每年选修学生近千人次,在校 BBS 上被学生誉为学校最受欢迎的课程。此外,心理学课程还被纳入到学校党校和团校课程体系之中,通过这一平台,师生中的骨干分子层得到普及与提高,在无形中培育了校园心理健康的"卫士",营造了一个充满关心、爱意与和谐的心理氛围。

学校还将心理健康教育与心理学科研工作结合起来,以研促教,以教带研,使心理健康教育工作既有广度,又有深度。近年来,相关人员主持参与了"学校心理辅导在心理健康教育中的理论与实践探讨"、"21 世纪高校教师心理素质相关性研究"、"理工科大学生文化素质教育与创新能力培养的机制、途径和方法研究"等国家教育部与省、校级的科研课题,通过撰写论文开展研讨工作,进一步提升了心理健康教育工作的质量与水平。

(薛 萍 张明平)

科学时报

2010 年 10 月 19 日

周尚飞:创业路上的先行者

周尚飞,一个 26 岁的小伙子,目前还是江苏大学在读研究生的他,脸上的稚气还尚未完全退却,却已是多家公司的核心人物。2006 年他有了自己的第一家公司——镇江海特新能源科技有限公司,2009 年,他又与人合伙创办了江苏名通信息科技有限公司,而今他的江苏

悦虎网络科技有限公司不久便将开业……

守得云开见月明

出生于盐城农村一个普通家庭的周尚飞从小就非常自立,他把这归功于良好的家庭教育环境,虽然周尚飞自六年级后就离家住校独立生活,朴实的双亲没有给他丰厚的物质条件,却给予了他终身受益不尽的财富——聪明的脑袋、开朗的性格和独立的能力。好强的个性,似一股永远不会停歇的风,推动着他的创业之船,一路劈波斩浪,勇往直前。

2006 年,大三的周尚飞和两位学长一起创办了自己的第一家公司——镇江海特新能源科技有限公司,主要从事新能源技术开发、生产和服务,为秸秆综合利用事业在江苏掀起新的高潮作出了很大的贡献。当被问及为什么选择从事这方面的创业时,理性的周尚飞表示,他经常看到农民燃烧秸秆却没有更好地利用它所产生的能源,而他正是想通过研发产品来改变这种土方法而让能源得到更充分的利用,颇具商业头脑的周尚飞看到了其中的商机。

创业之初,尽管得到有关部门和学校的大力支持,但是一无经验二无足够资金的他们还是面临着极大的困难。整整一年,他们的秸秆气化炉产品一直处于研制定型阶段,这个新生的公司欠款最高时达到了近 30 万元,这对于尚未步出校园、家境一般的周尚飞而言可谓是一笔不小的数目。然而雪上加霜的是一个合伙人因不堪重压而退股走人,面对着这样黑云压城般的压力,周尚飞并没有就此放弃,而是理性地分析了失败的原因,重新审视市场与估摸自己的承担能力,认准方向后坚持到底。为了筹集资金,周尚飞不仅借遍了亲朋好友,还向银行贷款,那时候的压力可想而知。

不久后事情出现了转机,他们的项目受到了一些人的关注、得到了一定的认可,通过不懈的努力,几个年轻的小伙子们终于赚到了属于自己的第一桶金,公司的运营业也逐渐步入正轨。不仅如此,镇江海特新能源科技有限公司的产品还通过了江苏省农机试验鉴定站的鉴定,拿到了推广证,还进入江苏省 2009 年农机补贴目录,进行全省推广,所从事的项目还被列为镇江市 2009 年为民办实事十件大事之一。

转型开创新天地

至 2008 年年底,公司纯利润超过百万元。面对自己苦心经营而获得的硕果,理性的周尚飞再次冷静思考,他告诉记者,由于继续开发新能源需要大量的资金投入,加上自己的团队很难在技术上取得新的突破,经过慎重的考虑,他们把新能源公司的业务外包给了一家丹阳的民营企业,而自己则将主要业务转为互联网营销。

通过仔细的市场分析,2009 年 3 月,周尚飞和两位合伙人一起创办了江苏名通信息科技有限公司,专注于互联网整合营销及网络深度应用技术的研发与应用。由于有了几年的企业运营经验,公司很快便步入正轨,2009 年公司的销售额已经达到了 1 000 多万元。目前,周尚飞的第三家公司——江苏悦虎网络科技有限公司已经筹建完成,他也正在为打造第三代互联网的领航者而努力。

做个学长型的老板

　　获得成功的周尚飞并没有忘记江大的学弟学妹们,江苏名通科技有限公司现在已经成为了"江苏大学大学生就业基地"和"团中央青年就业创业见习基地",公司的近百名员工中将近一半是江大的毕业生,也时常有在校的学弟学妹们来公司见习。对此周尚飞表示,他很感激学校为他提供的种种机会,感谢校领导、老师及同学的帮助,而他只是在不自觉地帮助曾经有惠于他的人。"我在江大当了4年的学生干部,这给我提供了很好的发展平台,甚至对我产生了决定性的影响,现在我看到每一个江大的学生总觉得特别亲切,我总会对自己说:我一定要给他们提供机会,助他们成才成功!"周尚飞一脸的认真。就在笔者采访的当日下午,他还准备了50个名额,专门在母校搞了专场招聘。

　　在周尚飞看来,一个人的成功并不算成功,能拿出更多的机会给周围的人,让更多的人获得成功的体验,才是真正的成功。今年3月份,周尚飞以发起人的身份开始组建"江苏大学创业联盟"并担任联盟主席,"希望对有创业想法或开始创业的同学进行一系列的指导与支持,能最大限度地帮助他们解决困难,少走弯路,让他们的梦想和我一样得以实现"。就在前两天,周尚飞又捐赠了63台电脑给江苏大学大学生创业孵化基地,用于资助学校创业教育的开展。

　　在公司里,周尚飞既是学长又是老板,但周尚飞从不以此为耀,而是平等地与员工们相处。"那些头衔只是挂牌的,大家年龄相仿,相处起来也没什么代沟。我们虽然也是公司,但是完全没有必要把等级分得那么清楚。"周尚飞一脸轻松的笑。公司里的小张向我们透露,他是2009年从江大毕业的,6月份到江苏名通信息科技有限公司工作,目前主要从事网站工作,对于学长型的老板周尚飞的印象颇好,"跟他在一块儿就像跟朋友在一起一样,没有什么压力,他也经常带我们出去玩,夏天的时候还经常和我们打排球、踢足球等,男同事在场上拼杀,女同事在旁边当拉拉队,大家都很开心。"

　　周尚飞酷爱足球和书法,尤其是足球踢得很好。周尚飞本人表示,足球跟人的性格有关系,百分之九十的足球运动员都是比较活跃、善于沟通的,这让他学到不少东西,更重要的是,足球让他意识到团队的重要性,这对他的公司经营有着很大的影响。在他看来,一个公司成功的关键就在于有个好的团队。因此,周尚飞很注重调动员工的积极性,不仅有合理的绩效考核制度,还给每个员工足够的空间去尝试,让他们充分地发挥自己的才能。

(张明平　刘春华　陈　洁)

中国教育报
2010年10月20日

江苏大学为梦想插上翅膀

在江苏众多高校中,江苏大学可谓独树一帜:自2003年江苏省评选"十佳青年学生"以来,每届都有学生当选,这在江苏其他高校中绝无仅有。此外,江苏省首批"大学生创业教育示范校"、"全国毕业生就业工作先进集体"等一系列光环让人振奋。

近日,江苏大学召开了第二次学生工作会议,校长袁寿其说:"要做好学生工作,我的感想是'八个字',即热爱、敬业、投入、创造。"

一切从"心"开始

不久前,一个由真实女大学生故事改编拍摄的电影《小城大爱》在全社会引起强烈反响,而故事的真实原型就是江苏大学2003级学生陈静。

读书期间,陈静四处为白血病患者丁玉兰募捐10余万元;不幸的是,不久后,自己竟然患上了同一类型的白血病。得知这一消息,社会上的好心人为她捐款,她却将一部分钱转给了盐城工学院的白血病患者。陈静的事迹感动了无数市民,镇江全城由此掀起了拯救"爱心天使"的"黄丝带行动"。

对于江苏大学来说,陈静的出现绝不是偶然。在该校心理健康教育中心主任谢钢教授看来,一切都得益于该校早早就开始实施的"一本四全"教育理念。"所谓的'一本四全',就是指一切以学生为本,关注全人的身心健康发展,实施全程的心理健康教育,强化全员的心理保健意识,努力营造全校的心理教育氛围。"

江苏大学不仅在全校建成了三级学生心理保健网络,还积极为学生搭建"心灵讲坛",每月一次请来自清华大学、南京大学、香港城市大学等的多名心理学专家学者前来"掌勺"。

让学生成为"专业型"老板

近年来,"创业"成了大学校园的流行语。为提高学生创新实践能力,培养创新型人才,江苏大学有不少创举:每年选拔300名左右品学兼优的学生进入"菁英学校",积极探索精英型创新创业人才培养模式;精心实施"学业导师"制,确保每名学生都有机会接受教授面对面的学业指导;大力扶持大学生科研立项……

通过营造良好的创业环境,江苏大学已建立86个创业实训基地,也涌现出一大批创业典型——申请专利40多项的刘春生、获得"第五届中国青少年科技创新奖"的张翼……

江苏大学机械学院2007级研究生周尚飞现在已经拥有一家注册资金为500万元的信息科技公司,他告诉记者,自己出身农村,创业初期压力很大,后来幸亏学校及时伸出了援助之手,公司的秸秆气化炉产品才得以迈上新台阶,签下第一笔业务。"现在凭借导师的课题研究帮助以及经营新能源公司积累的经验,我的公司完全进入正轨,年销售额近1 000万元。"

"高校肩负着国家创业教育的重任,是创造性人才成长的摇篮和创业者的熔炉。我们始终致力于培养一批专业服务型和产品开发型的创业者。"江苏大学宣传部部长高鸣说。

为学生与企业牵好线

为帮助毕业生顺利就业,江苏大学建立了 50 家就业工作站,500 家就业基地,与地方政府共建了一批产学研合作基地。通过建立综合性市场、"周三人才市场"、行业专场、地区专场等立体化的校内就业市场,同时注重发挥飞信、QQ 群、手机报等新媒体的优势,实现就业信息"点对点"传递,让 65% 的毕业生足不出校就找到了"婆家"。多年来,该校毕业生就业率始终保持在 96% 以上,在长三角、珠三角等经济发达地区就业的占 60% 以上。2009 年江苏大学被教育部授予"全国毕业生就业工作先进集体"称号,并被遴选为全国 50 所"毕业生就业典型经验高校"之一。

"学生的潜力是无穷的,需要我们去精心造就。"江苏大学党委书记范明强调,"我们特别要致力于营造学生教育管理服务的良好环境,引领学生成长成才。"

（郑晋鸣　宣晓庆）

光明日报

2010 年 11 月 1 日

孙建中：与白蚁打交道的人

前不久,SCI 杂志特刊《昆虫与生物质能源》(*Insects and Biofuels*)正式出版。这是全世界第一本反映高效自然生物系统及其仿生研究在生物质高效转化利用中最新前沿成果的国际性研究专刊,其第一主编就是江苏大学生物质能源研究所所长、特聘教授孙建中。

作为美国路易斯安那州立大学昆虫学博士、国际上白蚁生物质利用研究领域的前沿学者之一,孙建中 2009 年加盟江苏大学,担任了该校生物质能源研究所所长,并入选江苏省"双创计划"人选。回国一年多来,在中美生物能源高层论坛、首届京港可再生能源科技研讨会等一系列高层次的国际、国内学术会议上,孙建中频频亮相,备受关注。

在海外打拼就是为了多学本领

孙建中 1958 年出生于江苏南通,是个标标准准的江苏人。为追踪昆虫学领域的研究前沿,已经有昆虫学硕士学位和一份体面工作的孙建中,两度离别妻子和女儿,漂洋过海远赴美国学习深造,在对亲人的无限思念和僧侣般孤灯青影的单调学习生活中一待就是 15 年。

15 年中,孙建中将"世界性害虫"白蚁作为研究对象,在白蚁的分类、生理、生态、肠道共生微生物、种群的社会行为、对木质纤维素的降解机理机制等方面,积累了多方面的研究与实践经验,成为国际上白蚁生物学与防治研究领域的主要科学家之一。

回国前,孙建中曾任美国密西西比州立大学助理教授、副教授、博士生导师,美国华盛顿州立大学生物系统工程系兼职教授。此外,还曾担任美国国家白蚁防治技术专家委员会委员、美国农业部重大课题评审专家、美国农业部特邀美国 2008—2013 年第三个五年科技发展计划起草与评议专家、中国自然科学基金委重点及重大项目海外特邀评审专家、8 种国际 SCI 昆虫、农业、生物质能源类专业杂志审稿人及编委、特邀主编等。

虽然身在海外,孙建中却无时无刻不提醒自己是一个中国人,一名中共党员。在远离祖国的 15 年里,180 个月,他月月准时交纳党费;在 1998 年洪灾、汶川大地震等祖国遭受的一次次自然灾害发生之际,万里之外的他总会积极捐款,为灾区人民寄去一份牵挂和关心。看到祖国经济高速发展,他在感到骄傲和高兴的同时,敏锐地发现,能源和环境问题逐步成为制约我国经济持续发展的两大瓶颈,能否开发和利用好新型能源关系到国家的未来。为使自己在生物质能源研究领域的成果能为国所用,已经在美国科学界占有一席之地的他拒绝了优厚生活和待遇的诱惑,于去年 6 月毅然选择了回国。

2009 年 10 月 1 日,作为受党中央、国务院专门邀请观看国庆 60 周年庆典仪式的海外人才和优秀回国人才代表成员,孙建中受到了胡锦涛、温家宝、习近平等国家领导人的亲切接见。在观礼台上,他心潮澎湃、热泪盈眶。"在海外辛苦打拼十几年,就是为了多学本领,回来后多为国分忧,多挑一些担子。看到国家经济、社会、科技快速发展对高层次人才的迫切需求,更是感到了一种责任和压力。"

白蚁能否拯救我们的地球

伴随着工业化社会的脚步,能源短缺和环境污染日渐成为人类面临的重大挑战。生物质资源在解决这两个问题方面具有巨大的潜力,而攻克生物质利用中高效、经济性转化的科学难题,是当前国际生物质利用领域的重大前沿科学探索之一。白蚁在长期的进化和演变过程中,其独特的生物系统显示了高效转化纤维素的超凡能力。在研究中,孙建中独辟蹊径,将白蚁对木质纤维素高效生物降解独特的特性引入生物质能源研究开发领域。

旅美期间,作为第一主持人,孙建中在美国国家级"太阳神"能源研究计划项目中,通过白蚁的高效生物转化机制研究,找到了从纤维素直接生物制氢的一个全新的途径;作为第一发起人,他主持了美国昆虫学年会首次生物质能源应用国际性专题学术会议"昆虫木质纤维素的降解及其在生物质能源产业化中的应用",开创了此国际性学术组织将传统的昆虫学研究与生物质能源研究应用结合的先河,在国际学术界组织引领了以白蚁为代表的高效转化系统在生物质高效转化利用方面的研究方向。

"在常温常压下,白蚁能够在 24 小时内转化生物质中 90% 以上的纤维素,这是目前任何技术都达不到的。"孙建中等人的研究表明,利用木质纤维素的昆虫超过 100 多种。其中,食木白蚁具有非同一般的、令人称奇的高效降解和利用木质纤维素的能力,其分布面积广（占陆地面积的 68%）、规模大（总重量是人类体重之和的 10 倍，达到 12 亿吨），每年转化约 130 亿吨以上的木质纤维素，占全球生物质年产量的 10% ~ 15%，成为参与地球上植物碳循环的最重要的一类自然生物系统。"我国拥有非常丰富的白蚁生物资源，近 500 种不同的白蚁中很多是世界上独有的、高效利用生物质的模式转化系统。"孙建中说。

在去年 10 月底举办的中美生物能源高层论坛和圆桌峰会上，孙建中以《面对第二代生物质能源和全球气候变暖的挑战：白蚁能否拯救我们的地球?》为题作了主题报告。他提出的通过模拟以白蚁为代表的高效生物转化系统的作用机制、相应的理化条件及生物质转化的物态演变规律，建立以仿生系统原理应用为特点的高效生物质转化的全新理论，为实现生物质大规模产业化利用提供了新思路和新方向。

一天 48 小时才够用

回国后，孙建中作为江苏大学特聘教授负责生物质能源研究所的筹建工作。急于一展报国之志的他，一报到便投入到了紧张的工作当中，招聘科研人才、搭建国际合作平台、争取研究项目等等排满了他所有的时间。

为打造一支多学科交叉、国际和国内人才相结合的高水平研究团队，攻克生物质能源技术体系中高效和经济转化的国际性难题，孙建中平均每天工作时间都在 12 个小时以上，除了吃饭、睡觉等必要的生存需要外，所有的时间都扑在了科学探索和研究所建设上。孙建中经常受邀出席全国各地国际高水平学术研讨会，在火车上、在机场候机室，孙建中都争分夺秒地处理手头上的工作。记者在孙建中桌上发现了一篇被做了很多标记的英文论文，这就是近期孙建中去湖北出差时花了 6 个多小时在火车上审查的一篇 SCI 杂志投稿论文。令人惊讶的是，他给作者的审稿意见竟达 2 000 多字。

孙建中生活极不讲究。在穿着上不求光鲜，一件朴素的夹克衫，他穿了又穿。在吃饭上不求美味，为节约时间，他几乎顿顿都是在食堂填饱肚子。10 月 2 日，51 周岁生日，他和从南京赶回来为他庆生的爱人一起下了碗面条，简单了事。在镇江新安的家里，为让回国休假的女儿消磨时光才装上一台电视。原本擅长和钟爱的二胡和武术，如今也因终日忙于科学研究而荒废。然而，在生活上对自己很粗心的孙建中，对自己的同事和学生却很细心，在科学研究中总是很严谨。"我的开题报告已经修改了 4 稿了，马上还要修改第 5 稿。"研二学生苏小明告诉记者，孙教授虽然工作繁忙，却在对他的开题报告指导上下足了工夫，每一稿都是与他一起从文献的使用、概念的辨析，甚至从字词上的选择上进行讨论、推敲。"学术不容造假，每一篇都要认真对待。"作为 8 家 SCI 杂志的审稿人，孙建中总是严谨地对待每一篇投稿。在受邀编写《昆虫学研究进展：从分子生物学到害虫综合治理》中"消化木质纤维素类昆虫与生物质能源利用：一个新兴的具有诱人应用前景的昆虫学研究领域"这一章节过程中，孙建中光参阅相关文献就花了两年时间，这些花了 2 000 多美元才从美国邮寄回来的参考文献如今还被他整整齐齐地摆放在办公室的大书柜里。

长期的伏案工作使孙建中的颈椎积劳成疾，经常导致偏头痛，血压也高了起来。已经 50 多岁的他还坚持跟研究所里的年轻人一样，有时奋战到凌晨两三点。今年 7 月来所的日本留学归国博士常福祥感慨地说："连孙教授都这样拼命，我们更不敢有半点懈怠。"当被记者问到为什么对工作这么拼命时，孙建中如是说："自己已经到了知天命的年龄。在有限的学术生命中，自己能够做、应该做的事情还很多，一天48个小时才够用啊！"

"非淡泊无以明志，非宁静无以致远。"这是孙建中治学做人的座右铭。日前，由他作为首席科学家主持申请的国家科技部"十二五"农村领域首批预备项目"模拟自然生物转化系统实现木质纤维素资源高效转化的关键基础科学问题研究"通过了专家评审，有望获得科技部1 000万元的经费资助。当记者向他表示祝贺时，他却非常淡定地说："做科研，首先要有一种用一生去追求的科学精神，并在这种精神指引下去追求一种求真、求是的目标。若是为了发文章、评职称、拉项目挣钱等一些名利而丢弃了最根本的精神追求，就很容易患得患失，很难做出大的成就来。"

（张明平　霍建伟　朱　政）

中国教育报

2010年11月22日

江苏大学多举措建人才强校

在江苏大学，张弛教授是出了名的学术"超人"。今年6月，他的一项研究成果发表在国际顶尖化学权威期刊《德国应用化学》上，并被选为期刊封面文章做重点介绍。不久，由他发起和以中方首席科学家身份领衔建设的"中国-澳大利亚功能分子材料联合研究中心"在澳大利亚正式揭牌，成为目前中澳联合建立的6家实验室之一。正在澳大利亚进行国事访问的国家副主席习近平为中心揭牌。

这只是江苏大学近年来人才队伍建设的一个剪影。

错时"出手"，让人才滚滚来

多年来，江苏大学始终坚持"内外兼修"策略，每年投入3 000万元用于人才的引进和培养。"百名博士引进计划"近两年已累计引进博士228名，其中85%来自国内"985"、"211"和美国、日本等知名高校与科研机构。

作为一所省属地方高校，凭什么吸引一流人才？"我们的策略就是错时引进。"该校人事处处长韩广才一语道破天机，"除了用政策和待遇吸引人才，在时机选择上不去扎堆与著名大学拼抢，而是超前或滞后出手，宁缺毋滥。"

去年国际金融危机肆虐，引发大批海外人才"回流"，江苏大学袁寿其校长亲自出马去美国招聘,引进包括以第一作者在 Science 发表论文的施海峰博士在内的一批年轻学者。学校科学研究院面向海内外招聘三名专职科研人员,没想到短短一个多月吸引了日本国家材料科学研究院、德国马普协会等海内外著名高校和科研机构的 95 名一流人才前来应聘。

因人设"庙",让人才留下来

为优秀人才搭建平台是队伍建设的关键所在,江苏大学为此建立了"带头人 + 团队 + 学科平台"模式。

该校陈克平教授正在从事转基因水稻安全检测技术研究,这是国家近期重点发展的 6 个重大项目之一,也是去年农业领域唯一获国家转基因生物新品种培育科技重大专项资助的项目。而在 2001 年,当陈克平从中国农业科学院蚕业研究所来江大时发现这里的生命科学研究还是一片空白。让他尤其感动的是学校不仅给他配房子、买设备、建团队,还专门辟出一亩多地,组织全校 100 多名机关干部为他种了 800 株桑树。如今,陈克平领衔的生命科学研究院已从最初的一人"独唱"发展为 35 人的"大合唱",研究领域不断拓展。

"以学术为中心,为专门人才建立专门机构,对一些长线的、基础研究的学科和一些'市场不经济'的项目,通过完善考评标准,加大扶持力度,使他们能潜心做学问,安心干事业。"江苏大学校长袁寿其说。

培育"头羊",让人才发挥效能

"构筑人才高地,既要夯实高原,又要打造高峰。为此,江苏大学重点实施了"拔尖人才和创新团队培养工程",倾力培育引领事业发展的"头羊"。

该校毛罕平教授率领团队历经 14 年的努力,研究出了适应我国亚热带季风型气候条件、获得 2009 年国家科技进步奖的智能温室。"温室成本比国外同类产品低 30% ~ 40%,运行能耗低 33% ~ 50%,收益却高出几倍,现在已被 5 家温室企业应用,近三年累计新增利税和节支总额 17.32 亿元。"毛罕平教授介绍。

"让优秀人才引得进、留得住、用得好、出得来、长得快,是学校队伍建设的根本所在,也是学校实现内涵提升、特色强化的不竭动力。"江苏大学党委书记范明说。如今,江苏大学连续三年获国家科技奖 5 项和全国优秀博士论文,年申请专利 200 余项,获批国家级大学科技园……人才队伍建设有力地支撑了学校事业的快速健康发展。

(张明平　郑晋鸣)

光明日报

2010 年 11 月 24 日

实施分层次教学　推行自主选择专业

江苏大学京江学院：正视学生差异实行个性化人才培养

去年高考填报的志愿都是"清一色"机械类专业，最后却因差几分而服从安排进了交通运输专业的江苏大学京江学院学生李丽芳怎么也没想到，一年后经过个人申请和学院考核，最终就读了心仪已久的机电专业。这源于今年上半年江苏大学京江学院出台了"本科生自主选择专业实施办法"。李丽芳说："原来的专业也不错，但我更喜欢机电专业，技术性强，将来就业面也广，学习的劲头也更足了。"

"重视学生的差异，尊重学生的个性，是调动学生学习积极性、激发学习动力、提高人才培养质量的基本前提和根本保证。"京江学院院长路正南如是说。作为江苏省首批创办的独立学院，学院紧扣质量这一人才培养的生命线，着力加强人才培养制度和培养模式的改革，通过开设"课程对接班"、"培优班"，推行自主选择专业、辅修第二专业、导师制等举措，实现了差异化与个性化培养同步发展，有效提升了人才培养的质量。近5年来，该院学生在全国数学建模、大学生英语、电子设计等省级以上赛事中获奖100多次，毕业生就业率保持在98%以上。

由于高考方案设置的原因，每年都有不少文科考生被录取在理工科专业。"原以为食品专业就是学有关营养之类的东西，背背就行了，没想到对理化的要求这么高。"食品专业0901班的王双高考时选择的是历史、政治，进校后参加学院举办的"高中大学课程对接班"，听知名的中学老师讲授物理化学课程，每周三节课，持续一个学期。"对接班补了我高中相关课程的缺失，让大学阶段的学习底气更足。"王双说。近两年来，京江学院先后举办了三次5个这样的学习班，使800余名学生顺利完成了高中到大学的过渡。

针对本科三批次生源质量的实际，京江学院摒弃"照搬母体学校教材，克隆普通本科教法"的做法，积极探索因材施教、分层次教学等教育教学改革。尤其是在大学英语、高等数学等课程教学中，通过进校后的摸底测试，将学生分为加强层、基础层和提高层三个层次，采用不同的教材，提出不同的学习要求和学习进度，让全体学生都能找到学习的感觉。

从2008年开始，每年又在新生中遴选120名优秀学生，分别组建了英语和数学两个培优班，实行优生优培，让他们在全体学生中发挥领跑作用。"培优班是滚动式的，每学期排在后20%的要淘汰。"三年来一直在培优班的国贸0802班的彭孝纹表示，尽管压力很大，但学习的风气很正，大家在一起拼得很厉害。

为了给学生更多选择和发展机会，今年上半年，京江学院在出台学生转专业制度的同时，又实行了在本科生中实行第二（辅修）专业的规定，学生修完规定的42个学分，就可获得第二专业证书。2009级营销专业的卞纯霞说，自己选择了国贸专业，一方面是因为学有余力,另一方面家乡张家港民营经济发达,将来回家就业,这个专业很有用。目前,京江学院已开设了国际经济与贸易、会计学、市场营销三个辅修专业,总共 7 个班,辅修学生400 人。

(张明平　汪少华)

中国教育报

2010 年 12 月 26 日

十年回眸

2001 年

江苏大学正式组建

本报讯 经国家教育部批准,省委、省政府研究决定,江苏理工大学、镇江医学院、镇江师范专科学校三校合并,组建江苏大学。昨天,省委副书记任彦申及省教工委、省委组织部有关负责人,在江苏理工大学召开三校干部大会,宣布了省委、省政府关于组建中共江苏大学委员会、组建江苏大学及有关人事任免的决定。市委书记张卫国,市委副书记吴树南,市委常委、组织部长戴源到会。

任彦申在会上说,江苏大学的建立,对促进大学和区域经济发展紧密结合、为地方经济和社会发展提供人才支持和智力贡献,进而促进高校自身建设和发展都具有重要而深远的意义。任彦申强调,新组建的江苏大学,要立足镇江、立足江苏,面向全国,开拓事业,更好地为地方经济服务。

市委书记张卫国代表市委、市政府对江苏大学的组建表示热烈的祝贺。张卫国说,江苏大学的组建是镇江历史上、也是驻镇高校历史上的一件大事、喜事,合并后新组建的江苏大学,规模更大了,学科更多了,实力更强了,其优势在集成中更优,特色在荟萃中更特,对镇江地方经济、社会事业的发展都将起到更进一步的促进作用。

新组建的江苏大学,将拥有 2.5 万名师生员工,涵盖理工、医药、人文等学科,向着综合性一流大学迈进。

江苏大学党委书记朱正伦、校长杨继昌在会上作了表态性发言。

(刘凤英　祁山洪)

镇江日报
2001 年 8 月 29 日

我省又一所教学研究型综合性大学江苏大学成立

本报讯 我省又一所以理工为特色的教学研究型综合性大学——江苏大学 26 日正式成立。该校由原江苏理工大学、镇江医学院、镇江师范专科学校合并组建。副省长王珉、中国机械工业联合会常务副会长陆燕荪为该校揭牌。

江苏大学坐落于镇江市,占地面积 2 000 余亩,分为校本部、北固校区、梦溪校区、中山校区 4 个校区。现有 20 个学院、系、部,52 个本科专业,设有机械工程等 3 个博士后流动站、10 个博士点、33 个硕士点、6 个工程硕士培养和学位授权领域,9 个省部级重点学科,全日制在校生达 23 000 余名。

省委书记回良玉在贺信中说,江苏大学的组建是江苏省深入实施科教兴省战略的重要举措。王珉副省长表示,"十一五"期间,江苏大学将成为我省重点建设的以理工为特色的综合性大学,省委、省政府将一如既往地对江苏大学的建设与发展给予关心和重点支持,为学校的改革与发展创造更好的外部环境和条件。

成立庆典仪式结束后,学校为新落成的江苏高校第一楼——2 号教学楼群剪了彩。该楼群总建筑面积约 43 000 平方米,由教学楼、讲堂群及计算中心等三部分组成,能同时容纳 12 000 多人学习、科研。

顾冠群等近 20 名院士和知名专家出席了江苏大学成立庆典仪式,并为师生们做了 20 余场高水平的学术报告会。

(凤英 朱晏 鸿珍)

新华日报

2001 年 10 月 27 日

江苏高校第一楼在江苏大学落成

今天的江苏高教界可谓喜上加喜,先是由原江苏理工大学、镇江医学院、镇江师范专科学校三校合并组建的江苏大学正式成立,接着是被誉为江苏高校第一楼的江苏大学 2 号教学楼群落成。

新落成的 2 号教学楼群,位于江苏大学本部校园西部的教学区,总用地约三公顷,总建筑面积约 43 000 平方米,由教学楼、讲堂群及计算中心三部分组成,能同时容纳近 12 000 人从事教学和科研活动。

据江苏大学负责人介绍,2 号教学楼群总造价约 9 083 万元。教学楼主楼分东、西、中三部分,整幢楼内有特大、大、中、小教室近 100 个;讲堂群由南段的阶梯教室和北段的报告厅组成;计算机中心工程为综合办公楼,该建筑群设置了 1 300 多个通讯网络信息点,可供 1 300 多名学生同时上网,每一个教室的教学情况都可以通过网络向全校实况转播。2 号教学楼群的建成,为新建立的江苏大学实现学校教学网络一体化、培养高新技术人才提供了优良的教学环境。

（朱　晏　华卫列）

新华网

2001 年 10 月 28 日

江苏教育界盛事华章——

江苏大学成立

　　一所以理工为特色的教学研究型综合大学——江苏大学正式成立。该校由原江苏理工大学、镇江医学院、镇江师范专科学校合并组建。成立大会于 10 月 26 日举行，30 000 余名师生欢聚一堂，共同庆祝学校的诞辰。国家教育部、江苏省委、省政府发来贺信，江苏省副省长王珉、中国机械工业联合会常务副会长陆燕荪为该校揭牌。江苏省教育厅厅长王炳泰、镇江市委书记张卫国为江苏大学北固校区、梦溪校区和中山校区揭牌。出席大会的还有近 20 位院士和知名专家。

　　江苏大学坐落在江苏镇江市，占地面积 2 000 余亩，分为校本部、北固校区、梦溪校区、中山校区 4 个校区。现有 20 个学院、系、部，52 个本科专业，设有机械工程等 3 个博士后流动站、10 个博士后、33 个硕士点、6 个工程硕士和学位授权领域，9 个省部级重点学科，全日制在校生达 23 000 余名。原江苏理工大学是全国重点大学，也是全国首批获得博士、硕士学位授予权的单位之一，理工特色明显，综合实力位居国内高校百强之列。原镇江医学院在临床医学和医学检验方面具有较大优势。三校合并将推进学校实现跨越式发展，使江苏大学成为一所"以工为主，理工医教结合，科技与人文交融，多学科协调发展，综合实力处于全国同类院校前列，并具有一定国际知名度的高水平、开放式的教学研究型综合性大学"。

（刘凤英　朱　晏）

人民日报

2001 年 11 月 6 日

"咱们谁都离不开谁"

江苏大学与金蛙集团合作获"双赢"

农用运输车居然被 999 对新人作为婚礼主车,在大都市上海举行盛大的"玫瑰婚典"。这种外形漂亮、经济实用的微型农村家庭客货两用车,是江苏大学"系列农村运输车辆产品研制开发及产业化项目"课题组开发,由南京金蛙集团产业化后的成果之一。该系列车在国内农用车型中处于领先水平,目前该项目获得了中国机械工业联合会科学技术进步一等奖。

该课题组所在的江苏大学汽车学院,是国内汽车和农机方向科研实力较强的机构。江苏大学和南京金蛙集团合作开展 16 年来,他们先后进行了 100 多项技术革新,为企业带来直接、间接经济效益 10 多亿元。

在 1998 年由江苏省发展计划委员会和江苏省教育厅批准立项,江苏大学与金蛙集团共同承担的"微型农村家庭客货两用车的研制开发"项目中,课题组共开发应用 12 项专利,其中"农用车联体驱动桥"的国家专利获得了中国农机优秀设计奖,被农用车行业广泛应用,促进了行业进步。一个包含 6 种新车型的总研究项目"系列农村运输车辆产品研制开发及产业化"浮出水面。项目成果投入市场后,1999 年销量即达 47.28 万辆,年新增产值 10.5 亿元,新增利税 5 250 万元,产生了巨大的经济和社会效益。

合作的结果是"双赢",项目组依靠科研创收投入科研基金 350 余万元,该学科也形成了一支以博士生导师为首、年轻人为主的充满活力的科研群体。而金蛙集团从 1982 年创业时职工 40 余人、产值 40 万元,发展为现在职工 4 000 多人、产值 35 亿元的全国最大的农用车生产企业之一。金蛙集团董事长何家铭说道:"江苏大学是知识大哥,我是实干大哥,咱们谁都离不开谁。"

（徐海清 任建波）

中国教育报

2002 年 1 月 28 日

中科院副院长陈竺参观江大生命科学研究院

本报讯 昨日,中国科学院副院长陈竺院士前往江苏大学,饶有兴趣地参观了生命科学研究院。江苏大学的生命科学研究院的建设与发展引起了陈竺的极大兴趣和关注。

江苏大学生命科学研究院成立近两年来,充分发挥人才优势,瞄准学科发展前沿,在动物分子生物学、植物分子生物学、医学分子生物学以及生药学等学科领域开展了研究,曾先后主持或完成了国家科技攻关项目、国家自然科学基金项目、国家风险基金发展项目以及参加国家"863"项目等近 10 项课题,先后荣获国家科技进步二等奖,农业部科技进步一等奖、三等奖,并在国内外著名学术刊物发表论文 60 余篇。目前,正在进行国家"863"项目、国家自然科学基金、江苏省高新技术重点项目等 8 个重大项目的研究。

(高　鸣)

镇江日报
2002 年 2 月 19 日

江苏大学一学科评上全国重点

本报讯 日前,经国家教育部批准,江苏大学流体机械及工程学科被评为全国高等学校重点学科。

据了解,国家级重点学科代表了我国本行业学术最高水平。江苏大学流体机械及工程学科被评为国家级重点学科后,"十五"期间,国家将投入数百万资金,省里还将配套相应资金用于该学科的重点建设,使该学科学术水平达到或接近国际一流水平。

(江小惠)

镇江日报
2002 年 3 月 3 日

江苏大学百名教授上讲台

本报讯 新学期一开学,全国政协委员、江苏大学博士生导师吴守一教授就做好了为本科生开设讲座的准备工作,这已是他连续第6年为本科生开设讲座了。在江苏大学,像吴教授这样为本科生开设专题讲座的知名学者、教授越来越多。

据了解,多年来,江苏大学一直十分重视本科生的教学质量,千方百计让教授走上讲台、开设讲座,如今学校基础课、基础技术课的教授100%都承担了本科教学任务。师高弟子强,扎实的基本功使得江苏大学的学生在就业市场上备受欢迎,连续多年本科生就业率达到了97%以上。

今年,江苏大学又开展了"百名教授上讲台"活动,继续采取有力措施,鼓励博士生导师和知名教授为本科生开课、开设专题讲座。针对由于科研和带研究生的任务繁重,部分专业课教授没有精力给本科生上课,影响教学质量的情况,学校明确要求专业课教授为本科生授课的教学工作量必须达到总量的20%以上。同时,学校将今年定为教学质量年,启动教学"名师工程",逐步形成以600名左右教授、副教授、博士为主体的本科生教学主讲队伍;拟聘请80名左右退休老教授作为教学质量检查员,监督本科教学。对这种做法,本科生们表示了极大的欢迎。记者采访的许多学生都谈到,自己对教授很崇敬、信任,聆听教授讲课,学习教授们的研究精神和治学态度,学会思考、创造,这对于提高自身素质作用太大了。

谈起教授给本科生上课的好处,江苏大学校长、博士生导师杨继昌说,培养本科优秀人才的关键是师资队伍,教授不上讲台,学生容易错过培养创造能力的最佳时期,教授了解和掌握学科发展及前沿信息,将这些知识有意识、恰当地穿插在为本科生讲课、做讲座的过程中,对开阔本科生的视野、提高学生的创造力以及对所学专业的认识及兴趣大有裨益。

（江小惠 徐海清）

中国教育报

2002 年 3 月 15 日

察实情　听实话　办实事
江苏大学加强领导作风建设

本报讯　20 天的时间,走访了 20 个学院、8 个基层部门,召开了 28 场现场办公会,听取问题反映 100 余件,当场解决数十件……江苏大学领导深入基层、深入群众,调查研究、现场办公。

今年是中央提出的"转变作风年、调查研究年",也是江苏大学组建后全面建设和发展的起始年、关键年。学校提出工作中要突出一个"新"字,思路要新,机制要新,措施要新;要立足一个"实"字,以务实的态度、实干的精神、扎实的作风赢得事业的发展。校党委首先从抓学风入手,制定了党委中心组理论学习制度,强化学习规范,健全考核制度,变"软任务"为"硬任务",以学风的转变带动工作作风的转变。同时,降低工作重心,密切与基层的联系,坚持与完善现场办公会和校领导接待日制度,做到察实情、听实话、出实招、办实事、求实效。

(张明平)

镇江日报
2002 年 4 月 5 日

三校合并学科大交融　不惜重金引才夯基础

本报讯　去年 8 月底由原江苏理工大学、镇江医学院、镇江师范专科学校合并组建的江苏大学,经过半年多的实际运作,如今跨学科、融合式的教学、科研和管理特色已显现,大融合之后又将书写"大文章"。

据了解,按照有利于学科交叉渗透、优势互补的要求,合并组建后的江苏大学加快学科之间的有效整合,工学类专业已从原江苏理工大学的 63% 调整为现今的 44.5%,理学类专业也由先前的 5.3% 提升至 12.7%,经济类、管理类专业所占比例为 22%,文学和法学类专业从 8% 调整到 15%,医学类专业为 10%,综合考虑文、理与师范专业的交叉,师范教育专业占 10%。

"十五"期间,该校将投重金用于高级人才引进、基础设施建设等方面:继续实施的"高层次人才引进工程"和"博士培养计划",预计投入1个亿,引进和培养2~3名院士、10~20名能够带领本学科进入学科前沿的优秀学科带头人,100名以上具有较强实力的中青年学术攻坚人才,培养10名左右教学名师,努力提高全校师资的整体实力。

同时,该校还将投入3个亿,加速发展现代教育技术。创建数字化校园:加强实验室建设,今年该专项资金确保在3 000万元以上,主要用于基础课程实验教学示范中心、公共服务体系、重点实验室和实习基地的建设,加速推进多媒体教室建设、教学资源信息中心建设、数字化图书馆及体育设施的建设,使办学条件得到明显改善。

(张翀煜 孙 霞)

京江晚报

2002年4月6日

给师生一个明白

江大全面推行校务公开制度

本报讯 江苏大学全面推行校务公开制度,以充分调动广大教职工的积极性和创造性,加强民主监督,规范办事程序,推进依法治校。

据了解,为充分调动和发挥广大教职工的主人翁意识和创造精神,江苏大学专门出台了《关于全心全意依靠教职工办学和加强工会工作的意见》,并规范校务公开工作的实施办法。该校明确提出,校务公开要遵循5条原则,即实事求是的原则、突出重点的原则、分工负责的原则、群众参与的原则和监督整改的原则。校务公开要围绕三大重点展开,即学校的重大决策,涉及教职工、学生切身利益的重大事项,师生关注的热点、焦点问题。

同时,该校明确,10个方面的内容必须公开,即学校事业发展规划,重大改革方案,学校财务年度预算和决算,审计、监察工作情况,基建工程和重大修缮项目招投标情况,大宗物资采购,教职工住房和医保情况,学生评优和奖学金评定,干部聘任、职称评聘、教师评优,学校廉政建设情况等。同时,拓宽校务公开的途径,通过教代会、校务公开栏、相关会议、文件及校园传媒等形式把校务公开工作落到实处。

(张明平)

镇江日报

2002年5月6日

江苏大学"21 世纪人才学院"91% 毕业生入党

　　江苏大学"21 世纪人才学院"2002 级培训班日前开学。百余名品学兼优的大学生参加了开班典礼。这是江苏大学组建后的首期,也是参加人数最多的一期。据介绍,在目前已毕业的 300 名学员中,91% 的人加入了中国共产党,82% 的人大学毕业后继续深造,攻读硕士或博士研究生;在学校免试推荐的研究生中,参加过该学院培训的学生占 90% 以上;近 5 年全校一半以上的校、省级优秀毕业生出自这个群体。

　　1996 年,江苏大学在江苏省高校中率先成立"21 世纪人才学院"。该学院以"打造人才精品,培养强校先锋"为宗旨,瞄准经济建设、社会发展对人才的知识复合、能力全面、素质综合的新要求,针对学校理工学科的特色,围绕学生自身成才对各类知识尤其是对人文社会科学知识的渴求,利用双休日,历时一年半,通过开设相关的课程,如创造学、管理学、社会学、心理学等,拓宽学生的知识领域,促进其全面成才,并以点带面,整体联动,全面提升人才培养质量,提高学生就业竞争能力。

　　该学院严把"入门关",参加学习的全体学员必须同时是校级三好学生或校级优秀学生干部并已通过英语四级、计算机二级,必须参加全部的培训课程考核并成绩优异;同时精心组织实践环节,强化学生的语言表达能力、心理承受能力以及组织协调能力;学院还开展各种形式的革命传统教育和帮困助残献爱心活动,帮助他们树立正确的世界观和较强的社会责任感。

（高　鸣）

光明日报

2002 年 5 月 9 日

拓展网上思想政治工作新空间

江苏大学开通"江帆网"

本报讯 日前,一个以大学生为主要对象,融教育性、知识性、艺术性、服务性于一体的"江帆网"在江苏大学建成开通。据了解,这种专门的宣传思想工作网站在我市高校中尚属首家。

为推进思想政治教育网络化进程,拓展网上思想政治工作的新空间,本学期初,江苏大学党委宣传部组建了由教师专家和学生组成的网站制作队伍,经过两个月的筹划、设计、制作,建成了"江帆网"。该网站坚持"以人为本"的教育理念,既突出思想性,又注重参与性,网站包括新闻中心、理论之窗、视听在线、文化欣赏、法纪长廊、心灵驿站、江帆论坛、服务热线等 10 个栏目。"江帆网"开通不到一周,访问量就达到了 2 000 余人次。

(董德福　张明平)

镇江日报

2002 年 5 月 11 日

风正一帆悬

——记合并组建后的江苏大学

去年 8 月 28 日,经教育部和江苏省人民政府批准,原江苏理工大学、镇江医学院和镇江师范专科学校三校合并成立江苏大学。合并半年多来,作为一所已有百年办学传统的高校,江苏大学正满怀豪情地朝着"以工为主,理、工、医、教结合,科技与人文交融,多学科协调发展,综合实力处于全国同类院校前列,并具有一定国际知名度的,高水平、开放式的教学研究型综合性大学"目标奋进。

明晰思路　注重特色　形成学科发展新格局

教学、科研、学科建设是学校的三大重点,决定着学校的现实地位,影响着学校的长足发展,而学科水平则是一所大学综合水平的重要标志。在学科布局的调整中,江苏大学坚持"四个有利于"——有利于学科的优势互补、有利于学校向综合化高水平方向发展、有利于教育资源的优化、有利于提高教育质量和办学效益,牢固树立品牌意识,实施品牌、特色发展战略。为此,学校调研了 40 多所国内综合性大学,召开了 10 余个座谈会,形成了自己的学科建设思路和格局,即巩固发展优势学科,重点建设特色学科,大力扶持新兴学科,加强人文基础学科,拓展边缘交叉学科,初步形成了一个以基础学科、主干学科、支撑学科、新兴交叉学科为主要内容的学科体系,并在生物工程、生命科学、材料科学、环境工程以及先进制造技术等学科领域形成了一批新的增长点。

学校还以学科重组优势为核心、以学科交叉优势为主线,优化专业结构,加强课程体系改革,拿出了自己的专业设置方案,组建了 20 个学院和部,新增 6 个学院;调整学科比例,工科由原来的 63% 调至 42.3%,理科由原来的 5% 调至 12.7%,同时保持了医学、师范教育比例各 10%,理、工、医、教、经、管、文、法八大学科门类比例更加合理,一所充满生机和活力的综合性大学已现雏形。

学科建设是龙头,队伍建设更是关键。因此,队伍建设是江苏大学"十五"建设的重中之重。杨继昌校长提出,对人才的引进和培养要"不惜重金、不遗余力、不留遗憾"。"十五"期间,学校将投入 1 亿元来实施"高层次人才引进工程"和"博士培养计划",在已聘请 5 名院士的基础上,引进和培养 2~3 名院士、10~20 名能够带领本学科进入学科前沿的优秀学科带头人、100 名具有较强实力的中青年学术攻坚人才。

立足今年 把握根本 构建教学质量新体系

江苏大学要实现超常规、跨越式的发展,2002 年是组建后进入全面建设和发展的起始年、关键年。学校领导认为,打造一个崭新的江苏大学要从办好实事开始,"以共同的目标团结人,以事业的发展凝聚人"。今年,学校提出要认真办好几件实事,首先是创建数字化校园,实现三校区之间的高速光纤主干网的联通,完成新建大楼联网工程、学生宿舍综合布线工程和网络升级改造工程等数字化基础设施建设。

教学质量是学校安身立命之本,教育改革要有利于创造性人才的培养,要适应国家创新体系的需要。江苏大学把今年确定为"教学质量年",围绕质量这个中心,推出了一系列措施:建立院系教学质量评估体系,实行教学质量"一把手"负责制;设置由干部、教学检查员、学生评议、信息员、投诉"五位一体"的教学质量监控体系;实行教师职称评定教学考核"一票否决制";聘请 82 名离退休老教师,担当教学质量检查员;实行岗位津贴与教学质量考核的成绩挂钩。新学期,学校开展了"百名教授上讲台"活动,并启动教学"名师工程",600 名教授、博士、硕士坚守在教学第一线,为本科生上课;深化改革,选择 16 门专业课程进行双语教学试点,推进教学手段现代化、信息化,工科类专业确保在今年全部脱离图板;抓好省级品牌专业及特色专业的优选和创建,推进完全学分制、主辅修制、重修制改革的进程;建立与巩固 200 个左右教学改革基地和一批附属医院。"十五"期间,学校还计划投入 2 亿元,重点建成基础课程实验教学示范中心、公共服务体系、重点实验室几个亮点,今年实验室专项资金将达 3 000 万元。

瞄准一流 着眼未来 绘制事业发展新蓝图

科学研究和科技水平是高校办学水平与学术声誉的主要标志,也是学科建设的重要支撑和高新技术产业化的源泉。江苏大学通过对原有三校科研机构的整合,发展了一批有实力、有特色、结构合理的科研院所,并着力培养科技之星,着手组建一支200人左右的专职科技队伍。在谋求科研事业大发展的关节点上,江苏大学迈出了坚实的一步。江苏大学综合学科优势,促进交叉融合,初步形成自然科学和人文科学相得益彰、基础研究和应用研究互为支撑、传统特色和前沿领域共同发展的科技发展新格局。

江苏大学"十五"期间各项科研指标将以每年15%的速度增长,2005年科研经费1亿~1.4亿元;争取在国家重大项目上有重大突破,力争获国家级科技进步奖1~2项、省部级成果奖100项以上;同时,在国际权威杂志和国内核心期刊上发表学术论文3 000篇以上,专利申请和授权量都要有大的增长。

按照"立足江苏、服务全国、走向世界",把学校建成名校、强校的发展思路,江苏大学在原三校"十五"规划的基础上,重新修订了《江苏大学2002年—2005年事业发展规划》。到2005年,江苏大学全日制在校生将达到32 000人,其中研究生规模达到3 500人,一级学科博士点6~8个,博士点20个以上,硕士点60个以上,国家级重点学科1~2个,省级重点学科10~15个,博士后流动站5~7个;还要创建省级品牌专业点10个、省级特色专业15个,重点建设8个左右基础课程实验教学示范中心,等等。

(高 鸣 张明平)

中国教育报

2002年5月11日

江苏大学研究生培养严把"三关"

本报讯 江苏大学通过深化研究生教育教学改革,加强研究生培养的过程管理,严把"三关"——导师选聘关、学科方向关、学位论文关,构建起一整套研究生培养的质量保障体系,有效地促进了研究生培养质量的提高。

具有百年办学历史的江苏大学,是一所以理工为特色的教学研究型大学,是首批具有博士、硕士学位授予权的高校之一,综合实力位居国内高校百强之列。"博学、求是、明德"6字校训,激励这所大学把教育教学质量作为学校改革发展的生命线,特别是在研究生培养上,近年来形成一套切实可行的质量保障体系。

严把导师选聘关，打破了导师终身制。江苏大学推行导师评聘分开制度，激发导师整体水平提高；实行新导师上岗培训制度，强化导师的质量观和责任感；推行师生互选制度，力求使导师与学生的"组合"最佳化。

严把学科方向关，保证了学科的前沿性和课程设置的先进性。江苏大学结合学科发展动态，及时调整学科的研究方向，改革课程设置，修订研究生培养方案和教学大纲。该校还加强重点学科建设，尤其是加强学位课程的教学和管理，几年来约30%的应届硕士生考取了清华等重点大学的博士生。

严把学位论文关，是江苏大学研究生培养中最显著的特色。一是坚持专题研讨制度，规定在读期间博士生要完成8次专题研讨报告，硕士生要完成5次专题研讨报告，报告文献阅读和论文研究工作进展，促进师生间的学术交流。二是完善学位论文开题报告制度，实行论文阶段汇报制度。三是严格论文"盲送"制度，硕士论文坚持100%"盲送"制。去年该校报送4篇硕士学位论文，全部被评为江苏省优秀硕士论文，报送的博士学位论文，连续三届获江苏省优秀博士论文。

（高　鸣　张明平）

人民日报

2002年5月21日

赞学位论文"盲送"制

教育教学质量，是高校生存和发展的永恒主题。江苏大学在改革发展中，始终"咬定青山不放松"，紧紧抓住质量这个主题。特别是在连续三年扩招、今年考研人数创下历史新高的情况下，他们严把质量"三关"，高筑研究生"出门"的"门槛"，令人称道。而其中特别值得一提的，是该校的学位论文100%"盲送"制。

眼下假文凭令人深恶痛绝，那么真文凭又怎么样呢？毋庸讳言，有些真文凭也是货虽真而价不实。如何使研究生文凭货真价实？学位论文"盲送"制无疑是有效的办法。按惯例，研究生学位论文答辩之前要请专家评审，由于评审专家事先知道论文作者和导师姓名，碍于面子，总能放学生一马。"盲送"制打破这一惯例，在研究生学位论文评审中，一律隐去作者和导师姓名。江苏大学校长杨继昌教授介绍说，全校所有专业、所有硕士学位论文都要经过这种匿名评审，这一制度从1995年起就正式开始实行并逐步加以完善，每年都有一些论文在一次送审中"落马"。

江苏大学实行研究生学位论文100%"盲送"制度，在全国高校中实属创新之举。这一制度,好就好在它既杜绝了人情,又堵住了后门,既确保了学位论文的质量,又有效地促进了校际学术交流,提高了学科建设的水平。更重要的是,这一制度遏制了目前学术上的浮躁之风,让学生在学位论文的写作上有所顾忌,谨防"落马",踏踏实实做学问。

（温红彦）

人民日报

2002 年 5 月 21 日

天津市长李盛霖来镇访问

昨天下午,中共中央委员、天津市市长李盛霖及天津市有关部门负责人来镇江市及江苏大学访问。

李盛霖是江苏大学校友,1965—1970 年在当时的镇江农机学院农机系就读,毕业后分配至天津工作至今。5 月 20 日至 22 日,李盛霖率天津市代表团到我省考察访问,并进行经贸洽谈。其间,李盛霖专程来镇江市及江大访问。这是他毕业 32 年后第一次回镇江和母校。

在市长史和平,江大校党委书记朱正伦、校长杨继昌等陪同下,李盛霖一行首先参观了大市口城市客厅、长江路风光带。在感叹镇江城市巨大变化的同时,对镇江市长江路沿江风光带串起"三山"景观、做足"三国文化"文章等一系列做法表示赞赏。

回到阔别已久的母校江大,见到当年所在班级辅导员、如今已是华发满头的老教授,李盛霖坦言心情十分激动,并对江大环境和面貌焕然一新、各项工作蒸蒸日上感到由衷高兴和自豪。江大校领导介绍了江苏大学多年来建设发展的有关情况、今后发展方向和远景规划。李盛霖表示,不会忘记母校的培养和教诲,希望镇江市及高校和天津高校及企业加强联系,共求发展。

（祁山洪）

镇江日报

2002 年 5 月 23 日

江苏大学腾出部分后勤岗位

让贫困大学生"上岗"

本报讯 近日,江苏大学举办了一场特殊的人才招聘会:招聘单位都是学校的食堂、图书馆、实验室等部门,招聘对象则是校内每月生活费不超过 200 元的贫困大学生。经过面试、笔试,800 多位大学生成为学校的"正式员工",每月可以领到一笔固定"工资"。

来自江苏射阳农村的大二学生陈利军经过笔试、面试,如愿应聘上了图书馆管理员的岗位,其职责就是每天课余到图书馆帮助整理书架。这样他每个月可领到 150 元"工资"。加上他申请的每月 150 元的国家助学贷款,今后再也不用因生活费没着落而发愁了。

江苏大学是一所面向全国招生的综合性大学,在校的近 2 万名学生中,来自老、少、边、穷地区的学生占到一定比例。今年,该校在给贫困生一定经济资助的基础上,还在教学、管理和科研部门腾出了 500 多个岗位安置学生"就业",并专门拨款 80 万元,为竞聘上岗的学生们发"工资"。这样一方面解决了学校内部个别岗位无人做、不愿意做的矛盾,同时又解决了一些贫困大学生想勤工助学又无事可做的矛盾。

据该校学工处郭礼华处长介绍,校内公开招聘岗位,使学生个人和用人部门都有了更多的选择余地,同时也增加了这项工作的透明度。更重要的是,勤工助学引入竞争机制,可以培养与增强学生的岗位意识、责任意识和市场竞争意识,对于他们将来走向社会是宝贵的经验积淀。

(张明平　卢小芳　仲崇山)

新华日报

2002 年 5 月 23 日

江苏大学加快技术资金"联姻"

本报讯 目前,江苏大学已与省内及全国各地 1 000 多家企业单位进行了各种形式的技术合作,这种技术和资金的"联姻",实现了校企双赢。这是江苏大学近年来坚持以市场为导向,选择有市场前景的高技术项目进行深度开发,探索与企业从立项到投产"一条龙"的全面合作模式,将科技成果快速转化为高技术产品的结果。

不久前,江大生物与环境工程学院成功地将超临界二氧化碳萃取技术应用于蜂胶中活性成分的分离提取。两家民营企业看准了江大这一颇具市场开发前景的技术成果,三方一拍即合,组建了江苏江大源生态生物科技有限公司。而且在技术转化为产品的过程中,江大依托强大的研发力量,为企业解决了各种开发和营销的关键问题。由这一技术相继衍生出了三个不同功能、不同定位、各有特色的产品,目前已大规模投放市场。

另据了解,该校同江苏亚太集团合作后,企业产值已达 3 亿元;与金蛙集团签订的新型农用车开发项目,为金蛙集团新增值 10 亿元。此外,该校还承担了全省高校最大的产学研项目,计划投资 2.08 亿元,此成果已获国家机械工业科技进步一等奖。

(王公为)

科技日报

2002 年 5 月 29 日

江苏大学请离退教授做检查员确保教学质量

南京 6 月 6 日电 为了确保教学质量,带好中青年教师,江苏大学今年开始实行教学检查员制度,佩有"教学检查员"胸牌、白发苍苍的老教授和年轻的学子一道进入教室,与学生一同听课。校长杨继昌介绍说,今年是江苏大学的第一个教学质量年,聘请 82 位离退休教授担任教学检查员是该校确保教学质量的重要措施之一。该校管理学院前院长、现在应聘担任教学检查员的金中豪教授认为,这一举措既有利于教学质量的提高,也调动了大批教学经验丰富的老教授关心学校发展和协助提高中青年教师教学水平的积极性。

(郑晋鸣)

光明日报

2002 年 6 月 7 日

江苏大学今年招生政策有新调整

本报讯 日前从江苏大学获悉,为配合国家实施西部大开发战略,该校今年将增加在西部省份的招生人数。据了解,今年该校将在全国范围内招生 6 600 人,其中本科生 6 510 人,专科生 90 人;在江苏招生 4 530 人,在外省招生 2 070 人。

江苏大学是去年 8 月经教育部和江苏省人民政府批准,由江苏理工大学、镇江医学院和镇江师范专科学校三校合并组建的一所综合性大学。该校已有一百年的办学历史。经教育部批准,江苏大学今年新增专业 18 个,使本科招生专业增加到 61 个,学科门类设置更加齐全。

今年的新生入学后,该校将进行二次专业调整的尝试。高考成绩超过所在省最低控制分数 70 分以上者,在新生报到后一个月以内,根据本人申请,有资格重新自主选择专业。大学第二学年后,经学校综合测评的优秀学生,有资格在所在学院内重新选择专业,以逐步改变以往专业"一报定终身"的状况,使部分优秀学生能就读理想专业。

据介绍,填有江苏大学优秀学生推荐表,并在本科第一批第一志愿报考江苏大学的考生,达到招生规定的要求,将优先录取、优先满足专业志愿,如服从专业调剂,保证录取。中共党员、一级运动员和艺术特长生等类似"优惠者",达到招生规定的录取分数线,保证满足其专业要求。

在往年专门设立"新生优秀奖学金"和对老少边穷地区新生一次性特殊奖励外,江苏大学今年还将加大奖励力度,高考成绩超过所在省最低控制分数线 50 分或高中阶段获得省级以上(含省级)表彰的三好学生、优秀学生干部,入学时一次性奖励 5 000 元。

此外,学校还将从高考成绩 600 分以上的新生中选择 100 名左右组建强化班,两年后他们可自主选择专业,成绩优秀的学生可免试保送攻读硕士研究生。

（袁新文　卢小芳）

光明日报

2002 年 6 月 9 日

南水北调用泵水力模型研究获重大突破

北京6月23日电　江苏省水利厅和江苏大学联合为南水北调东线工程研究的可调节叶片高比转速斜流泵水力模型(211—80模型)日前在北京通过了江苏省科技厅组织的成果鉴定。由两院院士和国内著名专家组成的鉴定委员会认为,此模型突破了斜流泵比转速600的界限,是泵设计理论的一项重大突破,综合技术指标达到国际先进水平。

院士及专家们指出,由于轴流泵扬程变化范围较小,高效范围窄,在小流量区域运行易产生震动和噪声,而南水北调东线工程部分泵站的扬程变化范围较大,从而使传统轴流泵的使用受到限制,因此该研究成果不仅解决了南水北调东线工程部分泵站用泵水力模型的技术难题,具有十分广阔的推广应用前景,而且具有良好的经济和社会效益。

江苏大学流体机械及工程学科是国家重点学科。该学科历年来已有60余项科研成果荣获国家及省、部级科技进步奖,研究成果80%以上已成功转化为生产力。

（关 东）

光明日报

2002年6月24日

两万学子"出征"　百名教授"坐镇"

江苏大学启动社会实践

本报讯　日前,江苏大学举行了隆重的暑期大学生社会实践出征仪式,该校百名教授将100面社会实践的大旗授给100支小分队,亲自给2万余名即将出征的学子"饯行"。

作为一所曾经以理工为特色的高校,江苏大学在今年的"三下乡"实践活动中,尤为注重发挥学校的专业优势,强化为"农"服务的意识。如:"三个代表"精神宣讲团,由全国人大代表姜哲教授率队,深入厂矿、农村宣传"三个代表"重要思想,并开展农村党建情况调查;"三农"问题服务团,由全国政协委员、农产品专家吴守一教授"坐镇",开展农业产业化、农作物残留农药检测、农村环境污染防治等方面的服务,并就"农民最关心的问题"开展调研;由15名博士生组成的"服务农村青年增收成才"实践服务团作为学校的4支重点团队之一，由 3 名教授"加盟"，将远赴淮安农村，举办农机具维修、农业科技培训、农业科技宣传、生态农业发展和农业结构调整讲座开展及农业科技成果交流等等。

据悉，这 100 支小分队将于近日奔赴各地，以"同人民紧密结合，为祖国奉献青春"为主题，积极开展道德实践、农技推广、企业帮扶、文艺演出、医疗服务、法律宣讲、支教扫盲、环境保护等 8 个方面的"三下乡"社会实践服务活动。

（张明平）

新华日报

2002 年 7 月 2 日

"五位一体"监控网络　职称评定"一票否决"

江苏大学全力构建教学质量保障体系

当前，高校的教学质量是全社会共同关注的话题。不少人说，高校扩招，数量上了，质量却降了，"水"涨"船"未高。怎样让文凭"货真价实"？江苏大学采取有力措施，全方位构建教学质量监控和保障体系。

设置"五位一体"的教学质量监控网络。该校规定，校、院两级一把手为教学质量第一责任人，分管副校长和副院长为直接责任人，公共课、基础课实行课程负责人制度。该校聘请了 80 名资深教授担任教学检查员，深入课堂随机听课，并对青年教师进行示范教学和指导。同时还建立了江苏大学党政干部与同行教师听课制度、教学质量检查员听课制度、教学质量学生评议制度、教学质量信息员反馈及设置投诉箱制度，这 5 项制度相互配合，发挥合力，对教学进行全过程、全方位的质量监控。

实施"百名教授上讲台"计划。针对不少教授忙于搞科研和带研究生，本科生教学质量受到影响的情况，江苏大学规定，教授、副教授必须讲授本科课程，55 岁以下的每年至少为本科生讲授一门课程，鼓励知名教授给本科生讲课或开专题讲座。学校还将今年确定为"教学质量年"，实施"百名教授上讲台"计划，同时启动"主讲教师"、"教学带头人"、"教学名师"工程。目前，该校有 600 余名教授、副教授、博士活跃在本科生课堂。

实行职称评审教学考核"一票否决"。在教师专业技术职务评审中强化教学质量的考核，对教师课堂教学效果、教学实绩、教学态度等全面量化打分，实行"一票否决制"。此外，该校还将教学质量考核与岗位业绩津贴挂钩，实行优质优酬，调动教师教学的积极性。

"大学英语"和"计算机基础及语言"作为两门重要的基础课程和统考课程，其教学质量是衡量学校本科教学质量的重要指标之一。江苏大学通过完善有关奖励办法，加强对"窗口课程"的建设,狠抓英语和计算机教学。同时,为适应加入 WTO 的需要,该校加大了教学改革的力度。今年选择了 18 门课程进行双语教学,并推进课程教学数字化(信息化、网络化及多媒体技术)进程,工科专业的工程图学课程今年将全部甩掉图板,实现运用计算机软件进行教学和设计工作。

(张明平)

扬子晚报

2002 年 7 月 12 日

江苏大学创新人才培养模式

　　江苏大学适应高教大众化的新形势,积极探索人才培养新模式,教学质量稳步提高,毕业生一次就业率连续多年保持在 96% 以上,位居全省高校前列。

　　江苏大学的人才培养新模式,主要体现在该校配套实行的 5 项新制度:

　　有利于学生个性发展的"完全学分制"。学生可以"自主选择课程、自主选择教师、自主选择进度及自主选择专业(方向)",以实现人才培养的多样性和复合性。

　　有利于复合型人才培养的"主辅修制"。学生在校期间,除了主修本专业的课程外,还可根据自身的学习状况与兴趣爱好申请辅修另一个专业的主干课程。该校先后在计算机、自动化管理、法律等专业开办辅修专业,至今已有 1 800 多名学生通过考核取得了辅修证书,毕业后受到社会和用人单位的普遍欢迎。

　　有利于尖子学生更好成才的"优生优培制"。为了使一部分尖子学生早日成为"科学素质高、创新能力强"的科学研究型人才,学校开办了强化班,在教学计划与教学内容的审定、教师与教材的配置、实践性教学环节的保障方面给予特殊的支持。鼓励尖子学生积极参加全国和全省的各种竞赛,较早地与指导教师联系开展科研工作。

　　有利于提高各类人才培养质量的"分级教学制"。针对学校扩招后学生学习基础差距明显增大的实际,学校在大学英语和高等数学等公共基础课中实施"分级教学制",对基础好的学生,在不增加教学课时的前提下提升教学的深度和广度,对基础差的学生,通过适当增加教学投入保证达到基本的教学要求。

　　有利于综合素质提高的"毕业证书加技能证书制"。毕业证书是高校人才培养的基本目标所在,技能证书是指全国大学英语四级证书、江苏省普通高校计算机等级考试二级证书及相关的专业技能证书。

　　由于采取了一系列切实可行的措施,江苏大学的人才培养工作得到社会的肯定,毕业生深受用人单位的赞誉。

（高 鸣 鸿 珍）

新华日报

2002 年 7 月 18 日

江大图书馆规模建设上水平

本报讯 江苏大学图书馆规模建设上水平。目前,图书馆已拥有各类图书 150 余万册,中外文印刷型期刊 2 000 余种,电子期刊 10 000 余种;拥有丰富的数字化文献资源,数据库内容涉及各类科技信息、企业信息、医学信息和人文社会信息的各个方面。

江大图书馆由原江苏理工大学图书馆、镇江医学院图书馆、镇江师范专科学校图书馆、中山校区图书馆合并而成。校本部图书馆建立了以理工科为主体,兼容文、经、法和管理学科的综合文献资源体系,在农机、汽车、动力、食品工程、电机学科的文献资源建设方面已形成馆藏特色。梦溪图书馆馆藏有《四库全书》、《古今图书集成》、《四部丛刊》、《二十四史》、《大藏经》等大量珍贵典籍。北固图书馆是多功能医学专业图书馆,医学检验类文献资源全且具有特色。此外,图书馆具有较好的网络环境和信息基础环境及数字化资源,已具备了一个综合性大学图书馆的规模。

（沈 芳）

镇江日报

2002 年 8 月 17 日

即使身无分文也能入学了!

江苏大学确保贫困生食宿学无忧

本报讯 "这下放心了,学费有着落了!"9 月 9 日,在江苏大学 2002 级新生接待现场,因父母卧病在床而由姨父送来报到的江苏宿迁新生小陈,在咨询了有关国家助学贷款的情况后,脸上露出了满意的笑容。

今年是江苏大学合并组建后首次统一招生,6 000 多名新生中,像小陈这样经济困难的学生占了不小的比重。为确保每一个学生都能顺利入学,学校提出"绝不让一名新生因家庭贫困而辍学"。

"江苏大学新生即使身无分文,也能上学。"江苏大学学生工作处一位负责人说。在新生接待现场,学校设立了国家助学贷款咨询点,发放宣传资料,帮助学生和家长了解有关政策。对于那些没有能力交足款项的,学校开通了"绿色通道",允许他们缓交费用,先行办理报名手续,并确保他们"食宿学无忧"。近日学校将会同银行办理助学贷款手续;组织新生家庭经济情况调查,建立新生特困生档案;开辟更多的勤工助学岗位,加大对经济困难学生的资助和扶持力度,确保他们顺利完成学业。

据了解,江苏大学作为省内首家实施助学贷款的高校,近年来积极同中国工商银行合作,国家助学贷款工作取得很大进展,由最初的"每年一贷"变为现在的"一贷四年,每年确认",大大方便了贫困学生。截至今年上半年累计发放国家助学贷款 744 万元,发放总额位于全省高校之首,惠及全校 2 500 余名学生。

(张明平)

中国教育报
2002 年 9 月 16 日

考试不及格不"一棍子打死"

京江学院:留级学生可跟原班学习

本报讯 新学期,江苏大学京江学院 2001 级的 52 名学生,因数门课程需要重修而吃了"黄牌"。他们的编制留在一年级,仍可以申请随原班级学习二年级课程。只要在二年级期间将原来不及格的课程重修合格,下一年度就可恢复身份,升入三年级学习。

江苏大学京江学院是江苏省首批公有民办二级学院。该院院长陈龙教授告诉记者,编制留级后,这些学生会意识到自己实际上是留级生,从而增加学习压力,把没有及格的课程补起来。同时,院里还安排他们随原班级上新课,使他们感觉到没有被一棒子打死。这样做既充分照顾到了学生的面子,肯定了他们的发展潜能,又让他们感受到一定的压力,必须经过努力才可以名副其实地回到原班级中去。

陈院长说,京江学院在创立之初就废除了通行的补考制度。陈院长还给记者算了一笔账,学生留级一年在校的花费不会低于 2 万元,而现在重修一个学分,学生只需象征性地交纳20元。

据了解,该院申请随原班级上课的重修学生,必须和家长一起在修读申请表上签字。这样做有利于家庭、学生和学院之间的交流,达到三方一起做好学生工作的目的。

信息专业申请随原班级上课的一名学生告诉记者,这一措施让他感到很有人情味。他表示,一定努力在规定期限内修满学分,顺利毕业。

（郦　樱　郁进东）

中国青年报

2002 年 10 月 16 日

首家大学生创业学校落户江苏大学

本报讯　江苏大学大学生创业学校日前成立,首期创业培训班也顺利开学。这是江苏大学继出台《大学生科研立项管理办法》之后,为强化大学生创新、创造教育而采取的又一举措。据了解,这种以培育创新意识、塑造创业能力为主旨的大学生创业学校,在高校中还是首家。

新成立的江苏大学大学生创业学校主要招收本校二、三年级,具有一定科技创新基础的学生。首期培训班60名学员中,11名学生在省级以上科技竞赛中获得过名次,48名学生获得过校(市)级奖项。创业学校学制一年,主要利用业余时间,通过设立企业家论坛、邀请知名企业总经理、企业家作创业形势报告,组织每月一次的创业沙龙,开展科技创新讲座、创业策划,利用假期组织学员挂职锻炼等,渗透创业理论教育和创业实践活动,培养既掌握扎实的专业基础知识,又具有现代管理经验、团队协作能力强的创新型人才。

（张明平）

中国教育报

2002 年 11 月 24 日

百名教授茅山送"宝"

    本报讯　近日,由江苏大学、华东船舶工业学院、镇江高等专科学校100多名教授组成的"三下乡"服务队冒着严寒,来到茅山革命老区丹阳市延陵镇"摆摊设点",为老区人民提供科技、卫生、教育、法律等方面的咨询服务。

    在"科技大集"现场,从四邻八乡赶来的乡亲把专家们围得水泄不通,数千册农业种养殖技术的图书资料被一抢而空。华东船院蚕研所的沈中元、程嘉翎两位专家一上午就接待了近百名有疑惑的农民,江苏大学法学专家喻志跃教授面前围满了前来咨询的群众,"节水灌溉"、"产品制造"、"材料焊接"等咨询台前人头攒动,专家们的义诊和家电维修也同样受到了欢迎。三所高校的书画家们还现场挥毫泼墨,为村民们书写了数千幅春联。农民们告诉记者,平时想去城里找都很难碰到这样的专家,今天他们上门送"宝",真是太好了!

    在镇影剧院,三所高校举行了资助当地100名贫困学生的捐赠仪式。78岁的中国工程院院士、江苏大学特聘教授周君亮亲自参加活动,并为贫困生捐资3万元。

(朱　庆　夏纪福)

光明日报

2002年12月23日

解决西部百万吨钾肥工程难题

江苏大学新型输卤泵开发成功

    本报讯　江苏大学700LSY型输卤泵开发成功,解决了开发大西北钾肥工程中输卤泵由于结盐而影响正常运行的难题。青海盐湖工业集团认为,该泵完全能满足青海100万吨钾肥项目中的输卤要求。

    青海100万吨钾肥项目,是国家实施西部大开发战略十大标志性工程之一,也是青海省的重大支柱项目。该项目输卤工程中的输卤泵是工程的关键设备。由于工程地处海拔2 800米高度的青海省格尔木市察尔汗盐湖,该地区卤水中氯化钠含量高,达到临界浓度后就结盐,且结盐颗粒微小,密度大于卤水,易沉淀,吸附力强。所以,采用普通泵,结盐很快使泵过流部分转子和固定部分的间隙堵塞,导致泵不能正常工作,严重影响卤水输送。一般泵连续运行寿命仅为24～48小时,无法满足工程的使用要求。

江苏大学从20世纪90年代末起,就开始着手破解这个难题。在2000年初步取得模型泵研究成果基础上,2001年该校获得了江苏省教育厅产业化项目的资助,开发设计了700LSY型输卤泵,制造出28台安装在输卤工程的4个工作站上。今年5月,在一次开发成功的基础上,即投入试运行。截至目前,该泵已累计运行2 000小时以上(设计要求1 440小时),运行正常,泵主要参数没有变化,基本无结盐现象。

(剑 波 敏 官)

科技日报

2002年12月25日

江苏大学首设"资格教授"

本报讯 不管教师在年龄上是否已达到申报教授职称的资格,只要有关教师在科研工作中作出了突出贡献,个人成果显著,就可享受"教授"待遇。这是记者昨天从江苏大学2002年度科技工作总结表彰大会上了解到的信息。

据介绍,这种被称为"资格教授"的新岗位目前已有近10人上岗,其中最年轻的才刚刚30岁。该校人事处李处长告诉记者,由于目前我省的教授评聘制度在每一个级别上均对工龄、年龄作了限制,使得一批年轻有为的青年教师在职称上很难被破格评聘。而校内"资格教授"打破了这种固有的模式,在评聘时不拘一格,唯才是举,只看个人贡献和才华,不论年龄大小和资历深浅,只要符合标准就可入选,享受与其他教授一样的待遇。

(张明平 袁建阳)

扬子晚报

2003年1月6日

江大年轻教师挑大梁

人才战略成效显著

本报讯 去年一年,江苏大学科技工作大获丰收。记者在该校采访时,发现了一个可喜的现象,在其所获国家级科研项目中,有75%是由45岁以下的教授、博士取得的,人才战略尽显"雄威"。

据该校人事处负责人介绍,近年来,该校加大了人才引进和培养力度,对于国家、省部级重点学科和学校将重点发展的新兴学科、边缘学科和应用学科,向国内外招聘"特聘教授",目前已有7位从美、日、德、英等国学成归来或国内著名大学、科研院所的中青年专家先后来到该校;还有多名两院院士及知名学者被聘为该校"客座教授",每年来此开展短期工作。同时,"随访院士"、"资格教授"等也成为不拘一格用人才的形式。

据了解,江大还加快对现有师资队伍的培养和提高。目前该校在国内外在职攻读博士学位和博士后的教师已达 150 多人,攻读硕士学位的有 200 多人。"十五"期间,该校还将再培养博士 200 人、硕士 300 人,基本实现博士、硕士比例达到 75% 的目标。

在该校去年获得的 14 项国家自然基金项目中,有 4 项的负责人是博士毕业未满一年的,有 2 项的负责人是在读博士。如年仅 30 岁的周明老师在参加国家自然基金项目的基础上,2001 年作为负责人获得国家自然基金小额资助,2002 年又作为负责人获得国家自然基金一项,近年来发表了一批高水平学术论文,其中被国际权威期刊收录的第一作者论文达 7 篇,被破格评为资格教授。

该校一些年轻教师对记者说:"学校为我们的成长提供了肥沃的土壤。"

(李文清　孙　霞)

京江晚报

2003 年 1 月 9 日

搭建创新人才起飞的平台

江苏大学工程训练基地建设跨越发展

日前,由江苏大学组织的部省共建项目"开放型工程训练示范基地建设",通过了国家财政部专家组评估,成功立项,获得 1 200 余万元资助,为江苏大学加强工程训练基地建设、强化学生的实践能力、造就创造性人才提供了更为有力的保障。

作为一所以理工为特色的综合性大学,江苏大学十分重视学生的工程意识、工程能力和创造精神培养,构建了由基础工程训练、现代工程训练和创新、创业训练组成的"三位一体"的创新性高级工程技术人才培养体系,尤其注重基础工程训练在学生认知性、作业性实践中的重要作用,为学生创新、创造积能蓄势。为此,江苏大学确立"教学实习是核心,科研加工是基础"的准则,为基础工程训练基地建设准确定位,建立了融教学、科研、生产于一体的大学生综合实习工场。在实习工场的建设中,该校强调"教学围绕生产,生产服务教学",以真实产品和典型工程实例作为支撑,为学生实习提供真实的工程背景,教学最大限度地结合生产;突出"机、电、管"三结合,强化学生工程意识和综合素质的培养。教学中充分运用电化教学、多媒体等现代教学手段,从各方面增加"四新"教学内容,拓宽学生知识面,提高学生工程实践能力,突出学生的主体意识、质量意识和团队精神塑造。近年来,学生在华东高校"育人杯"铸工大奖赛、江苏省工科院校数控实习教学比赛等大赛中获奖 10 余次。

随着办学规模不断扩大,学生实习人数从最初的每年 300 人增加到目前 6 000 余人。2001 年学校投入 1 000 余万元新建了漂亮的厂房,学生实习生产的环境大大改善。在原先

2 台简易数控车床、5 台模拟机开设数控实习的基础上,近两年又投入资金 300 余万元,购置了数控车、数控铣、加工中心等功能齐全、技术先进的数控设备 15 台,整个工场的装备水平在华东高校中处于一流。其中新近购置的"小巨人"数控加工中心,集加工过程柔性化、复合化、精益化、制造及管理过程的网络化、信息化、智能化于一体,达到了国际领先水平。

同时,实习工场坚持以科技为先导,大力加强新产品、新技术的研究开发工作。新产品的销售额从 1999 年的不到 10%,增至目前的 90%,产品销售额比 1999 年翻了一番。社会效益和经济效益同步增长,连续 5 年实现利税"双超百万",从而为工场自身实现良性发展提供了条件。

（张明平　朱峰璐）

江苏经济报

2003 年 1 月 30 日

市府江大共建江滨医院

签字仪式昨天举行

本报讯　镇江市人民政府与江苏大学共建江大附院签字仪式昨天上午举行。常务副市长张吉生和江苏大学校长杨继昌分别在仪式上签字。

江大党委书记朱正伦主持签字仪式,省政府、省教育厅、省财政厅、江苏大学的领导出席。

创建于 1936 年的江滨医院,1995 年被国家卫生部评为三级甲等医院,成为全省 10 所高等级医院之一。经省政府批准,我市江滨医院管理体制于 2 月 12 日划归江苏大学,建制融入高校系统,这标志着江大附院进入一个新的发展阶段。依托全国百强高等院校江苏大学的各种优势,可以培养更多更优秀的高层次医学人才,并充分发挥现有的人才优势,推进医院在医、教、研、防等各个领域水平的提高,全面促进医院技术进步。

在昨天的签字仪式上,江苏大学表示将对该院给予重点建设,强力扶持,用 5 年左右的时间将该院建成省内一流的现代化医院。市政府也表示,江大附院的发展是镇江卫生事业发展的一部分,今后将继续像对待市属医院一样,与江苏大学共同建设好江滨医院。

（金　刚　石玉梅）

镇江日报

2003 年 3 月 7 日

跨越大洋的爱

——一位旅美学者与三名特困大学生的爱心故事

今年60多岁的范如霖先生是镇江人，早年毕业于华东理工大学，1987年旅居美国，现为美国EISAI药物研究所的资深研究员。2001年11月，范如霖先生应邀来江苏大学作了一场学术报告。学校为表示谢意要付给他1 000元的酬金，可范先生说什么也不肯要，双方僵持不下，最后范先生说实在要给，就以他的名义资助给困难学生吧。

去年5月，范如霖先生再次来到江苏大学讲学。他得知学校里还有不少贫困学生生活非常艰苦，便找到校领导，说想资助几名特困大学生，算是对曾经养育他的这片故土尽一份心意。

范如霖先生情真意切，学校经研究后，确定了戴宇、孔祥友和史宏春这三名特困学生作为受助对象。他们三人有的来自单亲家庭，有的是孤儿，都非常贫困。受助学生名单确定下来后，范先生和这三名同学推心置腹地谈了一个下午。

从此，三名中国大学生的心同这位德高望重的旅美学者的心紧紧地"牵"在了一起。范如霖先生回美国后就立即寄来了第一笔汇款——300美元，同时还在信中说："希望你们做正派善良的人；帮助别人并不一定要以金钱，也不必等到将来……在人生的任何阶段都做一个正直善良的人。这是我对你们的期望。"

随后，第二笔、第三笔汇款也都如期寄来。然而，令这三名同学更为感动的是范如霖作为师长的仁厚和父母般的关怀。谈起范如霖，他们都尊敬地称其为"先生"。第一次见面时，细心的范先生发现他们中有一人没手表，回去后便买了一块，特地叫夫人捎到学校。每次来信，先生总是问寒问暖，勉励他们自尊自爱，奋发图强，还同他们讲自己成长奋斗的历程。

今年3月初，范如霖先生再度来到镇江，来不及休息的他便急切地赶到江苏大学，看望三名同学。当听说三个人都取得了一定的进步，先生很是高兴。特别是听说史宏春同学前不久获得校数学建模大赛一等奖、省三等奖后，他连声说好。

第二天，范先生特地邀请三名同学去听他的学术报告，并说将来毕业后也不妨到国外去，他帮着联系学校，"多'拿'点人家的东西回来，报效祖国"。

（张明平　仲崇山）

镇江一学院毕业设计出新招

大学生到车间当"工人"

　　日前,江苏大学机电总厂迎来了一批特殊的"工人"——该校京江学院33名大四的学生,他们在10名老师和8名工厂工程师的双重指导下,在这里将度过大学生涯中的最后半年。这是京江学院推行的"3.5＋0.5"培养模式,所有学生的毕业设计均在工厂完成。

　　据京江学院院长、博士生导师陈龙介绍,这33名学生来自该院的机械制造、机械电子等专业,经过前三年半专业课程的学习,已初步掌握了本专业的基础理论知识,此次与工厂"牵手",就是进一步强化学生的创新精神、创造意识和适应能力、竞争能力。这最后半年虽然他们的身份是江大机电总厂的"编外"人员,可"分内"的任务一点也不含糊,在全面接受工厂纪律规范的约束和企业文化的熏陶、培育良好的"员工"素质的同时,要每两三周一轮,在工厂的每个岗位和环节上进行轮训,熟悉产品设计、制造、工艺、营销、财务、管理等各个流程,扎扎实实接受"大工程"的训练,还要结合工厂实际和所学专业,开展课题研究,进行毕业设计。目前确定的20余个选题,全部来自机电总厂各生产环节的实际。

（张明平　袁建阳）

扬子晚报
2003年3月26日

民间"小"艺术走进高校大课堂

　　本报讯　刻瓷、竹编、正则绣、扎染花缬……这些极具地方特色和民族韵味的民间"雕虫小技",如今走进了高校的"大雅之堂"。新学期,江苏大学民间艺术研究所宣告成立,一批古老的民间"绝活"与大学生们"面对面"。

　　江苏的苏州刺绣、无锡泥人、南京云锦、扬州漆器、丹阳"正则绣"、桃花坞木版年画等声名远播海内外。近年来,这些凝聚古老智慧的民间技艺由于种种原因濒临失传。新成立的江苏大学民间艺术研究所,以"弘扬民族文化,保护和研究中国民间艺术,强化大学生素质教育"为宗旨,致力于民间艺术的发掘、整理和研究,将民间艺术家丰富的"绝活"技术融入到现代教学之中,并以此作为提高大学生素质的又一抓手。

据研究所负责人王平介绍,首批加盟研究所的 5 名著名民间艺术家,多被联合国教科文组织授予"中国民间工艺美术家"、"工艺美术大师"等称号,作品曾在国际、国内民间艺术博览会中获金奖。今后,艺术大师和研究所同仁将通过民间艺术介绍、民间艺术作品赏析、民间工艺品制作等形式,开展传统民间艺术教育,同时系统研究、发展传统民间艺术理论、材料和工艺。

(朱 庆 丁汉新)

人民日报

2003 年 3 月 30 日

江苏大学新校区规划出台

总投资 9 亿元,占地 80 公顷

占地 80 公顷的江苏大学新校区,预计今年至 2005 年基本完成扩建任务,2006 年全部竣工。

据介绍,江苏大学新校区东西长约 600 米,南北长约 1 250 米,占地 80 公顷。新校区内有山有水,一条玉带河由东向西穿过新校区缓缓流入老校区。建成后的新校区将包括教学中心区、学生生活区、文体活动区、后勤服务区、科技园等,可容纳 2 万名学生,建筑面积达27.8 万平方米。据了解,新校区投资共 9 亿元。经过公开招标,同济大学等 5 家单位设计的江苏大学新校区规划方案入围参加角逐。

昨日下午,副市长黄宝荣与市规划、建设、园林、环保等部门负责人一起,听取了江苏大学新校区的规划方案汇报,并提出建议。

(余亚仕 明 平)

镇江日报

2003 年 4 月 15 日

"我只想尽快找到工作"

——来自高校贫困毕业生的调查

在熙熙攘攘的高校毕业生求职大军中,由于家境等因素,贫困生在求职和考研升学中承受着比别人更大的压力,这个特殊的群体应引起我们格外关注。

动手快,签约早

记者在采访中发现,贫困生们找工作有"两早"特点,即动手快,签约早。河海大学学工处的一位老师告诉记者,他们学校的很多贫困生在去年11月就开始着手找工作,相当多的人在春节前后就已签约。

对于大多数贫困生来说,尽早找定工作完全是生活的必需。"4年来学费贷款就一万多,还借了亲戚们好几千,这些都指望着我工作后还呢!"南京大学数学系的小张来自苏北农村,去年12月份开始找工作,并于今年初与扬州的一家单位签约。小张说他没有条件在找工作上花更多的时间和金钱。据了解,包括制作自荐材料、参加各地人才交流会等花费,一个毕业生在找工作中消费少则两三千,多则四五千。而贫困生们对求职中的这些步骤则能免则免,那些花费大、路途远的人才交流会也尽量不去。

江苏大学京江学院的周君君同学在去年12月份就和江淮集团签了约。而一般的毕业生则少有这么早就开始着手找工作,更不用说签约了。在谈到自己为何这么早就签约时,这位来自苏北农村的院学生会主席告诉记者:"我们家条件不好,而找工作太花钱了。我只想尽快找到工作。现在单位工资是不怎么高,但总算有了着落。"

考研:工作几年后再说

毕业后攻研,这是很多大学生的梦想。然而对于贫困生们来说,考研对他们来说真是太奢侈了。先别说考上后三年的学费、生活费无着落,备考期间买各种资料、上辅导班等花费就足以让他们望而却步。对于他们中的不少人来说,这个读研的梦只能是寄托在就业以后了。

支灿华同学是江苏大学工商学院的2003届毕业生,在校4年中曾三获优秀学生奖学金。他的老师不止一次建议成绩优秀的他考研继续深造,而他本人也曾动过这样的念头,但考虑到自己的家境和年迈的父母,他最终还是打消了这个念头,同首钢集团签了约。说到考研,小支的话中有几分无奈:"等工作几年后再说吧。"

相比之下,来自山东的杨道建算是贫困生中的幸运儿了。当初他以"2+3"的方式成了江苏大学工商学院的一名辅导员。按这种方式,在两年期满后,他将由学校保送继续读研。据了解,目前不少高校都以"2+3"的方式选拔一批应届优秀毕业生以保送读研,当中不乏一些贫困生。对于这些贫困生来说，读研尽管不在眼前，但似乎也不那么遥远了。

（朱　庆　丁汉新　张明平）

人民日报

2003 年 5 月 11 日

江苏大学隔离区"涛声依旧"

　　江苏大学在校本部医院、北固校区、成诚饭店设立了三个隔离区，170 余名从北京、上海等疫情地区归来可能与"非典"有过亲密接触的师生集中居住在这里。被隔离师生说："今天的隔离是为着明日的返校。"

　　原本准备硕士论文答辩的徐路宁老师，回来的当晚就同她的 55 名学生一起被隔离了。问起 10 多天来在北固隔离区的生活，她坦言，一开始确实有点不适应，好在学校各方面考虑得比较周到，隔离区的各项设施都很齐全，大家很快就习惯了。时小蕙同学说，他们每天早上 7 点钟起床，在宿舍或专门的学习室看书四五个小时，累了到楼下上上网，看看报纸、电视，或者去新落成的体育馆打打乒乓球、羽毛球。她说，到这儿以后大家特别注重锻炼身体，"球都快要给打烂了"。

　　隔离区的同学享受着不一般的"礼遇"。每天上午 9 点和下午 4 点，医生都定时来给他们量体温，检查他们的身体状况。一位姓张的师傅每天都要给他们的房间消毒。一日三餐也都有专人送来，早餐稀饭、包子和鸡蛋，中晚餐一荤两素，吃饱没问题，营养也有保证，真是"衣来伸手，饭来张口"。

　　当问起"现在最开心的事是什么"时，大家伙都异口同声地说是"有人来看望"。自被隔离以来，几乎每天都有不少学院的领导前去看望，除勉励大家注意锻炼身体、加强学习外，每次总要带去一些水果、点心什么的，还帮他们解决一些实际困难。五一节那天，江苏大学杨继昌校长、袁银男副校长还亲自去隔离区看望同学们，给他们带去节日的问候，并一再叮嘱大家要加强锻炼、增强体质。

　　一位名叫章宏翔的大二男生认为，隔离并不意味着染上了"非典"，只不过是防止"非典"的一项措施罢了。"去过疫情区的每一个有社会公德心和责任感的人都应自觉接受隔离，更何况我们大学生？"他说，这么多天下来大家都很正常，再过几天，大家又可以回到同学中间了，校园生活定会更加灿烂！

（高　鸣明平）

科技日报

2003 年 5 月 14 日

江苏大学全面推行完全学分制

本报讯 今后在江苏大学,同班同学有可能不是"师出一门",所缴的学费不尽相同,毕业时间也有先有后。该校从 2003 级新生开始,全面推行学分制管理。这是江苏大学为深化教育教学改革,培养高素质、创新性人才而采取的又一新举措。

完全学分制是以学分计量、以选课制为基础的教学管理制度,其主要特点是淡化传统班级概念,实行选课制、弹性学制,充分体现以人为本,注重共性和个性的需求差异,突出人才培养的多样性、个性化,实现教学管理的现代化。据了解,江苏大学完全学分制主要内容包括:实行选课制,允许学生在一定范围内选课程、选教师、选专业(方向);实行弹性学制,学生可自主安排学习进程,修满规定学分可提前毕业,在校学习时间本科最长可达 8 年;实行重修制,取消补考,成绩不合格则重修,成绩合格但本人不满意也可重修;实行学分积点制,量化学生学习的质和量,作为学籍管理、学位授予和学生评优的主要依据;实行导师制,按比例配备导师,对学生选课和学习进行指导;实行按学分收费制,新生入学第一学年,按国家规定收取培养费,一年后按选修学分的多少结算,并决定下一学年的交费额。

据江苏大学袁银男副校长介绍,近年来,江苏大学一方面抓教学基础建设,包括教研室建设、实验实习基地建设、青年教师过教学质量关及师德建设;另一方面抓教学管理创新,提升教学管理水平,如开展课堂教学质量调查,开展"百名教授上讲台"活动,聘请 80 名离退休老教授担任教学质量检查员,实行教师职务晋升和教学质量"一票否决制"等;同时,启动完全学分制改革、本科教学工作水平评估等强势推动项目,适应学校内涵提升和跨越发展的需要。

(高　鸣　张明平)

光明日报

2003 年 5 月 20 日

高压静电喷洒消毒机问世

5 月 13 日,由江苏大学新近研制成功的抗非新品,一种新型高效室内喷洒消毒机具——高压静电喷洒消毒机,在省教育厅作现场演示,引发了有关领导和专家的浓厚兴趣,教育厅有关领导认为,该产品很适合人员密集、面积较大的场所像阅卷点和大的考点消毒防疫。

该机采用静电喷雾与流体输运结合新技术,具有雾化程度高、弥散分布匀、静电作用吸附力强等特点,有效喷幅达 6 米以上,一次装药可完成近 2 000 平方米的喷洒消毒,且操作便捷,适合教室、会议室、体育场馆、候机室、候车大厅、医院门诊大厅、楼内走廊等室内大面积消毒防疫,可成为抗击“非典”的理想消毒剂喷洒设备。据了解,此次担纲研制的江苏大学流体机械及工程学科是国家重点学科,校长杨继昌教授亲自挂帅,短短 5 天完成了首轮样机的试制任务。目前正以最快的速度将产品推向市场,早日在抗击“非典”的战斗中发挥作用。

(高 鸣 明 平)

科技日报

2003 年 6 月 3 日

家庭经济困难照样能上大学

江苏大学“奖优助困”形式多力度大

孩子“金榜题名”,对绝大多数家庭来说是一件值得庆贺的事,然而对于那些经济困难的家庭来说,不菲的学费却又让他们“喜忧参半”。江苏大学以“不让一名学生因家庭贫困而辍学”为目标,积极采取“奖、贷、助、补、减”等多形式、多层次、强力度的措施,奖优助困,激励学生在校期间勤奋学习,确保家庭生活困难的学生顺利完成学业。

开辟“绿色通道”——国家助学贷款。对于家庭经济确有困难的学生,学校开辟“绿色通道”组织向有关银行申请国家助学贷款。新生报到时如需办理贷款,须有当地街道办、乡级政府盖章的困难证明和个人申请。

设立近 20 种奖学金、助学金。校长奖学金:学校最高层次的奖学金,每年评选一次,不限名额,凡符合条件者均可申请,获得者奖励 10 000 元。学习优秀奖学金:总额 350 余万元,普通类奖学金授奖面近 30% ,分为一、二、三等,金额分别为每人每年 2 000 元、1 000 元、500 元;师范类奖学金授奖面 100% ,一、二等奖学金与普通类相同,其余学生均可享受三等奖学金每人每年 300 元。先进个人奖学金、单项奖学金、课外科技成果奖及优秀毕业生奖:总额 135 万元,其中优秀新生奖学金每人一次性奖励 1 000～5 000 元;先进个人奖学金授奖对象为三好学生、优秀学生干部,金额每人每年 200～500 元;单项奖学金,在全国、部(省)、协作区、市级单科竞赛中获奖者,奖励 50～500 元;课外学术科技活动成果奖,在“挑战杯”

全国大学生课外学术科技作品竞赛系列活动中获奖者,奖励 800~5000 元,其他视情况给予 1 000 元以下的奖励。社会及个人奖助学金,总额近 100 万元,包括院士奖助学金、茅以升奖学金、苏嘉奖学金、MAQUIS 奖学金、冶金奖学金、日本 BNI 奖学金、锡柴奖助学金、亚太奖助学金、中国移动奖学金等。另有阳光助学金,一等为每人每年 1 500 元,二等为 1 000 元,三等为 500 元,以缓解部分困难学生的生活困难。

开展勤工助学。学校大力倡导学生利用课余时间,通过劳动获取报酬来解决自身生活困难,大学生勤工助学中心长期组织、指导、帮助困难学生,在校内外从事勤工助学活动。勤工助学基金每年达 80 余万元。

实施临时困难补助。学生在校期间遇到临时困难可申请临时困难补助。补助范围为特别困难学生的冬天寒衣补助、学生因病住院期间的生活困难补助及家庭发生灾变的补助等。每年临时困难补助基金 60 余万元。

(明 平)

扬子晚报

2003 年 6 月 6 日

江苏大学毕业生争去西部创业

大学生自愿服务西部计划推出后,在江苏大学校园内引起了强烈反响,据该校团委书记苏益南介绍,50 名报名学生中,有省委组织部的后备干部人选、省公安厅的调干对象、留校保送研究生的、刚刚考上研究生的、签约大企业的……

吴强,第一个报名,"是我们学校最优秀的学生之一"。苏益南说,他是学校保送研究生,有江苏省优秀学生干部、校三友好标兵称号,在校期间,已是校团委副书记,这是"学生时代能够做的最大的官"。对于去西部,吴强说,想最大限度发挥自己的作用。至于所学材料专业在西部能否用得上,这并不重要,重要的是大学生要有责任意识,要有被祖国挑选的勇气。

李炳龙是江苏大学成立后的第一任学生会主席,担任过省学联副主席,是省委组织部"相中"的后备干部人选。如果不是去西部,过两天他就要去报到,然后赴连云港就职,开始他的"为官之路"。对于去西部,他的想法是"同是祖国的一部分,发展西部应是每个中国人的责任,作为一名党员,这个时候,我应该站出来"。

党员葛永平已被省公安厅确定为调干对象,当得知去西部服务的消息后,这位优秀毕业生认为是为祖国做事的机会,也是锻炼自己的机会,"我知道西部很贫穷,条件很落后,但是祖国需要我们,我们就应该挺身而出"。

吴彬,江苏大学工商管理专业的学生,中共党员,校三好学生,专业成绩也很不错,早在去年12月他就与合肥的一家研究所签了约。原本指望工作后可改善家里经济状况,但稍作权衡后,他还是作出了去西部的决定。

　　已收到研究生录取通知书的胡玉辉,得知去西部的消息后,也毫不犹豫地报了名。胡玉辉说:"我的家乡就很穷,家里原经济条件也很差,我比别人更清楚贫穷落后的根源就在于教育,西部最缺的就是人才,很想为改变那里的现状做一点事情。"胡玉辉希望在西部做个中学教师。

　　沈洁,先后获得校优秀团干、校三好学生、校三好标兵称号和三次一等奖学金的中共党员,是江苏大学留校保送研究生。国际经济法专业的沈洁告诉记者,上大学是保送的,现在研究生也是保送,太顺了点,想借机会锻炼锻炼自己。"我的父辈们当年响应国家号召上山下乡,到祖国最需要的地方去,在磨难和考验中成熟起来。现在身处新世纪的我们,能够赶上这样的机会可不容易。我们没有理由放弃这个难得的人生机遇。"

(张明平　张会清)

新华日报
2003年7月6日

江苏大学引导毕业生唱好"毕业歌"

　　本报讯　"这一阶段,我们看到了许多,思考了许多,也成熟了许多。特殊的日子给了我们不一般的心态。从容地去度过最后的时光,而不是去挥霍;把所有的委屈和埋怨都扔掉,让信心与斗志永远相伴!"人文学院学生高楠楠动情地在学校举办的"毕业在'非典'时期"征文中写下了这样的文字。这是今年该校毕业生文明教育系列活动之一,该校把毕业生文明离校工作做早、做实,引导广大毕业生唱好"毕业歌"。

　　以往,江苏大学毕业生离校前难免出现一些不和谐的音符。江苏大学在把文明教育渗透在日常管理工作中的同时,毕业前夕强化"文明修身工程",狠抓毕业生的基础文明教育,让学生"善始善终"。该校外语学院的毕业生以宿舍为单位签订了文明离校承诺书,计算机学院还设置了毕业班学生党员学风监督岗,35名党员继续发挥"余热",每天一早到宿舍检查卫生,劝止逃课和其他不文明行为。

　　今年"非典"给毕业生带来了种种不便和一定的心理影响。江苏大学强调"以服务赢得人心",为毕业生提供"零距离服务"。特别是对于那些至今还"待字闺中"的毕业生,各学院进一步加强了个别指导,找学生本人谈一次话,给家长发一封信,千方百计帮他们找"婆家"。

今年江苏大学毕业生们告别母校的方式颇为"清新"。前不久,该校化学化工学院举行了"毕业展示会",FLASH 动画制作的毕业论文、科技作品展,"建设江大"主题辩论,绚丽多姿的文艺表演等,让即将离校的大学生们在学弟学妹们面前着实"露"了一把脸。计算机学院还开展"我为母校添一片绿"的植树活动,并将毕业前的系列活动制作成"大学的最后时光"光盘,作为每个毕业生永久的纪念。此外,毕业生恳谈会、毕业联欢会、师生篮球联谊赛等活动近日在不少学院和班级纷纷"上演"。

（高　鸣　张明平）

人民日报

2003 年 7 月 11 日

江苏大学今年新增 15 个博士点

江苏大学今年新增博士后流动站 2 个、一级学科博士点 3 个、博士点 15 个,新增硕士点 27 个。在校研究生规模近 2 600 人。

据了解,该校 MBA 学位授予权也顺利通过,尤其是理学博士点,医学、人文硕士点实现了零的突破。至此,江苏大学共拥有博士后流动站 5 个、一级学科博士点 5 个、博士点 25 个、硕士点 60 个。今年招收博士研究生 100 人、硕士研究生 730 人、工程硕士 200 人,其中硕士研究生较去年增加了 57% ,大大超过全国 35.8% 的增幅。在已有 9 个工程硕士学位授权领域的基础上,今年该校成为"高校教师在职攻读硕士学位培养单位",可在 10 个专业范围内招收高校教师在职攻读硕士学位。

（张明平）

科技日报

2003 年 9 月 17 日

引进与外联相结合

江苏大学优化师资"学缘"

本报讯 今年,江苏大学新增 15 个博士点、27 个硕士点,增幅分别达 150% 和 82%。这是江苏大学着力优化师资结构、促进学科交叉融合取得的初步"回报"。

"近亲繁殖"是不少高校师资队伍建设中令人头疼的现象,也是制约学科发展的"瓶颈"问题。江苏大学利用学校合并的有利时机,在建设一支高水平的师资队伍的过程中,着力改善师资队伍的"学缘"结构,"内娶"与"外联"并举,把优化"学缘"作为高水平师资队伍的关键来抓。

开渠引水,加大引进力度,通过"内娶"淡化原有学缘"亲情"。该校专门设立了人才建设基金,两年来,引进了博士、教授 37 人,副教授、硕士 163 人。同时,在人才引进模式上不断创新,对于一时难以取得"所有权"的顶尖人才,采取"柔性引进"的方法,设立"院士高访"、"特聘教授"、"讲座教授",为我所用。目前已有 7 名院士受聘该校,来自国内外的近 20 位知名学者陆续担任了学校的"特聘教授"、"讲座教授"。他们每年都抽出两三个月的时间来江苏大学工作,指导学校的学科建设,指导青年教师的科研。未来三年内,该校还将引进教授、副教授 100 余人,博士、硕士 200 余人。

正本清源,提高现有队伍素质,通过"外联"优化"学缘"。江苏大学鼓励教师尤其是青年教师"拜名师,访名校",到一些著名高校和科研机构进修与学习,博采众长;或采取"联合培养"的方式,选派教师在职攻读其他学校的研究生。目前,该校已与东南大学、武汉大学、西安交通大学等一批高校签订了联合培养协议,有计划地选送年轻教师攻读博士学位。两年来,该校共选送了 40 多名教师到国内外著名高校和研究机构进修学习。学校现有在读博士 219 人、硕士 320 人,大部分为其他高校培养。该校还规定,在本校就读研究生的教师实行"双导师制",除本校导师外,还必须外请一名导师,毕业论文可以到外校去做。本校毕业的博士,学校选送去清华大学等名校做访问学者。未来三年,该校还将陆续选派 200 余人到国内外攻读博士学位或做高级访问学者。

(高 鸣 张明平)

中国教育报

2003 年 9 月 27 日

江苏大学24%毕业生奔赴大西北——

远方的志愿者,你们好吗?

江苏大学24名应届毕业生,8月24日踌躇满志开赴西部。如今已过了一个多月,志愿者们在他乡还好吗? 国庆节前夕,记者通过电话、电子邮件辗转与他们取得联系,了解到他们的近况。

西部:山秀美人热情

现在陕西安康市岚皋经贸局服务的沈洁告诉记者,岚皋地处陕南,邻近四川、重庆,整个县城都在连绵的大山中,山上绿树葱郁,山腰民居错落,是一个地地道道的山城。"西部自然风光美得近乎神奇!"虽然远离家乡,但淳朴、热情的西部人让志愿者们感受到家的温暖。沈洁说,报到时那里用"最隆重的仪式"欢迎他们,有腰鼓队,场面热热闹闹。在志愿者抵达之前,各地已把他们的食宿安排妥当。中秋节那天,他们单位的领导和同事有的带着全家来与志愿者团圆,有的甚至放弃回家而和志愿者一起吃团圆饭。沈洁说:"这是我最难忘的一个中秋节,虽然远离家乡,远离父母,但我并不孤独。"

生活:比想象中要好

初到西部时,志愿者们对气候、饮食和生活环境都不太适应,尤其是饮食,西部以面食为主,蛋禽菜类的副食极少,而且菜的口味偏辣,连水都是咸的。江大汽车工程专业毕业生李炳龙,现在铜川市耀州区职业中学当教师,同时他还是由80名支援耀州的志愿者组成的志愿者班的班长兼党支部书记。李炳龙说,耀州的学校与东部有不小的差距。尤其是山区的农村学校,有的连一间像样的房子都没有,教师的宿舍兼作办公室,电脑更是稀罕物。来之前,志愿者们对可能遇到的困难有"充分"的心理准备,他们在接受采访时都表示"比想象中的要好一些"。

心声:支援西部我无悔

学艺术设计专业的冯桓振,将在宝鸡市陈仓区东关高中担任两年美术教师。这位已是中共预备党员的小伙子说,对于个人来说,在艰苦的环境中工作、生活几年,既是人生的积累,也是对思想的锤炼,更是对意志的磨炼。

江大第一个报名去西部的志愿者吴强,现在咸阳市泾阳县团委任干事。他说,来了之后越发感到西部需要我们,"我们毫不后悔",遗憾的是服务期限只有一两年时间。

(张明平 袁建阳)

扬子晚报
2003 年 10 月 3 日

对失信行为坚决说"不"

江苏大学网上曝光还贷不良毕业生

　　这几天,打开江苏大学校园网主页,信息公告栏内一则内容赫然入目——"江苏大学国家助学贷款还款不良学生公示",由镇江市工商银行提供贷款还贷不良的47名毕业生被曝光了!这是该校为遏止国家助学贷款违约行为、打造大学生诚信形象而推出的又一举措。这在江苏乃至全国高校还是首例。

　　据了解,此次被曝光的47名学生主要为江大1997、1998级毕业生。分布在全校14个学院。根据国家助学贷款合同规定,贷款学生应最迟在毕业后一年开始还款,毕业后4年内还清,而这些学生至今分文未还或未还清规定款额,经多方催促,仍不与银行和学校联系说明情况,直至遭到了"最后通牒"。这份"公示"称,若20天内以上学生既没有还款,又不与学校或银行联系,学校将在高一级网站和其他媒体上予以公示,协助银行在更大范围内追讨欠款,直至追究法律责任。

　　据江大学工处有关负责人介绍,作为江苏省首批实行国家助学贷款的高校之一,自1999年以来,该校已累计发放贷款1 400多万元,贷款学生3 145人。国家助学贷款属商业行为,逾期还款将直接影响到这一政策的推行。出现学生违约、还贷不良的情形,实在是始料未及;采取曝光形式,也实在是"被逼无奈"。此前,学校在对大学生的诚信教育上也花了不少心思,宣誓、征文、师生交流等各种形式的活动开展了不少,也收到了明显的效果,但还是有少数学生未能履约。究其原因,极少数人主观上恶意逃款是一方面,还有如工作单位变更、还贷能力有限等客观因素也不能排除,这都不可避免地让银行对大学生这个群体的诚信度产生怀疑。

　　记者在采访中了解到,此次曝光在江苏大学校内外引起了强烈反响,绝大多数学生对这一做法表示赞许。该校人文学院一名姓殷的同学说,学校这样做很有必要,因为一味地依靠教育是很难建立起真正的诚信的,必须有必要的惩戒手段作保证,"不能因为这些人的不负责任,影响学弟、学妹们的利益!"令人欣喜的是,"公示"对当事的毕业生产生了极大的触动。记者发稿前从该校学工处获悉,目前,已有19人陆续与银行和学校取得了联系,其中9人已基本还清逾期欠款。

（明　平）

中国教育报

2003年10月19日

全国高校首家中小企业学院成立

本报讯 江苏大学中小企业学院 10 月 16 日成立。据悉,这一集理论研究、培训咨询等功能于一体的机构在全国高校还是首家。

江苏大学是全国最早开展中小企业理论研究的单位之一,该校工商管理学院数十位教师在企业兼职,担任独立董事、顾问等职,具有较丰富的管理实践和企业研究经验,在中小企业研究方面形成了独特优势。曾主持联合国开发计划署、原国家经贸委课题"中小企业改革与发展"和国家社会科学基金"中小企业信用担保基金的研究"项目,设计了国内第一家与国际接轨规范运行的镇江市中小企业信用担保机构和运作方案,在全国起到了示范效应,信用担保基金成为中国扶持中小企业的"突破口"。该研究成果被国家经贸委采用,被《中华人民共和国中小企业促进法》所吸收,已成为国家发展与改革委员会中小企业司对担保机构从业人员进行系统培训的主要材料。

(张明平)

科技日报

2003 年 11 月 15 日

江苏大学出现六支勤工助学创业团队

"学生老板"争聘"学生员工"

镇江 17 日电 记者日前从江苏大学专为特困大学生举行的 2003 年度勤工助学招聘会上看到,不光是学校为学生们提供了大量助学岗位,在会场还出现了 6 个大学生勤工助学创业团队的身影,他们的招聘摊位吸引了大批同学前来参加竞聘,人头攒动,十分火爆。据悉,"学生老板"招聘"学生员工",在国内高校中尚属首次。最终这 6 支团队一共招聘了 70 多名同窗员工。

据介绍,这 6 支勤工助学创业团队分别为阿尔卑斯创业发展部、青蓝之菁文化艺术策划中心、人事杰科技教育中心、大学生消费信息传播中心、三维创意广告工作室、启创科技,他们都是江苏大学首届大学生勤工助学创业大赛后,经一段时间实践逐步发展起来的。其中一位"学生老板"欣然告诉记者,他们这6支团队现在都已进入正式运营状态,资金有了,项目有了,目前最迫切需要做的就是招兵买马,于是不约而同地把目光锁定在他们"物美价廉"的同窗上。一位刚填完申请表的王同学表示,相对于学校所提供的那些诸如食堂、图书馆之类的"纯劳力"勤工助学岗位,创业团队提供的职位无疑更具诱惑力、实用性,也相对充满朝气,对于自己专业知识的巩固和提升大有好处,也为自己即将到来的就业求职提供了一块"试验场"。

江苏大学学工处工作人员表示,将在对创业团队加强引导的前提下,尽可能地为之提供政策、硬件等支持。学校鼓励部分能力较强的同学进行勤工助学创业,这既锻炼了他们的创业能力,又为家庭贫困的大学生提供了另外一条勤工助学的途径和锻炼机会。

(张明平 聂 伟)

新华日报

2003 年 11 月 18 日

江苏大学学生就业有"绿色通道"

11 月 18 日晚,上海电气集团、长安汽车集团、双轮集团等来自全国各地的 200 余家单位正式与江苏大学签订协议,成为江苏大学的就业基地。据介绍,像这样以合约的形式确立为"紧密型"就业基地的,在全国高校尚不多见。

明年,江苏大学共有毕业生 5 532 人。据杨继昌校长介绍,今年,该校又把打造就业基地、构筑大学生就业"绿色通道"作为就业工作的重中之重来抓。在今年上半年赴全国各地调研考察并与 67 家单位签署就业基地共建协议的基础上,近一个月又由 10 位校领导先后14 次率队重点走访上海、浙江及苏南各市的就业主管部门、大型企业、上市公司及科研院所,商谈就业基地建设,探讨人才培养、科技合作等。此次签约的 200 余家单位中,大、中型企业就占了多数。此外,一些地方的人事局、教育局、卫生局还被确立为江苏大学就业工作指导站。根据就业基地共建协议,今后江苏大学每年要向对方通报毕业生基本情况;作为江大的就业基地,用人单位每年将来校参加毕业生供需洽谈会,根据自身需求优先录用江苏大学毕业生等;同时,双方在科研、人才培养、生产实习基地建设等方面进行全方位合作。

(张明平)

中国教育报

2003 年 11 月 22 日

一高校聘百名知名退休教授

本报讯 位于镇江市的江苏大学日前向外界宣布,面向国内外聘请一百名退休的知名教授担任学校的"课程教授",来校从事研究生和本科生教学工作。

此次设立的"课程教授",其聘请的对象一般为国内重点大学的退休教授、研究员,要求教学工作突出、学术水平较高,能胜任博士、硕士学位课程和本科主干课程讲授工作,年龄一般不超过67岁,身体状况良好。其讲授的课程一般为学校新开课程和师资紧缺的主干课程。在聘任的方式上,采取一年一聘和按课程聘任两种形式,聘期结束根据需要可续聘。在待遇方面,按年聘任的一般年薪为3万元左右;按课程聘任的,根据授课对象为本科生、硕士生、博士生,分别给予每课时130元、170元和200元的酬金;同时,学校提供免费住房。"课程教授"不属于江苏大学的正式事业编制,是岗位聘任的一种特殊形式。

江苏大学人事处负责人告诉记者,聘请100名退休教授担任学校的"课程教授",一方面可以发挥退休教授阅历广、教学经验丰富、科研能力强的优势,给广大青年教师以良好的示范作用;另一方面,也有利于不同的教学艺术、学术风格的碰撞融合,有利于学科的融合发展。据悉,该消息公布后,立即引起了社会关注,目前已经有不少咨询电话打到江苏大学询问应聘事宜。

(高 鸣 张明平 袁建阳)

扬子晚报

2003 年 12 月 11 日

江苏大学推行校院两级管理改革

本报讯 江苏大学校院两级管理改革方案本学期正式推行。

此次改革旨在理顺校院两级关系,明确两级职能,下移管理重心,下放管理权限,强化责权利的有机结合,实现由以条为主向条块结合的管理模式转变。在人事制度改革方面,实施师资队伍建设"5128工程",高、中级专业技术职务实行按需设岗、两级聘任制度,教师高级专业技术职务岗位分为教学岗、学科岗和科研岗,科研岗设专职科研岗和流动科研岗,特殊岗位和关键岗位由学校聘任,重要岗位和基础岗位由学院聘任。在分配制度改革方面,修订岗位业绩津贴方案,注重向特殊岗位、关键岗位和优秀人才倾斜,鼓励冒尖、上不封顶;实行两级分配,各单位在学校核定的岗位津贴总额内,自主进行二次分配。此外,在教学管理、科研管理、学位与研究生教育、学生管理、后勤管理和财务管理改革等方面也出台了新举措。日前该校已启动定岗定编工作,先行将校级机关从403人压缩到355人,精简12%;精简的人员充实到学院党政管理岗位和教学科研一线。

（高 鸣 张明平）

科技日报

2004年3月18日

卖报四个月竟分文不少

无人售报考验学子诚信

本报讯 一个专售当天扬子晚报的无人售报点,自现身镇江江苏大学学生公寓后,不仅为学生就近买报提供了方便,而且凸显出校园文明新风。据了解,该无人售报点设立4个多月来,报纸卖出上万份,报费分文不差。

昨天下午,记者冒雨来到江大校园,在学生公寓三区大门口见到了这个无人售报点。只见木方凳上放着厚厚一叠当天的扬子晚报,木方凳旁靠着一块上面写有"无人售报,每份五角。自找零钱,欢迎购阅"字样的小黑板,旁边是用来放置买报人自付报钱的一只小塑料盆,同学们在无人监督下,自觉买报找零,一切井然有序。据无人售报发起人、该区学生公寓管理员张君霞介绍,4个多月来,这里的扬子晚报销售量每天120份左右,最高达160份,没有一个同学拿报不给钱,有的口袋里钱不够,第二天拿报时再来补上。一位姓徐的男生对记者说:"无人售报建立在诚信之上,反映了相互尊重、相互信任的人际关系,同学们都十分欢迎。"

据该校三区学生公寓管理员称,他们将把卖报的差价收入,用于低价收购毕业生留下的衣服被子,洗净后无偿地捐赠给来自特困地区的新生。

（孔 玲 王致同）

扬子晚报
2004年3月24日

江大毕业生李炳龙入选
"中国百名优秀青年志愿者"

本报讯 日前,团中央表彰第五届"中国青年志愿者行动先进个人和集体",去年从江苏大学毕业、赴陕西志愿者李炳龙榜上有名,光荣入选"中国百名优秀青年志愿者"。

此次评选涵盖了大学生志愿服务西部计划、青年志愿者扶贫接力计划、"保护母亲河"青年志愿者绿色行动营计划、青年志愿者海外服务计划等重点项目。去年首批"大学生志愿服务西部计划"全国1万余名志愿者中,仅有4人入围,江苏415名西部志愿者中,也仅李炳龙一人获此殊荣。

据了解,李炳龙系中共党员,在校期间任江苏大学学生会主席,多次获得省级、校级各类表彰。去年,团中央向大学毕业生发出"到西部去"的号召,李炳龙推迟省委组织部调干行程,以学生党员高度的荣誉感和责任感率先报名。在赴陕西耀州服务期间,他主动要求到最艰苦的地方,并担任了"西部计划"赴铜川志愿者班的班长和临时党支部书记,利用业余时间走遍了90%以上的志愿者服务单位。挂职锻炼不久,他即因工作出色被选调担任陕西团省委宣传部部长助理,负责全国赴陕西志愿者开展志愿服务的协调工作。

（杨志春 张明平）

镇江日报
2004年3月30日

我省举办"汽车、动力、能源、交通与环境高层论坛"

本报讯 昨天,"汽车、动力、能源、交通与环境高层论坛"在江苏大学举行,与此同时,江苏大学汽车与交通工程学院、能源与动力工程学院办学45周年庆典隆重举行,来自全国各地的两院院士、著名高校教授、知名企业家参加了论坛和庆典。

江苏大学汽车与交通工程学院、能源与动力工程学院目前共设有8个博士点。院校专业中,车辆工程、热能与动力工程等专业为省重点品牌专业。两学院现有在读本科生1 879人、硕士研究生202人、博士研究生及博士后63人。办学45年来,两学院已为国家培养了8 000多名大学本科生以及650多名硕士研究生、博士研究生和博士后。建院以来,共承担23项国家自然科学基金项目,1项国家高新技术产业化示范工程项目,6项博士点基金项目,15项青年科学基金项目,完成省部级科研项目90多项,企业委托横向课题研究项目400多项。

在昨天的高层论坛上,中国工程院院士周君亮、中国科学院院士刘高联、中国汽车工程学会名誉理事长张兴业等分别作了精彩的报告。

(宋金萍)

新华日报
2004年4月11日

星火项目添活力

旺达喷灌机提高用水效率

本报讯 金坛市旺达喷灌机有限公司"以质量求发展,以新品夺市场",配备产品开发和性能攻关班子,常年与江苏大学排灌机械研究所等科研单位紧密合作,并添置了国内领先水平的微电脑全自动水泵检测试验设备,生产的自吸泵系列、离心泵系列和TS涂塑软管系列产品均获农业部颁发的农业机械推广许可证。

两年来,金坛市旺达喷灌机有限公司先后开发了10多个水泵类新品,广泛用于农业灌溉、船只压舱、柴油机循环冷却、化工流程中供水等方面,并形成了批量销售。2003年研制开发的微孔喷灌涂塑软管,吸取了传统的喷灌和微灌两者的优势,在涂塑软管上侧开设了大小不等、排列有序,并水平方向互成三组固定角度,形成六列呈周期性布置的微孔。它可与喷灌泵压力系统连接,实施微喷作业,省去了喷洒器部件,提高了系统的可靠性。该产品已列入金坛市科技计划项目,同年还被江苏省科技厅列为星火计划项目,已获国家专利。微孔涂塑软管是新一代节水灌溉产品,这项技术的推广可极大地提高农业灌溉的用水效率,增加农作物产量,缓解农业灌溉用水的供需矛盾。

(柯　保)

科技日报
2004年4月13日

大学生创业之路渐行渐宽

——江苏大学校园见闻

曾几何时,"团队"、"计划"、"业绩"成了大学生们口头的热门词汇,创业逐渐成了大学校园里的"流行色"。走进江苏大学校园,所见所闻,让人感受到浓浓的创业气息。

创业大赛:纸上谈兵不容易

江苏大学十分注重大学生科技创新素质的培养,"星光杯"学生课外科技作品竞赛、江大科技节等,已成为该校科技活动的特色节目,近年来学校在全国"挑战杯"大学生课外科技作品竞赛和创业计划竞赛中屡获佳绩。学校举办的大学生创业计划大赛,虽说是"纸上谈兵",却有效地培养了大学生的创新能力和创造精神,激发了大学生们的创业热情。2002年,江大出台了大学生科研立项管理办法,每年拨出专款资助大学生搞科研。去年,首批立项的90项课题"全线飘红",其中30多篇学生科技论文在国内外刊物上发表。

2002年11月,江苏大学成立了全国高校中首家大学生创业学校,通过多种形式培育大学生的创新能力和创业意识。今年上半年,首批60名学员即将毕业。

勤工助学创业:自助与助人

去年下半年,江苏大学首开先河,将大学生创业计划大赛与勤工助学进行"嫁接",举行了大学生勤工助学创业大赛,从参赛的40余件作品中评选出10支优秀创业团队。学校对其中的 6 支团队进行政策上的扶持和资助,为其无偿提供场地、设备等,让大学生们的创业计划由"纸上"走到"地上",由"模拟"变为"实战"。"爱拼软件有限公司"的负责人,计算机专业的郑舟敏同学参加第二届全国机器人大赛,设计的机能人足球以第八名的成绩获得了仿真组二等奖,去年底,他的公司进行了注册,他当起了名副其实的老板。通过这些,不仅"学生老板"们本人得到了锻炼、取得了收益,更为可贵的是,创业团队的"老板"们还心系同窗,招聘了一批学生"员工",先后为 500 余名同学提供了网络开发、培训服务、产品推广、销售服务等勤工助学的机会,发放"工资"达 5 万多元。

自主创业:我选择,我喜欢

这两年,日趋严峻的就业形势使得大学生的就业途径趋向多元,不少学生不再是"找饭碗"而是"造饭碗",选择了自主创业。李春雨是江大经贸英语专业 2003 届毕业生,在体验了 7 天"白领"生活后,小李毅然辞职,注册成立了镇江第一家展览服务公司。如今,凭着上学期间积累的知识和实习经验,他的恒生公司生机勃勃,先后组织了省内外的多家企业参加国外的展会。据了解,在江苏大学,每年总有不少像小李这样敢于走出去的毕业生。对此,江大学生工作处副处长曹广龙认为,这些自主创业的同学身上体现了敢闯、敢干的时代精神,无论成功与否,他们的勇气都是值得赞许的,这也是学校坚持对大学生开展创新、创业教育的必然结果。

机械设计专业的朱同学读完大一后申请了停学创业。之后一年的"创业"过程中,他既体验过掘得"第一桶金"后的兴奋与喜悦,也初尝了"人在江湖"的艰辛与不易。回首这一段往事,小朱认为确实学到了很多,让他在为人处世、待人接物等方面成熟了许多,回来后学习的目标更明确、动力更足。该校教务处吴向阳副处长认为,无论是对于家庭经济困难的,还是学习有障碍的,停学创业都应该是一件值得肯定的事,创业实践的锻炼对于缓解学生的经济压力、端正其思想作风,应该说都是有益的。

(张明平)

镇江日报

2004 年 4 月 19 日

江苏大学倡导诚信还贷 提前还款者上"红榜"

本报讯 去年因在校园网上曝光还贷不良学生名单而备受媒体关注的江苏大学,日前在校园网上又发布了一个"红榜"——"江苏大学国家助学贷款提前还款学生光荣榜"。对于提前还贷的学生,江苏大学将给他们颁发一张"诚信证书",寄给用人单位,放入其个人档案。

据江苏大学学生工作处有关负责人介绍,此次"光荣"入选的 70 名学生是从去年 7 月至今年 4 月 12 日期间,提前还清所贷国家助学贷款全部金额,并同学校联系登记在册的,真正提前还贷的远不止这个数字。据了解,这 70 名学生最后一次还贷的金额总数达 27 万多元,他们当中的大多数人为该校 1998 级和 1999 级的毕业生,此外还有 5 名在校的 2001 级、2002 级的学生提前还了贷款。他还透露,去年曾经被曝光还贷不良的 47 名学生中,已有 14 人还清全部贷款,除 5 人因入伍、读研,客观不具备还款能力外,其他人大多同学校和银行取得了联系,表示将要还款或已开始还款。这位负责人认为,无论以前曝光的还贷不良学生的"黑榜",还是此次表彰提前还清贷款的部分学生的"红榜",其目的都只有一个,就是要在全体学生中倡导诚实守信的文明风尚,确保国家助学贷款稳步推进。据了解,江苏大学在 2004 年度省级三好学生推选中,增加"诚实守信"指标,并将评选结果进行公示,接受全校师生的"诚信"监督。

(张明平)

中国教育报
2004 年 5 月 20 日

江大首招 MBA

镇江学子跃跃欲试

本报讯 去年刚获 MBA 招生资格的江苏大学,正忙于首招 2005 年春季班,适逢国务院学位办将联考科目由三门减为两门,对有志于报考 MBA 的镇江学子无疑是"利好"。

MBA 诞生于美国,培养具有很强实际管理能力的高级职业经理人才,更强调在商战中的洞察、判断、应变、决策的能力。中国 20 世纪 90 年代初才开办这个学位。2005 年将管理科目从联考中减除,加强面试比重这一变革,有利于有管理实践经验的学员跨入 MBA 门槛补充急需的管理理论。

江苏大学开办 MBA 虽是第一次,但多年来受原机械工业部及国家、省经贸委委托举办的多届厂长、经理培训班,为培养高级在职管理人员打下了良好的基础。江大工商管理学院也将向全国招收 MBA 视为对自己的一种挑战,在各方面做了精心准备。

镇江地区有着一大批有志于更上一层楼的业界人士,以往苦于本地没有招收 MBA 的高校,而全脱产到外地就读的机会不是太多,成本也太高。MBA 放低入学门槛,江大在家门口办班,对他们不啻为天大喜讯,连日来不断有人电话咨询相关事宜。江大的答复是,今年

7 月 30 日报名截止,10 月 24 日考试,明年 3 月入学。

(何娣 钟尧)

京江晚报
2004 年 6 月 1 日

解析江苏大学的"皇帝女儿"现象

近两年,随着高校扩招后就业"洪峰"的到来,大学生的就业形势不容乐观,然而,江苏大学毕业生在人才市场却炙手可热,深受欢迎,犹如"皇帝的女儿"。据了解,多年来江苏大学毕业生就业率一直保持在 95% 以上,2003 年本科毕业生就业率高达 99.16%。该校开展的一项毕业生质量跟踪调查表明,90% 的用人单位认为江苏大学毕业生的综合素质"很强"或"较强"。

是什么造就了江苏大学的"皇帝女儿"? 江苏大学的"秘诀"就是:从招生、培养、就业三个阶段入手,开拓思路、加大力度、创新手段,把好"三关"。

招生:多种做法把好"生源素质关"

为增强人才培养的合理性,给社会经济发展提供有力的支撑,近年来,江苏大学从调整人才培养结构入手,紧密切合国民经济和社会发展的需要,科学进行专业设置,既加强针对性,又注重超前性。在对那些生源不好、销路不畅,已经"老化"的专业实行停招的同时,该校及时改造了一批传统专业并增设了一批新兴的"朝阳"专业。2002 年,学校修订了专业建设计划,增设和调整了 6 个本科专业;2003 年,又新增药物制剂、电子商务、光信息科学与技术等 4 个本科专业;今年,新增信息安全等 3 个本科专业。全校本科专业总数达 68 个,专业结构更加优化,综合化趋势更加明显,学生在人才市场上的竞争力明显提高。如信息安全专业,是近年来刚刚出现的计算机、通信、数学等领域的交叉学科。作为国家重点发展的新兴交叉学科,该专业具有广阔的发展前景,毕业生可在计算机、通信、电子金融、电子政务等领域从事科研、管理、开发等工作。目前,全国只有为数不多的一些高校开办此专业。

为提升办学层次,向建设"教学研究型"学校的目标迈进,近年来,江苏大学在大力发展研究生教育的同时,稳步发展本科生教育。2002 年,学校招生 6 600 人;2003 年,招生 6 815 人,首次实现了"零专科",人才培养进入了"全本科"时代。今年,该校计划招生 6 800 人,均为本科层次。其中,省内计划占 67.8%,为 4 615 人;省外计划为 32.2%,为 2 185 人。

好铁打好钉,好火炼真金。优良的学生素质无疑为其进校后的成长成才奠定了良好的基础。为鼓励广大考生报考,历年来,江苏大学都出台一系列的优惠政策,吸引优秀高中毕业生。以今年的招生为例,该校出台的政策有:

二次专业调整不再"一报定终身"。新生报到一个月内,本一第一志愿报考该校且考分超过所在省控线70分以上考生,可以自主选择专业。综合测评优秀的学生,大二时可在本学院内重新选择专业,使部分优秀学生能就读理想专业。

"偏科生"有"绿色通道"。单科考试成绩在相应科目中为省排名前5%的江苏学生,本一第一志愿报考该校,符合录取要求的,江苏大学保证录取,并满足专业志愿。

优秀学生有优待。填有江苏大学优秀学生推荐表,并在本一第一志愿报考该校的考生,优先录取,优先满足专业志愿,如服从专业调剂,保证录取。一级运动员和艺术特长生等,达到录取分数线,保证满足其专业要求。同时,今年江苏大学还进一步加大了对优秀新生和贫困地区新生一次性特殊奖励的力度。

高分生组建强化班。新生入学后,江苏大学还将从高考成绩在600分以上的新生中选择60名,组建文、理科强化班,实施特殊的教学计划,单独组织教学,两年后可在相应范围内自主选择专业,成绩优秀的学生可免试保送硕士研究生。

此外,今年起该校每年选拔部分优秀学生到新加坡南洋理工大学、英国苏格兰大学、德国康斯坦茨工业大学、日本三重大学、澳大利亚南昆士兰大学等知名高校学习。

培养:多种举措把好"人才质量关"

在人才培养的过程中,江苏大学尤为注重学生内涵建设,实行"五制并举",不断探索人才培养新模式,大力锻造知识面广、能力强、综合素质高的有用之才。

一是有利于学生个性发展的"完全学分制"。在经过了10年的试点基础上,2003年江苏大学全面推行了完全学分制,学生可"自主选择课程、自主选择教师、自主选择进度及自主选择专业(方向)"。尤其是实行弹性学制,学生可自主安排学习进程,修满规定学分可提前毕业,在校学习时间本科最长可达8年。这一人才培养方式充分体现以人为本,注重共性和个性的需求差异,突出人才培养的多样性、个性化,实现教学管理的现代化。

二是有利于复合型人才培养的"主辅修制"和双学位制。除了主修本专业的课程外,学生还可根据自身的学习状况与兴趣爱好申请辅修另一专业的主干课程,通过考核后即可领到辅修证书。自1995年至今,已有2 000余名学生取得了辅修证书,占同期毕业生总数的近20%。同时,取得第一学位的学生,可报考该校的第二学士学位专业,学习期满,经考试合格,颁发江苏大学第二学士学位证书。目前,江苏大学设有法学、工商管理两个第二学士学位专业。

三是有利于尖子学生脱颖而出的"优生优培制"。该校开办了尖子学生"强化班",在教学计划与教学内容的审定、教师与教材的配置、实践性教学环节的保障等方面给予特殊的支持。同时,鼓励他们参加全国和全省的各种竞赛,在老师的指导下开展科学研究。

四是有利于提高各类人才培养质量的"分级教学制"。在大学英语和高等数学等公共基础课中,对基础好的学生,在不增加教学课时的前提下提升教学的深度和广度;对基础差的学生,通过适当增加教学投入,确保达到基本的教学要求。

五是有利于综合素质提高的"两证 + 三证"制。"两证"即毕业证和学位证,"三证"指英语四级、省计算机二级和相关的专业技能证书。实践表明,这一制度有利于加强对大学生全过程的培养,有利于大学生综合素质的提高。

为保证人才培养的质量,该校在抓人才培养模式的创新、提升学生的内涵素质的同时,又抓队伍建设和教学管理,构建质量保证体系。

设置"五位一体"的教学质量监控网络。该校规定,校、院两级一把手为教学质量第一责任人,分管副校长和副院长为直接责任人,公共课、基础课实行课程负责人制度。该校聘请了80名资深教授担任教学检查员,深入课堂随机听课,并对青年教师进行示范教学和指导。同时还建立了江苏大学党政干部与同行教师听课制度、教学质量检查员听课制度、教学质量学生评议制度、教学质量信息员反馈制度及设置投诉箱制度。这5项制度相互配合,发挥合力,对教学进行全过程、全方位的质量监控。

实施"百名教授上讲台"计划。针对不少教授忙于搞科研和带研究生,本科生教学质量受到影响的情况,江苏大学规定,教授、副教授必须讲授本科课程,55岁以下的每年至少为本科生讲授一门课程,鼓励知名教授给本科生讲课或开专题讲座。学校将2002年确定为"教学质量年",实施"百名教授上讲台"计划,目前全校600余名教授、副教授100%给本科生上课,有力地提升了本科教学的水平。同时启动"主讲教师"、"教学带头人"、"教学名师"工程。

实行职称评审教学考核"一票否决"。在教师专业技术职务评审和年度考核中强化教学质量的考核,对教师课堂教学效果、教学实绩、教学态度等全面量化打分,实行"一票否决制"。此外,该校还将教学质量考核与岗位业绩津贴挂钩,实行优质优酬,调动教师教学的积极性。

狠抓青年教师过教学关。为确保教学质量稳步提高,该校将青年教师过教学关作为关键来抓,通过对青年教师进行教育理念、教学方法、教学艺术和现代化教学手段等方面的系统训练,促使他们在工作的头几年内逐步走上讲台、立稳讲台、站好讲台,成为合格的高校教师。新教师必须经过相关教学环节的培训和考核,取得"教学资格证书"后,方可从事教学工作。

加强"窗口课程"教学。大学英语和计算机基础及语言作为两门重要的基础课程和统考课程,其教学质量是衡量学校本科教学质量的重要指标之一。江苏大学通过完善有关奖励办法,加强对"窗口课程"的建设,狠抓英语和计算机教学。多年来,江苏大学学生英语四级统考通过率位居全国重点大学平均线之上,计算机等级考试合格率一直保持在全省高校前列,在全国英语竞赛中江苏大学学生连续三年获特等奖。

就业:多种渠道把好"学生出路关"

学生毕业后的"出路"如何,既关系到学校的可持续发展,又关系到每一个学生的切身利益。江苏大学提出,"要像抓招生那样抓学生的就业",把学生毕业生就业工作列入各级领导的"一把手工程",早出招、出奇招、出实招,做好毕业生就业的"大"文章。

就业指导花大力气。江苏大学确立了"以修身为基础,以学业为中心,以就业为导向"的学生培养理念,前移就业指导的关口,从一年级开始抓起,把就业指导列入新生入学教育之中,让学生从进校起就为就业早做准备、做充分准备。同时,学校就业工作部门还组织力量分阶段、分主题开设就业指导讲座,内容包括就业形势、就业政策、就业技巧等,帮助学生确立准确的就业观念。每年江苏大学还举办"模拟人才市场",让学生提前进入"求职状态",提高学生应对人才市场的能力。在进行集体指导的同时,学校还紧扣女大学生、贫困生等相对"弱势"的学生的思想脉搏,开展有针对性的指导。

就业基地出大手笔。近两年,江苏大学校、院领导每年都分组率队赴省内外进行毕业生就业工作调研,走访就业主管部门,接触当地知名企业,了解就业行情,推介毕业生,商谈就业基地建设事宜。同时,注重加强与国内 500 强企业、高新技术企业的联系与合作,结合实习基地和科研基地建设,建立了一大批高层次的毕业生就业基地。去年 11 月,学校又同 200 多家用人单位签约,新建立了一批学生就业基地。每年这些基地单位都来该校专门"选秀",每年总有数百名毕业生通过这一"绿色通道"走向岗位。除学校组织的大型的校内人才招聘会外,难以计数的用人单位纷纷慕名来校"掘宝"。

多年来,江苏大学毕业生具有就业前景广阔、就业层次高、供不应求的特点。在北京、上海、深圳、广州、苏州、大连、青岛等沿海经济发达地区的通信、电子、金融、财政、税务、外经外贸、环境、医疗、材料、机械等行业就业的占 90% 以上。其中与全国及江苏省支柱产业相关的通信、汽车、材料、电子、信息、国际经济与贸易、环境、机械、动力等专业的毕业生供不应求。2001 年、2003 年该校连续被评为江苏省毕业生就业工作先进集体。

相关链接:

江苏大学坐落在素有"天下第一江山"美誉的历史文化名城江苏省镇江市,是一所有着百年悠久历史、学术氛围浓厚、风景优美的全国重点大学。学校创建于 1902 年清末两江总督张之洞创办的三江学堂,后历经变更,数易其名。2001 年 8 月,经教育部、江苏省人民政府批准,原江苏理工大学、镇江医学院、镇江师范专科学校合并组建成立江苏大学。

作为全国首批具有博士、硕士、工程硕士、学士学位授予权的高校之一,江苏大学现有 5 个博士后科研流动站,5 个一级学科博士学位授权点,列全国高校第 48 位;有 25 个博士点,列全国高校第 60 位;有 60 个硕士点,9 个工程硕士授权领域,7 个国家、省级重点学科,5 个省级工程中心和重点实验室。

长期以来,江苏大学始终坚持走特色品牌发展之路,形成了以工为主,理工医教结合,经管文法配套、学科齐全、结构合理、优势互补的综合性大学办学格局,综合实力位居国内高校百强之列,是江苏省政府"十五"重点建设的高校。江苏大学抓住并校机遇,集成学科优势,促进交叉融合,拓展新兴领域,在进一步提升传统优势学科的同时,又在基因工程、生物工程、纳米材料、激光技术、人工心脏等高新技术领域形成了新的特色和优势。近三年来,科研立项不断增加,科研经费总额在全国高校排名第 37 位;300 余项成果获国家、部、省级科技进步奖,100 余项成果获国家专利,是"中国专利江苏十强院所",全国科技事业单位自主知识产权竞争力排名第 44 位;被国际"三大索引"收入的论文数位居全国高校百强之列。

江苏大学设有 23 个学院、部,68 个本科专业,全日制在校学生 28 000 余人,其中研究生 2 500 余人。教职工 4 500 余名,特聘两院院士 7 人,博士生导师 60 余人,教授及正高职人员 200 余人,副教授及副高职人员 700 余人。

江苏大学办学条件优良,拥有各类建筑面积 80 万平方米。4.3 万平方米的二号教学楼,能同时容纳 12 000 人上课,被誉为"江苏高校第一楼";千兆网覆盖整个校园,联通每个学生公寓;现代化图书馆拥有丰富的数字化文献资料,各类期刊 2 000 余种;1.3 万平方米的体育馆,设有 3 000 座位的大型比赛场馆和室内泳池及各种活动场馆;功能、设计先进的科技馆,可实现 4 种语言同声翻译。2002 年,学校新征土地 1 200 亩,正在新建 23 万平方米的校舍,全力打造园林式、生态型、数字化的新型校园。

(高　鸣　张明平)

中国教育报
2004 年 6 月 3 日

离退休教授当科研导师

本报讯　大学生搞科研这下有"主心骨"了!日前,江苏大学 100 名离退休老教授"复出",担任大学生的科研导师。这是江苏大学为把学生科研创新能力的培养落到实处而采取的又一举措,这在全国高校中还是首创。

据了解,从 2002 年起,江苏大学就开展了大学生科研立项工作,每年拨出 10 万元专款资助大学生搞科研,今年又将追加至 15 万元。去年,首批立项资助的 90 项学生科研课题大都已结题,其中有两项获得了国家专利,30 多篇科研论文在国内外刊物上发表。

此次聘请的 100 名老教授是江苏大学老年科技协会的骨干成员,他们均为学校原来的教学科研骨干,有着丰富的学术经验和鲜明的学术风格,在各自的学科领域取得过丰硕的成果,不少人迄今还承担着国家和省级重大科研课题。聘请老教授们"复出"组建大学生科研导师团,就是要通过强化对大学生科研立项工作的指导,最终把大学生科技创新能力的培养落到实处。

据介绍,学校科研导师团组成后,将对大学生的科研工作开展全过程、全方位的指导,具体内容包括:针对科研立项的程序、要求、规范等开设专题报告,进行面上的指导;结合自身研究专长,为学生拟定研究选题,定期发布,供学生"双选";课题立项后,对学生进行研究方法、内容、步骤等方面的指导;强化对学生科技社团的指导,进一步强化校园科技氛围;等等。

(朱立新　张明平)

中国教育报
2004 年 6 月 9 日

温室作物栽培管理智能化系统问世

日前,由江苏大学教授朱伟兴主持的江苏省国际合作项目"温室作物栽培管理智能化专家系统设计研究"通过了江苏省科技厅组织的成果鉴定。专家认为,该项研究成果技术先进,功能齐全,实用性强,达到国内领先水平。

据悉,该项目通过国际合作和技术交流,采用计算机、人工智能、多媒体和农业工程等学科的相关技术,开发了适用于连栋温室、智能温室和日光温室的温室作物栽培管理智能化专家系统。

通过该项目开发出的智能化专家系统,可以对作物不同生长阶段的各种环境因子的控制提供咨询、指导和科学决策,同时可以为作物生长过程中的各种病虫害诊断及防治和营养元素亏缺判别提供科学准确的指导,使我国的温室作物生产过程更科学、更高效,并向标准化、集约化、无公害的方向发展。

(张高萍　吴　奕　马长华)

科学时报
2004 年 6 月 11 日

吃"服从"的专业毕业时很抢手

一些"冷门"毕业生走俏了

本报讯　每年高考填报志愿时因为生源"门可罗雀",不得不靠吃"服从"来招满计划,但偏偏每年培养出来的毕业生却成了众多用人单位的"抢手货",这是发生在江苏大学热能与动力工程专业、流体机械专业学生身上的怪事。两个专业学生一进一出反差如此之大,颇有些耐人寻味。

据江苏大学能动学院党总支副书记施爱平介绍,今年这两个专业总共有147名毕业生,目前有26人考取研究生,102人已正式签署协议,11人已被"提亲"正在办理协议,5人"拒绝"就业打算继续考研,还有3人无意就业。

与如今的"火热"场面形成鲜明对比的,每年高考录取时这两个专业却是"冷冷清清凄凄惨惨戚戚"。除去30%的外省生源外,这两个专业70%在江苏省内招生,而每年高考填报志愿时,省内考生很少有人问津,录取线都几乎"触底",省内9成是靠"吃服从",即使算上省外的也有60%左右是"服从"的。如2002年,这两个专业录取230人,占7成的省内学生只有17人是"志愿"填报的,其他均为"服从"录取,平均分仅比省控线高出1分,与同年学校最好的学院均分相差40分。2003年也是如此,计划招收240人,结果却还有不小的"盈余",省内考生中也只有19人是填报志愿的。因为"服从"的多,所以来自农村的多、家庭经济困难的多,进校后专业思想也很不稳定。这两年,都有新生在报到第二天或军训还没结束就要求转专业或退学的。

对此,施爱平认为主要是学生对这个专业不了解甚至有误解造成的。提到热能与动力工程、流体机械,大多数人不知道怎么回事,一知半解的就以为是烧锅炉的、搞水泵的。其实,作为江苏大学办学历史悠久、积淀深厚的两个传统专业,热能与动力工程、流体机械这两个专业实力雄厚,在全国相关行业中具有较高的声誉。不少企业为了能要到毕业生,纷纷托关系,甚至不惜出资在江大能动学院设立奖学金、奖教金、助学金,以此作为"交换条件"。前不久,几年来一直想要流体机械专业毕业生而未果的山东博山水泵厂,慷慨地帮三个家庭困难的应届毕业生付清了所欠2万多元学费,终于在今年遂了心愿,录用了三人。有关专家就此提醒高考考生,填报高考志愿时间将至,考生不能光看将来工作"够不够体面",还要分析一些专业的背景和实力,有时候名字好听的不一定就是最理想的专业。

（高　鸣　张明平　袁建阳）

江苏大学毕业生宣誓按期还贷

本报讯 "我承诺:恪守诚信,自强自立,严守合约,按期还贷;勤学笃行,奋发有为,学以致用,回报社会!"日前,江苏大学300多名2004届毕业生代表,举起右手,庄严宣誓,承诺按期还贷,"请母校放心! 请社会放心!"

作为江苏省受理国家助学贷款最多的高校之一,自1999年以来江苏大学共批准贷款3 145人次,累计贷款金额1 157.3万元,使一大批经济困难的学生顺利完成了学业。然而,贷款容易还贷难。还贷考验着大学生的诚信,同时也制约着国家助学贷款发放的良性循环。江苏大学历来高度重视贷款学生的诚信教育,并采取有效措施防范少数毕业生因个人原因不能按期还贷。该校在毕业生的报到证及档案中加盖"请贵单位提醒该同志按期归还国家助学贷款"的印章,协助银行催缴贷款。同时毕业生离校时填写还款确认书。还款期到来之前,学校给贷款学生家庭去信,提醒其按期还款。

去年该校在校园网上通报了逾期不还贷款的47名学生名单,在全国引起了不小的轰动。今年4月起,学校又陆续在校园网上公布提前还贷学生"光荣榜",同样也收到了良好效果。

据了解,今年江苏大学应届毕业生中,共有1 163人次办理了国家助学贷款,贷款总额为520多万元,按规定,这些学生将于明年6月20日进入还款期。截至目前,2004届毕业生中已有21人全部还清了贷款,还款额14.78万元,其中单笔金额万元以上的有5人。此外,2003届毕业生中也有104人提前还款,还款金额达42万元。

(张明平　陈立勇)

中国教育报

2004年6月20日

江苏大学加强青年教师管理

今年起,江苏大学青年教师必须先获得"江苏大学青年教师主讲资格证书",才能进一步获得晋升的机会。此举使青年教师工作评定中"教学一票否决权"落到了实处。

江苏大学规定,青年教师必须在必要的指导和帮助下,完整地经历教学各个环节的培训,并在相应的考核中达标,在走上教学岗位2~3年的时间内,通过在教育理念、教学方法、教学艺术和现代化教学手段等方面的学习与训练,脚踏实地地走上讲台、立稳讲台、站好讲台,迅速成为一名合格的高校教师。

对每一位青年教师来讲,过教学工作关是从一入校就开始起步的,且有一个明确的工作程序。他们需要通过岗前培训、考试及相关水平测试、选聘指导教师、各课试讲、实验实习等一系列环节,直至最终获得"青年教师主讲资格证书"。

学校还要求各院系为每一位即将走上讲台的青年教师配备教学经验丰富、工作认真负责、具有副教授以上职称的教师,作为青年教师的指导教师。导师原则上从在职教师中选聘,也可从刚退休的老教授中选聘。导师在教学院长和系主任的协调安排下,具体负责或参与青年教师在辅导、答疑、备课、指导实验和实习教学等各环节的指导工作。

学校还规定,青年教师过教学关工作由各学院的教学院长具体负责,考核记录由青年教师所在系(教研室)主任负责保管,学校将青年教师过教学关工作列入各学院年度考核目标之一,同时加强对指导教师的工作考核并给予一定的指导工作量。

江苏大学"青年教师过教学关"工作实施以来,各学院精心组织,配备最好的教师担当导师,全方位指导青年教师的教学工作,青年教师的教学技能有了明显提高。到目前为止,全校共有177名教师通过了相关项目的考核,取得了主讲资格。更为可喜的是,此项工作在全校营造了一种更加珍视教学工作的良好氛围,推动了学风、教风和校风建设,全校学生评教优良率比上年提高5%,不满意率下降了3%。

(立　彬)

光明日报
2004年7月1日

江大留校生争上"吃苦课"

本报讯　镇江这几天,在江苏大学里,有10名学生甘愿冒着炎炎烈日在公寓楼粉刷墙壁,汗水浸湿衣服,灰尘落满全身,可脸上挂满了微笑。因为这门"吃苦课"是每个人从15个竞争者手中赢得的,他们格外珍惜。

记者了解到,在今年暑假,江苏大学像往年一样,设立了图书整理、公寓楼值班、安全巡逻等300多个校内勤工助学岗位,同时特意设立了10个粉刷墙壁的岗位。天热,工作又脏又累,持续时间又长,对上岗的大学生而言是个不小的考验。可让老师们始料不及的是,竟有近150名学生来竞聘粉刷墙壁这种"吃苦岗位",岗位数量远远满足不了学生的需求。

从 7 月 26 日开始,10 名"粉刷工"上岗了。粉刷工作看似简单,不过这些学生以前没怎么做过类似的苦力活,因此几天下来他们有不少感触。一名大学生告诉记者:"我可没少吃苦头。粉刷时要先铲掉原来的粉刷层,再用砂纸把墙打毛,然后再粉刷。现在这么热,工作一天下来,全身都湿透了,身上脏兮兮的不说,晚上浑身酸痛。但这份工作对我来说太重要了,它不但可以给我攒下生活费,而且使我更懂得生活的艰辛,更加坚定了自立、自强的信念。"很多同学表示,这份苦工让自己多了一份工作责任感,一份耐心和毅力,少了一些浮躁和好高骛远,"我们一定努力上好这门'吃苦课'"。

江苏大学学工处副处长杨福庚说,勤工助学的作用除了助困,还在于为大学生提供吃苦的机会,起到育人的作用。不少做粉刷工的同学明年将面临就业竞争,今天他们体味到生活的艰辛,激励自己努力学习,同时增强了工作责任感,为今后择业竞争做好准备。

(霍建伟　于英杰　万凌云)

扬子晚报

2004 年 8 月 1 日

江苏大学成立江苏高校第一家知识产权研究所

本报讯　日前,江苏大学举行了"江苏大学知识产权研究所"揭牌仪式,这标志着以该校为代表的江苏高校的知识产权研究工作迈上了新台阶。作为江苏高校第一家知识产权研究所,江苏大学知识产权研究所将以学校科技处成果专利工作为基础,整合学校其他相关学科研究的力量,为加速构建学校知识产权研究的高地提供机构和组织上的保障。研究所的成立对内可加强学校知识产权保护的力度,强化学校知识产权工作的推动力;对外一方面可为江苏省和镇江市知识产权发展战略的制定提供理论依据和智力支持,另一方面可为地方企业知识产权战略的实施提供实务咨询和人才培养的平台。

同时,江苏大学还举行了"江苏省知识产权战略研讨会",来自北京大学知识产权学院的陈美章教授等专家针对江苏大学开展的前期研究工作展开了热烈讨论,提出了许多具体指导意见。

(施敏锋)

科技日报

2004 年 9 月 7 日

报到一站式　缴费一张卡　贫困生一条道

江苏大学新生接待推出"人本服务"

一个站点就搞定所有手续,一张卡可自行缴纳费用,贫困生入学有绿色通道……这两天,在江苏大学新生接待现场,该校推出的"人本服务",让初来乍到的新生和家长们倍感温馨。

今年江苏大学共招收 2004 级本科生和研究生 8 471 人,9 月 11 日、12 日这两天学校将迎来 8 000 名新生。记者在新生接待总站看到,"一站式"大大方便了新来的大学生们。在志愿者的引导下,新生们凭着入学通知书即可领取一只标明了学生姓名、所在班级、宿舍号的信封,里面装有一张金龙卡和一把宿舍钥匙。金龙卡里学校已事先为每个学生存了 200元钱,学生凭卡可以去食堂吃饭、浴室洗澡;凭钥匙就可进到自己的宿舍,宿舍中各种生活用品也早已摆放到位,无需学生动手。学校对新生学杂费的收取采取银行转账模式,学生只需事先将费用存入学校为其配发的工商银行卡,来校后确认就行了。

在迎新现场,"特困生咨询处"前来咨询的人络绎不绝。对于家庭特别困难的学生学校设立了"绿色通道",确保他们食、宿、学无忧。贫困生可先行吃饭、住宿和学习,再凭有关手续办理贷款。今年江苏大学设立了"爱心助成才"基金,由该校全体教职工捐款设立的 40万元基金,专门用于 2004 级特困生缴纳学费。此外,学校今年首次面向贫困生开办了"励志助学贷款",作为国家助学贷款的有益补充。该贷款为校内无息贷款,贫困生经过申请可得到每年最多 4 600 元贷款,用于缴纳学费。学生既可在学习期间偿还,也可在毕业后开始还,但需在毕业后 4 年内还清。

（张明平　宋金萍）

新华日报

2004 年 9 月 17 日

江苏大学："农"情40年未了

在高等教育的激烈竞争中,许多高校与"农"字沾边的专业都纷纷"农转非"了,就连一些农林院校也在"跳农门"。然而,作为一所从"农"字起家的综合性大学——江苏大学,40多年来,专业越办越多,学科门类也越来越全,始终倾情服务"三农"。

江苏大学建校初名为镇江农业机械学院。40多年来,专业越办越多,学科门类也越来越全,学校也由原来的单科性大学变成综合性大学。江苏大学校长杨继昌日前告诉记者:"不管怎么变,倾力我国农业机械化的初衷没变;不管怎么改,关注农业增产、农村增效、农民增收的'痴心'未改。"

据统计,近20年来,江苏大学先后完成数千项与"农"有关的课题,200余项成果获国家、部和省科技进步奖;获国家发明专利60多项,转让科技成果400余项,给企业带来直接经济效益超过40亿元。

农用动力机械:让农民"减负"

农业生产过程中约有60%以上的劳动量与运输有关,农村运输机械化是影响整个农业机械化水平的关键所在。作为全国最早设立汽车与拖拉机专业的三所高校之一,江苏大学从80年代初就开始了农用运输车的研究和开发工作,不仅为行业培养了大量的技术骨干,而且还直接为农用运输企业、行业管理提供了大量的技术支持,先后为江苏、安徽、山东、浙江和上海等省市的30多家企业独立或共同开发新产品80余种,产生了巨大的经济效益。

排灌机械是农业抗旱排涝和满足农作物生长需要的重要设备,也是提高劳作效率的重要工具。江苏大学流体机械及工程学科是全国唯一以研究水泵、排灌机械等为主的国家级重点学科,长期致力于喷、排、灌和节水灌溉技术及装备的研究推广工作,许多成果处于国内领先和国际先进水平,并拥有多项自主知识产权。针对农村机泵不配套造成排灌用电巨大浪费的问题,该学科历时17年研究出净增效率15%的方案,并先后改进166个较大型泵站,该成果获国家科技进步二等奖。农村实行联产承包责任制后,小型泵的需求大大增加,江苏大学适时研制了数十个自吸式微型泵、小型潜水泵等系列水泵产品,深受农民欢迎。泵站水力模型和特性的研究成果,已成功应用于南水北调、三峡工程、黄河小浪底、引滦入津、太湖综合治理等大中型水利工程。目前,国内约80%的喷灌机、70%的小型潜水泵、60%的无堵塞泵、50%的大中型泵站水力模型、40%的低比速无过载泵、30%的水泵试验台,均为该校研究和开发的。

精深加工技术：为农业"提纯"

江苏大学党委书记朱正伦认为，农业增收的关键是如何科学、合理、高效地将农产品、农产品加工的副产品和农业废弃物进行精细加工，实现农产品的产品链和农产品加工业产业链的延长。目前，我国农产品产后值与自然值之比仅为 0.38∶1，农产品采后处理能力不到产量的 20%，是世界发达国家的 1/3。1986 年，江苏大学获批了全国第一个农产品加工及贮藏工程硕士点，1993 年又获批第一个博士点，吴守一教授成为全国第一位该学科的博导。

江苏大学农产品生物加工与转化技术的推广应用，涉及食用菌、保健食品、饮料等农产品生物加工领域，尤其是在超临界二氧化碳萃取方面形成了明显的特色，已完成了 20 多种有效成分的提取分离工作，多项成果获省部级科技进步奖。该校开发的蜂胶功能食品、螺旋藻饮料、银杏叶茶等，也产生了显著的社会效益和经济效益。20 世纪 90 年代初，江苏大学首开国内先河，将计算机图像处理技术引入农产品质量检测，创造性地通过计算机视觉、人工嗅觉、光谱技术等多种技术的结合，进行农产品质量的评判与检测，具有国际先进水平，该成果在国家"863"计划第一批现代农业技术课题招标中一举中标。

现代农业装备：助农村小康

现代农业是以现代农机装备为基础的农业，农业装备行业在解决"三农"问题中担负着重大的历史使命。1997 年，江苏大学专门成立了农业装备工程研究院。几年来，该院先后完成科研项目 85 项，在研项目 90 项，获省级以上科技奖励 18 项，开发了 40 多种农业现代装备产品，为 30 多家大中型企业采用，直接经济效益 10 亿多元。

根据我国区域化气候特点，江苏大学成功开发了系列智能化连栋温室，与引进温室相比，制造成本降低 30% 以上，运行能耗降低 20%～30%，该项目已列入国家级重点新产品、国家星火计划等。学校目前与河南开封机械厂组建高科技现代农业装备集团公司，该公司能够提供从规划设计、智能温室造型、设计、制造以及配套设施、栽培技术和育苗技术的一条龙产业化配套服务体系，在国内独树一帜。

江苏大学还致力于田间作业机械的研究，先后完成了 20 余项国家、部、省级课题，开发了四大类 25 个新型田间作业机械，转让数十家企业，产生直接经济效益近 4 亿元，尤其是主持参与并完成了系列犁、旋耕机、脱粒机以及各种植保机械的设计，研制 250 多项新技术、新产品，推广应用率都在 80% 以上，许多成果达到国际先进或国内领先的水平。

（高　鸣　张明平）

中国教育报

2004 年 10 月 6 日

昨天，江苏大学一场特殊考试让人动容——

苦难，贫困生意志的磨刀石

　　家庭收入为 0、每天的生活费只有 5 元钱、报到只带了 400 元钱……昨天下午，一场特殊的考试在江苏大学理学院举行，22 名考生来自该校的工商管理、人文、外国语、材料、电气等 16 个学院，他们通过各自的演说和回答评委提问这样一种特殊的考试方式，来博取 15 个"中国肯德基曙光基金"资助对象的名额。考试现场，当一位评委问这些大学生：你们吃过"肯德基"吗，除两人因考上大学别人请客吃过一次外，其余 20 名大学生均异口同声：没有。记者看到，一些大学生在说到自己的贫困经历时忍不住热泪滚滚，叫人眼圈发红，而贫困生的顽强自立更让每一位评委动容。

　　为了资助家庭经济困难的大学生完成学业，中国百胜集团出资设立"中国肯德基曙光基金"，在全国遴选出 38 所大学，在每所大学每年资助 10 名品学兼优的贫困生各 5 000 元。江苏大学的学子成为这一基金的受益对象，学校通过各个学院的报名、筛选，22 名特困大学生在昨日圈定。当天下午的这场考试，就是要从这 22 名特困生中选出 15 名，15 名特困生再到"肯德基"门店，由"肯德基"结合学生的实际情况确定最后资助的 10 名对象。

　　来自如皋农村的陆云，家里只依靠父母种田的微薄收入支撑她和弟弟读书，在高考前母亲突遇车祸，家中的负担全部落在父亲一人身上，现在她每天的生活费不到 5 元钱，中午 3 角钱饭加上 2 元钱以下的一个菜，然后就着免费汤，这是她一天最丰盛的一顿饭，早晚都吃 1 元钱的馒头、稀饭，说到动情处，小陆失声痛哭。来自启东农村的赵赛雷，其精瘦的身材已暗示他长期的营养不良，他是个孤儿，几乎是一路靠着救济才考进大学的，现跟着 80 多岁的奶奶生活。可当评委问他是否经常跟奶奶联系时，小赵眼圈红了：不联系，奶奶没有电话，再说也付不起长途话费……

　　22 名考生逐一过堂，22 本苦难经深深打动了每一个评委。但就是如此，记者在现场听到，这些优秀的大学生并没有被贫困压倒，反倒豪气四溢。同样是孤儿、连生活费都成问题的吴胜对记者说：苦难只是一瞬间的事，我一定会战胜苦难！陆云说：我要努力，减轻父亲的负担，通过争取这一基金资助和参加实践锻炼，争取早日回报家庭和社会。

（张明平　万凌云）

扬子晚报
2004 年 10 月 21 日

从打造品牌特色专业做起

江苏大学是一所以工科为特色的全国重点大学。目前,在校全日制本科生已达到26 000余人。为进一步提升学校的办学实力和优势,学校启动并实施"品牌特色专业建设工程",着力加强一批新兴专业,重点打造一批优势专业,为全面提高本科人才培养质量奠定坚实的基础。

实行专业带头人负责制。根据专业建设与发展的需要,学校在每个本科专业设置了专业建设带头人岗位,实行"个人申报,同行评议,学院审核,学校聘任,任期考核,动态管理"。各专业建设带头人对本专业的教师队伍建设、课程建设、教材建设、教学改革、实验室建设等负全责。学校对专业建设带头人的工作进行定期考核,并给予一定的专项工作补贴,将专业建设工作落到实处,使新兴专业的建设速度进一步加快,优势专业的建设水平进一步提升。

努力改善实验教学条件。近年来,学校在不断加大经费投入力度、显著改善实验教学条件的同时,拨出695万元专款用于校品牌特色专业建设,使校品牌特色专业的生均教学科研设备仪器经费达到8 000元以上。与此同时,依托学科科研实力和综合性大学优势,不断增加设计性、综合性实验,逐步减少验证性实验,进一步加强学生创新意识、创新思维和创新能力的培养。

设立精品教材建设专项基金。在加强实验室建设的同时,学校设立了精品教材建设专项基金,优先资助在教学内容和课程体系改革中取得突破性成果的优秀讲义和教科书的出版,以利于适时固化在深化教学改革方面获得的新经验和新成果。三年来,结合品牌特色专业建设共出版教材(专著)255本。其中,28本教材得到校精品教材建设基金资助,27本教材获得校级及以上奖励。《精密与特种加工》被列入教育部面向21世纪课程教材,先后被武汉大学、东北大学、湖南大学等50余所高校选用,受到了广泛的肯定与好评。

实施"四位一体"综合教学改革。为进一步优化教学资源,提高专业建设的质量与水平,学校将课程建设、专业建设、学科建设和实验室建设融为一体,简称"四位一体"。其中,课程建设是基础,专业建设是重点,学科建设是关键,实验室建设是保障。通过"四位一体"综合教学改革,利用建成校省级优秀课程加快专业建设的步伐,借助实验室建设的条件抬高专业建设的平台,依托学科建设的优势提升专业建设的水平,进而,确保专业建设工作一步一个新台阶。

通过几年的建设,江苏大学已建成校品牌特色专业14个。其中,有三个专业被评为江苏省品牌特色专业,"品牌特色专业建设工程"的实施,进一步带动和促进了学校专业布局和结构的优化,进一步提高了人才培养质量,各品牌特色专业毕业生的考研率逐年提高,机械设计制造及自动化等专业的就业率达到100%,其他专业的就业率也达到95%以上。

(王贵成)

光明日报
2004 年 10 月 21 日

紧紧抓住"教学"这个中心

——江苏大学提升本科教学工作水平纪实(上)

编者按:教学是高校永恒的主题,教学质量更是学校安身立命之本。多年来,江苏大学高度重视本科教学工作,采取扎实有效的措施,牢固确立教学工作的中心地位,始终坚持教学改革的核心地位,本科教学工作水平不断提高,人才培养质量日益攀升,办学特色日趋鲜明。他们的经验值得借鉴。

"学校以育人为本,育人以教学为先。"多年来,江苏大学坚持以办学理念为先导,师资队伍、学科科研、管理体制、经费投入等紧紧跟上,形成了上下同心服务本科教学、一切工作围绕本科教学的良好氛围,全力提升了本科教学工作水平。

办学理念指导教学

在长期的办学过程中,江苏大学坚持以本科教学为中心,各级领导一贯重视教学,齐抓共管,形成了师生员工人人关心教学的良好局面。

2002 年,江苏大学将合并组建后的开局之年确立为"教学质量年",明确提出了"人才培养是学校工作的'根本任务',教学工作是学校工作的'重中之重',教学质量是学校的'核心竞争力',教学改革的基本出发点是'以人为本'"的办学理念,并把学校办学层次定位为:以本科教育为主体,大力发展研究生教育,适度发展成人教育,积极拓展留学生教育。

三年来,江苏大学先后迈出了"快速推进合并进程、全面实施'十五'规划、大力加强内涵建设"三大步,在办学规模、教学改革、学科建设等方面取得了长足进展,综合实力明显增强,本科教学工作水平扎扎实实地上了一个新台阶。

师资队伍提升教学

优良的师资队伍是保证教学质量的先决条件。2002 年 7 月,江苏大学召开了合并组建后的第一个条线工作会议——师资工作会议,提出了"不惜代价、不遗余力、不留遗憾"的工作方针。学校采用"院士高访"、"柔性引进"等模式,大力实施"高层次人才引进工程"、"博士、硕士培养工程"等。三年来,江苏大学已投入 6 690 万元用于师资队伍建设,先后引进教师 424 人,共选派 766 名教师在职攻读研究生。师资队伍在数量,思想素质和学术水平,学历、专业、年龄和学缘结构三个方面取得了喜人成绩。江苏大学校长杨继昌告诉记者,目前,该校专任教师的高级职称比例为 39.2%,具有研究生学历的教师所占比例为 51.8%,外校毕业的教师所占比例超过 70%。

学科建设、科研促进教学

学科建设和科研在学校工作中发挥着龙头和支撑作用。高水平的学科和科研衍生了高起点的本科专业,也决定了高水平的本科教学。近年来,江苏大学根据地方经济建设发展需要,适时创办了一批新专业。其中,依托博士点、硕士点增设的"学科型"新专业占新增专业的 77.4%,其余均为江苏乃至华东地区经济建设和社会发展急需的人才专业。目前,全校设有 68 个本科专业,其中拥有硕士、博士点学科的本科专业占总数的 87.7%。与此同时,江苏大学大力倡导重点学科带头人给本科生上课,鼓励教师将最新科研成果充实到课堂教学,做到教学、科研、学科建设"三不误"。2002 年,学校实施了"百名教授上讲台"计划。目前,学校 55 岁以下的教授、副教授均为本科生授课。

管理创新保障教学

江苏大学高度重视对教学各个环节的质量监控,严把事前、事中和事后"三关"。先后建立健全教学管理规章制度和质量标准百余项,同时实行教学质量"一把手工程",校党政"一把手"是学校教学质量的第一责任人,各学院党政"一把手"是本单位教学质量第一责任人。同时,逐步建立健全学生评教制、干部同行评议、教学检查员听课指导制、教学信息员信息反馈制和监督电话、信箱信息搜集制等"五制并举"的完备的教学质量监控体系。

为让青年教师脚踏实地地走上讲台、立稳讲台、站好讲台,江苏大学实施了"青年教师培养计划",让教学经验丰富的教授担任青年教师导师。2003 年,学校又实施了"青年教师过教学关计划",针对 358 名青年教师开展了过教学关活动,每人经培训和考核达标后才能领到"教学资格证书"。此外,在教师职务晋升中,江苏大学严格实行教学质量考核"一票否决制",2003 年有三名教师因此在职务晋升中"落马"。这些措施有效地保证了课堂教学质量的提高。近三年来,学生评教优秀率提高了 25 个百分点。

经费投入优先教学

"一保教学、二保生活、三保建设"。江苏大学始终围绕不断提高教学质量配置教学资源,确保教学投入在学校资金投向上的优先地位。基建方面首先满足教学用房和实验室建设需要,仪器设备添置首先保证教学科研需要。近三年来,学校新竣工的建筑达 43.4 万平方米,极大地改善了办学条件。

江苏大学成立以来,学校对图书馆的文献经费投入不断加大,每年购置的图书量均超过 9 万册。目前,馆藏文献总量达 276 万册(件),拥有国内外大型全文数据库 33 种。面积 4 万多平方米的新校区图书馆正在建设中,并将在 2006 年建成投入使用。与此同时,校园网建设进展迅速,至今已完成了三期建设工程,累计投入资金 1 000 余万元,实现了千兆主干网覆盖全部校区,光纤宽带接入每栋教学、行政楼和宿舍、公寓楼。三年来,学校对体育场馆的投入达到 1 亿余元,运动场馆总面积达 11.6 万平方米。

(高　鸣　张明平)

中国教育报

2004 年 11 月 14 日

创新能制胜　真抓出实效

——江苏大学提升本科教学工作水平纪实(中)

面对竞争日益激烈的高等教育市场,江苏大学认为,创新才能制胜,真抓才有实效。多年来,该校坚持从培养模式、教学内容、教学计划着手,探索实施了一系列教学改革的举措。

培养模式:从"两期制"到学分制

为实现"基础厚、能力强、素质高、作风实"的人才培养目标,江苏大学在人才培养模式上逐步实现了"双重转变",即由传统专业教育向综合工程技术教育转变,由单一人才培养模式向高规格、多目标的模式转变。这种"双重转变"落实在探索性的两步:一是从 1985 级开始,对部分学生实行"两期制、预分配、厂校结合、专业对口培养"的教改试点,实施了"2.5 + 1 + 1.5"的教学模式,学生的教学分三段进行,中间一年提前与企业"对接";二是实施"专业大类招生、按需培养"的改革,将当时设置的 23 个专业拓展为 28 个专业方向,划分为 11 个专业大类,采取"平台 + 模块"的教学模式,前两年按大类实行基础平台教学,后两年按方向实行模块教学。

20 世纪 90 年代中期以来,学校在个性化人才培养模式方面又进行了深入的探索。实行"同层分级教学制",即在基础课教学中,以外语和计算机为试点分类施教;实行"优生优培制",即组建高分生强化班,给优秀本科生选配导师,为他们成长成才开辟"快车道";推行"两证 + 三证"制,即要求工科学生在取得毕业证书、学位证书的同时,还需取得英语四、六级证书以及计算机等级证书、技能证书。从去年开始,学校在 2003 级新生中全面推行了完全学分制,初步实现了学生选课程、选教师、选进度、选专业(部分优秀学生)的"四选"试点。

专业和课程建设：优化结构，打造"精品"

近年来，江苏大学在做好高起点创办新专业的同时，注重打造品牌特色专业，发挥其示范和辐射作用。

20世纪90年代，学校又实施了"课程建设122工程"，大力推行课程的调整、合并和重整。江苏大学成立后，学校将原先的"课程建设122工程"调整为"课程建设162工程"，即学校重点建设大学英语、制造技术基础等16门校级核心课程，每个专业重点建设2门专业核心课程。今年，学校又设立45万元专项基金，正式启动了"精品课程建设工程"。

目前，江苏大学的专业建设已由最初的以"大农机"为主的单科性专业体系，逐步发展为如今的以工科为特色、理工医教结合、科技与人文交融、多学科协调发展的专业体系。

教学计划：该多则多，该少则少

江苏大学从培养"现代工程师"的人才定位出发，多次对教学计划进行修订和优化。注重学生基本理论与基本技能的培养和创新能力的锻造。2003年，学校再次对教学计划进行了全面修订，努力体现"三个结合"，即素质教育与专业教育结合、课堂教学与实验教学结合、个性发展与共性提高结合，构建了由基础教育平台课程、学科（专业）基础平台课程和专业方向模块课程组成的课程体系。

在历次修订教学计划的过程中，江苏大学较好地处理了加强基础和拓宽专业的关系问题，不笼统地谈宽口径，做到了该宽则宽、该专则专。对一些传统、特色、优势专业，对行业针对性较强的专业，学校还邀请企业领导、行业专家前来"把脉"，参与教学计划的修订。

（高　鸣　张明平）

中国教育报

2004年11月15日

立足工程教育　提高实践能力

——江苏大学提升本科教学工作水平纪实（下）

作为一所以工科为特色的综合性大学，长期以来，江苏大学坚持个性化的人才培养理念，以培养现代工程师为目标，重视实践教学在工程教育中的作用，将本科教学中的实践性环节全部纳入教学计划，完善实践教学体系，不断提高教学水平。

近三年，江苏大学投入实验室建设经费总量已达1.87亿元，实验室装备条件和实验手段得到较大的改善。尤其是有效整合实验教学资源,组建成 9 个校级实验中心、11 个学院级中心实验室,形成了校院系三级建制、校院两级管理的新体制。为鼓励教师开展实验教学改革,学校对实验教学的教改项目优先立项,并规定其成果与教学、科研成果一视同仁。

江苏大学在教学计划的制订中,设置了相当大学分比例的实习和实训环节,并在总学时不断压缩的情况下适当提高了实验教学的课程比重,原则规定超过 15 学时的实验课程可以单独设课,实验教学的课时数已占学生总课时的 30% 左右。

基地建设是培养学生创新能力的重要载体。江苏大学采取校内与校外结合、重点与一般结合的方法,大力加强学生的实践实习基地建设。一方面,积极与企业挂钩,建立相对稳定的校外实践实习基地,促进校企间的互动发展。另一方面,集中力量重点建设校级实验中心和公共服务体系。学校的实验室开放工作进展迅速,开放对象已由开始时的研究生、部分教师转变为全校本科生、研究生和教师,部分实验室已开始面向社会开放。开放内涵上,已由过去主要是时间上的开放,转变为实验项目,特别是综合性、设计性实验项目的开放。

为加强综合性、设计性实验教学,江苏大学专门筹建了特色鲜明、国内一流的工业中心。中心拥有房屋面积 28 500 平方米,设备投入 22 00 万元,形成了机械、电子、控制、检测、环境等有机结合的实验教学体系,为学生工程实践能力的提高和创新、创业素质的培养,构筑了优良的平台。

1994 年起,江苏大学与日本三重大学、泰国清迈大学联合组织以学生为主体的国际学术研讨会(该研讨会每年举办一次),有效地扩大了学生的学术视野。同时,学校以全国和省大学生课外科技作品竞赛、创业设计竞赛为导向,以大学生科技社团和创业小组为依托,广泛开展大学生科技创新活动。2002 年起,学校每年设立 10 万元专项经费,资助学生开展科研立项工作,着力培养学生的科研能力。首批资助的 90 个科研项目,涉及机械、能源、医药、管理等多个学科。

(高 鸣 张明平)

中国教育报

2004 年 11 月 17 日

百余顶尖学者会聚镇江

把脉机械学科发展战略

本报讯 由国家自然科学基金委员会工程与材料科学部主力、江苏大学承办的"机械学科发展战略与'十一五'优先资助领域研讨会",昨起在我市举行。

国家自然科学基金委员会工程与材料科学部副主任黎明研究员、机械学科主任雷源忠研究员,两院院士温诗铸、闻邦椿、王立鼎、熊有伦、钟掘、柳百成、徐滨士、黄尚廉、叶声华,以及清华、西安交大、哈工大、华中科大、吉大、北航大、南航大、江大等著名高校机械学科领域的长江学者、国家杰出青年基金获得者等 100 余位专家参加研讨。市长许津荣,江苏大学校长杨继昌出席开幕式并致辞。许津荣代表市委、市政府对专家学者的到来表示热烈欢迎。她简要地向客人介绍了我市基本情况及近年来经济社会事业发展形势,并希望与会专家学者们多了解镇江、关心镇江、支持镇江机械工作的发展,并预祝研讨会取得圆满成功。

据了解,此次研讨会将围绕机械与制造学科领域发展现状、发展趋势等问题举行 14 场专题报告会,重点研究制定机械学科未来发展战略及"十一五"期间重点资助的领域。

(先 琳 木 金)

镇江日报
2004 年 11 月 21 日

中学教师部分出现"动态饱和"

师范生就业"冷热不均"

江苏大学日前举行的师范类毕业生供需洽谈会上,来自镇江、常州、南通、泰州、无锡等地的 40 余所中学及教育主管部门进场揽才,种种迹象表明:师范生就业出现了冷热不均的现象。

近年来,我省关于师范生就业的政策不断放开,有关人士透露,明年可望在"双向选择"的基础上,实现完全市场化就业。江大学生工作处负责人介绍,明年该校共有师范类毕业生 489 人,涉及中文、数学、英语、物理等 7 个专业,生源主要分布镇江、常州、南通、泰州、无锡等地,组织此次专场招聘洽谈会,旨在给师范毕业生就业提供一个"绿色通道"。

记者在采访中发现,经过前几年的大幅"扩容"之后,为数不少的中学教师已趋于"动态饱和",需求量大大减少,有的仅需两三个名额。扬中市新坝中学校长王种银告诉记者,新坝中学高中部2002年时是15个班,今年是45个班,达到了"峰值"。学校前两年奔赴各地招兵买马,教师数量已基本充足,目前数学、英语教师还各缺三四名。此次前来招聘主要是因为明年将有一些老教师退休,会出现一些缺额,并且为年轻女教师生小孩储备一些师资。他说,作为校方来说,选择毕业生主要考核4个方面:首先是专业成绩;二是通过"说课"形式反映出来的教学基本功、教师综合素质;三是政治素质,如是否为党员、学生干部,以及获奖情况如何;四是普通话、外语、计算机的水平。

面对用人单位纷纷摆出的"高姿态",广大师范毕业生也因自身条件的优劣享受着不同的"待遇"。在镇江市实验高中的招聘摊位前,艺术学院美术教育专业的镇江女孩王潇,因为连年获得校"三好"和校一等、二等奖学金,加之扎实的美术功底、出色的专业成绩,一下子赢得了用人单位的好感,前来招聘的实验高中负责人当场同她约定:下周去我们学校面试!尽管物理教育专业已比较"冷",但该专业的王小琴凭着前不久刚刚获得的校师范生讲课竞赛一等奖,吸引了不少学校。相比之下,与她同一个学院的数学系几名学生却显得"底气不足"。在招聘会现场,江大外国语学院党总支副书记王赛扬告诉记者,往年苏北地区的英语专业本科生都"非苏南不嫁","俏得可以",今年不少学生都很"务实",纷纷与家乡的学校联系,先求有个立足之地。

(张明平 张文娟 宋金萍)

扬子晚报

2004 年 12 月 27 日

50 名民企"当家人"走进江大"充电"

本报讯 昨天,由江苏省中小企业局和江苏大学工商管理学院共同主办的"首届民营企业经营管理者 MBA 课程研修班"正式开学,来自我省南京、苏州、徐州等 11 个省辖市的 50 名民营企业经营管理人员走进江苏大学,进行为期一年半的工商管理硕士课程学习。据介绍,像这样专门针对民营企业家开展的 MBA 系统培训在全国还是首次。

江大工商管理学院院长、MBA 项目中心主任梅强告诉记者,目前我国民营企业、中小企业发展的瓶颈是管理问题,而管理的根本问题在于高级管理人才的培养,优秀的企业家是当前中国经济发展中最为稀缺的资源。江苏省中小企业局负责人介绍说,江苏省规模以下的工业企业经营管理者中,大专以上文化的不到 10%。此次 MBA 课程研修班是江苏省"2004 年扶持民营经济发展专项资金"资助项目,目的就是加强我省企业家队伍建设,加快培养一批具有现代理念、国际眼光的优秀民营企业家。

江大工商管理学院是我国最早开展中小企业研究的单位之一,主持联合国开发计划署、国家经贸委课题"中小企业改革与发展"及国家社会科学基金"中小企业信用担保研究"等课题,取得了许多国内领先的科研成果,是"中国中小企业项目研究培训基地"。

这批学员将系统学习《人力资源管理》《管理经济学》等 MBA 有关课程,修满规定的学分后可获江苏大学 MBA 课程研修班结业证书;在三年内通过全国 MBA 联考及论文答辩者可获得正式 MBA 学位证书及毕业证书。

（张明平 何娣 宋金萍）

新华日报

2005 年 1 月 10 日

江苏大学率先成立"关爱生命"基金会

重病学子可获 10 万元资助

　　大学生得了特大或者恶性疾病，需要巨额治疗费用，而这一费用又远远超出了大学生疾病保险承付的范围，怎么办？有没有一种"屏障"，能够增强大学生抗风险的能力，甚至将这种风险抵御在门外？昨天，这些问题在江苏大学有了答案，面向身患特大疾病并一次治疗费用在 20 万元的青年学生的江苏大学"关爱生命"慈善基金会正式成立并开始为重症学子提供救助。此后，基金会作为江大的一个固定机构，将为符合条件的重病大学生提供形式多样的救助，初定每人救助的金额为 10 万元。据了解，以校方名义成立基金会专项救助大病学子，在全国高校还是首次。

　　江苏大学党委副书记陈国祥是这一基金会的发起人之一。昨日采访时他心情沉重地告诉记者，基金会成立的想法由来已久，近年来学校不断出现身患白血病尿毒症等重大恶性疾病的大学生，治疗费用都在 20 万元以上，有的一次治疗就需数万元。尽管大学生有多项医疗保障、保险，但加在一起一个人至多也就 10 万元的补助，对这些学生的巨额医疗费来说，不能从根本上解决问题。为此，学校除了呼吁社会各界的捐赠外，还不得不一次次在全校师生中发动募捐，但学生毕竟是"伸手一族"，有的学生家庭也十分困难，经常性的"献爱心"确实也是勉为其难，他们也听到一些负面声音。陈书记说，这种现象其实在全国高校都普遍存在，身患重大恶性疾病的大学生，不仅给其家庭带来巨大痛苦和负担，也牵动着全社会的心。"关爱生命"慈善基金会的成立，江大 3 万多名学子的生命将获得一个全新的"屏障"。

　　目前，刚刚成立的"关爱生命"慈善基金主要有三部分资金的注入作为首批基金来源，首先是江大 2 000 多名教工、1 000 多名职工的捐款，这笔捐款有 10 多万元，本月 24 日前到账；再者他们已经着手约请有一定成就的江大校友前来募捐；还有就是以基金会和江大的名义，通过向社会企业募捐来壮大基金数额。陈书记透露，目前江大就有一名身患白血病的大学生，在苏州血液中心的病床上，已经成功配对亟须骨髓移植，但"就等钱"。刚刚成立的"关爱生命"基金会将在教职员工的捐款到位后，月底前取出 10 万元作为基金会成立后的首笔救助款，给病床上的大学生送过去。这笔钱加上各项医疗保险补助和学生家人凑集的近 20 万元，这名大学生的骨髓移植就可进行，基金会"使身患绝症的大学生再现生命曙光"！

（高　鸣　张明平　万凌云）

扬子晚报

2005 年 1 月 20 日

江苏大学积极创新勤工助学形式

近日,由贫困生自行管理的江苏大学勤工助学书店开张了。这个书店的勤工助学经费不再由校方"埋单",而由江苏大学引进的"外援"——校外某书店提供。

据了解,该勤工助学书店由江苏大学学工处大学生勤工助学中心和校外书店联办,学校提供场地,经费则由外方提供。书店的10位工作人员都是经过严格选拔的贫困大学生,他们利用课余时间在书店里工作,工资由书店所得利润支付。

为了不让一名学生因经济困难而辍学,江苏大学在完善"奖、贷、助、补、减"助困体系的同时,还拨款120万元,设置了500多个勤工助学岗位,但毕竟僧多粥少,不能完全满足贫困生的需求。江苏大学内引外联,充分利用社会资源,开辟新的助学渠道,有效缓解了勤工助学压力。这类由校外投资的勤工助学点工资标准与校内助学岗位工资基本持平,工作一个月,贫困生们至少能领到150元工资。在勤工助学书店打工的谭同学感慨地说:"至少吃饭问题是解决了。我们的工作岗位不再由老师监督,必须自我管理和自我监督,大伙的工作热情和责任心都大大增强了。"

江苏大学学工处有关人员介绍说,引进校外力量、联合促进勤工助学实际上是一个"三赢"的选择。一方面大大拓展了勤工助学岗位,减轻了学校的压力;另一方面有效解决了贫困生的生活问题;还有一个尤为重要的方面是,"自我管理"的助学模式,有助于充分发挥学生的积极性和创造性,在培养其自强自立精神的同时又为广大同学的日常学习、生活提供了便捷。

据了解,日前江苏大学已经与镇江市邮政局基本达成合作协议,将在学校设置三个书报亭,所有销售人员全部录用贫困生。这无疑又将为学生的勤工助学和素质教育提供一个新平台。

(施敏锋)

光明日报
2005 年 1 月 26 日

一封家书　　两代情怀

"寒假作业"启开爱的"闸门"

这两天,刚刚开学的江苏大学机械工程学院学工办的刘正欣老师又开始了新一年的忙碌,与往常不同的是,一开学她就陆续收到本院 348 名 2004 级新生交来的特别的"寒假作业"——一封写给父母的信,以及父母给子女的回信。笔者采访时发现,这一新鲜的"寒假作业"开启了学子和他们父母交流的情感之门,让初入大学校门的大学生们受到了不小的触动。

有的同学说:"以前一直生活在你们精心打造的温室中,没有雨打,有的只是和煦的阳光和无微不至的关怀。但在过去的 5 个月中,第一次远离你们的保护,独自一人来到陌生的地方学习,第一次体会到了离家远行的感觉。"还有同学说:"在家的时候每天都有你们的唠叨,听得我都烦了。可在我离开你们的时候,突然又有一些舍不得,我不知道是舍不得你们还是舍不得你们的唠叨。"

采访中,不少学生都说,现在通讯事业发达,同学中已经很少有人写信了。机械专业的一名学生坦言,起初接到这一作业时觉得是一种"负担",完成作业时,真的受到了不小的触动。翻阅了一部分"作业",笔者发现,尽管这些"家书"的长短不一,反映的文字水平也参差不齐,但字里行间渗透着子女和父母两代人之间的情意让人动容。

一位来自河北的杨姓男生给母亲的信中说:"笔下的这封信是学院交给我们的唯一的一次作业,与其把它视为一件随意应付的差事,还不如把它当做与您倾心交流的机会。我相信这封以稚嫩笔触写下的书信一定又会被您保存,因为您是一位连儿子发来的寻常短信都舍不得删的好妈妈。"他的母亲读完这封 10 页纸的信后,回信说:"心爱的儿子,眼含热泪读完你写给妈妈的信,妈含的是幸福、快乐的泪水,是喜极而泣。儿子你长大了,成熟了,爸妈为你感到骄傲和自豪!自从你来到这个世界,妈一直是把你看做是上天赐给我们最珍贵的礼物,可谓爱不释手……深爱你的同时,也在深深地思索:什么是真正的爱?"

谈起这次活动的初衷,从事学生工作多年的刘正欣老师说,"爱"是为人和做事的立足点,有了"爱",才有奋斗的力量和克服困难的勇气,才能追求更高的人生目标。作为一个大学生,只有做到爱自己、爱父母,才能爱他人、爱学校、爱社会。大学生一般远离家庭,平时很难也很少与父母进行深层次的情感交流,久而久之会患"情感麻木症"。

据介绍,"一封家书"是江大机械学院开展的"爱心教育"系列活动之一。在此基础上,他们还将开展评选、交流、大讨论、演讲等,以激发学生学习的动力,促进其自我成长、自我成才。

（张明平）

中国教育报

2005 年 3 月 4 日

检验类毕业生职场"吃香"

本报讯 "现在食品市场问题太多,老百姓食品安全意识提高,自上而下对食品卫生和安全都高度重视,到我们中心来投诉食品问题的人员数量居高不下,尽管我们有相关检验人员,但常常忙不过来,所以我们决定一次性招 4 名大学生!"昨天,在江苏大学首次举办的"医学类毕业生供需洽谈会"上,特地从宿迁赶来招聘的宿豫区疾病预防控制中心人事负责人单锦华这样对记者说。记者了解到,当天招聘会上,"抢"检验类人才的远不止这一家,会上透露出这样一个信息:食品检验人员紧缺,医学检验类学生分外"吃香"。

溧阳市疾控中心、扬州市维扬区疾控中心、镇江市疾控中心等多家单位都不约而同地出现在招聘会上,并且都齐刷刷地要招食品检验人员。招聘的单位都给这些学生开出了相对优厚的报酬待遇,宿豫区疾病预防控制中心甚至直言,招回去的学生进入政府编制,待遇可能比公务员还好,求贤若渴之情溢于言表。

(张文娟　张明平　万凌云)

扬子晚报

2005 年 3 月 21 日

巩固创优成果　提升教学水平

江苏大学打造人才培养新亮点

本报讯 由 50 位离退休老教授组成的新一届教学检查员正式走马上任,校工业中心开出数十项"实验菜单",新的毕业设计(论文)写作规范出台……近日,记者在江苏大学采访,该校接二连三推出的一系列加强教学工作的措施不禁让人眼前一亮。江苏大学校长杨继昌教授告诉记者,自去年 12 月教育部本科教学评估结束以来,学校围绕提升本科教学水平,采取切实措施,进一步强化教学工作的中心地位,着力打造人才培养的新亮点。

据介绍,去年底江苏大学喜讯不断:在 4 年一度的江苏省优秀教学成果奖评选中,"高等工程教育开放型工程训练体系的研究与实践"等 13 项成果获特等奖 1 项、一等奖 4 项、二等奖 9 项,创历史新高;"中央与地方共建高校基础实验室建设"项目,成功获得财政部 900

万元资助。这些为本科教学工作的深入开展奠定了良好的基础。结合评估专家们的意见和建议,江苏大学全力整改,从加快新专业建设、推进完全学分制管理、加强教学质量保障和监控等 7 个方面,采取 30 多项措施,并明确了具体的完成时间表。如:为提高学生的实践与创新能力,校工业中心除了向全校提供"实验菜单",还将调整培养计划、增加本科生实践教学的比例,在工业中心开展新生认知实习、开设公共选修实验课、增设本科第二课堂,继续推进"跨专业、跨学科、跨学院"的综合性毕业设计(论文),等等。

同时,该校提出,将从 6 个方面着手,倾力打造人才培养新亮点:对申报国家级教学成果奖的 5 个项目实行预答辩制,争取此奖项取得突破;精心做好国家级精品课程、优秀教材、优秀教学成果、教学名师等 4 项国家级大奖的筛选及培育工作;对正在进行的各类教学改革项目进行梳理整合,发布校教研、教改重大项目指南,全力提升研究水平;举办首届"专业建设论坛"、"课程建设论坛";集中人、财、物,进一步加强品牌、特色专业建设;采取"走出去、请进来"等多项措施,进一步提高学生在各类竞赛中的成绩,全面提升办学实力和人才培养质量。

(高 鸣 张明平)

中国教育报
2005 年 3 月 24 日

从校园到社会

江苏大学全面扶助贫困生

做好校园里的贫困生工作,早已超越了"奖、贷、免、助、减、补"的六字范畴。从关心贫困生的日常生活,到帮助他们自强自立,从在校期间为贫困生争取一切资助,到追访欠贷毕业生重塑诚信,江苏大学以种种努力,全面扶助贫困生健康成长。

贫困生投标报刊亭

"三个勤工助学报刊亭经营管理权面向全校贫困生招标!"近日来,这则不同寻常的"招标通告"在江苏大学校园里引起了强烈反响,不少大学生跃跃欲试。通告发布一周,已有 200 多名学生自发组成 30 个团队,开始正式投标。

据负责此事的该校勤工助学中心付刚老师介绍,招标的三个报刊亭是去年 12 月份经学校与镇江市邮政局商定,由对方出资在校园内设立,委托中心管理,专门用于江大家庭经济困难的学生勤工助学。根据协议,报刊亭主要经营报纸、杂志及邮票、信封、邮品等,邮局将销售额的16%作为酬金支付给学校,用于发放勤工助学学生的工资。这三个书报亭地点分别位于学生宿舍区的二区、三区和四区,此次分别招标。竞标者必须是由5~8名在校大学生组成的团队,具有团队合作意识和一定的经营管理、组织协调能力,品德、成绩良好,并特别要求其中贫困生的比例要占80%以上。如若中标,中标方除了要足额发放所雇学生"员工"的工资外,还须向校勤工助学中心缴纳一定的管理费,纳入学校的勤工助学基金。

学工处杨福庚副处长介绍,近年来学校特别注重将助困同励志有机结合起来,将成才与成人结合起来,在经济资助中,更突出对贫困生精神上的扶助,培养其自强自立的意识。他强调,把三个报刊亭面向贫困生招标经营,目的是在帮助学生解决经济困难的同时,进一步培养他们的市场意识、创业能力和团队合作精神,这也是他们继前两年实行勤工助学竞聘上岗之后进行的又一次尝试。近日,学校将组织人员对参加竞标的标书进行评议,遴选出10个团队再进行公开答辩,最终胜出的三个团队将取得经营权。

"把信送给加西亚"

要做好扶助贫困生的工作,就必须建立良好的诚信记录。而解决学生的欠资现象,是其中一个重要环节。

读过《把信送给加西亚》的人,无不为主人公罗文机智勇敢、敬业尽职的精神所折服。寒假期间,江苏大学18名"诚信使者"想方设法寻访了18名欠贷毕业生的家庭,详细了解他们的经济状况、工作单位和联系方法,并把学校的一封"致贷款学生家长的信"交到了他们父母的手中。日前,在学校举办的"诚信使者"座谈会上,18位大学生交上了走访反馈表。

作为江苏省首批开展国家助学贷款工作的高校之一,江苏大学历来高度重视贷款学生的诚信教育,并采取在校园网上公布还贷"红榜"、"黑榜"等措施,有效防范还贷不良现象。为深入了解极小部分的国家助学贷款还贷逾期毕业生的真实情况,去年寒假前夕,该校招聘了18名"诚信使者",利用假期走访欠贷毕业生的家庭。这批"诚信使者"均为刚入学不久的大一新生,一般与走访对象同处一个县。春节前后一个多月的时间里,这18位同学陆续"出击",出色地完成了任务。

家在江西省萍乡市的李瑶为寻访一名2001届会计专业的毕业生,上午8点多钟从家出发,花了20多元的路费,"翻山越岭",先到乡政府查找资料,后多方打听,前后折腾了4个多小时,下午1点多钟终于见到了对方的母亲。周诗悦同学的走访对象原家庭住址填写的是"东林村",到了镇上一问才知道根本就没这村,倒是有个"车林村",至于走访对象的名字,又因为"知名度"不高无人知晓,机灵的他就从"前两年谁家有小孩考上大学在外地读书"问起,在摩托车驾驶员的帮助下,终于到达了目的地。肖雪梅同学寻访对象的家在"韩村",去了后才发觉根本就没有"韩村",倒是有5个"汉村",她同高中同学逐一排查,最后将目标"锁定",好不容易见到了走访对象的爷爷,了解到了一些基本情况后,春节期间又打电话与走访对象本人取得了联系,详细询问其现状,告知其贷款逾期的情况,圆满完成了走访任务……

尽管每一个"诚信使者"寻访的经历不尽相同,但"刻骨铭心"、"受益匪浅"是大家共同的感受。"虽然途中碰了钉子,但锻炼了我的交际能力。"材料学院的甘慧同学由衷地说。房源同学则表示,这次活动让他更加"懂得了诚信的重要"。另外,发稿前笔者从学工处获悉,此次走访的 18 名毕业生当中,已有三人在开学前后一次性缴清了拖欠的国家助学贷款。

(张明平 霍建伟 立 勇)

科学时报

2005 年 4 月 12 日

江苏大学:思政工作做到学生宿舍

本报讯 住有三万人的江苏大学学生公寓区内,三个无人售报点半年多时间里卖出报纸一万多份,竟然分文不少,被很多人称为"奇迹"! 其实,这三万份合格的"诚信答卷",仅仅是江苏大学坚持把思想政治教育做到学生宿舍去、着力提升学生素质的一个缩影。近年来,该校采取措施,大力加强学生公寓社区建设,不留学生思想政治工作的"死角"。

2002 年,江苏大学启动了后勤社会化改革;从 2003 级新生起,江苏大学又推行了完全学分制。江苏大学党委副书记陈国祥介绍说,这两项改革对传统的学生工作管理体制提出了新的命题。据调查,学生一天在宿舍活动的时间达 13 个小时左右。如此一来,学生思想教育的重心势必要由原来的班级转向公寓社区。

为此,江苏大学首先对学生宿舍进行了大规模的调整,形成了以学院为单位的集中居住模式,全校 17 个学院纷纷在公寓社区设立学生工作办公室,"零距离"地与学生进行沟通和交流。不少学院还制定了教师联系学生宿舍的制度。

"我们的目标就是要积极培育体现青年特性的健康向上的社区文化。"该校学工处负责人郭礼华对记者说,"通过社区文化建设这一载体,寓教于文、寓教于美,把学生思想政治工作做实、做优。"

(高 鸣 张明平)

中国教育报

2005 年 4 月 26 日

李岚清回乡吟唱《思乡曲》

"音乐的魅力在于它能使生活更有情趣,思维更有创意,工作更有效率,领导更有艺术,人生更加丰厚!我希望大家成为一个音乐爱好者!"昨天下午,一场题为"音乐·艺术·人生"的精彩讲座在江苏大学举行。台上的主讲人正是我们十分熟悉和敬重的老乡——李岚清。他携《李岚清音乐笔谈》一书走进江苏大学校园,让江大师生分享他对人生和音乐的感悟。

越"伤脑筋"才越有智慧

对于大家非常关心的问题——李岚清同志退休后都忙些什么,他这样概括回答:"健身、健脑、读书、写书。"

关于"健身",李岚清说,打网球和游泳是他最主要的运动,他现在每天最少都要游泳800~1 000米。他"打趣",每个人保持自己身心健康,"自己不受罪,家人不受累,节省医药费,造福全社会"。

关于"健脑",李岚清说,他主要靠打桥牌和篆刻。他认为打桥牌可以增强逻辑思维和创意思维。从71岁时开始学篆刻的他说,篆刻对健脑大有益处,大脑是越用越灵,人只有越"伤脑筋"才越有智慧。

关于"读书",李岚清说,他现在已经没有办公室了,只有"工作室"。而他的"工作室"又是个课堂,只要是感兴趣的书都要读一遍,以免虚度此生。而他的年纪已经不允许逐行逐字地阅读了,于是他请来各方面的专家为自己讲课,吸取他们的研究精华。

关于"写书",李岚清说,作为曾经分管教育的副总理,他深刻地认识到教育是国家的根本问题。他退休后写过《李岚清教育访谈录》和《李岚清音乐笔谈》,他认为德育不能涵盖美育,目前中国人的音乐修养最为薄弱,缺乏音乐修养的人还不算高素质的知识分子。他由此萌念创作《李岚清音乐笔谈》,希望引领中国的学生走进音乐殿堂。

老乡的歌声很精彩

李岚清从他最喜爱的音乐家莫扎特、贝多芬和施特劳斯谈起,一直谈到李四光创作的我国第一首小提琴奏鸣曲《行路难》。他从"音乐到底能给予我们些什么"、"包括音乐在内的对外文化交流是增进相互了解和接触的有效方式"、"怎样才能引起人们欣赏高雅音乐的兴趣"等几方面,阐述了音乐在个人修养、素质教育过程中的作用。他深有感触地说,音乐是人生最大的快乐,音乐是陶冶性情的熔炉。

在讲座中,李岚清几次在台上进行示范吟唱,从刘半农的《教我如何不想她》,到英文演唱捷克作曲家德沃夏克的《思乡曲》。讲座结束时,李岚清和全体听众一起高唱《歌唱祖国》……

李岚清的博学、儒雅、亲和、睿智,赢得了师生们一次次雷鸣般的掌声和喝彩声。

(张立华)

京江晚报

2005 年 5 月 1 日

千方百计促进大学生就业

51 家江苏大学校友企业回母校"团购"

"面试中,尽量多谈你给我什么工作,而少谈福利待遇……"日前,江苏大学校友专场招聘会在该校体育馆内举行,51 家到场的单位身份特殊,均为校友单位。招聘现场温情四溢,江大校友、有着丰富职场经验的上海中华职业技术学院院长顾滨,还当场为学弟学妹们面授求职应聘机宜。

江大学生工作处分管就业的黄鼎友副处长告诉记者,此次入场招聘的企业有一个共性,就是该企业的领导都是江大校友,或者企业领导层里有江大校友。今年就业形势比较严峻,学校遂挖掘校友资源,让他们来为母校分忧,为学子解难。其中包括邀请杰出校友回母校,为学生开设就业指导讲座,与大学生座谈指点就业迷津,举行模拟面试大赛等。

江大发展与对外联络办公室主任、校友会秘书长全力透露,由于工科定性,江大校友当企业"一把手"的很多,此次招聘的 51 家企业来自上海、北京、河南、福建、海南等多个省市,由江大分布在全国各地的 26 个校友会牵头。上个月底,学校把举办校友专场招聘会作为一项任务"布置"给 26 个校友会,经过紧张的组织,各地校友带着 668 个岗位来招聘学弟学妹。

由于招聘方比较特殊,记者在现场看到,招聘会上始终洋溢着一种温暖的亲情,较之普通招聘会,现场充满了人情味,很多招聘人员都是站着跟学弟学妹交流,部分企业负责人还直接在现场给予点拨。中国一拖董事长是江大校友,一拖人事主管赵留所当天上午才"奉命"紧张赶到招聘现场,他带来了工程机械、车辆工程、机电一体化、企业管理等 30 个岗位。面对每一个递送简历的学生,他都耐心而细致地"配对"介绍,他笑言是代董事长面试学弟学妹,怎敢大意怠慢?应聘企业管理岗位的研究生张甲佳告诉记者,他已参加过多场招聘会,但还是最想进一拖。除了家在山西,靠近一拖洛阳总部外,自己的学长在一拖当家,也让自己感到比较亲近;同时,校友干得如此出色,他相信通过好好干,自己一定能向榜样看齐。

校友招聘会还引发了良好的连带效应。顾滨是江大上海校友会的秘书长,此次她组织的上海14家单位入场提供了80个岗位。更为难得的是,她还拉来了上海市模具协会秘书长董方元和伊利集团华东片区总经理王国锁。董方元接受采访时说,他是被顾滨对母校的感情打动的,此次主要是考察江大学生的素质和技能。协会下面有1 500多家企业,金融危机爆发后,国外很多模具制造都转向国内,目前行业紧缺人才。江大模具专业每年总共只有120名毕业生,如果是良好人才,在行业内消化将是"小菜一碟"。所以,他一到学校,就忙着开座谈会了解情况。

在招聘现场,见多识广的顾滨还不失时机地向前来应聘的江大毕业生面授机宜。她忠告学弟学妹们:首先,不要对进入上海工作有恐惧,别人能行你也能行;其次,进入单位后,第一重要的是诚信,然后才是工作,有些大学生进入单位很短时间就不辞而别,这对企业的伤害非常大,如果是出现在校友招聘企业中,会直接影响到相关企业以后的招聘信心;不要一离开校门就换手机,最后投递简历招聘方却联系不上你;还有,面试中,尽量多谈你给我什么工作,而少谈福利待遇,有的大学生和企业一开腔就是"宿舍里有没有空调,有没有彩电",这会让企业方反感。"要知道面对真正人才,企业是舍得给待遇的。"

(张明平)

科学时报

2005 年 5 月 14 日

把握"原生态" 甘当"减压阀"

镇江一高校设"心理委员"

本报讯 昨天是"大学生心理健康日"。记者当日获悉:江苏大学京江学院在全国高校系统内创新推出班级"心理委员",经过一段时间的运作,取得了良好成效。

学院学工部主任张世兵告诉记者,随着竞争压力增大,大学生心理问题也越来越复杂,师资有限,学生们需要一个"知心大姐(大哥)"来倾听他们的心声,于是班级"心理委员"应运而生。入选"心理委员"的条件非常严格,必须具备同学信任、性格开朗,有亲和力和人格魅力等条件,现在学院的所有心理委员都是通过班级同学无记名投票产生的,在同学中的威信不亚于班长和团支书。

心理委员除组织同学参加校心理协会活动外,更重要的还是关注班级同学的心理健康问题。江大心理健康教育中心主任谢钢教授告诉记者,学校邀请南大、东大著名心理学专家对心理委员们进行了系统正规的理论培训,并在校内开展了实战练兵。目前,该院同学心理上的一些小毛小病,心理委员们已能解决,他们已成为学校心理工作的"减压阀";同时,学校对大学生的心理把控也有了一个强有力的"抓手"。记者了解到,临考前学生心理紧张,他们就会联系专家开设讲座分解压力;如果班上学生关系紧张,他们就要求开设"团体心理辅导",来指导学生之间的相处和交际。

(张明平 凌 云)

扬子晚报

2005 年 5 月 26 日

江大成功研制高压静电喷洒治蝗车

三台样车开赴新疆治蝗现场

本报讯 日前,三台不同规格型号的高压静电喷洒治蝗车从江苏大学机电总厂出发,开赴新疆治蝗现场,进行实地试验考核。这是江大承担的首个国家发改委科研项目,专家称,该成果将对我国北方蝗灾防治工作发挥重要作用。

长期以来,蝗灾是危害我国农牧业生产的主要灾害之一,据国家农业部预测,我国蝗虫发生面积达到一亿亩。治蝗,除生物防治和生态控制技术外,针对其突发性强、传播快的特点喷洒化学杀虫剂,也是比较有效的防治和应急减灾措施。但我国的防治机具、尤其是适应于大面积作业的高效地面机具严重不足。20 世纪 70 年代末,江大农机专家就着手静电喷雾技术研究。1989 年学校正式立项研制高压静电喷洒治蝗车。经过多年努力,先后完成了与该技术基础研究和机具开发相关的课题 8 项,获部级科技进步奖两项、国家专利一项,设计制造了多种样机,并在生产考核中不断完善。2003 年,"高压静电喷洒治蝗车"高技术产业化示范工程项目经国家发改委批准立项,列入应用高技术控制我国蝗灾产业化专项计划,并获得国家专项资金资助 300 万元。

此次开赴新疆参与夏蝗治理的高压静电喷洒治蝗车,由江大机电总厂和能源与动力工程学院共同研制,具有完全自主知识产权,是国内唯一大型地面治蝗机具,在国外也无同类机型。

据参与设计的罗惕乾教授介绍,三台治蝗车在新疆玛纳斯草原地区进行夏蝗治理考核作业,并收集各方面数据,回来进行适当改进后,将正式投入批量生产。

(高 鸣 张明平 姜木金)

镇江日报

2005 年 6 月 6 日

江苏大学本科教学水平评估获优秀等级

本报讯 笔者从江苏大学日前召开的"迎评创优总结大会"上获悉,在 2004 年由教育部组织的对全国 54 所普通高校本科教学水平评估中,江苏大学获优秀等级,是江苏 4 所参评高校中唯一免向全国普通高校本科教学工作评估专家委员会答辩的高校。

本科教学工作水平评估是对高校本科教学质量的国家级"质量认证"。据介绍,江苏大学的迎评创优工作前后持续了 8 年,经历了统一思想、加快推进和全面创优三个阶段。特别是近年来,该校坚持"以评促改,以评促建,以评促管,评建结合,重在建设"20 字方针,以迎评创优为契机,以提高人才培养质量为重点,进一步突出教学工作的中心地位,充分调动教、管、学三个方面的积极性,采取切实有效的措施,着力构建提高教学质量的长效机制和教学质量保障体系,做到硬件做强、软件做优、特色做亮,使本科教学工作水平有了明显提高。江苏大学校长杨继昌表示,下一阶段学校的工作重点是在长效管理上求实效、在教学改革上求创新、在政策制度上求保障、在规范管理上出实招,努力将迎评时的"最佳状态"变为今后工作中的"平常状态"。

(张明平)

科技日报

2005 年 6 月 7 日

媒眼
十年回眸
243

孟非与江大学子共话人生

本报讯 一个高考落榜生,从印刷厂工人、电视台临时工干起,经过 10 多年辛勤耕耘,终于成为一名深受观众喜爱的著名节目主持人。昨天上午,江苏电视台城市频道金牌栏目——《南京零距离》主持人孟非来到江苏大学,和众多学子共同探讨人生、生活、成才等话题,并寄语莘莘学子在离开学校踏入社会时,要克服急功近利的浮躁思想,学会在忍耐中慢慢积累,在机会降临前做好充分准备。

出生于重庆的孟非,高中毕业时因为高考严重偏科而名落孙山。但是他没有气馁,而是一边在印刷厂做印刷工人,一边在南京师范大学学习。1992 年进入江苏电视台文艺部体育组担任摄像。虽然只是个临时工,但他在工作上依然兢兢业业,一干就是 8 年。《南京零距离》开播后，担任主持人，其独立撰稿的评论专栏"孟非读报"深受观众喜爱。2003 年被评为"中国十大新锐主持人"、"中国百优电视节目主持人"；在新浪网发起的"2003 最受中国电视观众喜爱的电视节目主持人"评选中，获第二名。

在与江苏大学"零距离"对话中，孟非结合自己的亲身经历，畅谈了人生历练的重要，并告诫广大学子，人生千万不要懈怠，因为机遇只青睐那些有准备的人，同时，面对就业等人生不如意时，要学会忍耐，并在生活中慢慢积累知识、能力，一旦机会来临时才能抓住。

（张明平　姜木金）

江大首邀家长参加毕业典礼

六千余毕业生奔赴四面八方

本报讯　江苏大学成立后入校的首届 6 290 名学生圆满完成学业，今天开始奔赴祖国四面八方。与往年不同的是，今年学校特意邀请了部分家长和在江大设立奖助学金的单位领导参加毕业典礼，见证了这一对于毕业生来说具有历史意义的时刻。

在该校今年毕业的 6 290 名学生中，有 1 244 人成为中共党员，439 人获得了校优秀毕业生称号，21 人因积极参加"志愿服务西部计划"和"苏北计划"而被评为"江苏大学优秀青年先锋"。

与往年不同的是，今年江大每个学院都邀请了部分学生家长参加毕业生毕业典礼，作为孩子 10 多年苦读成才的见证人。一位专程从扬州赶来的谢姓家长，深情地回顾了家境贫寒的他当年陪着孩子到学校报名的点点滴滴，以及孩子在学校受到老师、同学及社会的万般关爱，衷心感谢国家、学校和全社会对贫寒学子的无私关怀，并希望自己的孩子以学成就业为人生的一大新起点，以踏实的工作、优异的业绩回报国家、学校和社会。

对此，学校有关人士表示，大学毕业是人生中最重要的分界点之一，也是一个人完成学业走向社会的重要基点。邀请家长见证这一时刻，既是对孩子学业的肯定，也是对孩子将来的鞭策，很有意义。这种做法，在国外也非常普遍。

（张明平　姜木金）

江苏大学:严把党员发展"入口关"

日前,一进校就提交了入党申请书的江苏大学建筑环境与设备专业021班的康黔,在学院学生党支部大会上与其他8名学生被正式接收为中共预备党员。让人感到新鲜的是,表决采用了无记名投票的方式。据了解,这是江苏大学为切实保障党员民主权利、严把党员发展"入口关"而采取的又一举措。

江苏大学党委书记朱正伦认为,实行票决制度是让党员反映真实意愿、提高新党员质量的有效举措。近年来,江苏大学紧紧围绕保持党的先进性这个核心,严格发展党员工作程序,坚持成熟一个、发展一个,严把党员发展"入口关"。一是"团内推优"制度,规定发展学生党员必须经过"团内推优"程序;二是公示制度,未经公示的一律不得提交支部大会进行讨论,形式上以张榜公示为主,辅之以会议公示、网上公示等;三是集体预审和审批制度,以规定人员参加的正式会议预审发展对象、及时审批新党员和预备党员转正;四是发展党员票决制度,切实保障党员的民主权利,引导党员正确行使自己的民主权利。

(高 鸣 张明平)

中国教育报

2005年7月1日

江大关工委成为全国先进集体

本报讯 记者昨日从江苏大学了解到,在日前由中国关心下一代工作委员会、中央文明办举行的全国关心下一代工作表彰大会上,江苏大学关工委被评为全国关心下一代工作先进集体。据悉,此次全国仅有5所高校获此荣誉,江大是我省教育系统唯一获此称号的单位。

江大关工委成立于1992年,下设13个工作小组、20个学院关工分会。目前,学校60%的老同志参加了关心下一代工作,形成了230多人的骨干队伍。多年来,该校关工委坚持开展丰富多彩的活动,针对困难学生,设立"济困助学金",帮助贫困学生顺利完成学业,建立

"老同志谈心屋",塑造大学生的健康心理等。同时,主动为地方经济建设服务,连续4年开展了"百名教授上茅山"活动,为老区人民送科技、送文化、送卫生。

(张明平　姜木金)

镇江日报

2005 年 7 月 5 日

大学生男排赛江苏大学夺冠

本报讯　7 月 17 日下午,为期一周的 2005 年中国大学生男子排球赛在江苏大学落下帷幕。经过激烈角逐,东道主江苏大学队和中山大学队最终分获甲 A 组和甲 B 组冠军。我省参赛的东南大学队、南京理工大学队分别跻身甲 A 组的第五名和甲 B 组的第四名。

此次比赛从本月 11 日开幕,共有来自全国 24 所高校的代表队参加了比赛。这 24 支代表队当中,去年比赛获前 12 名的成绩编为甲 A 组,其他为甲 B 组。前后一周的时间里,这 24 支球队总共进行了 84 场比赛。在昨天下午的决赛中,实力强劲的江苏大学队以 25∶18,25∶15,25∶16 轻取山东大学队,以 3∶0 的战绩登上了甲 A 组的冠军宝座。中山大学队、西南政法大学队和中南大学队则分获甲 B 组的第一、二、三名。

(张明平)

扬子晚报

2005 年 7 月 18 日

江苏大学让贫困新生"无条件入学"

"我也是一名大学生了!"9 月 11 日上午,在江苏大学新生报到现场,从接到录取通知书时就一直愁眉不展的何丽丹,终于露出了灿烂的笑容。这名来自河南濮阳的女孩怎么也没想到,东挪西借带来的 1 000 多元钱分文未交,就顺利"踏入"了校门。江苏大学采取开辟"绿色通道"等一系列人性化措施,许多像小何这样的贫困生都能"无条件入学"。

江苏大学党委副书记陈国祥介绍，今年该校共录取新生 7 037 名，报到时实行"先入学，后交费"政策，所以在这两天根本不存在"贫困生"问题，所有新生都"无条件入学"。在新生接待处，每个新生只需出具录取通知书，核对身份后即可签名领取"一只信封"，内有一把宿舍钥匙和一张已预存 200 元、可用于在校内吃饭、洗澡、购物的金融卡。随后即可在志愿者引导下乘车去学生宿舍，整个过程不到一分钟。陈副书记表示，至于那些家庭经济确实有困难的学生，开学后只要把自己的情况向学院讲清楚，并提供相应的经济困难证明，就可以通过申请助学贷款、安排勤工助学等方式予以解决，绝不会让一个学生因为家庭经济困难失学。

采访中记者发现，在报到现场设立的贫困生"绿色通道"，除接受困难学生的咨询外，还给每个困难新生发放一本学校专门编印的《大学生助困工作导刊》。这本薄薄的小册子系统而详尽地介绍了学校助困工作的形式、流程，内容包括校内勤工助学岗位设置、如何获取勤工助学信息、如何申请国家助学贷款以及部分"勤工人"的体会等，一目了然，非常"人性化"。

（张明平　宋金萍）

新华日报

2005 年 9 月 14 日

孩子上大学　家长也尽责

江苏大学举办"新生家长课堂"

"相比于高中阶段，大学最大的特点是环境自由、学习自主，学生个人成才要靠自律……"9 月 10 日上午，江苏大学讲堂报告厅内，一场别开生面的讲座吸引了送子女入学的众多家长，一个个听得兴趣盎然。原来，这是江苏大学给新生家长们精心准备的"见面礼"——"新生家长课堂"。

担任"新生家长课堂"主讲的该校党委副书记陈国祥教授说，在以往同很多学生家长接触过程中发现，不少家长认为，孩子三年高中"苦"过以后上大学了，自己也轻松了，很多家长甚至"完全撒手"，对学校如何教育孩子、孩子在学校的情况怎样等根本不清楚。其实，孩子进入大学，并非意味着家长对孩子的培养已经完成，也不意味着孩子们就此已经成人成才。陈国祥强调，在新生报到的第一天举办"新生家长课堂"，就是要让家长知道，大学是什么、学校怎样教学生、家长应该做什么，明白今后怎样做好"助教"工作，最终实现"学生成才，家长满意"的目标。

为配合此次活动,在新生报到的"第一时间",每位新生家长还领到了一本"教材"。这本名为《学生成长家长导读》的小册子,不仅介绍了学校的基本情况,还分"权利与义务"、"学业与成才"、"教育与管理"、"就业与发展"、"安全与责任"等章节,介绍了学生学习、生活、就业等方面的规章制度,并对家长如何配合学校教育、培养子女提出了一些建议与忠告。

(张明平 王 征)

中国教育报

2005 年 9 月 15 日

"新时期知识型产业工作领路者"邓建军殷切寄语大学生——

"要深入实践,带着问题去学"

用 10 年时间完成了微机及应用自考大专和计算机及应用函授本科的学业,通过自学掌握了英语和德语两门外语,精通纺织行业的电气、机械和计算机三门技术……日前,新世纪全国首批 7 个"能工巧匠"之一,被誉为"新时期知识型产业工人的领跑者"的邓建军,应邀回母校江苏大学作先进事迹报告,并从该校党委书记朱正伦手中接过聘书,担任学校校外政治辅导员。报告会结束后,邓建军接受了采访。"是学习,让我尝到了攻坚克难的乐趣。"邓建军对学习别有一番感悟。

知识储备是一方面,但及时补充更不可少

"作为用人单位来讲,恨不得你什么都懂,是一部'百科全书'。"他说,因此我们每一个人在该学习的时候,要尽可能多的去学。作为在校大学生更应抓住在校的点滴时间,汲取各种知识的营养,充实武装自己。"多学一点、学好一点,就为将来找工作增添了一份筹码。"邓建军认为,身处日新月异的知识经济时代,一下子穷尽所有的知识不可能,及时补充新知识就非常重要。"知识储备是一方面,但及时补充更不可少。"他说,"既然不能一劳永逸,就应该终身学习,缺什么补什么。"

要深入实践,带着问题去学

"实践经验",近年来在大学生求职市场上被越来越多的用人单位所看重。对此,邓建军说,作为用人单位当然希望一来就能上手,"但从生手到熟手是有一个过程的"。因此,他建议大学生在校期间,在学习书本知识的同时,要多接触企业,多接触实际。"要深入实践,

带着问题去学。"他说,"很多东西,看起来容易做起来难",接触了生产实际后,才会明白为什么要这么设计、制造,还可以怎样改进。"放不下架子,那只能是眼高手低。"敬业、肯学,到哪个单位都是受欢迎的。

不要怕"屈尊",那是积蓄能量

这几年,邓建军接触了不少大学生,特别是每年都要给一些应聘的大学生面试,求职时学生们总是问单位能给什么,最关心"月薪多少"、"今后发展怎样"。他说,务实是好的,但不能浮躁和急功近利。"作为每一个学生,同时也应该问问自己'能为单位解决什么问题'、'能给企业带来什么样的效益'。"

对于有些大学生因不愿"低就"而找不到工作的现象,邓建军说,刚工作能有好的待遇固然好,但不能"一条道走到黑"。要从长计议,刚工作时不要怕"屈尊",那是积蓄能量。他打了比方说:"你刚毕业时能力是五成,工资是 2 000 元,两年后能力是七八成了,还怕拿不到 3 000 元、4 000 元?"

(高 鸣 张明平)

中国教育报
2005 年 9 月 28 日

高校科技为地方经济发展"推波助澜"

江苏大学与镇江市携手打造"十百千"工程

本报讯 江苏大学电气与工程技术产学研基地,江苏大学—山宝集团钢结构工程技术研发中心、江苏大学—格林动力工程研究所、精功江大汽车工程研究院……连日来,一大批产学研基地、工程研发中心在镇江市的一些企业和江苏大学纷纷落户。江苏大学坚持"以服务求支持,以贡献求发展",借先进性教育的东风,发挥高校科技和人才优势,推出了"十百千"工程,与镇江地方携手,建立 10 个重点产学研基地,构建百家科技协作联合体,实施千人培训计划,为镇江地方经济发展"推波助澜"。

"主动加强科研、教育、生产不同社会分工在功能和资源优势上的协同与集成,强化技术创新上、中、下游的对接与耦合,这是知识经济时代背景下高等学校实现自身发展、体现自身价值的根本途径。"江苏大学校长杨继昌教授认为,作为经济增长的"发动机"的高校,应加快高校科技成果向现实生产力的转化,应在解决地方经济社会发展的重大问题上有所作为。该校高度重视科技工作,面向经济建设主战场,积极开展技术开发、成果转化、技术转让和技术推广,近年来先后与 40 多个地方政府和科技主管部门签订了全面科技合作协议,与 60 家行业中的龙头骨干企业建立了长期稳定的合作关系,在 20 家行业骨干企业建立了工程硕士培训基地。

近几年来,江大先后承担了镇江市 150 余家企事业单位委托的技术开发、技术服务项目 400 余项,与 50 余家骨干企业联合承担省工业攻关、农业攻关、成果推广、产学研项目等 70 余项,为镇江市培养工程硕士研究生 500 余名。刚刚获得 2005 年度中国汽车工业科技进步二等奖的"颗粒增强铝基复合材料研究及其在汽车关键部件上的应用开发",就是由江大程晓农教授牵头同江苏大亚科技股份有限公司合作的江苏省科技攻关项目。该项目所研发的原位内生颗粒增强铝基复合材料已成功应用于汽车轮毂,填补了国内空白。自 2003 年投入批量生产以来,已生产轮毂产品 160 多万件,形成销售额 3.3 亿元,且产品进入欧美市场,取得了显著的经济效益。

此次江苏大学推出的"十百千"工程,是该校加快完善科技服务社会经济体系、积极参与地方经济建设、主动服务镇江地方发展的又一"大手笔"。主要内容包括:利用学校机械、材料、电气、信息、计算机、汽车、化工等优势学科,江苏大学在镇江十大龙头企业建立 10 个重点产学研基地;以共建研究所、工程研发中心、博士后工作站、专业技术人才培训基地等形式,以科技成果转化、工程技术难题攻关、高新技术产品研发为纽带,结合高层次工程型人才的培养,江苏大学与百家企业建立紧密的产学研合作关系;面向企业发展需求,以现代企业制度、高新技术发展现状与趋势、先进工艺与技术等内容,以非学历教育的形式,以短期培训与学位教育相结合,江苏大学对千名企业工程技术管理一线人员进行多层次的科技培训。据介绍,目前"十大重点产学研基地"已全部达成协议,"百家校企科技合作联合体"达到了 70 多家,"千人培训计划"完成了 80%。

早在上个世纪末,镇江焦化煤气集团公司就同江苏大学开展了良好的产学研合作。谈起同江大"结亲"的好处,集团总工程师万红根笑言是花了很少"彩礼"娶回的"科技媳妇"给企业生了个"大胖儿子",仅近年同江大合作的"煅烧石油焦专家配料及优化控制"项目,由于优化了自动配料系统、配比计算及配料自动化程度高,大大降低了生产成本,每年仅配料成本就可节约 832 万元,同时因质量稳定扩大出口可增加创汇 1 000 万美金。此次江苏大学再与集团合作建立了能源工程重点产学研基地。对此,万红根说:"这种形式太好了!企业终归有攻克不了的技术难题,高校的科技工作也永远做不完,通过解决企业实际和关键问题,可以达到双赢。其实无论高校科技走出'深闺',还是企业主动'攀亲'都很有必要。"

(高 鸣 张明平)

科学时报
2005 年 10 月 17 日

"三国三校",魂牵梦绕情未了

10 月 16 日至 21 日,来自中国江苏大学、广西大学、日本三重大学、泰国清迈大学、康坎大学、苏拉纳里大学以及印度尼西亚的伯格农业大学,4 个国家、7 所高校的 95 名代表,齐聚江苏大学,参加在这里举行的第十二届"三国三校"国际研讨会。会议是短暂的,会议期间的点点滴滴却给人以永久的回味,各国青年之间结下的深情厚意绵延不绝。

中国"神六",我们为你喝彩

说来也巧,10 月 17 日,"三国三校"会议开幕那天,凌晨 4 点 33 分,我国"神舟六号"载人宇宙飞船返回舱在内蒙古四子王旗中部草原成功着陆,航天英雄费俊龙、聂海胜平安返回,举国欢腾,江大校园里更是平添了几分喜庆气氛。会议的间隙,"神六"不仅成为江大"本土"的学生们谈论的话题,而且那些远道而来的泰国、日本、印尼的学生们也表达出对"神六"的关注、对中国强大的关注,并表达了对中国的美好祝福。

问起参会的外国学生知不知道中国的"神舟六号"宇宙飞船时,几乎所有的大学生都清楚"神六"是在 12 日成功发射的。

泰国康坎大学的 Ekkamon 同学兴奋地告诉笔者,他非常关注"神六",几天来他一直从报纸、电视和网络上追踪"神六",由于前一天晚上才下飞机还不知道最新进展,因此他关心地问:"神六"17 日回归,着陆了没有? 当笔者告诉他"神六"已顺利返回时,他激动得跳了起来!

印尼的安琪是学农业经济的,她对"神六"的顺利回归感到万分高兴,觉得"太精彩了"。她是刚刚与国内同学通话才知晓"神六"回归的,通过翻译她说:中国人真棒! 并对中国表示最诚挚的祝福。

清迈大学的 Sonia 对航天员毫发无伤归来连伸大拇指,她说,"神六"的成功,让世界都知道中国很强大,是世界上的科技强国,她非常希望泰国也能创造这样的奇迹!

日本三重大学的堂东美春是一个非常秀气的大四女生,学的是文化研究,她接受采访时还不知晓"神六"已经成功归来,她非常希望日本能和中国在飞天上有所合作,在他们这一代身上能有所作为,她指着大会的主题"亚洲在世界的地位"对笔者说:"这(神六)就是亚洲在世界地位的佐证,我们为中国自豪,为中国喝彩!"

伊藤先生,"三国三校"的见证人

提起伊藤,但凡参加过"三国三校"会议的人,没有人不知道。伊藤教授是日本三重大学工学部的主任,当年就是在他的积极倡导与不懈努力下,首届"三国三校"会议才得以在日本举办。从 1994 年到 2005 年,12 届会议他一届不落,热心地为每一届会议出谋划策。

可以说，他见证了这一活动的发展与成长的全过程，自然，对它的感情是深厚而独特的，从某种意义上说，这个会议就像是他的一个孩子。令人感伤的是，因为即将到退休年龄，今年是伊藤先生最后一次参加会议。

面对笔者采访，这位头发花白、精神矍铄的老者侃侃而谈，时而严肃认真，时而风趣幽默。

他说："要加强各国之间的交流，特别是年轻人之间的文化交流。这样的会议对年轻人而言，肯定是有帮助的。在我的印象中，亚洲各国的同学们在交往中很活跃，他们在一起进行学术交流，在国外接触新鲜事物，在一种愉快的氛围中开拓自己的视野，这样可以增加他们的生活阅历，让他们有更多的信心和能力去规划未来。"

伊藤先生已近退休，不可能再代表三重大学来参加以后的"三国三校"会议了，对此，他表达了强烈的留恋与遗憾。他说："我还有很多推进会议的设想，真想再参加会议啊，现在与会国仅限于亚洲，要是能扩大到欧美该有多好啊，那就可以进行更多交流了。"

为了表彰伊藤先生对会议作出的卓越贡献，10 月 18 日下午，会议为他隆重举行了一个特别的表彰仪式。在会上，他如数家珍地一一回顾 12 年来参加会议的点点滴滴，并用事先精心准备好的幻灯向与会代表呈现了记录 12 年会议珍贵片断的照片，这令许多师生沉浸在美好的回忆中。他还特别把结尾定格在一张"我们一起跳向未来"的照片上，那画面上所有与会代表双手放在前一位代表的肩上一起奋力跳跃。

伊藤，不仅是一位可敬的教授，更是一位可亲可爱的长者。在游览长江的游船上，他和年轻的学生们无拘无束地交谈，海阔天空，没有一点教授的架子，只有邻家大叔的亲切。更令所有在场者爆笑不止的是，他见学生在拍做鬼脸的照片，也跃跃欲试，竟然亲自导演了和两位学生的绝对"经典"的鬼脸照片。照片上，头发花白的伊藤教授竟伸长了舌头、揪着鼻子，活脱儿一个"黑白无常"，两边还有一男一女两个学生各扮搞笑状配合他做小鬼。闭幕式上，这张照片公然演示，他对自己的"出丑状"毫不介意，反而大大咧咧地和代表们一起大笑不止。

润扬大桥，一座友谊之桥

10 月的长江路上，金秋的落叶伴着习习凉风轻盈地飘舞，桂花的清香随风四处飘散。19 日下午，会议安排游览长江。临近长江路，当大家第一次看见滚滚长江就在自己眼前翻腾时，整个人群沸腾了。那些外国学生们激动地携手涌向江边，不约而同大声呼喊着"Yangzi River, We are coming!"

船行在江上，两边的芦苇低垂，细柳轻拂，远看上去就像一群可爱的小姑娘在向大家挥手致意，天空中不时飞过一群小鸟。外国学生在欣赏美景的同时，对中国的历史文化充满着浓厚的兴趣。当听说中国历史上三国时代赫赫有名的人物刘备就曾在镇江时，他们显得无比激动。来自泰国的一位男生操着不地道的英语，绘声绘色地学说其中的一些小故事，并拿出笔不时地记着。当中国学生们开始唱起邓丽君的《甜蜜蜜》时，来自日本的 Yukie 和 Macloka 竟然一起唱道："甜蜜蜜……"真没想到中国的明星他们也知道。可当中国学生提起当下在中国很流行的日本女歌手滨崎步时，Yukie 却茫然地睁大眼睛，其他几个人也只是摇头，大大出乎意料。

随着游船的继续前进,润扬长江大桥的雄姿也逐渐清晰。当看到这亚洲第一、世界第三的桥梁杰作尽现眼前时,中外学生一片惊叹。一位泰国朋友向江大的同学询问有关润扬大桥的来历,江大的同学告诉她,这是镇江、扬州两地政府为方便两市的交通和促进城市间交流而倾力修建的,同时,润扬大桥也象征着一种友谊,沟通了两市人民间的情感……这时,那位泰国女学生突然打断他们,用英语激动地说:"我们的友谊也一定会像润扬大桥这样坚固永存!"

夕阳西下,余晖映衬着大桥显得格外美丽。大家纷纷拿出相机捕捉这一珍贵的镜头,歌声、笑声一齐融入长江的滚滚浪花中,她将见证"三国三校"的真情。大家一同企盼:愿我们之间的友谊就像这滔滔长江水一样奔流不息!

志愿者,甘苦我自知

细心的人不难发现,无论是在开会的会场、代表休息的宾馆抑或是游览参观的途中,有一群身穿红马甲的志愿者穿梭其中,忙前忙后。说他们是整个会议期间最辛劳的人,可能一点都不为过。早在会议举办之前,经过英语、个人素养等方面层层选拔,10 名志愿者最终胜出,之后便随时待命,进入为期一周的前期准备工作。

从 16 日凌晨 3 点随车去上海接代表团,到 21 日晚上 8 点送走最后一拨客人,用志愿者程碧洲的话说,这一段时间"是完完全全属于'三国三校'的",招呼代表们用餐、引导上车去会场,帮助解决代表们遇到的大小问题、接受各种咨询,直至深夜每个代表进房间休息,"每天只有不到 5 个小时的睡眠,睡沙发,睡凳子搭起来的'床',甚至就趴在桌上闭会儿眼。"但是,外国友人们一个感激的眼神、一句关心的话语就能让他们"心满意足"。程碧洲说,最让志愿者感动的情景是在送行那天的早餐会上,当日本三重大学代表团和印尼的代表团三桌人在一泉宾馆的包厢里一起吃早餐的时候,三重大学的 Endo 教授站起来代表全体成员向志愿者表示感谢和敬意,"我感动得眼泪就下来了! 他们全体起立,全体的掌声我永远不会忘记"。

一件有趣的事情是,会议本来只安排了 10 名志愿者,但采访中笔者发现了"第 11 位志愿者",一位名叫符玫、工商学院国际贸易专业大四的女生。说起她的志愿服务历程颇有"传奇"色彩。会议开幕的那天,"觊觎"已久的符玫"死乞白赖"地随着一位老师"混"进了会场,可当她去找学校国际交流处的老师说明来意后,却遭到了拒绝。心有不甘的她再次恳请那位老师给她一次机会,并表示所有费用自理。那位老师勉强答应了,但强调不能挂工作牌,只能"编外"服务,而且只能"有限"工作,"除非校领导特批!"没想到,她竟当了真,中午直奔杨继昌校长的办公室,饿着肚子在门口一直等校长下午来上班。杨校长非常欣赏她的执著,认为学生的这种热情应该肯定,很爽快地答应了她的请求。就这样,通过校长这个"后门",她成为了真正的志愿者。当笔者问她这次会议给她留下印象最深刻、最感动的是什么时,她激动地说:"是我自己! 我的坚持!"想到这一路走来的艰辛和酸甜苦辣,她忍不住流下了眼泪。

"我们收获的除了自己的能力和思想外,最主要的就是友谊。"程碧洲说。通过近一个星期的朝夕相处,志愿者之间、志愿者与各国代表之间都建立了深厚的感情。"给他们送行那天,我们都哭了,他们也哭了,一个个和我们志愿者拥抱,这些离别时的泪水、这些真心的拥抱就是我们彼此友谊的最好证明!"会议结束了,但彼此间的联系不会断,离别那天,大家说得最多的一句话就是"keep in touch"(保持联系)。程碧洲还告诉我们,这两天,她还同日本的几位朋友用 MSN 聊了天,开心极了! 日本朋友对她说,欢迎她明年到日本去,到三重大学去,他们一定要到机场去接!

背景链接:

"三国三校"国际研讨会,是 1994 年由日本的三重大学、泰国的清迈大学和中国的江苏大学共同发起的以青年大学为主体、以学术和文化交流为主要内容的国际性会议,一年一届,由三个国家的三所大学轮流主办。会议的主题是"亚洲在世界上的地位"。每届会议期间,与会代表除围绕"人口、粮食、能源、环境"4 个分主题发表演讲、进行研讨、开展学术交流外,还举行文艺表演、游览参观,进行全方位的文化交流。时至今日,"三国三校"会议的影响日渐扩大,每年都吸引了一些非会议成员的国家和高校参加。

(朱玲萍 张明平 杜 谦 李红艳)

京江晚报

2005 年 10 月 29 日

江大许文荣获世界分子医学"杰出科技成果奖"

应国际著名学者 Spandi-dos 教授邀请,江苏大学医学技术学院院长许文荣、陈永昌教授近日参加了在希腊举行的第十届世界肿瘤学暨第八届分子医学大会。其中,许文荣以其在"干细胞与肿瘤发生的基础和临床"领域的尖端研究,最终获得了大会颁发的金奖——"杰出科技成果奖"。据悉,这是我国学者首次获此殊荣。

据介绍,今年 10 月中旬,第十届世界肿瘤大会暨分子医学大会在希腊举行,美、德、英、日等几十个国家的 600 余位医学界精英应邀出席。据悉,每届大会都会评选出 10 名"杰出科技成果奖"得主,但此前没有一位中国学者获此荣誉。

在会上,作为一位来自中国地级市的代表,许文荣教授就"干细胞与肿瘤发生的基础和临床研究"向大会作了报告,引起了到会各国专家的强烈关注和高度评价。

(聂 伟)

新华日报

2005 年 11 月 1 日

卫生管理硕士点落户江大

本报讯 昨日,全国医疗保险教育研讨会在江苏大学落下帷幕。从会上传出消息,"社会医学与卫生事业管理"硕士学位授权点正式落户江苏大学。据介绍,1995年江苏大学开设了医疗保险专业,成为当时全国最早开设此专业的三所高校之一。10年来,该专业已招收了11届学生,并已有7届共计348名学生毕业。

（明 平 海 军）

杨子晚报

2005 年 11 月 30 日

江苏大学成立司法鉴定所

本报讯 日前,江苏大学司法鉴定所在该校医学院宣告成立,江大党委书记朱正伦为司法鉴定所揭牌。据了解,这是江苏镇江首家面向社会服务的法医临床、法医病理司法鉴定机构。

司法鉴定,是指在诉讼活动中鉴定人运用科学技术或专门知识对诉讼所涉及的专门性问题进行鉴别和判断,并提供鉴定意见的活动。新颁布的《全国人大常委会关于司法鉴定管理问题的决定》规定,根据侦察工作需要设立的鉴定机构,不得面向社会接受委托从事司法鉴定业务。人民法院和司法行政部门不得设立鉴定机构。新成立的江苏大学司法鉴定所为非独立法人机构,挂靠该校医学院,现有鉴定人员8人,当中既有长期从事法医学教学和研究工作的教授、副教授,又有从事多年临床工作的主任医师、副主任医师。司法鉴定所所长、江大副校长曹友清介绍,今后司法鉴定所可从事法医临床学鉴定,包括道路交通事故伤残鉴定、工伤残鉴定,损伤与疾病关系的鉴定,医疗纠纷的鉴定,损伤鉴定,也可从事法医病理学鉴定,包括尸体解剖、死因鉴定,尸表鉴定、死因分析,法医病理学检验。

（张明平）

科学时报

2005 年 12 月 22 日

"特殊作业":圣诞给父母打电话

"感恩"电话感动众学子

本报讯 对自己的娘亲说一句"感谢"有多困难?圣诞节前江苏大学给200名大学生布置了一次特殊作业,要求大学生们给自己的父母打一个"感恩"电话,但不想这一作业却难坏了3/4以上的大学生:对父母"感恩",大学生说不出口!

"我家里没有电话,每次都把电话打到邻居家中,都是向家里人要生活费。这次妈妈接电话时十分焦急,因为不久前家里刚给了生活费,妈妈以为我的生活费被偷了或发生了什么大事……"工商学院的小吴家在苏北,她没想到此次完成"作业"惊到了父母。当她说出"妈,我真的没事,就是想你们了"时,母亲沉默了。小吴告诉记者,放下电话,她感动得大哭了一场,感恩父母,感动的也是自己!化工学院的栗同学打了三次电话都没能把"感谢"说出口,后来父亲发现不对,就问他是否有什么心事,他才问了句:"爷爷和您身体都好吧?"一向坚强的父亲被这句话感动了,小栗告诉记者,父亲当时就回答了一句:"你这小东西长大了,大学没白上!"记者了解到,尽管3/4以上的大学生都在作业面前感到困难,但200名大学生还是绝大部分完成了"感恩"作业。"感恩"作业同时在大学生中间引起了强烈反响,"儿行千里母担忧",通过电话他们真切地感受到了父母无时无刻不在挂念自己,一些大学生对记者说:"有了'感恩'心理,我们会成长得更好。"

据悉这是江大第一学期校级公共选修课"大学生心理卫生"的一次课外作业,作业的布置者是江大大学生心理健康中心主任谢钢教授。谢教授告诉记者,让学生给父母打一个电话,表达自己的亲情与感激,主要是因为现在的大学生与父母沟通少,感恩情怀相对较淡。

（苏 庆 张明平 万凌云）

扬子晚报
2005 年 12 月 26 日

刘春生:"一闪念"成就发明专利

日前,在江苏省"十佳青年学生"评审答辩会上,江苏大学的刘春生以自己的科研能力和成绩当选。这位江大能动学院流体机械与动力工程本科毕业、现为工程热物理专业的一年级研究生,在短短三年多时间里,竟然研制出 9 项发明专利,其中 5 项专利被正式授权、4 项已被受理,有的被评为"中国最具有市场前景的 200 项专利"之一、获得"伯尔尼国际专利技术成果博览会金奖"等。

说起自己的第一个发明专利"能识别假币的钱包",刘春生说自己"纯属心血来潮"。刚入校半年,他打算参加学校组织的"星光杯"课外科技作品竞赛,但拿什么去参赛心里没谱。有一天,他脑子里突然闪现一个念头:如果有一种钱包既能放钱,还能识别假币,那该多好啊! 于是,他就将这"一闪念"写成了一个创作方案参加了比赛。

没想到后来学校科协的一位指导老师找到了他,对他说:"创意不错,为什么不去申请个专利呢?"这位老师熟悉专利申请,在他的指导下,刘春生对原来的设计方案修改完善后进行了申请。10 个月后,刘春生顺利拿到第一个专利——能识别假币的钱夹。那年暑假,初尝发明快乐的刘春生,为了让这一瘦身版的"验钞机"变成实物而忙碌起来。为了配一个紫光灯,他几乎跑遍老家徐州所有的电器配件店,就是没有适合钱夹尺寸的,最后没办法,只好买个验钞机拆下零件来用。2003 年,这项专利被评为"中国最具有市场前景的 200 项专利"之一,并先后获得"伯尔尼国际专利技术成果博览会金奖"和"2003 香港国际专利技术博览会金奖"。

"有些想法虽然很小,但做了以后可能会对你的影响很大。"刘春生说,"学院办公室主任单春贤老师的这句名言对我启发很大。"

据介绍,早在上小学、中学时,刘春生就曾多次在省、市数学、物理、生物等奥林匹克竞赛中获奖。进入江苏大学后,先后获得校大学生科技作品竞赛特等奖、一等奖及镇江市大学生创业计划大赛的第一名,两次获得学校大学生科研立项资助,他还是江苏大学大学生创业学校的首期学员。他说,自己能够有这样的成绩,很大程度上得益于老师的指导,特别是参与老师课题研究,很有收获。此外,他认为,搞研究和发明创造,"韧性至关重要",有了想法,要努力去"尝试和实践这些想法"。

(张明平)

科学时报
2005 年 12 月 26 日

江大造出大型地面治蝗车

本报讯 由江苏大学机电总厂、能源与动力工程学院承担的"高压静电喷洒治蝗车"项目,日前通过了江苏省科技厅等有关部门组织的科技成果和产品鉴定。中国工程院院士周君亮等专家认为,该成果有诸多创新之处,达到了国际先进水平,所开发的三种型号的机具可以投入批量生产。

长期以来,蝗灾因突发性强、传播快,成为危害我国农牧业生产的主要灾害之一。据国家农业部预测,未来我国蝗虫发生面积将达到一亿亩。目前,我国的防治机具尤其是适应于大面积作业的高效地面机具严重不足。2003 年,江苏大学"高压静电喷洒治蝗车"高技术产业化示范工程项目经国家发展和改革委员会批准立项,被列入应用高技术控制我国蝗灾产业化专项计划,并获得国家专项资金 300 万元。

江苏大学研制的高压静电喷洒治蝗车,由越野载具、空气压缩机、风机、双流体雾化喷嘴、标准储药容器、控制器件、加药泵等组成,是国内唯一大型地面治蝗机具,在国外也无同类机型。

(杨敏官　张明平)

扬子晚报

2005 年 12 月 28 日

*2006*年

一顿丰盛年夜饭引出万千感慨

贫困大学生赶写"家书"

本报讯　新春佳节,无法和家人团聚的贫困大学生怎样度过? 记者昨日从江苏大学了解到,学校一顿丰盛的年夜饭,引发了不少贫困生为家人赶写"一封家书",让人喟叹。

"亲爱的爸妈和小弟:我在学校里过年很好,就是非常想念你们……"昨天下午,江大化学系的小何将自己在两天内写好的一封信,邮寄给远在河南濮阳农村的父母和两个弟弟。小何是第一次离开家人在镇江过年,28 日晚学校给贫困生们准备了丰盛的年夜饭,吃完年夜饭后,小何分外想念自己的父母、奶奶和两个弟弟。小何告诉记者,她家过年只能象征性地买一点肉,大人推给小孩吃,小孩让给大人吃……想到这些,她有一种流泪的冲动。尽管江大给每个贫困生都发了 50 元的电话卡,让他们给家人打电话拜年,但小何觉得千言万语电话中说不清,也难说尽,由于感触太多,她决定给家里写一封长信,信中详细汇报了她学习和过年情况,讲述最多的就是对亲人的思念。在信中,小何还用了大段文字反复安慰亲人,如:"爸妈放心,经过我的努力学习,工作后我们家的经济情况一定会好起来!"

工商管理学院的小马来自贵州,报到时只带了 150 元,到校的生活费一直靠学校支持和同学帮助。面对年夜饭的红烧鸡、烤鹅等佳肴,小马平生第一次为吃饭所感动。当晚他翻来覆去睡不着,觉得有一肚子话要向亲人说。但家里没有电话,于是连夜起来给父母写信。小马说这顿年夜饭深深激励了他,19 年来,父母年年为无法给他们兄妹准备一顿像样的年夜饭而愧疚。小马告诉记者,在家信中他重复了学校党委副书记陈国祥在年夜饭上讲的话:"贫穷不是你们的过错,但不能改变贫穷则是你们的错!"他安慰自己的父母:"相信儿子吧,4 年后将带给你们一顿丰盛的年夜饭……"

(张明平　万凌云)

扬子晚报

2006 年 1 月 31 日

江苏大学新增 3 个博士点、35 个硕士点

　　江苏大学在全国第十批学位点申报中再获丰收,新增 3 个博士学位授权点、7 个一级学科硕士点、35 个硕士点,尤其是临床检验诊断学博士点的取得,实现了医学类博士点零的突破,学校的学科门类已涵盖 12 大类中的 9 类。此次新增的 3 个博士点是工学类的控制理论与控制工程和计算机应用技术,医学类的临床检验诊断学;新增的 7 个一级学科硕士点是力学、材料科学与工程、电气工程、交通运输与工程、计算机科学与技术、环境科学与工程、中药学。在新增的 35 个硕士点中,既有哲学类的马克思主义哲学、教育学类的高等教育学、文学类的美术学、设计艺术学,还有管理学类的情报学、医学类的儿科学、影像医学与核医学等。学校的学科结构进一步改善,学科综合实力进一步增强。

(张明平)

科技日报
2006 年 2 月 28 日

大学生自律,需不需要承诺

　　2004 年 10 月,江苏大学开全国高校之先河,刚入校不久的 6 840 名大一新生签订了"自律承诺书",表示要自觉进行自我管理,自觉遵守学校规章制度,规范自我行为,完善自我形象。同时,所有新生的家长也作为见证人,在他们孩子的自律承诺书上签了名。承诺书内容涉及学生日常的学习、考试、生活、言行举止、男女交往等方面,不仅有爱国爱校、遵纪守法、勤奋学习、遵守公德等大方向性的内容,还有诚实守信、考试不作弊、注重自身形象、不打架斗殴、男女同学交往文明、不在网络上浏览不健康内容、不在学生公寓内违章使用电器、不在学习时间玩电脑游戏等细节性内容。

　　时隔一年,这 6 840 名新生已升入了大二年级,开始了新的学习和生活。在过去的一年里,"自律承诺"的效果怎样?学生、家长和学校对这一事件又是如何看待?笔者通过问卷调查和走访,对"新生自律承诺"的情况进行了跟踪。

违纪:同期比例大幅下降

　　江苏大学学生工作处管理科提供的学生违纪情况统计资料显示,从 2004 年 9 月入校至

2005 年 11 月,2004 级 6 840 名学生中共有 13 人因违纪受到处分,违纪比例为 0.19%。处分原因主要为考试作弊(11 人)。同期,2003 级 6 567 学生中共有 35 人因违纪受到处分,违纪比例为 0.53%。处分等级包括记过、警告和严重警告。处分原因为:考试作弊(18 人)、网吧包夜(6 人)、旷课(5 人)、违章用电(2 人)、夜不归宿(2 人)、偷窃(2 人)等。同期比较可见:在大学一年级阶段,2004 级学生比 2003 级学生违纪受处分的比例下降了 64.1%;从违纪类型看,2003 级学生除作弊外,不少为日常行为方面的"出轨";2004 级学生主要集中在考试作弊这一"激情行为"。从违纪情况看,自律承诺书确实对强化学生的自我管理意识、规范日常行为起到了一定的作用。

江大学生工作处副处长王善明介绍说,近期学校组织了学风督察活动,在主要教学楼栋统计学生上课迟到的情况,全校 3 万余名学生最近一周内上课迟到的仅为 68 人次。低年级学生晚自习率达 95%,延迟至夜里 12 点熄灯的自习教室一扩再扩,现已增加至两层楼、50 个教室、近 2 000 个座位。学生宿舍迟归的,每次抽查仅有五六人。

学生:自律承诺书"有作用"

此次调查在 2004 级学生中发放了问卷 300 份,有效回收 236 份。问卷设置了 19 道题,包括"是否记得自律承诺书内容"、"签订承诺书对你本人有何作用"、"日常生活中,你是否经常拿自律承诺内容约束自己"、"你父母是否经常拿自律承诺书教育你"等。

调查结果显示,15.67% 的学生表示对一年前签订的承诺书内容"记得很清楚",68.64% 的学生表示"大致记得",而 15.67% 的学生表示"没印象了"。对于"签订自律承诺书是否有必要",81.77% 的学生表示"有必要",18.23% 的学生认为"没必要"。16.10% 的学生认为自律承诺书对自己有"非常大的作用",70.76% 的学生认为"有一些作用",13.13% 学生表示"无任何作用"。

电气学院 0402 班的张道兵至今还记得把承诺书带回家让父亲签字时的情形,当时父亲仔仔细细地阅读了承诺书中的 8 条内容,郑重地签下了自己的名字,并对他说:"既然签了字,说话一定要算数噢!"所以,一年来,他也是努力用承诺书这杆"标尺"来约束自己的言行。采访中,也有学生向记者表示,"签订承诺书意义不大"。人文学院一名女生说,大学生中不自律的现象确实不少,如男女交往不得体、上课迟到、无节制上网等。自律承诺书的内容,学校的规章制度中都有,是否遵守还靠外在的压力和个人的素质。自律承诺书对于素质高的学生来说是"多余",对于素质不高的学生来说仅是"一纸空文"。

家长:自律承诺书"有必要"

此次调查同时发放了 120 份学生家长问卷,有效回收 80 份。与学生略有差异的是,调查中高达 95% 学生家长认为签订自律承诺书"很有必要"。93.75% 的家长认为,"子女的成长主要靠自律"。对于"学生自律承诺书对您教育管理子女是否有启发作用",40% 的家长表示"有很大的启发",58.75% 的家长表示"有一些启发"。对于"您是否经常以自律承诺书的内容教育和引导子女",58.75% 的家长表示"经常",37.50% 的家长表示"偶尔",3.75%

表示"从来没有"。在自己的"子女更适合哪种管理方式"的问题上,87.50%的家长选择"学校管理为主,辅以家庭管理",12.50%的家长选择"家庭管理为主,辅以学校管理"。

采访中,许多家长认为,孩子终究要走向社会的,上了大学后不可能还像以前那样由父母和学校盯着、管着。签订承诺书,就是要让学生自己管好自己,同时也使家长明白了学校对学生的要求,知道如何督促自己的孩子学习和生活。中文师范 0401 班解冉的母亲梅百岚女士是一名中学教师,一年前曾代表学生家长在自律承诺书签订仪式上讲话,在接受采访时她表示,作为家长当然应该全力配合学校做好对子女的教育管理工作,子女进了大学,家庭教育的配合仍然必不可少。作为大学生本人来说,要明白上大学是多么的不易,特别是农村来的孩子,家里节衣缩食,寄予厚望,所以一定要自尊、自重、自爱,自觉遵守校纪校规,发奋成才。她告诉记者,她同女儿之间的交流和沟通非常频繁,女儿经常向她汇报在校的情况,她也经常叮嘱女儿一些事情。

学校:自律是大学生成才的基石

"20 世纪 80 年代出生的大学生,在成长的过程中面临着三个方面突出的矛盾。"江苏大学党委副书记陈国祥说,"一是提高思想政治素质、培养社会主义合格建设者和可靠接班人,与一些大学生对政治冷漠、不注意道德修养的矛盾;二是社会对人才的高标准要求、家庭对子女的高期望值,与部分学生难以实现的矛盾;三是高校创造宽松、自由、和谐的文化环境,与部分学生不自觉自律的矛盾。相比于高中阶段,大学最大的特点是'自由',但如没有纪律和自律作保证,自由就会变成'自流',最终会导致不自由!"他认为,在这些矛盾当中,学生处在矛盾的主要方面,是内因。因此,提高学生的自觉自律意识,才是解决问题的根本。

同样,采访中江大学生工作处姚冠新处长也认为,一小部分学生因为考试作弊、擅自住宿校外、违反宿舍管理规定、沉湎于网吧等受到各类处分,有一个根本性的原因,就是自我要求不严、自控能力差,严重缺乏自律意识。"过度自由将导致最大的不自由",受到处分后对毕业、学位乃至今后就业都将产生不利的影响。在新生中签订自律承诺书,这是学校推出的一项学生管理的创新之举,目的是增强学生的自律意识,让学生自己管住、管好自己,为自己的成人成才找准"基石"。他还告诉记者,近年来学校通过开展"大学生文明修身工程",编写《大学生修身要览》、《大学生活提示》并组织相关教学,开设"新生家长课堂",开展大学生生涯设计等,积极探索学校教育、家庭教育及学生自我教育相结合的学生工作的新途径。

思考:不能"一签了之"

江大人文学院副院长张炳生教授认为,通过签订自律承诺书加强对学生的管理,实际上是发挥了道德规范在学生教育管理中的作用。"道德的形成是一个'知、情、意、信、行'的过程。"他说:从内容上看,"承诺书"不仅是学生内心的自觉要求,更多的是学校对学生的一种外在规定;从执行主体来看,承诺是一种自觉、主动的诚信行为,既不同于学生守则,又不同于文本式的协议。"这是把他律上升为自律的一种很好的途径,首先解决了道德形成的'知'的问题。"

计算机学院党委副书记崔金贵介绍说,早在前两年,他们就在学生中开展了"宿舍文明承诺"活动,用以规范学生在宿舍用电、用电脑等行为,收到了不错的效果,但是,对一小部分人作用却不大。他强调,仅靠签一次自律承诺书是不够的,因为人的思想是会波动和变化的,"一次性"的效果不会持久,时间长了会淡忘。签完后,还应常敲"边鼓"、常作提示,督促学生自省和对照,久而久之才会使承诺真正内化为品格。

曾有着多年学生工作经验的江大宣传部副部长倪时平认为,现在的大学生个性张扬,不喜欢外在的束缚。"自律承诺书实际上把教育的要求内化,变成教育对象的自我选择行为,这更符合青年的心理特征。"但是,要注意承诺的内容不能泛化,变成学生守则的"压缩版"。他建议,不妨根据不同时期学生的特点和容易出现的"盲点",每个阶段选择一两个重点,有针对性地对学生进行"刺激",同时辅之以讨论、演讲、辩论等主题教育活动。那样,学生的印象可能会更深,效果会更好。

(高　鸣　张明平)

思考:在自我约束中发展自我

陆续有高校采取签订"自律承诺书"之类的形式,加强对学生尤其是新生的教育管理,其目的是激发学生的自我教育意识,引导学生自律,促进其自我成才。这对新形势下高校如何加强和改进学生的教育管理工作,无疑具有积极的借鉴和启示意义。

如今的大学新生,绝大多数是20世纪80年代中后期出生的,大多是独生子女。有人说他们是"脸贴脸"的一代:以快乐为导向,不喜束缚,做喜欢做的新新人类,崇尚自我实现。确实,特定的时代背景和成长环境,造就了他们鲜明的个性色彩,使得他们身上具有不同于父辈的新鲜气质。然而,他们本身又是一个矛盾的综合体:自信心、自尊心强,表现欲旺,志向也不可谓不"远大";但是自理能力差,适应环境能力不强,进取精神不足,群体意识弱化等。

就大学新生而言,从高中到大学,这一突然的"时空跨越",由于缺乏必要的准备和足够的指导,往往在行为和心理方面积淀出一些不良的状态,集中表现在以下几个方面:

一是理想目标不明,放纵心理明显。中学时代,考大学是绝大多数人奋斗的目标和追求的终极。一旦进入大学,许多学生不知道该干什么,倍感茫然,没有了奋斗的目标和努力的方向。理想和目标的暂时缺失,减弱了他们学习的进取心和动力,很多人都有"松一松、歇一歇"的思想。因此,初入大学,不少大学生思想放松,行为放纵,吃喝玩乐无度,花钱大手大脚,恋爱昏天黑地。有的人不顾家庭条件,攀比成风。

二是学习习惯不良,学习方法滞后。中学时,教师对学生学习的指导可谓细致入微,内容明确,进度统一,学生学习的依赖性比较强。进入大学后,学习活动表现为自主性、选择性和探究性,要求学生有较强的自学意识和自学能力。不少学生对此很不适应,不能针对大学学习特点及时调整学习方法,在学习上处于被动状态,久而久之出现恶性循环,产生厌学情绪。

三是中心地位失落,自我平衡感较差。以前,他们一直都是佼佼者,曾"领跑"过一个班甚至一所学校,习惯了众星捧月的感觉,几乎所有要求甚至不尽合理的要求,家长都会满足。进入大学后,一下子从"省队"进入"国家队",发现同学无论是入学成绩、眼界、学识,还是其他方面的才华、能力都比自己强很多,"月亮"也变成了"星星"。面对这种状况,不能进行自我调整,失落和自卑在他们内心油然而生。有的就此消极懈怠,逃避现实;有的选择对抗、报复行为,甚至出现轻生念头。

四是人际交往不适,网络痴迷严重。这些在"2+1"甚至是"2+2+1"的家庭模式中成长起来的孩子,同辈交往相对较少,独立意识明显,加之以前家长过分注重孩子的成绩,忽视了孩子人际交往能力的培养,加深了"以自我为中心"的意识。进入大学后,强烈的交往欲求与孤独感的矛盾冲突,加上突然的放松和自由,极易患上网络成瘾症。近几年,因为沉迷于网上游戏和看碟片而影响了学业的大学生越来越多,甚至还有学生因为浏览不健康网站而走上犯罪的道路。

学生是教育的对象,更是成才的主体。因此,高校在完善自身的规章制度、加强对学生"外在"的教育管理的同时,应重视激发学生的自我意识,强化学生在成才中的主体作用,将外在的规范变成学生自我进取的动力。否则,学校制定再多、再细的制度,实施再严格的管理,受到外界影响,面对种种诱惑,仍然会有学生"触电网"、"越雷池"。

江苏大学在新生入学时就签订学生自律承诺书,而且还让家长作为见证人签字,这一有益的尝试不仅将学校教育和家庭教育统一起来,而且还将他律和学生的自律有机结合起来。言必行,行必果。在此,笔者也衷心地希望大学生们能够践行自己的承诺,在自我约束中实现自我发展。

(张明平　陈立勇)

中国教育报

2006 年 3 月 12 日

江苏大学"移动课堂"走近家长

"这个家长会开得太好了,对我们触动真的太大了!"在参加完江苏大学"移动家长课堂"后,从常州市区赶到江苏省武进市高级中学参加会议的万丽琴女士当即表示,"今晚回去后就跟我儿子好好谈谈。"今年寒假伊始,江苏大学推出了"移动家长课堂",以学生生源地为单位赴当地召集学生家长会议,常州地区是此次"移动课堂"的首站,尽管当天凄风寒雨,但仍有近百名学生家长顶风冒雨前来参加。"这次我们专程到这里来开家长会,一方面是要感谢各位家长把你们的子女送到我们学校,给我们提供了教育的资源,另一方面是要同各位家长建立一种沟通,把我们培养人才的想法与你们作一个交流……""移动家长课堂"一开始,担任主讲的江大分管学生工作的党委副书记陈国祥教授就道明了此次活动的意图。"之所以选择这个地方开这个会,就是让大家寻找一下当年孩子读高中时我们家长那种牵肠挂肚的感觉。"陈书记说,很多家长认为把孩子送入大学后,自己12年的辛苦可以"放一放,松一松了",对孩子上的大学和上了大学后的孩子不了解。他告诉各位家长,"80后"的当代大学生普遍存在的一些规律性的问题,如对大学的日常生活不适应导致校外住宿、人际交往冲突及心理问题,对大学的学习生活不适应导致考试不及格、作弊,对男女间的情感不能正确处理等等。他告诫各位家长:"千万不要到孩子出了问题的时候,才去想解决问题的办法,那样往往会回天无力。"最后,陈书记希望家长们要有心去做一些事情:了解子女在学校的情况,有空到学校去,一定要与班主任、辅导员见一面;要常给子女打电话、写信;对子女的期望值要合理、适度……笔者留意到,整个上课过程中家长们都听得格外专注,不少人还带来了笔记本边听边记。

　　讲座结束后,家长们由衷地赞叹,不少家长还围着陈书记问这问那。一位随女儿一起来的周姓家长说,他从没参加过大学的家长会,这次在家门口开大学家长会更是"破天荒"。江大学生工作处的姚冠新处长告诉笔者,今后"移动家长课堂"将成为一种制度,每个寒暑假在全省选择两个地方举办,以进一步加强学校同家长之间的沟通和交流。

(张明平)

江大"爱心联盟"回收饮料瓶助困

　　本报讯　看到身边贫困生一天三顿吃饭只花三元钱,江苏大学 19 名大学生成立"爱心联盟"帮扶他们,首笔注入资金来自大学生们对校内饮料瓶的回收。

　　工商管理学院大二学生严洋是"联盟"的发起者,他是江大学生会的干部,他和 18 位同学从上学期就酝酿成立"联盟"的事。严洋告诉记者,他班上的贫困生连最基本的生活也难以维持,他仔细观察过他们的一日三餐:早饭两个白馒头,中午一元钱米饭、5 角钱蔬菜,晚饭再吃两个馒头。有一次一男生在体育课上瘫坐在地上,以为他生了病,谁知是饿的,一口气吃下 5 个面包后马上就精神了。这事对他震动很大，他想到在学生之间建立一种关心、资助他们的网络，于是就在校园网站上发出成立"爱心联盟"的帖子，很快就有多名同学响应。

"联盟"刚成立，他们便开展了校内募捐活动，"联盟"副会长田甜对记者说，马上就是冬春换季，目前已募捐了近千件各式春装，很快就能发放到贫困生手中。但发放衣物只是第一步，比衣物更为急需的是"钱"。成员陈超透露，"联盟"现存钱不足200元，是他们卖废弃饮料瓶所得，要为贫困生解决实际困难，这点钱杯水车薪。于是19人商定，除向同学和社会各界募捐外，开始实施"回收饮料瓶计划"。

每年从春季到盛夏，是校内饮料消费高峰期，江大现有在校生近4万人，按每天校内5 000名学生喝饮料计算，回收5 000只饮料瓶，每只卖0.1元，就有500元，这样一个月收入就有1.5万元，4~7月，至少应有4万元收入。

眼下，"爱心联盟"成员已向全校发出资助贫困生的倡议。记者昨在江大看到，19名成员两天时间已收集到了近千只饮料瓶。

（张明平　万凌云）

扬子晚报
2006 年 3 月 20 日

"碳纤维斜拉桥"在镇江问世

经东南大学、江苏大学等单位共同努力，我国第一座碳纤维增强复合材料（CFPR）索斜拉桥在江苏大学建成。以中科院吴中如院士为组长的专家组在课题鉴定会上认为，该实验桥的设计和工程研究，为今后采用该材料建造超大跨海峡大桥等工程作出了成功探索和实践。

据介绍，同传统的钢拉索相比，碳纤维增强复合材料具有质量轻、强度高、耐腐蚀、耐疲劳等优良性能。碳纤维增强复合材料用作斜拉索能从根本上解决当前斜拉桥发展中面临的一个难题——钢拉索的腐蚀退化问题，同时能减轻桥梁自重，提高斜拉桥的跨越能力和承载效率。据了解，此次在江苏大学问世的斜拉桥，是国家自然科学基金和国家"863"项目的创新研究成果，也是国内首座采用碳纤维增强复合材料作拉索的桥梁。该桥位于江苏大学西校区，总长为55米，是一座钢筋混凝土独塔双索面斜拉桥。桥梁全宽6.8米，其中人行道宽5米，索塔两侧各布置4对共16根碳纤维材料拉索。

（张明平　万凌云）

扬子晚报
2006 年 4 月 1 日

帮困助学温暖工程　特殊群体分类指导

江大建"三困"生彩色档案

本报讯　学习困难的学生档案为绿色,经济困难的为黄色,心理困惑的为粉红色……昨日下午,江苏大学学工处的老师向记者展示了专为特殊群体学生"量身定制"的彩色档案。该校实施帮困助学"温暖工程",根据"三困"生群体的不同情况,为他们建立了不同颜色的档案。目前,已为近 3 500 名学生建立了彩色档案,其中绿色 1 482 人、黄色 1 653 人、粉红色 358 人。

近年来,随着高校招生规模的扩张,学生的学习基础、家庭背景和经济条件有了很大差异,高校中学习困难、经济困难以及心理困惑的学生也逐渐增加。据学工处王善明副处长介绍,此次江大开展的帮困助学"温暖工程",通过一套科学严格的参考依据的判定,在全校近 30 000 名大学生中,筛选出学习困难、经济困难、心理困惑的三类群体,并根据每一类学生的不同需要,落实了个性化、针对性的分类指导和帮扶方案,分别给予学习上的帮助、经济上的资助和心理上的关怀。

比如,对于"心理困惑"的学生,其评判参考性标准为,"性格有缺陷、行为有障碍、人际关系比较紧张的学生;沉迷于某项活动不能自拔的学生;家庭或自身发生重大变故的学生",并由校心理健康教育中心负责认定。与此相对应,学校出台了 4 条针对此类学生的帮扶方案,包括:请心理中心老师找这些学生交谈一次,形成书面谈话材料,说明该生心理困惑的原因,并对平时如何做好疏导工作提出指导性意见;安排一位该生比较信任的同学担任其联系人,主动与其交流和沟通,发现问题及时向班主任反映等。同时还特别强调,此类学生通常极其敏感,扶助方案实施要讲究策略,在细致甄别的前提下,重在沟通。

记者留意到,此次江大为"三困"生建立的"三色"档案,每一份档案中都包含一份学生情况登记表,除记载学生本人信息、家庭情况,以及学习、经济、心理状况及原因分析、主要帮扶措施外,还列有班主任、联系人的姓名以及各自的电话。同时,对于每一名受助学生的学习情况和综合表现、具体的帮扶措施、帮扶的效果和存在的问题等,都要详细记载,每学期由班主任老师出具帮扶小结,存入各自的档案。

（明　平　立　勇　马　蔚　木　金）

镇江日报

2006 年 4 月 8 日

中法超强超短激光学术研讨会在江大举行

本报讯　由中国科学院、法国科学院、江苏大学联合主办的"中法超强超短激光及其应用学术研讨会"4 月 18 日在江苏大学拉开帷幕。

据出席会议的中科院张杰院士介绍,超强超短激光能量密度极端高,时间尺度极端短,可以约束在极端小的空间尺度内,产生高温、高密度的物质。该领域研究在国防、民用等众多领域具有重大科研和实用前景。江苏大学建立的"江苏省光子制造科学技术重点实验室"是国内为数不多的开展飞秒微纳加工的实验室,主要面向工程,开展强场条件下光子与材料的作用机制及其相应的应用技术研究。其"飞秒激光近场光学三维微纳米制造系统"目前在国内是唯一的,在国际上也为数不多。江苏大学还在光子测试、仿生制造、生物医学应用领域开展了国际前沿研究,承担了国家自然科学基金重点项目,并与美国哈佛大学开展了为期 5 年的重大国际合作研究。

参加此次会议的代表有 25 名来自法国科学院、法国国家实验室、里昂大学的专家,还有来自中国科学院、中国工程物理研究院、上海光学精密机械研究所、清华大学、北京大学、复旦大学、江苏大学的知名学者。中法专家将采用特邀报告、口头报告、张贴报告等多种形式,就超强超短激光及应用问题进行探讨和研究。

（张明平）

科技日报
2006 年 4 月 20 日

江大"轴流泵"用于南水北调工程

本报讯　据悉,由江苏大学和江苏省水利科技咨询中心研究人员组成的课题组,经过一年多时间的努力,成功开发了 12 个不同比转速的轴流泵模型,并全部经过了水利部等组织的南水北调工程水泵模型同台测试,其中三个模型已用于南水北调东线工程。

日前,由中国工程院周君亮院士任主任委员的鉴定委员会认为,该系列模型的综合技术指标达到了国际同类模型的领先水平。

据了解,为了给南水北调工程提供优秀水力模型,2003 年初开始,江苏大学流体机械工程技术研究中心和江苏省水利科技咨询中心自筹经费，开展了"系列轴流泵水力模型试验研究"。在一年多的时间内，设计了多种方案，制作了上百只叶轮叶片、10多种导叶，进行了数百次实验。

2004年9月至2005年1月，国家水利部、国家质监总局联合组织的南水北调工程水泵模型同台测试在天津举行，全国多家单位开发的、代表国内最优水平的27个模型参加了实验，江苏大学提供的12个模型参加了"会演"，最后选择8个模型构成该系列水力模型。目前，其中的三个模型已分别用于南水北调东线一期工程中的万年闸泵站、刘山泵站和台儿庄泵站。

（张明平　詹园艺）

江南时报

2006年5月25日

江苏大学京江学院人才培养"亮点"频现

参加全国大学生机械创新设计大赛，获江苏赛区一等奖；一个专业毕业生中，三成考取了研究生；毕业生大学英语四级通过率达七成，超过同类院校20%；专业英语八级比全国普通高校平均通过率49.97%高出34%……记者日前在江苏大学京江学院采访时了解到，该院坚持"高起点、创特色、争一流"的办学思想，今年以来人才培养又"亮点"频现。

京江学院党委书记、院长、博士生导师陈龙教授告诉记者，近年来该院紧紧抓住人才培养这根主线，努力契合时代和社会发展的需要，深入推进各项教育教学改革，不断进行制度创新和机制创新，积极探索新的办学模式和人才培养模式，取得了令人炫目的成绩。2004年"京江学院新的人才培养模式构建与实践"获得了江苏省教育教学成果一等奖。2005年京江学院学生代表队参加"全国数学建模大赛"，获一等奖。

今年以来，江苏大学京江学院大学生们浓郁的学习风气、扎实的理论基础、出众的操作实践能力再次得到了充分体现。在刚刚结束的江苏省第八届非理科专业高等数学竞赛中，京江学院参赛学生又分别获一、二、三等奖。在前不久落幕的全国大学生机械创新设计大赛中，全省28所高校的85件作品参赛，京江学院的代表队技压群芳，获得了江苏赛区一等奖，在独立学院中独树一帜。该院即将毕业的2002级1 200名毕业生，英语四级通过率达70%，英语专业毕业生专业八级通过率达84%，高于全国普通高校平均通过率34%。2002级生物技术专业39名毕业生中12名学生考取了硕士研究生，在江大校内外传为佳话。另据介绍，同以往一样，今年京江学院毕业生在人才市场上成为"香饽饽"，95%以上已被用人单位"订购",落实了就业单位。

（明　平）

扬子晚报

2006 年 6 月 2 日

江大现代农业装备与技术实验室通过省考

本报讯　近日,国家重点实验室培育建设点——江苏大学现代农业装备与技术实验室顺利通过省教育厅的检查考核。专家组一致评价:该实验室在建设过程中注重凝练方向,在农业生物环境测控技术及装备、高产水稻、油菜种植与收获机械、精确喷施技术及装备等方面形成了明显特色。

江苏大学现代农业装备与技术实验室为省首批国家重点实验室培育建设点,于 2004 年 11 月开始建设。此后,该实验室围绕农业生物环境测控技术及装备等研究方向,先后承担了政府科研计划 41 项,其中国家"863"计划 3 项,国家自然科学基金 7 项,省部级项目 16 项,科研总经费达 1 500 万元。先后获教育部科技进步一等奖 2 项,省部级科技进步奖 2 项;发表学术论文 184 篇,出版专著 2 部,获国家专利授权 9 项。

（江笑轩　木　金）

镇江日报

2006 年 6 月 13 日

报考冷门毕业可能成热门

专业填报眼光要放远

录取时几乎全靠吃"服从",毕业时却早被用人单位抢购一空。记者昨天从江苏一些高校获悉,一些招生时的冷门专业在 4 年后就业形式却热闹起来。招生专家因此提醒,考生在选项报专业时不要忽视冷门专业,而一定要放远眼光。

江苏大学材料学院党委副书记刘强昨天介绍,冶金工程专业是该校2001年增设的新专业,迄今为止,江苏大学仍是全省唯一开设此专业的高校,当初这个专业并不被学生"看好"。江苏大学招办许晓世主任告诉记者,最初几年招生时,该专业几乎全部吃专业"服从"志愿,录取线年年"触底",而且招生数一度缩减。因为"服从"志愿录取的比例高,学生的专业思想很不稳定,进校后要求退学、转专业,或者根本就不来报到的情况时有发生。然而,首届毕业生刚一"出炉"就受到了用人单位的垂青,南钢一下子签走15人。2005年春节刚过,冶金工程专业的39名毕业生就已被悉数抢光,就业率达100%。今年第二届毕业生继续被"看好",省内外的一些冶金企业纷纷慕名前来"团购",25名毕业生早在去年年底就各有所属。许主任透露,今年应广大考生要求,江大将该专业"放量",计划招收45人,其中江苏20人。

据分析,考生对专业不了解,"想当然",觉得这个专业"不好看",将来到钢铁厂等单位去工作,又脏又苦又累"不体面",是造成冷落冶金工程专业的主要原因。"其实,现在的钢铁企业机械化、自动化程度高,劳动环境大大改善。"对一些新专业不了解,也成为制约考生报考的因素。江苏大学2004年获批了信息安全专业,成为国内最早开设此专业的几所高校之一。作为国家重点发展的计算机、通信、数学等学科领域的交叉学科,该专业与政府、国防、金融、制造、商业等部门和行业密切相关,具有广阔的发展前景。但始料不及的是,这一专业也受到了学生的冷落。据许主任介绍,2004年该专业首次招生时,55人的计划只招了35人,2005年"吃"了大量调剂后才勉强招满,但录取线已经"触底"。

南京多所高校的专家介绍,由于考生习惯从名称上"望文生义",材料成型与控制、安全工程、工业工程等专业也受到冷落。高考填报志愿在即,有关专家提醒广大考生,选择专业,无论是老专业还是新专业,不能只看名称是否"好看",关键的是要看它的就业前景是否"看好"。

(张明平　龚学明)

扬子晚报

2006年6月23日

国家助学贷款成才典型

贫且弥坚，不坠青云之志

近年来，随着国家资助高校贫困家庭学生政策的实施，许多高校贫困家庭学生通过申请国家助学贷款顺利完成学业，涌现出一批自强不息、奋发成才的优秀大学生，他们是当代大学生的楷模，激励着每一位在校学生。

徐伟：在逆境中锤炼意志

天津工业大学信息与通信工程学院电子信息工程专业 024 班学生徐伟，出生在安徽省巢湖地区一个农民家庭，父母以种田为生，家中经济困难。2002 年，他通过申请国家助学贷款解决了学费，并积极参加勤工助学。虽然是贫困生，但徐伟从不怨天尤人，而是在逆境中锤炼意志、陶冶情操。

2005 年 12 月 27 日，徐伟奋不顾身、见义勇为，将三个落入冰窟的儿童安全救出的英雄事迹在校内外引起强烈反响。

大学期间，他光荣地加入了中国共产党；他勤奋好学、刻苦钻研，连续两年获得学校级一等奖学金和多次社会奖励金，并被保送为 2006 届免试研究生；他脚踏实地、勇于创新，在学校"耀华杯"、"求实杯"、"C 语言程序设计大赛"等竞赛中多次获奖；他团结同学、乐于助人，荣获校三好学生称号；他见义勇为、舍己救人，获"天津工业大学优秀共产党员"、"天津工业大学见义勇为优秀大学生"、"天津市见义勇为优秀大学生"、"天津市优秀共青团员"等称号。几年来，他用一颗火热的心帮助身边需要帮助的每一个人，把团结友爱的精神播种到每一位同学心中。

王一硕：胸怀理想，知恩图报

河南中医学院中药专业研究生王一硕，家里唯一的经济来源就是十几亩地的收入，2000 年入学后依靠国家助学贷款顺利完成了学业。2003 年 6 月他主动报名到陕西省麟游县科技局做志愿者。工作期间，他发挥专长，为当地中药材种植作出了努力，在陕西省 566 名大学生志愿者中，以最高票被评为陕西省杰出大学生志愿者。

2003 年 8 月，在即将奔赴西部之际，王一硕向广东发展银行写信，保证尽早还清贷款。现在离贷款到期还有 10 个多月，他要提前还贷，以自己的实际行动践行自己的诺言。

他作为一名专科毕业生，今年刚考取硕士研究生，离毕业还有三年，已有多家企业要提前与他签约，其中，河南赫福莱生物制药有限公司提前聘请王一硕担任公司的总工程师、副总经理。目前，他还担任着 10 多家制药企业的 GMP 认证顾问。

王一硕诚实守信、知恩图报、自立自强的感人事迹，激励着一大批有志青年投入到奉献青春、志愿服务的队伍中来。

王亚丽：自强不息，刻苦成才

江苏大学外国语学院2004届毕业生王亚丽，2000年怀揣着9 000元，独自从内蒙古的一个偏远山村走出，开始了她在江苏大学的求学生涯。求学期间，她多次获得校优秀奖学金、国家奖学金和校三好、校优干等各种荣誉称号，2002年10月光荣加入了中国共产党。4年里，她仅靠这9 000元顺利完成了自己的学业，而大学期间的各种花费将近4万元，她还还清了银行的所有贷款。毕业时，她不仅顺利拿到了外贸英语专业的毕业证书和学位证书，还拿到了新闻学专业自考毕业证书和学位证书。她是班上英语八级最高分、江苏大学优秀毕业生。她是大学生记者团的活跃分子，是每年度的优秀学生记者，是外国语专业所在学院的通讯部部长，是班级团支书，成功地组织过各类活动。江苏大学曾专门发出通知，号召全校学生学习王亚丽"自强自立、刻苦成才"的精神。

（肖 萱）

中国教育报

2006年8月30日

"请买一朵丝网花吧"

26名退休女教师卖花捐助重症大学生

本报讯 "请买一朵丝网花吧，让我们一起都来帮助重症大学生！"昨天，江苏大学校园内爱意涌动，江大26名退休老教师在教师节前夕，将她们精心编织的一朵朵、一束束、一盆盆丝网花摆放出来，让学生和老师们挑选，出售所得资金，将全部捐赠给学校的"大学生慈善救助基金"。

郁金香、牡丹、百合花、红玫瑰……如果不是通过手摸，真的很难区分真假！江大关工委负责人金树德告诉记者，教师节本应是老师们接受鲜花和祝福的时候，但江大的26名退休女教师，却冒着高温酷暑，在关工委的组织下，在暑期中用自己的辛勤劳动来为挽救重症大学生献一份爱、尽一份力。她们中最大年龄已经78岁，最小的也近60岁。67岁的姚光英老人对记者说，尽管已经退休了，但这么多年和大学生们相处相伴，始终不能淡忘他们的身影。现在大学生得重症的越来越多，从报纸上看到后心情都非常沉重，江大的大学生也不例外,接连出现多起白血病,光靠他们的家庭,根本没有足够资金来治疗。今年教师节她们在思考怎样过得更有意义时,就想到了救助这些重症大学生。虽说丝网花义卖并不一定能解决多少问题,但她们想以此唤起更多的爱心。

江大分管德育工作的陈国祥副书记被退休女教师们的义举深深打动了,他说:"送人玫瑰,手有余香,老教师们的义举,功德无量!"他透露,江大去年在全国高校中率先设立"大学生慈善救助基金",专门用来补助重症大学生,开始募集到了20多万元,但随着患重症的学生日益增多,现在账上只剩下10多万元,迫切需要"输血"。老教师们的义举让他们坚定信心,学校决定新学年中多方"化缘",争取为重症大学生提供一面强有力的资金屏障。

"请买一朵丝网花吧!"老教师们的爱心呼唤赢得了大学生们的热烈回报,记者在现场看到,刚刚开学的大学生们纷纷解囊,有的还自发向现场的募捐箱中投钱。

(陈立勇 张明平 万凌云)

扬子晚报

2006 年 9 月 7 日

报助学之恩 献热血青春
江苏大学"西部志愿者"朱恩波访谈

初识朱恩波是在江苏大学 2006 届毕业生诚信还贷承诺大会上。那天,他代表江苏大学 593 名助学贷款毕业生向全省贷款毕业生倡议:诚信还贷,回馈社会。时隔一周后,在学校的毕业典礼上,他同其他 23 名"苏北计划"、"西部计划"志愿者一起,被授予"江苏大学青年先锋"称号。

作为一名来自苏北贫困家庭的学生,朱恩波大学几年过得自然艰辛,而结局却不失精彩:毕业时被免试推荐为本校高分子专业的研究生。笔者问他:"为什么放着研究生不读,而要去陕西,而且一去就是两年?"他说:"滴水之恩当涌泉相报。如果没有国家助学贷款的资助,又怎么会有我的今天!"

2002 年高考过后,朱恩波如愿收到了江苏大学的录取通知书。"可是看着一大笔学费、住宿费,全家人哪里还能高兴得起来?"2001 年,江苏省在全国率先全面实施高校国家助学贷款政策,直接面向经济最困难的农村大学生家庭开办了农村信用社生源地助学贷款业务。朱恩波成了全县贷款上学第一人。县里的信用社非常重视,最后省信用联社领导都直接过问了此事。有了首笔 4 000 元贷款,加上哥哥打工积攒的 1 000 元,朱恩波如愿迈入了江苏大学校门。第二年,他在家乡的信用社又申请到 5 000 元贷款。其后两年,在学校又申请到两次共 9 100 元国家助学贷款。"这 18 100 元的贷款,解决了 4 年的学费,坐在课堂里学习,心里踏实多了。"朱恩波说。

朱恩波自己也很努力。校园保洁、教学楼值班、到图书馆整理书架,一月能有 200～300 元收入,基本够吃饭了。他还兼做家教,从小学、初中到高中,各个层次都教过。大学几年,朱恩波的成绩一直名列前茅,多次获学校、学院以及省政府奖学金,多次被评为三好学生、优秀团员、优秀学生干部。

"是什么原因促使你去西部的呢?"

"偶然中的必然吧!"朱恩波说,"大二那年夏天,学院组织小分队远赴陕西泾阳开展暑期社会实践,一周的所见所闻,使我的心灵受到了极大触动。那时我就想,能不能为那里做点什么呢? 今年 4 月,当西部计划再次启动时,我便向学校申请延期读研,报名成了一名西部志愿者。"他说,"作为一名受过国家助学贷款资助的毕业生,我选择去西部,也是一种感恩和回馈吧! 我想借助在潼关县宣传部工作的机会,大力宣传国家助学贷款政策,使更多的人了解国家助学贷款。"

(张明平)

科技日报

江苏大学首批台籍研究生入学

本报讯 昨天,又有 100 名学员进入江苏大学工商管理学院,成为该校 MBA 教育阵营中的新成员。引人注目的是,这 100 名学员中有 10 人是来自台湾的企业家,他们同另外三名博士研究生一起,成为江大首次招收的港澳台地区的研究生。

2005 年 10 月至今年 6 月,江大在省内首次举办了"台湾企业家高级研修班"。27 名台湾企业家不仅学习了管理学理论,而且通过参观走访、与大陆企业家交流等方式,了解大陆特别是江苏的投资环境和投资政策。其中 10 名学员顺利通过 MBA 的入学考试,三名通过博士入学考试,成为江苏大学首次面向港澳台招收的研究生。与此同时,这些台湾企业家们学业和事业"两不误",部分正在大陆选择投资场所的学员也被镇江市优秀的投资环境所吸引,决定在镇江投资展业。在镇江市经贸洽谈会期间,台湾籍研究生共签订了三项投资协议,协议投资总额为 1.35 亿美元。

在开学典礼上,连战之子、国民党中常委连胜文,专门到会祝贺台籍 MBA 学员。他勉励台湾企业家们,在江大学习经营管理理论的同时,"要多了解中国大陆市场的精髓",为投资大陆市场积极准备。

新华日报
2006 年 9 月 26 日

全球最大的机床生产厂商——日本马扎克公司在江苏大学设立演示中心。10 月 22 日上午，江大－LGMAZAK 数控加工技术演示中心、南京元利数控机床有限公司江苏展厅在江苏大学工业中心正式揭牌。

据了解，此次合作由中国第一座智能网络化机床制造厂、日本马扎克公司在中国的独资企业——宁夏小巨人机床有限公司，小巨人公司在江苏的销售总代理——南京元利数控机床有限公司和江苏大学机电培训学院三方共同完成。据江大工业中心主任许友谊教授介绍，该演示中心的建立，能够使师生了解到世界最先进的加工设备及加工技术。通过网络连接，师生足不出户就能参观到马扎克公司在全球建立的 7 个数字化、网络化、智能化的产品制造现场，实现大学生数控设备及加工技术实践平台的教学与世界同步。

科技日报
2006 年 10 月 26 日

本报讯 昨天，由中国免疫学会主办，江苏大学、江苏省免疫学会承办的中国免疫学会第五届学术会议在镇江一泉宾馆开幕。来自北京大学、中国医科院、复旦大学、第二军医大学等方面近 700 名专家学者云集镇江，参加此次我国免疫学界的学术盛会。

记者了解到，此次会议为历届会议中规模最大的一次，共有近 700 名专家学者与会，共收到论文 674 篇。从昨天开始，与会者将围绕基础临床免疫学、分子免疫学、细胞免疫学、肿瘤免疫学、自身免疫性疾病、免疫生物学、生物制剂研发等方面开展交流和探讨。上午开幕式结束后，来自中国科学院、中国工程院的陈慰峰院士、沈倍奋院士、饶子和院士、曹雪涛院士 4 位"重量级"专家依次登台，分别给大会作了题为《肿瘤抗原分子编码基因的克隆鉴定

媒眼

十年回眸

及其可能应用》、《抗体药物的设计及改造》、《结构生物学研究进展与蛋白质科学的发展趋势》、《免疫识别和免疫调节研究进展》的报告。

（张明平　朱玲萍　万凌云）

扬子晚报
2006 年 11 月 5 日

病房里的誓言

初冬的阳光洒进病房，江苏盐城市第一人民医院血液科会议室里鸦雀无声，墙壁上鲜红的党旗取代了往日的医疗宣传挂图，一群来自江苏大学的师生，在这里举办了一次特殊而庄严的会议，这些，都是为了圆一个叫陈静的女孩心中美好的梦。

陈静是江苏大学应用技术学院计算机专业 0303 班的学习委员，是一名品学兼优的学生。为救助患白血病的同班同学，她曾策划活动、四处募捐，筹得数万元，被大家誉为"爱心天使"。今年 3 月，她自己也不幸患上白血病，江苏大学和社会各界给予了她无数的关爱，患病中的她爱心依旧，坚持将社会各界的捐款转赠给其他病友。

"从小就听家族中一位参加过抗美援朝的爷爷讲述共产党员的故事，我打心眼里敬佩他们，长大后，入党便成了我的追求。大一期间，我向学院党组织递交了入党申请，尤其是在患病之后，我仍没有放弃。让我意外的是，在我重病期间，党组织能接纳我。"支部大会上，佩戴着江苏大学校徽的陈静倾诉着她的心声。

"每个人在一生中都要接受无数次的考试，陈静进入大学后，除了文化考试外，还经历了人生最残酷的两次考试：当别人遭遇不幸时，她用自己的爱心温暖别人；当自己遭遇不幸时，她坚强面对，还不忘把关爱送给别人。在两次考试中，她都交出了让人满意的答卷，我们还有什么理由拒绝她呢？"陈静的入党介绍人、江苏大学教师魏伟动情地说。"陈静是个好孩子，是我们村的骄傲……"陈静家所在的村党支部书记李如明，一早就赶到医院，列席了这次会议。

按照程序，支部成员对接受陈静为预备党员进行表决。"10 票，全票通过！"病房大楼内响起了经久不息的掌声。

"我志愿加入中国共产党，拥护党的纲领，遵守党的章程……"寂静的病房里，陈静举起了右手、握拳，向党敞开了心扉，那誓言掷地有声，发自肺腑。

此时，这位经历了 8 次化疗但从未流过一滴泪的女孩，无声地落泪了……

（张明平）

中国教育报
2006 年 12 月 14 日

江苏大学研制出"电子眼"分拣软胶囊

本报讯 传统的以人的肉眼作为分拣胶囊的手段可能将成为历史。江苏大学的科研人员发明了一项"电子视觉自动检测与分选软胶囊技术",代替人眼作为分拣胶囊的新手段,速度和精度大大提高,样机每秒钟可分拣5～10粒,准确率90%以上。该技术和装置为国内首创。

"电子视觉自动检测与分选软胶囊技术"实现了电子视觉替代人工视觉检测分选的目标。依照此技术开发的胶囊自动分选机,从供料、输送、计算机视觉识别,到剔除分选、分类收集全部实现自动控制,可替代目前软胶囊生产企业仅能靠人工目测的分选方法。样机分拣速度达到每小时1.8万～3.6万粒,正确率大于90%。

（张明平）

科学时报
2007年1月15日

袁寿其继任江苏大学校长

17日上午,江苏大学召开了干部大会,江苏省委组织部副部长郭广银在会上宣布了该校领导班子成员人事任免的决定:杨继昌同志因年龄原因不再担任江苏大学校长、党委常委,袁寿其任江苏大学校长,李萍萍、程晓农为江苏大学副校长。江苏省委常委、宣传部长孙志军出席了会议并作了讲话。

（张明平　万凌云）

扬子晚报
2007年1月28日

七行银团支持江大建设提供授信额度 12 亿元

本报讯　昨天获悉,由 7 家商业银行联手实施的一个大型融资项目日前在江苏大学启动。

江苏大学是综合实力居国内高校"百强"之列的全国重点大学,也是江苏省重点建设的高校。到"十一五"期末,该校的办学规模将达到 3.75 万人。目前该校正全力推进新校区建设,新校区总投资 9.7 亿元,目前已投资 4.7 亿元建成 18 万平方米,在建 4.7 万平方米,待建 10 万平方米。新校区建成后,该校各类建筑面积将达 135 万平方米。

据介绍,从 1998 年到 2008 年,该校建设投入总额累计将达 23 亿元,其中有 12 亿元需要通过银行贷款解决。由于江苏大学目前是按照各个建设子项目需要,分别向多家商业银行申请贷款,不仅造成还款周期不能合理分配,学校资金链时紧时松,也给各家银行全面、及时掌握贷款使用情况和实施监管带来不便。

为此,由工行江苏分行作为牵头行,工行镇江分行作为参贷代理行,中行镇江分行、建行镇江分行、农行镇江分行、上海浦东发展银行南京分行、武进农村商行和江苏银行镇江分行等 6 家银行作为参贷行组成银团,统一步骤,统一方式,集中帮助江苏大学一揽子解决新校区建设资金和学校贷款余额的归还,授信额度达 12 亿元。

据了解,由 7 家银行组成的银团已向江苏大学追加贷款 2 亿元,加上以前各自发放的贷款,贷款额目前已达 9.12 亿元。

（张小翀）

镇江日报

2007 年 1 月 28 日

师生捐资认种"学子林""园丁林"

江大 10 万平方米坡地披绿装

本报讯　从去年春天开始,江苏大学新校区内一片东西长约 200 米、近 10 万平方米的光秃秃的山体和坡地,陆续被该校学生、教职员工捐资认种的树木所覆盖。如今,这片"学子林"和"园丁林"已在今年开春时节露出了绿意。

记者昨天在该校看到，不仅该片山体和坡地被种上了各色树木，相配套的草坪也在加紧铺设之中。江大后勤服务集团绿化卫生中心主任陈斌告诉记者，紧挨本部的该校新校区占地1 200亩，空地多，岗坡地也多。去年3月，该校团委、学生会动员即将离校的大四学生为母校"添一片新绿"，当时募集了5.4万元，认种了712棵树木，包括桂花、樱花、梨树、海棠、紫薇等11个树种。去年四五月份，该校组织部和工会动员广大教师、中层干部等捐资植绿，最终募集了40万元，认种了广玉兰、银杏、雪松、金钱松、香樟等近20个品种的树木近千棵。

除了这一片凝聚着师生员工对母校深情厚意的"学子林"和"园丁林"外，该校还投资150万元，于去年5月在"两林"地带又种植了几万株竹子和50多个品种600多棵果树，雅号"百竹园"、"百果园"。同时，该校又投资500万元，在新校区主要道路两侧以及一些楼群间进行广泛绿化，将乔木、灌木与草坪搭配，让更多的空地发挥绿化效益。据了解，不仅新校区绿化投入不断，老校区的绿化改造也是一年紧随一年。目前，江大的绿化覆盖率达到了55%，到今年5月底，随着新校区更多绿化工程的完工，该校的绿化覆盖率将达到60%。

（张明平 孙 霞）

诺奖得主野依良治受聘江大名誉教授

本报讯 昨天下午，江苏大学科技馆内座无虚席，连过道上都站满来自该校化工学院、药学院的学生。诺贝尔化学奖获得者、日本理化学研究院院长野依良治教授从江苏大学校长袁寿其教授手中接过聘书，戴上校徽，成为该校第一位名誉教授。

年近古稀的野依良治先生是美国、俄罗斯、韩国等国家科学院院士，英国皇家学会外籍院士，美国、法国、德国等国8所世界著名大学名誉博士，美国哈佛大学、英国剑桥大学等30多所世界著名大学和研究所的讲席教授。野依良治在有机化学研究领域作出了杰出贡献，其研究成果主要应用于制药行业。目前，很多化学制品、药物和新材料的制造，都得益于野依良治的研究。正因为此项贡献，野依教授荣获了2001年的诺贝尔化学奖。

受聘仪式结束后，野依教授在现场作了他荣获诺贝尔奖时的报告《不对称催化：科学与机遇》，让到场学生兴奋不已。

（张明平 孙 霞）

大学生成长有了"导航系统"

江苏大学针对不同年级进行"生涯设计"教育

本报讯 3月27日,江苏大学工程热物理专业的大四学生小朱在学校计算机中心登录学校就业网,用20分钟作了一次"职业发展规划测评",拿到测评报告后,经老师指点,以前一直不知道自己适合干什么工作的他,心里总算"有了谱"。其实,进行职业规划测评是江苏大学帮学生进行"生涯设计"的一个环节,该校实施大学生人生发展"导航系统工程",针对不同年级,确定不同重点,为学生成长成才引路导航。

据江苏大学学生工作处处长姚冠新介绍,多年来,该校坚持"以学生为本"的工作理念,积极构建"以修身为基础,以学业为中心,以就业为导向"的人才培养体系,实施学生人生发展"导航系统工程",贯穿大学生4年生活的全过程。一年级新生进校后,学校组织《大学生修身要览》、《大学生活提示》两本书的教学,告诉学生什么是大学、应该如何安排自己的生活和学习等,并在讨论、征文、演讲等基础上引导学生进行"大学生生涯设计"。对二年级学生重点开展"博士、教授助成才"系列活动,邀请相关人员围绕理想、学习、实践、科研等主题,为学生开设讲座。对三年级学生重点进行创新能力、实践能力培养,通过课外科技活动、大学生科研立项、社会实践等活动,强化学生的创新精神和实践能力。对四年级学生重点开展"职业生涯与就业指导"活动,通过开设讲座和模拟演练,培养学生正确的职业观念,提升其就业技巧和能力。日前,学校专门成立了大学生职业生涯教育研究中心,以进一步加强对学生成长成才的指导。

（张明平）

中国教育报

2007 年 4 月 2 日

江苏大学启动"阳光体育运动"

4月4日,江苏大学率先在全省高校中开展了"阳光体育运动"工程,5 000多名师生员工参加了春季长跑活动。

据了解,国家教育部、国家体育总局、团中央决定从今年开始,在全国各级各类学校中开展全国亿万学生阳光体育运动,以"达标争优、强健体魄"为目标,全面提高学生体质健康水平。据江苏大学袁银男副校长介绍,作为全省首家实施"阳光体育运动"的高校,此次江苏大学推出"阳光体育运动"计划,一方面将继续实施"121"的体育课程教学,即为学生创造每天锻炼1小时的环境,让学生掌握2种锻炼的方法,每年进行1次体质健康测试;另一方面,学校将开展"121"阳光体育运动服务。江苏省教育厅体卫处处长杨明广昨天告诉记者,随着江苏大学启动这一工程,我省其他高校也正在部署,将陆续开展这一活动。

(张明平　叶　勇)

新华日报

2007年4月5日

江大"体教结合"打造高水平运动队
男排女足先后勇夺全国冠军

本报讯　近年来,江苏大学立足国情和学校实际,积极探索具有中国特色和自身特点的"体教结合"运作模式,打造出了国内一流的高水平运动队伍,学校男子排球队、女子足球队先后获得全国冠军,田径队队员也在亚洲青年田径锦标赛及全国大学生运动会上勇夺金牌。

江苏大学1991年开始试办高水平运动队,先后组建了男子排球、男子篮球、男子足球、女子足球、田径、乒乓球、羽毛球、游泳等多支校代表队。同时,在江苏华跃一汽大众、太平洋保险镇江公司等合作伙伴资助下,积极探索"体教结合"的办学体制,针对运动员的实际情况和训练比赛特点,制订"因材施教"的教学计划,设计专业课程。这种模式既改变了高水平运动员的知识结构,提高了专业运动员的持续发展能力,同时也提高了学校的体育竞技运动水平,促进了人才培养的多元化。近年来,学校男子排球队先后获得省第十五届运动会冠军、2005 和 2007 年中国大学生排球联赛冠军;女子足球队获得了 2006 年中国大学生足球锦标赛冠军;田径队王雯珊同学获 2004 年亚洲青年田径锦标赛 100 米和 4×100 米接力两枚金牌,屠强同学获全国第七届大学生运动会 1 500 米金牌并打破全国纪录。在去年全省第十六届运动会上,学校获团体总分第 8 名,并捧得"校长杯"。

对此,中国排球协会裁委会副主席陈玉鑫给予高度评价。他说,2008 年奥运会后,中国竞技体育体制面临重大改革与调整,江苏大学"体教结合"办高水平运动队的经验具有一定的借鉴和参考价值。

(张明平　姜木金)

镇江日报

2007 年 4 月 13 日

教育部科技查新站在江苏大学揭牌

本报讯　"教育部科技查新江苏大学工作站"昨天上午在镇江江苏大学图书馆揭牌。这是继南京、徐州两市之后教育部在我省设立的第三个科技查新工作站。

科技查新是科研课题立项、专利申请、新产品研发、成果鉴定、成果报奖等工作中的必要环节。新成立的江苏大学科技查新工作站,聘有科技查新咨询专家 46 名,皆为学科带头人,拥有中外文数据库 34 种,并开通了国际联机检索系统 Dialog,具有较高的权威性。该查新站今后一方面为本校科研工作提供信息咨询服务,另一方面向社会开放,为镇江及周边地区科研院所、高校和企业提供服务。

(张明平　仲崇山)

扬子晚报

2007 年 4 月 16 日

市政府与江大和江科大签署共建协议

镇江大学科技园建设启动

本报讯 昨天上午,市政府与江苏大学、江苏科技大学签署协议,共同建设"江苏大学-江苏科技大学镇江大学科技园",正式启动镇江大学科技园建设工作。市领导许津荣、张庆生、李亚平,江苏大学领导朱正伦、袁寿其、程晓农,江苏科技大学领导姜建中、王建华、葛世伦出席签字仪式。

根据协议,大学科技园按照"校地共建、一园多校"的模式建设,使之成为整合高校与地方资源,促进科技研发和成果转化的研发平台、孵化平台和产业化基地。三方共同成立大学科技园建设推进委员会,负责对共建大学科技园的决策与协调;共同出资 3 000 万元组建大学科技园股份公司,以企业化、市场化、专业化方式经营、管理和发展科技园。市政府负责大学科技园的建设和规划,新区管委会提供镇江国家高新技术创业服务中心一期的孵化楼、专家楼等场地和经济开发区丁卯片区内的近 300 亩土地,作为大学科技园建设用地。同时,出台加快大学科技园建设的扶持政策,对大学科技园内的在孵企业、研发机构在资金、人才引进、房租补助、土地供给等方面实行优惠,并在科技计划申报与立项、高新技术企业和高新技术产品认定、科技成果转化、风险基金投入等方面予以优先扶持。江大、江科大将制定具体的支持和鼓励政策,鼓励科技人员参与大学科技园建设,积极为科技园培养各种层次的专门人才,及时向大学科技园提供科技信息,并积极支持校内项目在科技园内孵化和产业化;同时,向科技园开放教育资源和科研资源,开放创新服务平台,实现创新资源共享,并利用学科科研优势吸引国内外的研发机构、项目和人才入园。

市长许津荣在签字仪式上讲话,她首先代表市委、市政府对镇江大学科技园建设正式启动表示热烈祝贺。她说,市政府与江大、江科大共建大学科技园是我市科技与经济生活的一件大事,标志着我市的自主创新载体建设提升到一个新的平台,与驻镇高校之间的产学研合作进入到一个新的层次,创新型城市建设也以此为起点迈出新的步伐。希望大学科技园建设推进委员会创新工作理念,提升管理水平,坚持高点定位,加快建设进度,落实优惠政策,形成推进合力,早日把大学科技园建成技术创新基地、高新技术企业孵化基地、创新创业人才聚集的基地、高新技术产业辐射的基地,成为镇江未来发展的又一个新亮点。

签字仪式由市委副书记张庆生主持。江大校长袁寿其、江科大校长王建华及镇江新区党工委书记赵腊根先后讲话。

(周建容 李小亮 姜木金)

镇江日报

2007 年 5 月 1 日

江苏大学出版社挂牌

2007年6月8日,江苏省首家企业性质的图书出版单位——江苏大学出版社正式挂牌成立。

新成立的江苏大学出版社是江苏第7家高校出版社,也是江苏第18家出版社。该社的成立,是江苏出版界的一件喜事,为我省图书出版业的发展增添了新的力量,填补了无锡、常州、镇江、南通地区没有出版社的空白,优化了江苏出版社的结构布局,对于进一步推动江苏出版事业的繁荣和发展具有十分重要的意义。其社址设在江大梦溪校区,业务范围主要包括:出版发行涵盖学校各学科专业所需的教材、教辅图书,与学校主要专业相关的学术著作,与学校专业方向一致的科普读物和一般读物,特别是面向广大农村的科普读物;出版发行江苏大学主办的科技期刊;兼营其他非本社的出版物及文化用品的销售。

按照国家关于文化体制改革的有关规定,新成立的江苏大学出版社将按照企业体制进行管理和运作,由江苏省教育厅主管,江苏大学主办。江苏大学校长袁寿其表示,出版社将按照"传播先进文化,弘扬学术民主,繁荣科教事业,促进社会进步"的办社目标,努力创特色、出精品,为高校教学科研服务,为地方经济与文化建设服务。

(张明平)

科学时报
2007年6月14日

江苏大学菁英班打造精品学生

日前,历时8个月的江苏大学"21世纪人才学院"首期"菁英班"结业,33名学员成为首批"毕业生"。这是该校实施"英才专育"策略的一项具体措施,即以思想政治教育强化班的形式,通过学习,强化学生骨干的思想政治素质、创新能力、实践能力和组织协调能力。

成立于1996年的江苏大学"21世纪人才学院",被誉为江大"第二课堂"之中聚集青年才竣、培养青年人才的重要基地和广大学子向往的"精品摇篮",10年来培养了近900名学员,其中90%以上的同学光荣入党,70%进入研究生阶段学习,很多人毕业后在工作岗位上业绩突出。去年,江大团委、学工处、关工委等部门酝酿举办了"21 世纪人才学院""菁英班",选拔本科高年级和研究生中的学生骨干,以思想政治素质为核心内容进行重点培训。在人数上"少而精",每年一期,每期 30 人左右。

"菁英班"在培养模式上紧扣三大环节——导师制、开放式授课、理论学习与社会实践相结合。在教学内容上以人生观、世界观、价值观教育为主,以形势政策学习、领导与管理水平学习、素质和形象塑造为辅,还包括演讲与口才训练、社交礼仪讲座等实用性的内容,并组织了一系列的参观、体验、访谈等社会实践活动。"菁英班"为每一位学员配备了导师,一批政治修养好、阅历丰富、学识丰厚的老教授对学员们的学习、生活以及就业等开展"一对一"的指导。

8 个月的学习让每一位学员收获颇丰。已考取研究生的王镇同学对那次关于人生观、世界观、价值观的热烈讨论至今还记忆犹新,因为讨论使他"悟出了许多道理"。已有 5 年党龄、正在等待省委组织部调干结果的研究生夏文宽则认为,"菁英班"的学习经历将是他"终身受用的宝贵财富"。

(高　鸣　张明平　李红艳)

中国青年报

2007 年 6 月 21 日

江苏大学学生受资助须做"义工"

本报讯　暑期快要到了,曾两次获得助学金的江苏大学学生小周获得一份假期在学校值班的工作,然而与往常不同的是,这次他可能"光干活不拿钱"了。该校新近出台的"受助大学生义务工作管理办法"规定,所有受资助的在校大学生依据资助金额不同,必须参加时间不等的义务工作,同时对义务工作考核的结果将作为学生下一年申请各类奖助学金的必备条件。这种做法在全国高校还是首次。

据江苏大学学生工作处有关负责人介绍,近年来学校对困难学生的资助体系不断完善,每年的资助总额达 2 000 万元,但现实中却有少数受助学生认为"穷是天生的,得到资助是应该的",缺乏应有的感恩意识和奉献精神。此次出台"受助大学生义务工作管理办法",就是要培养大学生回报社会、奉献爱心的意识,"让关爱成为一种习惯,让感恩成为一种态度"。

依照此办法,江苏大学所有年满 18 周岁、受到各级各类资助和准备申请各级各类奖助学金的在校本科大学生都必须参加义务工作。其工作内容包括:在校内从事助管、助研和助教等工作,为全校师生提供学习、工作和生活上的便利;参与学校大型活动的服务工作;参与校内外其他力所能及的义务工作。学生本人申请后,学校对其进行培训并颁发"义工证",学生凭证工作,学校将记录学生每次参加工作的情况。

(张明平)

中国教育报
2007 年 6 月 23 日

省教育厅公布高校科技工作为江苏服务情况

江苏大学居全省高校前列

本报讯 日前,省教育厅首次公布了全省高校科技工作为江苏服务的情况。结果显示,2006 年江苏大学在科技成果、承接项目、"四技"经费、科技基地建设以及专利等方面均取得了显著成绩,学校服务江苏地方经济和社会发展的综合能力与水平位居全省 42 所本科院校前列。

近年来,江苏大学大力实施"科技强校"工作,以服务求支持,以贡献促发展,科技工作十分活跃。此次统计结果表明,过去一年,在全省 42 所本科院校中,江苏大学各项科技指标均名列前茅。其中,科技成果达 286 项,居第一位;申请专利 127 项,授权专利 33 项,均居第二位;获科技成果奖 25 项,居第二位;承接各类科技任务达 460 项,排名第三位;拥有科技基地共 21 个,排名第四位;全年科研经费达 5 797.5 万元,排名第五位;技术开发、技术转让、技术服务、技术咨询"四技"经费逾 3 000 万元,排名第九位。

据悉,此次统计是为贯彻 2006 年召开的全省高校科技创新大会的要求,为增强高校科技工作服务江苏地方经济和社会发展意识与能力而开展的,从今年起每年均进行统计和公布。

(明平 董洁 木金)

镇江日报
2007 年 6 月 24 日

价格调节基金

——高校学生食堂价格涨落的蓄水池

江苏大学现有 12 个学生食堂、一个教工食堂,分布在 4 个校区,为全校近 4 万名师生员工提供饮食服务。一年多来,针对全国大部分地区粮油价格上涨、农副产品价格普遍上涨的情况,后勤集团紧急动用价格调节基金,不但稳定了米饭、面食等主食价格,而且做到了计量出售的纯肉菜价格不调价。

2007 年 3 月以来,肉、蛋价格普遍上涨,后勤集团饮食中心及时按规定启用价格调节基金,下拨到食堂的猪肉价格保持在学期初的市场价格,使计量出售的纯肉菜价格不调价,维持在 2006 年的价格。

价格调节基金是怎么来的呢?近年来,江苏大学后勤集团对各食堂实行独立核算,建立以绩效为依据的考核分配办法,构建了一个适度竞争而又有序管理的校内饮食市场。集团根据各食堂的经营收入和毛利率来确定食堂职工的收入水平。各食堂为了提高本食堂营业收入,想方设法增加花色品种,提高饭菜质量,改善服务态度,吸引学生就餐。为保持物价的稳定,按照计划成本确定食堂主要伙食品种的价格,同时加强对毛利率的控制,对超过规定幅度的毛利率直接转为价格调节基金,不纳入职工收入考核范围。三年来,校内食堂的毛利率控制标准为 20%,今年降为 18%,真正做到降低成本、让利学生。

饮食中心的部分年度营业利润是价格调节基金来源的主渠道。此外还有食品物资市场价格显著下降时市场价格与计划成本的差额、超过规定幅度毛利率的毛利、供货商的违约补偿金等。

2004 年,学校对超过规定幅度的毛利率提取价格调节基金 10 万元,再加上学校的大米补助 30 万元,累计达 40 万元;2005 年提取 60 万元;2006 年提取 54 万元。价格调节基金对饭菜价格的稳定起到了"蓄水池"作用。

价格调节基金怎么使用呢?当饮食主要的原料如大米、油、蛋、肉类等市场价格上涨,超过食堂可承受能力时,便及时启用价格调节基金对食堂饭菜的销售价格进行调节和补充,以保证食堂供应价格的相对稳定。2006 年下半年,应对粮油等主副食品价格上涨,学校启用价格调节基金 8 万元,今年上半年已动用价格调节基金 60 余万元。

除此以外,江苏大学后勤部门始终坚持"三服务、两育人"的宗旨,积极稳妥地推进后勤社会化改革。在饮食服务中,坚持"服务性"、"公益性"和"质价相符、保本微利"的办伙原则。学校后勤不断深化改革,在引入企业化运行机制的基础上,努力提高伙食质量。学校在这些方面也做了很大投入。

学校对学生食堂基本建设、厨房设备、餐厅桌椅等固定资产高额投入。近 5 年来,学校先后投资 3 200 万元,新建了两个标准化学生食堂;投资 500 万元对 5 个基础设施陈旧的食堂进行了改造;投资 300 万元购置了先进的炊事设备、消毒、冷藏设备,实现了学生食堂炊事用具不锈钢化、就餐环境餐厅化。学校对学生食堂的水电费实行减半收取的优惠政策,近 5 年共减免水电费 280 万元。学校还对燃煤实行补贴。2004 年,煤炭价格不断上涨,学校将对学生食堂燃煤支出的补贴由原来的 36 万元/年增加至 136 万元/年,近 5 年燃煤补助达 480 万元。学校对正式员工部分增资支出也实行补助政策。三年来,受江苏省地方岗位补贴政策性调资等影响,食堂正式员工人工成本增幅较大,如计入食堂成本必将增加学生负担。在这种情况下,学校从去年开始,每年给予后勤集团饮食服务中心一线员工 46 万元的人工成本专项补助。

在经营方面,学校建立了集中采供机制,从源头上控制采购成本,从 2003 年开始,江苏大学实行饮食大宗物资的集中采供,成立由学校分管校领导为组长,校监察、纪委、后勤处、学工处、工会、团委等为成员的饮食大宗物资招投标小组,通过公开招投标方式,选择合格供方,对违反协议的供应商实行淘汰。在运作过程中,不断完善定价机制,成立以后勤集团总经理为组长的饮食物资定价小组,对供货价格进行监控和调整。为加大对食品原料质量的监控力度,今年将过去的食堂自行验收改为饮食中心统一验收,进一步完善了饮食物资采供质量监控机制。

(张济建)

中国教育报
2007 年 7 月 27 日

江大博士服务团"智助"苏北新农村

本报讯 "20 万亩浅水藕,靠人工挖掘太费时费力,我们设法给你们研制一种挖掘机。""朝天椒市场有限,销售价格也上不去,可以考虑深加工,做颜料、化妆品……"日前,由博士生导师董英教授带队,江苏大学"博士生建设新江苏"科技服务团来到苏北涟水县,开展以"落实科学发展观,服务苏北新农村"为主题的科技服务实践活动,给当地农业发展"指点迷津"。

涟水县是江苏大学的对口扶贫县,多年来双方开展了多方面的交流与合作活动。今年暑期,针对涟水县经济基础薄弱而农业发展潜力大的实际,江苏大学党委专门选拔精兵强将组成以农产品学科为主的博士团,赴涟水开展科技服务。

在涟水期间,博士团成员冒雨深入蒋庵朱楼村蔬菜大棚种植基地、东昇食品有限公司、今世缘酒业有限公司、杨口镇草鸡养殖基地进行了实地调研,对当地的农业产业结构、农业信息化、农业科技推广应用及农产品深加工等方面进行了深入的调查研究,并与有关人员就浅水藕种植项目、朝天椒深加工等问题进行了研讨。同时,还针对部分农产品功能性成分开发、提高农产品附加值、发展高效农业等提出了合理化建议。

(姜宇明平)

科技日报

2007 年 8 月 7 日

"岗位预习"感受"百味人生"

江苏大学工商学院学生走访千家店面调研市场

本报讯 "统筹协调,坚持不懈,团队合作,谦虚亲和……这些态度、精神对于做任何事情来说都很重要……"谈起刚刚结束的"岗位预习"实践活动,江苏大学工商学院工商管理专业 05 级的蒋润东深有感触。

前不久,他们专业的 59 名同学一起组成了 22 个小组,给江苏一家知名啤酒生产厂家当了 10 天的"市场调研员",冒着酷暑,走访了镇江、溧阳两地的 1 347 家店面,经历了一次前所未有的人生体验。

作为工商管理专业的学生,他们将来大都会从事市场营销、管理等工作,市场调研更是一项"基本功"。活动中,59 名大学生先按照地图上的标志,以马路为界划定了各自的"势力范围",每 2～3 人为一组,在各自领地上进行"拉网式"的"走访"调查,包括大酒店、小饮食店、商场、超市、便利店等所有店面。每天早上 7 点多从学校乘车赶往市区,晚上 6 点左右"收工"。对于这些青涩的大二学生来说,更难的是"访"之不易。"当你带着目的与陌生人交流的时候,才发现这不是一件简单的事情,对方会疑问:你是谁? 找我什么事? 我能相信你吗?"几乎每一组同学都碰过钉子、吃过闭门羹,都受过白眼。班主任王国栋老师说,一开始不少同学沮丧过,甚至流过泪,但没有一个人当逃兵,都坚持下来了。

10 天的时间,大学生们不仅感受到了作为一名市场营销员的不易,同时也对生活、对人生有了更深的感悟。走访时这些平日里来往不多、我行我素的大学生们,因为有着共同的目标,表现出了前所未有的团结,问话、记录、填表,分工合作,配合默契。10 天的朝夕相处,大家结下了深厚的情谊,尤其对"团队"有了深刻的认识。

"对于这些习惯了书斋生活、从未深入接触过社会的青年学生来说,这次实践活动与其说是一次岗位认知的教育实习,不如说是他们了解社会、端正自我的一个'人生课堂'。"江苏大学工商管理学院党委副书记朱立新说,10 天中 22 个小组最多的走访了 100 多家单位,最少也有四五十家,活动结束后孩子们一个外在的变化是黑了、瘦了,但更深层的变化是更成熟、更懂事了,进取心更强了,这对他们将来真正走上工作岗位都将大有益处。

(张明平)

中国教育报

2007 年 8 月 23 日

"我们也懂法了,感谢你们!"

暑假结束之际,参加"普法行"社会实践的大学生们给江苏省镇江市象山镇东城村村民们留下了难忘的印象。告别时,一名村民紧紧握着大学生的手说:"今后,我们一定会做遵纪守法的好公民。"

7 月底,江苏大学法学院大学生"普法行"暑期社会实践活动出征仪式在象山镇政府举行。江苏大学法学院党委书记刘同君和象山镇镇长王永平鼓励队员们要不畏酷暑、不怕困难、勇于实践、服务群众。

在开展"法律与乡风文明"主题活动中,"普法行"小分队在东城村村长带领下,走访村民家庭。烈日下,队员们来到一户人家,只见屋内草席上躺着一位年近七旬的老大娘。老人向队员们哭诉:"都说养儿能防老,我的儿啊,娘好久没见你了!"村长告诉队员:"这位大娘的儿子在外打工,儿媳对老人不理不睬,平时都靠好心的邻居们送点吃的接济。"

在村长的带领下,"普法行"小分队随后来到相隔不到百米的大娘儿子家。队员们开门见山地将利害关系说明,并告知大娘的儿媳:"赡养老人是子女的义务,你若不履行该义务,不仅会受到舆论、良心的谴责,还会受到法律的制裁。"

最终,大娘的儿媳被说服了,她将大娘接回自己家,还做了大娘爱吃的鸡蛋面。傍晚时分,大娘在儿媳的搀扶下,将队员送出院子,连声称谢。

在"法律与村民财产权益维护"的法律咨询会现场,村民陈大叔向队员求助:"我家的房子要被拆了,一家老小怎么办啊?我要告政府⋯⋯"

大学生刘文彬连忙安抚大叔的情绪:"陈大叔,我国最新颁布的《物权法》有规定,政府出于修路的公共利益,将您的房屋拆迁是合法的。不过,您可以获得房屋拆迁补偿,如果对补偿不满意的话,可以通过诉讼解决。"

陈大叔拿着《物权法》宣传单,兴奋地说:"我也懂法了,谢谢你们!"

在"法律与村民自治"法律辅导过程中,"普法行"队员们结合案例,采用展板宣传、问卷调查等方式,向当地群众宣讲《村民自治条例》。在大学生们的感召下,东城村村长现学现用,也加入到义务宣讲的队伍中。

看到这一切,参加"普法行"的大学生们脸上露出了笑容。

(张 蓉 何春中)

中国青年报
2007 年 9 月 8 日

江苏大学携手美国加州大学开展生物质能源研究

将残渣剩饭碎草杂物等变成清洁能源

本报讯 日前,由江苏大学和美国加州大学携手设立的中美生物质能源联合研究中心在江苏大学正式揭牌。享誉国际生物质能源研究领域的美国加利福尼亚大学戴维斯分校张瑞红教授,受聘为江大兼职教授,并担任联合研究中心的美方主任。据悉,该研究中心是加州大学与中国方面合作的首家专业从事生物质能源研究的固定机构。

能源问题已经成为限制未来社会发展的重要因素之一,切实、有效地将生物资源,尤其是农业、食品等有机废弃物转化为能源,是目前国际科学研究领域的热点。从事了近 20 年将有机废弃物转化为生物气研究的加州大学戴维斯分校生物与农业工程系张瑞红教授,新近研制发明了"厌氧分级干式发酵系统",利用细菌将厨余、农作残余物和其他有机物转变成氢气和甲烷,可用来发电或作为运输工具的燃料,被认为是"美国最近 8 年来该领域最大的新技术示范系统",将为社区乃至全球所有废弃物的回收利用以及降低温室效应提供新的机会。美国多家媒体包括华文报纸对这一轰动性的成果进行了大篇幅的报道。

据江大食品与生物工程学院院长、联合研究中心中方主任马海乐教授介绍,此次双方携手,共同组建研究中心,将充分利用加州大学在生物质能源领域的研究优势,将这一国际领先技术引入我国,结合中国的地域和原料特色,实现这一技术的中国化,推动我国生物质能源研究跨越式进入国际化发展轨道。

作为一所综合性大学,江苏大学集聚了生物工程、热能、动力机械等学科,在生物质能源研究方面具有独特的学科群体优势,该校食品与生物工程学院是我国较早开展固体发酵技术与装备的高校之一。近期,在张瑞红教授的指导下,启动了醋糟、秸秆和动物粪便厌氧发酵转化生物气的研究工作,在生物柴油和燃料酒精的制备技术方面初见成效。

(张明平)

科学时报
2007 年 9 月 11 日

孤女李雪梅江大有了"家"

本报 9 月 11 日报道了江苏大学大一新生、来自吉林长春的孤女李雪梅，只身一人前来报到面临困境的事情，这在江大校园内外引起了强烈反响。两天来，在小学就失去了父母的孤女，被蜂拥而至的浓浓爱意包围着：江大免去其 4 600 元学费和 1 200 元住宿费；学校关工委老教授在江大给了她一个"新家"；学校有关部门及社会上好心人也给雪梅送上了关爱。

"雪梅，从今往后这就是你的家，我们就是你的爷爷、奶奶……"昨天上午，在江大关工委办公室里，满头银发的老教授金树德拉住李雪梅的手亲切地说。同是吉林人的金教授，看到报道的当天，就到李雪梅的宿舍去看望这位坚强的东北老乡，昨天一早又特地把她约到办公室来。"这个收音机、箱子、笔记本，是我和老伴给你准备的一点小礼物，希望你好好学习……"一下子被幸福包围的李雪梅有点儿不知所措，脸上挂着浅浅的笑。记者获悉，江大关工委开展了"给孤儿一个家"活动，金教授和雪梅结成对子后，不仅每个月提供 200 元的生活费，还会从生活、学习、心理等多方面关心她，让她享受家庭的温暖。"你的'新家'我们已安排好了，明天就带你回家包饺子……"听到这儿，雪梅已声音哽咽，一直强忍着的泪水还是流了出来："我又有家了！"

江大有关部门决定免去李雪梅的 4 600 元学费和 1 200 元住宿费，鼓励她逆境成才、乐观向上。学校食堂还给她安排了一个勤工助学的岗位。这样雪梅不仅每月有固定报酬，而且还可免费吃两顿工作餐。

李雪梅的境况还引起了社会上众多好心人关注。昨天上午，镇大肴肉公司的朱立才经理赶到江大，给雪梅送来了 2 000 元资助金。

昨天下午，镇江一科技公司的王晓庆先生一家三口，也辗转到江大，给雪梅送上 600 元。

（张明平　林　子）

扬子晚报
2007 年 9 月 13 日

江苏大学一专利获省金奖

本报讯 由江苏省知识产权局组织开展的第五届江苏省专利奖评选工作于日前结束，江苏大学"一种低比转数离心泵叶轮设计方法"榜上有名，成为最终获金奖的 10 项专利之一。

"一种低比转数离心泵叶轮设计方法"专利的发明人为江大陆伟刚、袁寿其、施卫东等人。该专利是低比转数离心泵核心设计技术的发明。其特征是，把叶轮的几何参数与泵的性能参数之间用创新的关系式联系起来，既实现了水泵的全扬程无过载运行，又改善了叶轮制造工艺，提高了水泵效率。

本发明先后转让给南京蓝深制泵集团股份有限公司、上海凯泉泵业（集团）有限公司、浙江利欧股份有限公司等 32 家企业，年产水泵 1 000 余万台，近三年累计新增销售额 50.4 亿元、利润 6.1 亿元，创收外汇 4 129 万美元，大量替代引进产品，并出口创汇，取得了巨大的经济效益和良好的社会效益。专家预测，采用本发明技术生产的潜水泵将越来越广泛应用于农业、水利、环保、市政等行业，并成为进军国际市场的重要产品。

（张明平　李　军　姜木金）

镇江日报
2007 年 9 月 17 日

史和平等市领导祝贺著名教育家高良润 90 华诞

本报讯 昨天是中秋佳节，又恰逢我国著名农业工程学家、教育家、农业机械学科奠基人之一江苏大学教授高良润先生 90 华诞。昨天上午，市委、市政府领导史和平、李国忠、张甫雄、王萍等在碧榆园，向这位在我国高等院校农业工程学科创建与发展以及我国和亚太地区高级农机科技与管理人才的培养等方面作出重要贡献的老人，表示由衷的祝贺和崇高的敬意。

高良润先生 1939 年毕业于国立中央大学，1945 年公费进入美国明尼苏达大学研究生院留学深造，获得科学硕士学位。1948 年 6 月，高良润先生胸怀"科学救国"的远大抱负，毅然回到祖国，在国立中央大学机械系任副教授。新中国成立后，高良润先生历任南京大学、南京工学院副教授,镇江农业机械学院教授,江苏工学院排灌研究所所长、江苏工学院副院长、学位委员会主席,同时还兼任中国农业机械学会第三届常务理事、中国排灌机械学会和全国植保机械学会副理事长、全国农业机械专业教学指导委员会主任委员,江苏省科学技术普及协会常务委员长,并当选为民盟第五、第六届中央委员,第六、第七届全国政协委员。

史和平首先代表市委、市政府和全市人民,向高良润先生90华诞表示热烈祝贺。他深情地说,高先生在高等教育战线辛勤耕耘半个多世纪,桃李芬芳,硕果累累,为国家培养了大批优秀人才,他们现在绝大部分都成为行业或学科的佼佼者和所在单位的中坚骨干。同时先生爱国报国的优秀品质、求真务实的治学态度、淡泊名利的人格风范,也成为年轻一代教师和学生们永远的精神财富。

史和平说,一个国家和地区的发展,归根结底是需要一大批高素质的人才,而人才的培养必须依靠教育。镇江市委、市政府将继续坚定不移地实施"科教兴市"战略,对教育事业的发展给予大力支持,培养出更多更好的优秀人才,推动镇江更好更快发展。史和平最后再次祝愿高良润先生生活幸福、健康长寿!

步入耄耋之年的高良润先生仍然耳聪目明,思维敏捷,精神矍铄。他非常感谢市委、市政府领导在繁忙的工作中抽出时间专门为他庆祝生日。高良润先生说,长期以来,镇江市委、市政府十分重视教育事业的发展,从镇江农机学院、江苏工学院到重新组建后的江苏大学,学校的每一步发展,都凝聚着镇江市委、市政府的关心和支持。近几年来,镇江经济社会事业发展取得了巨大的成就,自己感到十分高兴和喜悦,也衷心祝愿镇江在新的发展征程中取得更大的成绩。

江苏大学党委书记朱正伦、校长袁寿其等也参加了庆祝活动。

(徐肖东)

镇江日报

2007 年 9 月 26 日

江大新增国家重点学科和博士后流动站各一个

本报讯　记者近日从江苏大学获悉,在日前结束的新一轮评审中,江苏大学新增一个国家重点学科、一个博士后科研流动站。

此外,继去年该校一篇论文首次跻身全国百篇优秀博士论文行列之后,今年该校又有一篇论文入选全国百篇优秀博士论文。这标志着该校学科建设和研究生教育水平实现了新的跨越。

在教育部正式公布的新一轮国家重点学科评审结果中,江苏大学新增农业电气化与自动化国家重点学科。同时,在国家人事部和全国博士后科研流动站管委会联合开展的新一轮评审中,江苏大学又新增材料科学与工程博士后流动站一个。至此,该校已拥有 6 个博士后科研流动站。此外,该校统计学、应用数学、生物医学工程、会计学等 4 个硕士点顺利通过国务院学位办的评估,其中应用数学被评为全省 12 个优秀硕士点之一。

(张明平　姜木金)

镇江日报

2007 年 10 月 2 日

老教工捐出 50 万元"报恩款"

孑然一身,在租来的房子里过着俭朴生活,江苏大学一位 76 岁的老教工,多年来一直默默助困助学。日前,他又将一笔 50 万元的"报恩款"捐给学校,设立"爱生奖助学金",资助贫困学生完成学业。老教工说其最大心愿就是希望受助学生学会感恩回报社会。昨天,经多次恳求,老教工接受了记者的独家采访。

一枚戒指引发"报恩款"

这 50 万元的"报恩款"是老人远在加拿大的表哥赠与的。老教工说,其母亲兄妹 4 人,表哥是大舅家的儿子,从小与他们一家感情甚深,被父母视如己出。1948 年,表哥从东吴大学毕业,但时值战乱不得不赋闲在家。看着表哥空有抱负而无处施展,老教工的母亲心急如焚。一天,母亲拿出一只珍藏多年的陪嫁戒指,资助其表哥出去闯世界。表哥后辗转去了香港,从建筑工人做起,后在船王包玉刚的公司谋事,逐步立住了脚跟,随后有了自己的事业。

当年意气风发的表哥如今也是耄耋之年。尽管在后来的交往中,一家人谁也没有提及过当年那段往事,但表哥对姑母危难时刻挺身相助的恩情一直铭记在心。今年 4 月份,已移民加拿大的表哥打电话询问老教工的身份证号,不知个中底细的他如实相告。两个月后的一天,一张 7 万美元的汇款单不期而至。老教工这才恍然大悟——原来表哥要报恩!

爱心老人一直关注贫困生

9 月,江大有了首个以本校教工个人名义捐助设立的奖助学金——"爱生奖助学金",总额为 50 万元,分 5 年使用,每年 10 万元,专门用于资助学校品学兼优的贫困在校大学生。

出资人就是这位老教工。

"这是一笔报恩钱！我应该把它用到该用的地方。"老教工对记者说，他一直对贫困生比较关注，但苦于能力有限。接到这笔巨额"报恩款"后，他很快就拿定主意。奖助学金之所以命名为"爱生"，江大学生工作处助困中心的陈主任透露："老教工各取了其母亲和表哥名字中的一个字，另外就是要彰显其关爱学生的情怀。"

记者了解到，老教工最见不得别人受苦、受穷。早年在江大基建处，哪个民工家中有急难事，他就从微薄的工资里挤钱接济。退休后，他无意中听食堂师傅说，一些贫困生没钱吃饭，仅靠捡别人吃剩的饭菜填肚子，此后，便对贫困生多留了一分意。寒暑假期间他特别注意学校值班室，"别人都回家团聚了，值班的孩子肯定是贫困家庭的！"他总要掏个一两百元给值班的学生。三年前他结识徐州大学生小李，6月拿到汇款后，得知将毕业的小李还欠5 000元学费，他马上帮其还清……

多年助困自己安贫乐道

76岁的老教工是上海人，曾就读于上海第二医学院，1951年响应号召投身新中国建设，先后在华东工业部、河南农机局等单位工作。1981年，他从国家农业机械部调至镇江农机学院（现江苏大学）基建处。

虽然一直独身，老教工却性格开朗，还是江大校园里出名的超级京剧迷，尤其对梅派唱腔情有独钟。"京剧事业"上的投入一直不小，再加上不定时地资助他人，老教工几乎没有积蓄。他至今所住的50多平方米的房子还是学校的公房，每月须缴近百元租金。房子没有装潢，里面的陈设也很简单。

老教工说多年助困助学，也给了他莫大的安慰和精神上的巨大享受，让他的晚年变得多姿多彩。平时，受助大学生会陪他聊天，教他上网，帮他下载京剧。每到元旦，他们都来老人家里，每人一个节目，"家庭联欢会"让老教工能回味一年！

采访结束时，老教工再三恳请记者千万不要提及他的名字："我资助学生，自己也是受益者，不是想扬名，也从不希望他们回报我个人。我最大的心愿就是：受资助的学生，能够心怀感恩之心，发奋学习，努力工作，回报社会。"

（张明平 陈立勇 林　子）

扬子晚报
2007年10月10日

"李岚清篆刻艺术展"在江苏大学隆重举行

　　10月31日上午,"李岚清篆刻艺术展"开展仪式在江苏大学隆重举行。省委书记、省长梁保华,省委副书记张连珍,文化部副部长赵维绥,省委常委、省委宣传部部长孙志军,省委常委、省委秘书长李云峰,省教育厅厅长王斌泰,省文化厅厅长章剑华,镇江市委书记史和平、市长许津荣,省委副秘书长姚晓东,省政府副秘书长徐国柱等省市及驻镇高校领导,镇江市有关部门、文化艺术团体的领导,部分中小学、职业学校的领导,文化艺术界人士,以及省、市新闻单位的记者等出席了开展仪式。

　　在开展仪式上,省委常委、宣传部长孙志军在致辞中对"李岚清篆刻艺术展"第三次在江苏省展出表示祝贺,认为这对于江苏文化兴省战略将会起到重要的推动作用。文化部副部长赵维绥在致辞中回顾了"李岚清篆刻艺术展"在俄罗斯展出时的盛况,他指出,艺术是无国界的,中国篆刻艺术首次走向欧洲,就取得了巨大的成功,是因为李岚清同志在篆刻作品中表达了对俄罗斯文化的理解与感情,引起了俄罗斯观众的共鸣、实现了艺术的交融。镇江市委书记史和平在致辞中感谢李岚清同志对家乡镇江的厚爱与关心,此次篆刻艺术展回家乡展出,体现了李岚清同志对家乡的深情厚谊,必将会极大地鼓舞镇江人民全面建设小康社会、实现"十一五"奋斗目标的热情。高等教育出版社副社长苏雨恒在致辞中感谢李岚清同志对高等教育事业的长期关心,并介绍了李岚清同志从领导岗位退下来之后著书立说,取得累累硕果的情况。西泠印社出版社社长江吟宣读了贺信,感谢李岚清同志别具一格的篆刻艺术为中国篆刻艺术作出的突出贡献。专家代表、镇江市文联党组书记、副主席赵康琪在发言中表示,李岚清篆刻艺术师法传统又不拘泥于传统,不断创新,不断突破,值得学习。江苏大学学生代表、梦溪印社成员张超作为一个刚刚学习篆刻的大学生在发言中向李岚清汇报了自己学习篆刻,并临摹李岚清七方印作的相关情况。李岚清同志听后深表赞许。

　　李岚清同志在讲话中感谢省、市领导及江苏大学为此次篆刻艺术展所作的努力,感谢大家的鼓励,感谢家乡对自己的哺育。他深情回忆了自己少年、青年时代在镇江求学和成长的历程,一一历数自己读书时代的各个学校。他介绍自己对篆刻的兴趣也是在家乡求学时所产生的。此外,他还详细介绍了自己学习篆刻的过程及部分篆刻作品的创作背景,一段段创作背后的故事娓娓道来,深深地吸引着在场的嘉宾和师生。他还表达了自己举行"篆刻艺术展"的一个心愿,那就是向年轻人传播中国传统文化,使篆刻这种历史悠久的古老艺术能让年轻人喜欢,让年轻人乐于接受,使年轻人真正热爱中国的传统文化。他还介绍说,为了达成这一心愿,他还创作了一组反映中国文字演变的印作在江苏大学进行首次展出。

　　李岚清同志分别向镇江市人民政府和江苏大学赠送"古典与现代交融的花园城市"印

章和"博学、求是、明德"江苏大学校训印章。他还分别向江苏大学、江苏省镇江中学、江苏省镇江第一中学、镇江机电高等职业技术学校、镇江市中山路小学、镇江市五条街小学、镇江博物馆等7个单位惠赠《原来篆刻这么有趣》一书。李岚清同志还向江苏大学、江苏科技大学、镇江高等专科学校、江苏农林职业技术学院的学生代表现场签名赠书。

（陆　峰）

新华日报
2007年11月1日

江大再捧"优胜杯"

媒眼

十年回眸

299

本报讯　记者昨日从江苏大学团委了解到,由共青团中央、中国科协、教育部、全国学联和天津市政府共同举办的第十届"挑战杯"全国大学生课外学术科技作品竞赛终审决赛,日前在南开大学落下帷幕,江苏大学6件参赛作品全部获奖,其中特等奖两项,二等奖两项,三等奖一项,入围奖一项,在312所参赛高校中总分名列第六,以优异成绩喜捧"优胜杯",创下该校参加"挑战杯"大赛以来的最佳成绩。

每两年举办一次的"挑战杯"全国大学生课外学术科技竞赛活动,旨在培养青年学生的科学精神和创新意识,被誉为中国大学生学术科技活动的"奥林匹克"。本届"挑战杯"全国大学生课外学术科技作品竞赛是历届中规模最大的一届,共有来自中国内地288所高校、港澳台18所高校和国外6所高校大学生的近千件作品参加终审决赛,角逐自然科学论文、科技发明制作、哲学社会科学类社会调研报告和学术论文各类奖项。

据了解,江大此次荣获特等奖的两件作品分别为王权同学的"通用型分体式耐高温微型压力传感器研制及产业化"及王强同学的"家蚕重大病毒BmNPV orf35基因的缺失和拯救",是省内高校中唯一获得两项特等奖的高校,且内地高校中也仅有北京大学、复旦大学和江苏大学有两件作品获特等奖。据悉,此前,江大曾于1999年以全国高校总分第七的成绩荣获"优胜杯",此次是该校第二次捧杯。

（明　平　玲　萍　木　金）

镇江日报
2007年11月23日

残疾女生身高一米四　读三年书没花父母钱

家境贫寒的她拼命打工挣饭钱，两套校服轮流穿

每天晨曦中，在江苏大学校园女生部西山住宿区，人们总能看到一名残疾女孩，她不停地挥动手中的扫把……这名女生，就是江苏大学机械工程学院光信息专业的大三女生李文儒。因4岁时的一场重病，使她的个头永远停留在1.4米。三年大学生活，贫寒的家庭未能给她一分钱学费和生活费，但这个残疾却坚强的女孩，却顺利地继续着学业。

寒门女接连遭遇不幸

22年前，李文儒出生在河北保定市安国县郑章镇东柴村一个贫苦家庭，她还有一个哥哥。4岁时，一场突如其来的脊椎骨结核病袭向这个可怜的小女孩。为了救她，贫寒的家庭几乎陷入绝境，几经辗转救治，她终于重新站立起来，但却落下了今天驼背畸胸的残疾，长不高的个头。

小李告诉记者，受身高限制，她买来成人的衣服后都要剪掉一些。当然，从2005年进大学，到现在她也就买过一次衣服，那是2006年夏天，她用50元钱买了一件反季节的羽绒服，一直穿到现在。

没有钱买衣服，她只能盯着校服穿，由于常穿常洗，学校发的两身校服全都破了，同学们戏称她的校服是"全国高校穿着率最高的校服"。在小李成长过程中，灾难接连袭击这个贫困家庭，哥哥18岁时不幸溺亡，父亲患上严重风湿性关节炎，卧床至今，生活不能自理。

三年大学未花家中一分钱

让人惊叹的是，这个生活中充满不幸的女孩，却顽强得让人难以想象。在过去的三年中，在家庭没有给予一分钱的前提下，她却顺利并优秀地继续着学业！

拿到江苏大学录取通知书时，面对一贫如洗的家庭，她清醒地意识到：到了江大最基本的就是要有饭吃，"只要有饭吃其他就能解决"。所以她高考后就拼命地找家教。三份家教、整个暑假的劳累，换来了600元到江大后的"饭钱"。

进入江大后，李文儒又发现了一个赚钱的"小窍门儿"：只要学习好了，就有机会获得各类奖助学金，加在一起可以解决学费。我们来看看这个坚强的女孩是怎样完成这三年学业的：河北省残联资助了2 400元，助学贷款5 000元，国家助学金1 500元，社会助学金1 000元，然后再加上各类奖助学金，三年就这么神奇地下来了！光有学费还不行，吃饭怎么办？小李想到了勤工助学——每天清扫校园。

每天凌晨起床扫校园

早上两个包子一元钱;中、晚每顿三毛钱米饭,1.5元的蔬菜。一天就是这么多的开销。从进入江大开始,李文儒就开始家教和校内勤工助学并举。现在小李还在做着一份家教,由于校内贫困生较多,加上身体有残疾,一些岗位她不适合。这样小李就选择了一般贫困生都不愿做的岗位——清扫校园。

宿舍每天6点多才开灯,而清扫完近千平方米的保洁范围,至少需要50分钟。所以,每天凌晨5点刚过,李文儒就蹑手蹑脚地起身,一个人轻手轻脚摸到保洁区开始清扫。由于畸胸,清扫时间长了她后背就会感到疼痛,10分钟左右她就要停下来喘一喘气。"节奏不能太慢,"小李说,"慢了就会来不及!"就这样,李文儒在每天的清扫和一身汗水中迎来朝阳,同时获得5元钱的报酬。"5元钱,我一天的饭钱就解决了!"这个坚强的女孩开心地说。

清扫完毕,李文儒就开始到教室早读,这让她的成绩一直名列前茅。此外,每天晚上,她还抽出时间给系内大一新生点名,这样每月也有100多元的收入。到校三年来,李文儒仅在今年暑假因为极不放心父母而回了一趟家,带回家的唯一东西就是两瓶镇江香醋。其余假期都在学校值班,为下一学年赚取生活费。小李说自己最大的心愿就是"父母平安,不再为自己增加额外的负担",说着说着,坚强的女孩流下了眼泪。

(张明平 李 培 林 子)

2007年11月25日

江大喜获"金桥奖"

本报讯 日前,第三届中国技术市场协会"金桥奖"评选结果揭晓,继上一届获"先进集体奖"之后,江苏大学又全面开花,共获先进集体1项、先进个人1项、优秀项目4项,获奖种类和数量位居全省前列。

中国技术市场协会"金桥奖"由国家科学技术奖励工作办公室批准设立,每两年评审一次,分为集体奖、个人奖和项目奖,旨在奖励促进科技成果的转化、推动技术市场的繁荣和发展,从事技术开发、技术转让、技术咨询、技术服务等技术交易活动,及在技术市场立法、执法、政策制定和管理工作中卓有成效、取得显著成绩的集体和个人,奖励在实施科技成果转化和产业化过程中,经济效益和社会效益突出的项目。

此次评审,江苏大学科技与产业处被评为"金桥奖"先进集体,副校长程晓农被评为"金桥奖"先进个人，"高性能稻麦油联合收割机关键技术开发与产业化"等 4 个项目获得"金桥奖"优秀项目奖。这是江苏大学在该奖项评比以来获得奖项最多的一次。

（明 平 宜 斌 木 金）

镇江日报

2007 年 12 月 16 日

*2008*年

江苏大学成为省"节水型高校"

五年来人均日用水量降低30%

　　对学生宿舍排水系统进行改造,将上一楼层学生洗漱用水等收集起来作下一楼层冲厕之用;在公共浴室安装智能刷卡控水系统……近年来,江苏大学大力建设节水型校园,取得明显成效。从2002年到2006年,全校人均日用水量由275升下降为179升;单位建筑面积年用水量也由3.26吨下降为1.94吨。2007年1至9月,生均日用水量再次下降为177升,已跻身省"节水型高校"行列。

　　近年来,随着学校办学规模不断扩大,全校用水量逐年递增,水费也逐年攀升,在各项教育事业经费支出中所占比重越来越大。为此,该校从2002年开始采取多项节水措施,大力建设节约型校园。学校多次专题研究节能、节水问题,并先后制定了《水电管理暂行办法》、《水电指标核定及核算暂行办法》、《节水节电实施细则》等规章制度。对食堂、超市、游泳池等经营性用水单位实行装表计量,按实收费;对办公楼、学生公寓等装表计量,量化考核。同时,在全校师生中开展节水宣传活动,增强师生水忧患意识和节水意识。

　　从2003年起,学校就制订了详细的水电使用情况年度报表,对照统计结果,进行细致分析,发现数据异常,及时查找原因,予以解决。学生公寓一区七幢报表数据显示用水量激增,学校立即请技术人员勘测,找出漏水点后及时堵漏。该校能动学院水电用量较大,后勤部门帮助查找原因,制订节水节电方案,整改效果显著。

　　此外,该校还积极采用先进节水技术手段。学校购置一台测漏仪,对地下管网进行全面检测,并对老供水管网和用水设备逐步改造更新,减少跑、冒、滴、漏。近三年查堵地下管网暗漏60多处,减少水费支出约150万元。针对老式卫生洁具用水不合理、浪费比较严重的情况,从2002年起引进红外感应节水器,用延时自闭阀控制用水量。此外,针对不同部门、单位的用水特点进行用水设施改造,在较低楼层安装减压阀限压供水,在水龙头上加装限流垫限流供水,切实减少用水浪费现象。对游泳池、流体实验室均采取循环用水方式,节水率大幅提高。对于逐年增大的校园绿化管护,则一改过去直接用自来水浇灌的方式,采用雨水或河水浇灌,大大减少了自来水用量。

　　学校后勤处长给记者算了一笔账:采取先进的节水技术,不仅节约了大量水资源,而且节省了大量运营成本。2006年学校投资46万元,改造了学生宿舍部分高位水箱,将学生洗漱用水过滤处理后用来冲厕所,仅此一项,每年至少减少水费开支20万元。投资150万元对建于20世纪五六十年代的老校区供水管网进行彻底改造,改二次供水为直接供水,每年

媒眼

十年回眸

303

为学校节约能源经费及二次管理成本近 50 万元。

（张明平　姜木金）

镇江日报

2008 年 1 月 3 日

江大潜水泵研究成果获国家科技进步二等奖

　　本报讯　昨天上午,在国家科学技术奖励大会上,江苏大学校长袁寿其教授等完成的"潜水泵理论与关键技术研究及推广应用"项目,摘得了国家科学技术进步二等奖。这是江苏大学合并组建以来获得的首个国家科技进步奖,同时也填补了我市自 2001 年以来国家科技奖的空白。

　　此次获奖的项目第一完成单位是江苏大学,合作单位包括江苏亚太泵阀有限公司、南京蓝深制泵集团股份有限公司、上海凯泉泵业(集团)有限公司等。

　　潜水泵是机电一体化排灌机械产品,广泛应用于农业、水利、环保、市政等行业。据介绍,自 20 世纪 80 年代中期以来,江大流体机械及工程技术中心三代科研人紧密合作,在潜水泵理论、水力设计、关键技术、标准、产品开发、推广应用等方面进行了长期、系统、深入研究,取得了一系列创新性成果,为我国潜水泵行业发展奠定了基础。

　　该项研究提出了潜水离心泵加大流量设计法,使效率提高 2% ~8% ;创建了潜水泵无过载理论与设计方法,解决了低比速潜水泵在大流量区运行易过载的技术难题;建立了潜水排污泵设计方法,解决了通过性能与高效率之间的矛盾,使效率提高 5% ~10% ;提出了深井离心泵极大扬程设计法和导叶进口边扭曲的反导叶导流壳三维曲面设计法,单级扬程平均提高 15% ~30% ,而泵体重量减少了 1/3 以上;研制成功了潜水泵自动监控与保护系统、自动耦合安装装置、多种密封结构及其防砂装置等,提高了潜水泵的可靠性和适应性。此外,还制定、修订了国家及行业标准 11 项,规范了行业发展。项目共获国家专利 13 项,出版著作两部,发表第一作者论文 86 篇,其中 EI 收录 23 篇。

　　据了解,应用该研究成果开发的小型潜水电泵、潜水排污泵、潜水轴/混流泵、井用潜水泵四大类 400 余种潜水泵系列产品,综合技术指标居国际先进水平,已先后转让及技术辐射了近 1 000 家企业,年产量达 1 000 余万台,约占全国潜水泵总产量的 60% 以上,不仅大量替代进口,而且还出口创汇。据 50 家企业统计,近三年累计新增产值 54.51 亿元、利润 6.88 亿元、税收 3.25 亿元,创收外汇 4 亿美元,取得了巨大的经济效益和良好的社会效益。在该项成果的引领下,全国潜水泵行业从 20 世纪 80 年代中期仅 10 余家企业生产,年产不足 10

万台,发展到目前有近 1 000 家生产企业,年产量达 1 000 余万台的规模,开创了一个持续高速增长和繁荣的潜水泵行业。

(张明平 姜木金)

镇江日报
2008 年 1 月 9 日

江苏大学创业教育促学生就业

免费提供办公用房和 5 000 元启动金

本报讯 新年刚过,在江苏大学西山学生社区内,由"学生老板"们开设的 6 家公司正式揭牌亮相。学校除免费提供办公用房、办公设施以及每家 5 000 元的启动资金外,还给他们配备了"创业导师"。江苏大学大力推进创业教育工作,提出要使 100% 毕业生接受创业教育,10% 在校生获得创业精英培训,5% 的毕业生在就业过程中实现自主创业,以此带动学生就业工作。

据介绍,为加强学生的创业教育,江苏大学成立了创业教育指导委员会,统筹规划学校的创业教育工作。学校加强创业教育的课程建设,面向校内外招聘具有经营管理知识、企业财务知识和教学经验的教师和企业成功人士,利用课堂对学生进行创业意识、市场营销、企业管理等创业基本理论和创业实务知识的培训,夯实学生创业的基础知识。

学校还开展了创业计划竞赛、大学生科技立项等活动,加强创业氛围的营造,激发学生的创业兴趣,并邀请校内外专家教授、社会成功创业人士组成专家服务团,为有意创业的学生出计献策,进行分类指导,提高学生的创业能力。

(张明平)

中国教育报
2008 年 1 月 12 日

媒眼

十年回眸

305

江大与美合作设中美汽车研究院

由江苏大学与美国韦恩州立大学共同设立的中美汽车研究院,近日在江大正式落户。

研究院将利用中美双方比较优势,开展科研教育交流合作,进行科研合作、培训合作、学分互认合作及合作办学等,服务中美两国汽车工业人才培养和科学研究。韦恩州立大学位于世界汽车名城底特律,拥有世界上最领先的汽车研究中心。江苏大学作为国内最早创办汽车专业的高校之一,车辆工程、动力机械等学科久负盛名。目前,新成立的江苏大学中美汽车研究院正着手开展韦恩州立大学硕士培养项目。

(张明平　陈晓春)

新华日报

2008 年 4 月 1 日

江苏大学招生专业削减与增加并重

两个专业隔年招生,一个专业停止招生,还有部分专业减招 50%……记者昨日从江苏大学了解到,近年来,该校实行各专业招生质量和就业质量通报制度,尤其是依据就业率"量出为入"制订招生计划,对于生源和就业均不佳的"双低"专业予以限招、减招甚至停招,留出名额招收就业市场看好、需求量大的专业。

作为一所以工科为特色的综合性大学,江苏大学学科涵盖理学、工学、医学等 9 大学科门类,目前共设有 76 个本科专业。根据社会对人才需求的多样化、多变性,江苏大学一方面依据自身的办学条件,量力而行,前瞻性地增设一些新专业,如近年来增设的对外汉语、软件工程、复合材料与工程、工程管理等;另一方面,实行对全校各专业招生质量和就业质量的统计通报制度,对"双低"专业限期整改直至停止招生。据该校招生办负责人介绍,今年该校计划招生 4 700 人,同往年持平,但在具体各专业分布上却出现了不小的变化。如教育学和教育技术学这两个专业,这两年需求量已逐步下降,所以从去年开始学校对这两个专业就采取了隔年招生的办法。类似的专业还有师范类的历史学和思想政治教育两个专业。对于生源和就业情况都不好的专业,如美术学类的雕塑、包装工程等专业,前几年就果断地实行了停招,今年又停招了工程力学专业。此外,对于一些"入口"不丰、"出口"不畅的专业,其招生数适当进行了削减,比例从 10% 到 50% 不等。今年这些专业削减的计划有 200

多人。这位负责人解释说,这样做,一方面是对考生负责,另一方面也充分彰显学校的办学优势,使工科特色更加明显。

这些结余下来的招生名额,一方面用于新增设的网络工程、食品质量与安全、物流管理这三个新专业;另一方面,放给那些在就业市场中前景看好、需求量大的专业,如热能与动力工程(流体机械及其自动控制)、热能与动力工程(动力机械工程及自动化)等。今年,这些专业计划增加了30%。

(张明平)

科学时报

2008 年 4 月 15 日

江苏大学培养拔尖人才舍得花大钱

2 100 万元资助 27 人和 34 个创新团队

日前,江苏大学"拔尖人才和科技创新团队培养工程"正式启动,27 人、34 个科技团队负责人与学校签订了协议并获得了证书,未来四五年内他们将获得学校总额达 2 600 万元的资助。这是江苏大学迄今为止支持力度最大的一项"人才计划",也是该校为加强高层次人才队伍建设而采取的又一力举。

据江苏大学校长袁寿其介绍,实施这项人才培养工程的目的就是通过重点培养,在 3 至 5 年或更长一段时期内,促进学校的科技创新取得一批重大的突破性成果,形成一批具有国内高水准的学术团队,产生一批特色鲜明的国家级重点学科,造就若干名教育部长江学者、国家杰出青年基金获得者和两院院士及候选人。

工程首批培养对象包括 9 名"中青年拔尖人才培养对象"、18 名"优秀青年学术骨干培养对象"、11 个校级科技创新团队、5 个校级科技创新培育团队和 18 个院级科技创新团队。今后,对于拔尖人才培养对象,江苏大学将通过为他们选聘相应领域的两院院士作为学术导师、安排他们到国外著名高校或科研机构做访问学者、鼓励他们参加国际学术会议和学术交流活动等措施,使他们开拓学术视野,丰富学术背景,提高学术地位。

与此同时,学校还设立了"拔尖人才培育基金",培养期内为他们提供 10 万元至 50 万元不等的专项资助。对于科技创新团队,在其建设期内,学校将给予 60 万至 100 万元的经费资助。

(张明平)

中国教育报

2008 年 4 月 24 日

"找工作，是我们最迫切的事"

——写在江苏大学孤儿大学生毕业之时

三年前，江苏大学在全国高校创造性地开展了"给我一个家"孤儿结对帮扶活动，该校离退休老教师家庭与在校孤儿大学生结成对子，从经济、心理、学业等方面进行全方位帮扶。如今，参加这一活动的 15 名孤儿中，有的即将顺利完成学业离开给予他们温情和幸福的"家"。快要毕业了，这些孤儿大学生还好吗？近日，记者探访了其中几位。

"我终于找到工作了"

工商管理专业的马孝顺是一位来自湘西农村的孤儿。初二时，年仅 15 岁的他不得已中断学业去一家餐馆打工。读高中时，幸亏爷爷忍痛卖掉了耕牛，他才得以继续学业。暑假里，他去广州叔叔那儿打工，在建筑工地抬砖头、扛水泥，从早上 5 点干到晚上 7 点，每天 40元工钱。

"来江大真的是一个不错的选择。"回首过去，小马说，靠着好心人的资助和学校的各种奖助学金，几年来的学费算是有了着落。为了养活自己，他在学校担任公寓巡视员、督察员，到校外饭店做服务员，做家教，发传单，最多时干了三四份兼职……2005 年 11 月，在学校学生工作处和关工委联合开展的结对资助孤儿活动中，他有幸结识了丁玲奶奶和赵文华奶奶，不仅每月有 200 元的生活补助，而且还让他享受到了久违的家庭温暖。

"对于我们来说，找工作的迫切性比别人要强烈！"小马说，去年 11 月在学校举行的首场供需洽谈会上，他就制作了 10 份简历"全力出击"。"像我这样的，不可能指望家里人给我帮助，只能笨鸟先飞。"去无锡一家台资企业复试失利后，小马意外地收到了位于丹阳的江苏圆通公司的面试通知，一周后便被正式录用，岗位是他喜欢的人力资源管理。今年 3 月初，小马去单位实习了一个月，拿到了 600 元补助。为了省钱，他花 250 元在镇上租了间房子，每日自己买菜做饭，虽然苦，但自得其乐。

"我想当一名教师"

来自滨海的赵赛雷，在上幼儿园和初中时，母亲和父亲相继离世。他告诉记者，大一那年，他有 6 门课不及格，一度有过退学的念头。在"给我一个家活动"中，孙正和夫妇"对症下药"，想方设法慢慢把他拉了回来。学校、学院的老师们也给了他许多帮助。一方面靠着助学金、国家助学贷款等缴清了学费，另一方面学院安排他在办公楼值班，也可以得到一笔勤工助学的报酬。"这几年路走得越来越顺。"小赵说，最好的"证明"就是自己体重原来只有 90 多斤，现在增加到 130 多斤。

作为化学教育专业毕业生,小赵的梦想是当一名教师。去年底,他报名参加了滨海县教育局组织的教师招聘考试,笔试成绩在300多人中名列前茅。今年3月又参加了复试。但由于参加复试的多数是具有多年教学经历的代课老师,再加上考的是实践性较强的教育心理学,而他准备不当,没能入围。眼下,他打算先找一家化工企业干着,或者回家乡当代课教师,到年底再参加县里的教师招聘考试,"毕竟,我想当一名教师"。

考研,给自己一分动力

对于毕业班学生来说,考研是不少人的至上选择:一来可以实现继续深造的愿望,二来也可以增加就业的砝码。然而,对于绝大多数孤儿来说,考研是一个奢侈而又遥不可及的梦。

李国文老师至今还记得,刚认识京江学院刘燕时,她成绩差,精神状态也不好。刘燕在刚参与结对活动时,本以为只是来"走过场"的。然而,无论是李老师一家,还是后来因李老师一家去外地两度"接管"她的张银秀夫妇都耐心地鼓励她,逐步打消了她的顾虑。"他们都不放弃我,我有什么理由放弃呢?"刘燕说。

在他们的鼓励下,刘燕逐步"收了心",每次上课都坐第一排,逼迫自己认真听讲,学习成绩突飞猛进,获得了学院颁发的学习进步奖。由于英语基础差,她几次参加四级考试都没能通过,但她毫不泄气,去年下半年终于过关。与此同时,她又报名参加了研究生入学考试。"准备考研,并不是真的指望能去读研,只是想以此给自己一个目标,一分动力。"

已找到工作的小马也说,自己也不是没有动过考研的念头,"但毕竟是不现实的"。因为,对于他们来说,能读完4年大学已非常不容易了,"尽快找份工作,自己养活自己是当务之急"。同样,一心渴望当一名老师的赵赛雷也表示,工作一两年后,如果有机会还是想去考研,"毕竟那样有利于个人的长远发展"。

(张明平　姜木金)

镇江日报
2008 年 5 月 11 日

江苏大学交纳"特殊团费"15 万余元

四川汶川发生特大地震灾害后,根据团江苏省委《关于做好部分团员交纳"特殊团费"支援抗震救灾工作的通知》要求,江苏大学团委号召团员青年通过交纳"特殊团费"的方式向灾区捐款,支援灾区抗震救灾工作。广大团员青年心系灾区,积极响应,纷纷交纳"特殊团费"。

截至 6 月 15 日下午 5 时,江苏大学团委收到"特殊团费"共计 150 818.83 元,并已通过银行将所有"团费"汇至团江苏省委团费账户,由团省委组织部统一交至江苏省委、省政府,由江苏省委、省政府转送到地震灾区。

(李丹丹)

中国青年报

2008 年 6 月 18 日

"你们,是一生无法忘记的亲人"

受助江大毕业生感谢镇江爱心市民

本报讯 前天上午,江苏大学举办了隆重的 2008 届学生毕业典礼。这是同学们大学生活中的最后一课,在这人生道路上极具纪念意义的时刻,一群曾受到过镇江市民无私帮助的毕业生们,没有忘记他们的恩人,在准备踏上新的人生旅程前,他们郑重地委托记者给镇江的爱心市民们带回了一封充满感激之情的信。

2007 年、2008 年的春节前,本报联合江苏电信镇江分公司、江苏大学、江苏科技大学发起了"爱没有距离,家就在身边——资助贫困学子回家过年"活动,得到了广大市民的热烈响应。两次活动共募集善款近 14 万元,资助了近 500 人次贫困学子顺利回家过年。

(时 英)

京江晚报

2008 年 6 月 20 日

附:受助江大毕业生致爱心市民的感谢信

尊敬的所有关心我们的镇江人民:

我们来自贫困家庭,考上江苏大学本是自己和家人的骄傲,但由此而来的高额学杂费和生活费曾让我们的求学道路蒙上了一层阴影。当我们来到江苏大学后,镇江这座充满爱心的城市,让我们原本的一切不安和担心都打消了。

4 年来,国家各类奖、助学金和助学贷款解决了我们的学杂费,学校的勤工助学岗位、社会的各种爱心活动帮助我们解决了生活困难。我们珍惜这来之不易的学习机会和环境,我们中的不少人获得了奖学金,获得了"三好学生"、"优秀学生干部"、"优秀毕业生"、"励志之星"的荣誉称号。

今年春节前夕,罕见的大雪切断了我们回家的路,经济上的窘迫更让我们不能踏上回家过年的路。焦急之时,《京江晚报》、江苏电信镇江分公司和学校联合开展了"爱没有距离,家就在身边"的活动,许多热心的镇江市民踊跃解囊,资助我们路费,帮助我们回家过年。我们中的部分同学还因此在4年中第一次与家人过了一个团圆年。是你们把爱带到我们身边,是你们把爱送到我们心里。我们真的不知道用什么语言来感谢你们给我们的亲人般的关怀。

今天我们毕业了,我们将离开教育我们、培养我们4年的母校,将离开充满爱心、哺育我们成长的第二故乡——镇江。在离别的时刻,我们心中的万般感激汇成一句话:谢谢!谢谢你们,亲爱的镇江人民!你们,是我们一生无法忘记的亲人;镇江,是我们一生牵挂的故乡。

临别之际,我们所有受过资助的贫困学生向你们承诺:我们一定会把母校和镇江人民的关爱带到祖国的四面八方,带到我们的工作单位,带到我们走过的任何地方。我们将以你们为榜样,勤奋学习,努力工作,诚信做人,立志成长,传递爱心,以实际行动回报社会,报效祖国!

曾受到资助的毕业生们

2008年6月17日

地震无情　我们有爱

——江苏大学附属医院爱心大传递纪实

5月29日,医院集中了最强的医护力量,腾出了最好的病房,收治了40名来自四川灾区的伤员。经过近20天的精心治疗与护理,目前已有6名伤员伤愈出院,其余伤员也都已经转入稳定的康复状态,而更让他们感慨万千的是江大附院给予他们的"家"的温暖和"亲人"的关爱。

5月28日中午12时15分,一趟被编为"救28"的运送灾区伤员的专列从成都火车站缓缓驶出后,便不断提速、昼夜兼程,于29日下午6时15分抵达镇江火车站。在这趟专列的第12、13节车厢内,乘载着47位由江大附院9名医护人员负责转运的灾区伤员。

"人生只要有过一次这样的经历,就会使人性得到一次升华,心灵得到一次洗礼"

江大附院担任领队的副院长张建新博士在回顾这次千里大转运时这样说道。在成都决定需要转运的病人时,张建新被一位老汉的"我伤得不重,没几天就能出院了,把国家的钱留给最需要的人吧"的纯朴的话语所感动；在列车上，一位老奶奶由于心灵受到重创而整日无语，失去控制排便的意念，任由小便排到床上，以至于一夜需要更换七八次尿不湿，令张建新震撼……

列车上的条件比起医院要差得多，但为了确保47名伤员转运途中的安全，在一种使命感的驱使下，张院长仍然要求医护人员像在医院一样，做到每天两查房、两巡视。28日上午9:30列车开始上病员，12:10列车启动时便开始查房，下午2:00第一次查房结束，47名伤员的病情基本判明并及时得到处置。为了及时掌握伤员的病情变化，在列车上的30个小时里，张院长就带领大家查房三次。

张建新患有腰椎疾病，由于在列车上不分昼夜地查看伤员、巡视"病房"，过度操劳，导致腰疾复发。疼痛难忍时，只得把腰部顶在列车的小餐台边。

"看到她，仿佛看到了我的女儿"

出生于2004年8月的小张庆，是一位可爱的大眼睛女孩。刚从成都火车站上车时，这个来自汶川县水磨镇的女孩就不住地哭，因为曾经的那场灾难不仅造成了她的腿部骨折，也让她经受了心灵的创伤。江大附院重症监护病房护士刘婷婷看到这位小女孩的第一眼就想到了自己的女儿，刘护士的女儿比张庆大几个月，是她的小姐姐。

刘婷婷和其他护士不停地逗孩子开心，拿出糖果哄孩子，可是效果不明显。她又拿出手机，将自己女儿的照片拿给张庆看，还用手机播放女儿在家中吃饭、唱歌、娱乐的场景。小女孩一下子被吸引住了，抱着手机不放。刘婷婷说，前一天，给她看了一遍又一遍，直到电池的电全部耗尽。第二天，看到这位"阿姨"来了，小庆庆又甜甜地喊着"阿姨"要手机，刘婷婷则一口一个"宝贝"地回应着，并拿出手机送到满脸灿烂笑容的张庆手中，还邀请她到镇江后去小姐姐家做客，小家伙高兴地点点头。

"在灾难面前，一切都变得那样纯洁"

在平时，医患关系总是一个耐人寻味的话题。而在这30个小时的千里大转运中，医患关系却变得那么融洽、那样美好。"一路上我们总是情不自禁地想着怎样减少他们的痛苦，怎样确保他们平安，怎样尽到一名医务工作者的责任。"刘婷婷坦诚地说道。

在列车上，9名医护人员视伤员如亲人，不顾旅途疲劳、条件艰苦，个个尽心尽责，团结协作。平时话语不多的江红卫医生整夜守候在一位伤员身边，为其引流300～400毫升；护士陆铮夜晚身体不适，多次呕吐，第二天照常工作；护士朱竺枝得知自己的孩子发热、打点滴，却一声不吭；5月13日奉命前往灾区一线参加救灾工作的两名救护车驾驶员，以及5月24日奉命前往灾区承担救灾人员保健任务的心内科医生孙涛，面对"矿泉水泡方便面"、"居无定所"以及难以想象的蚊虫叮咬等困难，不仅毫无怨言，而且做到，不管白天黑夜，只要是救灾需要，随喊随到。

历经30个小时，列车终于把灾区的伤员平安地转运到镇江，并驶向终点，但江大附院医护人员对灾区亲人的大爱却永无止境。

"这里就是您的家，我们都是您的亲人"

5月29日，当第一批从四川地震灾区转运来的伤员到达江苏大学附属医院的时候，已经接近19点了。"加油！加油！……"当伤员被抬下救护车时，不知是谁起了个头，自发迎在门口的数百名病人开始了整齐划一的呼喊。在这一声声的"加油"里，高呼的群众眼角湿了，抬送伤员的医护人员和武警战士眼眶都红了……忙碌了一整天的医护人员顾不得休息一下，就匆匆赶到"温馨病区"，立刻投入了新的工作。

"病人吃饭了没有？"刘东明院长喊道，"快！先安排病人吃饭。"这时候他自己还没有来得及吃晚饭。后勤组立即行动，根据四川伤员们的口味和民族习惯，送来了可口的饭菜，护士们就开始忙着一间一间地送饭。11床83岁的李大妈身体不能动，又没有陪护人员，护士黄圆就一直在她身边照料着她，一口一口地把饭菜喂给李大妈吃，每喂一口时都细心地问她："烫不烫？""咽下去没有？"

"老乡，你还好吗？"拉着伤员的手嘘暖问寒的护士叫李林凌，她亲切地对伤员说："我也是四川人，你就把这里当成自己的家，我们会尽最大的努力把你们治好的！"

袁盛茂，这位曾参加过唐山地震和溧阳地震救灾的老一辈白衣战士，虽然已经退休了，但这次又主动请缨。袁盛茂说："我们要以极度负责的态度投入到这次工作中，这不仅是一个医生应尽的职责，更是一项光荣、艰巨的政治任务！"

时间一转眼就过了晚上8点，医护人员都在忙着。医生们不停地巡房、检查，了解病人的病因、制订治疗方案；护士们也忙着给病人们登记、换药，帮他们梳洗……大家把自己的爱心全部奉献给了四川的灾民。

20点50分，从四川伤员住进江大附院算起，才短短两个小时，第一批手术的方案就制订好了，第一名需要手术的伤者被推进了手术室，但是医护人员依然没有休息，他们还忙着给病人编号、记录病情等等。党委书记沙志平一直没有离开现场，在焦急地等待着手术的结果。时间一分一秒地过去……快到22点了，第一位成功完成手术的病人被推了出来，大家稍微松了一口气。当新的一天来临时，医护人员依然在忙碌……今夜，对这里的人来说，是一个不眠之夜。

"不是亲人，胜似亲人……我真的很感激他们"

早在25日，医院便成立了以刘东明院长和沙志平书记为组长的领导小组，对病员的整个转运以及治疗康复过程进行统一部署和安排，并组织20名专家，成立了专家医疗小组。医院还将设施最好的特需病房开辟成专门收治四川伤员的"温馨病区"，由副院长张建新博士担任主任。"温馨病区"的每个房间不仅配有心电监护仪、彩超等先进仪器，还配有电视、冰箱、微波炉，开通了长途电话等。

"温馨病区"共有20多名内外科专家以及50名护士轮班，每天固定有8名医生和18名护士，江苏大学还组织了一组心理咨询师志愿者，每天对病人进行一对一的心理辅导，每个房间平时有3~4名护士，她们不仅负责病员的护理工作，还要送饭、喂饭。该病区张护士长说,这里的医生护士都是自愿加班。一位刚到医院就准备做手术的病人说:"江大附院的医生不是亲人,胜似亲人,来不及吃饭就为我们诊断做手术,我真的很感激他们。"

"那一刻,感觉就像妈妈在抱我"

"放心好了,现在一切都安全了!"30日上午,当查房的医生们给病员张雪林解开右腿的绷带时,刚才还有说有笑的小张一下子呆了。一同进行"心理查房"的江苏大学心理健康教育中心主任谢钢教授急忙走上去,搂着她的肩膀轻轻拍着,安慰她。

小张头靠在谢钢的臂膀上,泪水夺眶而出。"袁主任刚才说了,他一定会治好你的!"谢教授张开双臂把她搂在了怀里。

小张来自四川阿坝自治州小金县八角乡,藏族人。灾难发生时,28岁的小张在都江堰一幢三层楼的房间里,被坍塌的墙砸伤了脚,造成了双脚踝骨骨折。"从16日在成都第一人民医院右腿上被打了石膏、缠上绷带后,这么多天我都不知道这条腿怎样了,经常摸摸似乎又没什么感觉。所以,刚才一看到整条腿都青紫了,我以为是坏死了呢。"小张一边擦着眼泪,一边说。

"清洗一下,我们会尽快给你安排手术。"曾经参加过唐山大地震伤员救治工作的骨科专家袁盛茂告诉小张,"我们会想办法让你恢复的。"

"刚才,谢教授抱着我,真的很亲切,感觉就像自己的妈妈一样!"当记者问小张当时的感受时,她似乎还沉浸在刚才的氛围之中,"那一刻,很放松,很安全!"

"今天我们又一次流泪,是被镇江这个充满爱心的城市感动得流泪"

6月5日上午,副院长张建新博士意外地收到了一面写着"爱心难忘,感恩永久"的锦旗和一封由伤员家属联合签名的感谢信。

感谢信中说:"2008年5月12日我们的家乡四川地区发生了特大地震灾害,灾难瞬间夺走了我们身边的亲人及朋友,多少个日日夜夜我们在担心和泪水中度过。今天我们又一次流泪,是被镇江这个充满爱心的城市感动得流泪,是你们的爱心驱散了留在我们心里多日的阴影,是你们的及时医护和救治,使身边亲人的身体正日渐好转!每天这里都发生着让我们感动的事……感谢江大附院为我们提供了最好的治疗环境和休息环境,最好的医护人员……感谢无数充满爱心的志愿者牺牲自己宝贵的时间陪护着我们,为我们的亲人梳洗……这里的家人真好!"

感谢信最后说:"我们没有什么豪言壮语,但我们会教育我们的后人,知恩报恩,让他们一代又一代地传下去,记住这个为我们献出爱心的城市,她叫镇江。"

这封感谢信是30床伤员肖静的丈夫王勇起草的。王勇说,他在四川阿坝州烟草公司工作,妻子肖静在地震中多处骨折。听说要转到镇江这个遥远又陌生的城市来治疗时,大家很忐忑不安。但从上了伤员专列起,他的疑虑就打消了,并决定要做点什么才能心安。

依依惜别　情意浓浓

经过 20 天的精心治疗和护理,首批 6 名伤员于 6 月 17 日中午踏上返乡的旅途。

医院为每个出院伤员准备了行李箱和旅途中的食品、旅费,并赠送了反映 20 天来伤员救治情况的图片和画册。虽然相处时间仅 20 天,但伤员们已与日夜陪伴他们的"白衣天使"结下深厚的友谊,离别时更是依依不舍,声声"保重"与泪水交织在一起,深深地感染着在场的每一个人。

（张燎明　张海鸣）

新华日报

2008 年 6 月 20 日

江苏大学领导班子调整

范明同志任校党委书记

本报讯　江苏省委决定:范明同志任江苏大学党委书记,朱正伦同志因年龄原因不再担任江苏大学党委书记;曹友清同志任江苏大学纪委书记(兼);姚冠新同志任江苏大学党委副书记、副校长,田立新同志、陈龙同志任江苏大学副校长;因年龄原因,宋京章同志不再担任江苏大学副校长、柴顺根不再担任纪委书记。昨天下午,江苏大学举行会议,现任校领导、中层干部、高级职称教师代表、全国和省人大代表、政协委员、校各民主党派负责人、部分校级老领导出席,会上省委组织部副部长郭广银宣读了省委关于江苏大学领导班子成员人事任免决定的文件。

副省长何权在会上作了重要讲话。他充分肯定了江苏大学合并组建以来所取得的成就,对朱正伦同志、宋京章同志、柴顺根同志为江苏大学的建设和发展作出的重要贡献给予了高度评价,对学校今后的发展提出指导性意见,对调整后的领导班子提出了要求也寄予了厚望。他要求江大干部师生要统一思想,积极维护学校改革发展稳定大局,牢固树立科学发展观,提升学校内涵,注重特色建设,大力推进人才强校战略,进一步与时俱进,加快发展。

市委书记许津荣在会上表示,坚决拥护省委的决定,认真贯彻省委领导的讲话精神。她说:长期以来,江苏大学培养和造就了一大批人才,积极参加镇江市的经济建设,为镇江的"两率先"作出了重大贡献。这几年江大校园面貌、办学规模、办学水平、对外影响力等发生了巨大变化,学校发展的强劲势头让人欢欣鼓舞,希望江大进一步提升内涵和实力,为镇江的发展提供更有力的人才和技术支持。

江苏省教育厅厅长、省委教育工委书记沈健,市委常委、组织部长魏红军,副市长王萍以及其他省市部门的领导也参加了会议。

(张明平)

镇江日报

2008 年 6 月 29 日

独立学院毕业生考取港大硕士

"环境是一个方面,关键是要咬定一个目标,作坚持不懈的努力!"说起自己的"成功之道",现为香港大学机械工程系研究生的魏晓浩感触颇深。去年 6 月,毕业于江苏大学京江学院的他以高分考取了世界闻名的香港大学,获得了每年 15 万元的全额奖学金资助,创造了江大乃至全省独立学院的"奇迹"。近日,被师生们称为"牛学生"的魏晓浩回到母校,并领取了学院发给的 5 000 元奖金。

高大、帅气、阳光、谦和,这是记者见到魏晓浩的第一感觉。他的父亲魏启浩告诉记者,2003 年晓浩参加高考意外失手,"本一够不上,本二差一截",全家人几经权衡,最后选择了江大京江学院,专业是江大传统的"看家"专业——热能与动力工程(流体)。"京江学院真的很不错,管理严、学风正,教师敬业!"魏启浩至今仍为当初的"英明选择"而感到庆幸。大一时,京江学院对地处闹市的学生实行封闭式的"半军事化管理",学生几点起床、几点睡觉都有严格规定,每天晚上晚自习,平时出校门要"开条子"……他的父亲对这一做法非常认可,认为这样一年的"养成教育"对晓浩的整个大学生活产生了重要的影响。事实上,晓浩也十分"自觉",尽管是镇江人,家就与学校隔条马路,但是除了周末外,他从不回家去享受"家庭的温暖"。

晓浩坦言,当初高考失利自己也曾沮丧过,但很快就缓过来了,进入京江学院后也没因为自己是独立学院的学生而觉得"低人一等"。"别人看轻你不可怕,可怕的是自己看轻自己!"晓浩说,进入大学不久,自己就确立一个目标:本科毕业后一定要读一个世界一流名校的研究生!应有的自信,明确的目标,不懈的努力,使得魏晓浩大学 4 年一路"高歌":他连续获得校优秀奖学金,被评为"校三好学生"、"优秀毕业生",还加入了党组织……"头脑清醒"的晓浩知道,要想"出去读书"必须要有托福、雅思、GRE 之类的成绩,大三时他就报名参加了上海新东方的托福考试复习班。每周五晚乘火车去,周日晚上赶回来,到家已是夜里两点多,第二天又正常去上课。令晓浩至今仍很感动的是,大四时学院组织去浙江实习一个月,而那时正值托福考试的冲刺期。指导老师何秀华事后专门抽时间给他补课,辅导他完成了实习小结。

魏晓浩说,境外的高校录取内地学生程序非常严格,除了要托福之类的成绩外,还要查看本科4年的成绩单,一篇代表个人研究水平的论文,以及相关专家推荐信等。"当时,我们学院的院长、副院长亲自给我写的推荐信。"毕业前两个月,晓浩收到了香港大学的"有条件录取"通知书(相当于"预录取",因为还缺最后一学期成绩),毕业前夕正式通知书如期而至,但低调的他一直没有声张,直到暑假里才告诉了学院的老师。"最激动人心的是过程,真正有了结果后心里反而平静了。"晓浩说,拿到通知书那一天并没有欣喜若狂,只是一个人在家里的小花园里默默地流泪,4年的坚持终于有了结果,心里免不了有些感慨。

目前,魏晓浩在香港大学读的是"研究型"硕士,除了上一些基础课外,多数时间是做实验、查资料,发现问题与老师讨论。在港大,他的勤奋刻苦一如既往,每天早上7点钟起床,夜里通常要到两点钟才能休息,一年下来瘦了七八斤。采访结束时,魏晓浩说:"路没有好坏之分,重要的是要自信,选择一条适合自己的道路,坚定地往前走,切忌稀里糊涂随大流。"他希望自己的经历对同样处境的人有所启悟。

(张明平)

扬子晚报
2008 年 7 月 30 日

江苏大学超分子光学功能材料研究获重大进展

本报讯 日前出版的国际顶尖化学期刊《德国应用化学》发表了江苏大学教授张弛研究组的最新研究成果:"十二核椭圆形和十核圆环形镍系簇合物及其强飞秒非线性光学吸收性能"。研究组首次在世界上设计合成并表征了一系列结构新颖的十核圆环形,以及十核、十二核椭圆形皇冠状金属超分子簇合物,这是迄今为止有关过渡金属镍系簇合物中核数最多的皇冠状金属簇合物。期刊编委会还特别将其选为封面文章进行重点介绍。

过渡金属皇冠状超分子簇合物具有独特的结构美学特征及复杂多样的电子结构特征,在先进光电功能材料和器件的研制中具有极大的应用价值,其合成制备一直是该研究领域的一个难点课题。

这一系列皇冠状金属簇合物由于它们的轨道电子在金属环上的有效离域,导致了键长的均一化和高度对称的多边形结构,具有类似有机共轭环状分子的芳香性。其中代表性的十核、十二核冠状金属簇合物的极稀释溶液体系,在150fs激光辐照下扫描实验中显示具有很强的光学非线性,其飞秒激发态透过截面值与其他类型功能簇合物在纳秒激光辐照下的值相当。该研究团队还应用含时密度泛函理论计算方法(TD-DFT),从理论上初步阐明了皇冠状框架结构中各种结构组分,如过渡金属核数即冠状金属环的大小、冠状金属环的形状和不同有机硫醇、硫醚杂化配体桥联基团及具有刚性共轭基团配体等对分子体系非线性光学性能的贡献。

这一成果得到了评审专家的高度评价,《德国应用化学》的主编给论文作者发来了一封热情洋溢的贺信:"我们刊物只有不到 10% 的投稿能得到如此积极肯定的评价。"专家认为,这一重要研究成果的取得,不仅为有效突破光学开关器件研制方面的技术瓶颈问题创造条件,并将为下一代光纤通讯、光子计算机、光电信息存储与处理、光电功能的调制与转换、光子传感器等新型微结构智能材料的开发和分子器件的集成奠定坚实的科学基础。

这一研究得到了国家杰出青年科学基金、科技部国际合作重点项目江苏大学拔尖人才培养工程及日本学术振兴会科研基金等的资助与支持。

(张明平)

科学时报
2008 年 8 月 5 日

喷雾机为沙排场解渴能降 6~8 度

中国园林网8 月 11 日消息　8 月 9 日至 22 日,北京奥运会沙滩排球比赛在北京朝阳公园沙滩排球场举行。天气炎热,有什么高招能使高温天气不影响观众观看的热情?江苏大学研制开发的室外降温系统,给奥运沙排场看台上安装了 27 台喷雾机,喷出的水雾形成一个隔热层,能有效降温 6 到 8 度,局部地区降温达到 10 度。

江苏大学开发的降温系统,根据液雾蒸发吸热降温的原理,采用无污染、低能耗的环保型降温技术实现对夏季室外高温环境的调节。其核心部件是 27 台喷雾机,利用低压旋流超细雾化技术,以多喷头组合的方式产生大量微米级水雾。净水通过雾化装置以雾状分布在高温气体环境中,与空气的接触面积增加,蒸发吸热迅速。

江苏大学能源与动力工程学院副院长王军锋博士介绍,该系统是多种新技术创新集成和优化设计的结果,解决了细水雾、远距离、大面积覆盖的问题,达到了有效降温的效果,相比国外的高压雾化系统,具有能耗低、安全性高、易维护的特点。同时,它的设计和使用也体现了北京奥运的"绿色、科技、人文"的宗旨:每小时耗水量不到 1 立方米,可大大改善观众座席区的高温环境;采用净水蒸发降温,没有任何温室气体和污染物的排放;新型低噪声的送风装置,对运动员和观众也不会造成噪声干扰等。

另据了解,这一喷雾与流体传送相结合的技术,是由江苏大学科研工作者依托学科优势逐步开发成功的,并获得了多项国家专利。多年来,该技术曾先后应用于长江三峡工程室外降温系统、"非典"期间的喷洒消毒车、新疆地区的灭蝗工程车等。

(张明平)

中国教育报

2008 年 8 月 10 日

下企业"蹲点"一个月　　解决技术难题百余个

江苏大学 22 名研究生任镇长"科技助理"

"收获真是太大了!不仅让我们学会了吃苦,而且学会了思考、学会了钻研。"回首过去的一个月,江苏大学材料学专业 2006 级研究生赵光伟颇为留恋。这个暑假,他同其他 21 名同学一起,受到江苏省东台市溱东镇的聘用,担任镇长"科技助理",分赴 7 个企业挂职,为企业解决 100 多个技术难题。

位于苏北革命老区的溱东镇是全国知名的不锈钢名镇,拥有不锈钢生产企业 1 000 多家,然而作坊式生产、家庭化管理等乡镇企业的通病成为困扰它们进一步发展的瓶颈。去年,该镇与江苏大学初次携手,一下子就尝到了"甜头",10 名前来挂职实践的研究生,在一个月时间里为企业解决了 65 个难题,并申请了两项国家专利。今年,应溱东镇的要求,江苏大学选派了材料、机械、工商管理等 4 个学院的 22 名研究生组队前往挂职锻炼,让诸多企业开心不已。江苏大学还为深入到企业的 7 个小分队配备了指导教师,以开展相关专业、技术方面的指导,接受学生和企业方面的咨询。

作为与溱东不锈钢产业开展产学研合作的核心力量之一,江苏大学材料学院此次选派了 5 名研究生,涉及材料学、材料加工、钢铁冶金等专业,几乎覆盖了不锈钢生产的所有流程。在江苏利达不锈钢有限公司,他们为企业成功申请了"新型低成本易切削不锈钢 303B 的生产工艺"等两项发明专利,促进了企业产品由低级向高端转化,品种由单一的电子行业覆盖到了汽车、重工业等行业,扩大了企业的客户群。企业老总董增武乐开了花,连声称赞:"江苏大学的研究生真是好样的!"

"深入了才会发现问题,投入了才会有所收获。"江苏大学研究生部负责人表示,组织学生到企业,尤其是乡镇中小企业挂职锻炼,一方面,能够实实在在地为企业解决一些技术和管理方面的难题,为新农村建设贡献力量;另一方面,对于学生增强实践经验、改善知识结构、加强合作精神等极为有益,是研究生培养措施的积极尝试。

(张明平)

2008 年 8 月 27 日

十年回眸

320

江苏大学教授学生"面对面"

江苏大学日前在各个学院建立"学习中心",让教授深入到本科生中间,强化其对学生成长成才全方位的指导作用。

江苏大学副校长田立新教授介绍说,几年前学校推行了"百名教授上讲台"计划,规定所有教授、副教授必须给本科生上课。今年又实施了"核心课程教授主讲制度",学校的 16 门校级核心课程由教授挂牌授课,每个专业两门核心课程由教授主讲。此次在全校 23 个学院分别设立"大学生学习中心",其目的就是,"要让教授们不仅走上讲台,还要走到学生身边",进一步发挥其在学生成人成才中的核心作用,承担着对学生进行"思想引导、专业辅导、生活指导、心理疏导"的任务。

在京江学院"大学生学习中心",20 位学术造诣深、人格魅力大的知名教授被聘为中心的"导师"。他们轮流到这里值班,对学生进行个人研究引航、个人生涯设计、个人心理咨询和个人困难解惑。

(高 鸣 张明平)

人民日报
2008 年 9 月 11 日

"联合国全球契约论坛"在江大举行

本报讯 在联合国全球契约及发展中管理与创业教育联盟支持下,由江苏大学主办、江苏大学 MBA 教育中心承办的"2008 联合国全球契约论坛"9 月 14 日在江大举行。

此次论坛的主题是：建立可持续与和谐的社会——中国商界与学界的社会责任。来自境内外的企业高级管理人员、学术界专家学者等 200 余人出席论坛，并通过主题演讲、主题讨论等形式，广泛探讨如何实施"企业社会责任"。据悉，联合国全球契约是在前联合国秘书长安南的大力倡导下建立的一项世界性活动计划，其目的在于号召全球企业界领袖加入这一计划，通过集体行动，凝聚力量，致力于推广企业社会责任，从而让广大企业直接参与到应对全球化挑战的过程中，共同致力于在人权、劳工权利、环境保护和反对腐败等领域推行一套共同的准则。

（张明平　陈晓春）

新华日报

2008 年 9 月 16 日

苏北大地写青春

——访江苏大学首批大学生村干

去年 7 月，江苏省首批 1 011 名大学生村干开赴苏北四市基层农村。一年多过去了，当初踌躇满志的他们如今怎样？日前，记者随江苏大学调研组来到宿迁农村，走近了这批新时代的热血青年。

城乡间的又一次"转身"

对于那些刚刚跳出农门，在城市里生活了 4 年的大学生来讲，毕业后又选择到苏北经济薄弱村当一名村干，的确需要勇气。走访中，大学生村干们晒得黢黑的皮肤，动不动就"我们村怎样怎样"的语气，让人欣喜地看到，身份上的转变已在他们身上悄然实现。

泗洪县梅花镇郭嘴村村委会副主任华贵的老家在苏南。一年来，他勤勉踏实，为村民采集致富信息，普及科技知识，建立"梅花在线"网站，帮助留守妇女就业等，深得领导和村民们的认可。

夏素华，一位文静瘦弱、讲话时还会脸红的女孩，真的让人很难与村干联系在一起。她所在的泗洪县太平镇组织干事王莉介绍说，小夏特别能吃苦，特别肯钻研。一年来，她不仅担起了村里的工作，而且还兼着镇里相关部门的工作，团委、财政所、综治办、妇联等等，样样上手快、工作质量高。她还经常走村串户，同老百姓打成一片，并想方设法使名存实亡的蔬菜合作社发展到拥有会员 30 余户，被当地百姓亲切地称为"小大姐"。

做给村民看，带着村民干

要想成为一名优秀村干，为当地新农村建设作出贡献，还要身体力行带头创业，做给村民看，带着村民干，帮着村民富。走访中，记者发现，初出校门刚一年的大学生村干，已有不少人走上了创业之路。

许磊，这位来自扬州邗江的小伙子，现任沭阳县青伊湖镇马场村村委会副主任。今年6月，他筹集了5万元，租了30亩地，搞起了贡菊花卉种植。经过精心打理，目前这些贡菊长势良好，到11月份就可以采摘。"租地、购买花苗、施药、日常养护、人工工资等，一年总投入约5万元，最后可得8~10万元。净收益预计可达3~5万元呢！"谈到不久的将来，许磊脸上露出了喜色。他坦言，刚来时很茫然，现在感觉"干劲十足，大有奔头"。

青春在奉献中闪光

同大学生村干们的领导、同事交流中，记者听到最多的评价就是：大学生给农村带来了新的气息、新的活力。

泗洪县车门乡党委书记刘静告诉记者，去年7月他们乡来了4名大学生村干，他们有知识、有朝气，给车门乡带来了一股清新之风。

在"网上宿迁"大学生村干博客上，记者看到了江大国贸专业毕业生、宿豫区来龙镇陵园村主任助理单楷不久前写下的一篇博文："每天和百姓心贴心地交流，与广大干群打交道，分享他们的喜悦和痛苦，的确是一件很幸福、很满足的事情。跟农民走在一起，才能体会到他们的辛酸、他们的疾苦，才能更好地激发我们的勇气与决心。我们要发挥好大学生村干的作用，做到'扎根农村、服务群众，奉献青春、造福一方'。"

（张明平　姜木金）

镇江日报

2008 年 10 月 8 日

江苏大学服务"三农"显身手
学问做在田野上

"每天和农民贴心交流，分享他们的喜悦和痛苦，是件很幸福、很满足的事……"这是大学生"村官"单楷不久前在博客上写下的感受。去年，他从江苏大学一毕业，就和同校58名毕业生一起，参加了江苏省首批大学生"村官计划"，成了一名苏北经济薄弱村的村官。

江苏大学校长袁寿其教授告诉记者，作为一所以农机起家、以工科见长的综合性大学，该校在长期办学过程中形成了"工中有农，以工支农，工农结合"的办学特色。近年来，江苏大学坚持为农服务的原则，引导广大学生树立正确的成才观，立足农业发展，面向基层农村，造福广大农民。

到农村任职，奉献并收获着

"做给村民看，带着村民干，帮着村民富"是大学生"村官"们的"座右铭"。江苏省泗洪县车门乡岗朱村村委会副主任何天琨是江苏大学毕业的"村官"。在今年夏季宿迁开展的"秸秆禁烧"大行动中，他包干了1 000亩的"野湖地"，连续一个月日夜巡视，宣传秸秆焚烧的危害和综合利用秸秆的效益，受到当地村民和干部的好评。

据江苏大学党委书记范明教授介绍，自去年江苏省实施"村官计划"以来，江苏大学有96名毕业生入选，到基层农村任职，不少人已走上创业之路。

回首2008年暑假，江苏大学材料学专业2006级研究生赵光伟颇为留恋。他同其他21名同学一起，到位于苏北革命老区的东台市溱东镇担任镇长"科技助理"，分赴7个企业挂职，为企业解决了各类技术难题100多个，并成功地申请发明专利两项。对于深入到企业的7个小分队，江苏大学配备了指导教师，开展相关专业、技术方面的指导，接受学生和企业方面的咨询。

在江苏大学，像这样组织学生到乡镇挂职"蹲点"的有很多。江大研究生部负责人表示，组织学生到企业尤其是乡镇中小企业去挂职锻炼，不仅能实实在在地为企业解决一些技术和管理方面的难题，同时，对于学生增强实践经验、改善知识结构、加强合作精神也很有益处。

为农村服务，做农民的贴心人

自来水是怎样流到家里的？污水是怎样处理的？飞机是怎样升空的……暑假里，镇江市京口闸社区近40名外来务工人员的子女走进江苏大学开眼界。江大能源与动力工程学院举办的"大手牵小手——外来务工人员子女科技夏令营"，让这些来自农村的孩子们享受了一顿科技大餐。

他们还组织了外来务工人员子女"暑期课堂"，定期安排大学生"导读员"辅导孩子们读书、作业，组织孩子们参观高校校园，走进农业科技园，以拓宽民工子弟们的视野，丰富他们的暑期生活。环境学院的大学生们多次来到句容市华阳第二小学开展"共同托起明天的太阳"活动，给这里的农村留守儿童带去了下学期的书包、铅笔等学习用品，辅导他们给远在外地打工的父母写家书，并对孩子们进行团体心理辅导，让他们对学习与生活充满信心。

近年来，江苏大学大学生陆续开展了"牵手农村留守儿童"、"关注农村空巢老人"、"农村饮用水状况调查"等百余个与"三农"有关的主题实践活动。"不了解中国农村，就不可能真正了解中国。"江大团委负责人表示，这些实践活动有效促进了学生对农村的了解，增进了对农民的感情，增强了为农服务的责任感和使命感。

江苏大学还积极引导广大学生，立足实际，发挥智力优势，为农村发展贡献力量。今年刚研究生毕业的"发明大王"刘春生，在校期间申请了42项专利，创办了公司，依托自己发明的"家用生物质气化技术"项目，实现了农村废弃物的综合利用和家用清洁能源的持续供给。目前，该项目已推广到很多地方，掀起了一场农村"厨房革命"。

（高　鸣　张明平）

人民日报
2008 年 10 月 23 日

江苏省知识产权研究中心落户江苏大学

本报讯　日前，由江苏省知识产权局与江苏大学共建的江苏省知识产权研究中心在江苏大学宣告成立。

2004 年，江苏大学在省知识产权局支持下成立了江苏高校第一家知识产权研究所。经过几年建设，目前已形成一支多学科交叉的研究队伍，开展了大量的应用性研究，并构建起了研究成果的实践运用平台，在国内已具有一定影响。新成立的江苏省知识产权研究中心以江苏大学知识产权研究所为基础，整合江苏省内知识产权人才，以完成重大研究项目为龙头，聚合国内外人才，聘请国内外著名高校和国家机关等实务部门的知识产权学者担任本中心的专兼职研究人员，开展有关课题的合作研究，举办专题研讨及各种学术活动，形成一批协作单位，共同进行科研与开发。

据介绍，江苏省知识产权研究中心采取由省知识产权局与江苏大学共建模式运行，并建立研究与推广、人才培养与利用、对外开放等多种崭新的管理和运行机制。按照"创新、求实、高效"的方针，研究中心以我国知识产权事业发展之急需为中心开展应用研究，以国际动向为基础理论研究方向，应用研究和理论研究同步发展，建设成为政府决策的智囊、学术研究的基地、人才培养的阵地和宣传咨询的窗口，力争在 3 年之内使中心具备齐全的研究方向、雄厚的研究实力和高水平的创新成果，5 年内成为国内外有影响的知识产权研究中心。中心由 7 个部分构成，即专家顾问委员会、知识产权战略研究室、知识产权国际保护研究室、知识产权管理研究室、知识产权信息研究室、信息资料中心以及中心办公室。

（张明平）

科技日报
2008 年 11 月 4 日

2009年

开设择业门诊　实施就业援助　构建校内市场

江苏大学力促毕业生就业"突围"

本报讯　这几天,江苏大学 2005 级光科学技术专业的李文儒格外开心。这个女孩尽管品学兼优,但由于身有残疾,在求职路上一直备受冷落,参加了 10 多场招聘会、投出了近百份简历,一直都石沉大海,多亏了学校关工委老教授金树德"撮合",她被山东省鱼台县的星源矿山设备厂相中,这两天金教授将带着她去那里实地考察。

面对就业形式的"寒流",享受学校特别关爱的不仅是李文儒。江苏大学通过强化择业咨询、开展就业援助、完善校内人才市场等措施,力促学生就业,帮助他们"突出重围"。

"老师,这个单位怎么样啊?这个岗位适合我吗?"在江苏大学学工楼一楼的"择业咨询室"内,一名食品专业毕业生刚刚坐定,就迫不及待地向"坐诊"的学生工作处分管就业的副处长黄鼎友咨询。

黄鼎友介绍,从学生入校伊始,江苏大学就开展了大学生学业生涯规划工作,引导学生制订详尽的、个性化的"成长方案"。进入大三后,重点开展就业指导,由分管校领导、各学院分管领导及相关研究人员组成专家团,就就业形势、就业政策、求职面试技巧等,为学生开展"菜单式"的讲解并组织学生交流。去年 10 月,学校又开辟专门的"择业咨询室",每周三开设"就业门诊",由就业指导专家接受学生的个案咨询,帮助学生进行职业定位,消除其在求职过程中的迷茫、恐慌等心理,端正其就业心态。这一举措深受学生欢迎。

江苏大学不久前所做的一项调查表明,68% 的贫困生由于自身条件限制、社会关系无助,对能否顺利就业缺乏信心。面对就业"寒流",江大格外重视家庭经济困难等"弱势群体"的就业工作,构建了困难学生的"就业援助系统",将学校的贫困生信息库与毕业生就业信息库相比照,及时筛选出"双困生"进行重点关注。在此基础上,开辟困难学生就业的"绿色通道",邀请用人单位举办贫困生专场招聘会,推荐困难学生就业;搭建困难学生的网上就业平台,校内就业网优先为贫困毕业生发布个人信息,提供求职指导。同时,动员广大干部教师全员参与就业工程,安排专人与"弱势学生"结成"帮扶对子",为其求职提供全程的"导航"服务。学校关工委还专门成立了"关爱就业服务小组",利用老教师的社会关系,主动为困难学生奔走找"婆家"。

最近,汽车学院车辆工程专业的王连平同学与南京汽车集团名爵公司正式签约,将从事他所向往的技术工作。不久前,上汽集团南汽公司组织了麾下的 5 家单位到江苏大学来"团购"毕业生,他们提供了汽车、机械、能源与动力等数十个岗位,经过双选,最后有 10 多名江大学生被选中。

"据统计,60%以上的毕业生是通过校内人才市场实现就业的。"江大学工处处长李洪波介绍说,经过多年的努力,江苏大学构建了富有成效、极具特色的校内人才市场,包括大型综合性人才市场、地区专场、行业专场以及经常化的"周三人才市场"等,"这些多层次、立体式的校内市场为毕业生求职提供了一座'立交桥'"。

去年10月以来,中国重汽、常发集团、雪花啤酒等纷纷"开进"江大,举办了80多场专场招聘会。

(张明平)

中国教育报

2009 年 1 月 12 日

江苏大学科技抗旱显身手

本报讯 江苏大学新近研制的"隙控式全射流喷头"在近日的农业抗旱中显身手。在河南省栾川县栾川乡朝阳村,安装有该喷头的10台喷灌机喷射出的水流,均匀地洒在枯黄的麦苗上,显示出优越的节水性能。据介绍,它们是由江苏大学流体机械与工程技术研究中心专家驱车1 000多公里专门送来的,是我国独创的节能、节水产品。

据全国最大的喷灌机生产厂家江苏金坛旺达喷灌机有限公司总经理高网大介绍,近日,为了支持抗旱,该公司积极组织生产,春节后发往安徽、河北、河南等地用于抗旱的喷灌机达3 000多套,尤其是由江苏大学研发的射流式自吸喷灌机特别好卖,约占一半,深受旱区有关部门和广大农户的欢迎。

"旱情牵动着我们的心,高校有责任为旱情缓解作出努力。"江苏大学校长袁寿其介绍,射流式自吸喷灌机是国家"863"计划项目孵化出来的成果,具有结构新颖、体积小、重量轻、运行可靠、操作方便等特点,是一种高效节水灌溉装备。日前,作为项目负责人,他还带领学校流体机械与工程技术中心的5名专家,来到生产该抗旱机具的旺达公司,深入车间,同工程技术人员交流,及时解决企业生产中遇到的难题。同时,学校流体中心的多名科研技术人员已分赴河南安阳及安徽等旱情严重、喷灌机使用数量多的地区,一方面收集客户信息,及时解决机具使用中出现的问题,另一方面带去他们最新研制的喷头,帮助合理布置抗旱机具,指导当地农民科学灌溉。

作为我国重要的流体机械,尤其是各类水泵、喷头产品的试验研究、人才培养和技术开发中心之一,江苏大学流体机械与工程技术研究中心是全国喷灌机械、小型潜水电泵、轻工业专用泵、潜水排污泵等的行业归口单位,研发的产品在南水北调、三峡工程、引滦入津、东深供水、太湖流域综合治理等大、中型工程上广泛应用,其所在的流体机械及工程学科是国内唯一以研究水泵为主的国家重点学科。

（张明平 常 明）

科学时报

2009 年 2 月 23 日

30 家企业"抢订"江苏大学 61 名毕业生

校企共同参与科研和人才培养等环节

本报讯 3 月 13 日上午,专程到江苏大学招聘流体机械专业毕业生的两家公司有点"郁闷",他们带来 10 多个招聘指标竟然招不到人,因为该专业毕业生供不应求,早就被抢光了。

流体机械专业是江苏大学的传统"老牌"专业,其所在的学科为全国唯一的以研究水泵为特色的国家重点学科,该专业毕业生就业率多年来保持在 100%。今年的 61 名本科毕业生从去年上半年开始,就被很多用人单位下了"订单",迄今已有 30 多家单位前来要人,目前,除去保研、考研的,本届毕业生正式签约的超过 70%。

流体机械专业的毕业生为什么如此受企业青睐?"很重要的一方面,就是我们重视强化学生的素质和能力训练,增强学生就业的核心竞争力。"江苏大学校长、该校流体机械及工程学科带头人袁寿其分析:"尤其是我们以'4c'能力为核心,构建了高素质创新型人才培养体系。"所谓"4c"能力,即自信力(self-confidence)、团队合作能力(cooperation)、交流能力(communication)以及创新能力(creation)。

江苏大学还明确了"三结合"的"野化"训练思路,即知识结构与以人为本相结合、科学研究与人才培养相结合、校内培养与行业培养相结合,并科学设置了"野化"训练的方式及内容,比如在实践体系方面,将零散的、个别的课外科技实践活动转化为根据兴趣有组织的、系统化的、校企联合的、与计划内实践环节融为一体的立体化实践体系。在公共课、基础课学习阶段,主要开展专业思想教育、专业调研、专业实践等,使学生尽早了解专业、树立专业自信心;在主要专业基础和专业课程学习阶段,设置不同类别的"创新系列实践"课题,学生既可自拟课题、申报立项,也可参与教师的科研课题;大四阶段,结合毕业设计在教师的指导下与企业联合开展相关研究开发工作。"野化"训练贯穿大学 4 年,最终要形成报告、论文、专利、装置或产品等成果。

同时,江苏大学还着力加强"野化"训练的队伍和基地建设,尤其建立了稳固的校企紧密合作培养高素质人才的校外实践基地。据了解,江苏大学流体机械及工程学科与全国泵类行业50%以上的企业建立了合作关系,在包括行业龙头企业——凯泉集团、凯士比集团等在内的近20家企业建立长期的校外实习基地,聘请企业技术人员为该专业的兼职教授,通过"双师制"强化学生的工程实践能力。

据了解,近三年来江苏大学流体机械专业的学生中约50%参与教师科研工作,20%申报省、校科研项目,10%申请专利,学生先后在"挑战杯"全国大学生创业大赛、全国大学生课外科技作品竞赛及全国大学生节能减排大赛中获奖8项。毕业生的工程能力、创新能力深得用人单位的好评。

(高 鸣 张明平)

中国教育报

2009年3月14日

建立百余家产学研培养基地　增设宽口径公共实验课程

江苏大学研究生培养突出创新

近三年连续获全国优秀博士论文,学位论文抽检合格率连续5年保持100%,研究生就业率一直保持100%……作为一所以工科为特色的省属高校,江苏大学紧紧抓住工程实践与创新能力这一研究生培养的核心,构建"软"、"硬"结合的复合载体,研究生培养质量、学科建设与平台创新水平同步提升。

"工程的核心是实践、综合、创造,工程实践是创新的基础。"江苏大学副校长李萍萍说,学校建立工程教育"硬"载体,将有效整合校内资源和充分利用社会资源相结合,以国家级实验教学示范中心——江苏大学工业中心为基础,学科专业实验室和产学研联合培养基地之间有机链接。这三大平台在功能上既有联系,又各有侧重。

江苏大学在工业中心重点建设了创新与综合训练模块,融入了现代工程的基本要素,构建了从机械设计制造,到机电检测控制、电子设计制作,再到机器人设计开发等先进创新训练单元,并以自助式管理的模块化形式全方位开放。学校以12个国家级和省级重点学科为依托,重点建设11个省部重点实验室和工程中心,为培养形成紧跟国际前沿、具有国际先进水平的科研成果提供支撑,尤其是重点打造了一批关联学科协同、交叉、集成的实验平台。同时,学校通过共建研究院所、技术中心、高科技园区等形式,以项目合作或人才培养为纽带,建立了100多家产学研联合培养基地。

在构建立体式"硬"载体的基础上,江苏大学还建立了由"三大机制"构成的"软"载体,全面激活实践环节,为研究生创新能力的培养提供保障。一是多元化实践环节的培养机制。加强实验课教学,增设了一批宽口径公共实验课程,加强研究生实践能力训练;增设生产实践环节,通过产品设计、加工、试验等实践,提高工程意识;进行研究生科研立项、课外科技作品竞赛,开展发明创作等,培养学生的自主创新意识。二是优势互补的共享机制。一方面各级重点学科、重点实验室建设经费等统筹协调使用,不重复投入;另一方面实行全方位开放、资源共享,全校10万元以上的通用设备全部上网,供预约使用。三是实践创新的激励机制。对到产学研基地进行实践的,优先评奖评优,优先推荐就业,并予以一定的经济补贴。该校还创建了研究生基地挂职模式,这两年到江苏东台市溱东不锈钢产业群基地进行暑期挂职的30多名研究生,就为企业解决了100多个技术难题,并申请专利三项。

据了解,2008年江苏大学工学研究生人均发表核心以上学术论文2.07篇,论文被EI、SCI收录数达到800余篇。2008年研究生参与专利申报200余项,授权专利100余项。

中国教育报

2009年3月24日

引进现代技术　创新实践体系　贴近工程应用

江苏大学电气类专业毕业生就业率99%

本报讯　近几年,江苏大学每届电气类专业毕业生就业率高达99%,用人单位对毕业生的满意率超过93%。"很重要的一点,在于我们重视夯实学生的专业基础,强化学生的基本技能。"江苏大学副校长孙玉坤介绍:"学校突出教学工作的中心地位,将技术基础课程教学改革置于优先地位予以支持。"

2007年,江苏大学的"地方高校电气类专业主要技术基础课程改革与实践"课题获江苏省普通高校教学成果特等奖。据了解,近10年来,该校电气类专业主要技术基础课程,在课程体系、教材建设、教学方法、实验室建设、师资培养等方面积极探索改革,取得显著成效。

一是分析社会现状,研究人才规格,推动教学改革。针对电气工程领域内重大的技术重点转移对电气类专业的影响,对该专业的主要技术基础课程及时进行整合,精简理论,删除陈旧和重复内容,各课程之间科学衔接。同时,从人才培养规格、课程体系、教学内容、教学手段等多方面进行全面研究与改革。

二是优化课程内容,引进现代技术,建设精品课程。全面修订教学大纲,注重引入现代技术,实现内容的整体优化,如将"电路"、"信号与系统"等课程的内容进行整合;编写出版了反映新技术和适应不同专业教学需要的教材共 28 部。同时,改进教学方法,采取现代化教学手段,各门基础课程都制作了多媒体课件,建设基础课程网站,方便了师生的信息沟通和互动。在课程内容优化的基础上,集中精力建设精品课程,"电路"课程 2006 年成为国家精品课程。

三是建设共性平台,创新实践体系,改革实验内容。学校共投入资金 1 200 多万元建成了电工电子实验中心,并与西门子、凌阳等 6 家公司共建联合实验室,及时引进国际先进技术。目前,这一实验室因建设理念先进、学生受益面广被评为江苏省基础课实验示范中心。学校根据地方高校人才培养规格的特点和要求,构建了实验教学新体系,让实验内容从基础性实验向设计性、综合性和开放性实验延伸,并创建了电子创新实验室,提高学生的动手和设计能力,培养了学生的创新意识和工程意识。该校电气类专业学生先后在大学生电子设计竞赛中获得全国一、二等奖及江苏省一等奖 14 项。

四是贴近工程应用,引入微格教学,造就优秀师资。目前,课题组具有博士、硕士学位的教师占 93%。尤其是在青年教师的培养上采取导师制,采用微格教学方法提高教学技能。不仅如此,青年教师还经常被学校送到大型企业进行实习,以提高工程应用和实践能力。

(高　鸣　张明平)

中国教育报

2009 年 3 月 28 日

《小城大爱》举行首映式

本报讯　昨天下午,江苏大学大礼堂内座无虚席,根据"爱心天使"陈静真实故事改编的电影《小城大爱》在这里正式与观众见面。首映式上,市委书记许津荣向江苏大学赠送了原中共中央政治局常委、国务院副总理李岚清亲笔题写的电影片名。

影片《小城大爱》根据江苏大学"爱心天使"陈静的真实故事改编,讲述的是江苏大学学生陈静面对同窗好友罹患白血病时倾力救助,后来当陈静遭遇同样的不幸时,她的故事感动了无数市民,镇江全城掀起了拯救爱心天使的"黄丝带"行动。该片艺术地再现了发生于古城镇江的一个感人至深的爱心故事。由市广播电视总台、江苏大学与北京银河星光文化传播公司共同拍摄,于今年 2 月 12 日开机,2 月 28 日杀青。

该片全部在镇江市区和江大校园取景,并采用实名拍摄。影片的拍摄也得到了李岚清同志的关心。今年全国"两会"期间,市委书记许津荣专程拜望了李岚清同志,李岚清同志为《小城大爱》亲笔题写了片名。

市委常委、宣传部长张洪水在致辞中说，陈静之所以能打动我们，引发"满城尽飘黄丝带"的爱心行动，在于她以短暂的生命诠释了大爱真谛，在于她和镇江市民共同演绎和传递了这份爱。相信影片的上映会让更多镇江市民获得精神上的洗礼，加入爱心使者的行列，汇成爱的暖流，推动镇江实现新的跨越。

市委常委、市委秘书长李国忠，江苏大学党委书记范明、校长袁寿其出席了首映式。

（陈志奎）

镇江日报

2009 年 4 月 1 日

着力培养机械专业创新人才

江苏大学实施"四位一体"综合教改

本报讯 在 2008 年第十届"挑战杯"全国大学生课外科技作品大赛上，江苏大学学生王权的作品"通用型分体式耐高温微型压力传感器研制及产业化"脱颖而出，一举夺得大赛特等奖。无独有偶，在 2008 年江苏省大学生机械创新设计大赛中，江苏大学的沈元锡、徐燕云获得一等奖。他们的成功是学校实施"四位一体"综合教学改革、着力培养机械专业创新人才的结果。

"长期以来，我国机械专业人才培养存在教学优质资源不足、知识结构不尽合理、创新意识和工程能力薄弱等问题。所以，人才质量与创新型国家建设的要求很不适应。"江苏大学教务处处长王贵成说。早在 1997 年，江苏大学就率先提出"四位一体"，即以精品课程建设为基础、以品牌特色专业创建为核心、以优势特色学科打造为关键、以实验教学资源系统集成为保障的综合教改新思路，主动适应江苏乃至长三角地区国际制造中心发展对机械专业人才的新需求，紧紧围绕培养创新人才这一主体，着力培养学生工程能力和创新能力。

经过 10 多年的潜心研究与实践，江苏大学"四位一体"教学改革取得很大成效，如：探索出优化教学资源的新方法，变传统的以课程或专业设置教学组织为"系管教学、所管科研"，构建了学科专业教学实验资源共享平台，实现了理论与实践相结合、科研与教学相交融、学科与专业相支撑，新增研究创新型实验项目 30 余项；制订出"模块化、组合式、开放型"人才培养新方案，以课程（群）模块为单元，各单元之间既相互联系又相对独立，各模块可根据学生需要进行组合，实现了"纵向到顶"、"横向达边"，每个学生修读一个主（方向）模块和一个辅（方向）模块，将"分类指导"和"因材施教"落到实处；建成系列精品课程

（群），打破传统的"老三段"（基础—专业基础—专业）课程模式，实施课程内容重组与整体优化，出版专著、教材40余部，其中，3部教材成为江苏省精品教材，3部教材成为"十一五"国家级规划教材；创新了机械人才培养模式，以能力培养为核心，营造真实的工程环境，将科研成果融入教学，把工程能力和创新能力培养贯穿于教学的全过程，构建出创新人才培养实践教学新体系；等等。

据介绍，近年来，江苏大学机械专业被评为江苏省首批品牌专业和国家级特色专业，机械工程中心实验室被列入省首批示范中心，机械制造及其自动化学科被列为国家重点（培育）学科。开放型本科人才培养方案在该校已完整实施了7届，并被省内外10多所高校借鉴或参考，对我国地方高校机械人才培养起到了示范和引领作用。

（高 鸣 张明平）

中国教育报
2009 年 4 月 2 日

"村官"当了"鸡倌"

"鸡舍已增至12个，基本上每天产普通蛋3 500多斤，草鸡蛋800多斤！"站在自己占地30亩的养鸡场前，春风驰荡间，许磊开心地说道。

许磊现为沭阳县青伊湖镇马场村村委会副主任。2007年7月，从江苏大学热能与动力专业毕业后，他来到苏北，成了镇里第一个大学生村官。

许磊深知，要为当地新农村建设作出贡献，必须身体力行带头创业，帮助村民致富。在不到两年时间里，许磊经历了"两次创业"的历程，先是投入8万多元，租了40亩地搞杭白菊花卉种植，却因市场行情变化，亏了一万多元。

许磊并未气馁，他认真分析了原因，在有关部门的帮助下，去年11月又把目光锁定在了蛋鸡养殖上。他苦口婆心说服了村里原来两位有蛋鸡养殖经验的农户，又向家里求援筹集了10万元，三人联手出资40多万元成立了齐峰养鸡合作社。

经过几个月的经营，养鸡场现已步入正轨。许磊主要负责技术和市场方面的事情，一周去场里看上一两次，每月请扬州大学的畜牧专家来做一两次指导。

青伊湖镇去年又来了三名大学生村官。他们也都走上了创业路。许磊常与他们交流，将自己的创业体会与他们分享，还常邀他们到自己的养鸡场参观。

当了"鸡倌"的许磊，没有忘记自己是一名"村官"。养鸡场现在雇了15个农民，每人月工资1 300元。"他们都是村里的贫困户。"许磊说："下一步，打算利用当地政府的鼓励政策,进一步扩大养鸡场的规模,准备投入 100 万元,增加绿皮蛋鸡等新品种;再就是,考虑怎样让更多的农民参与进来,实行'合作社 + 农户'的模式,让更多的农民得到实惠。"

(张明平　陈晓春)

新华日报

2009 年 4 月 4 日

五百教授专家与企业"联姻"
江苏大学启动"1863"计划

本报讯　4 月 16 日上午,丹阳市政府会议中心一号厅里座无虚席,这里正在举行一场特殊的"联姻会"——江苏大学与丹阳市人民政府产学研全面合作协议当天正式签署,同时,江苏大学与丹阳市 12 家新材料骨干企业携手建立"新材料产学研技术创新战略联盟",江大 62 名教授受聘担任丹阳市企业科技创新特聘专家。此举标志着江苏大学全校约 500 名教授专家参与的"科技人员服务企业 1863"计划正式实施。

"随着国际金融危机的不断蔓延,地方实体经济面临着严峻的挑战,企业发展遇到很大困难和压力。作为高校的科技人员,理当迅速行动起来,到企业去、到车间去、到生产一线去,共度危机、共谋发展!"据江苏大学党委书记范明介绍,为企业和地方经济"解困"的"1863"计划有着宏大的规模和长远的构想:依托江苏大学的工程硕士授权领域和 MBA 专业学位授予权,为江苏企业培养 1 000 名技术创新所需的工程硕士;围绕国家"十大"产业调整振兴计划和地方支柱、新兴产业,根据江苏产业发展的优先领域和地方特色、新兴产业需求,组建 80 个教授专家团与行业骨干企业对接;建立现代装备与先进制造、新能源与节能、汽车与轨道交通、新材料制备与应用、生物技术与新医药、电子与信息技术 6 个产业技术创新战略联盟;在常州、苏州、镇江 3 个地区分别组建特色产业技术创新公共服务平台。

昨天会场的座位安排很有意思:每个企业老总身旁,都坐着一个教授。江苏超力电器有限公司董事长沈中泉激动地拉住身边新伙伴汽车与交通工程学院江浩斌教授的手:"'校企联盟'让我们对克服困难更有信心了。"超力电器从小到大走过了 30 年,已经成为高新技术企业,目前替众多知名品牌轿车、客车进行一、二次配套,并向美国、加拿大、瑞典、韩国等批量出口,年产值增速在 20% 以上。但去年 8 月以来,由于金融危机的蔓延,公司的发展遇到了很大的困难和挑战,订单大幅减少。怎么办? 产品转型也许是个破题之法。公司瞄准了电动助力转向系统(简称 EPS),这是一种新型高科技产品,在安全、节能、环保、可靠性等方面具有传统液压动力转向装置无可比拟的优点,而且我国最近制订的"汽车产业调整和振兴计划"已将 EPS 作为国家鼓励实施产业化的关键零部件列入相关目录。然而,公司在 EPS 研发中发现,一些关键技术难以突破。"这次有了江苏大学的技术支持,问题会迎刃而解。我们的目标是到下半年一定要达到配套要求,进行小批量生产,明年将其发展成又一个龙头产品。"会议刚结束,沈中泉就急忙拉着教授团到厂里去实地考察了。

镇江市委常委、丹阳市委书记李茂川则对"联姻"活动有着更大的期待:"希望教授专家团可以帮助丹阳经济应对金融危机,提升产业层次,建立更多创新平台。"据他介绍,江大已连续三年分别和丹阳的大亚科技、江苏沃得、精密合金、正大油脂等企业利用该校科研成果,获得 4 项江苏省重大科技成果转化基金支持,获得政府资助资金达 4 000 万元。"不要小看省重大科技成果转化项目,我们刚做了一季度的企业调查,凡实施了省重大科技转化项目的企业,基本没有受到金融危机的影响,销售总额同比上升了 31%,利润提高了 42%,比平均水平要高出十几个百分点。"

(侯力明　高　鸣　张明平)

江苏经济报

2009 年 4 月 17 日

江苏大学毕业生"暖心"就业

1/3 学生由教师推荐实现就业
在 50 多个县市建立就业工作站

本报讯　即将毕业了,江苏大学机械学院模具专业大四学生肖俊的心中充满了暖意。这名来自江苏丰县的农村贫困生,大学期间靠送牛奶、做家教等顺利完成了学业。在学校的关心下,他不仅与江苏常州的一家企业正式签约,还在不久前还清了国家助学贷款。

肖俊是江苏大学今年 8 400 余名毕业生中的一员。在学习实践科学发展观活动中,江苏大学把破解毕业生就业难题与学习实践活动结合起来,采取切实措施,打造毕业生就业"暖心工程",帮助毕业生就业。

据江苏大学党委书记范明介绍,该校高度重视学生的就业工作,成立了由校长任组长、相关职能部门负责人为成员的就业工作领导小组,明确提出了 2009 届毕业生初次就业率 75% 以上、年终就业率 96% 以上的工作目标。在此基础上,将目标任务层层分解,全校 23 个院系领导带头挂帅,逐一确立就业目标,并将目标完成情况作为考核领导班子的重要内容。同时,开展全员总动员,无论是部门、院系领导,还是专业教师、班主任、辅导员,都争相为学生就业奔走出力。据了解,学校目前已经签约的学生中,有 1/3 是通过研究生导师或本科毕业设计指导教师推荐实现就业的。

2006 年以来,江苏大学毕业生就业率连续保持在 96% 以上。"之所以如此,很重要的一点在于我们从专业设置和人才培养模式入手,切实提高学生的就业核心竞争力。"江苏大学党委副书记、副校长姚冠新介绍说。近年来,学校积极推进以就业和社会需求为导向的教育教学改革,从根本上提高学生的职业素养与就业竞争力。同时,学校"量入为出"制订招生计划,将就业率与招生挂钩,适当调整专业方向,扩大紧缺专业的人才培养规模,对一些"销路"不好的专业适时进行停招、减招,优化了人才培养结构。

该校流体机械与工程专业在行业内久负盛名,不少企业为要到该专业的毕业生,在该校设立"奖学金"或"奖教金",有的企业甚至帮学生交学费,偿还助学贷款。根据这一现状,近年来该专业招生不断"放量",今年该专业学生依旧"畅销",100 多名毕业生早在开学初就被"抢购一空"。

同时,学校积极拓展就业基地,为学生就业开设"直通车"。目前,学校已与上海电气(集团)公司、中国重型汽车有限公司等 500 余家大中型骨干企业签订了就业基地协议,在长三角、珠三角等经济发达地区的 50 多个市县建立了毕业生就业工作站,从而为该校毕业生的就业工作提供了有效保障。

为把就业工作做细做实,江苏大学还建立了学生就业报告制度,对毕业生就业状况进行实时监测。各院系每周书面报告一次,并对报告细致梳理。对仍未就业学生派专人进行个性化指导,并针对不同的情况,实行经济补贴、心理疏导、校友企业岗位推荐等。

江苏大学毕业生就业"暖心工程"成效显著,截至目前,2009 届毕业生就业率比去年同期高出 2.6%。江苏大学校长袁寿其认为:"只要坚持以科学发展观作指导,坚持以人为本,群策群力,狠抓落实,就一定能够实现预定的工作目标,促进学校科学发展新跨越。"

(高 鸣 张明平)

中国教育报

2009 年 6 月 21 日

叙不完的情　留不完的影　唱不完的歌

——江苏大学美国校友会成立大会纪实

"水千条山万座我们曾走过,终于迎来今天这欢聚时刻;我们手拉手啊想说的太多,同样的欢乐给了我们同一首歌";"再过二十年,我们来相会……"

经过两个多月紧锣密鼓般的筹备,江苏大学美国校友会为期三天的成立大会,在众多校友热切的期盼中于美国首都华盛顿附近的希尔顿饭店如期举办。60多位江大美国校友及其家属近百人,怀着激动和喜悦的心情参加了这次盛会。参会的校友们来自美国四面八方,东到波士顿,西达圣地艾哥,北至明尼亚波利斯,南抵迈阿密,成员几乎涵盖了江大的所有专业。年龄最大的长者为80岁,而最小的青年才俊仅28岁。既有来美国不久的访问学者,也有刚拿到博士学位即将回江苏大学任教的留学生;有在大学从事教学科研的专家教授,更有已在美国创业闯出一片天的公司老板。

在美国的江大校友中藏龙卧虎,隐凤栖凰。很多校友不仅专业有成,而且多才多艺,给大家带来了很多惊喜。6月26日校友们报到小聚,欢声笑语忆往昔,亲切交流话当今。6月27日,华盛顿特区一日游和晚宴聚会期间,分别数年或数十年的校友们更是有叙不完的情、留不完的影、唱不完的歌。

曾任研究和学生会文娱部长的姚晓霞校友在27日的晚宴中,第一个为大家演唱了《雪绒花》,她那优美动听、婉约抒情的歌声,一下子吸引了人们的注意力,热闹的餐厅顿时鸦雀无声,其演唱技巧不亚于专业歌手。她第一段刚唱完,东道主代表徐洪庆就迫不及待地拿起话筒。他清亮且富有磁性的嗓音与晓霞配合,一刚一柔,一中一英,别具风采,赢得了大家热烈的掌声。江苏大学对外发展办公室全力主任的一曲高歌再次引发了众人的惊叹。而曾获江大卡拉OK歌唱比赛第一名的曹茉莉女士悦耳的歌声,又一次让校友们狂热鼓掌不已。许多校友及校友的家属都踊跃献唱。也有校友因时间关系,未能一展他们美妙的歌喉,甚为遗憾,激动的校友们一起跺脚拍手,高唱了"年轻的朋友们,今天来相会……光荣属于我们八十年代的新一辈",最后在晓霞的领唱下,大家唱起了"难忘今宵",唱出了我们的心声:"无论天涯与海角,江大校友共祝愿,共祝愿祖国好,共祝愿江大好。"

6月28日上午,江大美国校友会成立大会隆重举行。坐落在中国江苏镇江的百年学府江苏大学校长袁寿其博士亲自率团,远涉重洋前来参加这次美国校友的空前盛会。中国驻美国大使馆陈雄风参赞兼总领事、正在马里兰大学进修的江苏省科技厅李奇副厅长、华盛顿地区中国大陆大专院校联合会会长李革、华盛顿地区华人专业团体联合会会长倪涛、清华大学校友会会长杨梅女士以及北京大学校友会代表王启云女士等贵宾应邀出席成立大会。

大会在校友和来宾们的合影中拉开了序幕。江苏大学校友、美国联邦邮局的高级官员谢嘉红女士主持大会并介绍来宾。徐洪庆校友代表东道主致欢迎词,他代表江大美国校友会筹备会感谢为这次大会的召开而辛勤努力工作的各位校友。

江苏大学袁寿其校长致辞。他向大家介绍了江苏大学的历史沿革和目前的发展,以及江大在世界和全国各地著名的事业有成校友们的近况。他希望校友大力支持江大的教学和科研工作,鼓励校友积极宣传江大,为引进人才和提升江大整体实力作贡献。江大对外发展办公室全力主任宣布经过民主选举产生的江大美国校友会理事会和新任会长、秘书长及财务主管的名单。

贵宾陈雄风参赞致贺词。他首先祝贺江大美国校友会的正式成立,这是在华盛顿DC

成立的第62个中国大陆的大学校友会。他希望校友们能为中国的科学教育和经济发展贡献自己的力量。李奇副厅长在他的贺词中介绍了江苏省科技发展的现状与前景，并鼓励江大校友们以各种方式为中国的科学技术发展作贡献。大专院校联合会会长李革、华人专业团体联合会会长倪涛、清华大学校友会会长杨梅女士、北京大学校友会代表王启云女士等先后走上主席台致辞。他们热烈祝贺江苏大学美国校友会的成立，并希望与江大在大华府地区的校友分会加强联系与合作，共同开展和举办一些活动。

在校友们的热烈掌声中，江苏大学美国校友会第一任会长许建中发表讲话。他阐述了江大美国校友会的三项宗旨：促进江大在美校友之间的联系和沟通、加强校友和母校的交流、提升江大在美国学术界的影响。参会的理事和校友们也都争先恐后地发言。成志清校友认为：江大不仅要为在美国大学任教的专业人士回国工作创造条件，同时也应该为其他在美国公司做科技工作的校友提供回江大搞科研的便利。80岁的夏笠先生上台朗诵了他特地为大会所写的诗作，并展示了他的亲笔所书的该诗条幅："北固金焦扬子融，钟灵毓秀最宜赏。江苏大学栽桃李，天下栋梁数万重。昔日梦溪今大笔，宏文巨著擩山同。留洋学子多才杰，更立雄心树傲龙。"

最后，成立大会在欢声笑语中圆满结束。校友们恋恋不舍，依依惜别。大家乘兴而来，尽兴而归，并祝愿下次聚会有更多的校友参加，祝愿母校的明天更美好。

（江苏大学美国校友会筹备会）

美华商报
2009年7月3日

江苏大学：硬质量过就业关

江苏有这么一所高校，既不在省会城市，也非"211"大学，更非"985"名校。但是，该校不仅拿下了"国家杰出青年科学基金"，还连续三年获得"全国百篇优秀博士论文"，自2006年以来，该校就业率连续保持在96%以上。这就是位于江苏镇江的江苏大学。

学生素质是就业的硬保障，教学质量是素质的大前提。在"酒香不怕巷子深，只要自身质量过硬，就不怕找不着工作"的共识中，江苏大学狠抓教学质量、强化学风建设，致力培育优质学子。为加强师资队伍的综合实力，从2002年起至今，该校聘请了上百名离退休老教师担任教学检查员，深入课堂听课督察并指导改进，2003年，三名教师在职务晋升中因教学质量考核不合格最终被"一票否决"。

严把教学关保证了教学质量，该校流体机械与工程专业在业内久负盛名，是全国唯一以研究水泵、排灌机械等为主的国家级重点学科。不少企业为招到该专业毕业生,争相在江苏大学设立"奖学金"、"奖教金"。今年就业市场对该专业毕业生的需求依旧热度不减,100余名毕业生在开学之初就被"抢购"一空。同时,为保证就业畅通,江苏大学"量入为出"制订招生计划,将就业率同招生挂钩,适时调整专业方向,扩大紧缺专业的人才培养规模,对一些"销路"不好的专业及时停招、减招,优化人才培育结构,实现人才供需的动态平衡。

墙里开花墙外香,高素质的毕业生吸引了大批企业来校"抢购"。今年4月,江苏大学校园招聘会上出现了几张生面孔。上海、南京几家刚刚进驻镇江的品牌汽车4S店来到了江苏大学,"我们看中汽车销售人员的工作经历,但我们更看中从业人员的专业素养,我们相信江苏大学相关专业的毕业生比单一的营销人员更专业"。

如果说质量是就业的根本,那么有效的措施就是最根本的保障。江苏大学流传着这么一句话:老大难,老大难,"老大"重视就不难。为提高学生求职的效率和效益,江苏大学实施"问责一把手制",成立了校长任组长、相关职能部门负责人参与的就业工作领导小组,实施就业工作"一把手工程"、"全员总动员",上下齐联手,将就业作为重中之重,连离退休的老同志们也争先恐后为学生就业出力。据了解,目前已签约学生中有1/3是通过导师或本科毕业设计指导老师推荐实现就业的。

优质的学生,优秀的企业,江苏大学不遗余力地为双方搭建"双选"的广阔平台。去年12月至今,该校已成功举办校园招聘会10余场。据统计,已签约毕业生中60%通过校内人才市场实现就业。此外,江苏大学还大打"亲情牌",充分发挥校友的作用,仅4月的一场校友企业招聘会就提供了近千个就业岗位。

（郑晋鸣　姚　佳）

光明日报
2009年7月4日

服务"三农"须"大视野"　培养村官需"新思维"

——江苏大学多措并举培育大学生"村官"纪实

近日,江苏大学能源与动力工程学院的大学生来到了句容市后白镇,进行深入调查,体验村官生活。

作为一所以农机起家、有着浓厚"支农"情结和悠久"助农"历史的高校,江苏大学的许多老专家、老教授至今都还保留着在"田头"做学问的习惯,许多学校领导也是从"涉农"专业起步的。这样一所具有独特历史与丰富服务"三农"经验的高校，其"支农惠农"的优势在大学生"村官"培养与大学生"村官"支持机制建构方面发挥了独特的作用。各种各样因地制宜的举措正在吸引和培育越来越多的大学生关注"三农"问题，掌握服务新农村建设的技能，也为大学生"村官"创设了寻求支持的平台。

引进来：资深村官与大学生面对面现身说法支高招

安徽小岗村是中国农村改革第一村，农村生产承包责任制改革就是在这里以农民自发的形式拉开了序幕。有着大学学历的沈浩同志于 2004 年被安徽省委组织部选调到小岗村任书记，在小岗村一干就是 5 年多。任职期间，他带领小岗村村民，抓住新农村建设的契机，办工业、兴商贸、科学种田，建起循环利用的高效绿色农产品基地，并大力发展红色旅游业。很快，小岗村跻身 2005 年度"全国十大名村"。沈浩也成了一名成功的知名"村官"，获得 2008 年"第七届农村基层干部十大新闻人物"特别奖。他的成功故事深深地吸引和感染着大学生。他是怎样完成让农民高度认同与欢迎这一过程的？他又遭遇了什么样的挑战与困惑？他有什么独特的经验与有效的做法？这一切，都是大学生们急于要了解的。

当江苏大学的领导得知沈浩在中国农业大学举办过一场非常成功的报告时，决定邀请沈浩前来与已经报考"村官"和有意向将来报考"村官"的 260 余名大学生面对面，现身说法，将最真实最生动的"村官"体验带给大学生们。

沈浩毫无保留地将自己遇到的困难、挫折和盘托出，坦诚地讲述自己充满艰辛的奋斗史。他说："要正确认识大学生所起的作用，大学生带来的不仅是技术，还是一种精神。"面对空前的就业困难，是遵循传统的就业观念还是瞄准农村的广阔天地？有着切身经历的沈浩感慨道："农村太渴望人才，太需要大学生了！"

江大学子和沈浩进行了热烈的互动式交流。沈浩强调："到农村不仅仅凭的是一腔热血，还要'跳出'农民，做好农民的引导工作，做引路人，在农村的历练将是对人生的极大丰富。"大学生抛出了一个又一个问题，沈浩一一认真做了精彩的解答，赢得了大学生们的热烈掌声。

江大电气学院大四女生张舒，刚刚在 2009 年镇江市大学生村干考试中获得第一名的好成绩，她对自己的村干之路既憧憬又有一丝担忧。"农村的天地广阔，是不是大学生去了就一定能被老百姓所理解和信任，如何做好一名村干？"沈浩用精炼的语言告诉这位准村干："农村是一片非常广阔的天地，只要你用积极的态度、满腔的热情融入到老百姓中去，和他们交朋友，用真心去对待农民，为农民办事，他们就一定能接纳你。"

这样的报告会只是江苏大学引进优秀"村官"举行的多场报告会中的一场，该校还经常邀请一些年轻的大学生"村官"走近在校大学生。2009 年 4 月初，学校邀请了三位来自苏北农村的大学生"村官"走进江大，又一次引起了轰动。学校还专门将大学生"村官"的经历汇编成册，汇集成一本名为《广阔天地锻炼我》的经验总结小册子，发放给每一位报考"村官"的大学生。让大学生更直接地了解"村官"，学习做"村官"的经验与技巧，使大学生准"村官"在校园内就可以直面"田头"，得到了很好的"速成"培训。仅 2009 年，江苏大学就有超过 1 000 人报考"村官",并有超过 1/5 的大学生通过考试入围面试。

走出去：感受大学生"村官"的任职体验作出理性选择

2009 年的暑期社会实践，江苏大学的能源与动力工程学院选择了句容市后白镇，化学化工学院选择了安徽小岗村，人文学院选择了丹阳市后巷镇。

现实中的"村官"生活与成功"村官"故事中的生活究竟有没有落差？会有多大的距离？能源与动力工程学院建筑环境与设备工程 2006 级学生余涛、曹星星和吴洪勇同学显得特别兴奋。很快，他们就将用自己的亲身经历揭开问题的答案。

他们在后白镇召开了村民座谈会、村官恳谈会、老村官访谈会，接触了百余名农民，和不同年龄、不同际遇的农民进行了深入而广泛的接触，通过现场考察、倾听和问卷调查等方式，大致还原了现实版的大学生"村官"的生存状态与工作状态，感受到了大学生"村官"身上理想的光辉与青春的热情，也感受到了当地农民对大学生"村官"的热切渴望。他们发现，与其说农民盼望和欢迎大学生"村官"，还不如说农民希望改变与提升自己的生活品质，强烈地渴求知识与技术。吴洪勇同学说，在每一个"村官"身上，都寄托着村民的一个致富梦。

从事农村工作 20 余年，已经退休的后白村老支书陈奎祥告诉前来调研的大学生，本地的干部大多数连高中都没有上完，农村很需要高素质大学生。大学生"村官"要学会取长补短，尽快融入农村生活。

在接触当地三位年轻的大学生村官时，谢华同学很是钦佩他们的能力与勇气。2007 年来到后白镇二圣村的贸易经济专业的大学生"村官"纪翔带领农民创办了红叶创新苗木基地，带动了周边数十户农民共同发展，也为当地 50 岁以上农民提供了更多就业岗位。纪翔为了让广大农民分享创业成果，规定农民可以土地入股参与分红，可是一开始农民既不理解也不愿意，在当地干部的帮助下，他开展了地毯式的说服工作，最终让农民欣然接受了这一新兴事物。纪翔创造性地以土地保底价的方式解决了农民的后顾之忧，得到了大家的认同。他以"做给农民看、带着农民干、帮助农民赚"的思路，请高校为农民提供免费的全程技术指导，在夏王村种植 20 余亩大棚草莓新品种，主动担当农民的经纪人，推广销售农产品。在这一过程中，纪翔充分发挥了自己的专业优势。数学与应用数学专业的大学生"村官"蒋建梅 2008 年来到后白镇延福村，她静下心思工作，俯下身子做事，拜农民为师，将自己的足迹印遍所在村子的每一个角落，将粮食直补、农业保险、家电下乡等每一件事关农民利益的工作做深、做细、做实，受到了村民的欢迎。而 2006 年就来到后白村的思想政治教育专业大学生"村官"徐学智则显得更为老成持重，对于农村的一些复杂问题他有着自己的独特理解与解决之道。看起来，他很有可能会长期坚守在农村工作一线，他已经在当地找到了自己的爱人做好了留守的准备。

这些大学生"村官"为在校大学生树立了标杆，让他们切实感受到了一种理想的动能。

求长效：探寻"校园"向"田头"的高效支持路径

也有一些大学生"村官"在工作中遭遇了意想不到的"尴尬"。也许是因为农村太缺乏高素质的干部了,他们成了真正的"香饽饽"。后白镇的三位大学"村官"工作仅半年多,刚开始熟悉情况,摸到工作门路,初步显现工作成效之际,镇政府却把他们从村里调到了镇里。离开了基层的农民,他们还是觉得多少有点遗憾。

每位大学生"村官"都有着自己的专业背景,未必都能专业对口地在农村找到发展之路。纪翔一到农村就遇到了难题:他学的是贸易经济,而一开始工作就要求他了解喷滴灌、大棚育苗、扦插,甚至新品种草莓繁育种苗要求的避雨栽培技术,幸好得到了镇农服中心的支持,而好学的他也通过如饥似渴的学习快速了解和掌握了这一切。蒋建梅、徐学智也遇到了发展资金不足、基层工作技巧不足等问题。走出校门,他们总会遇到各种各样的难题。

当江苏大学能源与动力工程学院党委书记陈汇龙得知这些情况后,他就一直在思考,如何建立一种长效机制,为刚刚脱离"母体"的大学生"村官"提供长效支持。他和分管学生工作的石祥副书记商量,提出了一种极具创新性的解决方案。那就是真正让大学成为大学生"村官"的坚实后盾,真正实现长期"引智下乡"、"服务三农"的目标,将大学丰富的教学科研资源与田头的需要相结合,发扬学校"支农为农"的优良传统。他们提出,建立一种互动机制,通过网络建立一个沟通平台,大学生"村官"立足基层,把需要解决的问题反馈给高校,让高校的广大师生都来探寻解决问题的答案,需要提供科技支持的,就让对口的专家、教授在网络上或是直接到实地去解决。例如,对于大学生"村官"们提出的农业技术问题,他们可以联合学校农业科技专家直接送技术下乡,也可以让大学生"村官"与专家教授结对学习。对于大学生"村官"提出的农民缺乏法律知识,急需开展普法工作,他们可以邀请法学院高年级学生利用课余时间送法律知识到村里,既给在校的大学生以法律实践的机会,又满足了农民的需要。这样一来,大学就可以成为大学生"村官"的大后方,为他们提供源源不断的支持。

他们把这一想法与村镇干部一沟通,村镇干部都拍手称快。后白镇党委书记连连说:"太好了,这正是我们多少年来梦寐以求的。"大学生"村官"们也高兴地说:"这样一来,我们就可以放开手脚干了,再也没有科技上的后顾之忧了。"说干就干,经过一系列的洽谈,江苏大学能源与动力工程学院在后白镇建立了大学生创业就业实践基地,与之配套的协议也签署完毕。现在,江苏大学能源与动力工程学院的师生们正在认真完善方案,紧锣密鼓地联系"涉农"专业的专家教授和管理学专家教授,以尽快实现大学与田头的对接,将这一支持机制落到实处。而大学生"村官"也对此充满着期待。

(何 菁 朱玲萍 董晓言 李洪刚)

镇江日报

2009 年 7 月 22 日

发挥高校优势　服务地方发展

——全省高校服务地方科学发展推进会发言摘要

提升内涵上水平,服务地方作贡献。江苏大学在学习实践活动中始终将"科学发展上水平,服务地方作贡献"作为各项工作的重中之重,立足内涵建设,充分发挥学科、科研和人才优势,积极为地方经济社会发展服务。

强内涵建设,提升服务能力。实施人才强校战略,大力推进杰出人才工程、拔尖人才和科技创新团队培养工程,积极实施百名骨干教师培养计划和百名博士引进计划。目前学校已拥有的省级以上 20 个重点学科中工科占 90%。近年来,有 4 人入选"新世纪国家百千万人才工程",3 人入选教育部"新世纪人才支持计划"。

发挥学科优势,彰显服务特色。先后主持、参与"江苏省资源战略研究及对策"等 40 余项咨询类科研项目,为政府重大项目的决策与实施提供建议与对策。发扬我校"工中有农,以工支农"的优良办学传统,积极投身新农村建设,开发的"高性能稻麦联合收割机关键技术",使国产稻麦联合收割机达到国际先进水平。主动融入创新主体,承接企业委托科研项目 1 350 余项,经费达到 3.9 亿元,其中 2008 年达到 1.6 亿元。

创新实践载体,完善服务体系。主动对接"江苏省高科技产业发展 841 攀登计划"和江苏省科技服务社会"校企联盟"行动计划,实施"1863"计划,破解企业发展难题。与地方企业联合培养 1 000 名工程硕士,组建 80 个教授专家团与行业骨干企业对接。

(范　明)

新华日报

2009 年 7 月 30 日

江苏大学百余学生当"见习村官"

协助处理村务　进行创业体验　感受基层苦辣

本报讯　"这个暑假过得充实,有意义!我感受到了农村发生的深刻变化,也体会到了基层工作的不易。"回首自己近一个月的经历,江苏大学化学化工学院学生陈健感慨颇多。

暑假里,他与30多名同学一起到"中国农村改革第一村"——安徽凤阳县小岗村、"全国文明村"——江苏常熟市蒋巷村开展社会实践活动,受聘担任了那里的"见习村官",开展"三农"政策宣讲、新农村建设调研、农业科技推广、协助处理村务等活动。

据介绍,作为一所以农机起家、与"三农"一直有着天然情缘的综合性大学,今年暑期,江苏大学组织了多支小分队开赴农村,开展各种社会实践活动。人文学院、能源与动力工程学院、化学化工学院等百余名学生分赴江苏丹阳、句容等村镇担任"见习村官",切实感受中国农村发生的巨变。

"不了解中国农村,就不可能真正了解中国。"化学师范专业学生叶亚告诉笔者,在小岗村,他们吃住在农家,七八个同学住一间屋子,日出而作,日落而息。其间,他们同小岗村的"当家人"沈浩书记进行了交流,随那里的大学生"村官"处理村务,寻访当年的"大包干户",到田间地头、农家同农民谈心,并到大学生创业园里进行创业体验。在他们眼里,小岗村作为中国中西部农村的一个缩影,这些年发生了巨大的变化:修起了水泥路,一些农户盖起了小楼房,葡萄、双孢菇等生态种植业带动了当地的经济发展。在那里,学生们既为那里发生的深刻变化而欣喜,也为那里"一夜跨过温饱线,30年没迈入致富门"而沉思。同时,他们还对那里新兴的所有11家"农家乐"进行调研,进行了前瞻性的思考,写出了翔实的产业分析报告,作为未来发展的参考。

"同小岗村相比,蒋巷村已是真正意义上的社会主义新农村。"从小岗村到蒋巷村,当了两任"村官"的荀苏杭说。地处"三不管"地带的常熟市蒋巷村,几十年来,在"领头人"常德盛的带领下,走过了农业起家、工业发家、旅游旺家的历程,彻底改变了交通闭塞、贫穷落后的面貌,一跃成为独具水乡特色的社会主义新农村。荀苏杭说:"中西部农村和东部社会主义新农村的差距,固然有地域和自然条件的因素,但根子还在观念。"

"人的成功取决于机遇、平台和个人的努力,重要的还是要实践。"今年68岁、干了一辈子"村官"的蒋巷村党委书记常德盛,同"村官"大学生们推心置腹,"要沉下去,同老百姓打成一片,善于发现问题,在解决问题中提高自己。"常德盛十分赞成大学生到农村锻炼和创业:"年轻人就应该到农村到艰苦的地方去锻炼和实践,将自己的所学应用到实际生产、生活中,要有不怕吃苦的精神与决心,要有坚强的意志和拼搏精神。"

"改变中国农村尤其是中西部农村的落后面貌,我们大学生责无旁贷,任重道远。"今年刚刚毕业的孙王磊说。这位来自苏北农村,如今是连云港市一名"村官"的女生表示,"见习村官"的经历对她启发很大,"沈浩书记说,大学生到农村去,要当农民,但又要跳出'农民',这将成为我今后的座右铭"。

(张明平)

江苏大学新生朱崇威全家经济来源主要靠奶奶打零工，曾一度被"甜蜜的忧愁"困扰，报到当日，学校领导握住他的手说——

"进入校门就是到家了！"

9月5日，曾得到新华社记者关注、教育部部长周济批示，一度被"甜蜜的忧愁"困扰的朱崇威顺利进入了江苏大学。"进入校门就是到家了！你放心愉快地开始大学生活吧！"这一天上午，在江苏大学新生报到点，该校党委副书记、副校长姚冠新握住来自广西贺州市平桂区黄田镇东水村的寒门学子朱崇威的手，不住地给小朱安慰和鼓励。

今年19岁的小朱给人的第一感觉就是十分瘦弱。小朱父亲两年前因肺病去世，不久母亲改嫁，现在家中还有一个正在读高中的17岁的妹妹，兄妹俩和都已年近七旬的爷爷、奶奶相依为命，爷爷因中风而半身不遂，奶奶也身患高血压，长年需要打针吃药。小朱告诉记者，他们家中主要的经济来源就是奶奶在村工厂打打零工，还有就是伯伯家经常接济一点，但伯伯全家都是种田的，并且家中有孩子读书，负担也很重。

今年，小朱以优异的成绩考取了江苏大学，但想到近6 000元的开学费用，全家都陷入了"甜蜜的忧愁"。暑假里，小朱只身一人前往广东惠州一家手表模具制造厂打工，他的工作是用废油给手表外壳抛光。由于废气和油污刺激性太大，他反复出现皮肤过敏、感染，在打工26天后，不得不回到老家。8月初回到家中，小朱想到的第一件事就是到镇上买了9元钱的鸡肉，给长年难得吃荤的爷爷、奶奶好好"补一补"。随后，他又给爷爷、奶奶和妹妹买了点衣服，最后花了40多元钱给自己买了到学校报到的T恤、长裤以及一双运动鞋。

江苏大学学工处处长、团委书记李洪波透露，教育部部长周济看到关于朱崇威的报道后，立即作出批示，相关文件迅速转到江苏省教育厅，该省教育厅又将小朱的信息传真到江苏大学。江大老师立即设法和小朱取得联系，告知学校的一些资助政策，给他吃"定心丸"。在小朱来报到的途中，江大学工处的陈立勇老师一直同小朱保持着短信联系，并亲自到火车站门口迎接，让小朱"又惊又喜"。

在迎接新生现场，江大党委书记范明、校长袁寿其特地看望小朱，并再三勉励小朱安心、用功读书，其余事情交给学校。据介绍，江苏大学对所有贫困生都开辟"绿色通道"，学生可以"先住、先吃、先学习"，再凭有关手续办理助学贷款、申请助学金等。对于朱崇威，学校则为其"量身定做"了资助方案：减免了学费、书本费和住宿费；发放临时困难补助，解决其入学初期的生活困难；优先安排勤工助学岗位，考虑其申请校内助学金；帮助其申请国家助学贷款；等等。

（张明平　霍建伟　陈瑞昌）

中国教育报

2009年9月8日

忽如一夜春风来

——江苏大学附属医院转制试点改革发展纪实

6年的足迹连成串,就是冉冉升起的旭日;6年的期盼连一起,就是春天破土的新苗;6年的汗水汇成线,就是老树发出的新枝。

坐落于扬子江畔、北固山下的镇江市江滨医院,2003年2月根据省政府决定,成建制划归江苏大学,成为名副其实的江苏大学附属医院。时光荏苒,一瞬而过。6年来,江大附院紧紧抓住转制的难得机遇,励精图治、奋发图强,使这所有着73年办院历史的医院焕发出勃勃生机,医院的各项事业发生了突飞猛进的深刻变化。

改革篇

长期以来,陈旧的医院管理机制和平均主义的分配制度桎梏着医院的快速发展;江大附院领导紧紧抓住转制契机,在内部进行了大刀阔斧的改革,为医院的跨越发展增添了动力与活力。

2004年,江大附院实行干部、人事制度改革。干部公开竞争上岗,真正实现了能者上、庸者下、平者让,打破终身制;职称实行评聘分开制;全员实行人事聘用制,优胜劣汰,打破铁饭碗;根据岗位类别和资质实行人员分类管理;根据专业人员结构实行技术职务评聘分开制。一系列干部、人事制度的改革,极大地增强了职工的责任感、危机感和紧迫感,使现有的人力资源得到了充分开发和利用,为人才的合理配置、结构优化提供了人事保证,同时,也促进了职工队伍素质和医院整体功能的提高。

从2005年起,按照坚持效率优先、按劳分配、兼顾公平的原则,兼顾国家、集体、职工三方利益,江大附院先后出台了《绩效分配改革方案》等十几个改革文件,把管理要素、质量要素、技术要素、责任要素纳入分配机制,克服了攀比思想,打破了平均主义,同时把病人满意、技术水平、服务质量和服务总量作为考核与影响分配的主要要素,合理拉开分配档距,解决了临床科技人才贡献与报酬不一致的矛盾,实现了改革促进医院增量增效的目的。

此外,江大附院还积极探索后勤社会化改革。先是成立后勤服务公司,在全市率先推行后勤"1938"服务联动,开通24小时服务热线,为临床与患者提供便捷服务。接着引入竞争机制,充分利用社会资源,对医院食堂实施外包,降低了运行成本。后又引入物业管理模式,对保洁、配送、送检、陪检、陪护与电梯服务实施公司物业化管理,提供温馨服务,为患者排忧解难,受到患者的普遍欢迎。后勤保障支持系统的改革与探索,解决了长期以来后勤服务水平低下的顽疾。

创新篇

管理是重要的生产力要素。当前,医院间的竞争已从单纯争夺病源转变成综合实力和经营理念的较量,医院只有通过管理创新来提高竞争能力,才能适应医疗市场变化快、技术更新迅速的形势。如今在江大附院,管理创新不再是一句口号,已经成为医院领导和职工的共识,它激发着全院上下紧紧围绕科学发展观的要求,用新的管理创新思维谋划医院建设、指导医院实践、改进医院工作。

解放思想是前提。体制转换之初,工作千头万绪,江大附院人在深刻反思、总结经验、分析院情的基础上,在全院范围内开展思想解放大讨论,提出了实现"二次创业、跨越发展"的工作目标,提出了"又好又快"的发展理念。"快"强调的是外延和速度,"好"强调的是内涵和质量。这个主次关系的转变,标志着由外延到内涵的重大战略转变。6年来,江大附院在"又好又快"理念的指导下,在抓好硬件改善的同时,更加强调内涵建设,围绕"内涵、质量、管理、水平",苦练内功,夯实基础,强化管理,坚持不懈地把质量、水平、效率、效益放在一切工作的首位,努力实现"好中求快、快中求优"。

制度建设是关键。"从严治院、以法治院"是江大附院一贯坚持的办院方针,在抓好首诊负责制度、三级医师查房制度、医疗文件书写制度等医疗核心制度落实的基础上,附院人独创性地制定实施了《两查两巡规定》、《明查暗访制度》、《每月工作质量通报制度》、《行风督查制度》、《医德积分制考核制度》、《医疗质量积分制考核》、《处方点评制度》、《双休日节假日院领导值班督查制度》、《不良事件报告制度》等一系列具有创新性、实用性的规章制度。与此同时,建立了以综合目标督查、等级医院督查、双休日督查、行风督查为内容的明查与暗访相结合的制度保障体系,形成了立体式、全方位的医疗质量检查、考核和奖惩机制。

医疗质量是医院的生命。在医院管理实践过程中,江大附院进行了一系列卓有成效的管理与创新。通过建立月度百分制与年度千分制相结合的考评体系,与各科室签订《综合目标管理责任状》,与每位医务人员签订《医疗安全管理责任状》,形成了院、科、个人的医疗质量三级责任管理体系。通过从重点环节入手,重点抓好病历处方、高危科室、重点人员、关键时间、危重病人5个关键环节,持续改进医护质量,确保医疗安全。通过实施临床路径管理,先后选择了20个病种的临床路径,规范了工作流程,提高了工作效率,缩短了病人等候手术时间及住院日,取得了良好的社会效益。医院门诊均次费用和住院均次费用均处于全省三级医院的最低水平。

约束机制是保障。自2007年起,江大附院以医德积分卡的形式在全体医务人员中开展医德医风积分制考核。积分卡包括自我鉴定、社会评价、组织评价三部分,对医务人员的政治思想、廉洁守纪、岗位履职、社会满意度、事故差错、医德医风等进行了全面考核。医德积分卡作为医务人员医德医风实践的真实记录,客观地记载着医务人员医德施行的轨迹,具有很强的监管制约效应,使其成为医院加强职业道德建设的一种有效的监督、评价形式,对推动医院各项工作起到了积极的作用。2009年,江大附院医德积分考核的做法,在镇江市首届医德医风建设推进会上进行了经验介绍。

和谐篇

医疗卫生行业与人民群众的切身利益紧密相关,直接关系到民生问题,是构建和谐社会的重要组成部分。转制后的江大附院,从承担社会责任、改善医疗服务、培育先进文化入手,用构建"和谐医院"的理念提升着医院的精神与品位,使医院的物质文明、精神文明处于有序发展的状态,保持了和谐的医疗秩序和医疗环境,取得了可喜的社会效益。

2008年,四川汶川发生特大地震,震惊全世界。面对突如其来的灾难,江大附院以人民安危高于一切的责任感,积极投入抗震救灾战斗中,数百名医护人员参与了灾区千里转运的救护壮举,7名同志冒着生命危险随江苏医疗队赶赴抗震救灾第一线,谱写了一曲大爱人民的壮丽凯歌,得到了卫生部、卫生厅及省市领导与专家的高度评价。《新华日报》以《地震无情,我们有爱》为题给予了专题报道。此外,在应对冰雪灾害、手足口病、问题奶粉、禽流感、H1N1甲流感等突发公共卫生事件中,江大附院作为镇江市卫生行业的排头兵,一直发挥着核心作用,以实际行动履行着神圣的社会责任,得到了群众的信任与社会的赞誉。

在强化服务管理方面,江大附院把创建和谐医院作为目标,狠抓行风服务,先后实施"形象塑造工程",开展"三零"优质服务竞赛、服务满意工程、"文明窗口"优质服务竞赛等系列活动,实行行风查房制度,设立"温馨服务站",完善一站式服务,采取各项便民措施,举行各项技术操作比赛及规范化服务培训,努力解决人民群众看病难、看病贵的问题,医院综合满意度始终保持在90%以上。在2008年省卫生厅对60所医院出院病人的问卷函调中,该院取得了位居综合医院第4名的好成绩。医院的行风服务建设又上了一个新的台阶。

该院注重用先进文化来改善社会形象。制订《医院文化建设规划》,开展"学习周亚平、争当好医生"主题教育活动、"三行三心"系列活动、博士团、党员专家送医下乡、社区卫生服务等活动,使江大附院在群众中的形象不断改善。

发展篇

发展是硬道理,发展是第一要务。转制后,江大附院将"强院"作为又好又快发展的最终目标,用发展的成果来凝聚人心,增强职工的主人翁意识。短短的6年,医院在省卫生厅的综合排名从名落孙山到两度跨入前五行列。固定资产增加了4倍,占地面积扩大了2倍,建筑面积增加了3倍。短短的6年,医院的省级重点专科由1个增加到6个,市级重点专科由5个增加到8个,博士以上的人才由2名增加到65名,省级学科带头人由2名增加到8名,博士生导师由1名增加到4名。一串串的数据精彩地诠释了江大附院6年来快速发展的历程,见证了附院人默默耕耘、奋力开拓的脚步。

6年前,该院高层次人才相对缺乏,医疗队伍中只有博士2名、硕士24名。转制后,医院按照"不惜代价、不遗余力、不拘一格"的要求,加大高层人才的引进与培养力度,使队伍建设的学历结构、年龄结构、职称结构得到了整体优化。目前,已有省医学领军人才1人、省医学重点人才2人,8名同志当选为省级医学专业委员会的副主任委员。在医护队伍中,博士已达 65 人,硕士达 180 人,博士、硕士已经成为医疗队伍的主要力量。

6 年前,该院科研以市级课题和成果为主,省级课题和成果寥寥无几。转制后,他们在科研上加大政策扶持力度,共获得 8 项国家自然科学基金项目、38 项省市级科研项目,获得 8 项国家实用新型专利,有 20 项成果获奖,发表 SCI 论文 32 篇。该院连续 9 年获得镇江市科技进步先进单位称号。

6 年前,该院只有呼吸内科是省级重点专科。6 年后,经省卫生厅评审,消化科、肿瘤科、普外科、心内科、烧伤整形科又成为省级重点专科。转制前附院没有学位授权点,现在已有 8 个硕士点、2 个博士点。心血管等五大专科获得国家药物临床试验机构资格。

6 年前,该院的医疗设备陈旧,设备的更新明显地不能适应临床的需求。6 年来,该院加大投入,先后花巨资购置了德国西门子 3.0T 核磁共振、美国瓦里安高能直线加速器、SPECT、数字胸片机、全身彩超、超声胃镜等一批高档次的医疗设备,为提升医疗技术水平、开展科技创新打下了坚实的基础。

6 年前,该院的信息化建设较为滞后,只有 HIS 系统,无法满足临床与管理的需要。6 年后,该院建成了 LIS 系统、PACS 系统与远程网络会诊中心,完成了医生工作站、住院费用查询系统、医疗护理信息管理系统、设备管理系统、经济核算管理系统、院长查询系统等医院信息化建设,建立了江大附院网站,实现了办公自动化。安全、稳定、高效、便捷的数字化网络,推进了医院基本现代化的进程。

6 年前,江大附院的占地面积仅为 47 亩,门诊及病区房屋拥挤陈旧。转制后,在江苏大学的重点扶持下,制订《江苏大学附属医院院区建设整体规划》,将原江大北固校区百余亩优质土地资源以及在该校区新建的图书馆、体育馆、教学楼等资产全部纳入附院的整体建设规划,为附院创建高水平的现代化医院奠定了坚实基础。按照新的规划,医院占地面积扩展到 132 亩,病床扩展到 1 200 张,绿化面积达 2.5 万平方米,广场面积达 7 000 平方米。重新规划后的江大附院布局合理、功能清晰、环境优美。目前,投资 2 亿多元、建筑面积 5 万平方米的医院新外科大楼建设工程投入使用,外科住院条件得到极大改善。经过改造出新的医技楼交付使用,中心实验室、检验科、病理科等的工作及科研条件在省内名列前茅。投资 1.2 亿元、总建筑面积达 4 万平方米左右的门急诊改扩建工程即将完工使用,老外科改造为内科楼工程正抓紧施工,预计明年上半年投入使用。届时,一所园林化、生态化的绿色医院就呈现在人们面前。

忽如一夜春风来,千树万树梨花开。转制 6 年,江大附院体制改革试点的成功实践,使一所拥有 70 多年发展历史的老医院重新焕发了勃勃生机和活力,建设新附院、创造新辉煌正在从梦想变成现实,江大附院的建设发展正在昂首阔步迈向新的辉煌。

(沙志平 羊 城)

新华日报

2009 年 9 月 24 日

孤儿自学两次考上大学　长假南京擦车挣"生活费"

　　长假8天，大学生们纷纷外出旅游或回家探亲，但来自国家级贫困县宁夏西吉县、现在江苏大学能动学院读大二的张志治，却在南京一汽车俱乐部擦车——"一天60元，还包吃包住！"

　　张志治1987年出生在西吉县一个贫瘠的小山村，出生时母亲难产而亡，5岁时父亲掉入井中溺亡，从此他就与当时只有16岁的姐姐相依为命。靠姐夫的帮助，他才得以进课堂插班旁听。

　　但插班并不影响小张，他成绩优异，初三时老师每晚9点就会把学生"赶"回宿舍，可小张总是再偷偷溜回教室学习到深夜12点。倒不是他不想早睡，因为只盖一床破棉被，他常被半夜冻醒，再也难以入睡了！工夫不负有心人，当年小张考取了当地最好的高中——西吉高中。

　　进入西吉高中，小张已18岁，有着两个孩子的姐姐、姐夫，再也无力供养他读书。2005年那年回家忙完麦收后，刚读完高一的小张，再也没能回教室去。可辍学第二天，他就到学校向老师借了高二的教材、讲义。不管是学徒打工、帮干农活，还是赋闲在家，只要有时间他就自学。2007年和2008年，他以社会青年的身份两次参加高考且都达到本科线，因坚信能考得更好，2007年他没有去被录取的师范院校报到。2008年，他以510分的优异成绩被江大能动学院录取。

　　2006年暑假，小张大胆办了个辅导班，拿10元钱印了20份传单进县城张贴。那个夏天小张共收了9个学生，他登门辅导90天竟挣了2200元！由于本人自学能力就强，他辅导的学生成绩都有明显提升。此后几年寒暑假，他办的辅导班都准时开班，在县城已成了品牌。

　　小张入校受到江大各方面全方位的关心和帮助。学院给他办理了助学贷款和各项补助，还安排他与退休老教师张银秀结对组成"新家"，使他重新感受"家"的温暖。小张的传奇故事感动了太多的在校生，目前他在校内打三份工，空隙时做家教，加上孤儿大学生每月200元的生活补助，每月收入近千元，但他从来舍不得花钱："我还有那么多的助学贷款要还呢！"

　　长假期间，小张经同学介绍到南京这家汽车美容店"上班"。他告诉记者，长假挣四五百元，两个月的生活费就有了！

（建伟　明平　凌云）

江苏大学获农业领域国家重大专项资助

日前,江苏大学生命科学研究院的"高通量二维电泳—质谱联动技术检测转基因水稻产品"课题获国家转基因生物新品种培育科技重大专项资助。这个项目是国家近期重点发展的6个重大项目之一,也是农业领域唯一的项目。

转基因生物新品种培育科技重大专项是《国家中长期科学和技术发展规划纲要(2006年—2020年)》确定的未来15年力争取得突破的16个重大科技专项之一,它对于增强农业科技自主创新能力,提升我国生物育种水平,促进农业增效和农民增收,提高我国农业国际竞争力,具有重大的战略意义。

(霍建伟)

科学时报

2009年10月12日

江苏大学获批中澳国际合作重大项目

江苏大学科学研究院特聘教授张弛申请的中澳国际合作重点项目及"中澳先进功能分子材料国际联合研究中心"国际合作平台项目,获得中国科技部和澳大利亚创新、工业与科研部(DIISR)联合批准。

从去年上半年开始,由张弛发起、主持并联合国内南京大学、哈尔滨工业大学、郑州大学的多位青年学者和特聘教授,同澳大利亚国立大学、莫纳西大学等校的6位国际著名学者,在分子功能材料化学和非线性光学的交叉学科研究领域进行紧密合作,共同申请中澳国际合作重点项目"结构导向的纳米级金属簇合物基分子功能材料光电性能调制研究:实验、理论及应用",并以此为基础,联合申报了国际合作重大项目"中澳先进功能分子材料国际联合研究中心"。通过专家学术评审和预算经费评审及外交关系和国际政策审核,该项目成为75个申请项目中最终获批的8个之一,同时获准建立中澳国际联合研究中心的仅有两项。

据介绍,江苏大学加强校内学科交叉与合作,凝练和定位了功能分子材料与器件的4个主要研究发展方向:非线性光学及荧光、磁性分子功能材料,新型多功能超分子电化学材料,纳米材料形貌控制合成与催化,低维功能材料与器件。同时,该校联合南京大学、苏州大学等研究团队,加强在磁性、荧光、非线性光学分子功能材料等领域的合作与交流,强化跨学科交叉研究。此外,中心还面向海内外延揽具有较高学术造诣、在光电分子材料各相关研究领域有一定国际学术影响力的精英,着力打造一支高水平的研究队伍,建设基础与应用基础的研究高地。

(张明平)

科学时报

2009 年 10 月 20 日

江苏大学让大学生"意向村官"下乡"热身"

日前,江苏大学与江苏东台市签署合作协议,决定共建"大学生村官实践基地",为有志于扎根农村的大学生"意向村官"们提供一个提前了解农村、适应农村的"热身"平台,为他们今后在农村更好地开展工作作思想、情感和能力上的储备。

根据协议,实践基地建在东台市"不锈钢名镇"溱东镇。江苏大学每年择优挑选 20 ~ 30 名立志奉献农村的应届毕业生到溱东镇挂职锻炼。党员学生挂职村党委(总支)副书记,非党员学生挂职村主任助理。时间安排在每年寒假,任期为一个月左右。溱东镇除负责落实大学生到村挂职的工作安排、提供食宿、发放适当生活费外,还负责对大学生在村挂职期间的培训、帮带和考核工作,对表现优秀的大学生按照程序优先推荐录用为大学生"村官"。

"有两位大学生'村官',一个因为'现实跟原来的想象太不一样',一个因为'听不懂本地话',先后要求离开。这件事情给了我们一个很大的警示,那就是:让大学生扎根农村,必须让大学生先了解农村。"在谈起与江苏大学共建"大学生村官实践基地"的动因时,东台市委组织部长童健这样说。

其实,大学生"村官"对农村、对基层缺乏了解,缺乏足够的思想准备和情感认同的情况并非个案。有专家通过调研发现,一些大学毕业生报考"村官"的时候,凭的只是一腔热情,他们对真正的农村生活并不了解,对融入村民的生活也缺乏主动性和耐心,从而使自己的才能得不到很好的发挥。

江苏大学与东台市共建"大学生村官实践基地"的目标就在于,为大学生到农村任职营造从城市到农村、从理论到实践的渐进过程环境,使大学生到农村任职前达到"三个提前"、"三个适应"、"三个确保"的效果,即:提前了解基层、提前认知农村、提前介入实践,适应农村生活环境、适应农村工作节奏、适应农村人文风俗,确保把优秀大学生充实到农村干部队伍中去,确保大学生立志奉献农村热情不减、信心不减,确保大学生的优势在新农村建设中得到充分发挥。

"面向农村、面向基层培养并输送优秀的大学毕业生,是学校社会服务功能的重要内容和内在要求。"江苏大学党委副书记、副校长姚冠新介绍说,"此次与东台市合作为大学生'意向村官'共建实践基地,是学校从源头上解决大学生'村官'赴农村工作思想和能力上'水土不服'问题的又一次有益尝试,是把大学生'村官'的培养与选拔有机结合的积极探索。"

此前,除与东台市开展科技难题攻关的合作、联合开展成人教育外,该校还在东台市溱东镇设立了研究生工作站,选派研究生暑期挂职镇长科技助理,为当地企业破解各类技术难题,取得了良好的经济和社会效益。

(张明平　霍建伟)

科学时报

2009 年 11 月 3 日

我市公立医院改革跨出实质性步伐

"康复""江滨"两大医疗集团正式成立

本报讯　昨天上午,江苏康复医疗集团、江苏江滨医疗集团成立大会举行,这标志着我市公立医院改革跨出了实质性步伐。市委书记许津荣、江苏大学党委书记范明分别为江苏康复医疗集团、江苏江滨医疗集团揭牌。

省卫生厅副厅长陈华,市长刘捍东,市政协主席郭礼荣,市人大常委会党组书记、常务副主任张甫雄出席成立大会。市委常委、常务副市长陈照煌主持会议。副市长王萍宣读了市政府对江苏康复医疗集团、江苏江滨医疗集团成立的批复。

康复医疗集团组建方式为紧密型,包括市一人医、二院、四院、镇江新区医院以及新区所辖的大港、大路、丁岗、姚桥等 4 所基层医疗机构,京口区的正东路、象山镇 2 个社区中心和区妇保所,润州区金山、和平、蒋乔 3 个社区中心等医疗机构。

江滨医疗集团组建方式为松散型,包括江大附院、市三院、市中医院、解放军 359 医院和京口区的谏壁镇、健康路、大市口、四牌楼 4 个社区中心及润州区的七里、宝塔、官塘 3 个社区中心等医疗机构。

根据我市推行公立医院改革的精神,两大集团筹建的基本原则是以三级甲等综合性医院为核心,以专科医院、社区医疗服务机构为成员,坚持自愿为主,体现互相竞争,以资产和技术为纽带,紧密型和松散型相结合,卫生资源相对均衡为基础。目前,两大医疗集团筹建工作已基本完成,具备了实质性运作的条件。

市长刘捍东在会上指出,两大医疗集团的成立标志着我市公立医院改革跨出了实质性的一步,公立医疗机构正式迈上了规模化、集约化发展的道路。这是我市医疗卫生事业发展历程中的一个新的里程碑,也是镇江跨越发展征程中的一件大事。两大集团的组建,将使人民群众享受到更优质、更经济的服务。可以优化医院的配置资源,加快做大做强。两大医疗集团成立后,应尽快建立起三大机制:法人治理运作机制、医院内部绩效分配机制和集团发展的多元化投入机制。

刘捍东强调,无论医疗集团的管理模式、运营方式发生何种变化,为人民群众提供优质医疗服务的宗旨不能变。他希望两大集团紧密围绕"三提高一降低"的目标,在诊疗环境、服务模式、就诊流程、行风建设、人员素质等各方面,采取更加有效的措施,贴近群众,服务群众,用优质周到的服务来打造服务品牌,让广大群众享受到水平更高、服务更优、成本更为群众认可的医疗卫生服务。他同时表示,市政府将进一步加大对公立医院的财政投入,采取财政购买服务的方式,在确定原有财政投入的基数上,确保每年用于公共卫生服务的支出增幅高于经常性财政预算支出增幅。

省卫生厅副厅长陈华代表省卫生厅对我市成立两大医疗集团表示祝贺,并希望两大医疗集团做大做强,创出新医改的"镇江模式"。

江苏江滨医疗集团出资人代表——江苏大学副校长李萍萍在会上表示,作为出资人之一,江苏大学将与其他成员单位通力合作,充分利用江苏大学的教学优势和江大附院的学科、专科优势,带动集团内各级成员单位共同、持续、和谐、快速发展。

江苏康复医疗集团院长朱夫在会上表示,集团成立后,将认真执行《江苏康复医疗集团章程》的有关规定,促进集团建立"产权明晰、明确责任、政事分开、管理科学"的现代医院管理制度,谋划好集团成员单位的各项工作,通过优化组合,打造集团的特色学科和服务品牌。

(叶明旻)

镇江日报

2009 年 11 月 7 日

江苏大学董事会成立

史和平、许津荣、刘捍东等省市领导出席成立大会

本报讯 昨天上午,江苏大学董事会成立大会在该校隆重举行。副省长史和平,海南省委常委、三亚市委书记江泽林为董事会揭牌。中国机械工业联合会名誉会长、江大董事会董事长于珍,市委书记许津荣,市长刘捍东,市委常委、纪委书记杨建等市领导及江大校友代表、社会各界嘉宾出席会议。

运输部部长李盛霖,卫生部部长陈竺,原机械工业部部长何光远,原机械工业部常务副部长、机械工业局局长邵奇惠,国家新闻出版总署副署长邬书林,国家自然科学基金委员会副主任、中国工程院院士孙家广,副省长张卫国、曹卫星,四川省政协副主席陈次昌及清华大学、中国人民大学、浙江大学、南京大学等单位来电或来函表示祝贺。

董事会是江苏大学为深化高等教育体制改革,积极探索以政府办学为主、社会各界共同支持参与学校建设的办学新体制的一种有益尝试。董事会成立后将对学校办学方向、发展规划、人才培养以及教学、科研、社会服务等重要事务进行咨询、指导、审议和监督,是社会各界与学校建立全面、紧密、稳定的合作关系,以多种方式支持学校建设与发展的一种组织形式。

江苏大学董事会共有 118 个董事成员。根据章程,董事单位或董事可以优先选聘江苏大学优秀人才,委托培养各类急需的专业人才,联合开办各种培训,开展多种形式的合作办学,委托开展各类项目研究,免费或优惠获得信息、技术、法律等方面的咨询,优先获得江苏大学最新科学研究成果的技术转让等。同时,也有义务为学校发展提供或筹集资金、捐赠物资,向学校委托研究课题、技术攻关项目及有偿培训项目,为学校提供教学、科研和社会实践方面的便利,支持学校毕业生就业工作,并对学校办学方向、人才培养、学科建设、科学研究、大型项目等重大事项提供参谋、咨询、指导,促进学校与国内外各界的广泛接触和联系。

史和平代表省政府对董事会的成立表示热烈祝贺。他充分肯定了江大组建以来在改革发展中所取得的成绩和为地方各项建设作出的贡献。他表示,省委、省政府将一如既往地关心、支持江大建设,为学校改革发展创造良好条件。希望学校深入学习贯彻落实科学发展观,继续秉承优良办学传统,适应经济社会发展需要,进一步解放思想、锐意创新、开拓进取、扎实工作,切实提高教育教学质量、自主创新能力和社会服务水平,培养造就更多一流人才,在有特色、高水平的办学道路上迈出更大步伐,为江苏"两个率先"和创新型省份建设作出新的更大的贡献。

镇江市委书记许津荣在讲话时,代表市委、市政府对江大董事会成立表示热烈祝贺,向

来自全国各地的朋友表示诚挚的欢迎。她说："多年来,江苏大学为国家建设培养了大量人才,也为镇江经济社会事业发展作出了巨大贡献。镇江市委、市政府和全市人民,为江大改革发展所取得的成绩感到高兴,也为镇江有这么一所名校而感到自豪。"她表示:作为江大董事会的一员,既感到是一种荣耀,更感到是一份责任,今后,将继续为学校更好地发展尽心尽力、献计献策,市委、市政府也将一如既往地关心、支持学校的改革与发展,并真诚祝愿学校各项事业再上新台阶、再创新辉煌。

大会由江苏大学党委书记范明主持。江苏大学校长袁寿其致欢迎辞并介绍了学校改革、发展情况。

部城市建设司巡视员张悦,国务院国资委管理局副局长徐华,广西柳州市委书记、市人大常委会主任陈刚,河南省交通运输厅厅长董永安,江苏省有关部委厅局领导,12 个省辖市领导以及中国重汽集团有限公司总裁蔡东等企业界代表出席会议。

（张明平　霍建伟　姜木金）

镇江日报

2009 年 11 月 29 日

220 名专家江苏大学纵论"功能材料"

本报讯　日前,由中国仪表功能材料学会、江苏大学等联合主办的"2009 中国功能材料科技与产业高层论坛"在江苏大学举行,包括 7 名院士在内的 220 余名专家、学者、企业家和科技工作者参加此论坛。

功能材料是指那些具有优良的电学、磁学、光学、热学、声学、力学、化学、生物医学功能,特殊的物理、化学、生物学效应,能完成功能相互转化,主要用来制造各种功能元器件而被广泛应用于各类高科技领域的高新技术材料。功能材料是新材料领域的核心,是国民经济、社会发展及国防建设的基础和先导。

本次论坛是我国功能材料科技与产业领域的高层学术交流会,共征集学术论文 384 篇,录用 285 篇。会议为期 4 天,共作学术报告 93 场,就当前功能材料领域科技与产业的热点、重点、难点和发展趋势等问题展开了充分的研讨,同时还就国内外功能材料各分支前沿态势及最新进展作了评述,内容包括各种新型的光、电、磁、热、力、声、化学、生物、能源、环境、纳米等功能材料,及其分析、检测、评价、制备、加工等技术。

（张明平　霍建伟）

科技日报

2009 年 12 月 8 日

江苏大学有个"发明大王"

两年申请国家专利28项

发明专利,对于大多数人来讲是一件神秘而又遥不可及的事情。然而,江苏大学机械学院大三学生吴多辉两年里却"冒"出100多个发明创意,申请了国家专利28项,其中10项专利已经获得了授权,成了名副其实的"专利大户"。目前已有不少商家同他联系进行产业化开发,甚至有单位要以百万元高价购买其专利。

高二开始申请专利

"在没有自己搞发明、申请专利的意识之前,我10多年来都没有搞出一项发明。"虽然脑子聪明,喜欢钻研,但由于没人指点,小吴在高二之前并没有搞发明的想法,更谈不上有专利了。直到有一次,小吴在科普杂志上了解到申请国家专利的基本过程,便开始留意生活中的点点滴滴,仔细观察身边的每一件学习生活用品,指望能搞出什么新的发明来。

工夫不负有心人。一次上数学课时,老师要画一个圆,发现忘了带圆规,就随手拿了一根绳子,一手拿着绳子的一头固定在黑板上,另一只手拿着粉笔并拉着绳子的另一头绕了一圈,一个完整的圆就画出来了。老师的这一举动触发了吴多辉的创意灵感,他马上拿起图纸,在直尺上加上一个圆心固定位置和一行小孔,画圆时笔尖穿过小圆孔,绕过圆心固定装置定下来的圆心转一圈,一个圆就画出来了,并且可以通过尺子刻度直接读出圆的半径,十分方便。"圆孔型尺子圆规"就这样成功了。在此基础上经过完善,他相继完成几项发明:在直尺之上设计出"槽型直尺圆规",在等边直角三角板上设计出可以直接画出任何正方形内切圆的"三角板尺子圆规",在半圆形量角器上设计出可以画出任何角度夹角的内切圆的"量角器尺子圆规"。《海南日报》对他的发明创造作了专题报道,小吴尝到了发明的甜头,从此加入了发明和申请专利的行列。

发明就在身边

"发明是一种方法、一种思维,正确的方法和思维是发明的源泉。"小吴说,发明没什么神秘的,只要我们留意,生活中到处都有发明,每个人都可以成为发明家。小吴对日常见到的事物,总是从功能、形状、大小、材料、颜色、结构等多角度进行观察和分析,思考改进和提高的方法,就这样,他的发明创意就像泉水一样源源不断地涌出来,有时候一节自习课就能搞出几个小发明。看到勺子容易滑入汤中,既不方便也不卫生,便设计出"磁性防滑卫生勺";看到日常使用的水杯,他从多角度联想分析,一下子就搞出了"方便卫生过滤网水杯"、

"滤网可旋转水杯"、"可携带茶叶的水杯"、"可控制茶汤浓淡度的水杯"等一系列发明……这两年,在学校知识产权研究中心的帮助下,他拿出富有市场前景的 28 项发明申请了国家专利,仅大二一年就收到了 10 项授权证书,成为江苏大学的"发明新星"。

要创业当企业家

对发明创造的痴迷并没有使吴多辉变成"书呆子",除了学习、搞发明之外,他还参加了不少社会活动,他喜欢打排球,现担任江苏大学排球协会副会长,还担任江苏大学发明创造协会高级会员、中华自然医学组织会员和一家保健食品公司的镇江副总代理。

相比他的发明头脑,他的商业头脑也毫不逊色。由于从事商业活动较多,同学们见到他时总是称呼他"吴总"。他当过发单员、推销员,卖过计算器、保健品,倒腾过二手军训服、军训鞋。两年多就赚一万多元,这些钱成了他发明创造和申请专利的主要经费。

"从事商业活动,主要是为了培养我的商业眼光和思维。毕业后,我想自己创业做个企业家,使我的发明创造能够服务社会。"据小吴介绍,除了在图书馆翻看一些科普图书外,他还经常看一些营销、管理以及智谋类的书籍,为今后创业打下坚实的知识基础。

(张明平　霍建伟)

中国教育报
2009 年 12 月 23 日

一名女护士守护路边发病男子

镇江 4 万余网友寻找这位"好姑娘"

几天前,一骑电动车的男子突然栽倒在镇江市中山北路的路边绿化带中,当时没有人伸出援手。一名身穿白色羽绒服的年轻女孩经过,立即拨打 120 和 110,并一直守候在其身旁,一直等到救护车将伤者救走。女孩看护、报警、救人的过程,被网友"西门三炮子"拍下并上传到镇江热门论坛上,女孩翘首等待救护车的眼光感动了太多的网友。4 万余名镇江网友浏览后感动、赞叹不已,"善良的女孩最美丽",他们纷纷追问这位"好姑娘"的真实身份。

网上三张现场照片感动网友

"今天下午,4 点 10 分左右,也就是距离现在半小时,我骑车经过中山北路大富豪家具城附近,看见一个中年人栽倒在慢车道上,头上、身上全都是泥土,旁边一个非常漂亮的小姑娘在不停地打电话。我一问旁观的人,才知道,中年人因为在骑车的过程中发病,栽倒在马路绿岛的树丛里,昏了过去。勇敢的小姑娘把他拉到边上,并且拨打120。我离开的时候,120还没到来……我听了非常感动,对这位小姑娘充满敬意,摄下图片,告诉大家。"18日晚,一个题为"图片速递:非常感动人的场面"的帖子,出现在"镇江网友之家"网站的"百姓话题"论坛上,同时还附上了这名网友拍摄的三张现场图片。

记者看到,图片中的主角是一名身穿白羽绒服、围着粉红围巾、脚蹬一双靴子的长发女孩,在女孩的脚下,躺着一名衣袖上沾满泥土、面部表情十分痛苦的中年男子,男子身边则是一辆电动车。图片中最吸引人的就是女孩的目光:第一张图片中女孩双眼满含同情,看着躺在地上痛苦的男子,不停搓着双手,好像很无奈;第二张图片中女孩伸着脖子望着远方,似乎在焦急地等待救护车的到来;第三张中,女孩已蹲在男子的旁边,一手拿着手机,眼睛同样望着救护车来的方向。自始至终,白衣女孩的眼中都透露出一种关怀、关切的目光,与躺在冰冷地面上男子痛苦的表情正好形成对应,充满人性关怀,十分动人、感人。

网友寻找"最美女孩"

白衣女孩感动了太多网友,也引起了太多网友的好奇。"最美的女孩,你到底是谁?"发帖之初,就有网友提请媒体介入报道,肯定白衣女孩的善举,本地媒体也有记者跟帖并留下电话,希望网友能发挥巨大的"人肉"力量,提供白衣女孩的相关线索,以便采访报道。当帖子发展到有3万人点击时,仍没有人能提供有关白衣女孩的信息。

然而,网友的力量是不能低估的。对于白衣女孩的来处,网友"洛娃"跟帖:"这个姑娘好像是外地来镇的打工妹,而且平时表现就很好。"有网友告诉发帖者:"好姑娘是万科(地产)的售楼小姐。"而网友"酸酸520"则说:"这个姑娘好像是江滨医院ICU的护士,上次我妈朋友住院就是她帮忙照顾的,服务态度很好的。"但是,没有一个确切的答案。那么,神秘的"好姑娘"到底在哪里?

医院里找到"好姑娘"

"酸酸520"的帖子相对翔实、靠谱,结合白衣女孩的援救比较专业这一事实,记者决定首先从江滨医院入手寻找"好姑娘"。昨天,记者请江滨医院宣传部帮助查核,不想很快接到回话:"好姑娘"就是江滨医院ICU病房的护士,"好姑娘"的名字也特别,就叫"周好",而且正好当班。

记者立即赶往江滨医院,经过特别批准,进入ICU监护室。一名护士指着病床前正在护理一位重症病人的女孩,对记者说:那就是周好。应要求周好将口罩拉下,记者一看:正是帖子中的那个"好姑娘"!但没穿羽绒服和靴子的周好,看上去要比帖子中的白衣女孩娇小了许多。周好20日在同事的提醒下,才知道网友在热议她救人的事。她21日上网看了一下,由于自己日常工作就是救死扶伤,所以她根本不觉得当天伸手救助有什么了不得的,加上"三班倒"又没有时间泡网,此后就没放在心上。

今年25岁的周好是镇江卫校的毕业生,救人当天她正好回母校取大专毕业证书。步行回头时,她突然看到前方约50米远处有一男子栽进绿化带,电动车摔在一边,周好告诉记者,当时前面有好几个人骑车过去,但没有人下来救助,她走到该男子身边,发现他像是腿部受伤,躺在地上非常痛苦。因其熟知急救常识,她并没有上前搬动他,而是立即拨打120,因为一旦骨折搬动会造成二次伤害。该男子虽然痛苦但意识尚清,打完120,周好蹲下身来问他家中电话号码,想通知其家人。但对方没有说,周好就拨打了110。随后,周好就焦急地翘首等待救护车的到来。几分钟后,救护车赶到,该男子被抬上车急送二院。周好透露,目前被救助的男子没有跟她联系,她也正惦记对方的伤情。

送走伤者,周好没有马上离开,等110来后,她大概讲述了情况才离去。

记者了解到,该帖只过去几天,已经被版主设置"高亮",有4万余网民浏览,有近250名网友跟帖,成为论坛上最火爆的帖子之一。"有图有真相",太多的网友被这名白衣女孩感动,纷纷将心目中最美好的赞誉送给她。更有网友称其为"镇江的骄傲"、"2009年度感动镇江新闻人物"。

"江海本色"说:在这寒潮来临的冬季,一股春风吹拂江城。并不算靓丽的脸庞,在此刻却让人感到心情愉悦!女人什么时候最美?此刻的她最美!!!

"风中一笑"说:看见这孩子焦虑的神情、忧郁的双眼,感觉她太纯洁、太真诚、太善良了,她把伤者当成了她的家人……

"河东河西"说:人美心美,行为更美。

"湛湛"和"清水"说:善良使人美丽,善良的女孩最美丽。

"惊鸿居士"说:最美女孩。

担　忧

但记者同时注意到,在褒奖女孩的同时,也有不少网友认为"现在救人需要勇气",他们也替女孩担心:万一遇到"碰瓷"者怎么办?

"永恒的吸血鬼":小姑娘比较善良,毫无社会经验,这种情况敢扶?

"水妖妖":勇气可嘉,不过也太冒险了。前几天看到一个老太跌倒,周围都没人敢去扶,后来有个小丫头去扶了。她去扶的时候,周围人还说小心回头赖你哦。正说着呢,那个不要脸的老太真的赖说是那个小丫头挤她跌倒的,非拉着人家要赔钱。后来周围的人看不过去了,都说是老太自己跌下来的,人家小丫头只是扶了下,后来才算了事呢。

"maoxiang":小姑娘一定是网上得少,冒险侥幸一次,下回可得注意了。

面对网友担心其救助会被"讹",周好说她回家后说起这件事,家人同样表示了这种担心,为此她恨死了那些"碰瓷"的人。不过,她又平静地说:"医院的教育和日常的抢救工作都让我感到,没有任何后果比一条生命的丢失更严重。"

(孙　卉　赵　蓉　张明燎　万凌云)

扬子晚报
2009年12月26日

*2010*年

为贫困生建档案 "一对一"帮扶孤儿 优先推荐就业

江苏大学确保贫困生生活无困学习无忧思想无惑

"如果没有各位老师的悉心帮助,真不知道我的大学生活该如何度过。"2009 年 6 月从江苏大学本科毕业的刘春涛感慨万千。刘春涛来自四川农村,接二连三的家庭变故使她成了孤儿,在学校的关心帮助之下,她摆脱了消沉和迷惘,不仅出色地完成了学业,还考取了上海大学钢铁冶金专业的研究生。

"贫困生是高校学生中的弱势群体,做好他们的思想教育工作具有十分重要的意义。"江苏大学党委副书记、副校长姚冠新说,"学校多年来积极探索经济困难学生资助模式,每年用于资助贫困生的金额达 2 500 万元,同时不断探索贫困生思想政治工作的路径,确保贫困生生活上无困,学习上无忧,思想上无惑。"

江苏大学在校学生中家庭经济困难的约占 25%,其中特别困难的约占 8%。江苏大学学工处处长李洪波告诉记者,目前,该校已建立起了"三困"学生的"三色"档案,即经济困难学生的"黄色"档案、学习困难学生的"绿色"档案、心理困惑学生的"红色"档案,采取有针对性的措施进行重点帮扶,使每个困难学生都能得到定向的帮助和指导。

从 2005 年开始,江苏大学学工处、关工委推出"给我一个家"孤儿结对帮扶活动,挑选离退休教师家庭同孤儿大学生结成对子,每月给孤儿大学生发放 200 元的经济资助,同时还给予他们精神上的鼓励。大四学生左文龙 3 岁丧父,上大学后不到一个月母亲也撒手人寰。他变得沉闷、自闭,学习成绩也一落千丈。与他结对的朱慎行夫妇对此揪心不已,经常把他叫到家里聊天沟通。小左逐渐解开了心里的疙瘩,变得开朗起来。目前,该活动先后结对帮扶孤儿大学生 24 名,已经毕业的 10 名孤儿大学生中,1 人考取研究生,其余 9 人顺利就业,2 人入了党。

很多家庭经济困难的学生由于自身条件有限,对能否顺利就业缺乏信心。为此,江苏大学实施了专门针对贫困生的"就业援助"活动,安排专人进行"一对一"辅导,举办专场招聘会,优先推荐就业。以 2009 届毕业生为例,目前江苏大学已有超过 9 成的贫困生实现了就业。

学校的关怀使得贫困生群体用心学习、回报社会。据统计,江苏大学贫困生获各类奖学金的比例不断提高,由 2006 年的 21.70%增长到 2008 年的 29.35%。广大贫困生还主动服务他人和社会,每年人均做义工超过 50 小时。

(张明平)

江苏大学获三项国家科技成果奖

昨在 2009 年国家科技奖励大会上受表彰

昨天在北京召开的 2009 年国家科学技术奖励大会上传来好消息,江苏大学三个项目获得了国家科技成果奖。

其中,毛罕平教授、李萍萍教授等完成的"温室关键装备及有机基质的开发应用"项目、杨继昌教授(第一完成人)与江苏宏大特种钢厂朱圣财等完成的"节能环保型球团链箅机关键制造技术及应用"项目获国家科技进步二等奖,孙玉坤教授(第二完成人)与东南大学戴先中教授等完成的"基于神经网络逆的软测量与控制技术及其应用"项目获国家技术发明二等奖。

毛罕平教授、李萍萍教授等人经过 14 年不懈努力,综合运用多种手段,研究开发了适应我国亚热带季风型气候条件、制造成本低、运行能耗低的现代化温室及配套应用技术,提升了我国温室装备和环境控制技术的水平。该技术成本比国外同类产品低 30% ~40%,运行能耗低 33% ~50%,蔬菜基质栽培周年生产力比同类温室提高 20% ~50%。

直至 2000 年初,国产链箅机尚为空白。杨继昌教授等会同江苏宏大特种钢厂,经过长期攻关,开发的链箅机被认定为国家重点新产品和江苏省专利新产品,在武钢、首钢、鞍钢、沙钢等企业的 32 条生产线推广应用,120 万吨以上链箅机国内市场占有率达 100%。应用这些链箅机的企业多出铁 874.1 万吨,新增效益 26.2 亿元,节约标煤 291.5 万吨和焦炭 166.6 万吨,节支 55.4 亿元。

"基于神经网络逆的软测量与控制技术及其应用"项目,由东南大学戴先中教授和江大孙玉坤教授等合作完成。该项目针对自动控制技术领域复杂过程中许多关键部位难以直接测定等难题,发明了实用的实时软测量技术,近三年创造经济效益 1.2 亿多元。

(张明平)

镇江日报

2010 年 1 月 12 日

创新创业铸就青春

——走近江苏"十大青年科技之星"

1月31日,在省科协七届六次全委会上,江苏省"十大青年科技之星"评选揭晓。10位平均年龄36岁的年轻人集体亮相,他们都是在各自领域辛勤耕耘并颇有收获的佼佼者。

让脊柱畸形的青少年挺直腰杆

此次获得"科技之星"称号的南京鼓楼医院脊柱外科副主任医师朱泽章,每年完成复杂脊柱畸形矫治等手术200余台,让许多饱受脊柱畸形之苦的青少年挺直了腰杆,恢复了正常的学习和生活。

朱泽章告诉记者:"脊柱侧弯是一种多发于青少年生长发育期的脊柱畸形疾病,如不及时治疗,似麻花样扭曲的脊柱,会影响人体生长发育和心肺功能。此矫形手术难度大,稍有不慎,就会导致病人神经系统的损伤甚至瘫痪。"鼓楼医院脊柱外科是国内脊柱外科行业内规模最大、最具有影响力的医学专科。在导师邱勇的带领下,朱泽章开展了许多创新手术,每例手术都获得了满意的疗效。

填补极地雪冰研究学科空白

侯书贵,南京大学地理与海洋科学学院的冰川学家,是我国冰冻圈科学研究的青年学科带头人,他曾两次奔赴南极,探取南极最高点冰穹A的千年冰芯,探寻地球更多的秘密。

据介绍,南极内陆核心区域的冰芯就好像是一部气候史书,封存了不同历史时期气候和环境的变化,蕴藏着珍贵的古气候和古环境信息。因此,人们认为南极内陆冰芯是全球气候变化最理想、最有价值的研究材料,目前世界各国都竞相在南极寻找年代久远的深冰芯。

在冰穹A的核心区域,侯书贵和他的队友一共钻取了109米的珍贵冰芯,这是世界上首次在南极冰盖最高点上获取的盖顶点冰芯,其雪冰研究成果填补了学科空白。

苹果的味道用仪器"看"出来

通常只能靠鼻子闻出来的气味,竟然能够很直观而又精确地用眼睛"看"出来!一套检测系统,能够得到水果的大小、颜色、形状、糖酸度等精确指标,这就是此次获奖的江苏大学邹小波参与开发的食品农产品品质无损检测新技术。

邹小波介绍说:"经过多年的努力,我们引入了信息科学领域中的融合技术,在单一检测技术的基础上将计算机视觉、电子嗅觉和近红外光谱分析等多种检测信息有机融合,取得了一系列创新成果。"

邹小波团队开发的"农产品气味的图像化识别系统",能够将食品气味转化为图像进行识别,使"闻"气味变为"看"气味。他们发明了国内外首创的苹果在线检测装置、外观、糖酸度、气味三种信息全面获取等装置;还发明了计算机视觉软胶囊分选机、小型水果自动分选机,均为国内外首创,项目成果为农民新增利润1.5亿多元。

乐当科技与企业联姻的"红娘"

陈强,南京大学常州高新技术研究院院长。他长期驻扎在常州,为南大各个系科与常州企业的合作搭建平台。

陈强告诉记者:"我们针对中小企业设立了不同的合作模式,有一定经济实力和创新能力的企业,由南大派员进驻企业共同开展创新活动;规模较小的企业,则把一批成熟适用的技术成果移植过去。"建院三年多,研究院已与企业合作项目60多个,研究开发的产品新增产值5亿多元,孵化12家创新型企业,建成23个实验室、2个院士工作站,同时还带动了153家高校院所进驻常州科教城。

除上述几人外,此次受到表彰的还有致力于矿物加工的中国矿业大学教授王永田、南京医科大学肿瘤中心主任助理胡志斌、南京大学材料科学与工程教授陆延青等。他们都是我省青年科技工作者的杰出代表,将自己的青春挥洒在江苏这块创新创业的热土上。

（吴红梅）

新华日报

2010年2月1日

种下紫薇,愿母校"满堂红"

昨天植树节,江苏大学500余毕业生种"感恩树"

昨天是我国第32个植树节,江苏大学新校区"学子林"坡地上彩旗飘扬,人头攒动,该校即将毕业的500余名大四学生来到这里,和学校范明书记、姚冠新副书记一起,挥锹培土,提水浇苗,以认种"感恩树"的方式,感谢母校的培育之恩,纪念珍贵的大学时光。

"栽下感恩树,真情留母校",在一棵棵新栽树苗的红色吊牌上,除了认捐者的姓名和认捐树名之外,都写着这样一句话。理学院数学师范0602班的许培琳认种了两棵紫薇树。她说:"紫薇,又名满堂红、百日红。我以此祝愿祖国和母校的各项事业取得满堂红、百日红的辉煌成绩。"去年11月就签约上海电气集团的材料学院学生徐博,专程从上海赶回来,也认捐了一棵紫薇树。小徐告诉记者,他的月薪在 3 500 元以上,公司效益好的话,发双薪都是常有的事。能轻松搞定这么好的工作,他对母校有发自内心的感激。"大学养育了我们 4 年,我们要回报母校一辈子!"和他们的心情一样,很多同学表示种下的不仅仅是一棵树,更多的是一种感恩。

段金龙是该校教师技术专业师范 0601 班的班长,在栽好他们班认捐的 4 棵树后,他还默默地许下了一个愿望。小段告诉记者,班上有近一半的同学都选择了考研,正在焦急等待分数线的确定,还有一些同学正备战 4 月份举行的江苏省公务员考试,剩余同学忙着找工作。树苗代表着希望,他希望这些小树苗能给班上同学带来好运,让考研、考公务员的都考上,找工作的都早日签下满意的工作。

无独有偶,记者在现场看到,同学在吊牌上许下愿望的并非少数,"让我的岗位早一点到来吧","录取通知书,你知道我在等你么",诸如此类的许愿牌,真实记录着毕业生的心声。

"大学不仅仅给我们带来知识和技能,还使我们收获亲密的友谊和甜蜜的爱情。"中文师范 0601 班的胡燕说,同学中有不少是以宿舍为单位认捐树苗,想以此见证深厚的同窗之谊,永记大学 4 年同吃、同住、同学习的快乐与美妙时光。现场也有同学种下情侣树,纪念大学期间彼此的爱恋,一棵桂树的吊牌上就写着"祝爱情如桂花般恒久馨香"的爱情宣言;而省事偷懒的情侣,在牌子上画一个大大的心形,然后把两个人的姓名填进去。

姚冠新副书记告诉记者,在此次"学子林"捐建活动中,毕业生们表现十分踊跃,有的以个人名义捐建,有的以班级、宿舍、党支部等集体名义捐建,认捐苗木有桂花、海棠、腊梅、紫薇 4 个品种,累计达 338 棵,价值近 2 万元。自 2006 年开建"学子林"以来,其规模不断扩大,目前已经达到一万多平方米,许多毕业生在返校后,纷纷选择"学子林"拍照留影、驻足回忆。

（霍建伟　张明平　万凌云）

扬子晚报

2010 年 3 月 13 日

江苏大学再添 5 个工程硕士招生领域

本报讯　记者日前从江苏大学获悉,经国务院学位办批准,该校新增光学工程、仪器仪表工程、软件工程、化学工程和安全工程 5 个工程硕士招生领域,今年起开始招生,至此该校已有 23 个工程硕士招生领域。

据了解，工程硕士分全日制工程硕士和 GCT 工程硕士两种，考试方法和培养方式各有不同，前者毕业时可以同时拿到毕业证和学位证，而后者只能拿学位证。江苏大学现有的 23 个工程硕士招生领域除了全面招收 GCT 工程硕士外，今年还在机械工程、车辆工程、电气工程、食品工程、计算机技术、制药工程等领域招收了部分全日制工程硕士。

（霍建伟）

江苏教育网

2010 年 3 月 28 日

江苏大学"三招"推进人才强校

师资队伍建设，是高水平大学核心竞争力的关键所在，也是一所学校的强校之本。江苏大学实施人才强校战略，坚持"不惜代价、不遗余力、不拘一格"队伍建设的理念，通过实施"拔尖人才"培养工程、杰出人才积聚工程和"双百"计划，打造了一支整体实力雄厚、发展后劲强的高素质教师队伍，为学校的发展奠定了坚实的人才基础。

让优秀人才尽快"冒尖"

2008 年初，江苏大学在高层次人才队伍建设方面再出"大手笔"，启动了"拔尖人才和科技创新团队培养工程"，出资近 3 000 万元，对 27 名个人、34 个科技团队进行"强力"支持。希望在 3~5 年或更长一段时期内通过重点培养，形成一批具有国内高水准的学术团队，造就若干名教育部长江学者、国家杰出青年基金获得者和两院院士及候选人。学校在日前举行的拔尖人才和创新团队中期考核会上宣布，这一工程已取得阶段性成果，几乎所有受资助的个人和团队都已按计划或超额完成年度工作目标。

"全国百篇优秀博士论文"获得者、材料学院周明教授和他所在的光子科学制造技术团队，在国内率先开展的"飞秒激光纳米局域增强光子制造"、"分子水平纳米手术和生物光子学"研究取得了显著进展，实现了 7 纳米线宽的国际同步领先的制造水平，并与哈佛、普渡等大学开展深入合作。其个人继入选新世纪"百千万人才工程"国家级人选之后，去年又入选为教育部"长江学者"计划特聘教授。

引领学科科研"摸高"

具有国内领先水平和国际影响的高层次人才是学校队伍的"领头羊"，也是引领学校学科科研水平不断攀升的关键。为有效解决学校杰出人才缺乏这一突出问题，江苏大学在一手抓培养的同时,一手抓引进,大力实施了"杰出人才集聚工程",设置了 15 个"江苏大学特聘教授"岗位,在海内外公开选聘。目前,已有来自海内外的 5 名学术精英加盟。

对于这些杰出人才,学校淡化过程、强化目标、加大经费支持,为他们配备研究梯队,营造宽松和谐的事业环境,有力带动了其所在学科教学、科研水平的快速提升。张弛教授受聘江苏大学"特聘教授"两年来取得了丰硕的成绩,课题组研究成果在国际最著名的材料学权威学术期刊《先进材料》上发表(该期刊 2007 年的影响因子为 8.191),被评审专家认为"研究中所描述的实例是第一流的,并具有相当大的、进一步拓展研究的潜力与空间",有力提升了江大在该学科领域的学术影响力。去年张弛领衔申请的中澳国际合作重点项目及"中澳先进功能分子材料国际联合研究中心"国际合作平台项目,获得中国和澳大利亚联合批准,成为 75 个申请项目中最终获批的 8 个之一,这 8 个项目同时获准建立联合研究中心的仅有两个。去年下半年,他又获得了国家杰出青年基金的资助。

夯实人才高原

在全面梳理学科、科研和专业方向的基础上,江苏大学紧密围绕学科、科研、专业、团队和主干课程建设,实施了"百名博士引进"计划,近几年学校每年引进 100 名左右的优秀博士充实师资队伍。

2009 年上半年,江苏大学科学研究院计划招聘三名科研人员,短短一个多月时间内引来海内外近百名博士报名应聘,学校只好决定"扩招"。据介绍,去年"百名博士计划"超额完成,其中近半数以上拥有海外知名大学留学经历,多数来自于中国科学院相关研究所以及国家"985 工程"高校、"211 工程"高校。同时,江苏大学高度重视年轻学科带头人的培养,始终把青年教师的培养作为学校后续发展的强大动力,大力实施"百名骨干教师培养"计划,鼓励教师"访名校、拜名师",每年选派 100 名左右"潜力股"型中青年教师、科研骨干到国外、境外知名高校或研究机构攻读学位、进修深造、合作研究和访问交流。

据了解,江苏大学自组建以来,已选派了 400 多名教师通过国家公派、江苏省公派和校际交流等途径出国(境)学习、交流、深造,有 383 人获得博士学位,专任教师中研究生学位比例从并校时的 37% 提高到目前的 73.8%。

发展孕育人才,人才支撑发展。教师队伍整体水平的提高,有力推动了教学、科研和学科建设。近年来,江苏大学被教育部评定为"全国本科教学工作优秀学校";新增国家重点学科 1 个;新增国家自然科学基金项目 211 项、国家社会科学基金项目 14 项;获国家级科技奖 5 项,国家级教学成果奖 4 项;连续三年"全国优秀百篇博士论文"榜上有名;学校两度荣获科技部颁发的"金桥奖";在"挑战杯"全国大学生科技作品竞赛中,学校先后以第六名、第十四名的成绩连续两次夺得"优胜杯"。

(张明平)

水雾降温系统让你"凉爽"看世博

本报讯 离上海世博会开幕越来越近,由于各种原因,部分市民包括学生只能选择夏季前往参观,到时候会不会太热?很多人都有这样的担心。近日,记者从江苏大学听到一个好消息,该校研发的细水雾室外环境调节系统将有效解除这一担忧,帮助大家"凉爽"看世博。

该系统根据液雾蒸发吸热降温的原理,采用无污染、低能耗的环保型降温技术实现对夏季室外高温环境的调节。其核心部件为喷雾柱和喷雾机,利用低压旋流超细雾化技术,以多喷头组合的方式产生大量微米级水雾,通过与空气的大面积接触,蒸发吸热形成一个隔热层,能有效降温6~8摄氏度,局部地区降温达到10摄氏度。该系统将分别安装在世博轴和世博园广场,通过对温湿度、风速和光照等气象参数的监控,结合人体舒适度分析对室外局域环境进行调控,届时高温时段参观世博会的人们可以通过该系统缓解酷热感。该系统很好地应和了世博会"城市,让生活更美好"的主题。

据该校能源与动力工程学院副院长王军锋博士介绍,细水雾室外环境调节系统是学校与镇江同盛环保设备工程有限公司产学研合作的一项重要成果。该系统解决了细水雾、远距离、大面积覆盖的问题,达到有效降温的效果,具有能耗低、安全性高、易维护等特点。该技术曾应用于长江三峡工程室外降温系统、2008年北京奥运会沙排球场降温系统、"非典"期间的喷洒消毒车、新疆地区的灭蝗工程车。

(赵凤华 霍建伟 张明平)

科技日报

2010年3月30日

江苏大学与吴江市达成全面合作关系

江苏大学与吴江市近日签署合作协议书,双方决定今后在科技、教育、人才等领域展开长期、紧密的全面战略合作。

根据协议,江苏大学将为吴江市科技、经济和社会发展规划提供专家智囊团,为其支柱产业战略规划、高新技术产业发展重点与途径、产业结构调整、区域经济建设及发展模式等重大问题提供决策咨询,并将帮助吴江市相关企业对传统产业装备、工艺进行技术改造,实现产业升级和技术跨越式发展。与此同时,吴江市将向江苏大学发布和提供地方经济发展、产业规划、人才培养及企业技术攻关、产品开发等方面的有关信息,定期或不定期筹办双方科技、人才等方面的对接洽谈会。据悉,除校地双方达成政产学研全面合作协议外,江苏大学化学化工学院、材料学院还与吴江市部分企业签订了产学研合作协议和技术合作备忘录。

(霍建伟)

江苏教育报
2010 年 4 月 6 日

"魅力外交家"吴建民在江苏大学论中国外交

"中国已经从世界外交舞台的边缘走到了中心,今天的青年大学生要有全球的眼光。"14 日晚,有着"魅力外交家"美誉的中国资深外交家吴建民走进江苏大学"人文大讲堂",以"世界的变化与中国的外交"为题,为该校 2 000 余名师生上了一堂教育课。

吴建民在报告中指出,当今的国际形势已经发生了巨大变化,中国的外交政策也由求生存转变到了求发展上来,中国从世界外交舞台的边缘走到了中心。今天的青年大学生要有全球的眼光,全面拓展自身的知识面。

江苏大学校党委副书记、副校长姚冠新听完报告会后说:外交家吴建民先生的报告,对于青年大学生在当前复杂多变的国际国内形势下,理性地审视世界、审视中国,增强历史责任感和使命感,树立正确的世界观有很大的帮助。

吴建民现任外交部政策咨询委员会委员,欧洲科学院院士、副院长。曾为毛泽东、周恩来等老一辈党和国家领导人当过翻译,相继担任过驻荷兰、瑞士以及法国大使等。

(晓 颖)

中新网
2010 年 4 月 15 日

国家农产品加工技术装备研发分中心落户江苏大学

23 日,记者从江苏大学获悉,在前不久农业部组织召开的"国家农产品加工技术研发体系建设工作座谈会"上,江苏大学被认定为国家农产品加工技术装备研发分中心,并获授牌。

"没有精良的农产品加工装备,任何农产品加工技术都无法转化为生产力。"江苏大学食品学院马海乐教授告诉记者,目前我国农产品加工企业的技术装备 80% 处于 20 世纪七八十年代的世界平均水平,与国外发达国家相比尚有很大的差距。新建的国家农产品加工技术装备研发分中心将利用高校人才集聚的优势,在农产品加工装备产业战略研究、关键设备研制、高级人才培养等方面积极作为,努力建成我国农产品加工机械的研发中心、成套化研究中心等顶级科研机构。

江苏大学早在 1983 年就在全国率先创办了"农产品加工工程"专业,是我国第一批获批农产品加工工程博士点和食品科学与工程博士后流动站的高等院校。

(霍建伟 许 雷 湘 伟)

京江晚报

2010 年 4 月 27 日

江苏大学研制出具有国际先进水平的高温熔盐泵

江苏大学能源与动力工程学院杨敏官教授历时 11 年,研制出了流量范围为 30 ~ 700m³/h 系列高温熔盐泵,关键过流部件优化,最高效率超过 76%。实际应用表明,600RYC 型高温熔盐泵的轴承寿命已超过 20 000 小时,与国际先进水平相当。专家表示,此项研究成果对替代进口、减少化工流程中的能耗、推动国内高温泵行业的技术进步具有积极的作用。

据介绍,在硝酸盐、氧化铝、苯酐等化工原材料的制备与加工过程中,由于被输送介质的温度在 250℃ ~460℃ 之间,且流程不间断,这对输送设备的安全性与运行稳定性提出了很高的要求。依据有关部门预测,未来 10 年内,用于石化行业的高温熔盐泵的需求量年增长 25%,在冶金行业甚至会达到 30%。从技术角度来看,高温熔盐泵上轴承的有效冷却和泵效率的提高一直是国内厂家无法解决的核心问题,从而导致国内产品无法与价格高出三倍以上的国外同类产品相抗衡。目前我国使用的高温熔盐泵中,相当一部分从德国、美国和法国进口。

1999年,杨敏官教授与江苏金麟化工机械有限公司即合作开发了国内第一台高温熔盐泵。11年来,江苏大学项目组创新性地提出了利用叶轮旋转驱动空气对流对高温熔盐泵轴承进行强化冷却的方法,解决了高温熔盐泵轴承的冷却问题,大大提高了高温熔盐泵轴承的使用寿命。同时,项目组开发了流量范围为 30~700m³/h 的系列高温熔盐泵,其中,在小流量熔盐泵中首次设计了双蜗壳、双出液管结构,有效缓解了由于不均匀热膨胀而导致的对轴承的危害;在大流量高扬程熔盐泵中引入了两级叶轮和空间导叶全对称结构,缩小了泵的径向尺寸,并解决了泵的不均匀热变形导致轴承抱死的问题,有效提高了泵运行的稳定性。项目组形成的熔盐泵关键过流部件优化设计方案,可有效提高系列高温熔盐泵的效率,其中 600RYC 泵型的最高效率超过 76%,优于国内引进的同类型泵。

据悉,这一具有自主知识产权系列高温熔盐泵已形成了规模生产能力,生产的高温熔盐泵产品在中国铝业等国内大型冶金化工企业得到了成功的应用,填补了国内空白,项目技术水平为国内领先。实际应用表明,600RYC 型高温熔盐泵的轴承寿命已超过 20 000 小时,与国际先进水平相当。

(张明平 陈汇龙)

科学时报
2010年5月4日

院士会聚江苏大学研讨农业工程学科发展

5月7日至8日,"中国农业工程学科发展战略高层论坛"在江苏大学举行。中国工程院汪懋华院士、李佩成院士、罗锡文院士,中国农业工程学会、国务院学科评议组及有关高校、科研院所的专家学者等300余人参加论坛。

论坛由中国农业工程学会、国务院学位委员会农业工程学科评议组主办,以"农业工程学科发展2020愿景"为主题,分三个方面进行了深入开放性研讨:农业工程学科"十二五"科技发展规划与中长期发展战略思路;农业工程学科高水平科技创新平台建设与共享机制;农业工程学科相关院校共同持续发展的对策。

论坛上,汪懋华院士提出:农业工程学科发展的战略定位是为提高土地产出率、资源利用率、劳动生产率,建设"高产、优质、高效、生态、安全"的现代农业产业体系提供坚实的现代农业工程科技保障和物质装备支撑;战略目标是为农业生产全过程机械化突破一批瓶颈性科学技术,农业装备制造业竞争力跨入世界先进行列,生物质资源化利用科技创新水平大幅提高,为发展循环经济与低碳经济体系提供坚实的现代农业工程科学支撑。

据了解,论坛承办方江苏大学是一所以"工中有农,以工支农"为办学特色的全国重点大学,其前身镇江农业机械学院培养了我国第一届农机本科生、第一批农机研究生和第一位农机博士。还曾受联合国工发组织委托,为亚太地区 34 个发展中国家培养了 10 期高级农机技术和管理专家。近三年,该校大农业工程学科收获了三项国家科技成果奖、两项国家教学成果奖、两篇全国百篇优秀博士论文、一项国家杰出青年基金。学校还设有全国排灌机械产品质量监督检测中心、国家农产品加工技术装备研发分中心和教育部现代农业装备与技术重点实验室等。

（霍建伟　黄文岳）

科技日报

2010 年 5 月 11 日

江苏大学成立慈善会　当日筹集善款 56 万元

5 月 12 日,镇江市慈善总会江苏大学分会宣告成立,当日收到全校师生爱心捐款 567 233 元。

江苏大学慈善会的资金来源主体是本校师生以及其他友好团体、企事业单位和爱心人士的捐赠。主要用于开展学校师生员工助医、助学、助困活动,从事各项慈善性助困济贫项目,救助突发性灾害造成特殊困难的家庭和个人,以及其他符合分会宗旨和捐赠人意愿的慈善项目。据了解,早在 2005 年江苏大学就在全国高校中首先设立了"大学生慈善救助基金",截至目前,已经专项救助了 12 名身患特大或恶性疾病的学生,提供救助资金达 228 500元。该校汽车学院动力机械 0601 班学生曾春龙就是其中一个受益者,小曾去年暑假被确诊患上了急性白血病,巨额的医疗费用使他原本贫困的家庭顿时陷入了绝境。此时,学校及时启动了慈善救助行动,为其筹集治疗费用 17.88 万元。此外,学校还积极为其争取镇江市慈善总会的帮助,又筹集善款 21 万元。合计 38.8 万元的大力资助,使曾春龙得以顺利地实施骨髓干细胞移植手术,使一个几乎绝望的家庭重新燃起了希望。

此外,该校还设立了"教职工大病医疗互助基金",近三年累计支出 1 007 576 元,为 255

名患大病的教职工解决了实际困难。

（霍建伟）

新华网
2010 年 5 月 12 日

笑傲"网络江湖"

网名：xyzreg，寓意是自由、随意的计算机高手；QQ 签名：我不在江湖，江湖中却有我的传说。

这样的自我描述对一个在校大学生来说，是不是有点吹牛？

记者近日见到江苏大学计算机学院应用专业 2008 级研究生张翼时，发现这个属牛的小伙子，还真有"牛"的资本：本科时，他就在国内网络安全界享有较高声誉，登上了国内网络安全领域最高水平会议的演讲台；2008 年"第五届中国青少年科技创新奖"评选中，他作为江苏唯一的本科生代表获奖。

张翼与计算机仿佛有种与生俱来的缘分，读高中时刚一接触就立即痴迷其中。在了解到 QQ 盗号软件的情况后，出于好奇，他把努力方向定位于信息安全。而当时计算机安全方面的书籍特别少，他只能通过网络上信息安全爱好者们的共享资料来一步一步实现梦想。渐渐地，他开始小有成就，高三时已能在《黑客防线》杂志上发表文章！而 2004 年高考时，他更是毫不犹豫地报考信息安全专业并成为该专业的学生，并经过刻苦钻研，在网络信息安全方面找出了一套属于自己的技术方法。

2006 年上半年，张翼给银行网银做安全检测时发现不少安全漏洞，立即通过电子邮件向银行提交了《网上银行等电子支付平台的 WEB 登陆安全性分析》。"很快就有两家银行回信表示感谢。大概不到半年的时间，各银行大幅度地提高了网上银行的安全性。"

自此，张翼在"网络江湖"中一举成名。然而就在众人为他喝彩时，系主任却找他严肃地谈了很久。张翼至今对那番谈话还记忆犹新："系主任告诉我，网络安全是一个特殊领域，就像一把双刃剑，你运用得当，可以保护很多人；若运用到黑色产业上，虽然短期内会获利巨大，但不义之财实不可取。"这一番话，在张翼的心中留下了深深的印迹。

"他从不利用技术谋取任何不道德的私利。"张翼的学弟郭冕告诉记者，"张翼曾经因为购买大量计算机方面的书籍导致三餐不济，但他却没有因此动过一点邪念。"

张翼真正笑傲"网络江湖"，还是在 2007 年安全焦点网络信息安全峰会上，他是与会者中最年轻的一位，也是唯一的一名本科生。他的演讲在会上引起很大反响，不少专家与他进行商讨,微软、瑞星、金山、360 卫士等不少著名公司还伸出"橄榄枝"邀他加盟。2008 年,他又以"反木马安全专家"的身份,与微软、盛大、新浪等互联网巨头的技术专家同被腾讯邀请,参加全国互联网安全峰会,并再次作了专题技术演讲。

如今,张翼又把目光瞄向了"智能手机安全"这个新兴领域,并将此作为研究生毕业论文题目,他告诉记者:"目前的手机安全产品还处在 10 年前电脑网络安全的水平,这方面的研究也几乎是空白。我们的研究虽然前沿,但不久的未来必会得到巨大应用。"

(陈晓春)

新华日报
2010 年 5 月 15 日

江苏大学:打造毕业生就业"安居工程"

日前,镇江市"百家企业高校行"江苏大学专场招聘会在江大体育馆火爆开场,镇江市 170 家单位前来"团购"江大毕业生,提供了机械汽车、商贸营销、财务金融等岗位 2 016 个,让江大 2010 届毕业生又享受了一顿"求职大餐"。"锁定社会需求培养创新型人才,整合多方资源提升学生就业核心竞争力。"江苏大学党委书记范明这样总结他们的就业工作经验。该校毕业生就业率连续多年保持在 96% 以上,在长三角、珠三角等经济发达地区就业的占 60% 以上。

多途径人才培养引领就业

为使"产品"适销对路,江苏大学积极推进教育教学改革和人才培养模式创新。在专业设置上瞄准社会需求,一方面调整专业结构,高起点创办新专业,另一方面全力打造流体机械、车辆工程等品牌特色专业,提高学生就业竞争力。该校"量入为出"制订招生计划,调整专业方向,扩大紧缺专业的人才培养规模,对一些"销路"不好的专业适时进行停招、减招或隔年招生;还实行"大类招生、大类培养"人才培养模式,采取"平台 + 模块"的课程结构,根据市场需求及预分配意向确定学生专业方向,有效缓解了学生所学专业与就业意向不对口、所学知识与社会需求不符合等矛盾。

多年来,江苏大学还大力实施研究性教学,着力培养学生的创新能力。早在 2002 年,该校率先在全国高校中开展了大学生科研立项活动,学生科研热情不断高涨,2010 年的申报数量达千项,资助总额由最初的 5 万元增加到如今的 30 万元。2007 年,江大推行了在大三学生中选拔优秀本科生攻读硕士学位的"研究生预备生制度",为其配备博导级的导师,让学生参与课题研究与科研训练,引领学生"触摸"科技前沿;实施"百项本科生创新计划",每年遴选100项左右的大学生实践创新训练项目进行立项资助。今年初,该校又实行了"本科生课外创新学分认定与管理办法",对学生撰写科研论文、开展发明制作、参与创新性赛事等都给予一定的学分,进一步激发学生参与实践创新的热情。

多形式创业实践带动就业

前不久,一场特殊的招聘会在江苏大学校园里引起了不小的轰动。身为江苏名通有限公司副总裁的江大在校研究生周尚飞回校"招兵买马",一下子"网罗"了10多名学弟学妹,其公司也成了学校的"就业创业见习基地"。早在2002年,江苏大学就成立了全国高校首家大学生创业学校,为学生创业"播火育种",迄今已培训学员2000余人,其中不乏像小周这样的创业成功者。在此基础上,学校坚持完善课程教学、教育培训、实践训练三位一体的创业教育模式,建立了以创业课程理论教学和创业教育实践为主线、分层次的创业教育研究与实践模式。

纸上得来终觉浅,绝知此事要躬行。江苏大学还为学生搭建了从"热身试水"到"放手畅游"、校内校外相互补充的创业实训实践平台。该校建立了校内1 000多平方米的大学生创业实践基地,提供场地设备,配备专家导师,通过实践演练孵化创业种子,目前校内已成立了创业团队40余支。"对于成熟的优秀团队,我们就放手,帮助其联系进驻镇江市大学生创业园,真正走向市场。"该校学工处处长李洪波告诉记者。此外,他们还结合学校特色专业,依托行业背景,将500家就业基地拓展为就业、创业实训基地。去年9月,江大"携手"东台市,在全国知名的不锈钢产业基地——东台市溱东镇建立了大学生村官创业实践基地,每年选派10名"意向村官"进行"热身"见习,为他们到广大农村创业建功提供平台。

多层次就业服务促进就业

"明日上午9点,镇江交通银行(电力路分行)在就业办107室专场招聘客服、营销人员,专业不限。""江苏省建筑工程集团要招建筑专业的学生,男女不限,做工程预算的,感兴趣的简历投至rlzyb@jpcec.com……"这一阵子,江苏大学理学院土木工程专业的王勋同学陆续收到了这样的短信。该校着力做好学生就业服务工作,注重发挥飞信、QQ群、手机报等新媒体的优势,实现就业信息"点对点"传递。

"每年11月、12月中旬和次年3月下旬,我们都要举行3场大型综合性供需洽谈会,每次均有300家左右的用人单位前来招聘。"江苏大学党委副书记姚冠新介绍说,学校还着力打造"周三人才市场"品牌,将零散的招聘信息集中起来,在周三固定时间、固定地点举行小型洽谈会,方便用人单位和学生进行"双选"。同时,该校还组织针对性很强的行业专场、地区专场、学院专场等招聘会,为毕业生就业架设"立交桥"。据统计,去年下半年以来江苏大学共举办了30余场校园招聘会。该校制药工程专业2010届毕业生王芳告诉记者,在去年12月举办的学校大型人才市场上,她就已签约江苏济州药业集团,求职成本不到10元,现在就等着毕业去上班了。据统计,江大校内人才市场每年给毕业生提供岗位2万余个,65%

以上的学生都能通过"校内市场"途径找到理想的工作。

（张明平）

江苏教育报

2010 年 5 月 20 日

招聘会开进校园，发挥飞信、手机报等新媒体优势

江苏大学六成毕业生不出校定"婆家"

"本周六上午江苏大学泰州专场招聘会在江苏大学体育馆举办。欢迎广大毕业生前往。""江苏省建要招建筑的学生，男女不限，做工程预算的，感兴趣的请将简历投至……"这阵子，江苏大学理学院土木工程专业的王勐同学陆续收到了这样的短信。

为帮助毕业生顺利就业，江苏大学建立了综合性市场、"周三人才市场"、行业专场、地区专场等立体化的校内就业市场，同时注重发挥飞信、QQ 群、手机报等新媒体的优势，实现就业信息"点对点"传递，让 65% 的毕业生足不出校就找到了"婆家"。

"每年 11 月、12 月中旬和次年 3 月下旬，我们都要举行 3 场大型综合性供需洽谈会，每次均有 300 家左右用人单位前来招聘。"江苏大学党委副书记姚冠新介绍说，学校还着力打造"周三人才市场"品牌，将零散的招聘信息集中起来，在周三固定时间、固定地点举行小型洽谈会，方便用人单位和学生双选。同时，该校还依托在校外建立的 50 家就业工作站、500 家就业基地，组织针对性很强的行业专场、地区专场、学院专场等招聘会，为毕业生就业架设"立交桥"。据统计，去年下半年以来，该校共举办了汽车、机械、医学、师范类等行业专场、泰州、镇江、常州等地区专场以及校友企业专场等 30 余场就业招聘会。

（陈瑞昌　张明平）

中国教育报

2010 年 5 月 31 日

白燕升江苏大学讲戏曲

30 日晚,央视著名戏曲节目主持人白燕升作客江苏大学,以"戏外有戏,高处胜寒——大家是怎样炼成的"为题,与 2 000 余名师生分享了精彩曼妙的梨园人、梨园事。

不懂"本土"才是"老土"

"凭我的简单判断,大家是被组织来的。"尽管讲座现场座无虚席,甚至走道、门口也挤满了人,但白燕升对于戏曲在大学生中受喜爱情况的"直率"判断还是让现场观众大吃一惊。

现代年轻人对戏曲等传统文化艺术不是敬而远之,就是不屑一顾,看不懂中国书法和山水画,只能当西方文化的俘虏。对此,白燕升表示,提高国人文化素养主要得靠吃"中药",而非"西药"。戏曲集成文学、音乐、舞蹈、美术、武术、杂技等各种表演艺术因素,有唱不尽的美,演不尽的魅。他坚信,每一个人的内心深处都需要戏曲和传统文化艺术的滋养,戏曲等传统文化艺术可以柔软我们的灵魂,只是大家都不知道、不觉得。

白燕升说,在艺术百花园中,芭蕾、歌剧甚至话剧都是外国的,只有以京剧为代表的戏曲才是"纯粹国货"和本土艺术,每一名国人都应该了解、喜欢并宣扬它。如果一味地哈韩、哈日、哈港台,连民族传统文化艺术的"本"都不坚守,那才叫真正的"老土"。

看"戏"更看"人"

"对艺术的审美不光是在荧屏上、舞台上,艺术家生活中的言行同样影响着我们的审美,审美不止是艺术,还有生活。"白燕升认为,戏曲的魅力不仅表现在它外在的形式美,更多的是其内在的人文魅力。

通过视频短片,他向大家展示了诸多当代梨园大家戏里戏外的故事,黄梅戏"五朵金花"再聚首,王君安留学美国 10 年后毅然回国续传越剧尹派,"演绎了男人的女人"裴艳玲不作秀的真性情,以及许多戏曲老艺术家固守理想、不求名利的处世态度。

在谈到如何评价一个戏曲艺术家时,白燕升指出不仅要看他的戏唱得怎么样,更要看他的人格怎么样,不能简单地以票房多少论英雄。

猛批当今文艺创作"三大倾向":装嫩、发嗲、犯贱

"中国真的到了娱乐至死的地步了吗?没有,真的没有,这个真的不可以有!"作为媒体中人,白燕升总结目前我国文艺创作有三种可怕的倾向:一是"装嫩",二是"发嗲",三是"犯贱",其中又以"犯贱"最为严重。

他举例说,当今中国不少商业大片,以庸俗、通俗当噱头,片面追求视觉和感官刺激,

"脱、裸、光"、"薄、露、透",把观众引向"审丑"的怪圈。对此,他引用杨澜的话表达了自己的担忧:"你给观众垃圾,观众就永远期待垃圾。"

告诫大学生:莫把欲望、冲动当成爱

"千万不能把本能的冲动和青春的欲望当成爱。"白燕升直言,大学里的爱情是很难成就婚姻的,这是事实,但这并不重要,重要的是要学会如何与异性相处,学会如何爱。

白燕升还告诉大学生:"科学和艺术没有明确的界限,它们在一定境界上是相通的。"他希望大家不要画地为牢,把自己生硬地划定为"学工的"、"学农的"、"学医的",不要带着实用、功利的目的去读书,而是要多读一些貌似与自己专业无关的"无用之书",这样读到的才可能真正的有用。

(霍建伟)

中新网

2010 年 6 月 1 日

江大教授进村来

"江苏大学的教授又来喽!"丹阳市云阳镇花园村村民们奔走相告。李萍萍教授等农业工程研究院的 4 名江大专家,日前来到花园村,就村里农业大棚的结构设计、温度调控等问题,与农户现场研讨。

花园、李家、三桥三个村,是丹阳市的蔬菜生产基地。一年来,江苏大学的驻村专家在三个村遴选出科技示范户 153 户,示范种植 640 余亩。花园村大棚规模由年初的 750 亩达到目前的 1 000 亩;引进的夏季碧玉水果黄瓜亩均实现效益 1.6 万元,金棚超冠 F1 番茄亩均实现效益一万元。

延星村村民徐北龙说到扬花萝卜就笑,村里的扬花萝卜面积已达到 500 多亩,一年种 4 茬,每亩地一年出产扬花萝卜一万斤,他说,这是江大驻村专家马海乐教授来了以后,帮着村民采用农产品综合加工技术开展净菜加工,往日因腐烂造成的损失大大减少,村里农户的收益提高了 43%。

"一年来的对接服务成效显著,江大教授们的务实精神让人感动。"丹阳市市长助理张鸿宾感慨道,去年丹阳市获批 14 项省重大科技成果转化项目,5 项是与江大联合申报,其中 3 项为农业项目。

而在日前召开的丹阳市-江苏大学挂县强农富民工程 2010 年推进会上,江大校长袁寿

其教授掷地有声:"丹阳与江大是近邻,要在更大的层面上携手合作做好'一村一品',造福更多的农村和农民。"

（张明平 李红艳 艾 培）

新华日报

2010 年 6 月 8 日

一技之长换来 10 万年薪
江苏大学一本科生签约腾讯公司

媒眼

十年回眸

378

本报讯 眼下,面对严峻的就业形势,不少大学生打出"零工资"就业的旗号,"打折"推销自己。然而,记者 7 日在江苏大学计算机学院采访时了解到,该院软件专业本科生郭冕却以年薪 10 万元的"高薪"轻松签约中国最大的互联网综合服务提供商腾讯公司。郭冕开心地告诉记者,等忙完最后的毕业设计,7 月初他就可以赴腾讯公司上班了。

"要提高薪水的含金量,首先要提高自己的含金量!"郭冕向记者透露,除了腾讯公司外,南京趋势杀毒、360 安全卫士等大公司以及一家政府机构也曾向他抛出了"橄榄枝"。其中,南京趋势杀毒开出的年薪是 13 万元,360 安全卫士则承诺薪资一定比别的单位都高,而去那家政府机构则可以轻松谋得公务员职位。他表示,高质量就业的前提,在于拥有过硬的专业技能。不选薪水高的两家公司,是因为自己家在珠海,而腾讯公司总部在深圳,来往比较方便。当然,腾讯员工初始待遇虽然并不是特别高,但两三年后会升得很快。

说起自己谋得的这个高薪职位,郭冕有点得意,但更多的是自信。他说,他们班有 65 个同学,大多数人签约的都是普通企业,且初始薪水大多在每月两三千元的样子。不过,能够得到腾讯公司的青睐,也不是一件简单的事。从去年 10 月底开始,他先后参加了腾讯公司组织的一轮笔试和三轮面试,每一道关口都会"刷掉"很多应聘者。自己能够脱颖而出,主要归功于对专业知识的浓厚兴趣和不断的刻苦学习钻研。

大一时,郭冕在设计一项程序时遇到了一个信息安全方面的困难,不曾想正是解决这一困难的过程,使他对计算机的兴趣偏移到了信息安全这一领域。因为,要解决信息安全问题必须熟悉信息技术几乎所有领域,而攻克那一难题时享受到的巨大的成就感令他终身难忘。从此,除了正常上课外,他几乎把所有的时间都花在了相关专业知识的学习上,有时甚至熬夜到凌晨一两点。大学期间,他相继获得了江苏省大学生程序设计大赛二等奖、360 安全卫士网络安全竞赛第一名、第二届全国大学生信息安全竞赛一等奖等荣誉。他和同学洪飞廉合作设计的"驱动级文件加密保护系统"可以有效保护企业的电脑文件资料,成功地解决了人员流动带来的资料泄密问题。这些"成就"都在就业时为他"加了分"。

郭冕建议即将踏上社会的学弟、学妹，一定尽早搞清楚自己的学习兴趣所在，然后心无旁骛地坚持下去。练就过硬的专业技能，就等于为自己打通了就业的"绿色通道"。

（霍建伟　姜木金）

镇江日报

2010 年 6 月 10 日

江苏大学超分子光学功能材料研究获重大进展

日前出版的国际顶尖化学期刊《德国应用化学》，发表了江苏大学张弛教授研究组的最新研究成果——"十二核椭圆形和十核圆环形镍系簇合物及其强飞秒非线性光学吸收性能"。研究组首次在世界上设计合成并表征了一系列结构新颖的十核圆环形，以及十核、十二核椭圆形皇冠状金属超分子簇合物，这是迄今为止有关过渡金属镍系簇合物中核数最多的皇冠状金属簇合物。期刊编委会还特别将其选为封面文章进行重点介绍。

过渡金属皇冠状超分子簇合物具有独特的结构美学特征及复杂多样的电子结构特征，在先进光电功能材料和器件的研制中具有极大的应用价值，其合成制备一直是该研究领域的一个难点课题。

这一系列皇冠状金属簇合物由于它们的轨道电子在金属环上的有效离域，导致了键长的均一化和高度对称的多边形结构，具有类似有机共轭环状分子的芳香性。其中代表性的十核、十二核冠状金属簇合物的极稀释溶液体系，在 150fs 激光辐照下扫描实验中显示具有很强的光学非线性，其飞秒激发态透过截面值与其他类型功能簇合物在纳秒激光辐照下的值相当。该研究团队还应用含时密度泛函理论计算方法（TD－DFT），从理论上初步阐明了皇冠状框架结构中各种结构组分，如过渡金属核数即冠状金属环的大小、冠状金属环的形状和不同有机硫醇、硫醚杂化配体桥联基团及具有刚性共轭基团配体等对分子体系非线性光学性能的贡献。

这一成果得到了评审专家的高度评价，《德国应用化学》主编给论文作者发来了一封热情洋溢的贺信："我们刊物只有不到 10% 的投稿能得到如此积极肯定的评价。"专家认为，这一重要研究成果的取得，不仅为有效突破光学开关器件研制方面的技术瓶颈问题创造条件，而且将为下一代光纤通讯、光子计算机、光电信息存储与处理、光电功能的调制与转换、光子传感器等新型微结构智能材料的开发和分子器件的集成奠定坚实的科学基础。

这一研究得到了国家杰出青年科学基金、科技部国际合作重点项目、江苏大学拔尖人才培养工程及日本学术振兴会科研基金等的资助与支持。

（张明平）

科学时报

2010 年 6 月 17 日

基层支教成暑期"香饽饽"

江苏大学千名学生争抢 31 个支教名额

本报讯　放暑假前,江苏 1 000 多名大学生为暑期到贫困山区支教的 31 份"苦差事"争得不可开交。

"只要 15 人,报名的却达到了 846 个。"该校孤儿大学生张志治是"爱暖西吉"公益支教协会的负责人,他告诉记者,支教地宁夏回族自治区西吉县属国家级贫困县,自然环境恶劣,去那里支教并不轻松,但同学们积极性很高,协会被迫通过三轮面试和讲课比赛来"刷人"。组织赴安徽金寨支教的机械学院学生曹锋华将招募 16 名志愿者的计划发布在博客上,不仅收到本校 200 多名同学的报名申请,还接到了湖北、南京等外地高校学生的报名电话。

"公益支教活动受热捧,是青年志愿精神在当今社会和大学生中日益扎根和不断光大的积极表现。"江苏大学团委副书记陈文娟告诉记者,今年暑假公益支教活动不仅在该校校园内引起了轰动,还得到了社会上的广泛关注和支持。镇江向荣集团与学校团委达成协议,决定 5 年内每年捐助 2 万元公益支教经费。学校还在镇江市香江小学组织开展了"红领巾跳蚤市场"爱心义卖活动,募集助教金 5 193 元。日前,两支暑期公益支教服务队已出征。

（霍建伟　陈瑞昌）

中国教育报

2010 年 7 月 17 日

江苏大学与格拉茨大学共建奥地利第二所孔子学院

本报讯 日前,江苏大学与奥地利格拉茨大学共同建设的孔子学院项目,正式获得国家汉办孔子学院总部批准。该孔子学院将是奥地利境内继维也纳孔子学院以后的第二所孔子学院。

据了解,孔子学院是以推广汉语文化教育和文化交流为目的、以传播中国语言文化为基本任务的非营利性社会公益性机构。其总部设在北京,采取与海外教育机构合作建设及特许经营等方式,提供教学模式、课程产品,并依照统一的教学、考试、培训质量认证体系和标准开展教学和检测,主要向社会人士提供专门技能的汉语培训以及中文教师的教学能力培训。

格拉茨大学建于 1585 年,综合实力在奥地利大学中居第二位,拥有 425 年的悠久历史。学校每年都吸引着世界各地的学生,曾有 6 名诺贝尔奖获得者来自格拉茨大学。格拉茨大学与全球 500 家大学建立了交流与合作关系,包括教师、学生间的交流,以及教学、科研、管理等方面众多项目的合作。

江苏大学与格拉茨大学共建的孔子学院,将在汉语教学和相关课题研究、汉语师资培训、文化交流,以及与格拉茨大学校际全方位合作等方面发挥作用,并逐渐发展为江大与欧洲大学,尤其是奥地利大学的交流与合作平台,进而提升该校的国际知名度和海外影响力。

(骆 英 明 平)

科技日报

2010 年 9 月 13 日

江苏大学汽车与装备行业校友会成立

江苏大学汽车与装备行业校友会 6 日成立,徐工集团、中国重汽集团等一批校友单位与母校签订合作协议,联合开展相关专业人才培养,优先接纳学校毕业生就业。

在江苏大学汽车与装备行业校友会成立大会上,一汽无锡油泵油嘴所、中国重汽、徐工集团、中国一拖等 7 家校友单位现场同母校签订合作协议。根据协议,一汽解放无锡柴油机厂在江苏大学建立研究基地,每年设立 100 万元创新基金,就汽车行业未来技术发展方向开展深入研究。徐工集团在江苏大学建立工程技术研究所,并设立 60 万元的技术创新基金,资助市场前景好、科技含量高的科研项目研发等。合作单位将接受学生实习,优先接纳学校毕业生就业。江苏大学汽车工程研究院同时正式揭牌。

"成立汽车与装备行业校友会是学校主动融入创新主体、探索学校与行业企业合作共建模式、提高学校服务社会能力的一项重要举措。"江苏大学党委书记范明教授表示,校友会将搭建学校重点学科、行业、企业之间信息互通、人才互用、设备互补的平台,围绕国家发展战略、车辆工程领域重要科学问题和重大工程难题,联合开展科技攻关和创新型人才培养,促进我国汽车与装备行业的技术进步,实现学校、行业以及校友单位的共赢发展。

具有百年办学历史的江苏大学,是我国最早设立汽车与拖拉机专业的高校之一,是全国第四个"车辆工程"博士学位授予权高校,50 年来为国家汽车与装备行业培养了 4 万余名优秀人才。

(凌军辉)

2010 年 11 月 7 日

江苏大学建立短信沟通平台——

"心语心愿"解心结

"心语心愿"是江苏大学在镇江电信的帮助下建立的一个大型短信沟通交流平台,学生思想上的困惑、生活中的困难,或者对学校工作的意见、想法等等,都可以编辑短信发送到 051188780040 这个平台。"这里既是学生民意表达的渠道,又是他们的心灵港湾。"江大团委副书记陈文娟说。

"尽管一路上孤身一人,但来自学校的短信让我很踏实。"回想起去年来校时的情景,江苏大学市场营销专业 2009 级的小朱记忆犹新。这位来自广西贺州市农村的贫困生去年入学时可是名"新生明星"。小朱父亲去世,兄妹俩同年逾 7 旬的奶奶相依为命。去年暑假里,刚考取大学的小朱为挣学费外出打工,后因身体原因不得已返乡,深陷"甜蜜的哀愁"。小朱的不幸遭遇引起江苏大学的高度重视。"没来报到前学校就打电话、发短信给我,告诉我学校的资助政策,让我吃了定心丸。"小朱说,在来学校报到的 27 个小时的旅程中,学校的老师不时通过短信平台发送短信给他,为他释疑解惑,排忧解难,让初出家门的小朱感到"一点也不孤单"。进校后,小朱得到了"曙光基金"每年 5 000 元的资助,并参加了学校针对孤儿大学生的"给我一个家"活动,生活无忧,学习安心。"上半年英语四级、计算机一级全过了，下半年拿了个三等奖学金。"

"在校大学生手机拥有率几乎百分之百，与学生之间的短信交流方便、快捷，覆盖面广。"江苏大学党委副书记姚冠新介绍，"建立这个平台的初衷就是让学生有地方说话、说想说的话，给他们一个正常的表达意见的渠道，同时也通过这个平台及时向学生发布一些信息，增进校方和学生间的沟通与理解。"

近两年，学校每年发给学生的就业方面的公益信息就多达10多万条。短信平台架设起学生与学校沟通交流的桥梁，学生畅所欲言，言无不尽，短信平台上学生们的"提案"内容五花八门。"我希望学校在学生生活的各区都设医务室，方便同学们看病。""要集中清除课桌上的乱涂乱画，并进行宣传防止这种不和谐的产生。""同学们的自行车暴露在室外，特别容易损坏，希望学校为同学提供点车棚，这样，同学们的车也不会乱放到其他地方……"

对于学生所反映的情况和提出的问题，江苏大学组织专人一方面通过平台及时回复进行解释疏导，另一方面收集整理后提供给相关职能部门，加以改进。对于学生反映集中的全局性问题，实行"现实与虚拟联动"的策略，及时进行化解。今年下半年，由于物价普遍上涨，不可避免地影响到了学生食堂的伙食，不少学生通过"心语心愿"短信平台、学工处"处长信箱"反映问题，表达情绪。对此，学校及时举行了"沟通面对面"活动，召开由分管校长、学工、团委、后勤以及各学院30多名学生代表组成的座谈会，并启动了食堂的"价格调节基金"，赢得了学生们的理解和赞许。

师生们说，"心语心愿"短信平台有效地起到了"舒筋活血、理气化淤"的作用，使得师生在沟通中达成了共识，促进了校园和谐。今年6月的一条短信中，一个落款为"即将毕业的人"这样说道：这个平台，真的是为我们学生办实事的地方，不管学生反映的情况是小是大，总会努力设法解决，真的很实在，很让我们感动。

（张明平）

人民日报
2010年11月26日

江大附院基本建设全面竣工

单体建筑各有风格、整体环境协调美观、内部结构标准规范……一所"专科特色化、诊断数字化、服务人性化、环境生态化"的基本现代化医院已经形成。昨天上午，江苏大学附属医院举行基本建设竣工庆典。这标志着我市医疗卫生事业已进入一个新的发展阶段，而作为我市医药卫生体制改革进程中的一大亮点，江大附院今后将为镇江人提供更加优质的服务。

江大附院作为镇江最大的三级综合性医院之一，建院75年来，为全市人民的身体健康、为我市医疗卫生事业作出突出贡献。自2004年以来，江苏大学附属医院先后投资2亿多元建设了面积5万平方米的外科大楼,投资2.5亿元改扩建了面积4万平方米的门急诊大楼、面积3万平方米的内科大楼和1万平方米的医技实验大楼,投资近千万元进行了院区广场、道路改造、环境绿化建设。目前,这些工程已全部竣工,医院的面积由30余亩增加到130多亩,医疗用房面积由6万多平方米增加到16万平方米,开放床位由724张增加到1500张。与此同时,江苏大学附属医院还不断强化内涵建设,人才队伍中研究生由几十名增加到400余名,省级临床重点专科由1个增加到7个,国家级科研项目实现了我市卫生系统历史性突破,已达10余项。

"医院的基本建设现已胜利竣工,我们将要以此为契机加快建设和发展步伐。"江大附院相关负责人介绍,在新的历史起点上,将坚持以"全心全意为病人服务,提高人民健康水平"为宗旨,以"增强公益性、提高积极性"为核心内容,建设人民满意、社会满意的高水平基本现代化医院,并努力推进公立医院改革,为不断满足人民群众日益增长的医疗健康服务需求作出新的贡献。

市委书记许津荣,江苏大学党委书记范明,省政府办公厅副主任何国平,省卫生厅副厅长黄祖瑚,市委常委、秘书长李国忠,市委常委、宣传部长张洪水,副市长王萍,市政协副主席许能斌,江苏大学副校长、江苏江滨医疗集团理事长李萍萍,扬州市政协副主席、苏北人民医院院长王静成,省教育厅副巡视员步锦昆,中华医学会副会长、江苏省医学会会长唐维新等参加活动。

(孙 卉 张立华)

京江晚报
2010 年 11 月 27 日

江苏大学:吆喝叫卖也是创业初级阶段

11月19日晚,"魅力营销"决赛在江苏大学讲堂举行,前三轮获胜的10支队伍进行最后的角逐。最终,"巅峰3+1"以109.1的分数险胜"曙光"的108.5分夺冠。至此,历时一个多月的江苏大学第五届"魅力营销"大赛落下帷幕。

"魅力营销"是江苏大学管理文化节的一项赛事,开始于2006年。

"当时就想策划一个活动,帮助学生了解营销环节,获得实践经验。"活动的创始人,江大工商学院研三学生徐占东说,"大赛采取商家出商品、学生代销的方式,当年就引起了轰动。"

时至今日,"魅力营销"走向了全校,赛制更加规范。5年来,共有1000多名学生参加大赛,赛后做过创业尝试的学生达30%。刚结束的第五届"魅力营销"大赛,吸引了40余个商家提供商品,21个学院的69支队伍,共276名学生参加。

"冬日阳光"、"美人印记"、"巅峰3+1"等80名学生组成的20支团队一溜儿排开,"骑凤凰,用凤凰,凤凰自行车就是爽"吆喝叫卖声此起彼伏……这是11月6日记者在"魅力营销"之营销实战大赛现场看到的火爆一幕。

"冬日阳光"创业团队选择了门槛相对较低的毛绒玩具及小饰品。为了节约成本,他们坐公交车到扬州进货。参赛前,他们通过 QQ、飞信、人人网等通知同学、朋友前来助阵。当天,他们的销售额达到 1 400 余元,除去成本和用餐花费净赚 300 多元。

身着统一制服的"巅峰 3 + 1"代表队特别抢眼,他们一上午就销售了 9 箱奶茶,按照每杯 3 ~ 5 元计算,一天的销售额也相当可观。让人吃惊的是,他们的队长居然是 2010 级的新生孙凯。

"516 暴走鞋"团队的生意比较冷清,好多人对他们可走可滑的暴走鞋不了解,为吸引顾客,队员们专门请校轮滑协会的同学真人展示花样走路,"一下子就卖出了两双",队员小张很是开心。

"玩的是实力,展现的是魅力。"销售现场,20 支队伍、80 名大学生总销售额 4.7 万元,根据销售额和利润率,最终有 10 支队伍进入"巅峰对决"。

"每年魅力营销比赛结束后,都有一大批学生尝试创业,电子商务 2006 级还曾开展过淘宝网店大赛。"江大工商学院团委副书记顾瑜婷介绍。江大后门附近的跳蚤市场上,每天晚上都有不少大学生摆地摊。2008 年的江大"十佳青年学生"之"创业明星"白威就是靠摆地摊起家的。此外,还有不少学生选择做产品校园代理和开网店。

据了解,就在比赛结束当晚,不少参赛大学生带着没卖完的商品到学校附近的跳蚤市场摆起了地摊。

经过几年的积累,不少学生的创业慢慢走上正轨。机械学院的小夏一毕业就忙着联系镇江丁卯开发区,他打算和两个同学一起注册成立营销类公司。前不久,在第七届"挑战杯"中国大学生创业计划竞赛中,江苏大学获得两项金奖,两支队伍的领队都曾参与组织"魅力营销"大赛。

在采访中,记者发现不少学生都有这样的疑惑,通过参加"魅力营销"这样的活动,真的能提高创业技能吗?是不是纸上谈兵?工商管理学院党委副书记、副院长崔金贵表示,"魅力营销"大赛可以看做是学生创业的初级阶段,可以促进校园与社会、理论和实践、创新和创业的结合,为学生走向成功的创业之路奠定良好的基础。学院最新获批了一门国家级精品课程——"创业管理",将作为工商学院各专业的专业课和全校的公共选修课,有助于工商学院的创业教育形成一个系统科学的体系:新生入学后,学院通过一系列创新创业类的讲座培养学生的创新创业意识;进入大二后,鼓励学生参加各种创新创业类比赛,培养学生的就业创业技能;大三时,利用寒暑假将学生输送到企业中去,让企业对其进行订单式的培养。"中间穿插着'创业管理'等理论知识的灌输,使得学生在校内就完成理论与实践的对接。"崔金贵介绍。

(彭 彬 建 伟 李润文)

轿车冲来时,他一把拉开学生

江苏大学一老师斑马线上被撞,肇事轿车被警方暂扣

昨天下午,在镇江市区长江路西津渡附近一条斑马线上,江苏大学中年教师张正欣遭遇飞来横祸。在带学生过马路过程中,他被一辆轿车撞翻。危急时刻,他拉了前方学生一把,也挡住了后继学生。结果70多名学生有惊无险,他却躺在了急诊室的病床上。

昨天下午,对张老师和他的学生来说,本应该是个美好的下午。他们一行70多人乘校车来到西津渡摄影采风。"想不到会发生意外……"在镇江江滨医院急诊室内,脸上和衣领上还沾着血迹的徐冬说,因是难得的户外实践课,同学们都很期待。1点25分左右,校车停靠在路边后,张老师还再三强调安全问题。

见过往汽车速度很快又很少主动礼让行人,为防意外,张老师和徐冬等男同学走在前面探路。"我性子急,抢到了老师的前面……"徐冬哽咽着说,意外发生前,他隐隐感到被老师拉了一把,但他已冲了过去。等转身时,眼前的一幕惊得他目瞪口呆。"就像电影里一样,一辆银灰色轿车冲上斑马线,老师被撞后从车上翻滚过去,再落到地上。"走在队伍后面的马梦娟目击了整个过程。她说,要不是老师临危不乱,往后推开学生,会有更多人受伤。

见老师被撞在地,头部流血不止,徐冬等人赶紧上前。"好在老师还能说话,他让我们赶紧回车上去,回学校。"徐冬等同学哪里肯听,立即脱下外套包住老师流血的头部。等不及急救车赶来,他们便拦下一辆出租车把老师送到江滨医院救治。有些同学则留在现场协助警方处理事故。

经医院初步检查,张老师头部、肩部和手臂等多处受伤。所幸意识清醒,暂无生命危险。闻讯后,江苏大学人文学院副院长梁爱民及张老师家属陆续赶来。据介绍,张老师今年55岁,是位非常敬业的老师,深受学生爱戴。采访中,陆续有学生赶来看望,张老师的病床前一直有学生围绕。

昨晚,记者从镇江事故大队处警民警处获悉,事发时轿车车速较快,张老师被撞伤情较重。目前,肇事轿车已被警方暂扣,司机也正在接受调查。

(周志峰　霍建伟　张燎明　万凌云)

江苏大学学子获全国大学生数学建模竞赛一等奖

中新江苏网镇江 12 月 9 日电　日前,从全国大学生数学建模竞赛网传来消息,在第 19 届大学生数学建模大赛中,江苏大学学生冯亦倬、任文婷和万根顺三人共同完成的课题荣获全国一等奖,吴涵峰、刘林和赵波三人小组获得全国二等奖。

据悉,此届大学生数学建模大赛共有来自国内 33 个省、市、自治区,以及港澳地区、新加坡、澳大利亚共 1 195 所高校 1.73 万余支参赛队伍的 5 万多名大学生参赛。大赛共评出一等奖 210 项,二等奖 900 项。

数学建模是一种数学的思考方法,是运用数学的语言和方法,通过抽象、简化建立能近似刻画并"解决"实际问题的一种强有力的数学手段。数学模型竞赛与通常的数学竞赛不同,它来自实际问题或有明确的实际背景,宗旨是培养大学生用数学方法解决实际问题的意识和能力。竞赛评奖以假设的合理性、建模的创造性、结果的正确性和文字表述的清晰程度为主要标准。

（霍建伟　刘　浩）

中新网

2010 年 12 月 9 日

江苏大学"双向开放"加快国际化步伐

"高水平大学一定是国际化的大学。"在 12 月 8 日举行的江苏大学国际化工作推进会上,该校校长袁寿其说,国际化是我国高等教育继大扩招、大建设、大提升之后的又一时代潮流,今后高校新一轮的重新洗牌将在很大程度上取决于高校的国际化程度。该校提出在"十二五"期间成为外国留学生留学中国重要目标高校和江苏省教育对外开放先进高校的总体目标。

据了解,世界一流大学本科国际学生的比例一般占 10% 左右,外国研究生的比例超过 20%,而国际教师的比例则在 10% 以上。江苏大学将国际化作为推动高素质创新型人才培养和高水平大学建设的重要战略引擎,还提出了"十二五"期间在学生的国际流动、教师队伍的国际化、教学与课程国际化以及国际合作研究和国际合作办学等方面的具体目标。该校提出到 2015 年,具有海外学习经历学生以及外国留学生比例双双达到 5%,教师赴境外高水平大学或研究机构进修深造一年以上的比例超过 10% ,以及建设开放式、国际化教育教学体系,建设高水平国际科技合作平台,新增海外孔子学院等。

该校推出"在校大学生海外学习项目",鼓励高年级本科生和研究生申报国家留学基金委公派研究生项目、参加国际学术会议、到境外进行一段时间的交流学习。此外,还鼓励学生毕业后到境外教育机构就业。学校专门设立海外游学项目奖学金,资助经济困难的优秀学生参加海外游学或学术交流。

该校还积极实施"青年教师国际能力提升计划",将"访名校、拜名师"师资培养计划进一步深化为"访国际名校、拜国际名师",通过设立境外培训基金,鼓励中青年骨干教师到国外一流学科专业进修、深造。此外,还通过科研合作交流、高水平国际会议、聘请外籍专家、双语教学与国际化专业建设、外国留学生教育等项目,进一步深化国际学术交流,提升师资队伍的国际视野。

(霍建伟 张明平)

科技日报

2010 年 12 月 21 日

江大推动核电用泵产业化

本报讯 日前,江苏大学与山东博泵科技股份有限公司签署合作协议,双方携手将学校的学科、科技优势与企业的工程优势有机结合起来,积极推动核电用泵的产业化,计划在2013 年形成核级泵的市场销售。这标志着以水泵研究见长的江苏大学,在核电用泵领域迈出了新的一步。

近年来,核能开发在国家能源战略中的重要性不断提升,核电用泵的需求显著增长。作为国内唯——所以水泵研究为特色的流体机械国家重点学科高校,江苏大学主动贴近国家能源战略需求,积极开展百万千瓦级核电站离心式上充泵关键技术研发及产业化研究,取得了较大进展。

(建伟 李伟 力明)

江苏经济报

2009 年 12 月 21 日

后 记

　　将学校的对外宣传报道,取其部分汇编成书,这个念头由来已久。这次,藉学校合并组建 10 周年之机,我们对 10 年来的报道进行认真细致的梳理,最后筛选出 300 余篇编成了这本文集,也算是了却了一个心愿。书名定为《媒眼》,意寓从媒体的角度审视学校 10 年的发展足迹,用媒体的报道浓缩 10 年的发展历程,也算是对 10 年历史的"立此存照"吧!

　　10 年的历程坎坷艰辛,10 年的报道也纷繁芜杂。如何将这些报道呈现给大家,给人以尽可能清晰的脉络、完整的感受? 在这本书的体例上,我们做了这样的安排:彩插部分选取了媒体报道学校有关重要事件、人物的部分图片;"高端视点",选编了 10 年来学校主要领导的媒体专访和在媒体上刊发的署名文章;"一版头条",选编了 10 年来在各报纸媒体头条和报眼位置刊发的报道;"深度聚焦",选编了部分对学校重大事件、重要改革发展举措、重要新闻人物等进行记述、解析的报道;"十年回眸",以编年体例,选编了学校组建 10 年来媒体报道的一些大事、要事。选编的这些报道,我们一方面在内容上尽可能关注学校建设发展历程中的大事、要事,另一方面考虑力求全面,覆盖学校工作的各个层面。在次序上,每个部分均以稿件发表的时间先后进行编排。而在不同媒体上发表的、相同主题的稿件,一般则根据需要选择其一收编。稿件的标题、正文、署名等都基本保持了发表时的原貌。

　　对外宣传,是高校提升软实力的重要途径。江苏大学合并组建以后,一直将对外宣传工作作为宣传思想工作的重要抓手和学校形象品牌建设的重要战略。10 年来,学校的对外宣传发稿数量由少到多,稿件层次由低到高,媒体类别由单一到多样。外宣工作不断实现了新的突破:《人民日报》发稿的突破,《中国教育报》、《光明日报》、《新华日报》头版头条发稿的突破,央视新闻联播报道的突破,江苏电视台现场直播报道的突破……整个外宣工作可谓节节攀升,渐入佳境。对外宣传工作内聚人心,外塑形象,对提升学校知名度、美誉度,打造江苏大学形象和品牌起到了积极的作用。

　　这些报道凝聚了学校宣传部门同志、教工记者和学生记者的心血,同时也是学校领导高度重视、各职能部门和各学院大力支持以及全校师生积极参与的结果。尤其是众多新闻媒体的记者、编辑朋友,多年来对江苏大学的成长给予了热切的关注,并用他们的笔触为江大的建设和发展鼓与呼。如果没有他们的关注、关心和关照,很难取得这样的成绩,编辑出版这本书也就无从谈起。在此,我们谨向为江大的外宣工作给予大力支持、付出辛勤汗水的各界人士表示衷心的感谢!

需要说的是,江苏大学出版社的领导和编辑也给予了大力的支持。从版式设计,到内容编排等,顾正彤、米小鸽、顾海萍等编辑都付出了大量的心血。在此,一并表示谢忱!

尽管我们做了种种努力,本书的错讹之处仍在所难免,敬请广大读者批评指正。

编 者

2011 年 8 月

媒眼

后记